主编：阿地里·居玛吐尔地
编委：托汗·依萨克
　　　梁真惠
　　　荣四华
　　　巴合多来提·木那孜力
　　　叶尔扎提·阿地里
　　　马睿

国家社科基金重大招标项目

"柯尔克孜族百科全书《玛纳斯》综合研究 (13&ZD144)" 阶段性成果

世界《玛纳斯》学读本

阿地里·居玛吐尔地

主编

中央民族大学出版社

China Minzu University Press

图书在版编目(CIP)数据

世界《玛纳斯》学读本/阿地里·居玛吐尔地主编. —北京:
中央民族大学出版社,2019.6 重印
ISBN 978 - 7 - 5660 - 1564 - 8

Ⅰ.①世… Ⅱ.①阿… Ⅲ.①柯尔克孜族—英雄史诗—
诗歌研究—中国—文集 Ⅳ.①I207.22 - 53

中国版本图书馆 CIP 数据核字(2018)第 231456 号

世界《玛纳斯》学读本

主　　编　阿地里·居玛吐尔地
责任编辑　李　飞
责任校对　胡菁瑶　杜星宇
封面设计　舒刚卫
出 版 者　中央民族大学出版社
　　　　　北京市海淀区中关村南大街 27 号　邮编:100081
　　　　　电话:68472815(发行部)　传真:68932751(发行部)
　　　　　　　　68932218(总编室)　　　　68932447(办公室)
发 行 者　全国各地新华书店
印 刷 厂　北京建宏印刷有限公司
开　　本　787×1092(毫米)　1/16　印张:36.5
字　　数　560 千字
版　　次　2019 年 6 月第 2 次印刷
书　　号　ISBN 978 - 7 - 5660 - 1564 - 8
定　　价　158.00 元

目　录

回顾与展望：世界
《玛纳斯》学160年（代前言）

阿地里·居玛吐尔地

　　《玛纳斯》史诗作为柯尔克孜族①人民口头传统文化结出的一颗丰硕果实，从19世纪中叶开始就在世界范围内引起了关注，并得到搜集、出版、翻译和研究。我国政府和吉尔吉斯斯坦分别于2009年、2013年先后通过了联合国教科文组织的非遗申报，《玛纳斯》史诗被列入人类非物质文化代表作名录，成为人类文化艺术的瑰宝。一个半世纪以来，经过东西方诸多学者不断经营和开拓，《玛纳斯》史诗研究已经发展成为国际文化领域的一门独立学科——《玛纳斯》学。

　　《玛纳斯》学主要包括史诗口头演唱文本的调查搜集记录、史诗文本的编辑出版与翻译、史诗相关问题的研究等三个方面。从20世纪60年代起，我国开始大规模搜集、整理、出版、翻译和研究这部史诗。虽然起步较晚，但经过各民族几代学者的不断努力，后来居上，形成了一支各民族老中青学者结合，锐意进取的研究队伍，树立了具有中国特色的《玛纳斯》学理论观点，并在国际上产生越来越重要的影响。首先，《玛纳斯》演唱大师居素普·玛玛依的唱本不仅出版了柯尔克孜文版并被翻译成国家通用文字汉文，还译成了哈萨克文、维吾尔文等少数民族文字，而且还被翻译成吉尔吉斯文、德文、英文、日文等在国外出版，在国际史诗学界产生了广泛的影响。其次，在党和政府的大力支持下，中国《玛纳斯》学界不断与国际《玛纳斯》学界交流切磋，经过数十年的不懈努力，搭建了国际学术合作机制，并已经取得了很多实质性成

---

　　① 柯尔克孜族是跨境民族，除了我国之外，在吉尔吉斯斯坦、乌兹别克斯坦、哈萨克斯坦、塔吉克斯坦、阿富汗、土耳其等国也有分布。境外的支系在我国文书中译为吉尔吉斯。

果。我国先后组织召开了 10 余次《玛纳斯》史诗国内国际学术研讨会，汇聚中坚力量展开研究，并邀请世界各地有影响的学者来中国进行学术交流。这种学术平台的搭建，大大推进了我国《玛纳斯》学的发展，并且使我国学者掌握了国际《玛纳斯》学的话语主动权。再次，以郎樱、胡振华、陶阳、刘发俊、张彦平、尚锡静、张永海、潜明兹、马昌仪、贺继宏等为代表的各民族老一辈《玛纳斯》专家以及萨坎·玉麦尔、玉赛音阿吉、帕自力、努肉孜·玉山阿勒、阿散拜·玛特力等本民族学者以各自的学术建树奠定了我国《玛纳斯》学的基础，而以阿地里·居玛吐尔地、马克来克·玉麦尔拜、托汗·依萨克、托合提汗·司马伊、梁真惠、荣四华、伊萨别克·别先别克、巴合多来提·木那孜力等为代表的中青年一代学者正在担负起我国《玛纳斯》学的重任。

我国学者的研究成果也开始在国内产生影响并逐步走向世界。比如郎樱先生的《〈玛纳斯〉论》曾获我国民间文艺最高奖中国文联、中国民间文艺家协会"山花奖"学术著作奖；阿地里·居玛吐尔地和托汗·依萨克撰写的《〈玛纳斯〉演唱大师居素普·玛玛依评传》、阿地里·居玛吐尔地的《〈玛纳斯〉史诗歌手研究》也获得中国文联、中国民间文艺家协会"山花奖"学术著作奖。梁真惠的《〈玛纳斯〉翻译传播研究》获得陕西省哲学社会科学优秀成果一等奖。而且，《〈玛纳斯〉演唱大师居素普·玛玛依评传》目前已经被翻译成日文和吉尔吉斯文在国外出版发行，引起国际学界广泛关注。我国学者的论文已经在吉尔吉斯斯坦、哈萨克斯坦、日本、美国、俄罗斯等大量发表，在国际学界的影响力不断得到提升。由于在《玛纳斯》研究上的突出贡献，胡振华、郎樱、马克来克·玉麦尔拜、托汗·依萨克等还获得吉尔吉斯斯坦政府或民间组织颁发的各类奖章。《玛纳斯》学已经被我国学者打造成了"一带一路"文化交流的一个重要文化平台，在我国与吉尔吉斯斯坦等中亚国家的民间文化交流中起到了标杆示范作用。这一点可以从史诗演唱大师居素普·玛玛依唱本翻译及其研究不断走向国际化得到证明。2013 年，国家哲学社会科学基金重大招标项目"柯尔克孜族百科全书《玛纳斯》综合研究"课题顺利获得立项及其研究工作不断推进，标志着我国的《玛纳斯》学进入了新的发展历程。我国学者在《玛纳斯》

学学术观点上正越来越自信地体现出中国特色的学术原则和立场，值得称赞。2017 年出版的阶段性成果《中国〈玛纳斯〉学辞典》堪称我国《玛纳斯》学的最新标志性成果，一经出版便受到国内有关专家学者的广泛好评。毫无疑问，我国的《玛纳斯》学必将在"一带一路"宏伟构想的实施和推进过程中起到更大的文化支撑作用。

在国际《玛纳斯》学坐标系中，有两位俄国 19 世纪的学者堪称世界《玛纳斯》学的先行者。一位是沙俄军官、哈萨克民族志学者乔坎·瓦利哈诺夫（1835—1865，Chokan Chingisovich Valikhanov）①，另一位是德裔俄罗斯学者维·维·拉德洛夫（1837—1918，V. V. Radloff）②。当然，《玛纳斯》史诗在文献资料中的出现要早于 19 世纪。16 世纪初，塞夫丁·依本·大毛拉·夏赫·阿帕斯·阿克斯坎特（Saif ad-din Ibn Damylla Shah Abbas Aksikent）以及其子努尔穆哈买特（Nurmuhammed）这两位吉尔吉斯学者用波斯文撰写了《史集》（Majmu Atut-tabarih）一书，其中记载了《玛纳斯》史诗第一部的部分情节，这是已知史籍中对《玛纳斯》史诗的最早记载。乔坎·瓦里汗诺夫和维·维·拉德洛夫分别于 1856 年、1857 年、1862 年、1868 年先后多次在我国新疆及中亚的吉尔吉斯斯坦地区搜集记录了《玛纳斯》史诗大量的口头演述资料，并对这些资料进行了系统的翻译和研究，从此揭开了国际《玛纳斯》学的序幕。乔坎·瓦利哈诺夫搜集了《玛纳斯》史诗传统的经典诗章"阔阔托依的祭典"共计 3251 行。他通过与荷马史诗比较之后评价说，"《玛纳斯》是吉尔吉斯（柯尔克孜）族古代生活的百科全书，

---

① 乔坎·瓦利哈诺夫（1835—1865）：哈萨克裔俄国军官、民族志学家。他曾于 1856 年，1857 年间数次对吉尔吉斯斯坦的伊塞克湖周边地区和我国的伊犁、特克斯地区进行科学考察，第一次搜集记录了《玛纳斯》史诗的重要章节之一"阔阔托依的祭奠（Kökötöydün axi)"，共计 3251 行。

② 维·维·拉德洛夫（1837—1918）：德裔俄国民族志学家。他曾于 1862 年和 1869 年在中亚吉尔吉斯地区进行了卓有成效的田野调查，记录了《玛纳斯》史诗第一部比较完整的文本以及这部史诗第二部和第三部的部分章节共计 12454 行，并于 1885 年在圣彼德堡把这个文本编入自己的系列丛书《北方诸突厥语民族民间文学典范》第五卷（《论卡拉–柯尔克孜（吉尔吉斯）的方言》（Der Dialect Der Kara-Kirgisen)）中刊布。他在此卷前言中对于玛纳斯奇表演史诗现场的描述，对于玛纳斯奇用现成的"公用段落"创编史诗的讨论以及对柯尔克孜族史诗歌手与荷马的比较研究启发了西方经典的"荷马问题"专家，并对后来影响世界民俗学界的"口头程式理论"（即帕里–洛德理论）的产生起到了很大的启迪作用。

在叙事风格上恰似草原的《伊利亚特》"。1904年，维谢洛夫斯基在俄罗斯东方学刊上刊布了乔坎对这一诗章的俄译文并加了一些简短的注释。① 此后，这一译文又几次重印，比如1904年，编入乔坎·瓦利哈诺夫俄文一卷本中出版，1958年又收入其五卷本中出版②。从第一次刊布俄文译文以来，到目前为止，乔坎·瓦利哈诺夫所搜集的《玛纳斯》史诗的传统诗章"阔阔托依的祭典"已经有英文、土耳其文、哈萨克文和吉尔吉斯原文陆续发表，长期以来受到各国学者的关注和研究。

拉德洛夫不仅搜集了《玛纳斯》史诗第一部的完整内容和第二部、第三部以及其他部分的片段共计12454行，并将这些资料编入他自己主编的《北方诸突厥语民族民间文学典范（*Specimens of Turkic Literature*）》的丛书第5卷《卡拉吉尔吉斯（柯尔克孜）的方言》于1885年在圣彼得堡出版后又由他本人亲自翻译成德文很快在德国莱比锡出版。③ 拉德洛夫所刊布的这些资料以其全面性和系统性，从刊布之日起就成为西方学者了解和研究《玛纳斯》最重要的资料，在欧洲东方学家、古典学家中引起轰动，打开了欧洲学者了解《玛纳斯》史诗的第一扇窗口。他不仅出版了自己搜集的资料，而且对这些资料进行了深入的研究，发现了玛纳斯奇口头演述中的程式化特点，并将其与荷马史诗进行了比较研究，尤其是关于史诗歌手如何创编和演述、歌手对于文本的继承和演绎，史诗文本的程式化特征等问题成为其对于口头史诗研究的启发性贡献。他的上述发现启发了20世纪的西方古典学专家，尤其是提出"口头程式理论"的两位美国学者帕里和洛德，对这一理论的产生起到了关键性影响。④ 从那时起至今，经过160多年的发展，《玛纳斯》学已经在中国、吉尔吉斯斯坦、俄罗斯、德国、英国、哈萨克斯坦、法国、土耳其、日本、匈牙利、美国、澳大利亚、韩国、蒙古等国都开花结果，

---

① 阿利凯·马尔古兰：《古代歌谣与传说》，阿拉木图，作家出版社，1985版，第229页。

② 《玛纳斯》百科全书》，第一卷，比什凯克，吉尔吉斯斯坦百科全书出版社，1995年版，第337—338页。

③ 《〈玛纳斯〉百科全书》，第二卷，吉尔吉斯文，比什凯克，1995年，第160页。

④ 参见阿地里·居玛吐尔地：《威·瓦·拉德洛夫在国际〈玛纳斯〉学及口头诗学中的地位和影响》，载《民间文化论坛》，2016年第5期；［美］约翰·迈尔斯·弗里：《口头诗学：帕里－洛德理论》，朝戈金译，北京，社会科学文献出版社，2000年，第21—27页。

并在有些国家已经有了比较深厚的学术积累。

20世纪初，《玛纳斯》史诗在西方学术界还没有引起足够重视，因此除了匈牙利学者阿里玛什·高尔格（Almashi Georg）于1911年曾根据自己的实地调查资料发表史诗片段和简短评述之外，几乎没有什么有影响的文章。不过，20世纪中期以后，《玛纳斯》史诗开始进入一个长久的发展期。英国剑桥大学教授N.查德维克（N. Kershaw Chadwick）根据拉德洛夫的资料撰写的有关中亚突厥语族民族民间文学初步的研究成果，收入她与H.查德维克（H. Munro Chadwick）合写的《文学的成长》（*Growth of Literature*）第三卷，于1940年在剑桥大学出版社出版。后来经过补充和修改之后，这个在西方学术界已经产生了一定影响的著作，于1969年又以《中亚突厥语族民族的史诗》为题与日尔蒙斯基（V. Zhirmunsky）的《中亚史诗和史诗歌手》合编为一册，以《中亚口头史诗》为书名由英国剑桥大学出版社出版。① 尽管作者的视野仅仅局限在拉德洛夫所搜集的资料上，但是她对中亚民族英雄史诗宏观的评价，尤其是对《玛纳斯》史诗内容、结构、人物、英雄骏马的作用、各种古老母题以及史诗与萨满文化的关系、歌手演唱史诗的叙述手法和特点、歌手演唱语境的分析和研究都十分精到。作者在自己的研究中还多次将《玛纳斯》史诗同希腊的荷马史诗、英国中世纪史诗《贝奥伍夫（*Beowulf*）》、俄罗斯的英雄歌、南斯拉夫英雄歌等进行比较，给后人开拓了很大的研究空间。N.查德维克在赞扬拉德洛夫无论在英雄体或非英雄体，还是在戏剧体方面都为后辈提供了中亚民族最优秀的韵文体叙述文学。同时，对拉德洛夫在文本搜集中的不足之处也进行了批评。② 她指出拉德洛夫在文本搜集方面有两个明显的失误：第一，没有提供有关作品的演唱者或演唱情景相关的任何资料；第二，在搜集不同部族中最优秀的民间文学作品的同时，没有反映出该部族民间文学传统的全貌。③ 此外，她通过比较研究，对柯尔克孜族（吉尔吉斯）史诗以及史诗创作在整个中亚民族中的影响和地位给予了自己的评价，"根据

---

① Nora K. Chadwick, Victor Zhirmunsky. *Oral Epic of Central Asia*, Cambridge, 1969.

② 同上，第20—21页。

③ 同上，第20页。

我的观察，突厥语民族英雄叙事诗或史诗之中最重要的部分是拉德洛夫20 世纪从柯尔克孜（吉尔吉斯）人中搜集到的。无论在长度规模上还是在发达的诗歌形式上，在主体的自然性，或者在现实主义和对人物的雕琢修饰文体方面，柯尔克孜（吉尔吉斯）史诗超过了其他任何突厥语族民族的英雄史诗①。"

英国学者亚瑟·哈图（Hatto，A. T.）②是伦敦大学的资深教授，其在《玛纳斯》学方面的成果可以算是在西方学者中最为突出的。他根据拉德洛夫和乔坎·瓦利哈诺夫的搜集的文本对《玛纳斯》史诗进行了长期的研究。他不仅是继 N. 查德维克之后西方学者中研究《玛纳斯》史诗的佼佼者，而且还长期担任在 20 世纪 70—80 年代西方学术界颇具影响的伦敦史诗研讨班主席，并主编了被列入"当代人类学研究会"丛书的两卷本《英雄诗和史诗的传统》③。编入这部书中的论文均为 1964 年至 1972 年在伦敦史诗研讨班上宣读交流的著作。在第一卷中收有 A. T. 哈图本人于 1968 年撰写在上述研讨班上宣读的长篇论文《19 世纪中叶的柯尔克孜（吉尔吉斯）史诗》。④ 第二卷中收入了哈图的另外一篇有分量的论文《1856—1869 年吉尔吉斯（柯尔克孜）史诗中的特性形容词》⑤。此外，A. T. 哈图还先后在世界各地不同的学术刊物上发表了《玛纳斯的诞生》《阔阔托依和包克木龙：吉尔吉斯（柯尔克孜）两个相关英雄诗的比较》、《阿勒曼别特、艾尔阔克确和阿克艾尔凯奇：吉尔吉斯（柯尔克孜）英雄史诗系列〈玛纳斯〉的一个片断》、《阔阔托依的吉尔吉斯（柯尔克孜）原型》、《吉尔吉斯（柯尔克

---

① Nora K. Chadwick, Victor Zhirmunsky. *Oral Epic of Central Asia*, *Cambridge*, p. 28. 1969.

② Hatto, A. T. *Plot and Character in Mid-Nineteenth-Century Kirghiz Eoic*, (Ein Symposium), ed. W. Heissig. Asiatische Forschungen, 68. Wiesbaden, 95 – 112; *The Marrriage，Death and Return to Life of Manas*: *A Kirghiz Epic Poem of the Mid-Nineteenth Century*, Turcica. Revue d'Etudes Turques, 12, 66 – 94 [Part one]; 14, 7 – 38 [Part two]; *Epithets in Kirghiz Epic Poetry* 1856—1869, in Hatto, Hainsworth 1980 – 89; *The Manas of Wilhelm Radloff*. Asiatische Forschungen, 110. Wiesbaden. ets. -关于其生平及成果参见阿地里·居玛吐尔地：《关键词：亚瑟·哈图》，载《民间文化论坛》，2017 年第 3 期。

③ A. T. Hatto, ed. *Tradition of Heroic and Epic Poetry*, The Modern Humanities Research Association, London 1980.

④ 同上，第 300—327 页。

⑤ 同上，第 71—93 页。

孜）史诗〈交牢依汗〉史诗中的男女英雄系列》、《19 世纪中叶吉尔吉斯（柯尔克孜）史诗的情节和人物》、《玛纳斯的婚姻和死而复生：19世纪中叶的吉尔吉斯（柯尔克孜）史诗》以及《德国和吉尔吉斯（柯尔克孜）的英雄史诗：一些比较和对照》。哈图于 1977 年，将乔坎·瓦利哈诺夫所搜集的文本转写成国际音标，并将其翻译成英文，加上详细注释和前言出版。① 这是"阔阔托依的祭典"首次被翻译成西方主要语言出版，在世界范围内产生了很大影响。1990 年，他又以《拉德洛夫搜集的〈玛纳斯〉》（威斯巴登，1990 年版）为名翻译出版了拉德洛夫搜集的文本。书中不仅附有详细的注释，而且还有原文的拉丁文转写。这是哈图教授出版的与《玛纳斯》史诗相关研究的最重要的标志性成果之一。

20 世纪末期以后，在《玛纳斯》研究方面有影响的西方学者也出现若干位，其中成果比较显著的有法国巴黎大学教授雷米·岛尔（Remy Dor），德国波恩大学教授卡尔·赖希尔（Karl Reichl）和美国印第安纳大学教授丹尼尔·普热依尔（Daniel Prior）等。1946 年出生的雷米·岛尔教授于 20 世纪 70 年代调查阿富汗北部山区的吉尔吉斯地区的民间口头文化，并从一位名叫阿西木·阿菲兹（Ashim Afez）的玛纳斯奇口中记录下了《玛纳斯》史诗的一个阿富汗变体。这个变体总共包括史诗的四个小的情节，共计 616 行。这是到目前为止从阿富汗吉尔吉斯人中记录下的唯一一个《玛纳斯》史诗的文本，因此具有弥足珍贵的研究价值。雷米·岛尔教授根据自己调查的第一手资料对当地吉尔吉斯人中流传的《玛纳斯》唱本进行了研究。他的主要研究成果有：《帕米尔流传的〈玛纳斯〉片断》（《亚洲杂志》，1982 年第 26 期，第 1—55 页）；《新疆柯尔克孜族的〈玛纳斯〉》（与我国胡振华教授合作，《突厥学》，巴黎，1984 年第 10 期，第 29—50 页）等。除此之外，他还出版有《阿富汗帕米尔地区的吉尔吉斯人》（1975 年），《阿富汗帕米尔地区的吉尔吉斯人的方言》（1981 年），《阿富汗帕米尔地区的吉尔

---

① A. T. Hatoo, ed. *The Memorial Feast For Kökötöy-Khan*; A Kirghiz Epic Poem edited for the first time a photocopy of the unique manuscript with translation and commentary. Printed in Great Britain at the University Press, Oxford, 1977, London Oriental Series Volume 33.

吉斯人的谚语》（1982 年），《阿富汗帕米尔地区的吉尔吉斯人的谜语》（1982 年）等。

德国波恩大学古典学教授卡尔·赖希尔（1943 年出生）是西方突厥语族民族口头史诗研究的著名学者。他专长于对突厥语族民族口头史诗的综合研究。他于 1992 年出版的《突厥语民族的口头史诗：传统、形式和诗歌结构》①全书条理清晰，论述充分而细致，堪称当前世界上突厥语族民族口头史诗研究的经典之作，目前已经有英文、俄文和土耳其文面世，在国际史诗学界产生了很大影响。汉文的翻译也已于 2011 年由中国社会科学出版社出版。卡尔·赖希尔精通吉尔吉斯语、哈萨克语、乌兹别克语和土耳其语，而且曾经多次在我国新疆以及吉尔吉斯斯坦、乌兹别克斯坦和哈萨克斯坦进行田野调查，因此对突厥语族民族口头史诗能够进行宏观的把握和审视。他充分吸收《玛纳斯》以及其它突厥语族民族口头史诗资料，运用晚近国际上有影响的"口头程式理论"等前沿学术成果，从语言学、民俗学、民族学等视角，在不同层面上对《玛纳斯》史诗以及其他突厥语族民族口头史诗进行了广泛的比较研究。对史诗文本，史诗歌手的创作和演唱，突厥语族民族史诗的体裁、题材和类型，故事模式，史诗的变异，史诗的程式和句法，歌手在表演中的创作，史诗的修辞和歌手的演唱技艺等都有涉及。近年来，他开始集中投入到我国《玛纳斯》史诗居素普·玛玛依唱本的翻译和研究当中，并取得了显著成就，其翻译的居素普·玛玛依唱本的《玛纳斯》第一部第一册德文版和英文版已经出版。②他还在《美国民俗学》等刊物发表了《走向 21 世纪的口头史诗：以柯尔克孜族〈玛纳斯〉史诗为例》③等论文。

丹尼尔·普热依尔教授是国际《玛纳斯》研究的后起之秀，其主

---

① Karl Reichl：*Turkic Oral Epic Poetry*：*Traditions*，*Forms*，*Poetic Structure*，Garland Publishing，INC. New York & London，1992. 汉译文参见卡尔·赖希尔：《突厥语民族口头史诗：传统、形式与诗歌结构》，阿地里·居玛吐尔地译，中国社会科学出版社，2011 年。

② 居素普·玛玛依：《玛纳斯》，第一部英文版第一、二册，德文版第一册，五洲传媒出版社，2014 年。

③ Karl Reichl. *Oral Epics into Twenty-first Century*：*The Case of the Kyrgyz Epic Manas*，Journal of American Folklore，Volume 129，Number 513，Summer 2016，pp. 326—344.

要研究成果为《坎杰·卡拉的〈赛麦台〉：留声机录下的一部柯尔克孜（吉尔吉斯）史诗》（威斯巴登，2006 年版），《包克木龙的马上之旅：穿越柯尔克孜（吉尔吉斯）史诗地理的旅行报告》（《中亚杂志》，第42 卷第 2 期，第 238—282 页）以及《保护人、党派、遗产：吉尔吉斯（柯尔克孜）史诗传统文化史笔记》（印第安纳大学内陆亚洲学院论文，第 33 号，2000 年）等。这位美国学者用锐利的批评眼光审视了苏联学者以及政府在不同历史时期对《玛纳斯》史诗的评价和态度，探讨了政府行为如何对一部口头史诗的文本产生影响。试图回答史诗歌手与学者是如何在彼此互动中提升民众的史诗情感，各种不同的社会权力阶层对史诗的命运施加了怎样的影响，不同社会阶层在对史诗施加影响的同时达到了什么目的等问题。很显然，20 世纪后半叶以来，随着《玛纳斯》史诗从文本被翻译成英语等西方主流语言，西方学者在国际《玛纳斯》学领域独树一帜，从事《玛纳斯》研究的学者大多都有西方古典文学或荷马史诗研究的学术背景，因此无论在研究方法上还是研究角度上都堪称一流，研究成果在国际学术界有很大的影响。

20 世纪，苏联无疑是国际《玛纳斯》学的重镇，有一大批学者、作家都纷纷参与到《玛纳斯》史诗的研究中，并取得颇具影响的学术成果。其中，哈萨克斯坦著名作家、学者穆·阿乌埃佐夫（Muhtar Ave-ozov, 1897—1961），俄罗斯文学理论家、民间文艺家维·玛·日尔蒙斯基（V. Zhirmunsky, 1891—1971），俄罗斯历史学家、考古学家阿·纳·伯恩什达姆博士（Aleksandr Natanovich Berinshtam, 1910—1956），俄罗斯民族学家斯·米·阿布热玛卓尼（Saul Mnedelevich Abramzon, 1905—1977），普·努·彼尔克夫（Pavel Navmovich Berkov, 1896—1969），阿里凯·马尔古兰（Alikey Margulan, 1904—1985），玛蒂娜·博格达诺娃（Medina Bogdanova, 1908—1962）以及出自吉尔吉斯斯坦本土的《玛纳斯》专家柯·热赫玛杜林（Kalim Rahmatullin, 1903—1946），波·尤努萨利耶夫（Bolot Unusaliev, 1913—1970），艾·阿布德勒达耶夫（Esenali Abdildaev, 1932—2003），萨马尔·穆萨耶夫（Samar Musaev, 1927—2010），扎伊尔·麻穆特别考夫（Zayir Mamit-bekov, 1924—1986），穆合塔尔·玻尔布谷洛夫（Muhtar Borbugulov, 1930—2004），热依萨·柯德尔巴耶娃（Rayisa Kidirbaeva, 1930—），

热·萨热普别考夫（Raykul Saripbekov，1941—2004），凯·柯尔巴谢夫（Kengesh Kirbashev，1931—2005）等。

哈萨克斯坦著名作家、学者穆·阿乌埃佐夫是首先发表《玛纳斯》研究专著的人。他的长篇研究论文以《吉尔吉斯（柯尔克孜）人民的英雄史诗〈玛纳斯〉》为题，并出版了单行本，堪称苏联时期《玛纳斯》史诗研究的奠基作，在当时产生了广泛影响。① 在这一著作中，他第一次提出史诗最初的创作者问题，并对此进行了初步的探讨。此外，他还对玛纳斯奇的演唱特色和创作特点，环境（听众）对史诗演唱过程的影响，史诗的情节构成特点等问题进行了讨论，对史诗产生的年代提出了自己的看法。苏联文学理论家、民间文艺家日尔蒙斯基在自己的大量著作中把《玛纳斯》史诗的母题、情节、人物等作为比较材料加以利用并写有专著《〈玛纳斯〉研究导论》。这部著作最初于1948年以油印版形式由苏联科学院吉尔吉斯研究部印刷，后又编入其《英雄史诗》（1962年）、《突厥语族民族史诗》（1974年）等著作中正式出版。这也是在《玛纳斯》研究方面具有重要影响的学术著作。苏联历史学家、考古学家伯恩什达姆博士对《玛纳斯》史诗从历史学的角度进行研究也取得较大成就。他发表的20余篇论文中较有代表性的有《〈玛纳斯〉史诗的产生年代》《"玛纳斯"名称的由来》等。他在自己的论著中将史诗的情节、地名、人名等与吉尔吉斯（柯尔克孜）的历史、民俗及考古资料加以对比进行研究，对史诗的历史学价值提出了许多可贵的观点。阿布热玛卓尼是苏联学者中第一位从民族学角度对《玛纳斯》史诗进行研究的学者，发表有《英雄史诗〈玛纳斯〉是吉尔吉斯文化纪念碑》、《吉尔吉斯〈玛纳斯〉史诗中的民族学内涵》、《吉尔吉斯的史诗〈玛纳斯〉是民族学资料的来源》《吉尔吉斯的军事及战略战术》等。依照他的观点，吉尔吉斯生活习俗中已经被遗忘的很多民族学资料均可从《玛纳斯》史诗中找到，而这些资料对研究吉尔吉斯（柯尔克孜族）文化史具有不可取代的作用。俄罗斯文学理论家普·努·彼尔克夫在题为《阿尔泰史诗与〈玛纳斯〉》的论文中第一次把《玛纳

---

① 这一长篇论文曾被我国学者马倡议翻译发表，见《中国史诗研究》（1），乌鲁木齐，新疆人民出版社，1991年。

斯》同阿尔泰史诗《阿勒普－玛纳什》以及哈萨克、乌兹别克等民族中流传的英雄史诗《阿勒帕米西（斯）》等进行比较，探讨了这些史诗之间的渊源关系，并提出《玛纳斯》史诗最初具有浓郁的神话特征，后来在其历史发展过程中逐步融合了民族发展历史的因素。哈萨克斯坦学者阿里凯·马尔古兰博士不仅把乔坎·瓦利哈诺夫搜集的《玛纳斯》史诗片断"阔阔托依的祭典"译成哈萨克文刊布，而且在《乔坎·瓦利哈诺夫与〈玛纳斯〉》（阿拉木图，1972 年版）一书中对史诗的很多方面问题进行了新的探讨。除此之外，他对《玛纳斯》史诗产生年代，史诗中的民族问题等也提出过自己的独特见解。俄罗斯文学理论家玛蒂娜·博格达诺娃对吉尔吉斯文学、民间文学都有自己独到见解，曾撰写发表有关《玛纳斯》史诗的论著若干篇，其中《吉尔吉斯英雄史诗〈玛纳斯〉的基本特征》《19 至 20 世纪初吉尔吉斯的阿肯们》《19 至20 世纪初的吉尔吉斯文学》等至今都没有失去其参考价值。

吉尔吉斯斯坦的《玛纳斯》研究学者无论在数量上还是在研究成果的发布方面均是世界《玛纳斯》学的中坚力量。限于篇幅，我们在这里选取其中较有影响的代表人物进行介绍。柯·热赫玛杜林是吉尔吉斯斯坦最早从事《玛纳斯》研究的本土学者之一。他从 1927 年开始从事《玛纳斯》史诗研究工作，在当时的各类报刊杂志上发表了大量有关《玛纳斯》史诗、玛纳斯奇、吉尔吉斯文学及作家文学方面的文章，并著有《玛纳斯奇》《伟大的爱国者，神奇的玛纳斯》等著作。波·尤努萨里耶夫是一位著名的语言学家和《玛纳斯》学家，文学博士，曾当选吉尔吉斯斯坦科学院院士。1958 年，他主持完成吉尔吉斯斯坦《玛纳斯》史诗综合整理本四卷并任主编，撰写了长篇导言。在这篇前言中，作者运用历史语言学的理论进行分析研究，提出《玛纳斯》史诗产生于黑契丹、契丹等侵犯奴役吉尔吉斯（柯尔克孜）的 9—11 世纪的观点。他撰写的长篇论文《〈玛纳斯〉史诗综合整理本的编选经验》一文被编入 1961 年在莫斯科出版的俄文版《吉尔吉斯英雄史诗〈玛纳斯〉》论文集中。另一篇综合研究《玛纳斯》史诗的长篇论文《吉尔吉斯英雄史诗〈玛纳斯〉》于 1968 年编入伏龙芝出版的《〈玛纳斯〉——吉尔吉斯的英雄史诗》论文集中。作者在这篇文章中把《玛纳斯》史诗放在吉尔吉斯广阔的历史文化背景中，把吉尔吉斯民间文学传统对史诗产生的影响和作用，史诗产生、发展、传播的文化背景、历史轨迹等做了深入细致的分析。波·尤努萨利耶夫的上述论文在苏联及吉尔吉斯斯坦学者中产生过广泛影响。艾·阿布德勒达耶夫，《玛纳斯》研究专家，文学博士，从1960年开始从事《玛纳斯》史诗的搜集、研究工作，出版有《〈玛纳斯〉与阿尔泰史诗的叙事共性》《〈玛纳斯〉史诗形成发展的基本层次》《〈玛纳斯〉史诗的历史发展层次》《〈玛纳斯〉史诗的叙事模式》等专著。此外，他还发表了大量的研究文章，并搜集了玛纳斯奇麻木别特·乔科莫尔的变体资料数万行，参与整理了在莫斯科出版的《玛纳斯》俄文卷本和萨雅克拜·卡拉拉耶夫唱本第二卷《赛麦台》、萨恩拜·奥诺孜巴科夫唱本第一卷《玛纳斯》的编辑工作。萨·穆萨耶夫，《玛纳斯》研究专家，曾任吉尔吉斯科学院语言文学研究所《玛纳斯》研究室主任。他从1978年至1991年主持整理、出版了萨恩拜·奥诺孜巴科夫唱本史诗第一部《玛纳斯》4卷本及萨雅克拜·卡拉拉耶夫唱本5卷本。他的专著《史诗〈玛纳斯〉》于1984年用俄、德、英文三种文字在伏龙芝出版。他所编写的史诗第一部的故事梗概于1986年出版。此外，他还撰写有《卡妮凯的形象——论〈玛纳斯〉的人民性》《论〈玛纳斯〉文本的整理出版问题》等论文，并在《吉尔吉斯民间艺人的创作史》《吉尔吉斯民间文学史》等书中撰写了有关《玛纳斯》史诗的章节。从1995年开始，他负责主持《玛纳斯》萨恩拜·奥诺孜巴科夫唱本的科学版本的编辑整理工作。扎伊尔·麻穆特别考夫，语文学副博士，与艾·阿布德勒达耶夫合著有两卷本《〈玛纳斯〉史诗研究的若干问题》并对十月革命前的《玛纳斯》学术史进行了比较系统的梳理，尤其是对16世纪的波斯文《史集》，19世纪中期的乔·瓦利哈诺夫和拉德洛夫对于《玛纳斯》史诗的搜集研究，20世纪初俄罗斯学者第一次对玛纳斯奇坎杰·卡拉的史诗演唱用留声机录音记录文本以及匈牙利学者阿里玛什·高尔格在匈牙利刊布史诗片段等都有细致的介绍和讨论。他的论著堪称最早的也是目前为止比较完整的《玛纳斯》学术史著作。穆合塔尔·玻尔布谷洛夫，文学博士，吉尔吉斯文学理论家。在其发表的学术成果中与《玛纳斯》史诗相关的有《〈玛纳斯〉史诗的渊源》《从〈玛纳斯〉到托尔斯泰》等。其中，对《玛纳斯》史诗的性质特征，《玛纳斯》史诗与远古神话的关联等研究具有一定的深度，对史诗文本的理解和研究有很强的启发性。热·柯德尔巴耶夫娃，语言学博士，吉尔吉斯斯坦科学院通讯院士，《玛纳斯》研究专家。她早年毕业于莫斯科高尔基文学院研究生院，先后用俄文、吉尔吉斯文发表有关吉尔吉斯民间文学、作家文学的论文100余篇，并出版有《〈玛纳斯〉的传统与个性问题》、《〈玛纳斯〉的各种变体》《玛纳斯奇的说唱艺术》《史诗〈萨仁基波凯〉的思想艺术特色》《史诗〈江额勒姆尔扎〉的诗歌传统》等专著。她曾多次参加各类国内国际学术研讨会，现为吉尔吉斯斯坦《玛纳斯》研究中心学术委员会主任。热·萨热普别考夫，《玛纳斯》研究专家，从1966年开始从事《玛纳斯》史诗的搜集、整理和研究工作。著有《阿勒曼别特形象的演变》《〈玛纳斯〉史诗英雄母题的发展》等专著，并在吉尔吉斯斯坦出版的《诗歌史》等大型图书中撰写了有关《玛纳斯》史诗的章节。此外，还发表了30余篇关于《玛纳斯》史诗的论文。凯·柯尔巴谢夫，《玛纳斯》研究专家，文学副博士。从1967年开始从事《玛纳斯》史诗的研究工作，撰写发表了大量论文并出版有专著《〈玛纳斯〉史诗的艺术特色》等，为吉尔吉斯斯坦出版的《诗歌史》撰写了有关章节，共发表60余篇有关《玛纳斯》的论文。参与整理了萨恩拜·奥诺孜巴科夫和萨雅克拜·卡拉拉耶夫唱本的编辑工作。最值得一提的是，他对我国杰出玛纳斯奇居素普·玛玛依的《玛纳斯》唱本倾注了极大的热情，不仅把我国出版的居素普·玛玛依的《赛麦台》三卷唱本译成吉尔吉斯文出版，而且还撰写了《〈玛纳斯〉——英雄史诗的经典》以及对居素普·玛玛依和吉尔吉斯斯坦玛纳斯奇唱本的比较专著，发表了《中国新疆克孜勒苏柯尔克孜的〈玛纳斯〉》《玛纳斯奇居素普·玛玛依》《论居素普·玛玛依演唱的史诗〈托勒托依〉》《居素普·玛玛依与萨雅克拜·卡拉拉耶夫》等极有价值的论文。

此外，吉尔吉斯斯坦曾是苏联《玛纳斯》研究的中心，吉尔吉斯斯坦科学院下设有"《玛纳斯》学及民族文化研究中心"。这个中心从设立到现在历经半个世纪的发展，不仅培养了一大批《玛纳斯》研究专家，而且在史诗搜集、整理、出版方面也做了大量的工作。上述几位学者可以说是这个中心的骨干力量。其余研究人员以及一些大学中也有很多很有成就的研究学者。其中值得重视的学者及其成果有：布比·凯热姆加诺娃（Bubu Kerimjanova）所著《〈赛麦台〉与〈赛依铁克〉》（1961 年）；孟杜克·麻米热夫（Muñduk Mamirov）所著《〈赛麦台〉－〈玛纳斯〉史诗的第二部》（1963 年）和《萨雅克拜·卡拉拉耶夫〈玛纳斯〉变体的思想艺术特色》（1962 年）；萨帕尔·别格里耶夫（Sapar Begaliev）所著《论〈玛纳斯〉史诗的诗歌艺术》（1968 年）；阿依耐克·贾伊纳克娃（Aynek Jaynakova）所著《〈赛麦台〉的历史基础》（1982 年）；阿斯勒别克·迷迭特别科夫（Asilbek Medetbekov）所著《美学问题》（1971 年）；依灭勒·毛勒达巴耶夫（Imel Moldobaev）著《〈玛纳斯〉史诗是吉尔吉斯文化财富的源泉》（1989 年）；奥莫尔·索热诺夫（Omor Soronov）著《〈玛纳斯〉史诗情节叙事特征》（1981 年）；图尔迪拜·阿布德热库诺夫（Turdubay Abdirakunov）著《祖辈留下的遗产》（1980 年）；阿克巴热勒·斯蒂考夫（Akbarali Sidikov）著《〈玛纳斯〉史诗中的英雄母题》（1982 年）；卡德尔库勒·阿依达尔库洛夫（Kadirkul Aydarkulov）著《世纪的回音》（1989 年）；萨维特别克·巴依哈兹耶夫（Savetbek Bayhaziev）著《〈玛纳斯〉史诗的精神、哲学、爱国等思想及其教育意义》（2014 年）；库尔曼别克·阿巴科诺夫（Kurmanbek Abakirov）著《〈玛纳斯〉学的产生及发展》（2016 年）；吉丽德兹·奥诺兹别考夫（Jildiz Orozbekov）著《〈玛纳斯〉史诗中的骏马的艺术形象及描述技巧》（1996 年）；孟杜克·玛姆诺夫（Mongduk Mamirov）的《〈玛纳斯〉史诗的形成史》（2005 年）等。这些著作为世界《玛纳斯》学的发展注入了强大的发展动力，也成为世界《玛纳斯》学不可或缺的组成部分。截至目前，吉尔吉斯斯坦已有 20 多人以自己的《玛纳斯》研究论文而获得了博士或副博士学位。目前，吉尔吉斯斯坦科学院已成为具有世界影响的《玛纳斯》学中心。1995 年 8 月，吉尔吉斯斯坦隆重召开了纪念《玛纳斯》史诗一千周年国际学术研讨会，来自 80 多个国家和地区的 200 多名学者参加会议。同年，吉尔吉斯斯坦还推出了两卷本大型辞书《〈玛纳斯〉百科全书》。这部百科全书由吉尔吉斯斯坦百余位专家经过多年的亲历合作编撰而成，共收入 3000 多个词条，囊括了史诗方方面面的内容和与其相关的各种研究成果、资料和信息，堪称世界《玛纳斯》学的标志性成果。

20 世纪后半期，随着《玛纳斯》史诗文本资料不断被翻译成各种文字刊布发表或出版，世界各国学者也纷纷投入到《玛纳斯》史诗的研究当中，并出现了很多专门从事《玛纳斯》研究的著名学者。在土耳其出现了以阿布德卡德尔·伊南（1889—1976）为代表的一批研究学者，他们凭借语言优势，对《玛纳斯》史诗的拉德洛夫文本和乔坎·瓦利哈诺夫文本以及对吉尔吉斯斯坦的上述两位著名玛纳斯奇和我国《玛纳斯》演唱大师居素普·玛玛依的唱本开展广泛研究，而且这种势头越来越猛。阿·伊南不仅是《玛纳斯》史诗片断的第一位土耳其文译者，而且其在《玛纳斯》史诗研究方面也颇有建树。他于1934年在土耳其发表《柯尔克孜族（吉尔吉斯）语言纪念碑——〈玛纳斯〉》一文。此文一经发表在土耳其立刻引起很大影响，1936年《道路》杂志社第35期转载了这篇文章。同时，该杂志还在第36、37期刊登了他翻译的《玛纳斯》史诗片断。1972年，他在伊斯坦布尔出版了《〈玛纳斯〉史诗》一书。他在自己所发表的《〈玛纳斯〉史诗的思想及英雄》（1941）、《〈玛纳斯〉史诗的层次》（1941）、《〈玛纳斯〉史诗中的祭典、婚礼问题》（1960）等论著中，认为《玛纳斯》史诗是柯尔克孜族（吉尔吉斯）语言词汇的丰富源泉，并对史诗中的英雄人物，史诗所反映的柯尔克孜族古代社会、习俗、文化以及史诗的主题思想都进行了有益的探讨，指出了《玛纳斯》史诗在阿尔泰语系突厥语族诸民族中的重要地位。土耳其的另外一些学者诸如杜尔孙·伊利蒂里姆于1982年在安卡拉发表了《一部柯尔克孜族史诗在帕米尔》的文章。卡米利·托伊卡尔在《土耳其民间文学》第89期上发表了《玛纳斯奇居素普·玛玛依》一文，向土耳其人民介绍了我国著名玛纳斯奇居素普·玛玛依。菲克热特·图热克曼也在土耳其发表了许多研究《玛纳斯》的文章。另外，女博士纳兹耶·伊勒第斯的博士学位论文《〈玛纳斯〉与柯尔克孜（吉尔吉斯）语言文化》于1995年出版。这部500多页的论著除了正文之外，还附有拉德洛夫所记录的《玛纳斯》原文、拉丁转写以及土耳其文译文，是国外一部重要的《玛纳斯》学著作。此外，伊吾根·海热丁也发表了《土耳其出版的〈玛纳斯〉史诗论著》《新疆维吾尔自治区的〈玛纳斯〉史诗及〈突厥语大词典〉》等。在把"乌鲁木齐出版的史诗资料介绍给土耳其读者方面，伊吾根·海热丁的贡献是巨大的"①。最近，另外一位土耳其学者阿力木江·伊纳耶惕在我国学者的研究资料基础上出版了有关居素普·玛玛依及其唱本的专著《居素普玛玛依与〈玛纳斯〉史诗》②。全书分为两个部分，第一部分为居素普·玛玛依的生平简介，作者坦诚地讲道：该书的这一部分主要参考了阿地里·居玛吐尔地和托汗·依萨克以及郎樱发表的资料。第二部分则是《玛纳斯》史诗文本的翻译，包括居素普·玛玛依唱本第一部的从英雄玛纳斯的出生到他与卡妮凯的婚礼的内容。此外还附有词汇索引等。这部著作无疑是目前为止，土耳其出版的比较全面的关于居素普·玛玛依及其唱本的著作。

在世界《玛纳斯》学坐标系中，日本也是非常重要的国家。从20世纪80年代到中国留学的乾寻（Inui Hiro）女士在日本翻译介绍中国的《玛纳斯》史诗开始，西胁隆夫（Nishiwaki Takao）教授和若松宽（Wakamatsu Hiroshi）教授等为日本的《玛纳斯》学做出了重大贡献。西胁隆夫教授从事《玛纳斯》史诗数十年，在翻译介绍《玛纳斯》史诗方面贡献最大，成果最突出。他不仅翻译出版了我国《玛纳斯》演唱大师居素普·玛玛依唱本的很多片段，而且从1984年到2012年，西胁隆夫翻译有关《玛纳斯》的论文，如胡振华教授所著《柯族英雄史诗〈玛纳斯〉及其研究》，阿地里·居玛吐尔地和托汗·依萨克合著（*Залкал манасчы Жусуп Мамай*《〈玛纳斯〉演唱大师居素普·玛玛依》），阿地里·居玛吐尔地的《〈玛纳斯〉史诗口头特征》和《居素普·玛玛依史诗观》等论文。尤其是2017年，他花费若干年时间翻译了阿地里·居玛吐尔地、托汗·依萨克合著的《当代荷马：居素普·玛玛依评传》一书在日本出版，引起了国际史诗学界的高度关注，也为日本读者和学界进一步了解中国的《玛纳斯》史诗打开了一扇窗口。随着他这一译著的出版，日本的《玛纳斯》学必将提升到一个新的高度。若松宽主要翻译出版了吉尔吉斯斯坦著名玛纳斯奇萨恩拜·奥诺孜巴科夫唱本的内容。当然，除了上述这些学者之外，日本还有一些诸如立命

① 斯·阿利耶夫，特·库勒玛托夫编：《玛纳斯奇与〈玛纳斯〉学者》，吉尔吉斯斯坦，比什凯克，1995年，第183页。

② 阿力木江·伊纳耶惕：《居素普玛玛依与〈玛纳斯〉史诗》，土耳其，伊兹密尔，2007年。

馆大学奥村克三（Okumura Katsuzo）教授，阪南大学高桥庸一郎（Ta-kahashi Yoichiro）教授，和光大学坂井弘纪准教授，四国学院大学吉田世津子（Yoshida Setsuko）教授以及中西健（Nkanishi Ken）博士也都或多或少地在各自的研究中介绍或者涉及《玛纳斯》史诗。应该说，随着《玛纳斯》史诗在日本的不断普及，《玛纳斯》学也必将开出绚丽的花朵。

世界《玛纳斯》学经过东西方各国学者160多年的艰辛努力，已经发展成为一门显学，研究成果汗牛充栋。除了我们以上介绍的几个重点国家之外，世界各地都有很多《玛纳斯》研究者，比如澳大利亚、匈牙利、韩国、荷兰、瑞典、蒙古、土库曼斯坦、阿塞拜疆、乌兹别克斯坦等国也都有不少学者从事《玛纳斯》研究，也有一些值得重视的成果问世，但由于我们掌握资料有限，没能在这里一一点评和介绍。

本书中收入的成果只是世界《玛纳斯》学中九牛之一毛。但尽管如此，我们在编译时还是精中选优地翻译了世界《玛纳斯》学中最具代表性，内容充实，能代表不同国家研究特色和水平的一部分研究成果。从入选的论文中，读者不难看出入选本书的论文时间跨度较大。既有拉德洛夫于19世纪末发表的宏赡详实的田野调查报告，也有像卡尔·赖希尔于21世纪发表的崭新论述。毫无疑问，有些较早期发表的论文中的一些观点可能已经有些过时，也有一些论文的观点和内容有重复之嫌，当然也有一些论文中的某些观点还值得商榷。但只要是符合本书名称和体例要求，在一定程度上能够为目前的研究现状提供必要资料，能够让我国学者们看到世界《玛纳斯》学逐步发展的清晰轨迹，并且在各自的研究中有所参考借鉴，我们都尽量进行了多方面的选择。当然，为了让我国读者更准确地理解作者的学术观点，我们也对有些论文进行了进一步修订和适当的删减，剔除了其中具有明显错误的内容。

我们相信喜爱民族史诗的读者和专家们在阅读和参考此书时能够慧眼识珠，加以甄别和批评，取其精华，去其糟粕，在不断的切磋交流中提高和深化我们对《玛纳斯》史诗的认知。只要本书能够为我国读者初步了解世界《玛纳斯》学肇始和发展的整体面貌以及今后的发展趋势，并为我国的《玛纳斯》学的深入发展提供点滴启发，起到抛砖引玉的作用，我们就十分满足了。

《北方诸突厥语民族民间文学典范》
第五卷前言

——卡拉－吉尔吉斯（柯尔克孜）的方言①

［俄］维·维·拉德洛夫

【编者按】这是 19 世纪世界著名的语言学家和民间文学家，德裔俄国学者拉德洛夫发表于 130 多年前的一篇宏赡详实的《玛纳斯》史诗的田野调查报告，堪称世界《玛纳斯》学的奠基之作。此报告发表之后不久，很快在西方古典研究学界引起重视，并成为后来许多关于口头诗学和民俗学理论创建中非常重要的一篇启迪性论文。这一点从其对于整个 20 世纪民俗学、史诗学、西方古典学、口头诗学等诸多学科领域带来革命性变革的"帕里－洛德理论（或口头程式理论）"以及后来的"表演理论"所产生的影响就可略见一斑。"口头程式理论"的创建者米尔曼·帕里和其学生阿尔伯特·洛德在各自的著作都毫不掩饰地提到了拉德洛夫关于吉尔吉斯族口头史诗演唱传统的考察和研究报告对他们的学术理论思考所起到的启示作用。20 世纪的一些最重要的文学理论，更具体地说是史诗及口头史诗理论著作，如 20 世纪初英国出版的最重要的文学史著作之一，文学史家查德威克的《文学的成长》，1960 年出版的"口头程式理论"的奠基作阿尔伯特·洛德出版的《故事的歌手》，同一时期英国史诗学家 C. M. 鲍勒的《英雄诗

---

① *Radlov, Vasilii V.*; *Proben der Volkslitteratur der Nördlichen Türkischen Stämmme*, Vol. 5, *Der Dialect der Kara-Kirgisen.* St. Petersburg: Commissionare der Kaiserlichen Akademie der Wissenschaften. 1885; 本文译自 *Encyclopaedical Phenomenon of Epos "Manas"*; Bishkek, 1995.

歌》，以及后来出现的一些重要诗学著作如英国学者露丝·芬尼根的《口头诗歌》，约翰·迈尔斯·弗里的《口头创作理论：历史与方法论》《传统的口头史诗：〈奥德赛〉、〈贝奥武夫〉以及塞尔维亚－克罗地亚的归来歌》，格里高利·纳吉的《荷马诸问题》等重要著作无一例外地提及了拉德洛夫的思想。这样一篇重要的具有巨大启示意义的论文，我们国内却到21世纪才有了汉译文的刊布①，这是非常遗憾的，另外，也说明我国《玛纳斯》史诗研究与国际同行之间的差距。本文首先是根据吉尔吉斯斯坦于1995年出版的论文集《百科全书式的史诗〈玛纳斯〉》一书中从英文译成汉文的，后来又根据美国《口头传统》杂志于1986年发表的英文版进行了对照修正。

即将出版的这些文本②是作者于1862年和1869年从至今唯一仍保持着自己"柯尔克孜（或吉尔吉斯 Kyrgyz）"这个古老名称的突厥语民族，即所谓卡拉－吉尔吉斯（Kara-Kyrgyz）人中搜集到的。

卡拉－吉尔吉斯（或柯尔克孜）生活在天山山区北坡③、特克斯河沿岸、伊塞克湖南部以及楚河谷地。其居住地还延续到东至喀什噶尔、南至浩罕及塔拉斯河流域的广大地区。吉尔吉斯可分为两个主要的部落分支：右翼"奥翁（Ong）"和左翼"索勒（Sol）"。右翼主要由六个分支部落组成：1. 游牧于特克斯河至伊塞克湖以南地区的"布谷（Bugu）"（鹿）部落；2. 游牧于伊塞克湖南岸及西岸地区的"萨热巴格什（Sary Bagysh）"（黄麇鹿）部落；3. 楚河南岸的"索勒托（Solto）"部落；4. 游牧于安集延河两岸的"阿德格乃（Adighine）"部落；5. 散居在喀什噶尔西部和北部的"冲巴格什（Chon Bagysh）"（大麇鹿）部落；6. 散居在浩罕周遍地区的"切热克（Cherik）"部落。左翼部落分

---

① 见阿地里·居玛吐尔地：《〈玛纳斯〉史诗歌手研究》附录三，北京，民族出版社，2006年，第241—262页。

② 指收入《北方诸突厥民族民间文学典范》第五卷中由匿名的吉尔吉斯（柯尔克孜）史诗歌手演唱的《玛纳斯》及其他史诗文本资料－译者。

③ 在这里作者不知为何只说在天山北坡有吉尔吉斯（柯尔克孜）。其实，天山南坡当时亦有柯尔克孜族人居住——译者。

支群为数不多，主要游牧于塔拉斯河谷地。根据玛克萨耶夫将军（general Makshaev）的统计数据，俄国境内的卡拉 – 吉尔吉斯户数达 26825 顶毡房。如果按平均每户 5 口人计算，他们的人口数可接近 15 万。但是，实际数字至少应该是它的两倍，因为这里还没有包括前浩罕国境内的吉尔吉斯人。有关吉尔吉斯族部落、历史以及生活地域的详细资料可参见作者不久前在德国出版的著作①，其中对这些问题提供了更详细的资料。

卡拉 – 吉尔吉斯人所使用的语言虽然与哈萨克语十分接近，但在语音方面却与后者有很大区别。吉尔吉斯语看上去似乎很少有方言特征②。这正是笔者放弃对所处不同地理环境的不同吉尔吉斯部落进行资料搜集的原因。鉴于上述情况，笔者便把工作重点限定在从那些将数以千计诗行的韵文保存在记忆当中、演唱相当规模的史诗文本，同时又乐于同作者合作的人们口中记录下这些文本方面。入选上述丛书第五卷的所有文本范例都主要有下面几个来源：第一，从特克斯河③谷地布谷（鹿）部落歌手口中（1862）；第二，从伊塞克湖西岸地区萨热巴格什部落歌手和托克马克城东南部地区索勒托部落的歌手口中（1869）。

吉尔吉斯语语音特点在作者的另一部著作《北方诸突厥语言的语音》（*Phonetics of the Northern Turkic Languages*）中有详细论述，因此本文对上述书中和《北方诸突厥语民族民间文学典范》第一卷前言中论及的有关语言方面的问题仅有少量涉及。

笔者记录的吉尔吉斯文本几乎都属于史诗歌类型。它们是如此生动、感人和富有表现力，正是这一点促使作者将它们用韵文形式翻译出来。这也正是第五卷的书稿早已于 1876 年编定但推迟出版的主要原因。在翻译这些歌时，作者尽最大可能地保持了译文与吉尔吉斯原文的一致性，使原文和译文能够（除了极个别的情况外）完全对应。

记录在案的歌表明吉尔吉斯人的史诗创作活动正处在一个特殊的发

---

① Aus Sibirien. Lose Blätter aus dem Tagebuche eines reisenden Linguisten. Leipzig, 1884. pp 136—142，pp200—235.

② 作者的这一观点已经被晚近的研究成果所否定。据目前的研究，柯尔克孜语主要分为南北两大方言体系——译者。

③ 此指我国新疆境内的特克斯县——译者。

展阶段，也许我们可以将其更确切地定义为"真正的史诗时代"。这个阶段与希腊历史上的关于特洛伊战争的史诗还没有被记录下来，它还以口头形式传播，在人们的记忆中保存并世代相传的那种情况极为相似。就我们所知，民间诗歌的这种被我们称为"真正史诗"的阶段还从未在其原本形态上进行过研究。因此，我们认为关注吉尔吉斯史诗创作的特定环境是十分必要的。对这个环境的了解和认识有助于对记录在案的文本进行研究和分析，并最终对揭开史诗的很多未解之谜做出贡献。

　　与其他操突厥语的民族相比，吉尔吉斯和哈萨克这两个民族以较强的口头表达能力而著称。事实上，人们不能不对吉尔吉斯人运用母语的方法表示赞叹。他们说话总是那么流畅，从来没有停顿或踌躇支吾。他们从来都是清晰而准确地表达自己的思想，这令人羡慕，值得论述的特色还不仅这些。另外，他们的话语具有某种细腻而优雅的特征，即使在日常生活中，吉尔吉斯人也要尽量用有韵律的词汇巧妙构建句子、调整句型，使句子如同诗行一样相互连贯。无论何时听吉尔吉斯人讲话，都会使人立刻感受到一种韵律化的语言特征。观看一位熟练的吉尔吉斯歌手的演唱的确是一件赏心悦目的事情。人们很容易发现他们是那么地热衷于演唱，对自己的演唱倾注全部的热情。观察歌手用明快、优雅、精心创编的演唱感染自己听众的过程是极为有趣的。听众则从另一个角度积极参与到优秀歌手的演唱当中，并从中获得巨大的乐趣和享受。他们组成一个和谐敏感，富有欣赏情趣的群体，对每一个适时出现，运用恰当，表达准确的词汇，对每一个创编精妙词组和句子用兴奋而热烈的呼喊声做出回应，表达出他们（对歌手才能）的赞赏。听众们还常常被优秀歌手的（演唱和表演）吸引和征服，从而陷入一种绝对寂静的氛围当中。而这种寂静又不时地被听众中爆发出的对那些精彩、富于灵性的词组和演唱内容中出现的妙趣横生、机智诙谐的描述的赞叹或笑声所打破。听众通常是面对歌手坐在用色彩斑斓的各色毛毡缝制而成大花毡上或者干脆坐到地上，用热情、激动、狂喜的眼神紧紧盯着歌手的脸，用耳朵捕捉着从歌手口中飞出的每一个词句。

　　吉尔吉斯族这种超凡的语言表达能力主要归功于他们的游牧生活方式。他们用很长的时间来磨炼自己的语言表达技巧和习惯。除了吃饭和睡觉，他们似乎总是喋喋不休。人们欣赏口才出众者或演唱者的才能并认为用韵律组成的语言是所有艺术创作活动中最崇高的一项。这也就是吉尔吉斯族的民间诗歌如此发达、水平如此之高的根本原因。谚语、俗语、措辞绝妙的格言，押韵和不押韵诗歌、历史歌、英雄歌、婚礼歌、祭奠歌、哭丧歌等在吉尔吉斯族的任何聚会上得到演唱、背诵而且大受欢迎。应该说吉尔吉斯族的表演者是一些非常善于即兴创作的群体。人们通常会很容易地得到这样的印象，那就是，认为每一个歌手，甚至是那些并没有多少经验的歌手都能在没有任何预先准备的情况下即兴创作出献给应邀前来的尊贵客人们的赞歌。

吉尔吉斯人在背诵、演唱韵文诗歌，讲述各种故事方面是天才，高度赞赏那些才华超众者。因此，只有那些最出色的歌手才会在各种规模的集会上荣幸地被请出来为大家演唱。事实上，各种形式的聚会和祭典在吉尔吉斯人的游牧社会生活中是极为频繁的。比如，根据民族的传统习俗，对死者表示哀悼和敬意而举办的祭典仪式是每一个吉尔吉斯家庭的神圣职责。这样的盛宴通常要邀请很多客人参加。也正是在这样的盛宴上，那些最出色的天才歌手们要演唱挽歌和祭悼歌缅怀死者的丰功伟绩。这一古老的习俗培养出了不同水平的歌手，而且使他们有机会不断从一个地方游历到另一个地方去参加各种各样的祭典和其他形式的群众活动，并以演唱祭奠歌、英雄歌和其他史诗所获维持生计。这些演唱者被尊称为"阿肯"①。绝大多数"阿肯"在吉尔吉斯社会中都有十分显要的地位，特别是那些受到人民称赞并得到部落首领或贵族们豢养支持赞助的"阿肯"们尤为如此。"阿肯"们还受到可汗们和"玛纳普"②们的青睐和欢迎。他们总是豢养一些"阿肯"，给他们提供衣食，还赠送其他一些贵重礼品。歌手常常要充当可汗身边的随员，与可汗一起周游各地出席盛宴，参加其他各种大型聚会并在那里演唱各类民歌（通常

---

① 作者在这里指的是能够演唱《玛纳斯》等长篇史诗的民间艺人。"阿肯"一词在现代柯尔克孜语中是一个泛指所有民间即兴诗人和歌手的词，同"额尔奇"意义基本相同。19世纪的俄国学者如拉德洛夫、乔坎·瓦里汗诺夫等均用"阿肯"或"额尔奇"而没有用当今学术界广泛使用的"玛纳斯奇"一词，也没有使用柯尔克孜族民间对史诗歌手的特定称呼"交毛克楚"。这说明"玛纳斯奇"是晚近出现的词。"阿肯""额尔奇""交毛克楚"语意上都比较模糊。"玛纳斯奇"一词的出现更加规范了柯尔克孜民间艺人演唱《玛纳斯》史诗的专业技能—译者。

② 玛纳普：古代柯尔克孜族社会的统治阶层的一种官职头衔。

是史诗），而且还常常与跟随另外一些可汗而来的其他部落的阿肯们当场进行（史诗）演唱竞赛。歌手们通过歌唱竞赛来为盛宴集会增添热闹气氛，给人们带来快乐是极普遍的事。听众们以极大的热情关注和支持参加竞赛的歌手并在赛后对各位歌手的技艺给予评判。如果某一位可汗手下的歌手获胜，那这位可汗就会像获得了一次胜利一样感到无比自豪。

因为文化和历史发展的差异性，吉尔吉斯和哈萨克这两个具有亲缘关系的部族的民间诗歌也朝着不同的方向发展。当哈萨克族的民间诗歌之抒情性，就如作者搜集并收入丛书第三卷中的那些诗歌范例所证明的那样，成为其主要发展趋势的时候，吉尔吉斯族的民间诗歌则在史诗性方面获得了显著发展，而且这种特点越来越彰显，并且取代了抒情性，在这同时还将所有类型的民歌、传说、神话、各种散文体故事的内容都一一融入其中，使它们适合于史诗的体裁。

根据作者所知，在操突厥语族的民族中只有两个，而现在它们却彼此相距遥远，其史诗成为他们民间文学的核心。其中一个就是柯尔克孜，另一个则是今天仍游牧于叶尼塞河上游地区的阿巴坎（或米奴辛）鞑靼（Abakan or Minusia Tatars）。我们认为他们都起源于共同的祖先，明确地讲就是曾于 9 世纪推翻回鹘汗国的古代黠戛斯部（Khakas）①。目前居住在天山山脉的吉尔吉斯族是 10 世纪离开叶尼塞河上游及阿尔泰山麓向西南方向迁徙的古代黠戛斯部的一部分。根据这一事实，我们可以做出这样的结论：目前吉尔吉斯和阿巴坎鞑靼②这两个拥有共同祖先的民族的民间诗歌中史诗占主导地位的原因是这些作品起源于 10 世纪中黠戛斯还未分离成两部分之前的时代，到后来这种以史诗为核心的情况同时被从黠戛斯分离出来的两个分支部落的后代们继承和保存了下来，尽管它们生活在相隔遥远的地区而且相互之间已经隔绝了 9 个世纪。

---

① The word "Khakas" is incorrect reading of the Chinese hieroglyphs "Ke-ga-si", which we wrongly used by the Chinese annalists to denote "Kyrgyz" as early as the dynasty Tang period. ——原注。在这里，作者明确指出俄罗斯境内目前的哈卡斯自治共和国境内的哈卡斯人与今天的柯尔克孜族是同一个拥有共同族源民族—译者。

② 19 世纪的学术界普遍将叶尼塞河地区的一些操突厥语的族群统称为鞑靼人—译者。

上述两个突厥语民族今天的社会现状完全不同。说到阿巴坎鞑靼，他们由若干个没有一点团结意识、相互分离的小部落组成。由于四周均被俄罗斯移民包围，他们的传统生活方式受到严峻挑战。事实上，他们已经停止了游牧，放弃了他们的先辈曾经拥有的牧放大群牛、马、羊的生活。但是，他们也没有完全融入到农业生产之中，狩猎成了他们维持生活的主要手段。他们主要是在秋冬季节从环叶尼塞和阿巴坎大草原的被冷杉覆盖的森林地带猎取野山羊、飞禽和其他野味。而吉尔吉斯族则正好相反，由于这个民族与生俱有的顽强、不屈、坚韧不拔、热爱自由的秉性使他们得以保持传统的游牧生活方式。因生活在高山地区，尽管他们也不断受到来自周边民族的扼制，他们却成功地继续保持着自己的独立性。

吉尔吉斯原始的生活方式孕育出的好战性格依然留存在他们心中，使他们今天仍能在大清帝国、俄国、浩罕等的夹缝中保持相对独立的游牧生活，随时准备抵抗来自外界的侵扰。特别需要强调的是，吉尔吉斯族（相对于哈萨克族那种以家族为单位的小规模游牧方式）从一个地方迁徙到另一个地方都是从安全因素考虑，以整个家族或部落分支为单位进行，这迫使他们总是保持一定数量的武装力量以应对突发情况。尽管时刻都要为战争做准备，但吉尔吉斯与其相邻的其他游牧民族相比却拥有更多数量的马、牛和绵羊。在所有的北方突厥语民族中，吉尔吉斯对于部落之间的团结有着更加强烈的持久的渴望，这一点在他们的史诗中得到了鲜明的体现。吉尔吉斯族在历史上所经历的无数次战争考验培养了他们的凝聚意识，如果不是在政治方面（我们承认这对于一个以游牧为主要生活方式的民族来说是不可能的），最起码在精神、意识、思想、认识和追求方面，他们同其他突厥语民族有巨大区别。

从上面提到的阿巴坎鞑靼和吉尔吉斯的生活区别上，我们很容易理解，为什么曾盛行于两个民族中的共同史诗传统已经演变成不同的史诗风格。阿巴坎鞑靼没有一个能够把他们团结凝聚在一起的统一思想绝非偶然，他们总是不断地对自己的悲惨命运表现出强烈的不满和抱怨，今天他们只留存下彼此之间毫不连贯的、分散的英雄神话。这些神话故事的主人公都是些具有超凡能力、力大无比、身体硕大、相貌奇特且大同小异的人物。通常，这一类神话故事的主人公都出生在极度贫穷的家庭中，并在童年时代就历经磨难。他们只有凭借自己超人的体力和钢铁般的意志摆脱险境。在少年时代他就要担负起出征杀敌为父报仇的使命，在忠诚的坐骑、勇士般亲密伙伴的帮助下，长途跋涉来到地下世界，在那里与凶狠可怖的巨魔、恶毒的女巫展开搏斗，通过熊熊燃烧的火海和波涛汹涌狂风不断的大海，登上白雪皑皑的山峰，甚至上到天上与天神相遇，最终因自己的过失陷入真正的危机之中，甚至失去生命，而这时总是他忠诚的骏马将他救活并将他带回故乡。勇士完成这漫长而充满艰辛的历险达到目的，返回故乡，在父亲的土地上建立起宫帐，重新开始自己的狩猎生活。直到某一天，大部分是因为自己的鲁莽或违背妻子的忠告，他又一次陷入危险之中并在战斗中献出生命。

这些英雄神话营造了一个独特神奇、充满奇异幻想的超凡世界，塑造出许多虚构模糊的形象。在这个神奇世界中完全没有演唱者和听众平时所经历的生活艰辛和危难，因此这种想象中的神奇世界对他们具有无限的吸引力。也正是诗歌中这些超自然的、令人难以置信的、神奇无比的核心内容如同磁石一样吸引着听众的注意力，令他们着迷、令他们感到惊奇。要理解为什么这样的诗歌会对听众产生如此强烈的影响，我们就必须考虑到歌手们在演唱这类歌时所处的特殊环境。这样的演唱通常都要在傍晚，即在秋天或冬天的季节里那提前降临的黑夜中进行。一群猎手为了获得猎物而在山坡上忽上忽下地奔跑一天，他们已经累得精疲力竭，于是便扎营准备住下。他们用冷杉枝搭起棚屋，点起营火，然后围坐在火周围，身上裹着皮衣保暖。他们刚刚吃过晚饭，抽着旱烟，享受着燃起的火焰给他们带来的温暖。也就是在这样的时刻，歌手抱起他的考姆孜琴（一种弦奏乐器），在简洁而平缓的旋律伴奏下开始演唱。漆黑的夜晚、营火那闪闪烁烁的神秘光焰、猎手们头顶上的冷杉顶部呼呼吹过的阵阵寒风、歌手在演唱时发出的怪异而混沌之声，都给演唱平添了很多意想不到的神秘现场效果，增加了听众的惊奇和恐怖感。

吉尔吉斯人的史诗创作中出现的是与此截然不同的画面。他们对民族统一和团结的越来越强烈的渴望促使他们加快了将无数单独成篇的英雄歌和诗融合成一部民族史诗的进程。史诗的这种融并过程可以同自然界中铁屑被磁石吸引，或是新结的盐晶体通过沉淀作用在浸透后产生反应、溶解，逐渐聚合到晶核周围的情况相比较。与此相类似，吉尔吉斯族所有互不相连、独立成篇的传说和神话、对历史的回顾和其他各类故事、英雄歌和仪式歌等都被一一引入一个史诗核心周围，最终形成了民族的史诗。这部史诗吸纳了这个富有智慧的民族的所有内在感受、思想、渴求、观念和理想。

吉尔吉斯人并不认为那些由神奇的虚构因素所构成的幻想世界就是他们史诗中最有价值的成分。他们认为最有价值的是他们自己的生活，自己的亲身感受、愿望和理想在史诗中的反映。他们从那些现实事物和情形中得到无穷的乐趣，并使他们能够时时牢记自己的现实生活。虽然史诗中的人物也都具有各种神奇而不可思议的危险经历，但他们却被塑造成了具有常人心态和七情六欲的形象。英雄们被描述为具有杰出品格的人，虽然他们不能够完全摆脱常人所具有的弱点和缺点。吉尔吉斯史诗中的这种神奇非凡的因素，在我们看来，是为了让听众摆脱生活中的那些艰辛、磨难的困扰，使他们更好地感知史诗演唱的情景，调整心态。

吉尔吉斯族的民间史诗核心所拥有的全部史诗构成部件都用来描述史诗的主人公，萨热诺盖部落首领加克普之子，尊贵的玛纳斯。玛纳斯是吉尔吉斯勇士中最强壮最勇敢的一位。在四十名勇士的护卫下，玛纳斯征战四方，克敌制胜。很多部族都从自己的痛苦的经历中了解和认识到玛纳斯是一位天下无敌的英雄。他打败了契丹人，迫使撒尔特人迁徙，攻占了卡拉萨尔，打垮了波斯人①。玛纳斯的胜利与他的坐骑阿克库拉有着直接的关系。世界上再也找不到能与这匹强壮、高贵的灰白马相匹敌的神骏了。英雄身穿一件箭矢射不透的美丽白战袍迎战敌人。玛纳斯不仅让战场上的敌人心惊胆战，而且对那些背叛他的人也毫不留情，包括他最亲密的朋友和亲属，甚至连自己的父母都害怕儿子的怒火。就像希腊的英雄阿喀琉斯是一个力大无比的英雄一样，玛纳斯在自己阵营的所有英雄当中是最强悍的。唯一能与玛纳斯抗衡的是身体硕大以食量惊人著称的敌手交牢依。交牢依体力精力惊人、体格超凡，在他醒着时无人能打败他。唯一能打败交牢依的机会是在他吃喝完令人难以

---

① 拉德洛夫记录的文本与我们比较熟悉的我国著名玛纳斯奇居素普·玛玛依唱本之间有一定的区别，这正好验证了《玛纳斯》这部口头诗史的变异性特征—译者。

置信的大量食物和酒之后呼呼大睡的时候。因为他一旦入睡就酣睡不醒。交牢依的战马阿奇布旦也像玛纳斯坐骑那样强壮。

除了玛纳斯和交牢依，吉尔吉斯史诗中还有很多其他人物形象包括卡拉诺盖汗王加木额尔奇，坚强勇敢能够打开天堂之门的老英雄阔绍依，尊敬的康巴尔汗的后代阿依达尔汗之子阔克却等。敌方中最丰满的人物是卡拉汗、吾鲁木汗和契丹首领空吾尔拜。

希腊史诗的所有诗歌意象都准确地反映了当时独立分散的希腊联盟或多或少趋向于稳定的政治面貌，以及这个联合体共同反抗自己敌人的业绩，尽管它们之间的关系也并非那么亲密和睦。同样，吉尔吉斯史诗也描绘了这个民族历史上的真实而可信的政治生活图景。要了解这是一个怎样的政治生活景象，我们必须首先牢记吉尔吉斯作为一个真正的游牧民族，他们丝毫没有建立独立国家所必需的牢固而根深蒂固的社会秩序的概念和想法。他们的游牧生活方式可以比作那种把惊涛骇浪一会儿往一个方向，一会儿又向另外一个方向推出的狂风中的大海，从来就没有创立起建立独立国家所必须依赖的牢固的物质基础；也可以比作溢出两岸河堤泛滥于耕地上，淹没无数城市乡村，捣毁其他民族输入的文明成果，达到毁灭性行为的高潮后又逐渐退回到自己原来的河床里的河水①。

同样，我们在吉尔吉斯史诗中也可以看到一个接一个出现的无数次血腥悲壮的战斗场面，但是我们又怀疑在这些大大小小的战争中付出血的代价所换来的结果是否值得。英雄们死去，但他们的后代却又重新崛起，继承先辈的遗志在同样残酷的血腥冲突中耗尽自己的一生。游牧者不懂得关心自己的未来，他们满足于眼前的生活，不想方设法改变它，除非出现某种来自外部的危难迫使他们拿起武器去捍卫他们的生活。因此，当我们看到史诗画面一个接一个地快速延续时，我们可能会对以如此快的速度向前发展，而且看上去目的很不明确、变化不定的情节画面能够被歌手们记忆在脑海中，而我们所谈论的史诗又属于一种思想和观

---

① 原作者非常形象地比喻了从祖先的起源地叶尼塞河迁徙到天山山脉之后的柯尔克孜族的现实情形，实际上柯尔克孜族的祖先在9世纪曾在叶尼塞河上游地区建立过强大的黠戛斯汗国，并一度成为漠北的兄长—译者。

念与那些过着定居生活、从事各种工农业生产活动并不断设法改进自己的社会生活水平的民族相去甚远的游牧民族而深感迷惑。如果我们把吉尔吉斯史诗画面中的亚洲景象同希腊史诗中色彩斑斓、富有魅力的景色以及史诗中描绘的古代希腊人为自己故乡富裕和繁荣而辛勤劳作，为物质和精神生活的完美而奋斗的文明的社会生活加以比较就能觉得前者颇有一点苍白乏味的感觉。如果我们公正地评价吉尔吉斯史诗的话，它也描述了由绿色冷杉木森林覆盖、景色如画的山坡，头顶着永恒的皑皑白雪的山脉和高峰，峡谷中湍急而下的晶莹透彻的河水以及无数大大小小的瀑布上产生的五彩缤纷的彩虹。但是，这些如画的景色的描绘还不是吉尔吉斯史诗的精彩华章。那无边无垠的戈壁荒滩和单调的山区草原牧场的景色也是能够真正引起牧人的普遍兴趣的。牧人们的生活也像他们的草原一样单调乏味。从外表上，他们看上去并没有什么差别。只有通过他们所牧放的绵羊和马匹的数量才能区分他们的社会地位，弄清他们所属的社会阶层。他们的生活从表面上看好像很乏味和很沉闷，但他们无疑是大自然真正的孩子，能够感受和体验深沉而真实的情感。爱与恨、欢乐与痛苦、无私与贪婪、真诚与背叛、仁慈与复仇等情怀对这些看上去粗俗愚笨的游牧民来说不但不缺乏，反而还鼓舞和激发他们的斗志，使他们鼓足勇气去完成自己的使命。这一点与在俄国乃至全世界都广为人知的希腊史诗的情况一样。纵观吉尔吉斯史诗，它一定会引起俄国读者的极大兴趣，尽管人们不一定在开始读它时对它寄予很大的希望。人们最好一段一章地读这部史诗，否则它那单调的叙事足以让读者乏味。

史诗中展示的战争与历史上吉尔吉斯族反抗契丹和卡勒玛克的战争是十分一致的。但是，这并不表明史诗的主要英雄玛纳斯和交牢依就是参加过那些战争的真实历史人物。由此我们可以看出，这部史诗是将真实的历史事件同古代信仰以及传说交融到一起创造出来的一个有机整体，史诗中所有的成分都同样重要也十分有意义。

虽然本卷中选入的史诗歌以三个题目命名：《玛纳斯》《交牢依》和《托什图克》，但我们决不能就此认为这些史诗歌代表三个独立而互不相干的史诗作品。在其他突厥语民族中以《艾尔托什图克》（"Er-Toshtuk"）之名广为人知的神话以英雄歌的形式收入了我们卷本之中

（对此，稍后还将做详细说明）。《玛纳斯》和《交牢依》在这里展现出了众多章节，但它们合在一起也不是吉尔吉斯史诗的全部。我们有足够的理由认为，把保存在民族意识中的史诗原原本本地用书面形式表现出来是绝对不可能的。的确，史诗在十分广泛的意义上反映了民族的生活，展示了他们的内心感受、思想、希望、理想、目标和勇气。我们必须承认民族的生活通过不同的人物命运得以展现。史诗作为用诗歌表现民族生活的一种形式包含了与特定的人物形象密切相关的很多章节。这些章节在史诗的活形态时期被众多演唱者进行演唱，相对独立，但实际上都是史诗有机组成部分。要想凭借这些章节主观臆断地想获得有关整部史诗的可靠画面和信息简直是不可能的。从这一观点出发，史诗还是一个没有完成的事物。在我们看来，它完全等同于民族的意识，在民族中产生并随着民族生活的改变而不断改变。如果真有人能够写下史诗所有现存的内容和章节，那么他必须在另一个特定时期重复同样的工作，因为史诗各个章节在新一轮歌手的表现中不可避免地在内容上发生了一些变异。这些变异发展到一定程度时足以促进史诗新章节的产生。这样，它们的数量就会随着时间的延续而不断增加。事实上，搜集的史诗章节越多，试图把它们聚合在一起，组合还原整部史诗就越困难。史诗章节数量的增加就意味着无法处理的变异文本、重复和矛盾情节的增多。

由于笔者的主要目的是搜集用于研究吉尔吉斯语的口语资料，因此所有的文本都是原原本本按演唱者的口述记录，它们的表达方式完全得以复现，重复和矛盾之处完全得以保留。笔者既没有加以修正也没有节略或删除重复的内容。我们认为这是唯一能够真实呈现吉尔吉斯史诗现状的手段。

在这个卷本中收入的许多史诗章节都是按玛纳斯的生命时序安排的。以"玛纳斯的诞生"为题的第一个章节是从托克马克城附近的一位萨热巴格西汗王豢养的歌手口中记录的。这个文本在内容上显得较为粗劣，这主要是歌手为了在演唱玛纳斯诞生时应答作者不断提出的问题而即兴地融合了一些成分所致。看来只要一个提问就足以激发起歌手的即席演唱并且创编出一个新歌。第二个章节叙述了卡勒玛克英雄阿勒曼别特逃离家乡的情节。十分偶然的是，在这一章节中还提到了关于乌古斯汗（Oguz-Khan）的著名传说。就阿勒曼别特而言，他曾是阔克确最亲密的战友和伙伴。但是在一次争吵之后，阿勒曼别特便与他分道扬镳，前去和玛纳斯结盟，忠心耿耿地伴随玛纳斯终身。第三个章节展示了玛纳斯的主要生活画面。史诗以赞颂玛纳斯的英雄行为开始，然后是关于玛纳斯与阔克确之间显然是由于阿勒曼别特离开阔克确投奔玛纳斯而引发的战争的详细生动的描述。接下来就是描述玛纳斯与卡妮凯的婚姻。然后便是玛纳斯之死，但歌手没有明确交代英雄的死因。最后描述了玛纳斯亲属的命运以及英雄奇迹般复活的故事。最值得一提的是，在第三章的内容中，歌手自始至终把玛纳斯描述成了沙皇以及俄罗斯人的朋友。沙皇在这里成为史诗的一个人物参与了史诗中的某些事件，我们完全可以肯定演唱者提及沙皇的唯一原因就是笔者当时也坐在他的听众中间。很显然，演唱者认为如果把俄罗斯人唱成玛纳斯的敌人一定会得罪在那里记录他演唱内容的俄罗斯军官。为此，在演唱过程中他对史诗的内容即兴地做上述变动以取悦俄罗斯客人。这一事实表明演唱者特别注意自己的听众角色而且设法对他们的反应做出回应。第四个章节描述了有关各路客人率领大队人马都来参加的由包克木龙举办的大型祭典。第五章揭示了在第三章中提到的有关玛纳斯的死因。玛纳斯不顾妻子的劝阻执意邀请自己的那些长期与敌人混居的亲戚们搬回到故乡。早已改变了信仰的那些亲戚们最终暴露出他们的野心，与玛纳斯发生冲突并谋害了他。第六章和第七章包含了有关玛纳斯离开人世、他的葬礼以及他的儿子赛麦台、孙子赛依铁克业绩的描述内容。在第二部史诗歌中，歌手把精力完全放在描述交牢依的业绩上，而且完全没有提及这位巨人与玛纳斯的关系。这似乎是歌手对这两个史诗人物所持有的个人态度，因为作者恰巧在其他章节中听到过一些（比如在有关包克木龙的第三章中）描述玛纳斯与交牢依之间复杂关系的内容。

正像上面提到的那样，作者记录下的第三部史诗是一部关于英雄托什图克的歌。从其风格上看，它是一部在中亚和西伯利亚突厥语民族中广为人知的英雄神话。这部神话最初是作者从一位塔布塔塔尔（Tobol Tatar）部落的歌手口中记录下来的（见《北方诸突厥语部落的民间文学典范》第四卷）。这则神话的主人公叫艾尔托什图克。他因为进入地下王国历险而声名远扬。吉尔吉斯歌手完全用史诗的传统手法极为详尽地演唱了它的开头部分。而对于这部神话的第二部分，很明显，他也不十分熟悉。他演唱的艾尔托什图克地下历险的故事冗长而乏味。不仅如此，艾尔托什图克在吉尔吉斯英雄史诗中的经历与上述塔布塔塔尔神话中艾尔托什图克的历险相去甚远，有很大的区别。我们认为这完全是演唱者的失误造成的。这似乎也不是演唱者因为演唱了关于英雄交牢依的史诗而困乏的缘故。他的确也应该休息了，但却没有。他唱完交牢依的故事后便在作者的要求下紧接着开始演唱《托什图克》，确实没有做任何的间歇。由于疲劳，歌手很明显是有意将通常要演唱的内容进行了缩减，省略了许多情节和场面。比如他没有提到艾拉满寻找他父亲和九个姐妹的原因。此外，他还混淆了父亲为英雄儿子及其九个兄弟挑选未婚妻为目的的远行。艾尔托什图克留在家中没有参加婚礼的最重要原因也被遗漏了。

要想按歌手的演唱记录下他的歌是十分困难的一项工作。歌手在其一生中从来没有为记录而演唱过史诗。（专门为记录而演唱）他感到很不自在，而且总是因自己造成的矛盾而陷入思维混乱，找不到头绪。要求说清这个或那个问题的任何提问都会使情况变得更糟。为达到预期目的，笔者只能首先让歌手把一个完整的章节用他平时的演唱方式唱一遍并记录下这一段的内容要点。在这样做之后，才要求歌手把同样的一章再从头演唱一遍。只有用这样的方法，笔者才能有机会观察、记录和校正所有可能出现的遗漏和不准确的内容，但即使采取了上面的措施，这些问题在记录文本时不可避免地还要出现。

歌手用不同的韵脚并按照被称为"吉拉（jira）"（见《北方诸突厥语民族民间文学典范》第三卷前言部分）的格律运用各种韵律吟唱史诗，通常情况下是在诗句的尾部押韵。这也许是受到了哈萨克民间诗歌的影响，尽管头韵也得到广泛运用。头韵是生活在阿尔泰和乌拉尔地区的所有突厥语民族民歌的一个独特之处。在演唱史诗时，歌手运用两个不同的旋律。第一种通过节奏的加快在描述和推动故事情节向前发展时得到运用；第二种则显得庄严、肃穆和沉静，以歌剧中的宣叙调形式出现，适用于人物的独白和对话。任何一个有经验的歌手都坚持遵循旋律的这两种变化。事实上，也只有这两种旋律被所有吉尔吉斯歌手广泛地运用着。值得一提的是，柯尔克孜族阿肯们与其他突厥语民族的歌手们相比，他们在演唱时对各种词汇的运用表达更胜一筹。吉尔吉斯歌手的发音极为清晰和独特，上面提到的那种宣叙调式的演唱方式也无损它那种绝妙的、令人赞叹的特征，这也在相当大的程度上减轻了史诗记录工作的难度。

每一位有天赋的歌手都往往要依当时情形即兴创作自己的歌，所以他从来不会丝毫不差地将同一首歌演唱两遍。他们并不认为这种即兴创作方式实际上是一次新的创作。事实上，歌手的即兴创作与音乐家运用各种熟悉的一组组音符和片曲创造出与自己感觉中的情景相适应，而又能不断唤起他即兴创作欲望的新的音乐画面的创作方式十分相似。这样，新事物就可以从旧事物中创造出来，并且更知名。对于史诗歌手来说，他在自己的记忆深处早已储备好了能够在演唱时随时可以调用的十分丰富的现成诗歌片语（song pieces）。歌手将这些现成的片语以恰当的方式按史诗情节的需要结合起来。每一个片语都是任何一次演唱中可以共享的典型段落（common places），例如英雄的诞生、成长，对战马和武器的赞美，为战斗做准备，战斗之前英雄的对话，描述人物，摹绘骏马，塑写著名英雄，夸赞美丽的新娘，对毡房各种华丽装饰的赞美，为祭典邀请客人，盛宴的程序，英雄人物的亡故，遗嘱歌、悼仪歌，状写景物，夜幕降临和黎明到来，闪电、洪水、狂风等等。歌手的艺术就在于将这些现成的片语根据事件进程严密地组合起来，创造出完整的史诗画面。为了完成这一使命，有经验的歌手往往会调动和发挥自己所有的表演技能。他会灵活地调用前面提到的各种典型段落（common places），或者将某一意象简略带过，或者精雕细刻，或者根据情节的需要加以更为细致入微的描绘。歌手储存在记忆中的现成片语越丰富，他演唱的史诗篇幅就会越长，内容也更加生动富于变化。这样，即使他演唱的内容很长也不至于让听众感到厌倦。歌手演唱水平的高低取决于他在自己的记忆中所储存的这种片语的多寡以及他操作和处理它们的能力。只要了解一部史诗的内容，有经验的歌手就能将它演唱出来。当笔者问歌手，他的哪一首歌（史诗）最值得记录时，一位十分杰出的歌手这样回答："我能演唱所有的歌，因为安拉赐予我这样的能力。万能的安拉把这些词句放入我的嘴里，所以我无须去寻觅它们。我没有背下任何一首歌。我只需开口演唱，那些诗句就自动会从我的口中流泻而出"。他说的似乎完全是事实。吉尔吉斯歌手的演唱技巧完全基于即兴创作，他们能够演唱任何一部作品。由于全神贯注于自己传达的内容和信息之中，就像任何一位说话者在运用母语时从来不踌躇停顿那样，歌手唯一的想法就是如何把自己的想法最完美地表达出来。

的确，一个成熟的歌手会冒着耗费他所有演唱技能的危险，毫不间断地演唱数天、数星期甚至一个月。众所周知，即使是最出色的演说家，如果他说的太多，最终会丧失自己的雄辩能力，不知不觉地重复自己的话语中那些机智的言辞，而这便会瞬间导致这些演说家的演讲变得单调和乏味。同样的情况发生在萨热巴格西部落可汗手下的一位歌手身上，这主要是因为他唱完一部篇幅极长的有关交牢依的英雄歌之后，紧接着开始演唱有关艾尔托什图克的歌。比起他先前的演唱，他的这次演唱就显得不够生动，这明显是歌手疲劳的缘故。这样，笔者很快就不得不让他先停止演唱。再唱下去，显然已经毫无意义，因为歌手此时开始大量地重复自己在演唱有关交牢依的歌时用过的那些片段、段落。顺便提一句，这就是为何那篇关于托什图克的歌，虽然被记录下来，但却从来没有收入作者编选的丛书中的原因。

正像上面提到的那样，歌手的能力取决于他所储存的史诗内容中的那些典型段落（common places）的数量和种类。但是，仅仅这一点还不够。歌手还需要有一个激发他演唱欲望的外在刺激因素。很明显，这种激励机制是由那些为了听他演唱而坐在他周围的听众营造的。毫无疑问，歌手一定会尽自己最大的努力来赢得听众对他演唱内容的不断喝彩，但是真正的原因并不在于他是如何强烈地渴求名誉，而在于他会从这一职业中获得直接的实际利益。所以，他在演唱时会十分关注听众们的兴趣和反映，特别是那些达官贵人们的反映。如果听众中无人提出什么特殊要求，比如演唱史诗的特定章节，歌手通常要从序诗开始演唱，这是为了演唱史诗的正式内容而做准备，以显示自己的口才和技艺，同时也试图通过对听众中最重要最有影响者提示和影射引起听众的兴趣，在进入正题之前吸引每一位听众的注意力。

当歌手看到听众热烈的反映，听到听众中传来的越来越热烈的呼喊声，断定自己的演唱已经达到了预期的效果之后才开始转入正题。他通常是一章接着一章地演唱，并在每章的开头加一个简短的情节概括，以便听众更好地理解故事的内容。演唱能否继续，这完全取决于听众的反映。来自听众的赞叹声会极大地鼓舞和激励歌手。当然，听众身份的构成对他也十分重要。假如听众中有达官和显要，那他决不会忘记把这些显贵们所属部落的汗王赞颂一番，并且在演唱中加入一些动听的诗句、词组、短语和比喻来取悦他们。如果听众全部为贫穷的牧人，歌手便会在大部分情况下有意识地讽刺、挖苦、嘲笑那些富贵达官的傲慢、刻薄、贪婪的秉性。比如，当笔者正好坐在听众之间时，歌手在演唱史诗《玛纳斯》第三部分的时候提到沙皇是玛纳斯的朋友。这就是歌手如何设法取悦一个俄罗斯军官的最好证明。

由于听众的情绪变化是如此敏感，歌手也可以清楚地知道自己何时应该停下来。这一点通常按下列程序进行。歌手刚开始注意到听众出现的厌倦情绪后，他会竭尽全力发挥出自己的口才、表达能力和诗歌想象力重新唤起听众的激情，他的演唱也会达到高潮，然后他要短暂地停一会儿，而这时的寂静又很快会被真正热烈的赞叹和欢呼声所打破。歌手对自己听众心态的了解程度确实令人惊叹。有一天，笔者也目睹了这样的一个场面。在演唱过程中，一位富翁特别兴奋和激动，他在聆听时欣喜若狂，眼里闪动着激动的泪花，最后甚至脱下自己身上穿的东方式丝制长袍扔给歌手作为奖品。

在聆听歌手的演唱时，笔者有绝好的机会了解吉尔吉斯听众最喜欢史诗的那些章节。令人惊奇的是，听众对那些虽然索然无味，内容平平，但却由歌手刻意创造出的奇妙押韵诗行也表现出很大的热情。最受听众欢迎的是玛纳斯与其40名勇士诉诸武力进行征战的内容。正因为如此，所有的歌手都会尽最大努力用最精彩的诗句将这一章的内容表现出来。这也是这一章为何有那么多变体的原因。

笔者想在这里指出的是，无论多么努力，却还是没有能够把史诗用精确的方法准确无误地记录下来。笔者和歌手一起工作的程序和方法好像不够有效。也许正是为了记录的需要而让歌手对一首歌（平时演唱的）缓慢讲述和重复，加上笔者在歌手演唱过程中反复插入，不断提问，很遗憾地冲淡了歌手演唱时绝不能少的激情宣泄和即兴灵感的发挥。这样做实际上剥夺了歌手像平时那样充满激情的自由演唱方式，迫使他失去了先前那种振奋、热情的情绪。作者既没有用奖品也没有用赞扬来激励歌手。当然，在这种情况下，这些人为的手段对歌手的演唱也不会起什么作用，因为这些手段根本不能填补歌手所需要的那种在场普通听众热烈的反响缺憾。这就是笔者记录的文本在很多方面存在缺憾的主要原因。但笔者相信歌手也尽了自己的努力。值得一提的是，与此相关的俄译文也没能真正全面地展示吉尔吉斯诗句所描述的画面，特别是后来出现的那些仅仅为了押韵而运用的大量词组和短语。它们的绝大部分在翻译时显得多余和毫无意义。

在我们看来，所谓"史诗问题"之所以出现那么多不同的观点，是因为参与讨论的各方都不理解一些词的本质意义。事实上，希腊的"ayid"与吉尔吉斯的"akyn"都是同一类型的歌手。在荷马的歌中所看到的那样①，希腊歌手属于君王的随臣。史诗演唱是他的特权。他受到缪斯神的保护和引导而创造歌。（吉尔吉斯歌手也同样如此，他告诉笔者这都是万能的神灵把诗句放入他嘴中，并让这些诗句按特定的规律从他口中流溢而出）。根据尼色的（Niese）理解，荷马史诗中的歌手是通过学习演唱技艺而掌握这一本领的说法是站不住脚的。不可否认，叙事技艺是他通过学习来获得，通过学习而掌握，但这是仅仅通过聆听其他歌手的演唱，在一种被动情况下的学习。事实上，史诗从来就没有一个十足的范例。这里有的只是歌手在即兴创编时作为准则的情节和故事。歌手从来不演唱其他人创作的歌。在演唱中进行创作是他们的特权。他们通过上述即兴创作方法做到这一点。歌手凭借自己超凡的演唱技艺维持生活是千真万确的。我们认为尼色（Niese）在上面提到的著作中似乎过分夸大了这一广为人知的事实。荷马只是指出了选择在婚礼上演唱，因为只有在那样的场合他才能拥有激情高涨的听众，找到演唱的绝好机会。

我们有很多理由坚持认为歌手现象与任何民族特定历史阶段的，即在人类的文化还不发达（被笔者称为"真正史诗时代"）的时代有密切联系。这是韵文体的歌成为人们唯一的语言艺术形式，而且只有歌手才能重新创造、保存并让它代代相传的时代。我们可以坚定地说，所谓"真正的史诗时代"必定与那些还没有达到创造独立的理性文化的民族

---

① Cpabn. Niese. *Die Entwicklung der homerischen Poesie.* Berlin，1882.

相关联。这样的民族才能造就具有惊人即兴创编能力的歌手。随着文化的发展和书面文字用来记录民间诗歌的时代的到来，歌手们便逐渐被那些自己不创作史诗，只能吟唱别人创作的庸人们排挤掉了。

在与吉尔吉斯歌手一起工作时，笔者得以有机会证明，即使是那些技艺超凡的歌手也只能记住其他人创作的文本的有限部分。因此，任何一位歌手都绝对不可能背诵如同荷马史诗那样长篇的诗歌。笔者的意思是说常人的记忆不可能记住一部特别长的韵文作品，特别是在它还没被记录下来的情况下。值得一提的是，无论如何，笔者恰巧遇见过许多穆斯林能够把《古兰经》全部记住并毫不费力地把整部书逐行且没有差错地背诵下来。但这仅仅是在一部长篇作品有书面形式的前提下，由人们煞费苦心地进行记忆，同时反复查阅核实的情况下才有可能。在未来的 10 年中，还没有被记录下来的传说神话一定会在词语表达方面发生显而易见的变化。这就使笔者想到，荷马史诗那样规模的韵文作品是不可能完整地留存在人们的记忆当中的，除非它们被记录下来。说到荷马史诗，有一些原则问题需要回答。这些诗是怎样创作和保存的？它们是不是由一个人创作完成的？它们是不是在许多诗人的创作基础上汇编而成？根据个人的诗学知识，作者趋向于认为荷马的诗歌应该是他创作完成的，但这并不妨碍作者坚信荷马史诗是名副其实的民间史诗典范。

在 19 世纪中，我们目睹了相同作品的出现。笔者在这里指的是由伦诺特（Lennort）搜集和记录的芬兰史诗《卡勒瓦拉》。从孩提时代起就热衷于诗歌的伦诺特花费大量时间去聆听传说、神话、民歌和其他诗歌。对民间文学的浓厚兴趣使他最终成为一名史诗演唱者。作为一个才思敏捷、头脑机敏并受过良好教育的人，伦诺特发现了自己学唱的作品中那些相似的诗歌主题和情节以及它们之间微妙的内在联系。这促使他记录下了从芬兰境内发现的所有史诗。他的这种艰辛劳动的成果就是最后出版的《卡勒瓦拉》。

司廷撒勒（Steinthal）教授对伦诺特没能将自己搜集的原始史诗资料结集出版感到遗憾。他认为把各自独立的歌和诗作结合起来构成一部完整的史诗永远是一个无法实现的美梦。这种看法似乎不太妥当，因为伦诺特不可能这么做。伦洛特认为，刊布所有单个独立的史诗歌，这样的出版物对理解整部史诗也不会有多大益处。《卡勒瓦拉》是以他自己的创作方式出版的。伦诺特尝试着这么做了，而且在一定程度上取得了成功。但《卡勒瓦拉》作为一部完整的史诗在很大程度上依然反映了伦诺特个人的志趣。如果他不是靠自己的记忆和对史诗的理解把《卡勒瓦拉》所包含的至少一半的内容写下来的话，他就不可能完成他的这部杰作。当伦诺特搜集的各种韵文作品开始嵌入他的记忆中时，这部篇幅宏大的作品的各个部分不断地在他脑海中相互作用、相互交融，在一个特定核心周围聚集组合，并逐渐形成一个完整的体系。伦诺特在完成这个工作的过程中，史诗各个组成部分之间的矛盾如果不是完全消除也至少是理顺了一些。可以想象，再也不可能有另外一个人能够把独立分散的史诗章节组合创编成像《卡勒瓦拉》那样的作品。甚至连伦诺特本人也没能把作品中存在的矛盾情节完全除去。他似乎懂得自己不能不顾一切地把民间诗歌的内在发展机制完全剥夺。所以，伦诺特的《卡勒瓦拉》的内容也不是完全没有相互矛盾的地方。此外，还有无数插入的内容，它们也许还并没有安排在最恰当的位置上。

司廷撒勒（Steinthal）① 教授针对《卡勒瓦拉》讲过下面这样一段话：“1832 年以前，对芬兰史诗完整的面貌根本无人知晓，甚至伦诺特本人也是如此，尽管他是聆听着这些歌长大，而且是这些歌的最优秀的演唱者之一。”人们不能不相信这种观点。的确，无人知晓芬兰农民演唱的各种民歌就是这部史诗整体的某个部分。以这种结构分散的形式存在的史诗确实需要搜集和结合成完整的一体。正是伦诺特成就了这项伟大的工程。他熟悉大量的民歌而且着手搜集，与此同时，他还劝导别人也这么做。随着不断的积累，这些民歌逐渐开始相互关联，彼此关涉，整部史诗各个组成部分也逐渐显出了轮廓。

基本上，这就是芬兰史诗既存的方式。它以一种零散分解的状态，弥散在各个不同的作品中。所以，直到伦诺特开始搜集民歌时，人们对它还知之甚少。由此，我们可以断定 1832 年芬兰的（像吉尔吉斯族今天还依然生活在其中的）“真正史诗时代”已经结束。史诗时代的显著特征在于史诗规范人们道德的盛行，社会的每一个成员都把史诗想象为是一个整体。不能不承认，无论如何，甚至在“真正的史诗时代”除

---

① Steinthal. *Das Epos. Zeitschrift fur Volkerpsychologie und Sprachwissenschaft*, V. B. S. 44.

了歌手们，再也无人能创整部史诗。大部分人只知道史诗的一些独立章节，但歌手们却能把这些章节想象为整部史诗的组成部分。

根据伦诺特搜集和创作芬兰史诗的经验，人们也能够设想这种工作只有那些活跃而积极的民间歌手才能完成。随着演唱篇目的不断增加，他可以分析出有效、适用的史诗材料，从而发现那些看似独立分散的歌是如何相互连接成为整部史诗的有机组成部分。在芬兰这样的国家，史诗时代早已销声匿迹，要创编史诗就要花费更多的时间付出更大的努力。最重要的是，尽可能多地搜集采录独立史诗作品。这当然不可能由一个人在短时期内完成。这样的工作只能由一组民间文学搜集者努力工作数年。搜集工作虽然需要数年时间，但这却是必不可少的，因为这为史诗创编者提供了不可或缺的资料保证。

对当今依然生活在史诗时代的民族的史诗创编而言，情况也同样如此。因为史诗意识在这样的社会中是最显著的。显然，只有那些最杰出的歌手们才是，也应该是史诗的创编者。毫无疑问，那些有经验的著名歌手是完成这一使命的最佳人选，因为在他的记忆深处储存着无数与史诗有关的片段、人物，与千百首民歌、诗歌、传说和神话相关的情节。掌握了如此众多可供选择、随意调配的史诗结构"部件"之后，天才的歌手就能比他的任何同胞更好地把分散零乱的这些"部件"构想为整个史诗的一部分。要创编史诗至少要符合以下三个基本条件。第一，创编者的民族必须拥有发达的史诗文化。在这些民族中，歌手们具有特殊地位并能咏唱大量的英雄歌。第二，史诗文化只有在一些经历过生死存亡考验和重大英雄事件的民族中才会兴盛。此外，这些重大事件和严酷考验尤以发生在民族的氏族时期更能激发史诗文化的发展。第三，在史诗文化的全盛时期必须出现一个向文明社会转型的潮流，使这个民族的相当一部分人达到当代艺术的巅峰。

前两个条件对形成"真正史诗时代"至关重要，在对过去严峻生活的不断回顾中，它们在民族意识中形成了史诗核心心理。这种史诗会像磁石一样吸纳所有的歌、诗作、传说、故事以及其他民间诗歌作品。但仅仅有这两个条件还不能满足创编史诗的要求，因为史诗时代本身不能足以造就具有巨大创造才能的诗人来胜任这一角色。与现代诗歌那种由诗人独自写作完成的情况正好相反，民间诗歌特别强调将个人的才能用于创造民众的共同遗产。正像上面所说，史诗只能由那些有独特才能的天才们加以创编。从伦诺特创编《卡勒瓦拉》的实践中得知，创编者必须用史诗般的情节、片段、人物等要素创作史诗并将所有部分连接为一个整体。事实上，这种方式也造就了作品的个人风格。希腊史诗《伊利亚特》和《奥德赛》，德国史诗《尼伯龙根》，还有法国的关于罗兰的英雄歌都是这类作品的典范。

史诗能够被文明社会熏陶的天才诗人创编出来，而且还会与民族的史诗传统密切相关。如果当今的人们依然在自己的记忆深处保留着史诗的各个组成部分并能够进行演唱，且由创编者记录在案的话，那么，史诗的创编依然可以完成。事实上，创编者的工作与生活在"真正史诗时代"的歌手们的工作极为相似。就像歌手在创编一个章节时需要将储存在记忆中的，那些现成的史诗片语（记忆任何一部史诗所必需的"典型段落"）集中起来一样，史诗创编者在创编时要把各种章节、歌、诗作中的史诗片段按特定规律衔接起来，完成对所搜集资料的分析，然后达到构成一部完整史诗的目的。创编者所使用的独立分散的"史诗部件"（诗章、歌、神话、传说等）并不是他个人的创作而是整个民族的传统遗产，所以他的创作实际上也属于民间创作。尽管它受到创编者个人情趣的影响，但却依然保持着不同时期创作的在章节、歌、传说、神话中存在的不同程度的重复、矛盾的情形。也正是因为这种特性才使真正的史诗区别于那些个人创作，比如像大诗人歌德等，其创作无论在局部上还是在整体上都属于个人创作。真正的史诗是由成千上万无名的民间诗人们，在史诗数百年的流传发展过程中，不断加工反复雕琢而成。就史诗创编者而言，他们的主要目的是使搜集来的繁杂资料变成连贯的、合理的、可读的体系，按史诗的要求重现或复原这些资料。

希腊史诗目前的形态与荷马所创编的古老形态已经有了很大的区别，这样，就使得研究它成了一项极其复杂的工作。数世纪以来，《伊利亚特》和《奥德赛》经过了无数次修正，发生了无数次变化，因此，有很多学者发现了两部史诗的原文中不曾有的删节、缩略和插入。这些变化常常使史诗内容增加新的矛盾，我们决不能将这些矛盾同真正的民间史诗中的矛盾相混淆。只要致力于揭示希腊史诗真正民间状态的最古老原始因素，学者们就必须首先找出那些变化较少但又频繁出现的因素。这些因素无疑是荷马从古代希腊民间史诗传统中继承而来，用于创造不朽诗歌的最古老的元素。研究工作下一步要做的是，找到聚集在特定史诗人物和事件周围的神话情节并对之加以比较和鉴别。这样的比较可能对理解希腊史诗最古老的形态，特别是希腊人在"真正史诗时代"创造的，远远早于荷马创作的《伊利亚特》和《奥德赛》的传说、神话、英雄歌以及其他诗歌等十分重要。

笔者于1862年和1869年记录的吉尔吉斯史诗文本可能对希腊史诗研究的发展十分有意义。因为吉尔吉斯人目前所处的"真正的史诗时代"与希腊历史上荷马创编《伊利亚特》和《奥德赛》的时代背景极为相似。吉尔吉斯英雄歌对史诗研究者无疑具有强大的吸引力，因为他们把神话与历史、幻想与现实巧妙地结合在了一起。在这些史诗文本中，历史事件和人物同神话紧密结合在一起，很难进行区分。不同时代的历史事件就像同一时期发生的事件一样展现。无疑，史诗的目的并不是要展现历史事件，而是要创造出反映人们道德规范的理想世界，即对往事的回顾、信念、希望、抱负、理想等。所以，仅从历史角度对史诗进行剖析研究对揭示史诗本质并不十分有效。依我们所见，史诗研究必须建立在史诗的创作方法的研究上，也就是说，我们必须设法从内部构想出史诗的特质，而不能从其外部。必须把史诗看作是一个按照自身规律存在的自然事物。《伊利亚特》和《奥德赛》作为荷马的世界，希腊民族的精神生活在史诗中得到了完美的展现。

同样，吉尔吉斯史诗反映了吉尔吉斯人的精神生活，他们的历史充满了无数戏剧性事件和各种激烈残酷的严峻考验。收入丛书第五卷中的英雄歌之文本因与吉尔吉斯人的"真正史诗时代"这一观点相符而引起了笔者的兴趣。笔者希望将来某一天能够重新开始进行与此相关的研究，将它们同其他突厥部落的史诗歌和诗歌进行比较。从而挖掘出它们的相同点、共同人物和情节，以及所有这些因素在各种相关史诗中的变化过程。

顺便提一下，上述的吉尔吉斯史诗歌的用词表达十分现代，与当代吉尔吉斯语十分一致，没有包含任何古代词汇和词组。此外，笔者还记录下了另外两篇挽歌，一篇少女的歌以及一篇关于库勒木尔扎的歌。虽然后者是由演唱技艺并不太高明的人口述，但关于库勒木尔扎的歌和挽歌的确具有史诗起源的因素。这些歌以及其他一些类似的歌看上去确实像一部大的英雄歌的某一章节,人们很容易将它们误认为是较大规模史诗作品的某一组成部分。其实,正在谈论的这首挽歌与英雄史诗《玛纳斯》第三章有许多共同之处。同样,关于库勒木尔扎的歌和英雄史诗《交牢依汗》也有很多类似的地方。这些都可以证明吉尔吉斯的民间诗歌通过大量的仪式歌和英雄歌、史诗、传说、神话以及其他创作呈现出来。为了揭示出它们相互关联、相互影响、相互作用的实质,我们还必须不断地进行搜集和研究。吉尔吉斯民间诗歌对任何一位有志于史诗研究的学者来说都具有十分重大的意义。

作者还记录下了很多与上述四首歌相似的歌。尽管这些歌的史诗属性不容置疑,但因它们没有那些已收入的作品那么有趣,所以没有收入到目前这个卷本中来。

圣彼得堡　1885 年 10 月

(阿地里·居玛吐尔地　译)

吉尔吉斯民间英雄诗篇《玛纳斯》

［哈］ M. 阿乌埃佐夫

【编者按】 此篇论文是苏联哈萨克族知名作家，苏联哈萨克科学院院士穆合塔尔·阿乌埃佐夫关于《玛纳斯》史诗的重要论著，也是苏联20世纪60年代比较有代表性的《玛纳斯》学基本论著之一。穆合塔尔·阿乌埃佐夫是一名出生在中亚哈萨克斯坦的哈萨克族作家，其四卷本长篇小说代表作《阿拜之路》先后于1949年，1959年获得苏联国家奖和列宁文学奖，成为当时苏联少数民族作家中为数不多的具有国际影响力著名作家，堪称20世纪哈萨克文学巅峰，被称为阿拜第二。他的这部长篇小说以19世纪哈萨克诗歌大师和哲学家、音乐家阿拜的身世为题材，属于历史性、传记性长篇小说，被翻译成50多种语言，堪称世界传记小说的经典之作①。除了小说之外，穆合塔尔·阿乌埃佐夫还以自己影响卓著的学术研究成果，成为苏联哈萨克、吉尔吉斯等中亚各民族文学及民间文学研究的代表人物，并曾当选哈萨克斯坦科学院院士。因此，他在当时中亚地区民族文学界及学术界都举足轻重。他从20世纪30年代初便开始关注和研究《玛纳斯》史诗，并用哈萨克文、吉尔吉斯文以及俄罗斯文发表各类论文，是20世纪哈萨克斯坦《玛纳斯》学的开拓者。面对不同观点、不同思想的激烈碰撞和交锋，穆合塔尔·阿乌埃佐夫根据自己多年来对于《玛纳斯》史诗的研究实践经验，对那些认为《玛纳斯》史诗

---

① 参见阿地里·居玛吐尔地：《中亚民间文学》，银川，宁夏人民出版社，2008年，第12—13页。

完全是一部充斥着封建主义思想的产物等片面而极端的思想观点，勇敢而大胆地提出了严厉的批评，并提出由人民集体创作的这部史诗是一部具有鲜明人民性的伟大作品。他对史诗的歌手、史诗的内容、史诗的结构以及史诗的产生年代等问题提出了自己的观点。而他的这些观点成为他后来发表的长篇论文的核心内容。他的第一篇关于《玛纳斯》的论文早在1937年在阿拉木图以《〈玛纳斯〉：吉尔吉斯人民的英雄诗篇》为题，用哈萨克文发表。之后，这篇论文经过大量补充和修改，以更大的篇幅于1959年在阿拉木图编入论文集中出版。1961年，这篇长文还分别在吉尔吉斯斯坦伏龙芝（今比什凯克）、哈萨克斯坦阿拉木图以及莫斯科出版。1969年，又以《吉尔吉斯（柯尔克孜）人民的英雄史诗〈玛纳斯〉》[①]为题，用俄罗斯文再次在莫斯科出版。这一篇幅极长的论文堪称是他《玛纳斯》研究成果的代表作。在这篇宏赡详实的论文中，他对史诗的演唱者，史诗的多种异文，史诗内容与结构的基本特征，史诗的主题及情节，史诗的产生年代，史诗的英雄人物形象，史诗语言的艺术性，史诗与东方民族史诗遗产的关系等关涉这部史诗的一些重大问题都进行了深入的研究，提出了自己独到的见解，今天仍具有一定的学术参考价值。本文最初由我国著名神话、史诗学者马昌仪先生翻译成汉文发表在新疆人民出版社于1991年编辑出版的《中国史诗研究（1）》中，此次刊发时编者根据吉尔吉斯文版对译文进行了编辑和修订。

吉尔吉斯民间史诗《玛纳斯》的第一批记录工作只有在伟大十月社会主义革命以后才得以全部完成。最完整的异文是从《玛纳斯》的著名的说唱家萨恩拜·奥诺孜巴科夫和萨雅克拜·卡拉拉耶夫那里记录下来的。

---

① 参见《人类的〈玛纳斯〉》，阿拉木图"Rayan"出版社，1995年，第6—100页；汉译文见《中国史诗研究（1）》，马昌仪译，乌鲁木齐，新疆人民出版社，1991年，第203—279页。

并非每一个知道《玛纳斯》中的若干个片断，能够表演短小民间口头作品的歌手，都可以称为"玛纳斯奇"。真正的史诗歌手（或称"交莫克楚"）是从不演唱短歌的。别具风格的内容，甚至复述的特色，都可以把真正的叙事诗歌的演唱者与哈萨克阿肯型歌手区别开来；后者除了演唱抒情歌和仪式歌外，也转述史诗中的某些片断。

十月革命前，吉尔吉斯的"厄尔奇"通常演唱"柯肖克（哭丧歌）"和各种娱乐消遣性的歌，但有时候，根据听众的要求也演唱《玛纳斯》或者《赛麦台》中他所熟悉的片断或整段情节。

大部分没有听过真正的"交莫克楚"演唱《玛纳斯》全文的听众，对那些只会背诵几个微不足道的片断的歌手是赞不绝口的。而萨恩拜·奥诺孜巴科夫的《玛纳斯》，甚至花三个月工夫也唱不完；他的演唱，当然是大多数口头传说的爱好者们欣赏不到的。大多数说唱者只会唱《玛纳斯》中具有重大意义的主题或者在民族志与日常生活的描写方面能使听众赏心悦目的两三段情节，像"阔阔托依的祭典"，或歌颂往日功勋的"远征"，或《赛麦台》中的情歌"阿依曲莱克"①。

《玛纳斯》的演唱变成了对一些流行情节的讲述，或者把某些片断用缩节的方式转述出来。

随着伟大十月社会主义革命而变化了的社会经济条件引起了新一代听众的审美趣味和需要的变化。然而这并没有影响史诗《玛纳斯》的传播。不仅如此，今天《玛纳斯》还成了苏联整个多民族人民的文化遗产。

一、史诗的演唱家

在人民的记忆中，在交莫克楚的口里，连一个演唱《玛纳斯》的

---

① "阿依曲莱克"是史诗《玛纳斯》第二部《赛麦台》中有关女主人公的一个片段。玛纳斯的儿子赛麦台爱上了阿昆汗的女儿阿依曲莱克仙女，但异族的两个可汗威迫阿昆汗，要他把女儿嫁给他们，阿昆汗被迫同意。但阿依曲莱克一心热恋着赛麦台，她一面设法拖延婚期，同时变成一只天鹅，去寻找赛麦台，后者得悉一切后，便发兵讨伐这些威迫者，把未婚妻解救出来——译者。

古代演唱家的名字也没有保存下来，这无论如何也是一件奇怪的事情。不错，萨恩拜·奥诺孜巴科夫的异文里提到过一位名叫加依桑一厄尔奇的武士诗人，他只是描绘一个毡房的装饰就咏唱了半天之久。但是，关于上述的这位传奇性的诗人（仿佛是玛纳斯的同时代人），再也没有任何新的材料可作辅证，甚至在其他场合里，也未间接地提起过他。其结果是，关于这位诗人最先创作了《玛纳斯》歌的说法可以说只是一种猜想而已。

为什么史诗古时候的说唱者的名字连一个也没有保存下来呢？按理说，凡是继承了前辈传统的歌手总会记住他们之中某些人的名字的，其他民族史诗里常常有这种情况。显然，吉尔吉斯史诗却有着不同的传统。这个民族的每一个歌手，似乎有意把从前参与创作与演唱叙事歌曲的歌者的名字隐讳不谈。奥诺孜巴科夫也是如此（上面所谈到的那一次是例外），后来的诗人直接采用了前辈歌者的材料，但却没有提及他们。

叙事歌谣、口头故事通常是通过著名的演唱者之口传出的。玛纳斯奇是一个演唱家，是故事的转述者，他仿佛只是用自己的话复述故事的内容而已。抒情插叙，歌者个人的发挥都是不允许的。破坏了故事的内容，即或是顺便插入几句导言式的抒情插叙，就等于破坏了史诗体裁的法规，破坏了固定的、合乎规范的传统。假如根据这种观点，那就可以说，吉尔吉斯史诗题材的纯洁性几乎是自始至终保持如一的。因此在奥诺孜巴科夫的唱词里没有提到过一个前辈歌手的名字。看来，在史诗产生早期的任何情况下，这种传统是稳固地坚持下来的，从中可以寻找出古代歌者的名字被遗忘的原因。

但是，除了上述情况以外，还有另外一个独特的因素也可以解释这个问题，在我看来，这个因素的重要性并不亚于前者。这就是说：在吉尔吉斯的交莫克楚①阶层中，过去和现在都在一定程度保持着一种对圣灵梦授（达阿鲁乌）的信仰。因此，真正的《玛纳斯》歌手总是把自己的唱词看作某种天意的启示，把它解释为一种超自然力的干预，而这种超自然力仿佛在招引他们去执行这项使命，使他们这些被选中的人领悟到《玛纳斯》的"学问"。

---

① 交莫克楚：即吉尔吉斯人的史诗演唱者，即"玛纳斯奇"。

史诗里有极大的一部分篇幅促进了这种信仰在听众中传播和巩固。要想从前辈歌手那里学会整篇作品，这根本是不可能的。要想把长诗的唱词当作某一个作者的创作而进行必要的探索，那也是不可能的。谁也无意去揭穿那些"缪斯所选中的人"。虽然，据记得起奥诺孜巴科夫、特尼别克与阿克勒别克等人演唱的老人们说，在他们的唱词中有些不谋而合的地方。然而，每一个歌者都肯定地认为自己的唱词完全是独创的，因为他是受了"天意"的指使而演唱的。这种断言成了他们职业上的手段，任何一个交莫克楚都不去回避他。奥诺孜巴科夫也不例外。诚然，常常有这样的情况，《玛纳斯》的说唱艺术从父辈传给儿子，从一个族人传给另一个族人，但即使在这种情况下，"玛纳斯奇"也是坚持自己对"圣灵"的信仰的。我们认为，这种对超自然事物的主观信仰的事实本身是很重要的。这种信仰排除了提及前辈诗人姓名的可能性。对那些最杰出的歌者的记忆，只保存于直接的同辈听众之中，而每一个初出茅庐的歌手，也只会提到自己的名字。这种情况在奥诺孜巴科夫异文方面至少也是如此。在他的异文里，歌者的名字在每一组片段里被不止一次地提及过。很可能，奥诺孜巴科夫是第一个意识到个人创作作用的歌手。也许奥诺孜巴科夫是第一个懂得史诗的著作权问题，并为它所诱惑的说唱家。因此他才迫不及待地在适当的地方说及萨恩拜是"具有天赋才能的"。

从这一方面看来，他的异文中提到加依桑—厄尔奇是很有趣的事情。吉尔吉斯语中"加依桑"一词（除了卡勒玛克人用作"首领"解外）是"财富""富足""伟大"的意思。而《玛纳斯》中的加依桑不是别的，正是一位著名歌手名字的别称，与《阔兹阔尔波什和巴彦美女》①中的"凯米里—阿肯"或是《伊戈尔远征记》中的"先知巴扬"类似。根据其他叙事诗的材料就足以断定，诗人的真名实姓在上下文中从来没有出现过。据年老的听众说，后来，《玛纳斯》的歌者为了抵挡狂热的伊斯兰教士的无端攻击，捍卫自己的职业，他们曾不得不乞援于他们艺术的"至高无上的奖励"，乞援于"超自然力"—祖先们的灵魂，首先是玛纳斯本人的灵魂（阿尔巴克）的干预。

---

① 广泛流传于中亚哈萨克、吉尔吉斯等的长篇叙事诗。

在探讨歌者在叙事歌曲形成中的意义问题以前，我们先来谈谈我们根据口头传说所知道的几位歌者。

阿色克部落的凯里迪别克属于最年长的一辈。民间证实他是 18 世纪末的人物。据口头传说记载，他开始演唱《玛纳斯》的时候早已经是很成熟的年纪了。尽管凯里迪别克的活动距今不算太远，但一般说来现在知道他的人已经寥寥无几了。他的名字只有为数极少的几个特别喜欢民间创作的老人才记得。在凯里迪别克以前，还有谁演唱过《玛纳斯》，已经没有人知道了。

吉尔吉斯传说中关于凯里迪别克的情况，我们知道的很少。关于他的故事，有不少虚构的成分。据说，当凯里迪别克演唱的时候，他在里面坐着的毡房都为之颤动；他的歌声的力量惊动天地，暴雨雪出其不意地向山村袭来，一伙神秘的骑士出现了，他们的马蹄声使大地颤抖①。这里提到了骑士，这并不是偶然的。这些骑士不是别人，正是玛纳斯和他的 40 勇士：这里暗示着玛纳斯本人的最高奖赏，根据所有的交莫克楚的想法，玛纳斯总是亲自挑选歌手，他托梦给歌手，要他们向后代颂扬他的功勋。根据我们所听到的传说，凯里迪别克与其他歌手的不同之处在于他掌握了真正的"语言的魔术"，这魔术的神力受自然力和祖先精灵的支配，每次他们总是亲自光临，把这种魔术赐给他所选中的非凡的人。关于后辈诗人歌者的传说就已经没有虚构的成分了。

另一个著名的歌者巴勒克是凯里迪别克的同时代人。在上一世纪（即 19 世纪：译者）中叶，他获得了大交莫克楚的荣誉。毫无疑问，他还赶得上凯里迪别克在世的时候，因此完全有可能从他那儿接受很多东西。虽然没有关于巴勒克的生平资料，但是，只要留意一下那些间接的资料，即许多初出茅庐的《玛纳斯》歌者通常喜欢长时间地逗留在一位有名的交莫克楚的身边，就可以设想，巴勒克确是凯里迪别克的继承者。巴勒克成了一个初露头角的名人，他的荣誉开始超越前辈，达到了前辈的荣誉之上。但通常也有这样的情况，老一辈的代表人物，也就是直接听过凯里迪别克演唱的听众，由于他们在他的才能的熏陶下生活过，因而对他称颂不已。而新的一代则通常以巴勒克为自己的代表，并

---

① K. 热赫马杜林：《玛纳斯说唱家》，伏龙芝，1942 年——原注。

将其与凯里迪别克相对立，其目的在于向后代传达他在过去是一个不可超越的歌手，而在将来也是不可能被超越的。当巴勒克的威望在年轻的一代中间日渐巩固的时候，人们有时就会把他的前辈所具备的品质附会在他的身上。例如，我曾经亲耳听到过一个普热瓦尔斯基区的吉尔吉斯人夸奖巴勒克，那种表现方式与对凯里迪别克的夸奖很相近。

巴勒克是一个距今不算很远的歌手，关于他的回忆虽然多少掺杂有一些幻想的东西，但很可能是有事实根据的。

巴勒克的儿子纳伊曼拜是一个相当有影响的歌手，他继承了父亲的事业。因此，从巴勒克开始，就已经可以追溯《玛纳斯》的传授和继承的传统了。而在这里，一反诗人本身对超自然力的乞援这个事实，史诗从一个演唱者传给另一个演唱者这条线索就鲜明起来了。例如像我们所指出的，巴勒克把演唱艺术传给了他的儿子纳伊曼拜；萨恩拜·奥诺孜巴科夫的哥哥阿利舍尔把演唱艺术传给了弟弟（都是亲属相传）。这使我们联想起古希腊的诗人，卡里尼柯、芬兰古歌的歌手的后裔以及前奥伦涅茨省的俄罗斯说唱者的艺术都是祖辈相传的。

我们不知道，在阿克勒别克、特尼别克以及巴勒克以后的其他吉尔吉斯诗人中间存在着怎样的亲属关系，但我们却知道，他们之中有一位是纳伊曼拜依的同时代人，其他都是后辈，也就是说，他们几乎全都是生活在同一时代的人。他们中的长者早就负有盛名，年轻人常常去听他演唱，同时也和其他交莫克楚与普通的厄尔奇交往，学会并背熟了一些新的众所周知的片断，因此使自己的知识领域逐渐丰富起来。

当然，在论及真正的，大家公认的交莫克楚的时候，毫无疑问地必须谈到在创作叙事歌谣时的个人的创作活动。交莫克楚相当于古希腊的说唱家（阿艾德 aoidos），而厄尔奇则与古希腊的行吟诗人近似。我们绝没有意思要缩小古代希腊说唱家的活动在史诗形成中的作用的意思，这种作用有时候很可能是十分重要的。相反地，我在开始写作说唱家这一章的时候，就认为必须揭示出他们在这个过程中的决定性的作用，并给予充分的评价。毫无疑问，无论是古希腊的说唱家，或者是吉尔吉斯的交莫克楚，他们从自己的前辈那里学会并接受了已有的异文，并且按照自己的创作特点，自己对某些情节的理解和评价，进行了很多改动、补充和删节。我们已经指出过，不同的诗人在演唱时保存了很多巧合的地方。这就是史诗基本的情节核心、环境同主人公命运中一切变故的斗争、冲突。总的说来,这一切都是积极性的主题,有现实意义的题材,叙事歌谣中叙事的一面就是由它们所构成的。根据老年人的叙述可以判断,在长诗的所有情节里,都有一些共同的人物出现,他们扮演同样的角色,对他们的个性与所作所为的总的评价也是相近的。因此,听过不同的交莫克楚演唱的老人们肯定说,以前的诗人也好,后来的也好,讲的几乎都是一个样子。关于这种断言还应该补充的是,某一位歌者(就像萨雅克拜·卡拉拉耶夫)可能对描写英勇的场面、英雄的战斗特别有兴趣,而另一位歌手则更擅长于描绘日常生活、道德风尚和其他方面的情景。

在谈到长诗的通篇结构时,应该说明,假如老一辈的听众是可信的话,那么无论是纳伊曼拜、阿克勒别克,或者是特尼别克,都总是以玛纳斯的诞生作为故事的开始,讲述阿勒曼别特、阔绍依、交牢依的故事的顺序也是一样的;在描述"阔阔托依的祭典"、"远征"和其他情节时的次序也一样。无论是奥诺孜巴科夫,或者是以前的歌手,在他们的唱词里常常可以听到许多地理名称,我们闻所未闻的民族的称谓,勇士和可汗们的名字等等。而且,所有歌手所提到的作品的主角和次要人物似乎都一样,甚至一些偶然出场的人物的名字也都相同。

这可以说是一种无条件的借用,实质是情节的借用,是对几乎相同的情节结构的运用。然而,还不能因此就得出结论,说诗人不过是从另一位诗人那里背熟了唱词而已。

顺便说说,这里应该把上面所谈的一切归纳为某一种流派的说唱者的演唱。而这样的流派虽然有好几个。我们所知的流派就有两个:纳伦派与卡拉阔里(普热瓦尔斯基)派,它们彼此极不相同。第一个流派的代表人物是奥诺孜巴科夫,第二个流派的代表人物是卡拉拉耶夫。如果把这两个流派的代表人物的演唱做一个对比,就可以发现他们在描写次要的场面、偶尔出场的人物方面,在说明和描绘英雄的活动和行为方面,有着明显的差异,而在整个诗章和重大的表现事件方面也迥然不同。在个别情节的讲述顺序、事件的交替方面也常常看到这种差异。

当我们论及某一个流派的代表人物的唱词在风格上相似时,我们不是着意于形容某些人物(这些人物在我们所熟悉的《玛纳斯》的全部说唱家的演唱中都可以遇到）时所常常使用的那些固定的修饰语。可以看到它们有共同的韵律，有时还有一模一样的诗段。最后还可以在像"远征"这一章和其他描写战斗的片段中发现一些共同的地方。毫无疑问，交莫克楚们把这些地方背诵得烂熟，遇到必要的场合，就把它们像现成的"套语（程式：编者）"一样加到诗文中去。《玛纳斯》所有的异文都用一种七八音步诗行统一的韵式，这毫无疑问是共同的。

至于说到记忆背诵，它对于不同的歌手有着不同的意义。那些具有巨大的即兴才能、诗的激情，而又善于在表演时的那一瞬间激起听众的热情的歌者，他们总是把背熟的片断做某些改变，加上自己的说明和必要的修饰。而其他的歌者只能把听来的、背熟的东西转述出来。无论如何，绝大部分说唱歌者所唱的《玛纳斯》并非全部都是他们个人的独创之作。相反，可以肯定说，即使在交莫克楚中，除了总的情节结构外，没有一个人不是从某些早就被人编好的章节中记忆和背熟几段著名的诗节的。这就有理由说，在某些诗章中有一些大概是固定的、合乎规范的段落，虽然一时还无法把它们准确地指出来。但是据我看来，即使是在今天的奥诺孜巴科夫和卡拉拉耶夫的唱词里，也保留着一些古老的、经凯里迪别克和巴勒克以及他们的许多先辈歌者演唱过的诗文，这是没有问题的。此处可以指出，这是同伦诺特在述及芬兰《卡列瓦拉》史诗中某些古代民歌的传播和继承时所举出的种种事实相类似的。

伦诺特说，一个歌手先记住内容的核心，然后才逐字逐句地背诵歌词，而那些他无法逐字逐句背诵的地方，他是自编自唱的。伦诺特继续说，除了以这种方式来传播和保存古代的民歌外，还有另外一种更能保证古代民歌歌词的不变的方法，那就是父母亲把古歌传授给孩子们。伦诺特设想某些古歌中从全文的稳定不变直到词句也毫不变化都是有可能的。因此我认为 B. B. 拉德洛夫院士关于吉尔吉斯勇士歌说唱家口头说唱的诗文似乎在永远变化、永远流动的论断[①]，是有点靠不住的。

上面所举的关于老一辈交莫克楚演唱史诗的论证，是某些深信歌手们有着神奇才能的听众所提供的。我们不知道，凯里迪别克和他的前辈

---

① 参考 B. B. 拉德洛夫《北部诸突厥语民族民间文学的典范》，第 5 分册，圣彼得堡，1885 年，序言—原注。

们在当时对他们的缪斯的造访和神秘地封赏为"神选中的人"是如何解释的。但根据后来的交莫克楚的言论可以判断,凯里迪别克与他的前辈们一定曾经谈到过某些非凡的、突如其来的"省悟"（Прозренче）。例如,萨恩拜的颇有威望的前辈中的一位,特尼别克就常常说,有一种"神秘的力量"在他的梦中显现过。

听众们深信,他那个"意味深长"的梦的某些细节是非常有代表性的,因此我们要在这里援引一个保留了这一特点的故事。

还在特尼别克这位长者年轻的时候,有一次,他坐车到卡拉阔勒去,而在那里由于过期缴纳马车税被官员惩罚扣押了一个星期。刑满以后他从熟人那里借来一匹马准备回村。路上,他在一个渺无人烟的地方,多索尔地区稍事休息,由于骑行疲劳过度而睡着了。于是他做了一个梦:好像有一大群骑士—骑着亮光光的毛色淡黄的黑鬃马阿克库拉的玛纳斯和他的"Кшрк чоро"① ——向他奔驰而来。骑士们在特尼别克身旁停下来休息。玛纳斯独自坐了下来,他的勇士们分成四堆。在用食的时候,玛纳斯命令他的侍从也给特尼别克一份食品。侍从们给了他一点蜜（顺便说说,特尼别克以前是从来不沾蜜的,后来,当他事实上不得不吃点蜜的时候,他似乎总是声明一句,说玛纳斯的侍从请他吃的就是这种东西）。特尼别克从侍从那里得悉,这就是那四十名骑士和他们的统帅。当特尼别克明白过来就赶紧向他们走去,他们很快站了起来并且策马离去了。特尼别克追了他们很久,但没有结果。

还在睡梦之中,特尼别克就唱起了颂扬玛纳斯的歌,而当他醒过来以后,他突然感到自己的心里充满着许多颂扬玛纳斯丰功伟绩的美妙歌曲。他的坐骑在这之前疲惫不堪地拖着腿走路,而现在却精神抖擞地疾驰飞奔起来了。特尼别克情不自禁自言自语唱了整整一路。他不能够压抑梦幻中所引发的歌唱的激情。回到村子里,来到那年轻的妻子身边后,他又唱了整整一宿。一种演唱史诗的惊人才华就这样降临到了他的身上。

看来,不止特尼别克一人,其他许多《玛纳斯》的演唱者也都讲述过自己所经历过的某种相似的奇遇。"神灵梦授"也可能在伊斯兰教

---

① 吉尔吉斯语:"40位勇士"—译者。

教徒们的面前应验，他们自己也常常把自己类似的梦幻故事广为宣传。另一方面，自吉尔吉斯人信奉伊斯兰教的时候起，说唱者就必须从宗教的角度，用一种可以接受的、合情合理的理由来解释神灵。凡是与伊斯兰教义背道而驰的解释都会引起毛拉、阿訇的普遍的愤恨，他们在吉尔吉斯部族的封建贵族上层中颇有影响。狂热的教士们常常强迫《玛纳斯》的说唱者接受许多非传统固有的，与人民的思想格格不入的东西。显然，由于交莫克楚所讲的故事（他在梦中见到玛纳斯和他的40名勇士）而越来越变得复杂化起来的"注定有特殊使命"的思想，是一种司空见惯的现象。在这样一场梦之后，仿佛连那些至今同史诗没有什么缘分的"被选中的人"，也开始唱起来了。

无论是奥诺孜巴科夫，或者卡拉拉耶夫，没有"神灵梦授"是不行的。这些形式的共同性，相似情节的巧合，揭示出这些梦具有传统性和规范性。梦虽是千篇一律的，但并不使任何人感到难为情：似乎所有的交莫克楚都是玛纳斯本人所选中的，因此他必须托梦给每一个人。由于否认是从前辈歌者那里学会背诵《玛纳斯》这个事实，其结果，就像我们上面所谈到过的，不仅许多古代的，而且距今并不远的才华横溢的歌者的名字都被遗忘了。

只有那些背熟了史诗的某些片断的厄尔奇歌手才不受梦和其他任何因由的牵制。他们本人并不以为自己比朗诵家们所起的作用大多少。厄尔奇通常是演唱《玛纳斯》的缩节本，假如说他们做了某种添补的话，那么，放些添补上去的东西与史诗的整个语言韵律结构的源流是不能相融合的。内行的听众很轻易地就能区别出厄尔奇和真正的交莫克楚二者所熟悉的章节的多寡和演唱有无别出心裁之处。

歌手能够演唱的时间取决于他掌握知识的多寡和才能的高低。将完整的《玛纳斯》只能唱一个星期或10天的厄尔奇，是够不上称为真正的玛纳斯奇的。

史诗的篇幅决定了它的风格。大型作品的生命是长久的。对传统的破坏暴露出了歌手想象力的局限性。因此，在十月社会主义革命前的几十年间，以缩节的形式讲述《玛纳斯》是颇为流行的。听众们开始要求真正的交莫克楚们唱某一段，但要详详细细地唱，而不压缩史诗的内容。像 B. B. 拉德洛夫在 1860 年所记录的异文的那个演唱者就是这样的，卡拉拉耶夫有好几年也只是演唱"远征"这一段。

背熟了歌词的行吟诗人—歌手的全部作用，就在于使个别的情节在更广泛的居民听众中得到流传。这种行吟歌手在今天仍然可以碰到。他们对史诗作品的产生与形成所起的作用是没有多大意义的。

从史诗所有异文中占优势的基本因素可以得出结论，《玛纳斯》最初毫无疑问是人民的创作，虽然它是通过表达民族部落集体的情绪与期望的歌手们创作出来的。人民创作了史诗作品和人民英雄的典型形象。

上面我们谈过，在《玛纳斯》的创作过程中，能够在创作上起创造性的作用的只有说唱家—交莫克楚。而他们的想象力是否富有成效或是否善于长时间演唱（在演唱中，史诗的情节结构得到了大幅度的扩展）决定了一个史诗歌手的熟练程度。显然，足本《玛纳斯》可以演唱6个月仍不到尽头。把一个情节和另一个情节依次地贯穿起来而同先前已经讲过的情节毫无重复之嫌，这种表演效能本身要求有固定的听众。假如歌手不得不给变化不定的听众演唱长诗的话，那他只好按自己的选择或者根据听众的愿望重复那些最受欢迎的情节。在长诗流行的早期，它的听众是真正的人民大众；歌手—交莫克楚本人出身于人民之中。在任何情况下，无论是传说里，或是在历史记载中，至今还不曾有一个交莫克楚是出身于封建贵族阶层的。而人民珍惜地保存着昔日艺术的传统，保持着对英雄史诗《玛纳斯》中有着完美而卓越的体现的英雄行为和诗的语言的爱。后来，当狂热的伊斯兰教在吉尔吉斯历史中起着决定性作用的时候，受阶级和精神所限制的伊斯兰毛拉、阿訇特别是封建贵族开始强迫人民传唱宣扬伊斯兰教的蹩脚诗歌。自然，人民是不会接受这种同他们格格不入，在精神上不是他们所应有的外来影响的。这时，统治者上层对那些颇受众望的交莫克楚进行迫害，宣布说唱《玛纳斯》和聆听《玛纳斯》者，均属大逆不道。他们把歌手的才能诬蔑为"魔鬼的妖术"。但是尽管如此，人民并没有摒弃自己的歌手，并没有摒弃过去最珍贵的诗歌遗产。贵族和僧侣们不得不顺从这种环境，开始去听《玛纳斯》演唱，但同时又强迫交莫克楚接受他们的观点、他们的思想意识。更晚些时候，某些贵族豢养着一批有才能的交莫克楚，他们把那些为了迎合他们而修改过的异文称为佳品，企图在听众中有意地传播某些片断。某些交莫克楚的经常性的听众就是由贵族们所组成的。

应该说，史诗《玛纳斯》具有如此的规模，并不归功于某一个创作者。它是在若干代说唱家的集体参与下逐渐发展起来的。每一个歌手，由于他必须经常在同样的听众面前表演，所以就得尽其所能地增加新的细节、新的情节。

通常在演唱某一个片断时，歌手们把故事分成大体如《伊利亚特》《奥德赛》中的诗章，《卡列瓦拉》的古歌那样的片段，每一个片段或诗章刚好够演唱一个晚上，而且每支歌都可以单独地表演。《玛纳斯》中每一部里都有这样的一些歌子。非常可能，最初的时候，整部英雄长诗就仅仅由一组数量不多的几支歌所构成的。以后，经常性的听众的要求提高了，就促使说唱家们把基本情节加以扩展，并使之多样化，促使他们根据已有的、众所周知的情节，想象出一些次要的场景，并且把它们和原有故事串连起来加以创编。因此，只有经常性的听众才会要求革新、扩展情节。德摩道科斯在演唱《奥德赛》的八支歌时就有与此相似的特点（德摩道科斯在阿尔西诺斯宫殿的宴会厅中面对着经常的听众时，也是尽量使自己的演唱多样化）。

毫无疑问，处于不同社会阶层的形形色色的听众会影响到史诗的发展（即使是对一个演唱者来说）。因此，一篇异文可能受贵族上层的明显的影响，而另一篇异文则强烈地表现出人民的特点，这也是很自然的事情。

在现有的两种主要的异文中，比较完整的一种是萨恩拜·奥诺孜巴科夫的异文，但遗憾的是，这篇异文受到封建贵族思想意识影响较深。他所演唱的史诗，大部分贯穿着一种宗数的观点。卡拉拉耶夫的异文，也没有摆脱宗教思想意识的影响，但它所揭示的与原始的、纯粹人民的基础的联系毕竟还是更为明显、更为深刻。例如，卡拉拉耶夫曾追忆说，玛纳斯年轻的时候曾经杀过伊斯兰教的毛拉和和卓，或者不顾教士们的禁忌而饮用波渣饮料①，这一方面是颇有特点的。年轻的英雄阔勇阿勒也杀过宗教僧侣。卡拉拉耶夫曾经描写过玛纳斯和他的随从勇士在他所征服的切特－别依京（Чет-Бейджин：边别依京）地方对群众施行

---

① 波佐：吉尔吉斯人用小米酿造的一种带有酒性的粮食饮料——原注。

的苛政与统治。

此处表现了不同说唱者所属的流派和受到的影响，这是完全可能的。由此也就产生了对几个中心形象的不同的刻画和对他们所持的不同的态度。

所有这些证明了，史诗受到了相当大的影响，同时也发生了相当大的变化。每一个社会阶层都极力要改变玛纳斯的面貌，使之符合自己的观点。这里所表现的不仅是一种共同的思想因素：个别贵族常常利用《玛纳斯》来炫耀他的姓氏。在漫长的冬天的晚上，在某一个贵族的村子里，花费几个月光阴来演唱足本《玛纳斯》，这是会给他带来极大的声誉的。交莫克楚的鼎鼎大名吸引了许多史诗的爱好者到村子里来。而贵族却只从他们的阶层中挑选一些近亲和德高望重的人士，在交莫克楚演唱之前，预先通知他们。村里适当地招待歌手和常到的听众。听完足本《玛纳斯》演唱得花相当多的钱，只有贵族们才能付得起这笔花销，因为他们独自统治着部族，他们甚至有权为了满足个人的要求和消遣常常令部族民众捐税。

作为部族的特权阶级，封建贵族在经济上和法律上的统治一直维持到十月革命之前。诚然，贵族阶级的社会经济实质随着每一个新时代的更换而有所变化。在自然经济时代里，封建贵族对自己的臣民有着无限的权威，后来，在归顺俄罗斯公国以后，在商品货币经济产生的时代，贵族们很快就摇身一变成为官僚。商业资本的干扰强烈地动摇了氏族社会的基础。氏族的解体使其威望也一败涂地。贵族阶级瓦解了，同时，越来越成为人民的沉重的累赘。然而，贵族阶级作为由宗法氏族制度所产生的一个社会阶层，其统治集团的陈旧的思想意识却持续了若干世纪之久。

个别著名的《玛纳斯》演唱家并非出身贵族，但实际上却为贵族制度效劳。因此，最先在人民群众中产生的史诗，在其进一步的发展过程中，其情节和思想开始复杂化，形成了多种异文，成了上层分子的财产。重新改编和篡改《玛纳斯》的，不仅限于封建部族的上层分子；这种被篡改过的《玛纳斯》传播得很广，虽然是一些片断，却被统治阶级利用，并作为阶级的思想武器不断地灌输到人民群众中去。

随着时间的推移，一篇发生了变化的异文会对其他一些保持了人民基础的异文发生影响。贵族阶层和僧侣阶层所硬加上去的新的倾向，对于所有著名的交莫克楚来说逐渐被迫成为必须具备的了。他们不得不去适应上层阶级的某些要求，否则就会遭到冷落、迫害，甚至面临被囚禁的威胁。因此，在流传到我们手上的所有异文中，我们都可以觉察出一种明显的，有时甚至是非常浓烈的宗教气味。至于那些由于贵族听众的直接影响而产生的杂质，应该着重指出，它们在情节方面的影响极小，而在史诗的艺术方面的影响也是极微不足道的。这些几乎是人为地附着和硬加上去的因素和色彩，表现了贵族阶层的理想和期望，表现了他们企图无限期地统治氏族的理想。古老的史诗在其主要的、未经改变的基本情节中描写了半幻想式的远古历史上的勇士们神奇的英勇的丰功伟绩，人民对自己历史上的英雄事迹，对那些出身于人民、用朴素的民间语言把自己的思想和感情编织成歌的天才歌手交莫克楚的诗的技巧，怀着莫大的尊敬。而玛纳斯，作为理想化勇士的一个综合的形象，他只是被理解为一个勇士—本民族英雄传统和精神的体现者。在史诗的所有异文中，被歌颂的主要就是这样一个玛纳斯形象。

对于《玛纳斯》的说唱者及其听众的一般评论，还应该补充说明与萨恩拜·奥诺孜巴科夫的生平有关，与他在表演最完整的史诗异文时的种种社会条件有关的若干事实。在奥诺孜巴科夫演唱及记录他的异文时所发生的种种情况，并不是全无意义的。这些情况构成了个人的和社会的因素、生活小事，而在歌手演唱史诗的不平凡的 4 年中，这些因素和生活小事都伴随着他，制约着他的演唱。这种种情况，时而曲折，时而直接地影响着他演唱的整个创作进程。

很难设想，诗人在如此漫长的创作演唱实践中怀着始终如一的情绪。下面我们从记录史上援引一些事实，来证实记录稿中所反映的错综而复杂的影响。歌手的个人生活、家庭生活的各种事实，歌手和教师阿布德热赫曼诺夫（他同歌手合作记录了他的异文）所处的种种条件就是如此。

特别重要的是，1922 年，科学研究机构（当时资产阶级民族主义分子把这些科学研究机构搞得一塌糊涂）给萨恩拜·奥诺孜巴科夫下了一道禁令。民族主义者们不止一次地和奥诺孜巴科夫谈到一些完全新的、至今还不为歌手所明了的演唱史诗的任务，还顺便向他提供了许多关于吉尔吉斯民族过去和今天的口传历史相关的形形色色的资料，并且对这些资料做了相应的解释。这些会见和谈话几乎没有对史诗的任何一个部分产生什么影响。

现在我们来简略地谈谈萨恩拜·奥诺孜巴科夫的生平。

萨恩拜生于纳伦区，他是萨雅克部落、莫依诺克支系人。1922年他年满55岁。他的父亲奥诺孜巴科是吉尔吉斯归并俄罗斯时期所发生的许多重大历史事件的目睹者和参加者，奥诺孜巴科是颇有名望的贵族奥尔芒手下的一个号手（"凯尔湟伊奇"）。据说，他是一位非常有才能的音乐师，善于演奏吉尔吉斯古乐曲"古依（一种复杂的器乐曲）"①。

他的儿子萨恩拜，这位未来的交莫克楚诞生在伊塞克湖村。萨恩拜很早就迷上了交莫克楚的演唱。这个年轻人有着天赋惊人的记忆力，他一开始就搜集并背诵各式各样的民间仪式歌、抒情歌、婚礼歌，记住他所感兴趣的史诗片断，常常作为额尔奇在许多家庭晚会、"托依（宴会）"和人数众多的娱乐集会上表演。如他自己所解释的，一个"意义重大的梦"促成了他献身做一个交莫克楚。看来，在这个时候以前，萨恩拜所演唱的节目主要是形式多样的民歌。小伙子经常参加各种集会，他总是不知疲倦地即兴编唱许多抒情小调、情歌、游戏歌，这些歌子常常使吉尔吉斯的小伙子们得到消遣娱乐。其中像《赛凯特巴依》《会面歌》这一类的许多民歌，直到晚年还保存在他的记忆中。

据同时代人的回忆，在萨恩拜·奥诺孜巴科夫以一个交莫克楚的身份登台表演的前前后后，最值得注意的就是出现了整整一批天才的《玛纳斯》演唱家。他们就是巴勒克、纳伊曼拜依、特尼别克、阿克勒别克等等。据奥诺孜巴科夫个人回忆，第一流的杰出的《玛纳斯》演唱家是特尼别克，他就是从特尼别克那里第一次亲耳听完了这一整部史诗的。但纳伊曼拜、特尼别克、阿克勒别克都是萨恩拜·奥诺孜巴科夫的同时代人。而老一辈的歌手中，他只赶得上巴勒克一人在世，也是在年轻的时候听过他的演唱。萨恩拜的亲哥哥阿利舍尔也是一个《玛纳斯》的演唱者，他虽然名声不大，但毕竟是个交莫克楚，而非厄尔奇。上面

---

① 古依，哈萨克人和吉尔吉斯人常常演奏的一种即兴式乐曲。民间歌手爱用冬不拉、库姆孜琴和其他乐器演奏——译者。

所提到的一批歌手中，只有巴勒克一人由于年龄上的差距同奥罗诺孜巴科夫接近较少外，其他人都为这位未来的玛纳斯奇营造了演唱的环境。这一批歌手大概代表了上一个时代说唱家的各个不同的派别。只要走马看花地浏览一下现有的与种种糟粕问题有关的记录稿，就会产生奥诺孜巴科夫的演唱究竟属于何种流派、长诗的规模和编排次序的问题来。

当萨恩拜·奥诺孜巴科夫成为一个公认的交莫克楚的时候，他就以一个专业歌手的面目出现了，而他之后的活动范围已经不限于他的故乡，同乡亲属了。他的听众是广大的民众阶层，其中有贵族和部族中有威望的富翁。奥诺孜巴科夫多次给当时著名的贵族，像曼别特阿里、铁则克拜依、奥尔满库尔演唱过自己的《玛纳斯》。

20 年代初，图尔克斯坦科学委员会（即后来的吉尔吉斯人民教育委员部）要求奥诺孜巴科夫向一位教师额布拉音·阿布德热赫曼诺夫演唱他的史诗，后者是为了记录这部史诗特意来到他这里的。

据阿布德热赫曼诺夫讲述，奥诺孜巴科夫怀着巨大的热情开始演唱《玛纳斯》，夏初就把第一个"组歌"的全部，史诗中演唱得最精彩的段落之一唱完了。就在这个夏天，他唱完了第二个"组歌"，唱到"第二次出征"，即第三个"组歌"之前，就已将近 1000 页了。萨恩拜·奥诺孜巴科夫和额布拉音·阿布德热赫曼诺夫在高山牧场上进行这项工作，随着村子到处迁徙。

但是，委托部门很快就把这件开了头的工作置之脑后，对那些正在记录史诗的人丢开不顾了。阿布德热赫曼诺夫多次致函中央，但都石沉大海，杳无音信。奥诺孜巴科夫也不得不被追常常离家，为糊口养家而奔波。初期工作的进度被破坏了，交莫克楚的创作演唱热情减弱了，工作的效率也降低了。如今这位玛纳斯奇说得非常慢，而且常常中断下来。如果再在村子里待下去，无论对于他或者对于阿布德拉赫曼诺夫说来，都成了一种负担。于是，他们各奔东西回家各自去了，在一段时间工作终止了，但没有多久就又重新开始了工作。

从第三个"组歌"的结尾处开始，几乎在后来的每一册歌的开头和结尾，奥诺孜巴科夫总要演唱一段冗长的诗体赞词，献给那些首次组织记录的人。这些赞词的总的调子首先证明了歌手对委托给他的这件工作怀着最真诚、最衷心的态度。不过，在赞词里，他也提到在工作期间所经受的物质上的窘迫境遇。奥诺孜巴科夫在一段赞词中甚至这样说过（当然，是用一种开玩笑的口吻说的），消耗了他自家的绵羊、茶叶和面粉的数量有多少。《玛纳斯》的记录工作延续了几乎有4年之久，但据阿布德拉赫曼诺夫所谈，在这4年中，他记录《玛纳斯》的时间实际上只有2年。自他记录到手稿的第七卷的时候开始，奥诺孜巴科夫出现了一种精神失常的迹象，导致他失去了记忆。显然，这是由于多年以来不习惯于长时间的紧张工作以及几年来只对着一个记录者做不间断的、单调的讲述所引起的过度疲劳的结果。

过去，萨恩拜·奥诺孜巴科夫通常是在人数众多的热情的听众面前，配着音乐，有的地方还做着手势、动作，面带表情地演唱《玛纳斯》。这种时候，奥诺孜巴科夫与他的听众融为一体，来观察他自己所描绘的英雄场面。他深深感到自己的演唱是十全十美的，是有鼓舞力量的，因此，他通常总是唱到自己精疲力竭时为止。在这种条件下，几乎每一次表演都是一次鼓舞人心的歌唱。这样的条件常常会大大有利于创作演唱激情的飞扬，这是合乎情理的。

这里所谈的情况纯粹属于外部的因素，这些因素决定了歌手有这种或那种情绪，决定了作品的质量、激动人心的程度，决定了歌手的激情。但是还有另外一些情况，这些情况已经影响了史诗的内容，影响到史诗情节的某些方面的思想色彩。

当然，这些因素之所以在史诗的字里行间得到反映，并不仅仅由于受了记录工作的组织者的影响所造成的。有一些因素波及交莫克楚的思想还要更早一些，那还是十月革命以前的事，当时在《玛纳斯》的听众之中出现了一些阅读鞑靼文和哈萨克文的报刊的人。他们从这些报刊上得到一些知识，并用以分散听众的注意力，有时还使一些有才华的交莫克楚也为之分心。

在影响奥诺孜巴科夫后期演唱史诗的那些情况中，这些事实占有非常特殊的地位。但是，从这里所谈到的一切，当然不能得出结论，说奥诺孜巴科夫和上面提到的几个人的会见和谈话完全扭转了歌手的观念，推翻了史诗已有的情节形象基础。相反地，他们使这些外在的和人为的糟粕得以外露，因此可以毫无困难地把这些糟粕从奥诺孜巴科夫的异文中清除干净。

交莫克楚不仅把自己的创作意图告诉阿布德热赫曼诺夫，而且还常常就所演唱的作品发表一些批判性的见解。他关于第一个组歌和其他几个组歌所做的说明在这一方面最富有代表性。奥诺孜巴科夫认为他所讲述的整部作品都是在做"神灵梦授"时由"神灵"授意给他的，他说，在听过特尼别克、阿克勒别克的演唱之后，他把梦中所听到的唱词做了若干补充和加工，而他本人添上了关于玛纳斯的诞生和童年的长长的开头一章。他对史诗的加工似乎就这样固定下来了，据他说，以后他一次也没有改动过，也没有给史诗添加上什么新东西。

显然，奥诺孜巴科夫除了会唱足本的《玛纳斯》以外，还会唱好几种缩节了的异文和几个流行的段子，这些东西通常是安排在一些偶然的、没有连续时间的场合里演唱的。此外，使我们得出这样一个结论的是他曾经谈到过这样一个意见：他事先曾告诉过阿布德拉赫曼诺夫，说开头的几部分要说得详细一些，因为这个故事是有根有据的，而不是随便唱唱而已。因此，别的交莫克楚所演唱的史诗的开头部分通常都很简单，而奥诺孜巴科夫所演唱的则几乎长达两册，全部将近 1000 页。据阿布德热赫曼诺夫说，开头的这些组歌唱得没有不流畅自如的地方，也没有拖延时间。记录"阔阔托依的祭典"（第七个组歌）和"远征"（第九个组歌）的时候就是这样进行的，尽管在记录这些部分的时候，奥诺孜巴科夫已经病倒了。

就演唱的鲜明度和演唱才华而言，这些组歌可以称得上是最有趣味的和在艺术上最严谨的了。尽管歌手已经疾病在身，但他唱起这些组歌的时候仍然轻松自若，显然，这是因为奥诺孜巴科夫也像其他所有的交莫克楚一样，不止一次地常常表演这些段落，而且向来都很成功。

但是，在记录时，歌手最艰难，甚至最苦恼的时候，是演唱最后的，第 10 个组歌的时候。

从第 10 册记录稿的文字看来，歌手已经达到了精疲力竭的地步了。已经看得出诗人的想象力枯竭了，诗的语言暗淡了。不仅史诗中通常最有代表性的地方重复了多次，而且整个结构场面、情节的重复之处也俯拾皆是。许多在过去被认为是描绘得令人信服的，在艺术上真实而有力的那些相应的场面，现在被机械地塞到作品中去了。

萨恩拜·奥诺孜巴科夫在演唱这一部分的时候，也亲自向阿布德热赫曼诺夫承认过，由于记忆力衰退，像"远征"和"阔阔托依的祭典"这些篇章，假如不是因为以前曾反复多次演唱得顺心应手，那么现在要唱起来就可能感到很吃力。当然，他曾经解释过，在他风烛残年之时"赛麦台的灵魂"是不会抛开他这个崇拜者和景仰者的，对他也多少会有一些帮助。奥诺孜巴科夫说，他对赛麦台的故事是怀着强烈的爱和激情来演唱的。

在史诗的开头和结尾部分，歌手承认，在情节素材、叙述内容的种种因素、它们的发展以及对史诗某些方面的描述上，他和其他交莫克楚的处理都是大不相同的。

根据卡拉拉耶夫的异文和其他许多故事看来，"第一次出征"，也就是第十个组歌中的所有事件就是"远征"的结局。在这次最大规模的出征中，玛纳斯失去了自己全部的勇士和同伴，他自己也负伤归来，后来也牺牲了。

二、对史诗内容的扼要分析

在研究史诗《玛纳斯》的情节结构时，首先应该指出，史诗的形成有着悠久的历史，它反映了许多时代的种种事件，不同歌手的创作在它上面打下了烙印。因此，它的情节和结构是非常复杂纷乱的，它是由许多有时甚至是相互矛盾的因素所组成的。

我们不打算更深一步地去探讨全部史诗的这些特点，这种探讨必须进行专门的科学研究工作；这里我们只想谈谈我们对奥诺孜巴科夫这一部完整的记录稿和另一部较为完整的卡拉拉耶夫的记录稿经过初步研究后所得出的极不全面的意见。

据萨恩拜·奥诺孜巴科夫说，史诗按题材可分为十个组歌（十个诗章）。正如史诗的记录者阿布德热赫曼诺夫所说，这种划分的原则既简便，又非常合适。而且，假如说从描写了玛纳斯的诞生和童年的第一组歌（也就是故事单线顺序展开）看来，把长诗分为若干组歌是适宜的、正确的话，叙述了在题材上完全不同的情节的其他组歌却不能这样说。这样的划分法显然不容许去谈史诗的固有的结合。至于一般谈到的题材问题，我们就不得不摆脱开这些机械的划分法，并且根据作品的情节素材，根据同一类型的故事核心，把由许多细小的情节组成的若干重大主题汇合成组。

根据这种自由的选择，我们可以指出下列几个重大的主题：（1）玛纳斯的诞生与童年；（2）出征；（3）阿勒曼别特——第一个助手和结义兄弟的到来；（4）阔阔托依的祭典；（5）玛纳斯与卡妮凯的婚礼；（6）阔兹卡曼人（玛纳斯的族人）的故事。此外还有一些不大的、在情节上与"出征"迥然不同的主题，如可汗们阴谋反对玛纳斯的情节。这份基本主题的清单使人们对奥诺孜巴科夫异文的大致轮廓有了一个概念。拉德洛夫的记录稿中关于交牢依的主题构成了一个独立的情节，但在这里却并不特别引人注意，因为如同空吾尔拜和艾散汗一样，在史诗的许多极为重要的部分中，交牢依是以玛纳斯的死敌的面目出现的。描写他们的主题交织出现在整部史诗里，构成了一个有机的完整的情节，就像《列王纪》中关于阿菲拉西阿勃的主题那样。全部复杂的斗争和人物处境的变化都是建立在他们相互之间的仇视、对立以及常常发生冲突的愿望的基础之上的。不论是个别章节的主题，或几乎整部史诗的主题，也都是建立在同样的基础上的。

在上面所列举的几个重要的主题里面，奥诺孜巴科夫的唱词中分量最大的当然是"出征"，而祭典和玛纳斯结婚的主题，以及与族人发生纠葛的故事是作为日常生活的素材而编进史诗里去的；这些日常生活素材在情节上隶属于基本的英雄的主题，而几个主要人物是放在比较平静的家庭环境中，在与族人们的交往中去描写的。然而，在某些情节里，在听众面前展现的却不仅仅是和平环境的图景。由于所有的部分都搀杂着战斗的画面，有时描绘得还相当淋漓尽致，因此，这些反映民族风土人情的主题毕竟也具有了英雄叙事诗的情调和特点。按照歌手们的原意，英雄是应该在日常环境中，在个人的平凡的生活中得到表现的。他作为一个勇士，由于具有英雄的特点（这些特点是在另外一种环境中表现出来的），他在这些主题中居于中心地位。

这几个部分，在结构上，在一部分题材上，都是依附于史诗的基本风格的。

唯一贯穿全诗的中心主题，是关于主要英雄及其多次出征和种种奇遇的主题。几乎没有一个情节，玛纳斯不是以这种或那种方式参与了的。只有"巨人之歌"这个不长的片断例外，这段故事叙述的不是玛纳斯本人，而是他的勇士们。

因此，史诗以整篇故事的中心形象—玛纳斯的名字命名，这并不是偶然的。

萨恩拜·奥诺孜巴科夫处理素材和全诗的结构形式的方法，其结果使各个部分有了一定的联系，给人以一个连续展开的、完整的英雄故事情节的印象。当然，许多情节中的某些片断有分离或独立的长诗的趋势。例如阔绍依在会见玛纳斯以前的歌和巨人之歌就是如此。

至于其他主题，那么在谈到使这些主题联合成一个重大的叙事情节的种种特征的一致性时，必须有重要的保留：就是这种一致性也是相对的。联合的主题只有一个，那就是关于玛纳斯的主题，因为它贯穿着每一个情节和整部史诗。但同时也必须指出，在这个主题之内还有许多独立的小主题。实际上，每一首歌，即或是关于出征的组歌，都是一个完整的情节，而在其中即使是一个小小的主题在情节上也都是完整的。这是一些完整的情节，它把出征这一个大的主题分成若干个有独立的开头和结尾的小主题（英雄经历的某些奇遇及其他）。从这一方面说来，每一首歌都应该被认为是一个独立的部分，它可能是在某一次创作的过程中产生的，尽管早先的或后来的歌手曾经编唱过它。根据这一点，我们可以把奥诺孜巴科夫的活动比作一位古代史诗创作总汇的编辑者的工作，他把他在以前创作的所有的情景、片断连缀了起来，然而每一个情节本身都是完美的、完整的和必要的，即使是人物经历中的一个细节。这一点在史诗具有异乎寻常的情节规模上起了特殊的作用。假如我们注意到上面所说的话，那么我们的研究工作从总的，预先设定的重大主题转移到一些细小的偶然性主题的时候，就必须通过列举所有文本的情节素材来表现，这样做不仅一事无成，而且也不会反映出长诗的整个结构来的。因此我们认为在进一步探讨题材的问题时，必须同分析作品的情节结构联系起来。

重大的主题是怎么安排的，全部庞杂的材料是如何在情节上加工、如何固定下来，以及按照何种次序在结构上连成一体的呢？要回答这些问题必须研究一下长诗的几个重要部分，因为大部分叙述的材料都是围绕着出征而展开的，现在我们就从这个主题谈起。

几次出征在长诗中占有最为重要的地位，并且分成许多次独立的出征来描写。萨恩拜·奥诺孜巴科夫对出征主题的描写都是相同的，与作品的总的结构很吻合。细节的差异是如此的少，而且如此微不足道，以致有一个情节的形式就可以把所有出征的情节概括起来，而这样的情节形式最充分地表现在"远征"—出征别依京的组歌中。假如从这首歌里撇开七位可汗的阴谋这个独立的情节不谈的话，那么剩下来的情节在叙述上可以用下面的形式表现出来[①]。如同在其他诗章里通常所见到的那样，这个章节一开始就描写了吉尔吉斯人们的富足而幸福的和平生活，在这个国度里，至高无上的、力大无双的英雄玛纳斯在他的勇士战友、妻室、仆人和全族人之中备受尊重。在这种通常是短暂的和平生活的环境里，却产生了发动新的远征的理由。在"远征"这一章里，玛纳斯与他的主要对手—勇士空吾尔拜的不和，也属于这样的动机，这个动机成了他出征别依京的口实。

空吾尔拜不承认玛纳斯的汗国，并且把他当作是自己的属臣。他企图迫使吉尔吉斯人向他缴纳捐税，妄想侵袭征服他们。因此，玛纳斯有充分的理由发动战争反对劲敌，于是，他宣布了出征别依京的命令。

下面我们根据所有出征的典型情节形式来谈谈动身起程。通常在史诗的这几个部分里，特别是在开场白里，总充满着一种静止的调子，或由歌者以第一人称的身份做冗长而详细的描写，或为振振有词的训诫式的独白。快要准备停妥的时候，隶属于玛纳斯的其他部族的可汗们，率领着自己的军队来到他的营地。歌手如同检阅一样述说了调遣来的各部族的领袖—玛纳斯的勇士、朋友和出生入死的伙伴—统率的各族武士们。在全部征战当中，这个检阅作为一种传统的因素，毫无例外地用一些现成的"套语（程式）"，用这样或那样一些固定成语，而在列举调遣来的军队时保持着一种固定不变的顺序。

接着该是同双亲、妻子告别，其实这个情节在其他出征里并非都是必有的，但在"远征"里却广泛地提到。在这以后，大军就踏上征

---

① 此处我们谈的只是奥诺孜巴科夫的异文。关于卡拉拉耶夫异文所补充的或与上述异文不同的地方的种种特点。下文将要谈及——原注。

途了。

　　按照民间文学的固定的传统形式，途中遇到了障碍。在阿勒曼别特的统帅下，疲惫不堪的、耗费精力的、遥遥无期的行军持续了90天之久，在这期间没有休息过一次。歌手描写了旅途的艰辛：无水的荒原、无法通行的崇山峻岭、巨浪汹涌的激流（欧洲史诗中通常出现的茂密到不见天日的森林，在这里由于地理环境的关系很少遇到）。对大军所到各地沿途的详尽描写使歌手有可能显示自己渊博的地理知识。他怀着一种特殊的爱和叙事的安详态度把许多地名材料和民族学资料贯穿在故事中。每每介绍一个新的地方的环境，都要谈及地形、气候、植物分布和动物分布的情况。诚然，为符合一切细节中的被夸大了的史诗环境与情节任务，这种种因素变得复杂起来了，被神奇地夸大了，带上了幻想的色彩。例如，一些野生动物担负了敌人的哨兵和信使的职务。他们阻碍了大军的去路，他们中有一些在漫长的战斗以后争得了自由，摆脱了追捕，回到了自己的主人身边，向他们预告即将到来的危险。作为敌人的幻想的信使出现的有魔术师，也有独眼巨人。例如，在"远征"里，巨人玛坎里施用巫术和各种伎俩使玛纳斯的随从惊慌不已。玛纳斯的战友们却与敌人正相反，他们只用自己坚强的体力和勇敢精神，在公开的，光明磊落的战斗中取得胜利。他们没有掌握那些凶恶的精灵的秘诀，只有敌人才用得着从这些秘诀中吸取力量。这个因素对于评价史诗的风格是颇有意义的，史诗的风格使它同《列王纪》等东方长诗很相近。

　　但是要征服恶势力只靠勇士们仅有的体力，并不永远都是成功的。如熟知黑帮们的一切秘诀的阿勒曼别特的出场以及他同他们展开斗争；他用法术战胜了对手并且杀死了他，给故事带来了变幻的神奇因素。半路上对敌人第一次大规模的抵抗就是这样获胜的。后来，阿勒曼别特还与自然较量过：按着他的愿望，温暖代替了严寒，宜人的和风细雨代替了不堪忍受的酷暑；他用咒语使狂暴的激流（"远征"中的鄂尔浑河）干涸。还在童年的时候，他就学会了各种超自然的神秘法术咒语，对降服大自然有着强大的威力。阿勒曼别特在制服自然力和黑暗势力的同时，开辟了通往妖邪霸道的敌人统治区的道路。然而，阿勒曼别特不仅掌握了咒语和秘诀，同时，他也是大军中一个智勇双全、精明能干的统帅，是一位果敢的勇士。在出征别依京期间，玛纳斯授予他军队统帅之大权，而阿勒曼别特自然也表现出惊人的机智与顽强的精神，出色地完成了这个任务。

阿勒曼别特经常参加出征，这一点作为所有出征的情节形式的必然因素屡见于作品中。他与黑暗势力的斗争是各种事件的总的情节链条上的必不可缺的环节。在"远征"里，先是杀死独眼巨人的玛纳斯，然后有他忠实的战友—楚瓦克与色尔哈克，与他共同经受了初次的重大考验。而在其余的一切场合下，开头的斗争都是阿勒曼别特一人单枪匹马进行的。这种斗争是推动事态发展并使出征的情节形式复杂化的最重要的主题之一。

经历了所有这许多奇遇以后，玛纳斯的大军就面对面地与朝夕等待着他们的，由无数勇士和可汗所率领的敌军相遇了。大规模的战斗并没有马上展开，在这以前必然先来几场一对一交锋。开始，双方出场的都是二流的勇士。为了加深印象，就引进了一些挑动好奇心的因素。对手交锋通常总是胜负难分，或者甚至让敌人取得最后胜利。这就必然使事件复杂化起来，叙述玛纳斯军队局部失利的动作性很强的故事使情节更加紧凑，事态的发展更加紧张。对手交锋渐渐地提起了听众的兴趣，他们渴望知道他们所不晓得的结局；紧接着对手交锋之后，战斗的决定性的时刻到来了，双方临阵的都是自己最有力气的勇士—全族的荣誉。这时，吉尔吉斯人中出阵的是玛纳斯，而敌方则是可汗中某一位与他势均力敌的对手。这一对勇士的交战通常是以玛纳斯的胜利告终，之后旋即展开了大规模的混战搏斗，而中心人物始终还是玛纳斯、阿勒曼别特和四十勇士。

歌手对参加战斗的群众几乎未给予特别注意，他之所以提到群众，也只是作为不说话的配角来使唤的，开头是为了说明军队的数目，后来，在一场战斗结束的时候，无数敌军亡命于英雄手中，而其他生命幸存者或逃脱，或被俘。每当战斗结束之时，歌手详尽地描绘着战场，列举出各项损失，叙述如何搜索杳无音信的战士、亲属和朋友们。

以后的战斗就已经是在堡垒或城寨中进行的了。这时很可能再次出现对手交锋，而有时出征又以无数大规模的战斗场面告终。

最后该是必然的结局：失败者俯首听命，向胜利者献礼，礼品通常自可汗的女儿及众多的侍女开始，直至金银宝石。分配完战利品了。结局部分或者是进行谈判，或者是玛纳斯本人、或他的亲信中的某人向前敌军首领的女儿求婚或娶其为妻。玛纳斯的4个妻子中有3个就是通过这种方式获得的。卡妮凯则属例外，关于她的故事，上面已经说过，是沿着完全独特的、与众不同的方向发展的。

出征的情节通常只限于这些事件。偶尔也有超越出一般形式的例外，就是把描写大军平安地返回家园也包括进去。这种结尾一般说是罕见的，因为英雄在战胜一个对手之后总是继续向前，投入同其他敌人的战斗中，而上面所归纳的战斗的形式大概又会再重复一次，所不同的不过是把各种事件重新做某些安排，用新的诗的语言形式来表现罢了。

作为短小的插曲，还可以指出一些不常见的英雄们之间的冲突的情况。例如，有一次，玛纳斯与阿勒曼别特发生了摩擦，这是因一位以自己的美貌同时打动了这两位英雄的女俘虏阿勒特娜依所引起的。"远征"中的楚瓦克与阿勒曼别特也有过类似的情况。然而在出征期间所发生的冲突，通常并没有进一步发展下去。一方承认了错误，服从伙伴们讨论的共同意见，事情也就此了结了。

构成史诗基本主题的一切大大小小的出征，其格式不外乎是一些大同小异的情节和偶尔出现的插曲。

萨恩拜·奥诺孜巴科夫认为"远征"决定了其他多次的、小规模的和大规模的、独立的出征的形式。卡拉拉耶夫认为，一般说来，"远征"概括了出征的整个主题。后者没有涉及这么许多次出征，而只描写了一次，然而却非常详尽地、情绪激昂地刻画了它。卡拉拉耶夫异文中的"远征"是勇士们在玛纳斯率领下所建立的英雄伟业的紧凑的、集中的表现。岁月在无数次战斗和对手交锋中消逝了。经过短暂的休整以后，玛纳斯的部族一次又一次地掀起了与敌人的猛烈的搏斗。不仅对玛纳斯、阿勒曼别特及其主要对手的英雄功勋，而且对双方其他许多次要的勇士的功勋都做了详尽的描写。

此外，卡拉拉耶夫把一些其他的独立的题材都包罗到英雄建树功勋的题材中去。例如，奥诺孜巴科夫把阿勒曼别特的到来编成一个完全独立的故事；而卡拉拉耶夫则把这段情节以阿勒曼别特回忆的方式放到"远征"中去。奥诺孜巴科夫的异文中的全部勇士—玛纳斯的伙伴们的死也构成了独立的第十组歌；而卡拉拉耶夫则把这个题材作为"远征"的结果来处理。甚至玛纳斯之死及其家族的最后遭遇，卡拉拉耶夫也没有把它们置于"远征"之外来描述，而奥诺孜巴科夫则把这些题材移到第十组歌，作为这一部长诗的结尾，以便由此过渡到描写玛纳斯的儿子赛麦台的史诗的第二部里去。卡拉拉耶夫的异文不仅把奥诺孜巴科夫的"远征"中的叙述因素和有积极意义的题材都包括了进去，而且还把许多事件包容到这一组歌中，从而使它的范围大大扩大了。他所唱的组歌数目较少，因为他把大部分独立的有意义的题材都当作从属的东西包括在"远征"和赛麦台之歌中去了。至于说到萨恩拜·奥诺孜巴科夫的异文，那么，他不是在一篇"远征"中对全部战斗都做了详尽无遗的描写，他擅长于从多方面去表现人以及他们之间的关系。人物的心理状态、幽默，生活习惯与消遣爱好同样引起了这位安详的叙事歌手奥诺孜巴科夫的注意。也许正是因为如此，他才没有把叙事诗的所有事件都集中在一个组歌之中，也不是把历次战斗中的一切情景都塞到一次出征中去描写；而是表现了不同时间，在不同地域进行的多次出征，并且把它们作为一些独立的、完整的事件来描写。在对奥诺孜巴科夫的异文进行分析的时候，我们记得，基本题材（"远征"）的英雄主义的格调、在主题和结构上影响了其他描写非战斗的、人物生活中环境比较平静的故事的特点和面貌。比方说，史诗的第二个重大的题材—"阔阔托依的祭典"就是如此形成起来的。

　　阔阔托依的祭典是一个重大的情节。每当讲到某一个重大事件之前，交莫克楚必定编唱一段冗长的引起这一事件的理由，这种引出一个新的、意义重大的主题的典型手法，对全诗任何一个部分毫无例外都是共同的。例如，描写玛纳斯的所有出征之前的序歌就是这样。祭典的理由是这样说的：玛纳斯的一位老战友阔阔托依在临终前嘱咐他的儿子包克木龙为他举行一次祭典。歌手在讲述这个遗嘱时，运用了一种几乎至今还在流行的抒情仪式歌"凯莱艾兹（遗嘱歌）"的形式。

　　包克木龙按照玛纳斯的劝导来执行父亲的遗嘱：信使骑着神驹马尼凯尔走遍了所有汗国，邀请客人们参加祭典，并对不出席者施以进犯的威胁。歌手引入这一段的目的在于给祭典增加一种异乎寻常的战斗色彩，使为举行祭典而做的一切准备工作都带上这种色彩。

对这个日常生活的题材还有更异乎寻常的描写，这就是被邀请的客人—可汗们从四面八方到来的时候，都带着全副武装的、遵从着军事出征一切规章的大军。出席的不仅有朋友，而且还有玛纳斯的敌人：卡勒玛克的交牢依，别依京的空吾尔拜。

最后一个赴祭典的是玛纳斯。他使那些赴会者不得不等了他好多天之后，才威风凛凛，强大无比地来到。由于他的迟到，不得不使祭典延期举行。描写玛纳斯驾临以及对他的空前隆重的迎接，一时掩盖了基本主题的展开。朋友们对玛纳斯，甚至对他的神驹阿克库拉都表示了尊重，他们的拥护显示了吉尔吉斯人的团结一致和他们对英雄可汗的崇敬心情。歌手在赞颂玛纳斯的同时，把他的敌人交牢依的形象做了夸大的描写。在同真正的英雄—玛纳斯的对比之下，对交牢依在用食时那种贪得无厌的描写就是以讽刺的手法突出了敌人的渺小。像交牢依一样，对吾空尔拜性格的刻画大体上也是这样：空吾尔拜贪得无厌、嫉妒成性、好吹毛求疵，是玛纳斯的最危险的敌人。大典前夕，包克木龙与空吾尔拜之间发生了冲突，原因是后者无理地抢走了包克木龙的神驹马尼凯尔，好吓唬一下吉尔吉斯人，叫他们看重他空吾尔拜。对玛纳斯来说，这应该说是一次预先的警告。但玛纳斯很快就猜到了敌人的意图。被空吾尔拜的行为侮辱了的玛纳斯向着阔绍依和包克木龙发泄愤怒之情，因为他们二人天真地同意把空吾尔拜所看中的那匹马送给了他。这种细腻而尖锐的心理战使对手们发生了冲突，于是他们便公开地互相对抗起来。怒不可遏的玛纳斯向空吾尔拜部族提出了挑战，同时就开始砍杀他的臣民。空吾尔拜被玛纳斯的愤怒吓坏了，不准备抵抗他，他承认了自己的过失，送了许多珍贵的礼品来摆脱这场冲突。

因此，说唱者把军事因素加到祭典的情节内容中去，准备给听众突如其来地引进一组战斗的主题，间或插入一些引人入胜的游戏和竞赛的故事。

接着，在祭典的下一阶段，用真正的史诗的细腻手法描写了祭典的五彩缤纷的、富于表现力的画面。各种游戏、竞赛延续了很久。一开始是对准悬挂在高柱顶尖横杆上的元宝"江布"射箭。这次竞赛的优胜者是玛纳斯。接着是摔跤，然后是骑士比武"沙伊希"、赛马和其他游戏。每一种比赛都构成了一整首歌的情节。用现实主义色彩对最细微的生活细节所做的描写，几乎成了整部长诗最有艺术魅力和最能感人肺腑的场面。玛纳斯、阔绍依和其他勇士在一切场合里都是优胜者，而赛马时的夺彩者也是他们的马。当然，这些胜利的得来也是相当困难的。歌手对各种花样的摔跤都描写得相当引人入胜，细致、天才而且真实。这些描写整体说来都是能够扣动听众的心弦的。

阔绍依和交牢依的双人摔跤"古热什"特别紧张。开始的时候谁也不敢挺身出来与交牢依对抗。最后，阔绍依老人走了出来。接着是充满着滑稽因素和心理描写因素的准备时刻，然后是长时间的摔跤；在整个决战期间可以看出斗争的胜利将属于交牢依，但出乎意料地竟以阔绍依的突然胜利结束了。因此，最后一场紧张战斗的高潮以吉尔吉斯方面的人民的无限欢欣而告结束。

但是，像这样的紧张时刻并不永远都是适当的。一种尺度感提醒歌手必须引入一些迥然不同的、比较缓和，但同样引人入胜的场面。例如，与下流的"解骆驼"游戏同时出现的一些滑稽的场面就是如此。同意参加这项比赛的只有敌人的名副其实的下流人物马尔吉凯与奥朗戈。吉尔吉斯人中谁也不愿参加。模仿击鼓战的"秃子"竞技也是以这种粗野的滑稽场面开始的。

在祭典接近尾声时，所有这一切娱乐和竞赛几乎都被赛马时最复杂的斗争淹没了。在这一部分里，歌手触及到了上面已经提到过的玛纳斯与他的对手严重冲突的主题。而事实上，摔跤和赛马也像其他竞赛一样具有有趣的、紧张的、引人入胜的情节。谁的马跑第一并且夺得"杜乌（彩旗）"呢？这不是单纯的马匹竞跑，而是关系到靠自己的马为部族夺取荣誉与名声。为了取得胜利必须想尽各种方法去影响这些马匹。常常在半路上设下伏兵来对付危险的竞争者，把疾驰中的敌人的马匹杀死，使之受伤，从而使自己的马有可能获得锦标。空吾尔拜手下的人在祭典期间，就是想用这种办法来夺取优胜的，但他们的企图落空了。阿勒曼别特效仿这个先例杀死了空吾尔拜的马。双方打起架来了。玛纳斯惩罚了交牢依，并且扣留了他的马。这时，空吾尔拜威胁祭典的主持者，蛮横无理地强夺锦标。于是，曾经中断了的战斗的主题已经充分地发展成为下一步的戏剧性斗争的中心主题，而"祭典"的章节也就与"远征"的全部章节交织在一起了。玛纳斯顺利地集中精锐部队，疾驰而去追赶强敌。

玛纳斯追上了空吾尔拜，射杀了他的臣民，但这次可耻的抢劫行为的罪魁祸首却逃之夭夭了。因此，这就潜伏了一个尚未解开的戏剧性的纽结，发动一次新的战斗的借口，引入新的有效主题的动因。

玛纳斯与卡妮凯结婚是作为一个英雄勇士的婚事，而不是一个普通凡人的婚事来描写的。玛纳斯的鲜明的个性与在这一个情节中异乎寻常地强烈地表现出来的他的愤怒，急不可耐的神情，激情以及不时流露出来的虚假的感情从多方面补充了英雄的形象，而且破坏了日常生活故事的常见的环境。由于引进了这些因素，这个主题的某些方面也汇合到英雄主题的总的洪流中去了。

故事一开始描写了一般的求婚的场面。玛纳斯和他的朋友们在打听到铁米尔汗的女儿卡妮凯是一个人才，是一位出众的姑娘之后，就派遣父亲加克普去替自己求婚：按照传统，父亲得给儿子选择未婚妻。加克普寻找了很久很久，最后终于找到了儿子的未婚妻居住的城市，看到了她，并且决定马上替儿子向她父亲求亲。谈判开始了，双方提出了婚姻的条件。歌手把日常生活的细节描写得淋漓尽致，还列举了求亲时所必需缴纳的无数的聘礼。

顺便说说，作品一开始就对结婚的主题做了必要的说明。玛纳斯已经有两个妻子了，但由于阿勒曼别特坚决的主张，认为玛纳斯还没有一个与他匹配的夫人，所以他才决定再次婚娶。此外，这些妻子都是由于战胜了强敌，作为战利品获得的，而按照民族的风俗，还应该有一个明媒正娶的"法定的"结发妻子，她是他最亲近的人，而这个妻子按照常规应该由父母双亲选择，付出聘礼和履行求亲，完成与婚娶相关的一切习俗和仪式（这个题材是为了在长诗中引入日常生活的宗教仪式因素）。

加克普回来以后，玛纳斯带着极为丰厚的礼品，在他的随从们陪同下去见自己的未婚妻。铁米尔汗为他们举行了隆重的欢迎仪式。

消息传到了卡妮凯的宫殿中，她有许多侍女和仆人侍候着她。但是，与一般的习俗相反，未婚妻毫不为等待这位英名传四海的未婚夫而感到苦恼。以下的所有场面，都是按照着对比的原则——未婚夫妇之间所进行的复杂的戏剧性的矛盾冲突来安排的。这个矛盾由于主人公故意制造的虚假感情而变得特别紧张。开始是未婚妻故意表现得无情无义，而后来则是未婚夫以同样态度来报复她。

根据对比来展开斗争是一切史诗作品所常用的手法，而这种斗争在结婚这个主题中的发展比史诗的所有其他部分表现得更为充分，更为引人入胜。冲突不仅在英雄与未婚妻中间展开，其他类似的情节也运用了这种手法，许多次要场面在结构上的相似就是如此形成的。

个别的交叉、出人意料之外的结尾有助于故事内容的展开。结婚这个日常生活的主题通常具有戏剧性事件的特点，具有越来越复杂化的、动作性不断加强的"战斗"主题的特点。例如，在玛纳斯和未婚妻第一次见面的情节里，两人之间就展开了尖锐的矛盾。为青春的热情燃烧着的玛纳斯强横地冲进了卡妮凯的宫殿，杀死了阻止他入内的奴仆，侮辱了未婚妻的侍从。卡妮凯被未婚夫的这种野蛮的举动惹怒了，就用一种假装的冷淡无情的态度来惩罚他，而后来，因实在忍受不了玛纳斯的粗暴行为，不得不拔出短剑，刺伤了他。未婚夫为未婚妻的这种无理行为所激怒，动手扭打了她。卡妮凯的母亲得知此事，她设法及时平息这次冲突，希望家丑不要外传。但是，要想使这一对年轻人弥合矛盾和好如初，她也是无能为力的。

在接下来的情节中，歌手用同一种色调叙述了婚礼开始以前的几个场面。婚礼举行以后，卡妮凯仍然执拗不改，任性地让新郎在花烛之夜等她归来，一直坐到大天亮。她向玛纳斯报复，同时也假情假意地要考验一下他对自己的爱情，这是玛纳斯万万不能忍受的。他命令自己的勇士们跨上快马去灭绝城里的一切居民，连同岳父铁米尔汗和他的所有亲属，其中也包括他目空一切的女儿在内。玛纳斯是如此怒不可遏，以至勇士们毫无抗辩地就开始准备战斗。一位明智的、受众人尊重的老人巴卡依找到了摆脱窘境的办法，他说服勇士们摆出打仗的样子，但不去杀人。勇士们这样做了，但玛纳斯本人却愤怒地毁坏着城堡，无情地杀戮人们，给众人带来恐惧。直到这时卡妮凯才屈服了。没有任何防卫，而且已经变得顺从了的卡妮凯，用一些温存柔情的言语轻轻地谴责了玛纳斯的不必要的愤怒，请求他原谅自己的行为，并且诚心诚意地愿意同他言归于好。

在这以后，日常生活的题材重又占了应有的地位，开始叙述大典和各种游戏。聪慧的卡妮凯积极地参加了未婚夫和他的四十勇士的娱乐游戏。按照她的吩咐，人们给她和她的 40 个女伴架起了有豪华摆设的白色帐篷。她决定用一种特殊的礼节隆重地迎接玛纳斯和他的朋友。歌手在唱到卡妮凯安于自己的命运之后，便变换了情节。这时人物的角色变换了，出现了一系列描写由于玛纳斯的假情假意的回答而产生的戏剧性的假的斗争场面。

在通常为了隆重的"托侬（婚宴）"而举行的赛马和游戏结束后，玛纳斯和他的伙伴们应该回到为他们准备好的帐篷里去，未婚妻们都在那里等待着他们。玛纳斯向同伴们提议把赛马的地点设在帐篷那一边，条件就是，如果谁的马在哪一位姑娘的帐篷前停下来，谁就可以得到这位姑娘作为优胜的奖赏。

赛马开始了。玛纳斯最后一个到来。除了他停留下来的那一个帐篷外，所有的帐篷都已经被占满了。这就是卡妮凯的帐篷。后者殷勤地迎接了玛纳斯，拿他的马的"勇猛"开玩笑，并且说她已经安于自己的命运了，尽管命运所带给她的未婚夫是最后到来的人。但玛纳斯对卡妮凯的考验并没有到此为止。他把伙伴们和他们的未婚妻们召集起来，提议举行一个新游戏。给所有的未婚妻蒙上眼睛，男的排成一行站到她们对面。姑娘们往对面走，如果抓到谁，就找谁做新郎。其结果如以前那样成双成对，而卡妮凯也找到了玛纳斯。此处两次着重指出玛纳斯对未婚妻的故意的冷淡，或者甚至不加理睬，并没有使卡妮凯感到委屈。她不同于未婚夫，她是一个有耐心、有智慧的沉稳的姑娘，她具有一种与英雄恰恰相反的性格（这就是使情人的性格恰恰形成对照的手法）。

玛纳斯未能使卡妮凯失去耐心，如今她自己要来继续这场虚假的斗争，她给新郎们蒙上眼睛，让他们去寻找自己的未婚妻。以前匹配成双的恋人们再也不分开了，但阿勒曼别特和他的未婚妻却在所有场合里都不和睦。

卡妮凯的闺蜜阿茹凯，可以说得上是个绝代美人，当阿勒曼别特停在她的帐篷门前的时候，她颇为不满。她看不起他，称他为"卡勒玛克佬""外乡人"，她只想嫁给一个与阿勒曼别特不同的，有亲人、有自己族人的真正的吉尔吉斯人。阿茹凯掌握了一种神奇的幻化秘诀：她可以按自己的意愿任意变换自己的面貌。在见到阿勒曼别特以后，她就一变而成一个非常难看的、乌黑的女奴。这个女奴在游戏时为他所占有了。阿勒曼别特觉得她的样子很可怕，不知如何才能摆脱开她。但卡妮凯向他揭露了阿茹凯的秘密，因此，阿勒曼别特转怕为喜，想娶这个美人为妻。然而，阿茹凯却依然执拗不化。由于女主人公的变形隐蔽而变得复杂化了的这个新的斗争成了本段结尾部分中一个引人入胜的地方，并且有助于引进新的英雄的主题。人们对阿茹凯进行了长时间的规劝，但也没有收到预期的效果。与阿勒曼别特同生死共命运的玛纳斯认为姑娘的执拗就是对他本人的侮辱。而对任何一点侮辱，他都准备不仅对侮辱者本人，而且还要对她的同族满门施以无情的报复。玛纳斯牺牲了与自己的未婚妻及其亲属已经和好了的友善关系，再次燃起战争，给城市带来了恐惧。他用这一切行动向阿茹凯表明，阿勒曼别特对于他是多么珍贵。在玛纳斯眼中，阿勒曼别特不是一个举目无亲的异乡人，而是一个最可敬、最值得尊重的勇士，是他的兄弟。他同阿勒曼别特血脉相系、骨肉相连，为他牺牲一切都在所不惜。在这以后，阿茹凯才同意做阿勒曼别特的妻子。

整个故事就是通过表现这些冲突而展开，并以全民的和睦的欢庆大典结束。故事还详尽地描写了所有帐篷中花烛之夜的盛况，先是描写主要的两对（玛纳斯与卡妮凯、阿勒曼别特与阿茹凯），后来也描写了其他人。

其他独立的诗章在情节结构方面没有什么显著的特点。像"阿勒曼别特的到来"、"独眼巨人的故事"与"阔兹卡曼人"等都是如此。在这一组歌中比较有特色的是"英雄的诞生与童年"和"七位汗王谋反玛纳斯"这两个主题。下面我们扼要地谈谈上面所提到的几个主题。

本来，我们应该从英雄的诞生与童年这个主题开始，依照年代的顺序来分析史诗的情节结构，但是我们却有意地回避了这个主题，而把历次出征的主题看成是情节方面与结构方面的主要主题，所有其他情节是依附于它而展开的。

玛纳斯的诞生与童年之歌的情节没有什么独创之处，而是按照民间文学的传统来描写的。可是，就其语言素材、诗的技巧，恰到好处地引入的日常生活的细节描写，对某些情况所做的令人信服的心理描写，以及艺术形式看来，这个情节可以说是长诗中一个有价值的片段。

在情节方面，此处要提到的是东方史诗中最常见的一种题材——年老无子的双亲向天神祈求赐给他们孩子。最后，在异乎寻常的条件下，一位盼望已久的儿子终于诞生了。

这种幻想因素在史诗中出现是并不偶然的。这种因素在史诗的其他部分中比较早就存在着了。由于大家都知道的有促进作用的原因，历次出征的主题都同这种因素紧紧地联系在一起，如同我们在上面已经指出的，把出征称为神圣的出征，这并不是毫无根据的。因此，史诗第一册的情节有相当大的部分是对后来逐步展开的大小主题所做的一个总的启示和说明。这是全诗开头的交代，暗示使后来一切事件具有了一定意义的开端已经奠定下来了。

这一部分虽然在题材和结构上没有什么独到之处，但它却是非常重要的，因为它决定了斗争双方的形象是如何相应地形成起来的，决定了他们的愿望和矛盾的要素。

接着，在第一部里还描写了这位未来的英雄的奇特的童年。还在孩提时代，他就是一个勇士：他给自己选择了未来的勇士，残酷地惩罚了敌人以报复他们曾对他的亲人的欺凌，他挺身保护自己的同族，维护亲属部族的领土和王国的完整以抵御卡勒玛克和克塔依（契丹）人的侵袭。就在这个时期，玛纳斯已经制订了未来行动的纲领，纠合分散的部族，恢复他们昔日的强大。许多后来的情节和重大主题的故事线索，就是从这个纽结出发向四面八方延伸和发展的。

"七位汗王的阴谋"① 这一段比较集中。作为"远征"这个主题的序幕，这一段在长诗中的比重并不大，这个情节旨在揭露仇恨的主题和玛纳斯部属中由此而产生的暂时的分裂。

在后期的萨恩拜的异文中，玛纳斯在出发"远征"之前，就已极负盛名，已经成为全能的汗王了。歌手描写了他在爱妻卡妮凯豪华的金色宫殿里高居在金色的宝座上的情形：

　　在金门洞开的城堡里，

---

① 这是一首歌的标题，但有时正文中也称为"六汗的阴谋"。"六"和"七"这个数字交替出现，但出自玛纳斯之口的却总是"七"这个数字——原注。

在卡妮凯的宫殿内，
在他的右方
坐着三十二位汗王，
在他的左方，
坐着四十位勇士。[①]

　　勇士，这是一个崇高的称誉，是玛纳斯最亲近的伙伴和最可靠的朋友，他的功名与强大在一定程度上有赖于他们。可汗们是他手下的王公，各部族、种族的首领，就其意义与权重而论，他们是不能与勇士们相匹敌的。这种上层人物的权力地位和相互关系就是宫廷（汗国）组织和某一个以至高无上的可汗英雄为首的国家政权组织。玛纳斯与他的勇士的关系，除了极少数的例外，都是亲密的、如兄弟般的，但对心怀不轨的可汗们，却非常残酷，甚至他会要亲手惩治他们（在阔阔托依祭典上对玉尔比的惩罚）。

　　"七位汗王的阴谋"所提出的争权夺利的社会主题后来没有得到进一步展开。歌者在把这一主题引进故事中来的时候，把它解释为由于可汗们个人对玛纳斯的功名的嫉妒，以及玛纳斯本人希望完成远征大别依京的愿望所产生的。与其他段落不同，对这一情节的说明是多方面的。有日常生活的、个人的主题，有社会因素，也有被玛纳斯贬低了权力的统治集团为恢复自己的权力而进行的斗争，最后，还有一种想在战斗中建立功勋的愿望。最后一点把故事与"远征"的情节衔接了起来。

　　可汗们由于嫉妒玛纳斯的功名，策划了弹劾他的阴谋。但是，在和英雄及其勇士遭遇之后，便在哪怕是他一人的愤怒的眼光之下都感惊恐害怕，一面向他忏悔自己肮脏的思想，请求他宽恕，一面在他面前叩拜，而当他提出同他们一道去出征别依京的时候，大伙都欣然同意了。

　　至于说到其余的四个情节（"阿勒曼别特的到来"、"独眼巨人的故事"和"阔兹卡曼人"），它们在结构和情节上没有超出作为史诗基本情节素材的传记性和战斗性题材的范围。所以我们不打算逐一分析了。

---

　　① M. A. 阿乌埃佐夫：《不同年代的思想》，阿拉木图，1959 年版，第 510 页。此处及下文之诗行均为作者所埃译——原注。

我们只想指出，"独眼巨人的故事"整个说来是某些关于独眼巨人的流浪母题的变异说法，和《奥德赛》中类似的情节颇为相似。

"阿勒曼别特的到来"这一情节中关于他的身世的部分与玛纳斯身世的类似题材相似，只是细节略异。此外，史诗的这一诗章，奥诺孜巴科夫曾经演唱过两次，第一次的文本他是以歌手的身份把史诗的全部细节当作一个独立的组歌来演唱的，第二次在"远征"中则通过阿勒曼别特之口讲述的，但却采取另一种结构形式，以长篇独白的回忆方式来表现。

最后，"阔兹卡曼人"的情节重新揭开了嫉妒的主题，这种嫉妒是由于英雄及其近亲之间的仇视而产生的。这一主题很快就超出了生活琐事的范围，成为一个打斗的故事，故事描写了玛纳斯的近亲互相杀戮，因此，按歌手的话说，他们受到了可怕的，但却是应得的惩罚。

我们虽然没有接触到史诗的详细内容，但根据其情节结构以及结构特点就可以做出一定的结论来。

史诗情节的进展是通过一个无论在题材或结构上都占主导地位的中心主题的展开来实现的。所有次要的线索在开始的时候作为一些独立的故事，同它没有什么关系，但归根结底还是包含在它里面，从属于它，仿佛是一个推动力，推动着这个暂时中断了的中心主题进一步向前发展。间歇只会加深对接踵而来的事件的印象，为了把以后的情节环绕着一个基本核心贯穿起来而引入了一些新的复杂化的情节罢了。这种讲故事的手法只有一个目的，只有一个情节任务，那就是把同主人公命运有关的一切叙述出来。

三、史诗《玛纳斯》产生的时代

把吉尔吉斯古代历史的种种事实和史诗《玛纳斯》中所描写的种种事件和事实对比一下，就可以找到许多相同的现象，这些相同的现象直接或间接地告诉我们这篇最初的歌唱体英雄史诗最早的产生时代。史诗反映了这样一个遥远时代的事件，那时候，吉尔吉斯是一个强大的民族，这个民族的多次出征和长时期的战争构成了历史上整整一个时代。

这就是 B. B. 巴尔托德院士称之为"吉尔吉斯（點戛斯）极盛时期"的9—10 世纪这一时期。据某些史料记载，这个时代吉尔吉斯军队的数目达40 万人之多，而据另一些史料记载则为 8 万人。如果认为后面一个数字是最为可信的话，那么在当时说来，也已经是相当强大的军事力量了。我们还清楚地记得世界霸主成吉思汗的军队数目也不过是 12.5 万人。

构成史诗《玛纳斯》原始核心的中心事件很可能就是《远征》。吉尔吉斯人在玛纳斯的率领下完成了讨伐一个东方强国的出征。这个强国境内有一个设防很好的城市别依京，它离吉尔吉斯国家的中心有 40 天（一种异文的说法）或 900 天（另一种异文的说法）的路程。同时，我们从历史上明确得知，吉尔吉斯人曾经征服过强大的回鹘汗国，而在840 年曾经占领了它的中心城市别依京（吉尔吉斯的异文称为 Бейджчи 或 Беджчи）。

只要对史诗进行一些初步的研究工作，就会提出一个至今尚未能解决的难题，这就是主人公玛纳斯的名字。在吉尔吉斯民族历史中没有保存下来这样的名字。但是应该指出，假如把鄂尔浑－叶尼塞河谷的碑铭①撇开不算，那么，在流传到我们今天的有关吉尔吉斯人的片断资料中，一般地说，没有保存下任何一个"點戛斯汗国"时代的英雄、统帅、可汗或阿热（吉尔吉斯可汗的古称）的个人名字来。关于回鹘汗国的征服者，我们只知道他卒于 847 年。非常可能，玛纳斯这个名字是当时某个真实的历史人物的名字，书面的历史记载已经失传，而过去对书面的历史进行研究的不是吉尔吉斯本族人，而是他们的远邻。吉尔吉斯人民则能够在自己的口头创作中保存了这个名字，这就是这部不朽的史诗。

在贫乏的历史资料中找不到玛纳斯这个名字，不应当使我们窘困不安。我们设想玛纳斯是征服别依京中的主要统帅或者阿热（可汗），他死于 847 年。从语言学看来，玛纳斯这个名字的意思应该是萨满教神祇中一个神的称号，或者，更准确地说，这个名字与当时广泛流传在中亚的摩尼教有关。这位备受颂扬的昔日的英雄的真名很可能是另外一个名

---

① 在鄂尔浑河和叶尼塞河河谷中间，刻在岩石、墓碑上的题词，记载了突厥人、柯尔克孜族先民點戛斯人、回鹘人的可汗及将领的战功，为主要的历史资料——译者。

字，但在后来，由于他具有英雄气概，改用了神的名字——玛纳斯。

在确定史诗产生日期时的一个更为复杂，同时又是中心的问题，这就是关于第一支歌，即关于"远征"和玛纳斯这位虚拟的吉尔吉斯统帅本人的诗篇编成的时间问题。这支英雄歌可能是在远征别依京以后，甚至是在很迟的晚辈中产生，但这种假设却被流传到我们手中的史诗的全部异文本身所推翻了，因为歌颂这次伟大的、真正历史性的出征的是参加出征的战士、参加者，其中主要的是类似《伊戈尔远征记》中的武士诗人那样的一个玛纳斯的战士——厄拉曼之子额尔奇吾勒。在史诗中，有时只用外号的方式（也就是加依桑－厄尔奇，即公爵诗人）提到他。

厄拉曼之子额尔奇吾勒不单单是一个远征的普通的参加者或者各种事件的见证人，而且是一位参加战斗的勇士。在谈到这位史诗中不止一次地提到的人物的时候，应该注意到后世歌者的所谓先知的梦。根据早已形成的传统，每个咏唱玛纳斯，及其伟业的人，即使是象征性的，都必定是他的武士，他的勇士中之一员。所以，在歌者的每一个"神灵"的梦里，总有玛纳斯和他的全部勇士出现，他邀请这位未来的歌者参加他们的聚餐或即将举行的远征，这并不是偶然的。所有这一切说明了歌曲起先是由这次著名的远征的一位目睹者、参加者编就的，而后世歌者必须按照传统把自己当成他所描写的事件的哪怕是想象中的参加者。因此，依我看来，史诗《玛纳斯》的第一支歌子可能是在远征别依京的年代或者事件发生之后紧接着创作的。

对于这种设想我们有下面三点根据：第一，古代碑文资料，特别是鄂尔浑－叶尼塞河河谷的碑铭；第二，以流传到我们手中的所有异文中个别的，我们看来的不变因素（这是史诗的始基）为代表的史诗本身的组成部分；第三，日常生活的资料及前前后后所记录的吉尔吉斯民间文学的范本，它们与史诗经常处于相互的影响中，与史诗共存。

由于提出了《玛纳斯》的起源问题，就必然想到在吉尔吉斯土地上若干世纪以来保持着稳定性的民间文学的叙事传统，这种传统是带有落后的古代的游牧生活习惯，即没有文字的民族所特有的。这些与吉尔吉斯典型的社会历史环境的特点相适应，基于它的各种最重要的因素而来的传统，如同史诗的体裁一样，保持着自己悠久的历史。民间文学本身的叙事传统是稳固的，它经过了若干世纪——经历过部落种族联盟、宗法制氏族公社的命运和时代，经历过封建生活，经历过萨满教阶段，受到过佛教、摩尼教、伊斯兰教的影响，并且在风俗、仪式以及社会制度所固定下来的，所尊崇的各种传统范围中保存了下来。

H. A. 法列夫曾经说过，"把民间（吉尔吉斯的——引者）史诗作品与鄂尔浑河碑铭进行比较是完全合理的"[1]，他的话非常中肯。鄂尔浑河碑铭与叶尼塞河碑铭就其本质说来有着亲属关系。这是一个历史时代的文献，它按照自己的方式反映了处于相同的经济发展阶段，反映了由于语言、生活习惯、社会法律规范的共同性使之在很大程度上彼此连结起来的那些部族联盟的社会历史生活。况且，这些氏族与部族由于居住地区的毗邻而处在经常不断的相互影响之中：它们有时彼此敌对与相互侵袭，某些部族起而代替另一些部族成为统治部族；有时又联合起来抵御昔日的敌人。

作为突厥汗国成员的许多氏族和部族，以及除突厥汗国之外，在鄂尔浑－叶尼塞河谷碑铭中所提到的奥古斯[2]人或是通古斯－奥古兹人、突骑施人、回鹘人、黠戛斯（吉尔吉斯）人、加兹尼人、唐古特人与其他部族在若干世纪间也经历过这种共同的相似的命运。

这些部族留下了颂扬勇士、军事首领，牺牲了的英雄的古代墓志铭，而且在这些英雄死去时，立一块石人像"巴勒巴勒"（"Balbal"）做为纪念。

鄂尔浑－叶尼塞河谷所有大大小小的碑铭的内容和特点说明了，这些文献并不是一些如同其他许多墓志铭所特有的那种抒情的优美短歌。它们的特点在于史诗的叙事内容以及与内容相适应的口头故事的富有特色的艺术形式。它们提供了出征、英雄建立功勋的年代，描绘了部族之间殊死搏斗的战斗场面。例如，在颂扬阙特勤统帅的碑铭中刻画了类似古代勇士歌中的英雄那样的一位所向无敌的勇士的形象。在这些碑铭中记载着年代的顺序。在叙述阙特勤历次最主要的功勋时，是从他 16 岁

---

[1]　Ⅱ. A 法列夫《卡拉吉尔吉斯勇士歌是如何创作的》，《科学与文明》，塔什干，1922 年第 1 期，第 22 页。

[2]　6—11 世纪定居在咸海地区的一个部族联盟——译者。

时始直至他 47 岁死时为止的。这一点与英雄史诗的情节结构有着明显的共同点，英雄史诗所歌颂的英雄的伟业也是从他的青年时代开始到他去世为止。

而碑铭中的暾欲谷则不仅是以一个战斗英雄的姿态出现，还描写了他参加外交活动，策划战术，用一种训诫的口吻来写他的遗言。

这些鄂尔浑—叶尼塞河谷的碑铭雄辩地说明了吉尔吉斯民族史的古代时期，并且不是一般地，而是非常具体地提到了一个部族：对吉尔吉斯人的袭击，杀害他们的可汗，当这个民族还在"梦乡"的时候突然无情地洗劫了他们。描写了突厥可汗与吉尔吉斯人的暂时的联盟，这种联盟是通过把可汗的姐妹——公主嫁给吉尔吉斯的贵族老爷的方式实现的。每一个重要的碑铭所提到的吉尔吉斯人总是出现在战斗、袭击的具体现实环境中，有明确的历史日期记载。在我们看来是主要的和基本的这一部分文献并不是传说或者自由幻想的产物。这些具体的历史事件是以特定的、独特的、但却是真实的文学形式来描写的。它们与任何一部历史史料都有着同等的价值。它们所提供的证明与同样是以独特的文学形式描写具体历史事件的编年史所能提供的相似。

每一个细心的读者在读到上述文献时，就会发觉它与吉尔吉斯史诗《玛纳斯》所描写的出征以前的种种环境、战斗、决斗的情节，与玛纳斯、阿勒曼别特、楚瓦克、色尔哈克的功勋有许多共同点。毫无疑问，这部英雄史诗是含有神话和幻想的因素的，关于这些此处不打算探讨，下文中还将会有所涉及。这部史诗给我们提供了与人民生活，与具体的历史时代有关的东西。我认为，这里包括了一些重要的，能引起史诗的研究者、历史学家和文学史家非常感兴趣的问题，这就是揭示和确定史诗与古代历史文献之间有着真正显著联系的问题。

对《玛纳斯》现有的各种异文做进一步具体、深入的研究要求我们从多方面把整部史诗中无疑是最古老的因素的某些战斗的情节与鄂尔浑—叶尼塞河谷碑铭中所描写的种种事件，特别是在鄂尔浑河—叶尼塞河谷碑铭之后，由穆罕默德·喀什葛里[①]用书面形式所记录下来的史诗的其他片断进行比较。

---

① 指《突厥语大词典》——编者。

在陈述这些看法以后提出这部史诗的组成问题，这是合乎情理的。有一些研究者根据史诗发展的一般理论来猜想，《玛纳斯》的最古老的因素是神话成分。当然，任何一部史诗都可能存在一些神话因素，而要在这些因素中发现个别的神话学的成分在那种场合里并不是一件很困难的事，虽然应该着重指出，至今还没有人指出，神话因素就是《玛纳斯》的具体的、确凿无疑的古代基础。当然，也未必有人能把这种因素指出来。这里，每一个研究者在摆脱了一般的推论和猜测，转而做具体探求的时候，由于史诗在若干世纪以来只在口头流传，就会遇到这样一些错综复杂的情况，因此，把"交莫克楚"们祖祖辈辈世代传承的史诗创作中的想象世界与现实世界区别开来就成为一项迫切与难以解决的任务。但是，研究者们在谈到《玛纳斯》的这种神话成分时，不是把这些成分全部找出来，而是把自己的注意力集中在某些神话因素上，他们便陷入到了形式主义的、公式化的、为马克思列宁主义的文艺理论所严正地批判过的邪路上去，陷入只在其他民族的神话中寻找共同点的歪路上去了，他们沿着对这些神话进行比较的道路走得还要更远，以至达到了用神话来解释神话，用文学来解释文学的地步。其结果，史诗作品不可避免地脱离了民族的生活、民族的历史，而在过去若干世纪中，人民将这部作品视为生活、道德修养的不成文的教科书。

这样与现实基础脱离是不会有效果的，它将导致消除那些有着千差万别的作品的差异，消除若干世纪以来有着不同历史发展道路与不同历史命运的许多民族之间的差异。

这种研究方法的运用间接地否认了各民族用活生生的事实与传统给文化史添加的那种新东西的存在及其重要性。

自 B. B. 拉德洛夫院士开始，突厥语族民族史诗的研究者们公正地说过，当我们着手研究早已为学术界所熟悉的民族（他们还保持着活的史诗传统）的史诗时，要弄清楚有关历史上的民族的史诗或已经失去史诗传统，而这些史诗传统在当时又没有得到深入阐明，没有得到研究的民族的史诗里还存在许多东西。那么为什么应当用一种一般的公式化的"尺度"，而不用那些已经使研究思想得以丰富的"尺度"来衡量新的事实呢？假如说，我们在《玛纳斯》中发现了神话的母题，发现了与它们类似的现象，得到了早已能够解释的比较古老民族的最古老神话我们也就心安理得了。结果如何呢？结果，那样一种神话因素得到了大量的传播，那样一种机械的研究方法得到了再三的运用。

谁也不会拒绝给神话因素下一个定义，假如它们是存在于《玛纳斯》之中的话。但是不应该把它们在史诗中的地位夸大，史诗里并没有可以把它们归结成最古老的、主要因素的根据。如果它们事实上的确存在着，那就应当得到肯定，并且必须将其与历史的、文学史的、民族学的、语言学的因素等等同样地加以研究。同样也应该铭记，在史诗中有神话因素的存在，完全不能说它们是作为一种最古老的异文加入到《玛纳斯》中去了。作为一种现成的情节形式，神话母题很可能掩盖了较为晚近的历史事实。

另一个至今尚未为我们学术界充分研究过的问题是：《玛纳斯》这部具体的真实的、与该民族历史、与该民族的史诗创作传统中所反映的生活条件的活的环节有着紧密联系的史诗到底包含了一些什么内容。提出这类问题是否意味着把《玛纳斯》的研究问题同整个文学过程割裂开来呢？不，相反地，我们在研究了吉尔吉斯民族史诗所具有的，与民族的过去历史及其精神发展特点相适应的特点之后，这部史诗将促使我们判明这个民族的民族史诗文化的独具特点的形式，判明他们对人类文化所做出的独特的独立的贡献。探讨这个特点并且用马克思主义观点去解释它，比起主观地、脱离民族的历史生活及其心理状态去研究某些彼此孤立的史诗母题说来，这是一个重要的，远为有益得多的课题。

现在我们来谈谈史诗《玛纳斯》的组成。在我们所掌握的所有现成的早期和后期的《玛纳斯》异文中，必然包含一些日常生活的民歌"Керез（遗言歌）"和"Кошок（悼念亡人的哭歌）"。我们知道，乔坎·瓦利哈诺夫所记录的内容就是阔阔托依的遗言歌。我们也晓得，在拉德洛夫记录的异文中，卡妮凯悼念玛纳斯所唱的哭歌占着相当重要的地位。无论是遗言歌或哭歌都轮番地、多次地出现在萨恩拜、萨雅克拜、夏帕克、乔伊凯、加克希勒克、托果洛克·莫勒多、奥尔孟别克、阿克坦、莫勒多巴散与其他人的演唱中。玛纳斯在他最后一次出征以前对他的初生子赛麦台唱的遗言歌就曾在匈牙利学者阿里玛什①的残稿中引用过。

把这些日常生活歌，把史诗的不变的组成部分同上面所提到过的碑铭比较一下，就可以发现它们之间有着明显的相似之处，渊源上有着密切的关系。碑铭或者以遗歌的体裁，以死者的口吻，或者以哭歌的形式，以近亲——父亲、兄弟、母亲的口吻而写就的。

没有一个"交莫克楚"会放过把这些日常生活歌吸纳到自己的演唱中去的机会，这不是偶然的，因为无论对于古代的、或是正流行着的仪式说来，它们都是不起变化的。这些歌源于最古老的习俗，提到这一点的，不仅有碑铭，而且还有古老的历史证据。例如，关于歌手们在匈奴王阿提拉②葬礼上的演唱，这次葬礼的目睹者彼里斯克就谈到过③。

对上面所谈的遗言歌和哭歌加以补充，不会是没有趣味的，这些歌子在吉尔吉斯后期的生活中表现得异乎寻常的丰富，它以从来是在亲人去世时才演唱的那些仪式歌、日常生活歌的形式表现出来，唱这些歌是自葬礼或由一位有名望的人在死前作为遗嘱的那一刻开始的。类似的民间文学作品，除了注有上世纪初和中期，以及更后的日期的标记外，已知的哭歌都是更早时间产生的。

这一类哭歌中有一首颂扬人民英雄日涅克的达 150 行的短诗，其中重复的母题与鄂尔浑河—叶尼塞河河谷碑铭的内容相似：

> 我的统帅把战利品送给亲人，
> 铺设了一条道路通往别依京，
> 我的统帅有五百名侍从。
> ······
> 留下了妻子守寡在家，
> 你的孩子在艰难中长大。

---

① G. 阿里玛什：《英雄玛纳斯向他的儿子赛麦台告别》，摘自卡拉吉尔吉斯史诗《Manasdin kisasi》，《东方评论·乌拉尔—阿尔泰研究》，布达佩斯，1911—1919 年，第 12 卷，第 216—223 页。

② 阿提拉（公元 453 年卒），匈奴首领，他曾率领匈奴人蹂躏高卢和意大利——译者。

③ 日尔蒙斯基、札里弗夫：《乌孜别克民间英雄史诗》，莫斯科，苏联国家文学出版社，1947 年，第 8 页——原注。

……

你的宝库里堆满了金子，

除了勇士歌中的玛纳斯，

有谁能像你那样功名赫赫？

除了神话中的玛纳斯，

有谁能这样用长矛杀敌？

现在我们来把这首哭歌和阿楚尔出土的吉尔吉斯文献的碑铭对比一下："丘奇的儿子伊慕是一个'强壮的'孩子……，您的名字……乌黎别格……为了自己的国家谋［福利］，和自己的闺房［永别了］……［即：您去世了］。"碑铭的左边也这样写道："十七岁时他的英勇气概消失了。大地上、打着烙记［记号］的牲畜成群结队……像黑色的头发一样，多得不计其数。进攻敌人的军队的数目有七千个年轻人……您的英名是乌［黎］①。

如果我们进一步把古代的碑铭、史诗《玛纳斯》的组成部分以及用日常生活中的遗言歌与哭歌的类似英雄化的形式这三者所表现的关于死者的英雄故事对比一下，就可以发现它们的内容和基本思想的相似点。

颂扬颉跌利施可汗丰功伟绩的《暾欲谷》的文献说："颉跌利施可汗为了自己的部落……机智而英勇地在……战斗达十七次，为抵抗契丹人他战斗了七次，为抵抗奥古兹人他战斗了五次。"②

此处我们不打算谈《玛纳斯》中多次提到的那些民族（为反对他们而进行的历次出征构成了史诗的基本内容），我们看到，这部史诗列举了无数远邻或近邻，与英雄善意地或恶意地发生冲突的，甚至是不久以前的哭歌和遗言歌。

1854 年为纪念吉尔吉斯大牧主奥尔蒙的哭歌这样唱道：

① C. E. 马洛夫：《突厥语民族的叶尼塞文献》，莫斯科－列宁格勒，1952 年，第 48—49 页。

② C. E. 马洛夫：《突厥语民族的叶尼塞文献》，莫斯科－列宁格勒，1951 年，第 69 页。

> 喀什噶尔人慌忙地探听了他的情况，
> 我的父亲、可汗的英名、气概，
> 曾经让卡勒玛克人胆战心惊，
> 克普恰克部落为他效忠。
> 惊闻我的父亲、可汗的恶霊，
> 哈萨克人把长剑插入剑鞘……

在悼念另一位大牧主江塔伊的哭歌中说，江塔伊把自己的权力扩展到浩罕①，并派遣使臣到俄罗斯与卡勒玛克。

在悼念大牧主夏普坦汗王的哭歌中这样唱：

> 在克塔依人和吉尔吉斯人中间，
> 直到克里米亚都把你的英名传遍。
> 传遍了俄罗斯，传布得更远，
> 关于他的音讯传到了印度斯坦。
> 阿拉木图的省长呀，
> 塔什干的将军呀，
> 论起那官衔职位的显赫来，
> 他同你平起平坐毫无愧色……
> 弹奏考姆孜琴②的歌手呀，
> 请弹奏颂扬他的这支曲子吧，
> 请从此从容地
> 演唱这支曲子吧……

这篇740行的保持了古老传统的短篇史诗规模的哭歌是颂扬死者的丰功伟业的遗训。

巴勒巴依的遗言歌特别有意思。这首遗言歌的一种异文是我1928年亲自在普尔热瓦尔斯基区从一位吉尔吉斯布古部落的鞋匠那儿记录下

---

① 即中亚的城市浩罕——译者。
② 吉尔吉斯族的民间弦乐器——译者。

来的，这是一篇 50 行的完整的遗言歌。后来 X. 克拉萨耶夫也在该地区从一位我不认识的"厄尔奇"那里重新记录了一次。从后一次的记录看来，巴勒巴依的遗言歌已经发展成一篇 435 行的长篇英雄遗言歌了。我们在这种场合里观察了史诗的创作过程，观察了日常生活歌演变成英雄故事、勇士歌的过程，从而又得到了下面的证明：一方面，我们看到了史诗产生的前提和条件；另一方面，我们肯定如今还存在着的活的、从未中断的传统，而这种传统溯源于若干世纪以前。那时，任何生活情景、习俗与歌谣创作都构成了彼此关联、相互影响着的复杂的有机复合体。

而在巴勒巴依的遗言歌里，我们看到了这首歌的主要核心是英雄与他的敌人的斗争。在这里，同类似的民歌传统一样，列举了与他为敌的部族——阿伊特（Айт）、鲍苏姆（Бозум）、柯则勒－鲍鲁克（Кызыл－Борук），提到了吉尔吉斯可汗奥尔蒙的名字，提到了英雄征服阿尔泰、征服柯嘎尔特山隘的艰难的战斗路程，叙述了他如何抢劫土尔克斯坦的 300 个骆驼商队的情况。在遗言歌的结尾，歌的主人请求亲属和朋友们把他埋葬在萨热－布拉克（Сары－булак）交界处，道路的分叉点上，然后用离柯伊－萨拉不远的伊塞克湖底被卡勒玛克人烧过的砖块为他建造一座墓碑。

综上所述可以得出结论：研究《玛纳斯》原文，把古老的碑铭和直到不久以前还存在着的吉尔吉斯的日常生活歌进行比较不仅是必要的，也是重要的。

诚然，有人可能向我们指出，后来的遗言歌和哭歌本身受到了英雄歌的风格和方式的巨大影响。这是毫无疑问的，我们同样也在某些哭歌和遗言歌中遇到了玛纳斯、赛麦台或者他们的勇士中的某人的名字，死者的母亲或妻子把死者的品德与这些勇士的功勋和气概相比。显然，这种影响是存在着的，但下面的情况同样是真实的：这些歌自古以来不是作为神话，不是作为自由幻想的成果，而是作为对历史上的真人真事的具体的回忆，亦即对个别人物的死的回忆，若干世纪以来，这些歌无疑对史诗《玛纳斯》是产生过影响的。这些歌的影响决定了英雄史诗风格的现实性。它们不允许歌手们在史诗作品的基本的、与现实生活种种事实相联系的、最典型和最重要的情节中脱离神奇的幻想。而这种影响，把史诗的起源及其进一步发展的过程同后来所有时代的真实的历史事件联系了起来。

从上述考虑出发，我们认为重申下面的一种思想是合乎情理的：就是收入《玛纳斯》史诗中去的第一批歌曲是在吉尔吉斯民族历史中经历了许多伟大事件的那个年代里创作出来的，这些伟大事件是与这位杰出的历史英雄（无论他是阿热、国王、将军、统帅、达尔汗或者一个普通的勇士）的丰功伟绩联系在一起的，吉尔吉斯人民战胜了企图奴役他们的强敌。而这个人物的活动应该发生在"辖戛斯汗国"的时代（但是也可能是在苏吉碑铭文所证明的那个时代）。这些歌即使开始时是短歌，也正是在上述人物去世的年代里创作的。这是哀悼亡人的习俗，在英雄去世那年建造墓碑时举行的古代仪式所要求的。

而碑铭无疑是由一些我们不知晓的当时的编纂家们写就的。假如果真如此，那么除了这些用简明扼要的文体刻在石头上的碑铭而外，还应该在民间产生和流传一些歌谣，把碑文所描写的那些同样的事件加以诗化。

而编唱出来的哭歌和遗言歌在当时辗转成了歌手们的演唱节目，以歌的形式固定下来，并且在各式各样的听众群中代代相传，在不断的流传中得到发展。

我们清晰地看到，吉尔吉斯史诗除了这个古老的历史始基外，还包含着人民对神话的想象，以及后世的许多历史事件对史诗的组成所产生的特别明显的影响。不用说，15—17 世纪的卡勒玛克战争就给《玛纳斯》的新情节提供了重要的历史背景，甚至提供了直接的前提。

我们对吉尔吉斯民族的历史还研究得很不够。例如像 11—14 世纪，这在民族命运中整整几百年的时间，我们几乎一无所知。能提供某些相似的历史人物和史诗人物名字的专门名词的研究暂时还是一种既使人怀疑，又使人迷惑的因素。众所周知，史诗英雄的名字若干世纪以来在不同的"交莫克楚"歌手的演唱中也是变幻无常的。他们按自己的心意给这些听众所不了解的古代名字加上各种解释。某一个时候曾出现过的历史人物的真名实姓，可能代之以当代人比较能够理解，而又与这个名字有关的别号，这些名字也可能带上神话的意义或者被后者的历史人物的名字所代替。因此可以设想，《玛纳斯》的第一批歌中的某些名字，可能在传到我们这一代的时候失去了它的原来面目，或者在后来的史诗异文中根本就不提了，而代之以一些新的名字，因此，必须以批判的态度来理解史诗《玛纳斯》中的人名，必须阐明它们的历史本源，并且揭示出它们的含义。

在解决《玛纳斯》产生的时代问题时，那些保持在史诗原稿（或最初的稿本，或变体）中的许多古代称谓也特别引起人们的兴趣。例如奥诺孜巴科夫异文中有一首歌谈到了"阔兹卡曼人"。"阔兹卡曼人"是与玛纳斯有亲属关系的部落。事实上，古时候的波罗夫人就叫作"加曼人（库曼人）"。11 世纪的时候，他们在欧洲的东南部过着游牧生活。史诗中提到他们与玛纳斯部族的共同生活，就说明了史诗所处的时代还是波罗夫－加曼人居住在亚洲中部、与吉尔吉斯人为邻的那个时期。《玛纳斯》的古本的特点是它提到了埃斯提克人（естек）、卡加达甘人（Катаган）和其他民族。"естек"这个古代名称是否与巴什基尔的名字"естеки"或者亚洲北部的几个民族的名字——остяк互相混淆了呢？究竟如何不得而知，但有一点却很清楚，那就是史诗把许多若干世纪以前就已经不再是吉尔吉斯人的邻居的民族的名字也吸收了进去。像卡达甘的情况就是如此，大家都知道，卡达甘早就已经定居在阿富汗北部了。

长诗中还有另外一些名字和标志经过后世的说唱家的讲述，失掉了它原来的意义。有趣的是，这些名称中有一些与吉尔吉斯民族的历史有着直接的联系。例如，奥诺孜巴科夫异文中提到了坎朱特（Кенжут）民族。说唱家并没有认为这个民族与玛纳斯有亲属关系，但是从史书上得知，坎朱特是9—10 世纪间吉尔吉斯汗国的一个城市。史诗所记载的这座城市的古代称谓，在后来的说唱家的口述中走了样，在他们看来，坎朱特城已经失去了它的历史真实性了。外行的说唱家把这个名字附会成一个民族，一个传说中的国家。

"阿热（ажо）"这个概念也经历过类似的变异。根据鄂尔浑河－叶尼塞河河谷碑铭记载，在"极盛"时代，古吉尔吉斯文称"阿热"为可汗或统帅。后来，这个概念经说唱家口口相传，就成了一个专用名词——阿吉（Аҗкч），并且添加上一个新的标志——巴依（Вай 一意为财主）。而在流传到我们手中的史诗异文中，我们看到的已经是一个特定的人物阿吉巴依，他是玛纳斯手下的一名勇士和挚友。显然，现在的听众很容易从这个字联想到"哈吉"（Хаджч，意为朝拜过圣地的人）这个字。这个多余的例子说明了，古代的名字和概念的意义可能会出现多么惊人的变化。

在对这类历史事实和史诗原文及其在文学上的相同现象进行仔细的和深刻的科学分析时，还可以找到许多更有说服力的资料来说明《玛纳斯》的古代起源。上面在我们进行的粗略的评论中所做的一切对比，如我们已经说过的，使我们把《玛纳斯》起源归之于一个时代，那就是"辖戛斯时代"。同时，史诗的中心来源和情节核心是辖戛斯人反对回鹘汗国的远征和辖戛斯人征服别依京城。根据这一点，我们可以设想，《玛纳斯》的创作不会早于公元840年，自然，它的存在已经有1110多年了。但这只是史诗产生的大约日期。只有一点多少可以令人信服的，那就是史诗当时形成的基础反映了辖戛斯时期。作品的主人公是整个民族集聚起来的强大力量化身，夸大了的尚武的特点及尚武力量都在《玛纳斯》中体现出来了。英雄的主题看来成了故事唯一的给人以深刻印象的高峰。

后来，史诗的情节变异出现了第二个阶段，旧的母题适应了新的意义：母题作为一种素材被保存下来了，但却具有了可变的情节功能。

所有这些因素在《玛纳斯》的古代篇章里打下了烙印。为氏族部落的集体利益相关联的母题构成了史诗的基础。在这个氏族部落集体中，其余所有的因素都严格地服从于对人物形象"先是氏族的，后是民族的"的揭示。不用说，结构因素与情节因素也服从于这个主题，而这个特点在史诗以后出现的变体中被保留了下来。旧的母题作为一种不变的材料被保留下来，这种不变的材料通过不断变化着的情节而得到利用。

四、史诗《玛纳斯》的特点与人物形象

作为史诗的核心的是玛纳斯本人的形象。描写他的手法是多种多样的。首先是在直接的活动中，在战斗、决斗和其他冲突中去表现他。其次，用说话和独白去表现他。最后，通过描写他的外貌来突出他。

无论对于所有次要人物，或是主要人物，歌手都做出了总的描绘。他有一套现成的、好像从脸上摘下来的脸谱，这些脸谱或表现愤慨，或表现盛怒，或表现欢乐，它们作为一种不变的固定的肖像被歌手在各种必要的场合里加以运用。这种僵化的肖像脸谱使人对人物的外部形象产生一种固定的印象。歌手认为，他所抓的是典型的、打动了他的想象力的脸部表情。在所有相似的情况下，他都重复统一的描写，以强调出稳定的、永恒的因素。这些风格特点表现了一种与活跃的动作格格不入的，而通过多次的重复、机械地嵌入一些相同的修饰语加以肯定的静止的严肃的印象。表示愤怒的脸谱是最为常见的了。表现人物于欢乐、满意之时的外貌用得少一些，但也具有固定不变的特点。在描写人物于决斗、战斗之时，比较多样化一些。然而，假如细心观察一下说唱家对某些出征的描写，就可以发现若干相同的情况。例如，萨恩拜就是用一些一成不变的修饰语来描写敌人在遭到玛纳斯的致命打击之后翻身落马的情形。

核心人物的完整形象常常以多方面的、各式各样的周围环境加以衬托。玛纳斯周围的亲人（妻子、朋友、同伴、奴隶和某些民族的可汗）的布局保持着固定的对称。主人公家庭幸福的理想体现在四个妻子身上。她们有着一切美德：漂亮，出身于王族，聪颖，高尚的情操和勇敢。

只有在个别场合里，在举行了结拜兄弟的仪式并且表示出绝对忠心于玛纳斯的诚意之后，仿佛成了英雄的亲兄弟的阿勒曼别特，才能与玛纳斯分享中心地位。因此，阿勒曼别特娶了卡妮凯的最要好的女友——阿茹凯，这不是偶然的。朋友们个人生活中的所有最重要的事件都是同时出现的：他们同时爱上一个女俘，导致了他们之间的唯一的一次争执。他们同时结婚，并且几乎是同时牺牲的。所有篇章都强调了两位英雄理想一致、永不分离。

英雄的坐骑阿克库拉在《玛纳斯》中占有很大地位，这匹马也像他的主人一样神奇莫测。游牧部族的勇士的坐骑是英雄个性的一个必要的补充。一般说来，在史诗所有重要人物的生活中，马的作用被表现得淋漓尽致，而且令人信服。所有马的名字都是闻名天下的：例如阿勒曼别特的马是萨热拉，交牢依的马是阿奇布坦，空吾尔拜的马是阿勒卡拉。它们之间的竞争如此复杂、动人而有趣，就像它们的主人之间的竞争一样。它们也像自己的主人那样是长生不老的。

在玛纳斯的朋友中间，作为他的同伴和谋士出现的有两位长辈勇士——巴卡依与阔绍依。他们也像英雄的其他亲近人物一样，慈父般地关怀着玛纳斯的平安、荣誉。为了不惹他生气，宁愿用部下的眼光把玛纳斯推崇备至。这里可以举出很多很多的现实主义的日常生活的细节描写与巧妙地插入的心理描写因素，英雄歌一旦广泛地重现了勇士——君王周围的生活环境，那它就会演变为长诗，演变为一部成熟的作品，这部作品的产生是演唱者有意识的创作活动的结果。史诗的语言风格基本上也是按照这种情况而形成发展起来的。

在英雄身边经常和他分担历次出征的重担的勇士之中，也有两位年长的勇士——楚瓦克、色尔哈克，可汗之中有——阔克确和加木格尔奇。

除了个别的像决斗或起着考验作用的其他事件等少见的场合外，所有勇士都是为了鲜明地衬托出玛纳斯的形象而在其周围、背后作为一个群体出现。在情节中对勇士的表现也有一定的集中的地方（准备出征、集体战斗、准备庆典等等），而所用的手法也是一式一样的。歌手好像逐一地在检阅众英雄，而且在提到可汗们的名字时也谈到他们所统率的部落。在古代异文中，可汗是作为自己部族荣誉的体现者而出现的，看来，他们是比较独立、自由的。那时，长诗的某些部分相互之间还缺乏联系。萨恩拜·奥诺孜巴科夫的异文目前带有这样一种情况的痕迹：他通常是把可汗当作吉尔吉斯部族的首领来表现的。对可汗的作用的这种理解，同下面的这种理解是交替存在的，即他们（指可汗们）绝对服从于玛纳斯的意志，在这种服从里呈现出较晚时期的影响。在前一种场合里可汗们的个性被刻画得很清晰，而在后一种场合里，他们的形象则贫弱而黯淡，他们和他们所率领的兵马（他们很少得到歌手的注意，而构成了玛纳斯周围的整个背景）融合在一起了。

如同所有次要的主题在情节上服从于一个中心主题一样，史诗中所有形象也服从于一个主要的形象。每一个正面人物之所以是好样的，只是因为他们对玛纳斯有某种功劳，对他表现了忠诚，凡是他的好朋友都被歌颂为真正的英雄。阔兹卡曼人这样的个别的亲属是一个例外。关于阔兹柯曼人的故事，显然产生得比较晚。当时，由于辩证的发展过程，在氏族制度中出现了种种矛盾，集体中的普通成员逐渐变成了氏族上层的反抗力量。嫉妒作为这种现象的外在的缘由并不能揭示出英雄与被他所凌辱的亲属之间的斗争的全部实质。玛纳斯的对手［主要是卡勒玛克人和克塔依（契丹）人阵营］结成了一个非常强大的集团。但即使是这些被歌手刻画成残暴不仁的反面形象也是服务于一个目的：更好地衬托出这位主要人物，把他描绘成黑暗背景上的一个光明的形象。他们都是一些具有极端性格的人，歌手利用他们来衬托出玛纳斯的高尚品质。背信弃义而贪得无厌的暴徒空吾尔拜与公正、纯洁、正直的玛纳斯恰成对照。体力过人的、悲喜剧式的、好自我吹嘘的代表者交牢依也和谦逊而自信的玛纳斯——这位有着坚强意志的人物形成鲜明的对比。因此，每一个敌人都衬托、突出了主要人物的良好的品质。史诗所惯用的手法，对比和烘托的手法，无论在全面地描绘中心人物还是其他与他亲近的人物的形象方面，在结构上起了一定的作用。

五、《玛纳斯》的语言艺术手法

萨恩拜·奥诺孜巴科夫演唱时，史诗的每一大章节的开头通常有开场白、序歌，其诗行之长短及韵律体系与其他诗篇的曲调体系不是统一的。显然，这些序歌是传统的开头，是独立的、没有什么情节的开场白，它们是没有调子的"жорросøз（吟诵）"，与下面要讲的主题的意思可能一致，也可能不一致。萨恩拜常常把开场白当作叙述自己，叙述他的创作条件，敬告各类听众的引子。以前的开场白很有可能是赞颂大牧主的，因为在他们家里演唱史诗。

所有开头的地方都有一个共同特点，即一种能够朗诵的很随便的诗的形式，这种形式哈萨克人很熟悉，管它叫作"塔克帕克"，例如：

> 玛纳斯，成了玛纳斯以后，
> 他拥有万贯家财，
> 他使克塔依人遭殃，

全世界都抓在他的手中，

在六十岁以后

威名震四方……

这种起头，"发端"与所有歌的创作主流的高度的诗歌文化是完全无关的。

史诗情节的开头总是独立的，而在开场白以后，歌者立刻就转到新的事件的描写上。假如在述说事件中确有联系，而又必须强调地指出这种联系的话，那么歌者很容易就能解决这个问题。例如在许多故事里，玛纳斯没有出场或者出场很少，歌者采用了同一种固定不变的手法，直接向听众说出这样的话：

要知道玛纳斯在哪里，

且听下回分解。

在描写大规模混战性的战斗时，当歌者暂时转而讲述其他人物，但很快就回头再谈主人公的时候，这种手法就帮助了歌者。因此，从一个重大主题转入另一个重大主题也并不复杂，而且不用在情节方面加以交代说明。

叙述故事素材的通用的形式—描写、叙述、戏剧化，主要运用独白的形式在全诗中表现出来，但在每一个重大主题的范围之内，它们却不是千篇一律的。例如，在"阔阔托依的祭典"里有描写有叙述，而在"远征"中占着同样地位的则是主人公的独白。在几次出征中，描写的手法代之以叙述，而当心情最紧张的时刻，各种尖锐的冲突都是通过英雄们的独白强调出来的；英雄与敌人的冲突则是通过演唱者的特别的叙述表现出来的。

当正面人物的相互关系变得复杂，个人的情感产生纠葛的时候，独自把正面人物的性格刻画了出来，或者交代一些突出的行为和举动。在史诗中可以找出最为不同的独白形式：咨议性的独白—在召集会议时（玛纳斯与阿勒曼别特在出征别依京前的话）；军事训话（玛纳斯在祭典上的讲话）；威胁性的独白（玛纳斯告七汗书）；表达忏悔、忧伤之情的由衷的独白（阿勒曼别特在"远征"中那段著名的独白，这段独白的最后变成了个人的回忆和自传介绍）；遗言（阔阔托依的"遗言歌"）；友好的劝导、责备（巴卡依、阔绍依常常向玛纳斯说的话）等。史诗除了常用的这些独白以外，还可以看到一些简洁的话、笑话、俏皮话。在这种情况下，毫无疑问，形式是会不断演变的，所以不难确定出哪些是古老的因素，哪些是后期加上去的因素。

谁也没有向上面所说的独白的人提出问题，谁也没有打断他的话，根据这许多独白，也许可以得出结论：这部史诗作品里没有运用对话（从这个词的本意上说来）。例如，阿勒曼别特向引起他愤怒（他的愤怒是合情合理的）的楚瓦克倾吐那段激奋的话时，后者却一言不发。一位富有经验的表演家从心理的角度来解释这种沉默：楚瓦克知道了自己的过错，所以故意不回答阿勒曼别特，好让他把自己的愤怒发泄出来。但是，只根据一些重要英雄人物在某些永志不忘的场合里所说的大段大段的独白，只根据这些早就在听众中流传，而在长时期的演唱中规范化了的独白，就得出结论，认为长诗中根本没有对话，这是错误的。"祭典"上玛纳斯与玉尔必之间的冲突，"远征"中在玩"奥尔多"①时勇士之间的争吵，以及类似的许多不大的场面，都是富有戏剧性的。"交莫克楚"惟妙惟肖地描绘出不断紧张化的言辞上与心理上的斗争的画面，如同戏剧情节中所常见的那样，逐渐把参与斗争中的新的登场人物引出来。

作品超越了武士歌的范围，某些片断成了向长诗过渡的形式，或者甚至已经是一部成熟的史诗。要评价这部作品的风格，重新分析一下这些独白是很有意思的。这些独白逐字逐句地被引用并且直接加以重复的场合是极少的。然而，除了这个古老的形式外，这里常见的是演唱者简要地转述独白的意思。例如，演唱者在玛纳斯与其他众人面前第二次复述阔阔托依的遗言就是如此。

除了我们提到的后来附加上的东西——对大自然的冗长而静止的描写画面之外，某些传统的程式被保留了下来。这些程式描写了史诗作品

---

① 吉尔吉斯语：汗王的宫廷。此处指一种用羊拐争夺汗王的大本营（帐篷）的战斗游戏——译者。

所特有的惯常的与典型的人物状况、行为环境。《玛纳斯》中的求婚、祈福的仪式、出征前的准备、某些对手交锋与混战战斗的场面、战场的必要的描写、对战斗开始以前的敌军的经常反复的描写都是这种传统的程式。

一般地说，长诗中很少有抒情诗，而对景物的抒情描写则尤其少。同比较抒情的，几乎具有浪漫主义风格的《赛麦台》相反，《玛纳斯》的风格严格地限制在一种崇高的英雄主义的格调之中，而毫无隐晦不清，或者自然而然地流露出坦率真诚而毫不吞吐含糊。这一点很容易在我们所研究过的几个要点以及长诗的内容本身的一切方面中看到；在这一方面，史诗是以真正的英雄史诗风格的特殊结构见称的。

上面已经指出，史诗里几乎完全没有对自然景物的抒情描写，但是也还有个别的地方描写了自然现象。最典型的是对各种天然现象——雷电、暴雨、暴风雪、汹涌澎湃的激流等等——怀有特殊的兴趣。对鄂尔浑河①的两次描写在艺术上各有千秋。第一次是暴风雨，第二次是当阿勒曼别特用咒语降服了河流后，使大河的深深的河床和河底连死去的大鱼和连根拔起的巨树一起暴露出来。

在第二次描写鄂尔浑河接近尾声时，歌手转向听众，说道：

> 你在那一天亲眼看到的
> 那些像牛一般的黑鱼啊，
> 如今直挺挺地躺着，死去了。

这不仅符合听众的想法，同时也符合"观众"的想法。想象中的听众，仿佛第一次是和歌手一起站在鄂尔浑河岸上，但第二次没有去，而现在却听到了第二次到过那里的歌手在描述自己的观感。顺便说说，这并非是一种偶然的风格手法，这种手法在其他场合里也使用过，但用得并不多。

长诗中人物的性格大都不是由演唱者去描写，而是通过行动或语言

---

① 著名的鄂尔浑碑文记载，这个河名是突厥语系研究专家很熟悉的，史诗使用了这个名字而未有变动。显然，这个河名是后来附加上去的——原注。

动作去表现。至于说到行为动作本身，像其他许多有效母题一样，是通过叙述而得以展开的。这种写作手法在长诗中俯拾皆是。

靠叙述而展开的主要是一些精彩的故事情节，如相遇、搏斗、人物间的冲突、肉体的以及内心的斗争、道义的以及躯体的悲惨的结局。所有这一切在史诗的诗歌语言的形式中构成了丰富的叙述材料。

在这里，不能不提一提某些独白所具有的叙述的特点。这些独白大部分都是以说故事的形式来表现的，故事中的主人公就是说故事者本人。在类似情况下，当歌者转述一段长的独白时，叙事的形式就与故事的形式交替地混在一起使用。最有代表性的例子就是"远征"中阿勒曼别特的一段独白，这段话时而用第一人称，时而用第三人称：

> 啊，罪恶的世界！
> 假如我不倾诉，悲伤压在我心头。
> 你的阿勒曼是四海的首领。
> 这些天，阿勒曼别特的年纪
> 正在十七、十八岁之间。

长诗语言形成的另一个基本问题是诗体的问题。①

一般地说，大部分形象是从周围的自然界与动物界中攫取的。长诗的主要风格就是以这个特点见长。形象的引出一般并不复杂，通常通过一种现象与另一种现象或类似的东西做简单对比，例如，将英雄比作狮子，敌人比作狼或野猪。

但是，除了这些简单的形象外，还有一些比较复杂的形象。它们常见于描写英雄及其敌人的外貌：

> 右眼喷出火焰，
> 左眼喷出煤烟，
> 从可恶的嘴里，
> 如同炮筒里迸出炮弹串串。

---

① 这个问题主要论及诗行的结构、韵律等诗歌语言问题，这里略去未译——译者。

在描写交牢依时：

> 他的胡须如同马鬃，
> 甚至能把皮袄扎穿。
> 他眉毛横挂，如同羽毛蓬起的鹞鹰，
> 他是一只巨型的骟猪，如同公牛一样，
> 一颗脑袋恰似烧焦的树墩。

在这里形象有了明显的进展，但仍然是被过分夸大了的。下面引用的玛纳斯告七汗书信中的这些形象则比较现实些。

> 不要怜悯我，我不惧怕！
> 让飘带飞舞的旌旗卷来吧，
> 让汹涌澎湃的山洪倾来吧，
> 让吹折帐篷的飓风吹来吧，
> 我将单枪匹马迎战杀敌，
> 我是帐篷中的金色顶柱①，
> 我独自挡住所有人的进攻。
>
> 让奔腾的山洪涌来吧，
> 我双手握住叫它分流，
> 我会把流水引向一边奔流。
> ……
> 我是高高台阶上的一堵墙壁。
> 如果你是硬汉子——就站出来，
> 立刻出来较量吧！

值得注意的是，这些形象与变得复杂化了的故事是互相吻合的，因为阴谋的挑起是有许多因由的，而其中的社会的因素也并非不重要。玛

---

① 以支撑帐篷之毛毡及支架的顶端的杆子——原注。

纳斯的回答更加增加了这个因素的色彩，他着重指出，英雄是不会向任何人让出他的宝座的。语言形象突出了一致的、自觉的力量与自然力是誓不两立的：英雄们制服了大自然的盲目的力量——激流、暴风雪。凡此种种，比较复杂的诗的形象都是在史诗的日益发展的形式与内容的范围中各种形象长期演变的结果，也是民族的语言文化发展的结果。

《玛纳斯》的其他风格特点中值得注意的是关于史诗的诗的语言问题。后一种异文的诗的语言基本上是现代化的，直到今天还用这种语言说话、编歌和书写。除了少数是例外，这种语言通俗易懂，能够为基本听众所接受。但是史诗中仍不乏古老的词与语句，陈旧的固定形容语等等。常常见到一些为现代听众所不通用、不了解，而可能起源于古突厥语或蒙古语的词汇。

还必须充分注意到从外国词汇中借用的情况，这种借用的情况显示出曾经有一个内行的诗人干预过的痕迹。我们且不谈那些已经通用的、从阿拉伯—波斯或波斯—乌兹别克语借用的词汇，如"шер"（狮子）、"муштум"（拳头）、"тамам"（结尾）、"урматтуу（尊敬的）、"наюмут"（不可救药的）等等，还常常遇见像"бчябан"（荒野）、"барг（叶子）、"жам"（杯子）、"бузурук"（伟大的）等等词汇，明显地表明伊朗书面史诗或察合台文学①的痕迹。有时候歌手当场就在诗里用类似的字加以解释，于是就把两个同义词连在一起使用了，像："чёL-бчябан"（荒野）、"жам-месе"（杯子）等等。书面文学对艺术形象塑造的影响是值得注意的：

> 伟大的英雄阿勒曼，
> 身穿绿色铠甲，
> 手执铁铸的盾牌，
> 如同鲁斯塔姆。②

---

① 指蒙古成吉思汗次子察合台所统治的中亚细亚一带的文学——译者。

② 鲁斯塔姆，波斯大诗人菲尔杜西的史诗《列王纪》中的英雄。1964年上海文艺出版社出版了他的长诗一部分的译作，名为《鲁斯塔姆与苏赫拉布》——译者。

还有一个地方，歌手不仅提到了鲁斯塔姆的名字（在伊斯兰—突厥史诗中，他是一个普通的勇士），而且显示出他熟知《列王纪》的情节和其中的某些人物，如阿弗拉西雅卜。

《玛纳斯》与《列王纪》在描写形象与揭示英雄命运方面有许多相同的情节。

例如，《列王纪》中的札尔异乎寻常地活得比自己的儿子鲁斯塔姆还要长久，而他的儿子还赶得上和自己的几乎是四代的子孙一起并肩参加战斗。假如说玛纳斯本人不算长寿的话，那么他的父亲加克普的寿命就非常长了。他也像鲁斯塔姆的父亲一样比他的儿子更长寿，他死于孙子的手中。鲁斯塔姆的对手——阿弗拉西雅卜寿命也很长。《玛纳斯》中的空吾尔拜、交牢依和他的劲敌及挚友都是长寿的。这两部长诗的英雄毕生都没有和自己的坐骑分开。鲁斯塔姆忍受了自己的亲信（例如同族凯卡乌斯，鲁斯塔姆的王位是有赖于他的帮助而得到的）的背信弃义。玛纳斯最亲近的同族人——阔兹卡曼人与玛纳斯为敌，并且谋害了他的生命。

鲁斯塔姆与玛纳斯的境遇，从外部看来其区别在于，前者尚未登基，而玛纳斯却已经是可汗了。但是所有在鲁斯塔姆生前活着的"世界之王（max жчхн）"——英雄们的实际上的递补者的王位，都应归功于鲁斯塔姆。鲁斯塔姆子女众多，这给他带来幸福，同时也构成了他的悲剧；而玛纳斯几乎终生没有儿子，只在临死前才盼到了他唯一的儿子赛麦台的降生。其实，玛纳斯本人和他的爱妻卡妮凯私人生活中唯一的悲剧就是建立在这个特别突出的与氏族家庭因素理想的矛盾上面。

因此，在探讨其他民族的书面文学对《玛纳斯》的影响问题时，我们必须首先指出波斯史诗，特别是《列王纪》对它的影响。

我们还从结构特点以及语言素材的修辞加工的角度来谈谈史诗中的幽默成分问题。

首先应该指出，在史诗里，特别是在奥诺孜巴科夫异文中，语境的幽默和语言的幽默占着显著的地位。歌手在各种可能有的消遣、游戏、比赛，富有特色的（报刊上已经指出了具有明显的英勇精神）体育竞技①上说得非常详细，而对一切逗趣的、可笑的、不寻常的事情也颇为注意。在其他任何一部史诗作品中，娱乐和游戏占了如此多的篇幅是少见的②。

《玛纳斯》的这个特点表现了一个居住在群山环抱、终年白雪皑皑、湖泊如镜与高山草地连绵的环境中的非常乐观愉快的民族的特点。

对游戏和娱乐的描写不只出现在"阔阔托依的祭典"中，英雄们一生中所有重大事件，自玛纳斯诞生起到他的完婚、儿子赛麦台的诞生，都举行了盛大的庆祝会。几乎每一个重大的题材、每一组歌都必然包容了一节或几节描写娱乐的歌曲。也许这就是奥诺孜巴科夫异文的难能可贵之处。

萨恩拜·奥诺孜巴科夫讲述大部分关于英雄们历尽艰险的战争故事，每当快结尾时，总讲到举行一次全民同庆大典或者某种有趣的娱乐活动；这些故事总是穿插一些滑稽的场面，哪怕是暂时地娱乐一下听众，使他们摆脱由于英雄生活中种种艰难遭遇而产生的沉重的心情。

"远征"中故事的进展特别紧张，其中就有类似的场面。例如，由于穿插描写了那个胆小如鼠、惹人讨厌的克尔格勒恰勒的滑稽场面或者倒霉的塔兹巴依马特在清点下属士兵时，没有提到玛纳斯名字的悲喜剧场面，似乎使 90 天行程的重重艰难减轻了一些。在"远征"中还有一处更精彩的，是玛纳斯的亲密战友们在半路休息时所玩的"奥尔多（攻占皇宫）"游戏。游戏的参加者之间发生了争执，这种争执竟超出了他们个人关系的范围，几乎引起了开往别依京的所有大军的分裂。

歌手在许多地方穿插了类似的娱乐场面。史诗中所有的滑稽成分都由它的情节及结构的组成而得到了全面的说明，并且证明是必要的。这保证了（甚至连书面的《列王纪》也不足以为例）作品的艺术完整性，证明了"交莫克楚"对吉尔吉斯民族在平凡的生活和心理特点的英雄精神上有着无比丰富的创作想象。

---

① "祭典"中几乎一切使人印象最深的事件就是游戏比赛、射箭、角力、摔跤、赛马、"解骆驼"等等。每个游戏都占整整一节歌，而赛马甚至还占两节歌——原注。

② 荷马史诗是例外——原注。

史诗中对滑稽成分的揭示采用了多种多样的手法。首先引起注意的是许多专门描写这种题材的场面。"阔阔托依的祭典"中这种场面特别多（如"解骆驼"的情节等等）。假如撇开赛马、摔跤这两种在部落之间常常是在敌对集团之间举行的充满紧张气氛的竞赛不谈，其他所有比赛都是作为轻松的娱乐或者是游戏而进行的，这种娱乐或游戏不用说是应该具有娱乐或滑稽成分的。

有个别"背信者"参加的"祭典"的其他场合，也是在这种气氛中进行的。例如，在这里成为经常嘲笑对象的是交牢依和他的贪婪、懦怯、固执、自命不凡和其他反面的性格。在给客人准备好熟肉的短短的情节里就精彩地描写了这一点。迫不及待的交牢依直接从肉锅里抓肉吃，而把企图劝阻他的厨子们双脚倒吊起来，用他们的头在地上撞击。整首歌专门描写了模仿绵羊顶角的"秃子比赛"。

除了具有滑稽特点的许多诗章与情节外，史诗中可以遇见许多笑话、俏皮话、逗笑的话、诙谐的浑名等等。例如考绍依在与交牢依对垒之前，就指着自己的肥大的灯笼裤打趣了一番。歌手诙谐地描写了欧洲民族的勇士（例如英国人与法国人）拒绝参加竞技的情形。他们当中有一个人说，他一辈子都是坐大车赶路的，任谁都能把他从马上揪下来，另一个宣称，他从来也不把矛枪握在手中。从善骑的吉尔吉斯人的角度看来，矛枪比其他所有武器更为珍贵，这两点理由当然也就显得非常可笑了。

就是玛纳斯本人也有过笑话。例如，为未婚妻卡拉波茹克的美貌所倾倒的玛纳斯（那时他还是未婚夫）竟然向她的父亲行礼，而按照传统的仪式只有在女婿拜见丈人的时候才行这种礼节，这时候，巴卡依曾嘲笑过他。

滑稽作为阐明一定的主题的手法也用于表现某些与宗教有关的情节。

接受塔什干居民加入伊斯兰教的情节，从多神教教徒的观点对穆斯林祷告的描写，都刻画得非常有趣。后者完全忽略了宗教的仪式，仿佛这些仪式根本就不存在似的。他们只看见了穆斯林们如何站成一排，所有人同时弯腰、屈膝、下跪、手心向上举起双手，嘴中喃喃说些听不懂的话。歌手以一个非伊斯兰教徒的身份非常详细地描写了祷告的情况，描写了他们深为困惑的问题。歌手采用这种手法有意识地使仪式失去意义。

多神教教徒的问题对于穆斯林们（同时也是听众）来说提得很滑稽：

> 你们全体，站成一排，
> 尽做些不平常的事儿。
> 有时你们全都立着，双手支着膝盖，
> 有时你们全都立着，双手捧着肚子［原意为"膝盖"］。
> 你们尽做些离奇的事儿。
> 你们排成几行站着，
> 头触着地面——
> 这又是什么把戏？
> 你们左顾右盼，——
> 这会有什么收益？
> 你们开始喃喃地低诉，
> 说些我们不懂的话语。
> 你们喃喃地低语什么，
> 你们看见了些什么？

后来他从各种解说中得出了一个结论，天使是神的伙伴和战友等等。穆斯林关于多神教仪式，尤其是关于偶像的概念也有着共同的特点。在描写中他们多次提到了"生铁神"。在这种情况下，同一种手法的目的在于贬低被描写的对象，并使之具备喜剧的意义。

当玛纳斯前去迎娶未婚妻的时候，卡妮凯的亲人迎接玛纳斯的场面以一种诙谐讽刺的态度同样表达了对待异族风俗的想法。市民们不仅不会使用马匹，甚至惧怕它们，把它们看成是猛兽，对这些市民的定居的生活进行了嘲笑：

> 许多塔吉克人，
> 他们灵巧而又有学问，

一看见拴着的小马驹，
就吓得四下里奔逃，
好像小马驹要把他们吞掉。

在即将结束对史诗的艺术形式的若干特点的分析时，我想再次提一下，此处只是为了进一步研究史诗提出的几个初步的要点。

除了其他许多尚未接触到的方面以外，还有一个涉及史诗特点而完全没有解决的重大问题：关于本文所分析的几篇异文的创作者的问题。毫无疑问，一方面，许多创作者参加了长诗的丰富、情节结构的创造；另一方面，最后一个歌手萨恩拜·奥诺孜巴科夫的确真正注入了巨大的创造性的劳动，他仿佛起了一个编辑的作用，把上面列举的各种因素统一在一个总的思想之下，并且赋予自己的异文以某种统一的特色。除了那些已知的、的确没有永远保持着的因素而外，事件的连贯性使之达到了这种统一。进一步研究长诗形式的任务应该是分析其语言风格、词汇、韵律、曲调与句子的组合，以阐明最后一个演唱者的创作技巧，这样，也许就能阐明他的前辈们的创作技巧。要完成这个任务只能通过民间文学专家们，主要是吉尔吉斯学者们对民族语言的精神了解得更为透彻，也更亲切一些。

1963.8.20

（马昌仪　译　阿地里·居玛吐尔地　审校）

《玛纳斯》史诗综合整理本前言

[吉] 波洛特·尤努萨利耶夫

【编者按】本文是苏联吉尔吉斯共和国科学院院士，语言学家波洛特·尤奴萨利耶夫（1913—1970）教授作为《玛纳斯》史诗综合整理本主编而为1958年即将出版的文本所写的前言。前言是他在20世纪50年代初期苏联学界对《玛纳斯》展开激烈讨论过程中的学术思考的总结，是对《玛纳斯》的主题思想、产生年代、史诗所反映的社会生活背景等问题的进一步深化。这篇前言中也涉及如何整理出版史诗综合整理本的问题，并对出版综合整理本给予了很高的评价。这篇前言因所涉及和讨论的问题都是《玛纳斯》史诗学科的核心问题而长期得到学界的重视。因此，我们专门对其进行翻译，以馈学界同行。

在中亚及南西伯利亚众多民族中，吉尔吉斯（柯尔克孜）族是自古就被载于古代历史文献的民族之一。游牧生活以及其他各种复杂的历史原因，使得我们直到十月革命之前还不知道，吉尔吉斯族是否曾有比较有影响的书面典籍留存于世。但是这个勤劳的民族在漫长的历史岁月中所经历的各种悲与喜，平静安宁的生活与惊心动魄的军事征途，劳动的快乐和来自敌人的欺压并没有消失在记忆之外。关于这些，他们创作了无数散文和韵文体的口头文学作品。

无论从形式和内容上还是从规模上而言，吉尔吉斯族的口头文学都令人吃惊地丰富和庞大，是一个取之不尽的宝藏。譬如，准确表达人与人之间关系以及他们观察自然万象的谚语格言，关于自然界和动物的各种寓言、谜语，关于社会生活的劝喻性、教育性箴言警句，与劳动、爱情相关，充满抒情的动人民歌，现实和幻想交织的神奇民间故事，以及其他我们还没有点到的各类民间口头文学的丰富种类。所有这些都是由富有才华的劳动人民所创造的。

与这些民间文学的种类相对应，吉尔吉斯族还创造了民间文学的堪称"巨型"文类，即由规模宏大的长篇故事所组成的"大交莫克"——英雄史诗。富有语言才华、善于创编诗歌的天才的民间艺人们将这些完全编成了诗歌的语言。

从结构以及内容的广泛性方面而言，吉尔吉斯族史诗可以分为"琼艾珀斯（大型史诗）"和"柯启科艾珀斯（小型史诗）"，或标"吾鲁艾珀斯（大型史诗）"和"坎杰艾珀斯（小型史诗）"。小型史诗包括《凯代汗（Kedeykan）》、《艾尔托什图克（Er Töshtük）》、《艾尔塔布勒德（Er Tabildi）》、《萨仁基与博阔依（Sarinji-Bököy）》、《库尔曼别克（Kurmanbek）》、《江额勒穆尔扎（Jangil-mirza）》、《阔交加什（Kojojash）》以及《奥勒交拜与凯西姆江（Oljobay benen Keximjan）》等。大型史诗则是指包括三部曲的《玛纳斯》史诗①。

即便是将《玛纳斯》史诗的内容用散文体形式简略地写出来，也将会是一本很厚的书。如果演唱者用一两个晚上能够将一部小型史诗演唱完的话，那么演唱完整的《玛纳斯》史诗则需要若干星期甚至若干月。《玛纳斯》的规模与其结构相关联。也就是说，当玛纳斯的故事结束之后，玛纳斯之子赛麦台的故事紧接其后，接着是赛麦台之子赛依铁克的故事，如此一代接着一代连续演述。当然，《玛纳斯》史诗不断发展壮大还有其他一些原因。英雄玛纳斯的故事在最初阶段有可能是一个规模不太大的英雄故事。随着时间的推移，一些新的内容不断融入其中，使其不断得到完善。史诗如同一块吸铁石，不断地吸纳民间流传的一些类似的，原本独立的小的英雄故事内容，使自己的规模逐步扩大，内容日臻完善。就这样，除了史诗原本独立的"阔阔托依的祭典""交牢依的故事""阔绍依的故事""艾尔托什图克的故事"等很多古老故

---

① 三部曲是苏联学者的臆断。其实吉国的一些"玛纳斯奇"，诸如萨雅克拜·卡拉拉耶夫的演唱文本就达五部，而按照我国《玛纳斯》演唱大师居素普·玛玛依的演唱文本，《玛纳斯》史诗总共由八部构成——译者。

事外，新的内容逐步融入《玛纳斯》史诗之中，犹如万条河流奔向大海。

随着新的内容不断加入，史诗的思想内涵不断提高，其艺术表现力也不断完善。基于史诗古老内容的英雄主义，也因为逐渐吸纳了人民与内部叛徒的斗争以及为了民族的自由而奋斗的思想而变得更加深刻。史诗的英雄人物形象体系不断得到新的人物形象的加入，使史诗不断走向艺术高峰，日臻完善。此外，通过对这些人物言行的描述，吉尔吉斯族人民的日常生活习惯，前辈们的思想性格、理想和愿望得到了更为广泛的展示。也就是说，我们必须承认，史诗的宏大规模与其内部情节的不断扩大、完善也有密切的关系。根据有关学者们的研究统计，史诗的规模至少要超过一百万行①，这完全可以证明吉尔吉斯语的丰富性和吉尔吉斯人民强大语言艺术的创造能力。从这部以纯粹的诗歌艺术语言创作完成的，规模宏大的史诗中，我们可以看到如同在石头上刻印记一样，着以浓墨重彩的性格迥异、个性鲜明的数十位英雄人物形象。在史诗中我们还可以看到通过优美动人的诗歌语言描述的大地、山水、动物的妙趣横生的形象，以及经过世代生活的历练而总结出的那些感人至深的至理格言，无数神奇的神话故事以及准确而深刻地表达人们深厚情感的哀怨歌，遗嘱歌和挽歌等。所有这些都为高度艺术化地塑造和描述史诗中性格不同的英雄人物形象服务。高尔基指出，"从艺术性方面讲，英雄人物的最成熟最生动的艺术形象是来自于民间文学，是在劳动人民的口头创作当中产生的"②。这句话正好适用于《玛纳斯》史诗。

出版像《玛纳斯》这样的民间口头文学的标志性作品具有非常重要的意义。第一，这些史诗遗产在我们今天的文化宝库中必须占据自己应有的重要地位。第二，在对民间文学，尤其是对史诗还没有完全了解或者全面系统地研究之前，我们不可能对十月革命之前的文学以及十月革命之后文学的形成过程做出更为准确的判断。因为，口头创作和书面文学之间不仅在语言和创作风格上，而且在思想内容方面也有着密切的

---

① 参见《玛纳斯》史诗相关档案资料前言，吉尔吉斯斯坦科学院档案资料，第1148号，第6页；日尔蒙斯基：《〈玛纳斯〉研究导论》，伏龙芝（今比什凯克），1948年，第6页。

② M. 高尔基：《论文学》，载《论文与演讲》（1928—1936），莫斯科，1937年，第450页。

关联。因此，高尔基认为，不懂民间文学的作家就不是好作家。这种看法并非毫无根据。人民的创作蕴藏着无限的财富。如果想成为真正的作家，就应该好好地学习民间文学。

《玛纳斯》史诗是一部能够证明人们如何喜爱优美的语言，并具有何等超凡诗歌才能的作品。具有超凡语言才能的吉尔吉斯人在日常生活中说话也会不知不觉地即兴创编出诗歌语言的节奏和韵律特征，他们认为诗歌是世界上最优美最高超的艺术形式。在20世纪中叶，维·维·拉德洛夫院士曾对《玛纳斯》史诗如是评价。

《玛纳斯》史诗的重要价值不仅在于其语言的艺术性和千百年来不断发展和丰富的民间语言所创造出的作品本身，更在于这部史诗的历史和文化意义。

哈萨克学者乔坎·瓦利哈诺夫，这位我们所熟知的《玛纳斯》研究者，在20世纪中叶就曾对史诗做出过这样的评价："《玛纳斯》史诗围绕英雄玛纳斯，将吉尔吉斯族神话、民间故事、谚语凝聚到一个时期，堪称一部百科全书。这是一部'草原式的《伊利亚特》'。这部结构宏伟的史诗作品展现了吉尔吉斯人生活、习俗、地理、宗教、医学以及与周边民族之间的关系"。这是对史诗真实而科学的评价，我们对此不能不给予肯定和赞同。

对于文明社会的人类而言，书就像日常生活中的空气和水一样重要。吉尔吉斯人的文化直到十月革命还不曾以图书形式出现。但是，尽管没有纸质的书写学问和艺术作品出现，人们的艺术创作才华却生生不息。无数的谚语典故，题材各异的抒情歌谣、讽刺歌谣、习俗歌谣，散文体民间故事，韵文体的长篇叙事故事，难以计数的民间乐曲、音乐剧，各种器皿和物品上精心雕刻和刺绣的艺术图案以及其他各类艺术都是人们世代艺术创作和实践的产物。

在这些众多的民间艺术创作中，最受人们喜爱，在人们心中占据最显要位置的便是《玛纳斯》史诗。对于吉尔吉斯族而言，长久以来，《玛纳斯》史诗发挥了长篇小说的教育功能，动人的舞台艺术作品、荧幕艺术创作以及回顾过去的历史典籍的功能。

史诗不是历史，但是我们决不能否认《玛纳斯》史诗与吉尔吉斯历史的密切关联。吉尔吉斯族所经历的历史事件，为了人民的利益而奋斗不息的前辈们的事迹，不可能不以艺术化的形态在史诗中占据自己的位置。

首先，我们必须意识到史诗中出现的丰富的民族学的因素。《玛纳斯》史诗蕴含了大量民族学的资料，主要讲述了以畜牧业为生的游牧部落，他们的生活、名称以及彼此的联系，家庭成员之间的关系、饮食、服饰、住房以及各种物品的称呼，婚礼庆典和丧葬祭典当中的各种礼俗，人与人之间的礼尚往来，英雄人物的性格，宗教信仰，等等。对研究古代人内心世界和日常生活而言，这些资料不可多得且极为珍贵。在晚近的历史资料之中，我们可以得知吉尔吉斯人信仰伊斯兰教。但是，吉尔吉斯人从前到底信仰何种宗教？对此，史诗可以给我们提供极为丰富有趣的资料。在史诗的众多唱本中，玛纳斯及其身边的勇士们在发誓时，他们提及的不是伊斯兰教的先知和圣人的名字，而是向"明朗的天空"，"胸部长满密集的长毛（森林）的大地"，向天上的月亮、太阳以及黑暗的夜晚进行祈祷。由此可知，在史诗的产生的时代或者更晚近的时代，吉尔吉斯人遵循的是多神教信仰。在蒙古族及南西伯利亚突厥语民族中，流传着关于"刭达"神石的神话。在当今阿尔泰人中间保存着在新婚典礼上抛撒食物的习俗。这些神话和习俗留存在《玛纳斯》史诗中，证明了其与萨满文化的密切关联性。[1] 妇女的美被描述得超凡脱俗，而男人却描述为神话中的"伊塔勒"，即狗的形象。这一描述方式在蒙古及阿尔泰人的神话中并不少见。英雄人物的幻化，动物的变异，骏马长出翅膀飞上天空，英雄进入地府，具有人形但拥有非凡能力的巨人，神奇的仙女形象等神话在中亚及南西伯利亚人们的民间文学中也极常见。古代吉尔吉斯人与其他民族一样，在人类的"童年时代"与自然界密切关联，人们用智慧是用来改造和征服自然。比如，在关键的时候让天空下雨下雪，长出翅膀在天空翱翔，用神奇的药物治愈即将死去的英雄等等，都是这些意愿的体现。

《玛纳斯》史诗不仅仅是吉尔吉斯人各个部落过去历史的民族生活和神话学的百科全书，而且是用艺术手法展示吉尔吉斯社会千百年来历

---

① 参见 C. M. 阿布热玛卓尼：《苏联民俗学》，1947 年第 2 期，总第 66 期，第 141—143 页。

史事件的一部优秀作品。关于吉尔吉斯族的记载可以追溯到公元前2世纪，也就是说，迄今已有2000多年的历史。从那个时候开始，人们就经历了无数艰难险阻和痛苦悲惨的岁月。一方面，劳动人民要遭受来自族内的压迫，如史诗中那些如阔别什般残暴的汗王或暴君们对人民进行的残酷的压榨；另一方面还要遭受外来入侵者的掠夺、奴役和蹂躏。在这里，我们必须清楚地认识到这样一个事实：古代及中世纪的中亚地区各个不同的部族并不是相安无事地生活在彼此的固定地区；而是争雄好胜相互掠夺对方的土地和牲畜。这些历史事件，比如吉尔吉斯与哈萨克之间，吉尔吉斯和卡勒玛克人之间，吉尔吉斯族内部部落之间彼此抢夺马群的行径，甚至晚近的与俄罗斯交往的历史等都在史诗中留下了自己的痕迹。一些重大的历史事件首先给普通民众带来灾难，使全体民众面临生死存亡、流离失所的命运。发生在上个世纪（19世纪——译者注）上半叶，由俄罗斯学者 B. 谢苗诺夫天山斯基记录下来的撒热巴格西和布谷两个部落在朱库地区发生的严重流血冲突就清楚地证明了这一点。

简而言之，越是在久远的年代，诸民族部落之间的冲突就越频繁，人们所遭受的痛苦就越严重。

这样的事件在历史典籍和文学中总会留下清晰的痕迹。属于6—8世纪的鄂尔浑﹣叶尼塞碑铭就记录下了历史的点滴足迹。比如，在位于和硕柴达木的阙特勤碑铭中这样写道："从矛一样深的雪中开道，翻越曲漫山，我们袭击黠戛斯人于睡梦中。"[①] 这仅仅是8世纪中古代突厥人对吉尔吉斯人的一次袭击事件。针对古代吉尔吉斯人的类似的入侵和袭击事件还有很多。古代回鹘人（在8—10世纪），契丹人﹣黑契丹（在10—12世纪），蒙古人（在12—13世纪），瓦剌及准噶尔卡勒玛克人（在15—18世纪）等民族和部落（在8—18世纪），也就是说在1000年的历史过程中，无数次袭击了吉尔吉斯人。在中国、亚洲其他国家以及欧洲的历史典籍中，对此均早有记载。在漫长的历史进程中反复遭到外族入侵和欺压，以及在战争的考验遭灭顶之灾使无数民族和部落在历史的长河中灰飞烟灭，消失得无影无踪。在严酷历史中没有失落民族的威名，使血脉延续至今的民族之一便是吉尔吉斯族。当然，民族

---

① 参见 C. E. 马洛夫：《古代突厥文献》，莫斯科﹣列宁格勒，1951年，第32页。

没有在历史长河中消亡有许多因素。在这些因素中，像玛纳斯、巴卡依、阔绍依、赛麦台、卡妮凯、阿依曲莱克、赛依铁克、阿勒曼别特、楚瓦克、色尔哈克、古里巧绕那样，把全体民族成员团结起来，勇敢地率领广大民众反抗外辱，保家卫民的充满智慧和勇气的英雄们具有非常重要的意义。上述这些英雄们的名字可能与正史并不相符，但他们却是真实的英雄人物在文艺作品中的留存。因此，《玛纳斯》不是正史，而是一部文艺作品——史诗。《玛纳斯》还可以给我们提供关于吉尔吉斯族历史上的社会经济、思想意识，与哪一个民族有过交往，曾经在哪个地域生活居住的全面信息。因此，《玛纳斯》史诗堪称以往历史的不朽篇章，可以看作是民族历史的一部独特百科全书。

我们都会询问《玛纳斯》史诗是何时何地，在哪一个历史阶段发展成为独立的史诗作品的这样一个问题。为了全面地回答这个问题，就必须对史诗中所反映的历史事件，与各种意识形态相关的古老母题，与民族学和神话学相关的各个因素，史诗的语言，叙述风格和结构，叙事的情节脉络，各种唱本之间的异同，英雄人物的形象以及他们与真实历史的关系等进行全面细致的研究。为了对这些问题进行深入的研究，我们期待着未来一定会出现更多的学术论文和研究专著。在这篇前言中，笔者只针对某些问题提出个人简短的看法。

在先前已经刊布的初步研究成果及学术会议中发表的成果中，对于史诗的产生目前有三种不同的说法：（1）叶尼塞－鄂尔浑时期（7—9世纪）产生说（以穆合塔尔·阿乌埃佐夫教授和 A. N. 伯恩施坦教授为代表）；（2）阿尔泰时期（9—11世纪）产生说（以波·尤奴萨利耶夫为代表）；（3）准噶尔时期（16—18世纪）产生说（A. K. 波洛夫考夫教授和 I. L. 克利莫维奇教授为代表）。第一种看法以真实历史事件为依据，即据鄂尔浑－叶尼塞碑铭中所描述的，吉尔吉斯族先民同突厥人以及稍后同古代回鹘人之间的斗争，并于9世纪战胜前来入侵的回鹘，建立了独立的强大游牧国家。第二种看法的依据的是史诗中保存的某些历史因素以及其他民族学、语言学、地理学信息，并将其同史籍中的历史结合起来。在这里，我们不妨顺便将目光聚焦于这些历史因素。

史诗的所有唱本几乎都以吉尔吉斯族的各个部落分散各地，奥诺孜都（有些唱本中是诺盖）的孩子们被入侵者强迫流放各地的情节开始。

根据史诗的某些唱本，由于克塔依（契丹）人阿牢凯的入侵，吉尔吉斯族人四分五裂，流浪各方。史诗的主人公玛纳斯在阿尔泰生长，长大之后率领吉尔吉斯人从阿尔泰迁徙到阿拉套山地区。史诗的中心思想和中心内容是团结吉尔吉斯族分散的部落，反抗外敌的入侵和欺压。史诗第一部《玛纳斯》中的主要情节和所发生的事件最初都发生在鄂尔浑、杭爱、阔克诺尔、阿尔泰等地区。直到中世纪还生活在阿尔泰地区的特尔胡特、乌梁海、奥伊拉特等部族部落的名称在史诗中均有出现。直到12世纪，吉尔吉斯族人才迁徙到现在生活的中亚地区。这一点也得到了最终完成突厥语民族语言学巨著的马赫穆德·喀什噶里的证实。[①] 史诗中所描述的吉尔吉斯族如同散沙一般，在入侵外敌的淫威下迁徙各地流浪四方的事件在历史上确有其事。在10世纪，操某种与蒙古语类似语言的卡拉克塔依（黑契丹）人的确入侵了吉尔吉斯地区，毁灭了吉尔吉斯族所建立的汗国。从此以后，各吉尔吉斯族部落逐渐开始大量地向阿拉套山地区迁徙。在吉尔吉斯族部落建立起历史上最强大汗国时，契丹人的入侵使整个汗国分崩离析。这一记忆中最痛苦悲哀的时代绝不可能不在史诗中留下蛛丝马迹。因此，在整部史诗中，吉尔吉斯人都将自己的敌人称为"卡拉克塔依（黑契丹）""克塔依（契丹）"。在吉尔吉斯族语中产生诸如"卡拉克塔依蜂拥而至"这样的典故也都绝非偶然。正是这个卡拉克塔依，在打败吉尔吉斯人并占领中亚之后，强行传播自己"克塔依（契丹）"这个名称。这一情况在历史上也有记载。[②]自从黑契丹灭亡了吉尔吉斯史上最强大的王国后，还没有历史资料证明吉尔吉斯族各个部落还曾联合起来建立过其他政治共同体。在此后对蒙古、卡勒玛克、满洲以及其他外来力量的抗争中，仅仅有少数吉尔吉斯部落联合起来的记录。自10世纪之后，吉尔吉斯族之所以在中亚历史舞台上销声匿迹，即使是偶尔出现也十分模糊便是这个原因。由此可知，古代吉尔吉斯族在建制最强大之时（9—10世纪）遭受黑契丹的入侵和打击，陷入痛苦危难和分崩离析的命运，这一史实肯定是古老的

---

① 参见马赫穆德·喀什噶里：《突厥语大辞典》，第一卷前言。

② V. V. 巴尔托德：《七河史》，伏龙芝（今比什凯克），1943年版，第32页；另见《吉尔吉斯》，伏龙芝（今比什凯克），1943年版，第38页。

《玛纳斯》史诗产生的关键因素。当然，10世纪之后，吉尔吉斯族所经历的重大而难忘的历史事件，比如为了反抗蒙古人的统治先后四次举行起义（12—15世纪）[1]，以及后来的对于瓦剌、卡勒玛克的反抗也不可能不在史诗中占据相应的位置。我们必须清楚，对于一个没有留下自己的书写历史的民族来说，若干世纪之前的历史逐渐变得模糊，而越是晚近的历史事件却比较清晰地印在他们的心中是一个不争的事实。所以，从这个角度上讲，在最后时期给吉尔吉斯族造成最大伤害，给他们的内心带来痛苦的是准噶尔汗国的卡勒玛克人。因此，关于他们的历史事件在史诗中占据了最显要的位置，而此前的历史故事则越来越模糊，甚至只留下一些蛛丝马迹也是不争的事实。

关于史诗的产生持第三种观点的人正是更多地依据那些后来渗入史诗中历史事件，对先前存在于史诗中的历史事件却视而不见。此外，假设如他们所说，《玛纳斯》是在准噶尔入侵时期（16—18世纪）的天山吉尔吉斯族中产生的话，那么此前若干世纪中吉尔吉斯族所经历的历史事件（从阿尔泰向阿拉套山迁徙，与黑契丹的斗争等等）以及吉尔吉斯族直到14—15世纪的生活地域名称（诸如阿尔泰、杭爱等）是如何进入史诗内容中的等问题则无法解答。

如果我们把吉尔吉斯族历史上最关键的黑契丹入侵确认为史诗内容的组成因素，并将此确定为《玛纳斯》史诗产生的时间的话，那么史诗产生的时间就大约有1000年。

口头民间文学作品不会像书面文学那样有固定的文本。特别是像《玛纳斯》这样规模宏大的史诗，数世纪以来都是口头传播形式无疑成为其或多或少有所变异的主要因素。演唱它的史诗演唱家（交莫克奇）们绝不可能不将自己时代的历史事件以及当时的主流意识形态融入到（自己演唱的）史诗文本当中。融入史诗文本当中的这些因素，不仅是演唱者个体对这些问题的认识和评价，而且也必须迎合和满足广大听众的需求。每一个时代的交莫克奇都会将那些对自己产生重大影响的事件，思想意识方面的母题按照自己的理解和自己的创造才能融入到史诗当中。正因为如此，我们就必须把古代萨满、多神教信仰以及后来的伊

---

① C. B. 吉谢列夫：《南西伯利亚古代史》，莫斯科，1951年，第564页。

斯兰教因素同时在史诗当中出现视为口头文学发展过程中的自然现象。在民俗学中，将这些后来加入其中的因素定义为"叠加层"。

为了有效地区分《玛纳斯》史诗中出现的各种事件和各种母题哪些是其基本的情节构成要素，哪些是后来被加入的"叠加层"，我们必须尽可能更多地搜集和掌握民间流传的史诗的各种文本的内容，并对其进行深入细致的研究。

对于《玛纳斯》史诗的搜集和研究工作是在上世纪中期，在北部吉尔吉斯并入到俄罗斯之后，由俄国学者发起的。在俄罗斯学者的有效帮助和培养之下掌握了欧洲文化知识的哈萨克学者乔坎·瓦利哈诺夫，于1850年代前往中国新疆，路过吉尔吉斯地区时特意停留，第一次了解《玛纳斯》史诗。从他对《玛纳斯》史诗的上述评价可以看出，史诗给他留下了非常深刻的影响。乔坎·瓦利哈诺夫这样写到：我从一位交莫克楚口中记录下了《玛纳斯》史诗的一个片段，具体讲是"阔阔托依汗的祭典"一章。遗憾的是，被他"写下来"的这个文本，到目前为止还没有从档案中找到。[①] 乔坎·瓦利哈诺夫在自己的《准噶尔游记》一书中曾经用俄罗斯文堪布了《玛纳斯》史诗非常简短的内容，而我们知道"阔阔托依的祭典"一章的俄文翻译稿应该在档案中遗存。从乔坎·瓦利哈诺夫所听到的文本看，加克普为了给儿子玛纳斯提亲来到卡拉汗国王的城堡，但卡拉汗却表示不想把自己的女儿（卡妮凯）嫁给一个平民子弟。于是，玛纳斯便将卡妮凯用武力抢夺而来。阔阔托依的驻地不在塔什干方向，而是位于伊塞克湖、卡拉额尔吉斯、阿尔泰、杭爱山区方向。在阔阔托依的祭典上制造事端，横行霸道的空吾尔拜和交牢依等均被玛纳斯斩杀，而他自己却死于涅斯卡拉的谋害。这一极为有趣的文本没有能够被完整地记录并保存下来对我们来说是非常遗憾的事情。之后，对突厥语民族的语言文学开展搜集和研究的俄国学者V. V. 拉德洛夫曾先后两次，1861年到特克斯，1869年到楚河地区对吉尔吉斯族进行考察。他对《玛纳斯》也产生浓厚的兴趣，将交莫克楚

---

① 这个片段后来于20世纪60年代末由哈萨克学者阿里凯·玛尔古兰从苏联科学院亚洲研究所的档案中苦苦搜寻后才找到，并于1971年以影印本形式刊布出版；参见阿地里·居玛吐尔地：《乔坎·瓦利哈诺夫及其记录的〈玛纳斯〉史诗文本》，载《民族文学研究》，2007年第4期——译者。

（玛纳斯奇）口中的吉尔吉斯语，用俄罗斯文字母的音标记录下来，并于 1885 年在圣彼得堡分别出版了这个文本的吉尔吉斯文和德文，向世界学界介绍了吉尔吉斯族的史诗。在拉德洛夫所记录的文本中，史诗的一些情节并没有得到充分展开，诗文也不够优美，有些情节很突兀，缺乏连贯性，诸如此类的问题不仅与那位交莫克奇的演唱才能有关，而且也和当时记录文本的特殊的现实环境不无关系。根据拉德洛夫本人的说法，由于记录者对吉尔吉斯语不是太精通，因此只能在记录过程中不停地向演唱者发问，这也在很大程度上对诗歌的艺术水平造成了负面影响。

拉德洛夫写到，从交莫克楚将沙俄皇帝描述成玛纳斯的朋友这一点看，他会根据在场听众的具体情况和他们情绪，把一些同史诗毫无关系的东西加入史诗的文本当中。拉德洛夫的这一观点对史诗各种唱本的研究具有重要意义。对吉尔吉斯族史诗人物与同源的其他民族的史诗之间的关联，史诗产生的各种条件和在人们口中的传承和发展，诗歌的种类以及交莫克奇们的情况，拉德洛夫都提出了自己的观点。

十月革命之前，对吉尔吉斯族的口头文学的搜集和研究只是个别人根据自己的个人爱好进行。对《玛纳斯》史诗真正的搜集、刊布和研究到了伟大的十月社会主义革命之后才开始。民间艺术的发展，在共产党的关怀下，从 1921 年开始拨出专款，民间口头文学遗产开始有计划地得到搜集。到目前为止，在吉尔吉斯斯坦科学院档案库中，从有名的交莫克楚口头记录下来的《玛纳斯》文本总共有 13 种。如果再加上乔坎·瓦利哈诺夫和拉德洛夫的文本，我们就有 15 种文本可以展开研究。从民间搜集记录史诗文本的工作到今天依然没有停止。

在搜集《玛纳斯》各种文本的同时，史诗各种文本片段的刊布和研究也取得了很大成绩。从 1925 年出版的交莫克奇特尼别克演唱的《赛麦台》片段的唱本开始，《玛纳斯》和《赛麦台》的一些章节和片段（主要是在 1930—1940 年间）陆续以单行册的形式出版发行。1946 年，史诗的"远征"部分（根据萨恩拜·奥诺孜巴科夫和萨雅克拜·卡拉拉耶夫的唱本）被翻成俄罗斯文，并附加注释在莫斯科出版。

卫国战争之前，向苏联读者介绍吉尔吉斯族史诗以及史诗歌手们的文章主要有文学家 E. 莫卓力考夫（1937 年），翻译家 L. 彭考夫斯基

（1938 年），民族学家 S. 阿布热玛卓尼（1940 年）的论著。在战争年代和之后的两三年中，或多或少与史诗《玛纳斯》的研究有关的有 K. 热赫马杜林，V. M. 日尔蒙斯基，O. 加克谢夫，A. N. 伯恩什达姆，M. I. 博格达诺娃的论著。其中，出自已故学者 K. 热赫马杜林之手，且于 1942 年出版的吉尔吉斯文著作《玛纳斯奇们》以及 1943 年用俄文出版的《伟大的爱国者，神奇的玛纳斯》等可以说比较充分地论述和探讨了相关问题。除此之外，尤其是 1952 年有关《玛纳斯》史诗讨论的专题论文值得一提。

如果说在大讨论之前的论文中，对史诗各种变体中的非人民性思想资料没有进行足够的评价的话；那么，到了大讨论时期，在个别文章和发言中却通过对此进行夸大其词的论述显露出了否定史诗人民性的言论。1952 年，在吉尔吉斯斯坦共产党中央委员会的倡议下召开的学术会议可以说是关于《玛纳斯》史诗彼时诸多问题的全面总结。参加这次会议的除了吉尔吉斯学者、作家们之外，还有从莫斯科、列宁格勒以及兄弟加盟共和国赶来的学者。他们或多或少对史诗的各种变体进行了评价。此外，还对史诗的研究、出版等提出了很多值得重视的新问题。研讨会激烈讨论的一个关键问题是：《玛纳斯》史诗是反映和维护吉尔吉斯族劳动人民利益的民间文学作品还是维护封建贵族利益的反动史诗？对于这个问题，绝大多数与会者都一致同意史诗的本质是人民性的这样的结论。在确定史诗本质是人民性的同时，也明确指出了在史诗已经被记录下来的个别文本中（主要是萨恩拜·奥诺孜巴科夫的唱本中）有些片段甚至一些完整章节，存在着违背劳动人民的根本利益，赞颂封建贵族思想的母题。认为史诗中某些彼时较新的思想层面没有与史诗的深刻内涵有机地融合在一起，而是像外来的事物强行插入一样突兀和陌生，还强调了必须要把史诗从这种层面中剥离出来的重要性。为了尽快出版史诗的吉尔吉斯文和俄文版本，还强调了要大规模从民间继续搜集史诗的各种口头文本资料，对史诗的各个组成部分，对其最基本的内容，对人为加入其中的层面进行深入分析和学术研究的重要性。

能否在已有的史诗档案资料汇编的基础上，整理出简略的综合整理本并加以出版，对此持怀疑态度的学者（比如 A. K. 波诺夫考夫教授，L. I. 克列莫维奇教授等）也大有人在。绝大多数与会者都同意并强调尽快汇编《玛纳斯》史诗简略的混合整理本的可能性和重要性，提出要借鉴亚美尼亚史诗《萨逊的大卫》和芬兰史诗《卡列瓦拉》的经验，在若干个文本变体基础上，根据民间创作汇编整理出一个综合文本，此次学术会议具有重要意义的资料也应该由科学院语言文学研究所出版，以期加强对史诗的研究，[①] 在这个研究所的档案中，从 1948 年以来的一直未能得以出版的另一本论文集也值得一提。这部论文集收入了 M. 阿乌埃佐夫教授对其自 1930 年以来《玛纳斯》研究的总结性论文，对《玛纳斯》的产生时代以及"玛纳斯"一词的来源进行探讨的 A. N. 伯恩什达姆教授的论文，关涉史诗的研究问题及学术史的 N. N. 别尔考夫教授的论文以及 K. 热赫马杜林关于《玛纳斯》的学位论文等重要研究著作。

长期以来，每一个时代的天才艺人们都能借助那些赋予特定人物及其著名的武器装备、服装服饰、骏马坐骑以及经常被提及的各种动物的特性形容词，用诗歌语言并借助特定的曲调，演唱这部人们早已耳熟能详的史诗。史诗的艺术水平、诗行规模、思想境界都与史诗歌手交莫克奇个人的艺术创作才能相关。显而易见，有些交莫克奇在史诗原有的众所周知的传统内容上，因各种原因加入了新的情节，或者为了解释某些情节而加入了一些新的母题。换句话说，我们无法确定，歌手在那些自古流传的独立的传统章节之外加入了多少故事。可以肯定的是，每一个交莫克楚的演唱都有其独特的艺术创作特征。因此，每一个交莫克楚都很自觉地认为自己是"艺术创作者"。尽管前辈交莫克楚是他真正的老师，他们却并不强调自己师从某一位老师的学艺过程，而是把自己的艺术才能和最终成为交莫克楚的过程用"玛纳斯的灵魂梦授"即"梦中遇见英雄玛纳斯"进行解释。而且，这已成为交莫克楚们的普遍原则。根据史诗研究者们（M. 阿乌埃佐夫，K. 热赫马杜林等）的资料显示，每一个已知的交莫克楚在开始演唱史诗之前都会师从那些天才的交莫克楚，学习史诗的演唱技艺，比如我们时代的荷马，当今交莫克楚群体中最著名最具才华的萨雅克拜·卡拉拉耶夫。根据他本人的讲述，从孩提

---

① 这次会议的资料只有 A. K. 波诺夫考夫和 L. I. 克列莫维奇两位教授将他们自己的论文发表在《各民族友谊》这本刊物上，即 1952 年，第 5 期。

时代起就从母亲嘴里听取玛纳斯的故事，开始全身心地投入其中。聪明机灵的孩子在给富人家当羊倌的时候就开始演唱自己创作的诗歌。热衷于《玛纳斯》并极富诗歌创作才能的萨雅克拜，曾多年跟随 20 世纪著名的交莫克楚巧尤凯游走四方，从他那里学得大量史诗知识，之后才开始演唱《玛纳斯》。在吉尔吉斯斯坦科学院档案中保存了萨雅克拜·卡拉拉耶夫口述的近 50 万行的《玛纳斯》史诗三部内容的资料。

萨雅克拜·卡拉拉耶夫

萨恩拜·奥诺孜巴科夫

　　1925 年离世的天才交莫克楚乔伊凯曾师从哪一位交莫克楚我们不得而知。但是，我们知道，乔伊凯曾与特尼别克·加皮和纳伊曼拜·巴勒克等交莫克楚结伴，游走四方演唱《玛纳斯》。特尼别克·加皮生活在 19 世纪中叶，在史诗演唱方面扬名四方，他能够连续 30 天演唱史诗前三部内容。纳伊曼拜·巴勒克祖父数代都以演唱《玛纳斯》为职业。

　　我们知道，除了师从有经验的交莫克楚学习技艺的外，有些交莫克楚祖辈都以演唱史诗为职业。在自己的时代最具才华的交莫克楚萨恩拜·奥诺孜巴科夫第一次是从哥哥阿利舍尔嘴里听到《玛纳斯》史诗的。从小他就开始不断地即兴创作幽默讽刺诗歌，后来逐渐成为一名著名交莫克楚。他分别跟随当时最有名的交莫克楚凯里迪别克、巴勒克以及特尼别克，得到他们的指点，逐渐成为交莫克楚。根据萨恩拜的口述，《玛纳斯》第一部完整的内容被记录下来。1930 年，萨恩拜去世。

此后，史诗的其他内容就没能被记录下来。交莫克楚江额拜·阔杰克在1942 年去世，根据他的口述，记录了史诗第二部《赛麦台》的内容。有资料记载，他的父亲、祖父、祖爷都曾是玛纳斯奇或是赛麦台奇，即都能够演唱史诗第一部《玛纳斯》或第二部《赛麦台》的内容。总之，尽管所有的交莫克楚都说"自己是因为神灵梦授，在梦中学会史诗并开始演唱的"，但实际上，没有哪一个交莫克楚不曾是师从某一位前辈交莫克楚，不曾听其演唱并模仿学习而能够演唱史诗的。因此，史诗演唱这一职业应该说是一门与个人的艺术创作能力相关联，而且是世世代代传承的艺术职业。当然，对史诗的故事情节无限地投入，把所有的细节都记在脑海中，并反复进行回忆和思索的人，梦见英雄玛纳斯及其身边的勇士是很有可能的。但是，它并不能视为交莫克楚的成因。

因为没有书面的历史文字的记载，我们当然无法确定第一位交莫克楚是何人。但是，我们不能不提到在萨恩拜的唱本中提及的歌手贾伊桑，以及将玛纳斯的四十勇士之一称为"厄拉曼之子额尔奇吾勒（厄拉曼之子歌手）"的事实。尽管世代流传的吉尔吉斯族典故"托合托古勒那样的歌者，托勒拜那样的相马师"符合事实，但是我们依然很难知道他们为何许人，生活在哪个时代。对于交莫克楚们比较准确的信息不会早于 19 世纪。至今，还有一些关于生活在 19 世纪初的交莫克楚凯乐迪别克的传说在民间流传。为了说明他是一位出众的交莫克楚，传说"当他演唱《玛纳斯》时毡房会不停地摇晃，并伴随有狂风暴雨，中午时分会变得像傍晚一样昏暗，会听到玛纳斯及其勇士们奔腾的马蹄声"。此后，也有同时代的交莫克楚巴勒克（别克木热提）·库马诺夫的传说。交莫克楚们在演唱史诗之前，首先会把从别人那里听过无数次的史诗情节脉络，主要的英雄人物形象及与他们相关的固定的特性形容词牢牢记住。之后，他们会以训练的方式自言自语地演唱与某些英雄人物相关的，与他们参与的小的故事情节相关的章节。最后，才会面对听众进行演唱。有些史诗歌手——交莫克奇只会停留在反复演唱史诗的某些特定章节上。即兴创作能力较强的史诗歌手则逐年进行训练，并逐年增加自己的演唱篇目，最终达到能够演唱史诗的某一部的完整内容。像萨雅克拜·卡拉拉耶夫和萨恩拜·奥诺孜巴科夫那样能够完整地演唱史诗三部内容的，经验丰富，才华横溢的（交莫克楚）玛纳斯奇则非常罕见。

玛纳斯奇夏帕克·　　　　　《玛纳斯》搜集家额布拉音·
额尔斯敏地耶夫　　　　　　阿布德热赫曼诺夫

在科学院的档案中，据不完全统计，有 80 多位生活在吉尔吉斯斯坦的老中青玛纳斯奇的名单。其中一部分只会演唱《玛纳斯》史诗的一部分或者是某一部分章节的内容。我们不妨清点一下从玛纳斯奇和赛麦台奇口中记录，现保存在吉尔吉斯斯坦科学院档案库中的文本资料：萨雅克拜·卡拉拉耶夫——史诗的三部内容；萨恩拜·奥诺孜巴科夫——史诗第一部的完整内容；夏帕克·额尔斯敏地耶夫——《赛麦台》《赛依铁克》和《玛纳斯》的一部分章节；托果洛克·毛勒朵——《赛麦台》《赛依铁克》和《玛纳斯》的一部分章节；江额拜·考杰克——《赛麦台》；毛勒朵巴散·穆素勒曼库洛夫——《赛依铁克》《赛麦台》和《玛纳斯》的一部分章节；加克希勒克·萨热考夫——《赛麦台》《赛依铁克》的片段；阿克玛特·额尔斯敏地耶夫——《玛纳斯》《赛麦台》的一部分片段；巴额什·萨赞诺夫——《玛纳斯》《赛麦台》的一部分片段；特尼别克——《玛纳斯》《赛麦台》的一部分片段；阿勒玛别克·托依其别考夫——《赛麦台》的一部分章节；额布拉音·阿布德热赫曼诺夫——史诗的各种章节及片段。根据已有的记录资料，《玛纳斯》及《赛麦台》这两部的唱本资料比较多，而《赛依铁克》的则比较少。这说明史诗的第一部和第二部在民间得到更广泛的传唱和保存。根据对不同部内容的演唱，史诗歌手被称为玛纳斯奇或赛麦台奇。

毫无疑问，史诗的中心内容及思想与促使史诗产生的基本的事件有密切关联。关键问题是这些事件到底是哪些，它们又具有怎样的特征。

如前所述，吉尔吉斯部落联合体在 10 世纪遭到黑契丹毁灭之后的历史事件都能在史诗中找到痕迹。黑契丹侵犯吉尔吉斯族的主要目的就是夺取牧场和牲畜财产，对他们进行奴役和压迫。吉尔吉斯人为了保护自己的土地牲畜、民族的生存，甚至为了保护自己的生命进行了艰苦卓绝的斗争。因此，在各类出版物及学术研讨中普遍认为：史诗的根本思想内容是歌颂吉尔吉斯族反对外来入侵的英雄主义精神。我们认为这一看法符合实际。史诗的某些变体中出现的一些消极母题则与史诗的总体思想和历史真实性是格格不入的。它们只能被看作是为了迎合封建贵族的利益而嵌入到史诗中的"锈斑"。

为了抗击外来入侵，就必须组成一支军事力量，而且还必须有一批坚强且智慧、力量和勇气超群的首领，带领军队与敌人抗争。因此，在史诗中就特别对那些大无畏的、智慧超群、谋略过人的领袖给予特别的关注。

面对强大的敌人，独立的个人再有能力，也不可能起到决定性作用。为了抗击外辱，必须团结吉尔吉斯族的各个部落，组成一致对外的军事联盟。因此，吉尔吉斯族组成联盟的母题也在史诗中占据重要位置。

吉尔吉斯族人民并不仅仅遭受外来入侵者的欺压。当人们面临危难时，如史诗第一部中所描述的，像阔孜卡曼那样背叛民族，与敌人沆瀣一气的叛徒所造成的伤害也非常巨大。当入侵者的嚣张气焰有所收敛时，青阔交、托勒托依、阔别什、康巧绕等恶棍也伸出毒爪，欺压百姓，给人们造成了巨大的伤害。维护人民利益的英雄们在这种时候也挺身而出，带领民众同他们进行艰苦的斗争。与此同时，妇女的社会地位，英雄式的友谊，热爱故乡热爱人民的思想，热爱友谊和团结，热爱劳动，鼓励和教育人民公正、善良、坚强、智慧、忠诚等具有人类普世价值和共性的思想在《玛纳斯》史诗中也随处可见。这些思想母题在史诗的产生和发展中起到了关键作用。这一点在史诗的各种变体中都十分明显。

为了准确判断和正确深入地理解《玛纳斯》史诗中心思想和情节脉络，首先必须比较多个主要的史诗唱本的内容和情节构成，找出其中的异同。纵观开展相关比较研究的学者们（M. 阿乌埃佐夫，K. 热赫马杜林等）的成果①，可知，交莫克楚（玛纳斯奇）们的唱本中存在着整体意义上的基本情节。这些情节自古以来由祖辈传唱，而且对于每一位歌手来说具有共同意义。这一基本情节脉络主要由以下事件或题目组成：主要英雄人物的诞生；英雄的儿童时代；如同卡妮凯、阿依曲莱克般美丽超凡的妇女，充满智慧的妇女；如巴卡依、阔绍依、阿勒曼别特、楚瓦克、色尔哈克的勇士；如涅斯卡拉、交牢依、空吾尔拜那样身体硕大凶猛强大的敌人、其性格特征以及相关情节；玛纳斯、赛麦台、赛依铁克率领吉尔吉斯族部落民众为了保家卫民而进行的各种战斗；修建陵墓纪念为人民的利益而献出生命的英雄玛纳斯等。听着史诗长大的老一代人都知道，每一个完整唱本中都有上述故事和情节。与此同时，史诗内容中第二层面上的人物，比如阿依达尔汗之子阔克确、居住在两个凯明地区的玉尔必汗、独眼巨人玛德汗、胳膊肘一般的勇士阿格什、叛徒内奸阔克确阔孜和阔孜卡曼等人物形象在民间口头流传的史诗各种唱本中也极为常见。这样，绝大多数史诗唱本都以英雄人物的人生轨迹，英雄业绩，吉尔吉斯人从阿尔泰到阿拉套山塔拉斯的迁徙，具有丰富民族学内涵的"阔阔托依的祭典"，以及细描诸多超凡英雄人物的"远征"等情节构成了流传至今的史诗的总体框架。

史诗产生在若干世纪之前，或许更早。彼时，史诗的情节内容可能远比现在简短。随着时间的推移，每一个时代的交莫克楚们，就像我们在前面提到的那样，都对史诗内容进行了补充和扩展，把史诗同人们所经历的历史事件和社会意识形态融合在一起，给史诗增添了新的内容。在这个问题上，我们不能不提及大约从 16 世纪开始在吉尔吉斯族中流传的伊斯兰教对史诗的影响。这之前的宗教（比如多神教、萨满教等）不无与伊斯兰教的教规发生冲突。可以说，封建贵族阶层全力秉承在人们意识形态中占据统治地位的伊斯兰主义思潮，有时候甚至干预史诗，

---

① 参见吉尔吉斯斯坦科学院档案库，资料编号 1289。

坚决抵制史诗歌手按照原始的内容和风格进行演唱。在这样的条件下，无论是演唱者还是听众必然都信仰这一宗教。其结果是，史诗的正面英雄人物或多或少受到伊斯兰教的影响。伊斯兰教不仅或多或少影响史诗的思想意识母题，甚至可能使整个情节脉络中产生相应的变化。因此，拉德洛夫院士指出，"到了晚近时期，史诗内容受到伊斯兰教的影响而发生一些变化"①。我们毫不怀疑这一观点的正确性。

为了证明上述观点的正确性，我们不妨举一个与史诗语言相关的例子。在每一个民族中，人的名字与当时流行的宗教信仰相关联，这是不争的事实。比如，目前人们不大会意识到俄罗斯孩子的名字多与基督教，吉尔吉斯族孩子的名字与伊斯兰教词汇关联。从《玛纳斯》史诗第一部中那数以百计的人物名称来看，除了极个别的名字（如阿勒曼别特的名字转变自阿拉伯语），几乎全都来自突厥－蒙古语，而不是阿拉伯语。由此可知，史诗中流传至今的绝大多数正面或者反面人物，在伊斯兰教还没有传入吉尔吉斯族之前，就极可能已在民间传唱中形成。

因此，我们可以这样认为，萨恩拜·奥诺孜巴科夫唱本中伴随人民性思想的伊斯兰教，如玛纳斯前往麦加朝圣等情节，萨雅克拜·卡拉拉耶夫唱本中的楚瓦克前往麦加朝圣的情节，与《玛纳斯》的主题思想和中心内容格格不入，是人为加入其中的情节和思想层面。

在19世纪中叶由乔坎·瓦里汗诺夫和拉德洛夫记录的文本中，我们找不到任何有关上述思想的母题。毫无疑问，史诗在19世纪末才开始触及这些反动思想。

与这些重要的思想意识层面同步，交莫克楚也会无意识地将一些细小的情节加入史诗。这些变化与史诗中出现的一些民族名称、地理名称以及某些属于第二层面的英雄人物的名称、英雄的武器装备、服装服饰的名称等相关联。每一个时代的交莫克楚都会将一些史诗中古而有之，但已经或开始被人们遗忘的事物和概念（一些人物的名字或一些特殊名称），同自己的时代衔接起来或用其他概念和词汇替代。与古吉尔吉斯族有过密切交往的蓝突厥、古代回鹘、黑契丹、蒙古、瓦剌等等开始逐渐被遗忘，而晚近的卡勒玛克人则开始被频繁提及。史诗中的铁米尔

---

① V. V. 拉德洛夫：《民间文学的范例》，第5卷，圣彼得堡，1885年版，第11页。

汗、卡拉汗等名称，与历史上的喀喇汗、帖木儿汗相混淆，玛纳斯成为汗王的女婿，卡妮凯成为汗王的女儿；"konhor"原本来自蒙古语，意为"男子汉，勇士"。这个古老的词汇因为受到波斯语的影响，被替换成"kankor"，并因此而被解释为"嗜血者"。此外，自动步枪甚至火炮等现代武器与古代的箭矢同时出现在史诗中；用电话传递空吾尔拜军队动向的情报（夏帕克·额热斯敏迪耶夫变体中）；晚近才被学术界认定的被称为"manont"的身体硕大的动物（萨恩拜·奥诺孜巴科夫的唱本）等"新鲜事物"被吸纳到史诗中。这一类的"现代化"现象并不鲜见，对于口头创作的影响也显而易见。

我们不能不产生这样的疑问，上述的思想意识层面是否完全破坏了史诗的人民性特征呢？对此，我们可以毫不犹豫地回答"不"。无论封建部落贵族统治者多么努力地企图把这些外来的思想意识形态硬塞入史诗中，这些却终究没能对这部伟大作品造成直通骨髓和血液的颠覆性破坏。它们只是钢铁上的斑斑铁锈，仅仅停留在表面。构成史诗内核的思想本质在所有的唱本中都得到了保存。只要一提到《玛纳斯》史诗，那群为了人民的利益不惜抛头颅洒热血，具有战胜入侵之敌的大无畏勇气的英雄们的特定的形象就会呈现在人们面前。个别情节的加入终究没能破坏这部如同大河般规模巨大的神奇的英雄史诗的人民性魅力。因此，现在完全可能让史诗脱离那些糟粕层面。

保存在案的各个唱本中，尤以萨恩拜·奥诺族巴科夫唱本在主题思想方面的各种变异最为突出。对这个文本进行过细致研究的 M. 阿乌埃佐夫教授，在自其研究著作中明确指出，要从这个文本中剔除这些因素并不太难①。当然，慧眼识珠也非易事。从描述和表现英雄人物的个人生活、行为、性格以及社会业绩的诗行中，剔除带有异样思想和陌生含义的诗行或片段是远远不够的。还需要辨别和分析这些思想是何时何故，被视为表现英雄人物行为的母题和因素，而加入到史诗中。也需要从其他文本中寻找这些母题，分析其呈现方式，并且进行细致的比较。比如，在萨恩拜的唱本中，信仰伊斯兰教这一母题思想被视为阿勒曼别特离开本族的原因。而在萨雅克拜的唱本中，还有宗教之外的其他因

---

① 吉尔吉斯斯坦科学院档案库，资料编号1148，第64页。

素：艾散汗没有如阿勒曼别特所愿，赐予他汗位；空吾尔拜霸占了阿勒曼别特父亲的"汗加依拉克"牧场等等。剔除了这些非常突兀的完全不符合民间创作的情节层面，史诗也就脱离了那些多余的累赘。毋庸置疑，史诗就会呈现出它独具魅力的艺术风采。让史诗从外来有害的母题及突兀消极的层面中脱离出来，对于综合若干个史诗唱本及后续综合整理本的创编都具有非常重要的意义。出版这样的综合整理本是未来的一项艰巨工作，需要极为细致与耐心，并且会耗费大量的时间。为了尽快把人民自己创作的这部宏伟史诗以书面形式出版，暂时只能整理编辑出一本比较简单的综合文本。为了创编这个文本，参与这项工作的整理编辑者们必须对交莫克楚们的口述文本的每一个章了然于胸，要能分析并筛选出构成史诗的基本情节脉络的章节，分辨出受外来思想的干扰而加入史诗当中的章节。到目前为止，在相关的学术研究论文中，1952年召开的学术会议上发表的成果给予了我们很大的启示和帮助。参加史诗综合整理本工作的同仁 K. 马里考夫、A. 托坤巴耶夫、T. 司德科别考夫等为了出色地完成各自承担的艰巨任务，多年来付出了很大的努力，做出了很大的贡献。在这项工作中，首先对比较完整的史诗文本给予了更多的关注，即萨恩拜和萨雅克拜的唱本。

对破坏吉尔吉斯族祥和生活的入侵者的抗击，团结和联合各部落人民的努力，对人民英雄的英雄主义精神的赞颂；随时准备为人民的自由和祖国献出生命的勇气，坚不可摧的友谊，忠贞不渝的爱情，人的正义、勇敢、智慧，以及与无情的大自然的斗争等人类思想成了民族史诗的主题。在这类母题和主题基础上整理创编的章节和内容被视为民族史诗不可分割的组成部分。

按照这一原则，萨雅克拜唱本的情节脉络更加接近历史的真实性。萨雅克拜的唱本以阿牢凯进攻和平安宁的吉尔吉斯族，将他们发配到各地，使他们流离失所的情节开始。这样，被流放到阿尔泰的吉尔吉斯人加克普的夫人绮伊尔迪生下玛纳斯，以及这位未来的英雄将挽救民族于危难就成了顺理成章的事。玛纳斯出生前的"老年夫妇的梦境"，玛纳斯的出生，玛纳斯的少年时代，玛纳斯遇见阔绍依，吉尔吉斯族从阿尔泰迁徙到阿拉套山，阿牢凯进犯塔拉斯的吉尔吉斯族部落，肖如克汗进犯阿莱山的吉尔吉斯族部落，离乡背井的阿勒曼别特先后投奔阔克确和玛纳斯，玛纳斯迎娶卡妮凯，阔孜卡曼家族的叛变，阔阔托依的祭典，远征等章节，这些章节不仅自古就为人们熟知，而且也出现在所有记录在案的资料中，尤以萨雅克拜和萨恩拜的唱本为代表。这些章节构成了《玛纳斯》史诗第一部的主要情节脉络和内容。所以，综合整理本主要以萨雅克拜唱本为基础，纳入了适合的思想母题，进行了整合。

为了保持史诗的艺术性，提升人物性格的塑造以及艺术感染力，其他唱本中各种与自然界或英雄人物战斗的场面，各种与骏马以及其他动物关联的具有强烈感染力的描述，以及动人的优美诗行，被移植到综合整理本当中。整理编辑人员还吸纳了其他文本中某些与萨雅克拜文本的内容、情节脉络以及结构相似的部分，经过甄别删减之后加入到了这个文本之中。我们必须特别强调是，在这方面，尤其是在史诗的第一部中，萨恩拜·奥诺孜巴科夫的唱本被视为最重要的参考资料。被编入这个整理本第一部第一卷中，来自萨恩拜唱本的情节包括：玛纳斯的出生及其少年时代，巴卡依前去寻找阿尔泰的吉尔吉斯族部落，阿尔泰的吉尔吉斯人向阿拉套山迁徙，玛纳斯率军驱逐阿牢凯汗，与阿勒曼别特投奔玛纳斯相关的诗行，大战肖如克汗以及阿拉尼克大战等情节。一些描述玛纳斯、卡妮凯以及玛纳斯的坐骑阿克库拉的动人诗句也从萨恩拜的唱本中移植过来，极大地增添了史诗的艺术感染力。

无论从心理描述还是从语言的艺术性而言，萨恩拜的唱本中的"阔阔托依的祭典"都更具感染力，尤以祭典过程中各种民俗仪式的描写最为精彩。"远征"的前一部分内容也十分精彩。某些细节描写，如卡妮凯赠送装备给即将"远征"的英雄们，阿勒曼别特与楚瓦克的矛盾纠纷，阔绍依和交牢依的摔跤比赛，空吾尔拜和玛纳斯之间的马背对搏等情节，相较于其他的唱本，这些描写更为生动感人和栩栩如生。因此，综合整理本直接采用了萨恩拜唱本的相关章节。

第一部第一卷中的"玛纳斯迎娶卡妮凯"和"奥利亚特恰勒的死"等情节，相较而言，毛勒朵巴散·穆苏勒曼库洛夫的唱本更精彩，所以便采纳了该唱本的内容。在综合整理加工加克普被流放阿尔泰，卡妮凯迁至塔拉斯，阿勒曼别特离家出走，远征的中间及结尾部分的某些情节时，充分参考和采用了更好的一些唱本中的诗行和段落，如萨雅克拜、萨恩拜、巴额西·萨赞、额布拉音·阿布德热赫曼诺夫、莫勒多巴散、夏帕克等人的唱本。

由于《玛纳斯》的这个综合整理本比原文缩减了将近十倍，人们所熟知一些比较小的情节没有被收入综合整理本之中。史诗对主要人物玛纳斯、巴卡依和卡妮凯、阿勒曼别特和色尔哈克、空吾尔拜和交牢依、阔绍依和楚瓦克进行了比较详尽的描述，而处于第二层面的人物，比如在史诗的完整唱本中对40个勇士中的每一位成员以及玛纳斯武器装备来历的专门描述并没有展开常态化的叙述。阿勒曼别特的勇气和能力不亚于玛纳斯，但其身世非常悲惨。因此在展示这一英雄人物的特定形象时，就非常具有挑战性。在内容最复杂、最具挑战性的综合整理本中的史诗第一部创编过程中，诗人 K. 马里考夫付出了很多心血。保存那些反复用来描述每一位英雄人物面貌特征和英雄行为的特性形容词的同时，删减那些反复用来描述山水、骏马、武器的诗行以及那些如出一辙的极为类型化的战争场面的描述段落，并通过加工润色来提升史诗的生动性和艺术性方面，编辑者和编委会成员都做出了很大贡献。决定某些情节能否加入或为何加入，主要取决于这些情节是否能够展示史诗第一部中的英雄人物的性格等因素。所以，与战争有关的内容得到了比较多的关注，像"远征"这样大规模的情节也就自然被加入到了文本之中。

相对于史诗第一部，这个综合整理本的史诗的第二部《赛麦台》在内容章节方面结构更加紧凑，情节更加简略，章节与章节之间也显得更加严丝合缝，连贯有序。这一成功不仅仅是因为负责编写这一部分的人民诗人 A. 托坤巴耶夫通过对档案库中的资料，进行深入细致的研究而出色地完成了自己负责的工作，也与《赛麦台》特殊的口头流传方式有关。最关键的一点是，从思想方面来讲，史诗的第一部《玛纳斯》所塑造的英雄形象相对于其他部来说更多地受到了晚近社会历史思想层面的影响。显而易见，每一个时代的那些持消极反动观念的人们为了更广泛地传播自己的思想观念，总是选择和利用在民间传播最广泛的歌颂英雄主义精神的史诗章节，如那些有关英雄玛纳斯的章节。大量外来的思想观念给史诗综合整理本的编写，尤其是第一部的编写工作增加了难度。

这并不能说明史诗第二部《赛麦台》在民间传播得不够广泛。尽管《赛麦台》重复了第一部中某些英雄人物的故事（比如玛纳斯大战空吾尔拜），人们依然很喜爱这部史诗，并且总是请史诗歌手进行演唱。但是，这部史诗除了具有鲜明的英雄主义色彩之外，其浪漫主义母题和抒情色彩也逐步占据主导地位。与此同时，史诗中的绝大多数英雄情节不是突出反映抗击外来入侵者的斗争，而是集中反映民众与内部敌人的斗争。这样，外来思想就很难渗透进这部史诗。因此，我们可以发现，保存在案的《赛麦台》的各种文本资料在史诗的整体故事框架、整体内容情节、结构以及很多细节上都存在一定的相似性。

如果不考虑一些交莫克楚将"阔阔托依的祭典"放在史诗《玛纳斯》的"远征"之前演唱，而另一些交莫克楚则将其放在史诗第二部《赛麦台》中演唱的情况，那么《赛麦台》所有的唱本都由以下基本章节构成：（1）将遗孤赛麦台带往布哈拉避难；（2）赛麦台在布哈拉度过儿童时代，最终身世大白；（3）赛麦台返回塔拉斯故乡；（4）赛麦台与青阔交、托勒托依的战斗；（5）阿依曲莱克的飞天及其与赛麦台的婚姻；（6）赛麦台与空吾尔拜较量；（7）赛麦台离开人世。在充分考虑到保存在案的唱本资料的上述共同性的条件下，这部综合整理本是由 A. 托坤巴耶夫基于萨雅克拜·卡拉拉耶夫和托果洛克·毛勒朵的唱本，保存了那些人们共知的情节和内容，并经过删减整理编写，最终创编而成。在档案库中保存的《赛麦台》的 14 个唱本之间存在一定的差异，但这些差异性并不在于史诗的整体情节脉络和结构层次，而是在一些细节描述。具体而言，是指史诗第二层面上的人物名称的差异（比如铁米尔汗变成卡拉汗，萨热塔孜变成杰凯塔孜等），从玛纳斯遗留下来的武器装备的名称和数量方面的差异，处于次要地位的一些细小情节（比如赛麦台在布哈拉做割礼，外公铁米尔汗为了考验他的勇敢而故意派出人马向他发起攻击等在大多数唱本中不存在的情节），有些情节中出现的母题（比如青阔交与赛麦台结怨）等，而这些情节对史诗的整体内容结构不会构成任何影响。在综合整理本中这些差异已经得到了整合和统一。

唱本中某些重复的诗节被删减，参照其他一些赛麦台奇（比如夏帕克·额日斯敏迪耶夫、特尼别克·加皮、阿克玛特·额热斯敏迪耶夫、加克希勒克·萨热考夫等）的文本中的优秀片段，如在民间流传的一些特定民歌则被选入文本之中，这样，史诗的细节就更为完善。

构成史诗主题思想艺术的标题，如在内忧外患中显示出的超人的勇气，与争夺美女相关的古代吉尔吉斯族的民俗，迎亲以及各种庆典、祭典等集会的各种仪式活动等反映人们日常生活的章节尽得到了极大的保存。

在编写整理史诗前两部时，主要的挑战和困难是，细致地比较和筛选各种变体的内部结构和情节内容，在不破坏其整体情节脉络的条件下重新进行整合。

如果算上 V. V. 拉德洛夫记录的《赛麦台》的结尾处增加的 540 行诗歌，档案库中总共有《赛依铁克》的 6 个文本（分别为：萨雅克拜·卡拉耶夫的唱本，共计 12 万行；加克希勒克·萨热考夫的文本，共计 18000 行；夏帕克·额尔斯敏迪耶夫的唱本，共计 15000 行；托果洛克·毛勒朵的唱本，共计 5000 行；莫勒多巴散·穆素勒曼库洛夫的唱本，约计 3000 行）。其中内容比较完整，艺术性也比较高的当属萨雅克拜的唱本。尽管如此，这一唱本也得到了细致认真的整理和修改。相对于其他唱本而言，这个唱本中存在着从古至今任何一个唱本中都没有过的内容。根据史诗研究专家们的观点①，其他交莫克楚在演唱《赛依铁克》时以赛依铁克的出生为开始，以他回到塔拉斯，铲除暴君康巧绕，重新统一吉尔吉斯族各个部落，让真理获得重生为结束；而萨雅克拜的唱本则有所延续，如卡拉朵和莫蒙江的故事，赛依铁克与恶魔（杰勒毛吾孜）之子萨热拜之间的较量，赛依铁克之子凯南、阿勒木萨热克、库兰萨热克以及钦铁木尔的故事被加入史诗文本中，史诗的篇幅扩大了。这当然是由才华横溢的玛纳斯奇萨雅克拜独自创造的新内容。

我们发现，不同的玛纳斯奇在《赛依铁克》结尾部分采用了不同的唱法。在萨雅克拜的唱本中的确加入了一些不太符合史诗整体结构的情节和人物。在他的唱本中，库娅勒是阿依曲莱克的闺蜜；而在夏帕克·额尔斯敏迪耶夫的唱本中库娅勒以空吾尔拜之子的身份前来与赛依铁克展开交战。卡拉朵在萨雅克拜的唱本中是一个正面英雄人物，而在加克希勒克·萨热考夫的文本中却是一个反面人物。综合整理本统一了

---

① 参见吉尔吉斯斯坦科学院档案库资料，编号 8，由 Z. 别克塔诺夫为《赛依铁克》撰写的前言。

这类差异。由玛纳斯奇萨雅克拜凭借自己才华进行艺术渲染，作家图戈里拜·司德科别考夫认真地进行删减、整理、加工的史诗第三部《赛依铁克》的文本具有高度的艺术性和强烈的艺术感染力。这种艺术感染力首先在于史诗中那些深受人们喜爱的正面英雄人物，他们遭受了无法形容的悲惨命运，呈现出的悲剧色彩，以及敌人最终会受到严惩，人们终会迎来美好生活的那种崇高的乐观主义思想。

在综合整理的文本中，史诗每一部的结构都呈现出各自的独立性。但是它们彼此之间也存在非常密切的关联性。这种关联性还不仅仅在于各部的主人公玛纳斯、赛麦台、赛依铁克之间的父子血缘，还在于中心思想，每一部中主要人物的普遍性，以及某些情节和母题上的关联。史诗第一部的主人公玛纳斯耗费一生，甚至用生命与之顽强斗争的宿敌，能力超群、凶狠无比的空吾尔拜同样也是史诗第二部的主人公赛麦台的死敌。阔别什是个贪婪钱财和权力的内奸和篡权者，在英雄玛纳斯的尸骨未寒尚未入土为安之时，他就开始掠夺卡妮凯的财产，并企图杀害年幼的赛麦台。赛麦台最终把受苦受难的人们从这个残暴吸血鬼的魔掌中解救出来。与内奸展开坚决斗争的情节在史诗第三部《赛依铁克》中得到更加充分的展示。康巧绕曾经为英雄赛麦台身边的勇士，后来却成为心怀恶意的可怕敌人。史诗的第三部极为详尽地展示了康巧绕如何背叛了广大民众以及民众爱戴的英雄赛麦台。不仅如此，史诗第一部分主要正面人物卡妮凯、巴卡依以及史诗第二部的主要正面人物赛麦台、古里巧绕、阿依曲莱克等都参与到《赛依铁克》史诗中，甚至成为一些关键故事情节的决定性人物。

尽管从内容结构而言，史诗的每一部都是相对独立的完整作品，但基于上述的密切关联，它们最终成为由三部史诗合并而成的一个整体，被称为吉尔吉斯族的《玛纳斯》史诗。因此，综合整理本也总称为《玛纳斯》，并在《赛麦台》和《赛依铁克》的卷本上方位置标明了"《玛纳斯》"这一总称。

这部史诗生动地描述了吉尔吉斯族在过去历史上所遭受的苦难，艰苦的迁徙，残酷的内部斗争，塑造了那些为了部族的团结，抗击外敌入侵而进行的艰苦卓绝的斗争的英雄们，将为了保护自己的神圣家园而不惜抛洒鲜血甚至牺牲，顽强不屈，勇敢无畏的英雄主义精神，视为崇高理想和人性最神圣的行为准则和魅力进行展示。人们从不会吝啬对这类英雄人物的面貌和形象的描述和塑造。在人民的英雄还没有出生之前，人们就唱道：

> 在人民受苦受难的时候，
> 人民创作的英雄就会出现。

这些诗行表达了人民的祈愿：保护人民利益的英雄早日出现。玛纳斯正是这样的英雄。在英雄诞生前，其母绮伊尔迪受孕害口要吃老虎的心脏，还未出生他的名字就出现在契丹人的占卜书上，诞生时则地动山摇。史诗以英雄玛纳斯的孩提时代为始，以他离开人世为末，整部史诗的叙事节奏和艺术水平均呈现出整体性。从英雄的服装、武器装备、他的坐骑以及从他的外貌，甚至到他的每一根血管都充满了英雄主义色彩。人们用那些最神圣的事物，来比喻他们最爱戴和最喜爱的英雄玛纳斯：

> 他是那天上太阳，
> 四射的光芒生成；
> 他是那月光中飘动的云朵，
> 凉爽的轻风生成；
> 他是那珍贵的金银，
> 纯粹饱满的成分生成；
> 他是那天地之间，
> 坚不可摧的支柱生成。

玛纳斯还不到一轮年龄（12 岁之前）就让入侵之敌魂飞魄散。被流放到阿尔泰的吉尔吉斯族把少年玛纳斯推举为汗王，并希望在他的率领下回到亲人和故乡阿拉套山的怀抱：

> 众多的柯尔克孜人，
> 终究会迎来美好的未来！
> 终究会有解渴的甜美清泉！

这些受苦受难的人民,

有自己的崇拜、依仗和指望

少年玛纳斯这面旗帜。

　　玛纳斯成了吉尔吉斯的旗帜,他联合在阿尔泰流浪的人民,组建起自己的军队,采纳祖爷考绍依的建议,一路上击溃特克斯汗和阿牢凯的队伍,率领民众顺利到达父辈的故乡——阿拉套山。

　　他多次英勇抗击前来入侵阿拉套山的敌人,在重大的竞赛中为民族赢得崇高荣誉,在战争以及和平生活时期表现出的公正无私的品格,这些充分展示了玛纳斯的英雄形象。每逢最危难的紧急关头,玛纳斯都会亲自上阵与最凶狠的敌人进行一对一的拼搏,并不断取得胜利,维护人民的尊严和荣誉,为人们树立起榜样。史诗对与他并肩作战的勇士阿勒曼别特、巴卡依、楚瓦克和色尔哈克勇往直前的英雄主义精神,充满智慧谋略、豪气冲天、勇敢无畏、披肝沥胆、赤胆忠心的性格进行了细致描述,使主要的英雄人物形象更加饱满和生动。但是,玛纳斯从来没有把自己看得比他们更重,反而把统率人民、带领军队的最高权力交给睿智的巴卡依和深谋远虑、明察秋毫的阿勒曼别特。封建贵族的气派对于玛纳斯而言并不合适,在阔阔托依的祭典上他亲自上场与空吾尔拜较量,或者是对自己贪财的父亲的行为感到不满而离家垦荒种植麦子等行为完全可以证明这一点。

　　在史诗中,玛纳斯的形象往往通过非常鲜明的比喻加以展示。其中有很多现成的固定的程式化描述,想要表现英雄愤怒、高兴或与敌人较量,可随时可以拿来使用。这些现成的描述常常用夸张的比喻手法展现。当他冲向敌人时,玛纳斯会以一条六十庹长的翻腾的巨龙,或者张开长长的双爪扑来的阿勒普神鸟,或者一只黑斑豹子等令人惊恐的形象出现。愤怒时,玛纳斯的额眉上会下雪,明亮的太阳顿时变得如同黄昏般阴暗。高兴时,他的笑声会震动山河(比如对塔孜巴依玛特的愚蠢行为而笑时)。英雄的沉稳或单纯也都是通过夸张手法来展示。在敌人开始攻击的危急时刻,自信满满的玛纳斯对敌人不屑一顾,酣然入睡,楚瓦克反复用矛枪戳他,才缓慢地醒过来。正是在这样极为夸张的描述中,史诗的主要人物玛纳斯的特定形象才得以成功塑造。我们可以把这一点视为十足的英雄史诗风格特征的艺术表现手法。

阿勒曼别特是史诗中仅次于玛纳斯的英雄人物。仅从力气上来说他完全能与玛纳斯比肩。他也是一个拥有无限能力和勇气的英雄。阿勒曼别特吮吸玛纳斯的母亲绮伊尔迪的乳汁，成为玛纳斯的同乳兄弟，迎娶卡妮凯的妹妹阿茹开，这些情节都蕴含着非常重要的隐喻和象征意义。阿勒曼别特具有超人的勇气和霸气，同时，他还是一个老谋深算的英雄。从小学习克塔依（契丹）人巫术技能的阿勒曼别特，深谙自然界的习性和语言，随时可以呼风唤雨引起暴风雪。通过这类的神话因子，史诗反映了人们揭示与征服自然的美好愿望。阿勒曼别特具有独特的个性，他的内心深处却充满了无限的悲剧色彩。

> 世上没有不想回槽的骏马，
> 世上没有不思念故乡的英雄。

阿勒曼别特的相关章节是以这样的标题展开。无论是他之前凭借自己的英雄行为为哈萨克人，或者之后为吉尔吉斯族做出多么重大的奉献，也无论他与高呼"玛纳斯"口号的人们如何融为一体，因各种理由离开故乡和亲人的事实却在他心中埋下了无法磨灭且无法治愈的痛苦和悲哀。因此，在"远征"途中与楚瓦克发生矛盾时，他才会发出这样的感叹：

> 流浪四方是英雄的痛苦，
> 离开故乡是无法忍受的磨难；
> 离开亲人的汉子，
> 早一点死去才更合适；

《玛纳斯》之所以能屹立在世界著名史诗之林，主要的原因正是其思想艺术中蕴含的无限的爱国主义情感。正是在这种爱国主义情感的感召下，以玛纳斯为首的吉尔吉斯部落才会不畏艰难，长途跋涉，从阿尔泰返回到父辈的故乡阿拉套山。为了保护赛麦台和赛依铁克，绮伊尔迪、卡妮凯、阿依曲莱克逃离了家园。但是，无论过了多少年她们都不忘故乡和亲人。虽然受尽磨难，最终还是回到了塔拉斯。正是这种爱国主义情感给予了她们力量。这种反映热爱故乡和亲人的崇高情感的母题，始终主导着每一个史诗正面英雄人物的行为和性格。

阿勒曼别特和楚瓦克产生矛盾之后的内心独白可以说将爱国主义思想推到了极致，并且得出了没有乡亲和祖国的人将难以为人这样的结论。心怀同样思想的阔绍依几乎出现在史诗第一部所有章节中。他也同样拥有过人的智慧和超人的勇气。在带领阿尔泰的吉尔吉斯族迁徙之前，玛纳斯自己先来到阿拉套山，找到叔伯阔绍依，向他求教。当少年玛纳斯没有自信地说出"克塔依人成千上万，而吉尔吉斯族人则很少"的话时，阔绍依耐心地慢慢开导他，并就如何才能联合各个部落，最终打败强敌，献上了自己的计谋。在驻扎阿特巴什且其多别要塞的阔绍依军队的帮助下，玛纳斯的军队也最终取得胜利，吉尔吉斯人安全地回到故乡。长者阔绍依并不仅仅是向少年英雄传授联合吉尔吉斯族各部落、战胜敌人锦囊妙计的智者。同时，他自身还是一位身形硕大的超凡英雄，军队的统帅和统治民众的汗王。但是他从来没有自命不凡地和玛纳斯争夺领导权。为了战胜强敌，联合四分五裂的人民，年老的长者阔绍依主动把领导权交给视如己出的玛纳斯，并用这样的话语表示自己的信任。

> 要好好地呵护呀，我的马驹，
> 你这受尽苦难的可爱的人民。

阔绍依那超过凡人的力量，以及他勇敢顽强的性格在阔阔托依的祭典的竞赛活动上得到了充分的体现。超能英雄交牢依能独自吞噬七个巴特曼的麦子，一次能把七十个勇士斩杀。没有人胆敢上场与他摔跤。在吉尔吉斯族的尊严就要丢尽，颜面就要扫地的时刻，阔绍依巨人亲自出场较量，并从自己摔倒的敌人头上跨过去，给人民赢得了崇高的荣誉。在塑造阔绍依的这种勇敢无畏的形象时，玛纳斯在对他进行评价时有这样的特性形容词：

> 我的叔伯阔绍依老人，
> 是一位足智多谋的圣人。

上坡时是我的支撑，

下坡时是我的依仗。

走在前面堪称我的福星，

走在后面堪比千军万马。

与阔绍依的形象相似，史诗第一部就花了大量的情节来塑造巴卡依的形象。作为辅助玛纳斯成就伟业的可爱又可敬的英雄群像中的一位，巴卡依在史诗中发挥了重要作用。无论是在战争中还是在日常生活中，他都与玛纳斯形影不离，并肩而行。他总是首先预见到将要发生的事情，给玛纳斯出谋划策，成为取得胜利的重要因素。假如玛纳斯犯少许错误，巴卡依总是会及时纠正，使他走上正途。当玛纳斯因不满父亲加克普的行为而离家出走时，他说出"肩负起人们的利益，追求崇高荣誉的人，决不能如此耍孩子气，我的兄弟！"这样语重心长的话语把他重新带回家园，并重新把统领民众的大权交还于他。因此，史诗中使用如下程式化诗句，对巴卡依的形象进行了深刻描述：

机智地随时说出真知灼见，

黑暗中犹如眼睛指明方向，

用智慧明辨事理通晓万物，

把六个月之后会出现的危机，

转眼之间就能识别明断，

他无疑是人间枭雄，

他明确是圣人后嗣……

巴卡依的力量和勇气也并不亚于其他英雄。但是相对于玛纳斯的其他助手，巴卡依以其富有智慧，先见之明而更为显耀。因此，玛纳斯总是在一些紧要关头让他担当统率民众的责任，并赋予他"汗王巴卡依"尊称。巴卡依具有能够洞察人心且公正无私的人格魅力。玛纳斯对其无比信任，他总是毫无保留地将自己的真实想法和内心苦闷向巴卡依表白，并征求其意见。在卡妮凯成为寡妇，赛麦台成为孤儿，甚至在阿依曲莱克、赛依铁克的时代，巴卡依的这种具有先见之明、大智大勇的形象也得到生动的体现。史诗中将巴卡依塑造成不死的英雄人物也与他的这种永恒的人格魅力相关。

楚瓦克是深受人们喜爱的史诗英雄之一。从少年时代，他就是玛纳斯的忠诚勇士，一直到"远征"中死于西普夏依达尔的暗箭，自始至终地参与了玛纳斯的所有正义行为，是玛纳斯的左膀右臂和巨大靠山。楚瓦克总是真诚地完成自己的使命。在很多场合，都是他打败了那些旁人无法战胜，雄狮也无法咬动的顽敌。

楚瓦克是一个有自知之明，性格沉稳干练的英雄。作为一个充满自信，习惯于冲锋陷阵在先的英雄，在"远征"侦查时没有能与阿勒曼别特同去，他感到十分羞辱。从精神层面而言，随后与阿勒曼别特之间的矛盾，也就顺理成章了。

色尔哈克，史诗把他塑造了一位年轻英雄的形象。可以说，这位骑壮马太轻盈、骑马驹正合适的激情四溢的英雄形象跃然纸上。充满激情与活力，动作敏捷，思想活跃的色尔哈克的矛枪总是会把对手掀翻落马。在"远征"中，空吾尔拜被座下如同飞鸟一般的阿勒卡拉骏马在性命攸关之时救走，但是无人能敌的空吾尔拜已然被色尔哈克刺杀得魂飞魄散。

这些英雄们的形象都是以夸张的手法加以描述。英雄们有时会单枪匹马冲入千军万马之中斩杀敌人。玛纳斯及其勇士们有时候箭矢射不透，矛枪刺不穿。他们的武器装备也十分特别。座下的骏马有时候会长出翅膀飞上云端，有时还会像人一样说话。

与这种夸张手法一样，史诗中还有很多奇妙的幻想色彩。玛纳斯及其勇士们有时候要同守卫敌人汗王宫殿大门的六十庹长的恶龙、老虎、犀牛等怪物展开搏杀。打败守卫别依京城的像人类一样有智慧的灰盘羊、白狐狸、白野鸭等禽兽哨，打入敌人城内的行为也只有玛纳斯及其勇士们才能做到。

使用夸张和幻想手法推动情节的发展，使史诗更加生动有趣，人物形象也更加清晰，令人印象深刻。通过这样的艺术手法，玛纳斯及其勇士们都被描述成无人能敌的英雄。而英雄中的英雄当然是英雄玛纳斯。正是身边的勇士使玛纳斯变得如此强大。

　　斩杀敌人的是很多英雄，

　　英名却归于玛纳斯一人。

　　这类的典故表明，玛纳斯的威名在很大程度上源于玛纳斯的勇士们的功名。

　　在古代母系社会制度的影响下，妇女的社会地位和作用在吉尔吉斯族生活中应该说原本并不十分低下。受伊斯兰教的影响，她们的地位便开始逐渐降低了。玛纳斯有四个妻子。但是，史诗中的女主人公们被塑造成第一层面的主要人物形象也完全符合民间口头文学的规则。

　　史诗通过绮伊尔迪展现了一位心胸宽广、善良、沉稳、始终如一的具有爱国主义思想的母亲形象。她培养出将自己的一生全部奉献给人民事业的英雄儿子和孙子；养育了人民所渴望的英雄儿子；把自己圣洁的乳汁喂给真心前来与玛纳斯结义，热诚地想为吉尔吉斯人民做贡献的阿勒曼别特；毅然抛下出卖本民族利益的丈夫加克普；逐走那些叛徒内奸；为了保护未来的人民英雄，她陪伴儿媳妇徒步逃往遥远的布哈拉城。绮伊尔迪是一个不畏艰难，付出全部心血培养热爱人民和故乡的英雄后代，始终站在公正一方的爱国的母亲形象。

　　卡妮凯的形象更加丰富多彩，也更加深厚。她作为皇家公主的身份在史诗中只是形式，描述卡妮凯的言行的内容根本没有显露出她具有皇家贵族的习性。她时时刻刻与人民一道，为人民的利益，为故乡的安宁献出自己的生命。正因为如此，在玛纳斯及吉尔吉斯族勇士们准备赶赴战场远征时，她祝福英雄们战胜掠夺人民的敌人。卡妮凯灌注了自己的智慧、能力和心智，用巧手精心缝制战服，并将之赠予玛纳斯和他的四十勇士。当吉尔吉斯人民同内奸叛徒进行顽强斗争之时，卡妮凯也不甘示弱，拿起武器，跨上骏马，冲上战场与敌人进行拼杀。当阔孜卡曼一伙阴谋毒害玛纳斯的危难关头，无人能移动身体硕大如大山一般的玛纳斯时，卡妮凯挺身而出，把玛纳斯驮上马背，使其脱离危险。

　　卡妮凯提前缝制并准备好神奇的卡尼达哈伊皮裤，随后，在阔阔托依祭典上赠予阔绍依穿在身上出场，在吉尔吉斯族与卡勒玛克人的较量中，为吉尔吉斯人获得了荣誉。卡妮凯精心喂养调教玛纳斯的坐骑，拥有双翅的阿克库拉骏马。卡妮凯甚至还扮演一个建筑师艺术师的角色，以高超的技术为玛纳斯修建了雄伟的陵墓。卡妮凯带着赛麦台逃离危险，并将他培养成人民爱戴的英雄，通过对卡妮凯这些行为的描写，史诗展示了一个知书达理、富有远见、充满智慧的妇女形象。

史诗还通过卡妮凯的形象反映了自由恋爱的思想。纵观史诗的整体内容，加克普前来向铁米尔汗提亲，欲为儿子玛纳斯迎娶新娘，似乎只是外在的形式。作为彩礼相送的难以计数的家畜和野生动物似乎是对彩礼的一种讥笑和讽刺。卡妮凯和玛纳斯之间更像是心心相印、忠贞不渝的恋人之间的那种纯洁而惊心动魄的爱情关系。史诗中所描述的彼此用匕首刺伤对方的情节，用皮鞭鞭打等微小的情节与他们之间的纯真关系是完全不符的。这些细小的情节属于容易被人们忽略的古代习俗，并且很快就会被人们遗忘。卡妮凯更多的是一个充满热情且深深地爱着领导人民的英雄，在每一个危难时刻给予他难以估量的巨大帮助，与他共同承担所面临的艰难困苦，公正无私，无比善良仁慈的妇女形象。

在《赛依铁克》中，史诗还通过具有高度浪漫主义色彩的章节，以独特的方式，在阿依曲莱克身上无比深刻地展现了此类妇女形象。按照古代习俗出现的指腹为婚的母题并不具有决定性意义，变成白天鹅翱翔天际的阿依曲莱克在天上亲自观察无数个英雄豪杰，并最终亲自选择吉尔吉斯的赛麦台英雄做自己的夫君。与卡妮凯一样，阿依曲莱克也是女性当中的智者，更是统率领导百姓的英雄赛麦台的第一助手。

在正确处理和解决人与人之间的一些关键问题方面，较之男性英雄，妇女英雄人物在多数情况下以正面形象出现。比如，轻易听信谣言、缺乏主见的阔克确的形象与其妻子，通情达理且富有智慧的阿克埃尔凯奇形成鲜明的对比。

史诗中作为正面人物出现的，无论男女英雄人物，他们的性格中最强烈的感情就是符合当时时代的爱国主义情感。在最艰难最危急的时刻，他们最先想到的是人民。他们首先考虑的是人民的命运和未来。

当英雄玛纳斯离开人世，不要说是人类，就连周围所有的动物也都哭泣悲痛。大地震动之时，卡妮凯却说出这样的话表达对人民未来命运的担心：

巴掌大小的可爱的人民，

谁能忍心让他们痛苦？

史诗中的玛纳斯、卡妮凯、楚瓦克、巴卡依、色尔哈克、阔绍依、赛麦台、古里巧绕、赛依铁克、阿依曲莱克等所有正面英雄人物的言行都是围绕着维护人民的荣誉，挽救人民的命运，迎来美好的生活而展开。当他们身处遥远的异地他乡时总是苦苦思念给自己赋予生命的人民和美丽的故乡，渴望见到他们。而当他们回到故乡的时候则奋不顾身地同妄图掠夺吉尔吉斯人财富的外来入侵者和奸诈残暴内奸叛徒展开殊死的搏斗。从这方面讲，反面人物的政治命运则以正好相反方式得到描述。阔孜卡曼家族、阔别什、青阔交、康巧绕、恰奇凯等内奸叛徒们却毫不顾忌人民的悲苦和命运，只考虑个人的荣华富贵，甚至为了个人的幸福，为了个人的利益而不惜出卖从小一起长大的朋友，甚至出卖故乡和广大人民的利益。在他们中间，内奸阔别什和康巧绕篡夺王位之后的残暴行径给人们带来的不幸远比外来入侵者所造成的痛苦还要深厚。

> 来自内心的火焰更伤人，
> 来自内部的敌人更狠毒。

这个谚语便是出自这样的背景。

就这样，出现在史诗中的那些通过高度艺术化但简明易懂，人人明白但寓意深刻的语言塑造的英雄人物形象给人以强烈的艺术感染力。各不相同，极富个性的人物形象对于听众或读者来说，如同有血有肉的真实人物那样具有震撼力。阅读那些追求崇高理想的正面英雄人物的英雄业绩，并且听到他们所说的话语时会让人激情澎湃，有一种想立刻前去帮助他们、支援他们的冲动。相反，当阅读有关反面人物内容时，则立刻会激发人们厌恶和仇恨的情绪。《玛纳斯》史诗的人民性意义，人们如此喜爱它以及它能够在世界文学舞台上占据崇高地位的重要原因之一也正在于此，所以人们才世世代代将其记忆和保存，以口头形式传唱至今。由于高度的爱戴，人们认为玛纳斯、巴卡依、阿依曲莱克、赛麦台、古里巧绕等英雄至今活在人间，而在大地山水上的特定地方赋予他们的名字以示纪念。在吉尔吉斯斯坦、中国新疆以及中亚的其他很多地方都有以"玛纳斯"命名的地方和河流。"阿克库拉的拴马桩""阔绍依的城堡""四十勇士的王宫"等名称也来源于人们对这部史诗高度喜爱之情。据我们了解，世界性史诗中，类似的赋予史诗英雄名称情况比较少见。这也是《玛纳斯》史诗的突出特征之一。

尽管史诗中的英雄人物形象以夸张的手法进行展示，但他们的奋斗目标，思想愿望，不同的性格却都来源于人们的普通生活。骑着阿克库拉骏马在天空翱翔，用阿克凯勒铁神枪的一颗子弹射杀千人的玛纳斯，用神奇的剞达石施展魔法呼风唤雨的阿勒曼别特的主要奋斗目的都是驱逐给人民带来磨难的敌人，为人民赢得荣誉和尊严。这就是一种崇高的爱国主义精神。

平时付出自己非凡的努力，以高度的责任感展示自己才能的英雄们，也会为极为平常的生活给予自己的希望和祝福，像常人那样，以友善的态度对待生活。

英雄人物的言行与真实的日常生活密不可分的关系进一步提升了史诗的思想性和艺术性，使其当之无愧地跻身于世界著名史诗之列。

正是通过这样一批性格鲜明、令人难忘的英雄人物形象，以简明生动的口语化民间语言，多种修辞手法创造出来的艺术性，通过感人至深的内在风格，以完全担负人民的所有诉求的高度思想性，以丰富全面地展示人类情感的突出特征，吉尔吉斯族人民完全可以充满自信地走向人类艺术的舞台，以史诗《玛纳斯》为骄傲。

史诗不仅以其内容趣味性和深刻性，英雄人物的生动性和强烈对比性而令人赞叹，而且其叙述技巧、诗歌语言艺术方面亦达到相当的高度。

在史诗的记录文本中，我们还可以遇到史诗歌手（交毛克楚）偶尔有用自己的话语直接参与到文本创编的痕迹。除此之外，史诗歌手便用大海般广阔无限的韵文体诗歌语言进行演唱。山水、武器装备、各种动物、它们的各种情状和动作在多数情况下都是用描述性语言加以展示，有时候也用叙事性语言。对各种场景和事件歌手通过自己的语言加以表述的同时，史诗从头至尾还运用大量的、大段的独白凸显其戏剧性。主要英雄人物的外貌不是用通报式的语言，而是用意象丰富、生动感人、充满情感的精选的诗歌语言来描述、揭示他们性格、行为。

经历了若干世纪的精雕细琢和不断丰富，《玛纳斯》史诗逐渐成为我们生动而且形象语言的宝库，对丰富今天的书面文学语言依然发挥重要作用。

与其内容相仿，史诗的诗歌艺术创编技巧也丰富多彩。与周边很多民族的一样，从纵横两个方面讲，《玛纳斯》的诗歌有固定的格律，并且根据诗行的头一个音节或最末一个音节的发音而构成头韵或尾韵。我们正在刊布的文本中，每一个诗行基本上都是有 7—8 音节构成，每一个段落则不完全遵循史诗原文。

格律的两种形式，即押韵和头韵得到广泛运用。诗行的押韵遵循一定的条件。不同数量的诗行（从两行到十几行）构成的诗节中可以遇到各种不同的韵律：与交叉韵相伴的还有腰韵、尾韵等。在歌手自己的插话或者是史诗内容中的人物独白中都用强调的语气。

头韵（alliteraton）法也有两种形式：内韵和外韵。这种韵式使史诗的诗句的韵律美得到进一步提升，以吸引读者和听众。押韵的同一个诗行中的词句中头一个音节的元音和辅音构成相同并且反复使用，就可以判定是外韵式头韵法。比如：

> Ал бадирек канкордун,
>
> Айлы бизден арбынбы?！
>
> Адамы бизден баатырбы?！
>
> Же：Каяша сүйлөп койгонду,
>
> Кызыл канга боёду.
>
> Кара калмак，манжу журт,
>
> Каарын салып уз алды.

拉丁转写：

> Al badirek kankordun,
>
> Ayili bizden arbinbi?
>
> Adami bizden baatirbi?

Je kayasha sylop koygondu，
Kizil kanga boyodu.
Kara Kalmak，Manju jurt，
Kaarin salip uz aldi.

这位嗜血狂魔，
难道他的家乡比我们的宽广？
士兵比我们勇敢？
抑或对抗议者，
狠下毒手血染黄土。
喀拉卡勒玛克和满洲人，
耀武扬威前来侵扰。

押韵的诗行的每一个词的第一个音节与前一个词的第一个音节的发音相同。这种韵式在《玛纳斯》史诗中并不是随处可见。但是，在世界史诗中比较少见的内韵式头韵法这种罕见的作诗技巧却能在吉尔吉斯口头诗歌创作中遇见，值得我们加以强调。比如：

Канатын кайра каккылап，
Куйругун кумга чапкылап…

拉丁转写：

Kanatin kayra kakkilap，
Kuyrugun kumga qapkilap…

翅膀在不停地煽动，
尾巴在沙地上扑腾……

除此之外，为了渲染《玛纳斯》史诗诗句的情感因素，押韵的诗行尾部或者开头部分会添加上一些带有情感的词句。有时候这种词句通

常在韵式完整的诗行的结尾部分重复出现，通常由一个或几个词构成。比如：

Көкөтөй чалга аш бердик，Манас！
Ашка аралаш баш бердик，Манас！

拉丁转写：

Kokotoy qalga ash berdik，Manas！
Ashka aralash bash berdik，Manas！

我们为阔阔托依老头举办了祭典，玛纳斯！
除了祭典之外还赠送了活人，玛纳斯！

　　吉尔吉斯社会从自己的童年期发展到今天的公平公正的社会主义共和国的一个成员的过程，将其每一个发展过程中所经历的艰难岁月，将很多已经在人们的记忆中已经遗忘或者正在淡忘的各种习俗，将世世代代所追求的愿望在当下已经转变成神话传说加以叙述的史诗，在历史上第一次将以完整三部的书面形式出版。在出版这部史诗时，我们不要求将其中所描述的人民生活，英雄人物的生活观和他们的行为无一遗漏地作为标杆。我们是希望人们将世世代代口口相传，深深热爱的这部作品视为过去时代的文学创作遗产来阅读，并满足人们的审美需求。史诗中突出表现的爱国主义思想，民族的友谊，英雄的友情，善良博爱，痛恨叛徒和压迫者，对人民自由的向往和追求，自由恋爱等等普世性人文思想在任何时候都不会失去其教化功能和意义。
　　我们必须牢记，以书本形式出现的史诗毫无疑问肯定会失去其口头演唱时代的某些特质。玛纳斯奇不仅仅是创编并演唱内外一致的韵文体艺术作品的天才诗人，而且是根据这些诗行创作出与其相匹配的演唱旋律和曲调的音乐家，是用各种手势动作进行配合自己演唱，具有高超模仿能力的演员。在这样的演唱过程中，史诗的文本中出现的语词方面的参差不齐，重复等并不会显露出来。而史诗变成书面文本之后，毫无疑问，（演唱过程中）与其音乐性和戏剧性模仿等相关的因素会自动消失，而是只剩下其文本。因此，在过去的口头时代不太容易被察觉的文本中的各种重复段落，有些平庸的没能达到更高艺术标准的诗行，情节之间的彼此松散的关联性就会凸显出来。口头作品的这类特性对于熟悉民间口头创作的人来说并不新鲜。

为了方便读者阅读，我们在这次编辑出版时将史诗的每一部内容都按照传统的基本的大章节进行了整理，而每一个章节都容纳很多按照特定内容命名的小情节。由于有些情节暂时没有被纳入史诗文本中，所以没有标出原文中的诗行数目。

民间史诗中每一位英雄都有一匹尊贵的坐骑，品尝世间少有的食品，穿着世间罕见的服装，使用神奇的武器和装备，每一位英雄都会如愿以偿地娶到汗王们美丽的公主。玛纳斯、赛麦台、赛依铁克等史诗的主要英雄人物，阿勒曼别特、巴卡依、阔绍依等巨人英雄都担当人民领袖，军队统帅，被命名为"雪豹""青鬃狼""老虎""雄狮"等各类特性形容词以及"汗王""统帅"等特别词汇。根据这些就将这些人物划归于封建社会的代表是不对的。这些特性形容词和名词术语在每一个民族的史诗，尤其是突厥语族诸民族及斯拉夫民族的口头史诗中是作为诗学技巧、创作风格来使用，这早已经在诗学中得到公认。[1]

史诗中所描述的社会生活，每一个社会层面都希望出现和拥有一个能够统领全局，担当使命的优秀领导者。因此，史诗中人们就以"Серкеси болбой, эл болбойт, Эңиши болбой, сел болбойт，（人民不能没有首领，没有缓坡哪来山洪）"的诗句来追求能够带领大家的领袖。在史诗时代，统帅和首领必须要由一位拥有巨人般勇气，把能够自己的生命献给人民的英雄来担当。人民将这种领袖和统帅用当时的语言词汇尊称为"汗（kan）""托热（toro，首领）""巴特尔（batir，英雄）"等。

我们正在整理编辑出版的文本是以操不同方言的不同地区的玛纳斯奇口中记录的文本为基础，综合整理而成。因此，史诗的语言用吉尔吉斯人民公认的文学语言进行了规范。我们在这里所称的文学语言并不是指它的语法、修辞、句法以及词汇的层面（因为它们从没有改变过），

---

[1]　U. M. 索科洛夫（U. M. Sokolov）:《俄罗斯民间文学》，莫斯科，1958 年，第 94 页。

而是指语音形式方面的规范。在个别情况下，为了不破坏诗歌的标准，就需要保持玛纳斯奇唱本的语音特征。史诗中有很多当今人们不理解的词汇。这种古老词汇只能加以注释，并以字母排列形式附在每一卷本的末尾。一些专用名词，其中包括地理名称也没有加以注释。在《玛纳斯》史诗的搜集过程中付出很多劳动做出巨大贡献的额布拉音·阿布德热赫曼诺夫曾经在词语注释方面给予 K. K. 尤达津教授很大帮助。

史诗的主要英雄人物是玛纳斯、卡妮凯、赛麦台、赛依铁克、空吾尔拜、托什图克以及其他。史诗所表现的社会是遥远的古代社会，是人们想象中的社会。出现一些把自己的全部生命献给人民的英雄，给劳苦大众创造和平安宁的生活的愿望是民间口头创作的核心思想。马克思主义思想还没有开始在吉尔吉斯人民中间传播的时代，吉尔吉斯人民中间的民间诗人们、作家们就已吸收和借鉴《玛纳斯》史诗中的理想社会准则，看到了曾经有过那样一个社会，并希望再一次出现那样的社会。但是，这是一种空想的乌托邦社会，也不曾有过那样一个社会。

没有剥削，没有压迫，劳动者人人平等的幸福社会只有用马克思主义武装自己头脑的共产党人才能够实现，而且也得到了实现。人们千百年来追求的人人解放、人人平等这一社会进步思想只有在我们的时代，也就是在共产党的英明领导下得到了实现，劳动人民才有了今天的幸福生活。

综合整理编辑的史诗文本的编委会成员 K. 阿依提耶夫、K. 阿散阿勒耶夫、M. 阿乌埃佐夫、O. 加吉谢夫（副主编）、K. 江托谢也夫、S. 伊利亚索夫、B. 凯热穆江诺夫、A. 萨利耶夫（副主编）、A. 托坤巴耶夫、J. 修库诺夫、K. 尤达津以及编委会秘书长 A. 索皮耶夫都做了很多工作。我们的同胞，哈萨克人民的知名作家和学者穆合塔尔·阿乌埃佐夫教授在编辑整理过程中曾提供非常珍贵的意见和建议，在这里我们表示特别的感谢。

吉尔吉斯人民的《玛纳斯》史诗经过综合编辑整理，历史上第一次得以出版，编委会希望全社会人士将自己对于这个文本的意见和建议以书面形式提供给吉尔吉斯共和国科学院语言文学研究所。

1958 年·伏龙芝

（阿地里·居玛吐尔地　译）

古代吉尔吉斯人民精神的巅峰

［吉］钦吉斯·艾特玛托夫

【编者按】本文是吉尔吉斯斯坦的世界级著名作家钦吉斯·艾特玛托夫专门为吉尔吉斯斯坦 20 世纪著名的《玛纳斯》诗行演唱大师萨恩拜·奥诺孜巴科夫即将出版的唱本撰写的前言。作为从中亚吉尔吉斯斯坦走向世界的著名作家和最具影响力的吉尔吉斯文化人士，这也是艾特玛托夫对《玛纳斯》史诗最权威的一次总体评价，在世界《玛纳斯》学界颇具影响力，被认为是艾特玛托夫对《玛纳斯》史诗最全面的评价，曾被众多研究学者反复引用。论文写于 1977 年，但萨恩拜·奥诺孜巴科夫唱本的出版时间却在 1984 年。译文最初曾以"人民精神的珍贵结晶"为题发表在《民族文学研究》1995 年第 3 期。本次选编又在原文基础上做了进一步修订。

　　尽管人类的生活之河总是向着未来奔流，但他们的一切经验就如同其最原始的精神食粮、赖以生存的山脉一样，都是奉献给后代的遗产。缺失了这一点，社会和文化生活得以延续是绝不可能的。语言问题是其第一要素。"知识的源头是语言"这句谚语必定不是古人凭空捏造的。用无与伦比的才能说出的东西——无论它是什么，人所发出的每一个行为、完成的事情以及受到某种制约而未能完成的愿望首先都是从人的感情深处孕育而成的。从语言、思维开始的人的各种成就都以经验的形式重新回到人的思维和语言当中得到巩固，而且进一步丰富人的感情世界。

　　在当今时代，语言艺术日益以让人无法想象的速度不断地向更高的境界和层次发展着。科学技术和社会生活的飞速发展与变化使人类思维越来越目不暇接地迎接永无息止的信息潮流。这种现象所带来的最终结果是新文化的影响自然会"破坏"世代沿袭的语言艺术模式，甚至还使它的古典法则和形式得到更新和丰富。文学作品的哲学性和道德意识的逐渐深化使人们表达对光明未来以及发展的追求更有意义并成为最关键的中心问题——这是我们时代不容置疑的标志。

尽管如此，从人们的血脉及心灵深处产生的语言艺术中的某些精品从最原始的混沌时代起便经过极其艰难而漫长的历程，不失其原始的艺术魅力到达我们这个时代并且以今天的现实性被人们所接受。这种充满生命活力的无价的艺术精品从古代文化遗产之中超脱出来成为能够充分满足当今信息时代的需求并以活形态的美学形式融入人们的现实精神文化精粹。

吉尔吉斯（柯尔克孜）人民的伟大文化遗产——史诗传统便是这种无价的精神财富。历史表明吉尔吉斯是中亚最古老的民族之一。在自己的民族发展进程中经历无数漫长而艰险的世纪的吉尔吉斯人民已经达到了能够创造最高艺术典范水准的史诗文化的程度。其他民族将自己的古代文化和历史用书面文学、雕塑、建筑、戏剧、绘画等艺术形式保存下来的话，吉尔吉斯则将自己全部的情感世界，民族的荣辱、抗争和追求同历史事件交融在一起并用口头史诗形式反映出来。正像上世纪在语言、史诗研究方面颇有建树的德国著名的语文学家雅克·格林所言："我们的语言就在我们的历史中"那样，我们完全有理由说我们的民族语言和史诗就是我们的历史。正是这样的背景和条件才使得史诗在任何一种历史生活环境下不断发展，不断得到提高。比如，让我们先看看被称为"小型史诗"的那些韵文体作品。关于人与自然界神奇力量的《艾尔托西吐克》；关于人与自然《阔交加什》；关于社会生活的《凯代汗（穷可汗）》；关于浪漫爱情的《奥勒交拜与克西姆江》等史诗只是相对于大型史诗《玛纳斯》而言才被称为小型史诗。否则，它们各自都是一个独特而复杂的世界，是永不枯竭的财富。

但是，无论如何，吉尔吉斯祖先留传下来的遗产中的最巅峰依然是杰出的《玛纳斯》史诗。事实上，《玛纳斯》史诗以其不可比拟的艺术魅力将很多世纪中的悲壮历史事件融入其中，汇集道德、哲学等方面的内容，从各方面对关涉民族命运的：日常生活、军事活动、家庭生计、各种习俗、社会生活等方面进行了广泛而完整的展现，堪称是世界上少见的韵文体经典作品。

毋庸置疑，《玛纳斯》史诗表现了真实的生活、历史事件（与吉尔吉斯的命运相关的）。甚至史诗的产生也可能与某一真实的历史阶段相关联。但是，《玛纳斯》史诗不是一部史书。它首先是在那些历史和现实事件的基础上从吉尔吉斯族的文学创作源泉中产生，并且不断得到净化和筛选，甩掉多余的负担，吸收那些有用的重要的新内容并将它们消化吸收，从而达到今天这样高不可及的巅峰的艺术作品。因此，这部作品在表现古代社会生活的同时，还有让人难以想象的神奇幻想；除了表现远古历史事件外，还有深邃迷人的神话相互交错、相得益彰。它们相互交融相映成趣是彼此不可分离的整体。通过人们的艺术鉴赏、情感交融而祖辈相继、代代相承的《玛纳斯》史诗就是在这样条件下走向成熟和完美并传承到了我们的时代。这可以算是它具有历史意义的幸事。如果不是这样，谁能想象，不要说史诗，就连创造了这部史诗的人们也一个悲剧连着一个悲剧地遭受不幸，人口也越来越少。随着伟大的十月革命的曙光，吉尔吉斯意想不到地迎来了一个崭新的时代，他们的唯一孩子《玛纳斯》史诗不论从正面来说还是从侧面来讲都得到了新生。这部伟大的史诗现在已进入了自己生命的第二阶段，即永不泯灭的阶段——通过书本形式来延续自己的生命了。就这样，曾长期口耳相传仅仅从一个部落传向另一个部落的但却已经具有了很高美学价值的作品最终真正体现出了自己的宝贵艺术价值，并直接踏入了世界文化的金色宝库之中。

从历史角度看，《玛纳斯》史诗是在另外一种审美观念下，在另外一种审美条件、另外一种精神需求和另一种历史状况之下产生的。我们决不能用当今文学的艺术性和思想性标准来衡量它，也不能用当今的文学原理来框定它。但是，尽管如此，史诗给我们提供的历史真实性和艺术真实性完全可以用今天的语言和观念进行解释、阐释和考证。为什么？问题的核心便在于此。

在古代，在一个偏远的，远离世界文化发展轨迹的地方，特别是由于历史的原因而处于闭塞封闭地域中产生的这部史诗，以其何种价值和魅力而对我们体现自己的宝贵之处呢？首先要强调指出的是：史诗最根本的主题思想、它的流通到其每一个"血管"中流淌着的主题是从人类产生初期便开始诱导人类，让我们欢喜和痛苦，让他们不断地探索，为未来的目标坚持不懈地追求，当他们筋疲力尽时给予他们翅膀、为他们增添力量、鼓励他们勇往直前的永恒不灭的主题。史诗最完整的艺术结构是它自始至终都以一个根本的主题思想为中心，使它不断升华不断发展，这就是追求自由的主题思想、是摆脱奴役的主题思想。《玛纳斯》史诗永恒不灭的魅力，之所以能被列入世界上珍贵无价的文化遗产之列恰恰是因为它有这样的思想性和艺术性。

史诗所赞颂和歌唱的自由和摆脱奴役的思想，与今天我们所理解的自由和解放思想之间，从深层意义上说有着天壤之别。但是，史诗就是因为那样才对我们弥足珍贵，就因为那样才更加重要。其中蕴含着人们自由解放的理想和愿望，其中的哲学观、伦理道德标准保持着自己原始特性而没有遭到歪曲和破坏而弥足珍贵。当然，史诗就是史诗。经历了各种不同的历史条件，史诗整体的艺术性和主题思想呈多层次和多面性是确实无疑的。今天的读者是了解世界经典著作和世界民间文学的读者，他们很容易便会意识到这一点。多层次化本身便是史诗本身的魅力。这里最有意义的首要问题是：《玛纳斯》史诗的最根本的主题思想虽经千年的磨砺和艰难险阻却始终保持和遵循着自己本质并达到我们这个伟大的时代。这是史诗坚不可摧的内在力量。

《玛纳斯》史诗是饱含人道主义思想的史诗。这样说可能听起来有点荒谬，因为史诗从头到尾都以征战、流血、屠杀等为基调。简言之，玛纳斯的一生都是在战争、拼杀之中度过。在最后一次征战时，他不顾聪慧的妻子卡妮凯的反对而走向征途。就在这次血战中，玛纳斯身负重伤（后因此而献出生命）并痛失自己的四十名勇士。《玛纳斯》史诗尽管有这样的结局但却进一步加强了其崇高的人道主义思想，把热爱人、赞颂评价人作为社会生活最高行为准则而完全可以被列入世界杰出史诗的行列。

创造这部史诗的人们的诗性智慧从作品的悲剧性方面便清晰可见。这种无法超越的结局和悲剧性只适合于伟大的作品。玛纳斯的牺牲和四十勇士的死是一个讲不完叙不尽的悲剧。按照当今的话来说，是与莎士比亚的天才相似的悲剧。如果人民所爱戴的英雄不听从父老乡亲的劝说而执意进行一场非正义的战争，那么人民便会连自己最爱戴的英雄也不会宽恕。史诗对人道主义的总结便正在于此。

按照科学的词汇学分类，《玛纳斯》史诗可以纳入英雄史诗之列，这与事实是相符的。尽管这样，史诗却不仅仅局限于描述和歌颂征战。史诗中所描述的事件和生活是非常广泛而丰富的。它从原始生活和习俗仪式到人与民族、故乡之间的复杂感情都进行了广泛而细致的展示。祭典、婚礼、习俗，总之与人的生活、愿望和追求相关的一切事物几乎都无一遗漏地得到了描述。毋需赘言，仅"阔阔托依的祭典"中所展现的习俗便是多么具有美学意义啊！正是因为有这样的艺术魅力，古代的生活画面便冲破它原始的民俗学范畴的局限而成为赞颂人类真理与智慧的深刻哲学总结。

史诗的高度人道主义思想和道德教育作用从其中的鲜明的女性形象塑造上便可清楚地看到。不仅如此，我们只要用今天的审美尺度和要求进行衡量，史诗中的女性不仅有一双勤劳智慧的巧手，而且首先是经得起考验和评判的独立的人格的个体，与此同时，她还是英雄平等互爱的伴侣、智慧过人的谋士和同样勇猛顽强的亲密战友。在当时那样的愚昧时代，在处于世界文化发展轨迹之外的人们所产生的史诗中对妇女给予如此的评价，对妇女的智慧、忠贞、勤劳、勇敢进行如此浪漫主义的表现，在今天也不能不让人感到惊奇。

当然，对史诗的艺术性、神奇的描述方式和一边以幽默的言辞开始一边又以悲剧结束这类复杂的艺术表现形式的深刻内涵的揭示是文学理论家和民间文学家们的事情。我现在暂时从一个作家的角度——因为我与文学有着直接的联系，指出《玛纳斯》史诗是语言艺术是最杰出最纯洁的典范之一。简而言之，从手稿上读这部史诗不能不感到陶醉和惊叹。事实也的确如此。史诗中描述许多英雄、勇士、巨人，也描述了他们的坐骑、他们每个人使用的武器和服装。同时，史诗中还描述和塑造不同的妇女形象。对她们的事迹，为战争所做的准备和物品、甚至各种绣品直到她们的外表都进行详尽的描述。史诗中难以计数的战斗场面及勇士们一对一的较量，从自然界的各种变化到人物内心的悲与喜等等都得到了描述。当我们将所有这些从"玛纳斯奇"的口中听到或是从被记录下来的手稿中读到时，看到每一段描述都是那样的恰如其分，感受到每一段描述都有各自独特的艺术魅力和艺术目的时，不能不对人们的艺术幻想和创作能力感到惊奇。问题不仅仅在于精准的语言、生动的比喻、特性形容词方面，而在于史诗从众多世纪以来多层化地融入其中的内容、人类生活的各个侧面、社会生活、爱情、道德规范，古代吉尔吉斯的地理、医学、天文、哲学观一一融入其中的史诗内容，一边从故事、神话、幻想开始，另一边又与现实（民间文学意义上的）相连接而构成一个完整统一的整体。《玛纳斯》史诗内容和艺术上的整体性，特别是在"玛纳斯奇"们演唱过程中，尤其是在永远令人难忘的像萨雅克拜那样的杰出"玛纳斯奇"进行演唱过程中才能感觉得到。这种时候，如果在这里进行列举的话，史诗中不仅像"卡妮凯让塔托茹骏马参加竞赛""阿勒曼别特的忧伤"等著名章节，而且每一个词、每一行诗、每一个段落也与"玛纳斯奇"的手势动作、声调及外部表情相协调构成一个整体，就像这一切都是由一个珍贵的材料所组成，并形成一个不可分割的整体。正是在这种时候聆听着《玛纳斯》史诗，陶醉在它美妙的旋律之中，想到那些没有文字、远离文学表述文化氛围的吉尔吉斯史诗，是如何达到这样令人惊叹的艺术高度，不能不惊叹于怎样将语言、音乐和戏剧揉合在一起而构成完整的艺术综合体。在这样的神奇艺术手段之下，史诗中所塑造的从阔绍依、交牢依、玛凯勒等巨人到以玛纳斯为首的勇士们，从巴卡依老人到聪明贤惠的卡妮凯，从空吾尔拜到阔孜卡曼等都像在特定环境中生活的真实历史人物一般栩栩如生地展现在我们面前。不仅如此，我们有时甚至忘记他们是史诗中被艺术化了的人物形象，而认为他们就是某一历史时期活生生的历史人物。文学作品所能够达到的征服读者的永恒艺术魅力即在于此。如果用艺术的审美标准来衡量，不要说像玛纳斯、阿勒曼别特、楚瓦克、色尔哈克、巴卡依、空吾尔拜这样全面塑造的主要人物，一些章节片段性的人物（再一次用当今的文学原理来讲）如塔孜巴依玛特、克尔哥勒恰勒等人物类型的塑造技巧亦达到了很高的水平，成熟的艺术思考来自认识和感情是不容争辩的。吉尔吉斯的这种艺术思考能力最先也最有力地从史诗这种体裁上，从史诗传统上表现了出来。对吉尔吉斯的史诗艺术思考能力从哲学、美学、心理学、语文学及民间文学方面进行深入细致的研究，我认为是专家学者们的当务之急。因为，民间口头创作的艺术思考基本艺术原理，比如它的佚名性、混合性，以口头形式发展等等特性，尽管也属于《玛纳斯》史诗的属性，但我深信作为史诗体裁的这部作品完全可以归入世界史诗创作实践中的一种独特现象。这一特点首先基于史诗结构方面的成熟的艺术思考能力。正是在本世纪以来不断发展和深入的艺术思想的丰富性和强有力的传统基础上，产生了像萨恩拜·奥诺孜巴科夫、萨雅克拜·卡拉拉耶夫那样的杰出艺术家（以演唱《玛纳斯》史诗为职业的民间艺人）。遗憾的是，很多像他们那样的杰出演唱家的名字被遗忘了，消失在了遥远的历史尘埃中，只有极少数人的名字在传说中流传到了今日，还有一些我们也只知道关于他们的一些零星信息。但是，一张开嘴便诗情奔泻，伟大史诗的韵律从口中流溢的杰出"玛纳斯奇"的存在，就是"玛纳斯奇"们的一所特殊学校，长期继承下来传统也是事实。而继承和发展这一伟大传统的人物之一便是我们今天要独立为他出版其唱本的萨恩拜·奥诺孜巴科夫。

尽管我们不曾见到其人，但"玛纳斯奇"萨恩拜·奥诺孜巴科夫的赫赫大名却至今还在民间口中广为流传。这并不是一种偶然现象。根据有关资料，生活在本世纪初的萨恩拜·奥诺孜巴科夫，在"玛纳斯奇"的排名榜上占据十分显要的位置，可以说是一座独特的山峰。当然，这可以被认作是人民对他的颂扬与爱戴。只要读一读本世纪20年代从萨恩拜·奥诺孜巴科夫口中记录下来的《玛纳斯》史诗唱本，我们便可确信上面所提到的关于萨恩拜的赞誉是合情合理的。

《玛纳斯》史诗曾被很多演唱家所演唱。在不排除他们的艺术水准的前提下，将萨恩拜·奥诺孜巴科夫的史诗演唱艺术单列出来进行评述是符合情理的。每一个认真通读过从萨恩拜口中记录下来的史诗内容的人都会对萨恩拜语言的丰富性，他的诗歌创编才能和才华横溢的叙述技巧所折服。他是这个世界上出现的独一无二的天才。很可能是任何时候都不能再现的精神文化现象。对《玛纳斯》史诗从成为史诗之后的一点一滴的发展，将词与词贯通连接，将想象和想象不断凝聚融合，古代吉尔吉斯的全部创作才能好像都被萨恩拜一人融进胸怀一样。

现在，萨恩拜所演唱的内容即将用书面形式同广大读者见面了。每一个理解民族文化的过去和现状的人都会对此感到欣喜。阅读和欣赏一部伟大的作品就需要有高水平的文化。这是众所周知的道理。70年代的吉尔吉斯读者的欣赏水平已有很大提高，并已经达到了世界文化的水准。也就是说，对过去流传下来的优秀文化遗产用审视的眼光看待，将过去的思想意识从今天的思想意识高度中区分出来之后再加以吸收是符合事物规律的。比如说，被称为世间第一书的古代《圣经》，按我们当今社会的观点看有很多荒谬之处。但是，我们仍然把这与整个古代人类历史相关的《圣经》还是要作为文学遗产来看待。我们对这本书是在什么时代，什么样的历史阶段，什么样的社会条件下，在人类发展的进程中如何编成，在当时承载着什么样的思想等等问题从正反两方面进行审视和论证，与此同时，还依然将它作为整个人类文化的古代遗产来评价。

同样，古代吉尔吉斯的口头"圣经"——《玛纳斯》也是一部十分复杂而杰出的作品。已具有当今这样知识水平的读者们把《玛纳斯》作为艺术创作来看待非常重要。对此，我们也毋需赘言。每一件事物只要从其历史纬度去审视，那么任何庸俗的社会学观点都将自行灭亡。

历史在不断地更替，但只要世上还有吉尔吉斯语存在，《玛纳斯》将永远是我们民族精神的最高峰。

1977 年 3 月 16 日

（阿地里·居玛吐尔地　译）

《玛纳斯》史诗

[吉] 萨玛尔·穆萨耶夫

【编者按】本篇论文根据吉尔吉斯斯坦萨玛尔·穆萨耶夫 (1927—2010) 于 1979 年在伏龙芝（今比什凯克）科学出版社出版的英、俄、德文版《〈玛纳斯〉史诗》一书的英文版翻译。该书为作者同名学术专著的缩写精华版。作者是吉尔吉斯斯坦为数不多的一生致力于《玛纳斯》史诗研究的著名专家之一，长期担任吉尔吉斯斯坦科学院语言文学研究所《玛纳斯》研究室的领导，组织和领导《玛纳斯》史诗的整理编辑出版和学术研究工作，为吉尔吉斯斯坦《玛纳斯》史诗的搜集、整理、编辑、出版和研究做出重要贡献。他在《玛纳斯》史诗歌手研究、文本研究方面发表了很多学术论著，提出了很多具有独到见解的论述和观点。《〈玛纳斯〉史诗》一书是吉尔吉斯斯坦 20 世纪下半叶关于《玛纳斯》研究的一部代表性著作。

每一个民族都有一个丰富多彩的历史和能够给人类文化增添色彩的古代文化。吉尔吉斯人的英雄史诗《玛纳斯》就是这样的一部作品。多少世纪以来，它将人们最基本、最深刻的世界观加工雕琢成了一朵文化艺术的奇葩。它以口头形式代代相传，到今天已经成为一部具有高度艺术性和浓郁民族特色的令人惊叹的文化巨著。

吉尔吉斯是中亚历史最悠久的民族之一。现在居住在中亚的各民族中没有一个民族的名称在最悠久的年代出现过①。根据许多著名突厥语

---

① V. V. 巴尔托德（Bartold V. V.）：《V. V. 巴尔托德全集》，第 2 卷第 1 部，莫斯科，东方文学出版社，1963 年，第 475 页。

学家的研究①，吉尔吉斯人曾经在古代有过自己的文字。这种文字在学术界称为鄂尔浑－叶尼塞文。这种文字被认为属于7世纪晚期，但显而易见，它们属于更早的年代②。在漫长的历史发展过程中，吉尔吉斯人因战乱等原因没有能够保存下并进一步继承发展其祖先使用过的这一文字。直到伟大的十月社会主义革命，唯一能够体现人们的思想精华和智慧宝库，在无文字时代成为口头经典的是民间口头文学③。它们体裁众多，内容丰富。

在历史发展过程中，人们所学到的、创造的和实践的每一个事物都以口头艺术形式保存下来。民间文学成为人们对历史的记忆。历史发展的每一个成就、思想、观念、知识、愿望以及人们对历史的回顾都一一融入了这一宝库之中。这就是吉尔吉斯的口头诗歌，特别是史诗创作为何如此丰富的原因。正如维·维·拉德洛夫院士④在19世纪60年代游历吉尔吉斯地区之后所说过的那样。

吉尔吉斯人最宝贵的财富就是伟大的《玛纳斯》史诗。

《玛纳斯》是吉尔吉斯的民族文化中独一无二的文学纪念碑和吉尔吉斯文化的创举。它记载了吉尔吉斯人民热爱自由，长期不断地与外来入侵者英勇斗争的历史，反映了吉尔吉斯人民为民族的独立生存而进行英勇斗争的英雄主义精神和爱国主义思想。

民族历史的政治、思想、经济生活等方面的发展和变革都在史诗中留下了深深的烙印。下面的几个特点是它区别于吉尔吉斯其他民间文学作品的独特之处。

《玛纳斯》的第一个惊人之处在于其篇幅。世界上有史以来的所有史诗无一能与之匹敌。仅从著名史诗演唱家萨雅克拜·卡拉拉耶夫口中记录下来的史诗文本就超过50万行（共计500553行）。这接近希腊史

① S. E. 马洛夫（Molov S. E.）：《突厥语民族的叶尼塞碑铭》，莫斯科－列宁格勒，苏联科学院，1952年，第4页。

② 《吉尔吉斯共和国史》，第1卷，伏龙芝（今比什凯克），吉尔吉斯斯坦出版社，1968年，第125页。

③ A. 阿勒特密实巴耶夫（Altmishbayev A.），《十月革命和吉尔吉斯社会思想的发展》，伏龙芝，科学出版社，1980年，第31页。

④ V. V. 拉德洛夫（Radlov V. V.），《北方突厥语民族的民间文学典范》，第5卷前言，圣彼得堡，1885年，第5页。

诗《伊利亚特》（共 15693 行）和《奥德赛》（共计 12110 行）的总和的 20 倍。比印度史诗《摩诃婆罗多》（共计 100000 颂）的 5 倍还长。直至今天，我们已经搜集到《玛纳斯》史诗三部曲的 65 种唱本和变体，而且以前没有发现过的文本还在继续整理之中。

　　史诗的另一个惊人之处是它所囊括的内容之宏大，描述的事物之丰富。《玛纳斯》史诗的伟大和不朽之处不仅仅在于其篇幅，还在于它对人民生活所涉及的范围之广范程度。它的内容囊括了从民族细微的日常生活习俗到民族生死存亡这类重大事件的个细节。《玛纳斯》堪称是一部史诗式的百科全书。它以诗歌的形式展现了吉尔吉斯人在漫长的历史发展过程中的政治斗争，他们错综复杂、丰富多彩的生活画面以及他们的经济、习俗、风土人情、审美观念、伦理道德、医学、地理、宗教等等；也反映了吉尔吉斯民族历史上的国际关系、商业往来和其他方方面面的内容。这就是这部史诗成为研究吉尔吉斯历史、哲学、人种学、口头艺术、心理和其他精神与社会生活的最原始、最完整资料的原因。

　　《玛纳斯》史诗在吉尔吉斯人民中的传承和流传根深蒂固，长盛不衰。世代以来，人们知道的最重要的名字就是史诗主人公玛纳斯。无论老少，人们都怀着极大的热情热爱玛纳斯，崇拜玛纳斯，并以无比自豪的心情称呼玛纳斯的名字。一直到晚近时期，人们对于玛纳斯的崇拜要超过任何一个已知的崇拜对象。人们把玛纳斯的名字和其英雄行为同每一个不平凡的事物联系起来。我们可以通过这样的一个事实来证明《玛纳斯》史诗在人们心中的崇高地位：史诗的篇幅如此宏大，但每一个吉尔吉斯人都了解其中的故事内容；每一个人都能列出史诗的主要人物并且能够或多或少地复述史诗中的一些重要事件。确切地讲，没有一个吉尔吉斯人不能哼唱史诗那激动人心的旋律，没有一个人不能讲述史诗的一些内容。《玛纳斯》在吉尔吉斯人日常生活中的这种强大辐射力给人一种感觉，那就是，吉尔吉斯人只有这一部史诗[1]。《玛纳斯》是一部活形态史诗。它一直在民间以活形态方式传承。这就是史诗在人们心中具有崇高地位的不可动摇的事实。按照传统的观念，很明显，只有那些

_____

　　① Ch. Ch. 瓦利哈诺夫，《Ch. Ch. 瓦利哈诺夫选集》，阿拉木图，1961 年，第 367 页。

真实的历史事件才会被融入《玛纳斯》史诗之中。也就是说，由于人们对史诗和其中的人物有着不可动摇的崇拜心理和热爱，都认为史诗的内容和人物都是没有任何艺术加工的真实历史。由于许多世纪以来人们对史诗遵循这种认识，使得许多人的思想观念与史诗紧密相连，人们的很多伦理道德和思想意识都用史诗中的人物行为来衡量和解释。年轻人都以史诗中的人物为榜样来教育和培养。玛纳斯和他情同手足的勇士们的高贵品质，他们对故乡的忠诚和热爱，他们无私为民的奉献精神，他们热爱自由、英勇奋斗、前仆后继的战斗友谊无一不是年轻人效仿的楷模。

《玛纳斯》史诗结构的完整性、内容的高度艺术性都是无可比拟的。

一代一代民间文学天才们用他们自己的新收获、新发现润色、加工和丰富了史诗，使它达到了今天这样的艺术高度，逐步发展成了吉尔吉斯古典诗歌的典范。由于史诗的内容深刻，运用高度艺术化的叙述方式，运用了丰富的词语，使听众和读者可以得到美的享受。史诗那错综复杂、变化起伏的情节，丰富多彩的想象，真实感人的人物形象，随着情节的发展，细腻、完整、优美、真实地展现在读者面前，使古老的作品不断得到完善①。《玛纳斯》史诗的字里行间所显露出的艺术效果与美学意义使它成了一部不朽的文学著作，并且不断地激发人们的思想，带给人们无穷的艺术魅力，始终保持着不可替代的重要典范作用。

正是这些因素，使《玛纳斯》（在吉尔吉斯众多的民间口头文学中）第一个得到记录，以书面形式出版，并被翻译成其他民族的语言文字。

从体裁上讲，《玛纳斯》是一部英雄史诗。史诗的中心内容是反映玛纳斯为了团结备受外族奴役、七零八落、流浪四方的民族，并从侵略者的铁蹄下解放受苦受难的人民，保卫自己的家园的英雄行为。但是，史诗的内涵已经远远超出了一般英雄史诗所描述的界限。史诗的情节除了描述关于英雄行为的重要事件之外，并没有减少对人们和平生活等一

---

① S. M. 阿布热马佐尼（Abramazon S. M.），《吉尔吉斯民族起源及历史文化的关系》，列宁格勒，1971 年，第 344—345 页。

般事件的描述。这些事件反映了民族的风土人情、民间习俗、伦理道德观念等等。丰富多彩的民族传统节日、婚礼、祭典等也都得到了精彩细致的描述。

总之，我们可以说《玛纳斯》不是一部孤立的文学历史文献。它包含了吉尔吉斯的各种口头民间文学的内容，因此，它是一部具有高度综合性的口头文学形式。我们在史诗中随处可以找到丧葬歌（koshok）、哀怨歌（arman）、遗嘱歌（kereez）、婚礼歌、节日歌、迎送客人的歌以及与分配草场土地、牧人转场搬迁等与生产活动相关的，内容繁多的各种习俗生活歌。但是，我们不能简单地认为《玛纳斯》史诗就是对各种民间文学题材的简单吸收和综合。它是具有高度艺术性的作品，是各种艺术作品的高度艺术化的综合体。其中，英雄玛纳斯本人的英雄业绩和生活就是整部史诗的中轴和主干。

《玛纳斯》史诗广泛的人民性和它所吸纳的丰富的吉尔吉斯文化才是引发人们兴趣、引起人们重视的最主要原因。对于这部史诗最早进行书面记载的是 15 世纪后期 16 世纪初期的塞夫丁·沙赫·阿巴斯·阿赫斯坎特。他在其波斯文历史著作《史集（*Madjim ad-Tavarich*）》一书的手稿中第一次提到了史诗《玛纳斯》。这部手稿出自深受伊斯兰思想影响的历史学家之手，没有记录下史诗的完整内容，但却以一个历史人物的形式提到英雄玛纳斯。作者把史诗中的事件与真实的历史融合在一起，没有进行任何区分。史诗中的众英雄也被认为是一些历史人物。但是，无论如何，这部手稿对于研究史诗有很重要的意义。我们可以从手稿所涉及的材料中或多或少了解到《玛纳斯》史诗产生的年代，并将其同史诗目前已经发现的众多异文变体进行比较，观察和分析史诗缓慢演变的规律。事实证明，这部手稿的作者试图引用《玛纳斯》史诗中的特定时代，达到将其同伊斯兰教联系起来的目的。这一点不容置疑地说明《玛纳斯》史诗在当时已经广为流传了。

系统、科学地记录《玛纳斯》史诗始于 19 世纪 50 年代。

1856 年 5 月 26 日，哈萨克民族学家乔坎·瓦利哈诺夫在吉尔吉斯地区碰到了一位"玛纳斯奇",并聆听了这位史诗歌手的演唱。① 歌手演唱的内容给他留下了深刻印象。他在其著作中这样写道:"《玛纳斯》史诗是集吉尔吉斯的神话、寓言、传奇于特定时代的特定人物玛纳斯身上的一部百科全书。它似乎就像草原上的《伊利亚特》。史诗中反映了吉尔吉斯人民的生活方式、风俗习惯、民族的性格特征、地理、宗教和医疗知识、与周边民族的关系"②。乔坎·瓦利哈诺夫以"阔阔托依的祭典"为题记录下了史诗的这个传统章节。③ 这一部分内容的散文体形式没有翻译完成。第一个全面调查并记录下《玛纳斯》三部内容并且对史诗的各种问题进行科学探讨和研究的是俄国科学家、著名语言学家维·维·拉德洛夫。19 世纪 60 年代,他几次深入吉尔吉斯地区记录《玛纳斯》史诗,并且于 1885 年在圣彼得堡(列宁格勒)用吉尔吉斯文(俄文字母记录)出版了自己所记录的内容。④ 拉德洛夫认为史诗以诗的形式反映了吉尔吉斯人民全部的生活和他们的全部愿望。⑤ 同年,他在德国莱比锡翻译出版了他所记录的《玛纳斯》史诗文本的德文版。⑥

　　大规模搜集和研究《玛纳斯》史诗只有到了苏联时代才有了可能。因为苏维埃政府和苏维埃共产党对包括口头诗歌创作在内的,在民间广为流传,深受人们喜爱的文化遗产高度重视,使得《玛纳斯》史诗的出版成了一件具有重要社会意义的工作。来自各民族的众多科学家纷纷参与到研究史诗多学科意义的工作中。因此,《玛纳斯》史诗的研究逐渐发展成了一门世界性学科。关于《玛纳斯》史诗,有大量的问题需要解决。对于苏联科学家们来说,最迫切的问题是解决史诗的起源,史诗与民族历史之间的关系和其在史诗中的反映,史诗中心思想形成的依

---

① Ch. Ch. 瓦利哈诺夫(Valihanov Ch. Ch.),《Ch. Ch. 瓦利哈诺夫选集》,阿拉木图,1961 年,第 258 页。

② 同上,第 112 页。

③ 同上,第 346—360 页。

④ V. V. 拉德洛夫(Radlov V. V.),《北方突厥语民族的民间文学典范》,第 5 卷,前言,圣彼得堡,1885 年。

⑤ 同上,第 12 页。

⑥ V. V. 拉德洛夫(Radlov V. V.),《北方突厥语民族的民间文学典范》,第 5 卷,前言,德累斯顿,1885 年。

据，史诗对社会阶级分化这一特殊问题的反映和口头诗歌与书面艺术作品之间的联系等等问题①。

许多著名学者对《玛纳斯》史诗的科学研究做出了巨大贡献。他们是：苏联科学院院士维克多·日尔蒙斯基（V. Zhirmunsky）、哈萨克科学院院士穆·阿乌埃佐夫（M. Auesov）、吉尔吉斯科学院院士波·尤努萨利耶夫（B. Yonusaliev）、教授阿·伯恩什达姆（A. Bernstam）、波·彼尔克夫（B. Berkov）、斯·阿布热玛卓尼（S. Abramson）、民俗学家穆·博格达诺娃（M. Bogdanova）、阿·彼得罗司亚尼（A. Petrosyan）等等。在苏联时期，比·法拉耶夫（P. Faleyev）的《卡拉吉尔吉斯的传说是怎样创作的》一文堪称是《玛纳斯》史诗研究的肇始。这篇文章于1922年在塔什干出版的《科学与教育》杂志创刊号上首次发表。在文章中，作者根据维·维·拉德洛夫记录和出版的资料分析了史诗独具魅力的艺术性，同时还提出了史诗与著名的古代鄂尔浑－叶尼塞文碑文《阙特勤碑》有密切关系的许多有趣观点。哈萨克著名作家、民族学家、科学家穆·阿乌埃佐夫在众多的《玛纳斯》史诗调查研究者中占据特殊位置。他从本世纪（20世纪——译者）20年代开始直到自己生命的最后一刻都在积极从事这一研究。他有名的论著《吉尔吉斯英雄史诗〈玛纳斯〉》②是他多年系统地、认真地研究这部史诗的结晶，也是我们深入研究《玛纳斯》史诗的十分重要的基本参考资料。

克·热赫马杜林（K. Rachmatullin）在研究《玛纳斯》方面也是硕果累累。他的著作以单行本形式分别用俄文和吉尔吉斯文出版发行③。其中涉及到了史诗中的很多问题，而且得出了很多有意义的结论。

维克多·日尔蒙斯基院士对英雄史诗的总体研究④，以及对研究史

---

① A. A. 彼得罗司亚尼（Petrosyan A. A.），《论〈玛纳斯〉史诗的民族根源问题》，见《吉尔吉斯英雄史诗〈玛纳斯〉》，莫斯科，苏联科学出版社，1961年，第5页。

② M. A. 阿乌埃佐夫（Auesov M. A.），《吉尔吉斯英雄史诗〈玛纳斯〉》，见《吉尔吉斯英雄史诗〈玛纳斯〉》，莫斯科，苏联科学出版社，1961年。

③ K. 热赫马杜林（Rachmatullin K.），《〈玛纳斯〉史诗的演唱者》，伏龙芝，1942年；K. 热赫马杜林，《伟大的爱国者，传说中的玛纳斯》，伏龙芝，1943年；K. 热赫马杜林，《史诗演唱者的艺术》，见《〈玛纳斯〉：吉尔吉斯人民的英雄史诗》，伏龙芝，1968年，第75—147页。

④ V. M. 日尔蒙斯基（Zhirmunsky V. M.）：《人民的英雄史诗》，莫斯科，1962年。

诗的传统情节，史诗的演唱者和史诗文本的研究都有很多独到的见解。① 这都是在众多历史事实的基础上对史诗进行深入的调查研究的结果。

到目前为止，已经发表的关于史诗《玛纳斯》大小论文已超过3000多篇。这部史诗已引起了各国研究学者们空前的兴趣，开始从不同的角度研究《玛纳斯》。其中包括民俗学家、历史学家、文学家、哲学家、人类学家、语言学家、地理学家、教师等等。从本世纪（20世纪——译者）30年代起，史诗在翻译成俄文时的翻译实践和其思想性问题已由伊·波利瓦诺夫（E. Polivanov）教授进行了研究②。史诗中所反映的事件及其和历史事实的关联性问题则由阿·伯恩施坦教授进行了研究③。在学术研究中具有重要意义的有关史诗中民族起源问题的研究则由斯·阿布热玛卓尼教授展开④。《玛纳斯》史诗与阿尔泰史诗之间的渊源关系问题由波·彼尔克夫进行了研究⑤。史诗的思想和内容则由穆·博格达诺娃进行了研究⑥。吉尔吉斯学者中研究《玛纳斯》成就卓

① V. M. 日尔蒙斯基（Zhirmunsky V. M.）：《〈玛纳斯〉：史诗的定型和发展》，见《人民的英雄史诗》，莫斯科，1962年，第282—329页。

② E. 波利瓦诺夫（Polivanov E.）：《〈玛纳斯〉史诗的俄文翻译原则》，见《〈玛纳斯〉：吉尔吉斯人民的英雄史诗》，伏龙芝，1968年，第56—74页。

③ A. N. 伯恩什达姆（Berinstam A. N.）：《吉尔吉斯史》，伏龙芝，1942年，第11—13页；A. N. 伯恩施坦：《吉尔吉斯史诗〈玛纳斯〉发展的新纪元》，见《〈玛纳斯〉：吉尔吉斯人民的英雄史诗》，伏龙芝，1968年，第148—176页；A. N. 伯恩施坦：《玛纳斯名称的渊源》，见《〈玛纳斯〉：吉尔吉斯人民的英雄史诗》，伏龙芝，1968年，第177—191页。

④ S. M. 阿布热玛卓尼（Abramason S. M.）：《吉尔吉斯民族起源及历史文化的关系》，列宁格勒，1971年，第240—373页；S. M. 阿布拉马卓尼：《吉尔吉斯英雄史诗〈玛纳斯〉作为民族学资源》，见《〈玛纳斯〉：吉尔吉斯人民的英雄史诗》，伏龙芝，1968年，第203—211页。

⑤ P. N. 彼尔克夫（Berkov P. N.）：《阿尔泰史诗和〈玛纳斯〉》，见《吉尔吉斯英雄史诗〈玛纳斯〉》，莫斯科，苏联科学出版社，1961年，第235—256页；P. N. 别尔考夫：《〈玛纳斯〉史诗中的故乡》，见《〈玛纳斯〉：吉尔吉斯人民的英雄史诗》，伏龙芝，1968年，第192—202页。

⑥ M. I. 博格达诺娃（Bogdanova M. I.）：《吉尔吉斯文学》，莫斯科，1947年，第49—76页；M. I. 博格达诺瓦：《论吉尔吉斯英雄史诗〈玛纳斯〉的特色》，见《吉尔吉斯英雄史诗〈玛纳斯〉》，莫斯科，1961年，第197—234页。

著的是波·尤努萨利耶夫教授①。他在调查研究《玛纳斯》史诗方面起了非常重要的作用。他不仅是研究《玛纳斯》史诗多方面问题的许多科学著作的作者，而且是史诗编辑出版工作的积极倡导者、组织者和领导者之一。作为《苏联人民的史诗》丛书中专门负责吉尔吉斯文部分整理出版工作的总编辑，波·尤奴萨利耶夫直到生命的最后时期还在协调解决史诗整理出版工作中遇到的各种问题。显而易见，这一项细致、复杂而艰巨的文本勘校工程都是在他的亲自参与和指导下进行的。十月革命以后，吉尔吉斯人民开始使用自己特定的文字，并且有机会用母语记录史诗的内容。在苏联时期，首先由教师卡尤穆·米夫塔考夫（Kayum Miftakov）记录下了史诗的内容。他从 1922 年开始从著名"玛纳斯奇"萨恩拜·奥诺孜巴科夫口中进行记录。此后，额布拉音·阿布德热赫曼诺夫（Ibraim Abdrahmanov）接替卡尤穆·米夫塔考夫继续进行记录工作。他是一个很谦虚的人。他的最大贡献是记录了《玛纳斯》史诗的各种文本，并整理、保存了这些记录稿。当今保存下来的最出色的史诗文本记录稿中，我们甚至找不到一页不经过他手的文稿。从他所记录的萨恩拜·奥诺孜巴科夫和其他文本中很明显地可以看出他记录文本的准确性和史诗结构的完整性。

从 30 年代（20 世纪 30 年代——译者）中期，苏联开始组建专门的研究机构之后，《玛纳斯》史诗内容的记录工作得到了高度重视。很多著名史诗演唱家演唱的多种文本被记录下来。其中包括萨雅克拜·卡拉拉耶夫（Sayakbai Karalaev）、巴依穆别特·阿布德热赫曼诺夫（托果洛克·毛勒朵）〔Bayimbet Abdirahmanov，（Togolok Moldo）〕、巴额什·萨扎诺夫（Bagish Sazanov）、夏帕克·额热斯敏迪耶夫（Shapak Irismendeyev）、阿克玛特·额热斯敏迪耶夫（Akmat Irismendeyev）、阿克坦·特尼别克科夫（Aktan Tinibekov）等的唱本。在卫国战争的第一年被迫停止记录，还没有编辑完成的记录文本又于 1943 年重新开始编辑。

---

① B. M. 尤努萨利耶夫（Yunusaliev B. M.）：《前言》，《玛纳斯》第一部第一卷，伏龙芝，1958 年，第 3—20 页；B. M. 尤奴萨利耶夫：《论创造一部〈玛纳斯〉史诗完整变体的实践》，见《吉尔吉斯英雄史诗〈玛纳斯〉》，莫斯科，1961 年，第 282—297 页；B. M. 尤奴萨利耶夫：《吉尔吉斯英雄史诗〈玛纳斯〉》，见《〈玛纳斯〉：吉尔吉斯人民的英雄史诗》，伏龙芝，1968 年，第 212—231 页。

按照顺序，系统地记录萨雅克拜·卡拉拉耶夫（史诗第二部《赛麦台》、第三部《赛依铁克》）和莫勒多巴散·穆素勒满库洛夫（Moldobasan Musulmankulov）唱本的工作也陆续展开。

60—70 年代（20 世纪——译者）由麻木别特·乔克莫洛夫（Mabet Chokmorov）演唱的史诗第 1、2、3 部的记录工作完成的同时，著名史诗歌手顿卡纳·考邱凯耶夫（Dunkana Kochukeev）、居马别克·伊萨耶夫（Jumabek Isaev）、赛黛娜·毛勒朵凯耶娃（Seydene Moldokeeva）等演唱的文本也得以记录下来。对史诗前三部的第二个唱本的音频资料也从萨雅克拜·卡拉拉耶夫口中用录音设备录制下来。自此，以前从来没有过的史诗内容的录音工作也得以起步。

在苏联时代，对史诗多种变体和文本进行记录，然后编辑出版发行整理文本的工作得到高度重视，旨在把著名的代表性文本以书面形式回馈到人民手中。当时，著名"玛纳斯奇"特尼别克演唱的《玛纳斯》三部曲中的第二部《赛麦台》的一个篇章于 1925 年在莫斯科出版。这是苏联时代用阿拉伯文字母为基础改制之后的吉尔吉斯文在莫斯科出版的第一份《玛纳斯》史诗资料。

40 年代（20 世纪——译者）初期，从大量的文本记录材料中筛选出最好的资料以《玛纳斯》系列丛书为总题目开始陆续出版一些小册子。其中，第一本出版于 1940 年，题为《玛纳斯的童年》[1]，是根据萨恩拜·奥诺孜巴科夫的唱本整理出版的。以后又先后出版了许多章节，其中包括不同时代、不同地区、不同歌手的唱本的精选本。1941 年总共出版了 7 本[2]，

---

① 萨恩拜·奥诺孜巴科夫演唱、额布拉音·阿布德热赫曼诺夫编辑整理：《玛纳斯的童年》，伏龙芝，1940 年。

② 萨恩拜·奥诺孜巴科夫演唱、额布拉音·阿布德热赫曼诺夫编辑整理：《阿牢凯汗王》，伏龙芝，1941 年；萨雅克拜·卡拉拉耶夫演唱、奥·加克谢夫编辑整理：《卡妮凯让泰托茹骏马参加比赛》，伏龙芝，1941 年；萨恩拜·奥诺孜巴科夫演唱、额布拉音·阿布德热赫曼诺夫编辑整理：《玛凯勒巨人》，伏龙芝，1940 年；萨雅克拜·卡拉拉耶夫演唱、额布拉音·阿布德热赫曼诺夫编辑整理：《玛纳斯之死》，伏龙芝，1940 年；托果召克·毛勒朵演唱、额布拉音·阿布德热赫曼诺夫编辑整理：《赛麦台从布哈拉返回塔拉斯》，伏龙芝，1940 年；阿克玛特·额热斯敏迪耶夫演唱、额布拉音·阿布德热赫曼诺夫编辑整理：《（赛麦台）渡过玉尔开尼奇河》，伏龙芝，1940 年。

1942 年出版了 2 本①，1944 年出版了 1 本②。随着 1952 年全苏联《玛纳斯》学术讨论会在伏龙芝（今比什凯克——译者）召开，《玛纳斯》史诗第一部两卷本和第二部《赛麦台》、第三部《赛依铁克》各一卷本也得到出版③。

目前正在根据不同的文本，整理出版不同唱本的完整版本。根据萨恩拜·奥诺孜巴科夫的唱本已经整理出版了《玛纳斯》第一部四卷本全本④。由萨雅克拜·卡拉拉耶夫演唱的三部曲（即《玛纳斯》《赛麦台》《赛依铁克》——译者）五卷本也正在编辑整理之中。

随着《玛纳斯》吉尔吉斯文本的陆续出版，史诗的多语种翻译工作也在积极进行。工作的首要任务是将史诗翻译成俄文，让全世界人民都能够了解这部史诗。为了这个目的，工作已经取得了巨大成绩。伊·波利瓦诺夫教授是将《玛纳斯》史诗高水平地翻译成俄文的著名学者。他在翻译实践过程中对史诗的思想和翻译方法提出了自己独到的见解。从 1935 年起，他便积极参与到史诗的吉尔吉斯文 – 俄文的对照和翻译工作之中，同时还撰写了大量有独到见解的文章，并出版了自己翻译的资料中的一些史诗章节⑤。

根据吉尔吉斯加盟共和国人民委员会特别决定用吉尔吉斯文和俄文出版《玛纳斯》史诗的要求，1936—1940 年间大量的史诗片段章节在

---

① 萨恩拜·奥诺孜巴科夫演唱、焦·拜谢卡埃耶夫编辑整理：《初次战争》（"远征"之一个篇章），伏龙芝，1942 年；托果洛克·莫勒朵演唱、编辑整理：《一次战争》，伏龙芝，1942 年。

② 萨恩拜·奥诺孜巴科夫演唱、克·热赫马杜林编辑整理：《第一次出征》，伏龙芝，1944 年。

③ 波·尤努萨利耶夫主编：《玛纳斯》共 2 卷，伏龙芝，1958 年；波·尤努萨利耶夫主编：《赛麦台》共 1 卷，伏龙芝，1959 年；波·尤奴萨利耶夫主编：《赛依铁克》共 1 卷，伏龙芝，1960 年。

④ 萨恩拜·奥诺孜巴科夫演唱、萨·穆萨耶夫编辑整理：《玛纳斯》第 1 卷，伏龙芝，1978 年；萨恩拜·奥诺孜巴科夫演唱、凯·科尔巴谢夫、居·穆萨耶夫、热·萨热普别考夫、奥·索热诺夫等编辑整理：《玛纳斯》第 2 卷，伏龙芝，1980 年；萨恩拜·奥诺孜巴科夫演唱、萨·穆萨耶夫编辑整理：《玛纳斯》第 3 卷，伏龙芝，1981 年；萨恩拜·奥诺孜巴科夫演唱、埃·阿布德勒达耶夫编辑整理：《玛纳斯》第 4 卷，伏龙芝，1982 年。

⑤ 伊·波利瓦诺夫翻译：《阿勒曼别特与玛纳斯结盟》，载《苏联吉尔吉斯》，1935 年第 40 期。

苏联的主要报刊上用俄文陆续得到发表。而且，哈萨克①和乌兹别克②
人民也已经读到了这部吉尔吉斯人民史诗的译本。

外国科学家们也对《玛纳斯》史诗表现出浓厚兴趣。远在十月革
命之前（1911 年），就有著名的匈牙利学者戈·阿勒玛什（G. Almashi）
以《英雄玛纳斯与其儿子赛麦台告别》为题，在 *Keleti Szemle* 杂志上发
表了用吉尔吉斯文和德文注释的史诗片段译文③。在英国学者兹·汤姆
森（Tomson Dzh.）的著作中还把《玛纳斯》演唱者的创作才能与希腊
神话进行了比较④。

许多外国学者在解决文学中的一些理论问题时也大量引用吉尔吉斯
史诗中的事实资料作实证依据⑤。土耳其学者阿·依南（Inan A.）⑥ 和
伦敦大学教授亚瑟·哈图（Hatto A. T.）⑦ 长期致力于探索《玛纳斯》

---

① 《第一次战争》，阿拉木图，1942 年；萨·穆萨耶夫著，特·扎罗阔夫（T. Zharokov）、
戈·奥尔马诺夫（G. Ormanov）、凯·别克巧逊（K. Bekchozhin）等翻译：《玛纳斯》第 1—4 卷，
前言，见《吉尔吉斯人民的英雄史诗》，阿拉木图，1962 年。

② 米尔铁米尔（Mirtemir）翻译：《玛纳斯》，第一卷，塔什干，1964 年版。

③ G. 阿里玛什（G. Almashi）：*Revue Orientale Pour Les Etudes Ourale Altaiques*，《Keleti
Szemle》，布达佩斯，1911—1912 年，第 12 卷；俄译文见《〈玛纳斯〉：吉尔吉斯人民的英雄
史诗》，伏龙芝，1968 年，第 42—48 页。

④ 汤姆森（Tomson Dzh.），《古希腊社会历史研究（*Researches on the History of Ancient
Greece Society*）》，莫斯科，1958 年。

⑤ C. M. 鲍勒（Bowra C. M.）：《英雄诗歌（Heroic Poerty）》，伦敦，1952 年。

⑥ 阿·伊南（Inan A.）：《〈玛纳斯〉史诗中的思想和英雄》，见《瓦尔里克（*Varlik*）》，1941
年，第 185 卷；阿·伊南，《〈玛纳斯〉史诗中所表现的各种层次》，见《瓦尔里克（*Varlik*）》，1941
年，第 188 卷；阿·伊南：《论〈玛纳斯〉史诗中的祭典与婚礼》，见《瓦尔里克（*Varlik*）》，1941
年，第 190 卷；阿·伊南，《突厥语民族史诗概述》，见《突厥语年鉴》，安卡拉，1954 年；阿·伊
南：《论〈玛纳斯〉史诗中的几个问题》，见《突厥语年鉴》，安卡拉，1959 年。

⑦ 亚瑟·哈图（Hatto A. T.）：《阔阔托依和包克木龙：吉尔吉斯两个相关联英雄诗的比
较（*Kokotoy and Bokmurun：Comparison of Two Related Heroic Poems of Kirghiz*）》，载《亚洲与非
洲研究学院通讯》，第 32 期，第一部分，第 344—378 页，第二部分，第 541—570 页。《玛纳
斯的诞生》，载《亚洲研究》，新系列，1969 年第 14 期，第 217—241 页。《阿勒曼别特、艾尔
阔克确和阿克埃尔凯奇：吉尔吉斯英雄史诗系列〈玛纳斯〉中的一个片段》，载《中亚研
究》，威斯巴登，1969 年第 13 卷。《发现阔阔托依的吉尔吉斯原型》，载《亚洲与非洲研究学
院通讯》，1971 年第 34 期，第 379—386 页。《阔孜卡曼》，载《中亚研究》，第一部分，1971
年第 15 期；第二部分，1972 年第 15 期。《赛麦台》，载《中亚研究》，新系列，第一部分，
1973 年第 18 期，第 154—180 页；第二部分，1974 年第 19 期，第 1—36 页。亚瑟·哈图译注：
《阔阔托依的祭典》，伦敦：牛津大学，东方系列，1977 年第 33 卷。

史诗中的各种问题。

然而，也有个别学者肆意歪曲事实，在苏联民族之间制造对立和矛盾，用史诗来捏造和传播资本主义对立思想。《玛纳斯》史诗的各种相对独立的章节片段已经翻译成了法语①、德语②、匈牙利语③、英语④和其他一些语言。

吉尔吉斯人中的天才史诗歌手们是《玛纳斯》史诗的创造者，是史诗内容一代一代的传播者和保存者。由于那些演唱者们的精心雕琢、加工和发展，《玛纳斯》史诗的规模才逐渐发展壮大，其结构也不断完善，并最终发展成了今天的规模。民间的史诗演唱者被称为"玛纳斯奇（manaschi）"。"玛纳斯奇"是一个新的术语。它是在苏联时代为了区分史诗演唱者和其他民间文学形式的演唱者而命名的。在十月社会主义革命以前，吉尔吉斯人民把所有的叙事诗称为"交莫克（jomok）"，而把《玛纳斯》史诗和其他一些史诗的演唱者称为"交莫克楚（jomok-chu）"。尽管《玛纳斯》史诗的主要创造者是"玛纳斯奇"，而且他们在发展与保存史诗方面贡献巨大，《玛纳斯》史诗仍然是广大人民群众集体创作智慧的结晶。因为他们不仅仅是不同于史诗歌手的被动听众，而且是史诗创作的积极参与者。他们欣赏并评判不同"玛纳斯奇"的创作才能，并给史诗的那些精彩部分予以充分肯定，使史诗始终保持传统的基本特征。他们做出的每一个果断的评判使史诗能够保留其精华，丢弃其糟粕。他们鼓励那些天才的"玛纳斯奇"演唱那些最好、最精彩的故事内容，而对那些不符合传统精神、传统思想的叙述部分予以舍弃。"玛纳斯奇"们随处都会受到特别的尊敬，他们对广大人民群众具有强大的影响力。人们世世代代牢记那些演唱并创作出史诗最优秀唱本，同时又对《玛纳斯》史诗的发展和保存做出过巨大贡献的天才"玛纳斯

---

① *Dist Kirghiz Traduit par B. Bolislawskaia et Roland Marlaux—Europe Revue mensualle*. Paris, 1937, 15 mars, No. 171.

② *Manas, der Hochherzige. Kirghizische Heldenepos*, Berlin, *Verlag Volk and Welt*, 1974. (Manas: the Honourable, The Kirghiz People's Epos, Berlin, Edited by Folk and Welt, 1974)

③ *Manasz Kirghiz Hösenek Europa Konyveiado*, Budapest, 1979. (Manas: the Kirghiz Epos. Translated into Hungarian by Anna Bede)

④ Hatto, A. T., ed. And trans. (1977)、*The Memorial feast for Kökötöy-Khan*, A Kirghiz Epic Poem, London Oriental Series、33. Oxford.

奇"们。例如，人们到今天还牢记着像额尔奇吾勒这样的演唱者。他本人在史诗中就是英雄玛纳斯的一名将士。民间有一个传说就说额尔奇吾勒是《玛纳斯》史诗第一行诗句的创作者。据说他在英雄玛纳斯死后用挽歌的形式来歌颂英雄的丰功伟绩。后来，由500年前的天才民间歌手托克套古勒把那些挽歌搜集起来，并在那些不同的挽歌基础上创造了《玛纳斯》史诗。他是一个伟大的天才。他的考姆兹琴弹唱不仅会使千万人为之倾倒，就连大自然中的大风、高山和河水也会为他的弹唱所陶醉。

人们还记得诺肉孜这位生活在18世纪的史诗演唱家。人们更清楚地记得上世纪（19世纪——译者）80年代去世的凯勒德别克·巴尔博佐夫的名字；巴勒克（别克穆拉特）·库玛绕夫和其他与他们同时代的许多"玛纳斯奇"的名字。对后世的一些"玛纳斯奇"们人们更是记忆犹新。如，人们将永远牢记著名"玛纳斯奇"特尼别克·加皮耶夫。他出生于1846年，卒于1902年。无论是有关他的传说还是他的真实生活细节，人们都清楚地牢记，而且很多关于他的传说也在民间广泛流传。

"玛纳斯奇"们和他们各自不同的艺术特色是研究史诗中的一项很重要的内容。因此，众多的研究者，诸如从维·维·拉德洛夫到苏联时期的穆·阿乌埃佐夫和日尔蒙斯基院士在他们的著作中都高度重视这一问题就不足为奇了。

"玛纳斯奇"们演唱的独特风格使他们与其他一些口头艺术创造者有很大的不同，并且组成了一个特殊而庞大，同时又受人们高度尊敬的群体。他们以演唱《玛纳斯》史诗作为自己的唯一职业。在演唱时，他们必须运用现成的、已经被模式化了的情节，而且无论是史诗的主干情节、内容还是艺术手法都要遵循前辈歌手们精雕细琢、逐步形成并一代代传承的演唱形式。因此，史诗的中心部分都要按照传统的形式演唱而不能脱离传统标新立异。一位演唱者的演唱才能和他对史诗的掌握水平的高低都取决于他是否正确地模仿和继承了前辈长期以来积累的经验，并将其精华部分加以弘扬和传承。但是，这并不是说每一个演唱者都简单地重复自己熟记的内容。"玛纳斯奇"们的独自创编的能力是得到高度赞赏的。因为史诗的演唱并不纯粹是吟诵那些熟记于心的著名诗歌章节。每一个真正的"玛纳斯奇"都要求把传统的情节、熟悉的事物用自己的独特语言进行重组和提炼。他们不仅要保持史诗固有的传统，同时也要力争创作出属于自己的独特细节，描述史诗中的那些独特事物，甚至在传统之内重新创编出自己的文本。如果一位"玛纳斯奇"在演唱中对史诗的加工雕琢恰到好处，并得到广大听众的赞许和认可，而且确实达到了与史诗传统相符的水平，那么他的加工创编不仅会得到听众的承认，而且会被纳入到史诗当中被后来的"玛纳斯奇"们继承。因此，史诗中的个性和共性这两者的关系非常密切，有时候很难加以区分。但是，无论如何，对于每一个"玛纳斯奇"来说，对于传统的继承总是要比个人的创编更加重要。他们首先都会力争牢固地掌握史诗的传统因素。"玛纳斯奇"如果对史诗没有任何个人的创新和贡献那也不能成为名副其实的"玛纳斯奇"。这就像在任何艺术创作中如果没有自己的创作能力都将一事无成一样。如果没有这种独特的创造活动，史诗就不会出现那么多异文体和唱本。《玛纳斯》史诗就会失去其生动性和创造性，从而也不会得到发展。

史诗的演唱职业在吉尔吉斯人中极为普遍。对于史诗演唱者进行严格的分类便说明了这一点。例如，"玛纳斯奇"们要根据其演唱和创编能力、先天才能等因素被分为四个职业等级。第一级是本职业的最初阶段，被称为初学阶段的"玛纳斯奇"或见习"玛纳斯奇"，即"玉冉启科玛纳斯奇（üyrönchük manaschi）"。这一阶段的年轻"玛纳斯奇"候选人，必须要在自己的初学阶段长时间跟随一位功成名就的著名"玛纳斯奇"进行学习，并在模仿和聆听其演唱的过程中逐步掌握他的演唱技巧，并不断学习和掌握其演唱方法，牢记史诗的那些传统的优秀的诗章和重要片段，掌握那些高度艺术化了的有趣诗行，形象生动的程式化诗句，严密的叙事结构，熟悉导师的演唱技巧，牢记导师的启发性指导以便自己将来加以继承并运用到自己的演唱当中。

第二级别是开始演唱阶段。这个级别的"玛纳斯奇"被称为"恰拉玛纳斯奇（chala manaschi）"，即"非成熟的玛纳斯奇"。一般地讲，他们只是记住了史诗最著名和最有趣的一些片段，并稍加一点诗歌的技巧细节就进行演唱。每一位熟练的"玛纳斯奇"都必须经过这一阶段的训练。那些富有天才和创作能力者便可以经过训练进入下一个更高级别的歌手行列。也就是说，他可以通过创作自己的独特唱本而成为"熟练的玛纳斯奇"。而那些缺乏天才和语言创编能力者便会停留在这个阶段上原地踏步，只是重复地演唱自己所通过学习掌握的某一位大"玛纳斯奇"创作出的唱本的某一些传统篇章。但是，这一阶段的演唱者们在史诗的广泛传播中起到非常重要的作用。因为他们在史诗演唱者群体中数量最多，他们所演唱的通常也是史诗中最精彩的部分。

第三级别的"玛纳斯奇"对史诗的熟练程度要比前一阶段的更高，在民众心中也占据更加显赫的地位。他们被称为"奇尼戈玛纳斯奇（chinige manaschi）"，即"真正的玛纳斯奇"。演唱《玛纳斯》早已经成为他们的专门职业。他们熟知和掌握史诗所有从头至尾的故事情节和内容，并创编有自己的唱本。

最高一级由具有超人天才的"玛纳斯奇"群体构成。他们被称为"琼玛纳斯奇（chong manaschi）"，即"大玛纳斯奇"。这些歌手拥有超人的史诗演唱才能。他们不仅熟练掌握史诗全部的内容，能够极为细致地演唱，而且能够创作出在广大听众中广泛流传的史诗唱本。他们创编出了高度艺术化的优秀唱本，因此在民众中间享有很高的声望，得到人们的高度尊重。人们会将他们的名字牢记在心里，并广泛传扬。这样的"玛纳斯奇"在前辈中有凯勒迪别克、巴勒克、特尼别克和巧尤凯等。而在苏联时代则有著名"玛纳斯奇"萨恩拜·奥诺孜巴科夫和萨雅克拜·卡拉拉耶夫。

一个"玛纳斯奇"的演唱创作才能只能通过精心比较筛选才能发现。所有的"玛纳斯奇"，无一例外地将自己的演唱才能与神灵梦授联系起来。维·维·拉德洛夫院士曾指出：吉尔吉斯史诗演唱家们解释其演唱史诗是神灵的授意。鉴于这种说法，研究"玛纳斯奇"艺术的所有学者都密切关注着这一谜团的解开。

一个人的史诗演唱使命与才能是上天的授意之说在民俗学领域是很普遍的现象。最起码在突厥语民族中是这样。根据伊·伊·布尔坦的观点，这是从远古时代就存在的传统现象①。这种由神灵选择的思想不仅在吉尔吉斯史诗演唱者中存在，在广大民众中间也广为流传，并在他们的民间艺术中发挥重要的作用。一些史诗的研究学者通过对这一现象的

---

① 参见伊·伊·布尔坦（Bertels E. E.）：《一本关于亚历山大的长篇小说》，莫斯科-列宁格勒，苏联科学出版社，1948年，第137页。

深入研究后认为：梦中的授意不可能对"玛纳斯奇"的创作才能有任何影响；关于这种梦授的说法只是演唱者为了在听众心目中提高自己的地位而流行的一种传说而已。所以，卡·热赫马杜林写道："梦授的传说不是别的什么，而是对玛纳斯的极度赞扬。当玛纳斯成为灵魂的保护者时，演唱者们便成了他的选择对象。而所有这些再一次证明了史诗在人民群众中的崇高地位。他们认为英雄玛纳斯是他们的一位伟大的恩主和幸福与善良的象征。"① 除了否定科学家关于原始的神灵选择思想及其在史诗演唱者的实践中所起的作用外，有必要强调这样一个事实：那就是，并不是每一个有关"玛纳斯奇"梦授的传说都出于一定的目的。的确，可能有一些没有做过这种梦的"玛纳斯奇"为了一定的目的给自己编造一个虚假的梦境。但我们必须知道这样一个事实，那就是《玛纳斯》史诗的每一个演唱者无一例外地要提及这种梦境。由此我们可以得出这样的结论：我们当然不能否定传统的作用，但是我们也应该承认梦授本身就能够帮助一位演唱者选择自己的这个职业，并且马上可以演唱史诗。梦授能够给一个年轻人的才能给予鼓励，使他坚信自己能够成为一名"玛纳斯奇"。当然，这种事情不在于梦有一种超自然的能力，而在于它可以使人们相信有这种事实。另外，这种梦授的传统并不仅仅存在于"玛纳斯奇"中间，在其他民族的史诗演唱者中也普遍存在。因此，我们可以认为梦授不仅是吉尔吉斯的"玛纳斯奇'对这种传统的某种贡献，而是一种现象；是与"玛纳斯奇"心理、天赋，及他们的自然才能相关联的创造能力"。

在演唱《玛纳斯》史诗时，除了演唱其诗行诗句，一个重要的问题是它的原始曲调（即史诗那悦耳动听的旋律）和"玛纳斯奇"为了使自己的演唱更为生动形象而做出的各种极为形象、生动的手势动作与面部表情。每一个动作，每一个姿势和表情都不是随意的，而是为了营造与演唱中的诗句相对应的一种气氛。也就是说，是为了帮助听众更好地理解和领会史诗所描述的故事意义服务。

了解"玛纳斯奇"的生活和他们的艺术生涯对我们揭开《玛纳斯》

---

① 卡·热赫马杜林（Rachmatullin K.）：《玛纳斯奇的创作才能》，见《〈玛纳斯〉：吉尔吉斯人民的英雄史诗》，伏龙芝，1968 年，第 96 页。

演唱者的神秘面纱很有帮助。至今，我们已揭示了 40 多位史诗歌手的艺术生涯；或多或少地全面研究了两个伟大"玛纳斯奇"的创作才能，他们是我们同时代的人，即萨恩拜·奥诺孜巴科夫和萨雅克拜·卡拉拉耶夫。

萨恩拜·奥诺孜巴科夫（1867—1930）是《玛纳斯》史诗杰出的演唱家。他演唱创编出了自己的史诗唱本，他的创作才能是令人叹服的。他是史诗古典演唱流派的中最后一位大师。他的演唱具有古典式特点：演唱波澜起伏，与听众融为一体。这是按照史诗最传统的方式进行演唱。我们所熟知的，与我们同时代的演唱者们都不能与他相提并论。

萨恩拜从 15—16 岁开始演唱《玛纳斯》。他把自己的创作能力与梦境神授以及和其他"玛纳斯奇"的创作紧密联系起来。引领他成为史诗演唱者的第一位老师是当时很有名望的"玛纳斯奇"巧翁巴什（纳尔曼台）。但他在与后者接触之前可能就已经熟悉了《玛纳斯》史诗，因为其兄长阿利舍尔被认为也是一位优秀的"玛纳斯奇"。萨恩拜·奥诺孜巴科夫从童年起就显示出自己的诗歌创作才能，并且还曾创作过诗歌。成为著名"玛纳斯奇"之后，他还不断地创作自己的诗歌作品，而且也是一位吉尔吉斯民歌以及民间文学大师。萨恩拜的史诗唱本自 1922 年夏开始由卡·米夫塔考夫进行记录，然后由额布拉音·阿布德热赫曼诺夫接替，直到 1926 年秋，史诗的第一部《玛纳斯》的记录工作才算完成。就目前观点，萨恩拜能演唱史诗三部的主要内容，但由于疾病，后两部的内容无法继续进行记录了。同时代的人们普遍认为萨恩拜演唱的《赛麦台》比较完美。在艺术水平上甚至比他演唱的第一部《玛纳斯》还要高。对于这一点，他自己认为赛麦台是他的恩主，在开始演唱史诗之前曾入过他的梦境。

人们都承认萨恩拜演唱的史诗具有古典特色，是史诗最完整的唱本之一，而且在艺术性方面也是极为生动的。这一少见的唱本与一些客观因素不无联系。第一，与演唱者蓬勃的才能和勤奋的努力分不开；第二，当时记录其唱本时，萨恩拜已经 50 岁了，这正是"玛纳斯奇"才华横溢、精力旺盛时期，因为当时他作为职业"玛纳斯奇"已经 40 年左右了。在这漫长的过程中，他的唱本在不断被广大听众接受的同时，也被他自己根据听众的评价和意见进行了长期的打磨，诗句也得到了精雕细琢的加工，故事情节和史诗结构也得以进一步完善和系统化。第三，我们熟悉的很多著名"玛纳斯奇"有许多人与他生活在同一个时代。在不断切磋交流中，他从他们那里也借鉴和继承了一些东西。他克服重重困难，不厌其烦地借鉴、模仿和学习同行们的优点，并同他们一起遍游吉尔吉斯的每一个地区。这样的多方面接触对萨恩拜自己唱本的形成毫无疑问有很多积极影响。他总结同时代或前辈杰出"玛纳斯奇"最具特色的史诗艺术创作，并继承了其中最优秀的部分。但即使是这样，萨恩拜的唱本也有其不足之处。他在自己的演唱中过分地渲染了宗教色彩，有明显的教条主义思想，而且包含一些与史诗传统的内容不相符合的章节。

萨雅克拜·卡拉拉耶夫（1894—1971）是一位最受听众欢迎和喜爱的天才"玛纳斯奇"。他创作了史诗最完整的唱本。（他唱本三部的规模超过 50 万行）萨雅克拜·卡拉拉耶夫的生活与吉尔吉斯穷人们的生活毫无二致，十月革命之前，他曾给别人放牧。十月革命之后的1918 年他自愿参加了苏联红军，成为一名新生活的积极保卫者。1922年，他回到故乡，加入了集体农庄并担任过农庄主席。从 1935 年开始，他在吉尔吉斯斯坦国立音乐家协会担任史诗演唱演员。由于他是新一代史诗演唱家的杰出代表，因此他的史诗演唱引起了学者们的广泛关注。他生活在与萨恩拜·奥诺孜巴科夫截然不同的时代。萨雅克拜的祖母是一位民间文学爱好者，常常给小萨雅克拜讲述自己所知道的民间故事。甚至有时候还给他演唱史诗的一些片段。这样，萨雅克拜从小就对《玛纳斯》史诗产生了浓厚的兴趣。当然，他演唱史诗相对要晚一些。按照他自己的说法，他演唱史诗还是在他参加苏联红军之后。1924 年，他遇到了著名"玛纳斯奇"乔伊凯·奥姆热夫，并从他那里学会了很多史诗演唱技巧，然后逐渐成为一名真正的"玛纳斯奇"。萨雅克拜演唱的史诗唱本从 1935 年起开始记录直到 1947 年结束。1971 年他在伏龙芝去世。他的唱本以完整性和描绘战争场面的广泛性、生动性而独具特色①。

---

① V. M. 日尔蒙斯基（Zhirmunsky V. M.），《〈玛纳斯〉史诗研究导论》，载《吉尔吉斯英雄史诗〈玛纳斯〉》，莫斯科，1961 年，第 138 页。

　　《玛纳斯》史诗研究的一个主要问题是要弄清楚史诗的产生年代。研究者们一致认为史诗反映了吉尔吉斯族漫长的历史，而且其中的历史事件与吉尔吉斯的传说、童话故事和神话交织在一起。另外，还有吉尔吉斯史诗《玛纳斯》形成的时间和条件、历史事件与史诗中所描述的人物的关系等都是十分棘手的问题。对这些问题，我们只能根据我们所掌握的资料做一个初步的判断和假设。

　　到目前为止，学者们对史诗的起源问题有以下三种观点或假设：

　　（1）穆·阿乌埃佐夫教授和阿·伯恩什达姆教授认为，《玛纳斯》的主要内容反映的是吉尔吉斯人与回鹘人之间发生的历史事件①。

　　（2）波·尤努萨利耶夫通过对史诗中反映的历史事件、人种学、语言学和地理学等资料的分析得出结论，认为史诗基本上与9—11世纪的历史事件有关联。当时，吉尔吉斯人正和契丹－卡拉克塔依（黑契丹）进行战争②。

　　（3）维·日尔蒙斯基院士认为，史诗尽管包含着反映吉尔吉斯古老历史事件的内容，但其反映的历史层次主要在15—16世纪③。

　　根据目前对《玛纳斯》史诗的研究，我们不能完全同意上面这些推论中的任何一个。当然，我们目前也没有足够理由完全推翻其中的任何一个观点。对史诗内容深入了解之后可以使人得出一个不可辩驳的结论：《玛纳斯》史诗所反映的错综复杂的历史层次和各种事件说明，史诗的产生经历了漫长而复杂的过程。要解决史诗的起源问题，有必要认真查找和仔细研究史诗中反映的从远古到今天的各个层面的所有与吉尔吉斯历史有关的历史资料。

　　《玛纳斯》史诗中保存的这类古代历史层次与吉尔吉斯民族形成汗国之前的历史有关。有些学者认为史诗中的英雄玛纳斯本人和他强有力

---

　　① M. A. 阿乌埃佐夫（Auesov M. A.）：《吉尔吉斯英雄史诗〈玛纳斯〉》，见《吉尔吉斯英雄史诗〈玛纳斯〉》，莫斯科，苏联科学出版社，1961年，第51—65页；A. N. 伯恩施坦，《吉尔吉斯史诗〈玛纳斯〉产生的年代》，见《〈玛纳斯〉：吉尔吉斯人民的英雄史诗》，伏龙芝，1968年版，第146—176页。

　　② B. M. 尤努萨利耶夫（Yunusaliev B. M.）：《前言》，《玛纳斯》第一部第一卷，伏龙芝，1958年，第9—10页

　　③ V. M. 日尔蒙斯基（Zhirmunsky V. M.）：《人民的英雄史诗》，莫斯科，1962年，第296—317页。

的敌手交牢依的形象是史诗最初产生的根本因素①。

史诗中更为古老的因素还要数众英雄的超凡行为，与母系氏族制度相关的女性形象因素，英雄古老的婚姻仪式，英雄的奇迹般诞生等故事环节。《玛纳斯》史诗的内容中贯穿了一个个的神话情节。如，有关独眼巨人马凯勒、圣人阔绍依、猎人与独眼巨魔的搏斗等等。史诗所涉及的另外一些与古老信仰有关的因素也可以给我们很多启示。如图腾崇拜、自然崇拜，即对动物、天体、大地、火以及白色等颜色的崇拜以及这些事物的神奇作用的崇拜等。

毫无疑问，史诗中保存的各种情节是历史上重要事件遗留在史诗之中的痕迹。古代吉尔吉斯人在叶尼塞和阿尔泰时期的经历，他们与其他民族的关系往来和他们漫长的迁徙道路上所发生的事情都在史诗中得到了体现。当然，离现在比较近的，在人们的意识中还留存有比较深刻记忆的近代准噶尔时期的描述更是不容置疑的。甚至，更为现代的一些描述也在史诗中出现。比如，快速开火的热兵器，巨大的火炮等。

对于史诗中那些可靠的，固定不变的事件进行分析可以看出一个民族发展的最高形式，即所谓的军事民主时代。恩格斯可以说点出了这部史诗的阶级属性。他写道："一个军事将领，一个委员会，一个民众组织都是一个部落向军事民主化方向发展的因素。它是军事化，因为战争和为了战争而进行的准备，目前已经成了人们生活中有规律的事情。"②

社会成员的地位，他们相互之间的关系，他们的权利和义务，观点和思想，他们的劳动关系和劳动工具，他们与劳动工具之间的关系以及向种族的最高形式发展的事实，吉尔吉斯人民生产生活中所显示出的生产力等在史诗中都得到了具体的反映。

历史学家把每一个民族在其历史发展中的军事民主时期称为"英雄时期"。这样一个时期表现为持续不断的战争，为了争夺草原和牲畜而进行的军事较量和长途拨涉的征战，对强大军事掠夺者坚持不懈的反

---

① V. V. 拉德洛夫（Radlov V. V.）：《北方突厥语民族的民间文学典范》，第 5 卷前言，圣彼得堡，1885 年，第 11—12 页；V. M. 日尔蒙基（Zhirmunsky V. M.）：《人民的英雄史诗》，莫斯科，1962 年，第 310 页。

② 恩格斯：《家庭、私有制和国家的起源》，见《马克思恩格斯全集》，第 21 卷，第 162 页。

抗，等等。

史学家认为，就是因为有这样多错综复杂、千变万化的历史事件和生活事件，才有条件产生民族英雄——英勇顽强的战士，不畏强敌的统帅。他们的丰功伟绩，他们的辉煌战斗生涯使他们得到人们的敬仰和崇拜，从而也就产生了最初的史诗内容。

与其他形式的民族史诗一样，《玛纳斯》是一个综合性的口头文艺作品。到目前为止，《玛纳斯》史诗已有 65 种异文记录稿保存在吉尔吉斯科学院语言文学研究所档案库中。有 33 种史诗主要部分，即《玛纳斯》部分的记录本。除了十月革命之前的 3 个记录本之外，《玛纳斯》的内容是从现在的吉尔吉斯斯坦境内的"玛纳斯奇"们口中记录下来的。在上述 33 个记录文本中，下面几个文本无论在篇幅上，还是在叙述内容的完整性方面凸显出自己的特色：

（1）拉德洛夫院士记录下的文本。这个文本的缺点是没有标明具体的记录时间和演唱者的名字。全部文本篇幅为 9449 诗行。（不包括《赛麦台》和《赛依铁克》部分）

在这个文本中，尽管史诗全部的传统内容用极简略的形式进行了记录，但有一些内容也没有被记录下来。无论如何，这一文本对研究史诗有很大的参考价值。诗歌语言的运用、故事情节的发展与他后来进行记录的很相似。这说明史诗中不仅有很多情节，而且很多人物形象也都是固定不变的。

（2）萨恩拜·奥诺孜巴科夫的唱本是在 1922—1926 年间用阿拉伯文形式的吉尔吉斯文先后由克·米夫塔科夫和额·阿布热赫曼诺夫在现今吉尔吉斯斯坦的纳伦地区记录下来的。记录手稿保存在吉尔吉斯斯坦科学院语言文学研究所（档案标号为：200－211）。记录手稿全部有 5505 页（180378 诗行），手稿页面大小规格不同。此前，这一记录稿虽然还没有完整地出版，只是一些经过整理编辑的片段得到刊布。但是今天，这个唱本已经以 4 卷本形式出版。

（3）萨雅克拜·卡拉拉耶夫的唱本是在 1935—1927 年间用阿拉伯字母吉尔吉斯文形式记录下来的。参加记录工作的有卡·朱马巴耶夫、额·阿布德热赫曼诺夫等。这一唱本的《玛纳斯》部分篇幅为 84830 诗行，手稿保存在吉尔吉斯斯坦科学院语言文学研究所（档案标号为：

911－924）。这个唱本的史诗第二部《赛麦台》和第三部《赛依铁克》也于1940—1947年间也从演唱者口中得到记录，手稿也同样保存在吉尔吉斯斯坦科学院语言文学研究所（档案标号为：《赛麦台》925－953；《赛依铁克》954－967）。除此之外，还有1968年录下来的史诗全三部的录音盘（《玛纳斯》共计11盘，全长350米，共计17948行）。

（4）著名"玛纳斯奇"夏帕克·额热斯敏迪耶夫的唱本于1935—1948年间被记录下来。记录者为库尔曼·柯德尔巴耶夫、塔西姆·拜季耶夫、奥斯曼·柯西陶巴耶夫、加纳克·纳马托夫和额布热依莫夫。夏帕克·额热斯敏迪耶夫的唱本也保存在吉尔吉斯斯坦科学院语言文学研究所（档案标号为：49，50，51，37，38，39），篇幅总计为24588诗行，记录稿用拉丁字母和斯拉夫字母进行记录，记录稿纸页规格也不一致。

夏帕克·额热斯敏迪耶夫是一位很出名的史诗演唱家。他演唱了史诗的三个部分。从其口中记录下来的《赛麦台》（档案标号为：865－878），共计42338诗行；《赛依铁克》（档案标号为：973），共计14718诗行。他的唱本包括了史诗全部的传统内容章节，但是歌手演唱得比较简略，在整体情节方面与萨恩拜·奥诺孜巴科夫的唱本较接近。

（5）托果洛克·莫勒多（巴依穆别特·阿布德热合曼诺夫）的唱本是由演唱者本人于1936—1941年间记录下来的。其中史诗第一部《玛纳斯》（档案标号为：829－837，1032，1025等）和第二部《赛麦台》（档案标号为：838－841）被记录下来。全部手稿均保存在吉尔吉斯斯坦科学院语言文学研究所。其中，《玛纳斯》部分的篇幅为53045诗行。他的唱本与萨恩拜·奥诺孜巴科夫的唱本很相似。许多片段的细节几乎一致。这种相似性毫无疑问与两者都曾拜前辈杰出"玛纳斯奇"特尼别克为师并得到其指导有关。

（6）巴额西·萨赞诺夫，另一位著名的"玛纳斯奇"。1938—1949年间从他口中记录下了《玛纳斯》《赛麦台》《赛依铁克》的文本。记录者为其儿子姆卡迈特·巴额西奥夫以及托克塔勒·阿布德考夫、依纳耶特·穆萨耶夫、别列克·陶柯托古洛夫等。记录地点在伏龙芝（今比什凯克）和他的故乡纳伦地区的"克孜勒套"农庄。从其口中记录的文本手稿现保存在吉尔吉斯斯坦科学院语言文学研究所。第一部《玛纳斯》（档案标号为：160－164），共计1920页，41147诗行；第二部《赛麦台》（档案标号为：165－175），共计67704诗行；第三部《赛依铁克》（档案标号为：176－177），共计5594诗行。这一唱本在很多方面既不同于萨恩拜的唱本也不同于萨雅克拜的唱本，不同点尤其体现在史诗第一部上。他的唱本把史诗的主要内容几乎都集中在史诗"伟大的远征"这一环节上，从某种程度上与萨雅克拜·卡拉拉耶夫的唱本相似。

（7）莫勒多巴散·穆素勒曼库洛夫的唱本。这位著名的史诗演唱家、民间诗人（阿肯）、作曲家所创作的《玛纳斯》和《赛麦台》史诗唱本是在1935—1945年间由库尔曼·柯德尔巴耶夫记录下来的。唱本包括《赛麦台》的全部内容，共计43102诗行，是用阿拉伯字母吉尔吉斯文进行记录的，现保存在吉尔吉斯斯坦科学院语言文学研究所（档案标号为：77－89）。第一部《玛纳斯》部分是于1944—1945年间由夏·巴伊萨洛夫、阿·塔依库列诺夫、额·阿布德热赫曼诺夫等用斯拉夫字母吉尔吉斯文进行了记录。其中《玛纳斯》共计57718诗行，现保存在吉尔吉斯斯坦科学院语言文学研究所（档案标号为：65－76）。两次记录工作均在伏龙芝（今比什凯克）进行。这一唱本在史诗内容的安排以及演唱方法上也有一定的特色，但总体上与萨恩拜的唱本有一定相似之处。

（8）额·阿布德热赫曼诺夫的文本。1946—1952年间，额·阿布德热赫曼诺夫这位著名的史诗演唱家、民间文学家记录了自己的唱本史诗前三部的内容，并将手稿交给了吉尔吉斯斯坦科学院语言文学研究所入档。他的记录工作于1946年开始。最初他记录了唱本第一部的一章"玛纳斯的纪念盛宴"，共计3731诗行。1947—1948年间他又记录入档了《赛麦台》（档案标号为：991－997），共计23364诗行的内容。同一年，即1948年开始记录并完成了《赛依铁克》（档案标号为：998，1158），共计7839诗行。1952年又补充记录了史诗第一部剩下的内容（档案标号为：190a，190b），共计14983诗行。他的这一唱本比较简略，但包括了史诗第一部的主要内容，与萨恩拜的唱本比较接近。

（9）麻木别特·乔科莫洛夫的唱本。1959—1972年间在伊塞克湖州的通额地区，由博坎巴耶夫记录下了史诗三部的全部内容。语言文学研究所的《玛纳斯》史诗学者也参加了记录工作。从其口中记录下来的全部资料共计 148557 行。除此之外，还有 28 盘录音盘，共计 9700 米长。录音盘里的资料还没有完全誊写到纸面上进行整理。全部资料均存放在吉尔吉斯斯坦科学院语言文学研究所（档案标号为：《玛纳斯》212，214，215，216，217，219，224；《赛麦台》218，221，222，223；《赛依铁克》220，225；录音盘标号为：213，225a，225b）。麻木别特·乔科莫洛夫是一位杰出的史诗歌手，他的演唱文本在内容篇幅上仅次于萨雅克拜·卡拉拉耶夫的唱本。他的唱本包含了史诗几乎所有的传统章节，演唱方法也与最杰出的"玛纳斯奇"们一致。但是在一些片段、细节的展示方面与萨恩拜以及萨雅克拜有较大区别。

在目前的存档的资料中，上述这些唱本被认为在史诗《玛纳斯》的多种文本中具有较高的艺术价值。

萨恩拜·奥诺孜巴科夫和萨雅克拜·卡拉拉耶夫的唱本在很多方面都优于其他唱本。这两个唱本各有所长，也各有所短。各自的独特性以及传统的普遍性使它们也有许多相似之处。为了进一步弄清它们的共同特点和不同特色，我们在下文简略地介绍两个唱本的叙事特色。

萨恩拜·奥诺孜巴科夫的唱本主要内容如下：史诗唱本以传统的形式列举玛纳斯的世代祖先业绩，叙述外族入侵占领吉尔吉斯人的领土，诺奥依的后代诸多部落四处遣散被迫流放的内容开篇。其中，被流放到阿尔泰地区的加克普，因为年纪大了又没有子嗣而痛苦烦恼。后来终于得一儿子起名叫玛纳斯。玛纳斯是一个非常调皮活泼，桀骜不驯的孩子。父母为了让他学会生活的真谛，便让他去做"苦工"。9 岁时，玛纳斯在反抗卡勒玛克人暴行的过程中展示出自己的超人勇气和非凡胆识。在玛纳斯的率领下，吉尔吉斯勇士们团结一致推翻了阿尔泰卡勒玛克的统治，并打败了强大的涅斯卡拉及其率领的数以万计的军队。艾散汗派来逮捕玛纳斯的密探和 11 个都督派来的强敌也被玛纳斯一一打败。为了反抗外敌入侵，彻底粉碎外来者的压迫和奴役，人们认识到团结起来共同对敌的重要性，于是便把玛纳斯拥戴为汗王。玛纳斯集结众多兵马，东征西战，终于从敌人铁蹄下解放了自己的故乡阿拉套山。人们从四面八方纷纷投奔到玛纳斯的麾下。史诗接下来讲述吉尔吉斯人遭到肖如克汗王的入侵，但是，在玛纳斯的领导下，勇敢的吉尔吉斯人最终打败了他，并迫使他最终不得不与吉尔吉斯人冰释前嫌，宣布和解，而且把自己的女儿阿克莱作为和解的象征嫁给玛纳斯。

阿勒曼别特的故事独立成篇。他身为契丹人，因不堪受汗王欺凌而离开故土。起初他投奔哈萨克英雄阔克确，后来投奔玛纳斯。唱本叙事之后又回到玛纳斯，讲述玛纳斯与卡妮凯的隆重婚礼和有关"阔孜卡曼叛变"的情节。萨恩拜还演唱了史诗大量的其他独立诗章。他把"阔阔托依的祭典"作为接下来的情节进行演唱。而萨雅克拜·卡拉拉耶夫的唱本中，这一情节不是在第一部《玛纳斯》中演唱，而是将其放到了第二部《赛麦台》中作为回忆内容进行演唱。这种演唱方法可以从其他"赛麦台奇"的唱本中找到踪迹。可能当初萨恩拜也把"阔阔托依的祭典"放到《赛麦台》中而不是《玛纳斯》中来唱，因为他提到的名字，如青阔交、托勒托依等只能出现在《赛麦台》中而不是在《玛纳斯》中。很可能是萨恩拜在为记录者演唱时认为这一章放到第一部中能够更准确地表述玛纳斯的生平业绩，所以将其特意从第二部中安排到了第一部中演唱，而这样的安排又被其他"玛纳斯奇"所接受和效仿。萨雅克拜·卡拉拉耶夫也承认了这样的变动。当问及他为何把"阔阔托依的祭典"移至《赛麦台》中时，他回答说自己在演唱时无意中忘记了这一篇章，而当他再记起来时他便顺口将其加入到了《赛麦台》之中。事实上，并不是"玛纳斯奇"忘记了这样一个重要的故事情节，而是因为前辈玛纳斯奇萨恩拜的这种情节安排已经深入人心，得到广大听众的接受和认可。因此，萨雅克拜不但没有对萨恩拜的这种打破传统的唱法提出异议，反而是自己感到有些"内疚"。从这一点，我们完全可以看出，史诗的传统形式只要得到听众的认可而且对史诗的发展和改进有积极作用是可以允许做一些改动的。这种变动还可能被其他演唱者主动接受和继承，甚至成为传统的一部分融入到后辈歌手的演唱当中。

萨恩拜·奥诺孜巴科夫的唱本接下来的章节是抗击空吾尔拜的"伟大的远征"。这一章节是以一次惊心动魄的战役中吉尔吉斯人获得胜利，并在胜利之后获得敌人赠礼，人们获得和平安宁告终。之后，玛纳斯在战斗中也中了敌人的阴谋，身负重伤，被敌人用毒斧砍中后颈部。之后，伤情逐渐恶化，最终导致他的死亡。玛纳斯被安葬在广袤的大草原巴彦塔拉的库米阿热克地方，人们还为他建造了大型的陵墓。此地也因此而得名。

按照传统形式，萨雅克拜·卡拉拉耶夫的唱本也同样是从列举玛纳斯祖先的事迹开篇。喀拉汗去世后，吉尔吉斯地区被莫托汗和阿拉开汗侵占，吉尔吉斯人民忍受着残酷的奴役。喀拉汗的儿子们虽然努力反抗，但全部被流放到各地，成为无家可归的流浪汉。加克普和其他40户吉尔吉斯人被流放到阿尔泰地区后，通过挖掘金子而逐渐变成了富翁。但是，无子的烦恼让他痛苦万分。他抱怨自己命运多舛，没有子嗣。艾散汗的占卜师告诉其主说有一个名叫玛纳斯的英雄即将要在吉尔吉斯人中降生。他不仅将会推翻艾散汗的统治，而且会消灭卡勒玛克人。于是，毫无人性的艾散汗派出众多密探，四处探寻未来英雄的踪迹，妄图将未来英雄玛纳斯扼杀在襁褓中。他派出的人在撒马尔罕城找到一位名叫加尔玛纳斯的孩子，以为这就是他们要找的玛纳斯。于是，就将这个孩子捆绑后带回。其实，他是一个名叫琼叶仙的人的孩子，根本不是真正的玛纳斯。当时，加克普所做的梦被占卜师们解释说他将会得到一个有超凡能力的非凡男孩。不久，加克普的儿子玛纳斯顺利出生。这个孩子显示出非凡的特征，而且很快就变得桀骜不驯，为所欲为，根本不听从父亲的教诲。于是，孩子被父亲加克普送到牧羊人奥西普尔那里帮助照看羊羔，成了一名小羊倌。玛纳斯在那里一直待到12岁，但性格豪放，不顺从任何人。玛纳斯第一次显示自己的英雄行为时就打败了700多卡勒玛克人。艾散汗从一位在战场上侥幸生还后逃回来的塔格里克口中得知玛纳斯的消息后，立刻派出董戈和交牢依率领1万大军前去抓捕玛纳斯。玛纳斯粉碎了敌人的围攻，将其打败，董戈被杀死，交牢依在万难之中死里逃生。

按照阿克巴勒塔长老的建议，玛纳斯开始前去寻找自己的人民以及老英雄阔绍依，并在阿特巴什附近与阔绍依相遇。经过一番商议，他们决定带领所有的族人前去塔拉斯定居。玛纳斯性格豪放而善良，为了接济百姓，不断地把牲畜分送给贫穷百姓，因此遭到父亲的责骂。于是，玛纳斯一气之下离家出走来到大草原，并在那里遇到了一位名叫巴巴迪汗的圣人。他是所有农夫即"迪汗"的保护神。根据他的建议和指点，玛纳斯开始播种小麦，并且在秋天时获得大丰收。于是，他用收获的麦子买了一匹骏马—阿克库拉。然后，玛纳斯遇到圣人克孜尔，并从他那里得到了从天而降的六把神剑。玛纳斯在寻找亲人途中遇到巴卡依、阿吉巴依和秀图等英雄，并与他们结义。后来他们都成了玛纳斯最得力的武将。之后，玛纳斯才最终回到自己的故乡。

玛纳斯与强大的阿牢开作战并战胜了他，并把所有的战利品分发给众人。人们拥戴他为汗王。玛纳斯紧接着攻打并战胜了卡勒秦可汗肖如克。战败的肖如克可汗惊慌不已，将自己的女儿阿克莱送给玛纳斯做妻子。

在萨雅克拜·卡拉耶夫的唱本中英雄楚瓦克的故事单独成篇。楚瓦克是阿克巴勒塔在无子的痛苦时期在荒山野岭中捡到并收养的儿子。玛纳斯在梦中神游到他身边。之后，玛纳斯在打猎途中发现了神犬库玛依克①，然后就想找一个能够照看、养护和驯养神犬的人。于是，玛纳斯接受楚瓦克和巴卡依的建议，打算与卡妮凯成婚。卡妮凯嫁给玛纳斯的同时，也成了驯养神犬库玛依克的人。

在萨雅克拜·卡拉耶夫的唱本中，史诗的"远征"一章紧跟在上述情节之后。在英雄托什图克举办的庆典上②，12位吉尔吉斯汗王不听从阔绍依的劝阻，一致要求废除玛纳斯的汗王头衔。当他们来到玛纳斯面前时却又对自己的行为感到心慌害怕。当被玛纳斯问及："诸位汗王！你们为何事而专程赶来"时，他们异口同声地回答说他们打算前去攻打空吾尔拜的大营老巢。于是，玛纳斯接受了这一建议并率众出发。阿勒曼别特被推举为军队首领。经过40个日夜的长途跋涉之后，队伍才停下来歇息休整。按照玛纳斯和巴卡依的建议，阿勒曼别特在色尔哈克的陪同下前去侦察敌情。他们离开队伍之后，楚瓦克在科尔格勒恰勒的煽动下认为自己受冷落不被重视而感到十分不快。于是，他尾随阿勒曼别特和色尔哈克前去。玛纳斯听到此事，感到有些蹊跷。他担心出事，也尾随他而去。楚瓦克赶上阿勒曼别特一行之后不听劝导，开始向

---

① 根据神话传说，库玛依克是不放过任何猎物的一条神犬。它从狮神鹰首猛禽的蛋中孵化出来。它最终会从幼兽幻化成雄鹰。但如果有人在它幻化成鹰之前将其俘获并驯养它，它就会保持猎犬的形象，成为一只优秀的猎犬——原注。

② 唱本中说英雄托什图克为了庆祝自己从地下冥府回到人间而举办庆典。这些内容在另外一部关于托什图克的史诗中有详细描述——原注。

阿勒曼别特发出挑衅，对他恶意中伤，说他是外来人。玛纳斯正好在他们吵得不可开交的时候及时赶到，制止了两人之间即将要爆发的内讧，并斥责他们的错误行为。阿勒曼别特与楚瓦克言归于好，并请求玛纳斯原谅。于是，四个人一同登上塔勒乔库山顶，用千里眼遥望和观察敌人的动向。在玛纳斯的要求下，阿勒曼别特开始向同伴们讲述自己的身世和契丹的一些事情。在这里，阿勒曼别特的故事是以他自己的第一人称口述形式得到叙述。他的父亲是阿泽孜汗，母亲阿勒腾阿依公主是汗王卓然迪克的女儿。他与试图暗害自己的契丹可汗发生矛盾。无奈之下弑杀自己的父亲后，听从母亲的劝导不得不离开故乡。他与哈萨克英雄阔克确结盟，干出了一番事业。但阔克确听信小人对他的诽谤，对他产生怀疑最终迫使他不得不选择离开，并打算去麦加朝觐。他来到布哈拉，并在那里遇到巴卡依，被他带到了玛纳斯麾下，加入了玛纳斯阵营。

之后，楚瓦克与玛纳斯留守在塔勒乔库要塞。阿勒曼别特和色尔哈克则继续前去侦察敌情。他们途经阿勒曼别特的出生地时遇到了敌人的牧马官卡拉古勒。于是，阿勒曼别特和色尔哈克设计夺走马群，把马群全部赶走。空吾尔拜听到这个情况后，率领大军紧紧追赶。然后战争一个接一个地展开。阿勒曼别特和色尔哈克与追杀他们的敌人展开搏斗，彼此呼应，彼此配合，相互营救。玛纳斯通过梦兆得知这一情况，立刻与楚瓦克赶来营救。四位英雄齐心协力打败了敌人。但是敌人的援兵很快赶到，战斗变得异常惨烈。在四位英雄的顽强拼搏下，敌人最终被打败。玛纳斯率军一路前行开始攻打别依京城。空吾尔拜从背后偷袭玛纳斯。玛纳斯的同伴逐一被敌人杀害。玛纳斯身负重伤回到故乡，并因为被毒斧砍中，最终献出生命。

为了纪念玛纳斯，卡妮凯精心建造了一座宏伟的陵墓。

从以上内容中可以看到，这两个唱本的内容既存在差异又各有独到之处。史诗不同的唱本结构和情节上的优点和不足之处不仅仅说明"玛纳斯奇"各自的才能，而且还清楚地显示出他们各自所属的与前辈出众的"玛纳斯奇"的演唱才能相关联的"学校"流派。

无论来自哪一个学校和流派的"玛纳斯奇"，其演唱形式和内容都与传统有着密不可分的联系，因此彼此之间也相互对应。同时，每一个"玛纳斯奇"都有各自对应的群体，因此也有一定的区别。与每一个

"玛纳斯奇"所属的流派有关联的形式上的不同,以及每一个"玛纳斯奇"分别对史诗的发展各自所做出的贡献丝毫不能改变早已得到广大听众认同且耳熟能详的史诗的那些传统故事。由此可以断定,每一个流派的"玛纳斯奇"首先在对史诗情节的构造方面,在演唱史诗的这个或那个篇章的技巧方面,在人物形象的塑造方面都有各自不同的特点。例如,一个"玛纳斯奇"可能会把某一个篇章进行特别详细的演唱,而另一个"玛纳斯奇"则可能会用回忆的方式演唱这个片段或干脆省略这个片段。发生这类情况是因为这几个情节可能都是来自某一个共同的源头,而它们的精华部分却可以用不同的方式表达。萨恩拜·奥诺孜巴科夫和萨雅克拜·卡拉拉耶夫两位"玛纳斯奇"在演唱中都提到了玛纳斯的死亡和为他建造陵墓的事件,但是他们把这个情节用各自不同的方式进行了处理。

几乎所有的《玛纳斯》学者在熟悉了史诗的各种唱本之后,无一例外地都会注意到史诗一般情节的建构问题。穆·阿乌埃佐夫指出,史诗的这一特征不仅与我们今天所掌握的史诗资料有关联,它同样与前辈歌手的唱本有关联。他对此提出了这样的观点。如果我们相信老一辈听众带给我们的传说的话,当我们审视史诗的传统情节时必定会提及奈曼拜、阿克勒别克和特尼别克等"玛纳斯奇"无一例外地都从玛纳斯的降生开始演唱。他们在演唱的"阔阔托依的祭典"、"远征"和其他一些章节时多会用同样的顺序提及有关阿勒曼别特、阔绍依和交牢依等人物形象。萨恩拜和其他一些"玛纳斯奇"的演唱都提到了众多地理名称,一些我们所不知道的人和英雄、可汗等。而且,所有的演唱者也都要提到同样的英雄和人物,甚至同样的一些无关紧要的细小情节[①]。

在研究《玛纳斯》史诗的学者中,"固定不变的关键诗章"这一术语已经被广泛运用。出现在不同唱本中的一些固定的传统情节和片段都可以用这个术语加以理解。(史诗第一部)这些情节是:吉尔吉斯人遭到外族入侵并被分散到各地流浪;英雄玛纳斯的降生及童年时代;玛纳斯的初次英雄行为;玛纳斯率领全族从阿尔泰迁徙到阿拉套山区;关于

---

① M. A. 阿乌埃佐夫,《吉尔吉斯英雄史诗〈玛纳斯〉》,见《吉尔吉斯英雄史诗〈玛纳斯〉》,莫斯科,苏联科学出版社,1961年,第20页。

玛纳斯同肖如克和阿牢开的战争情节；玛纳斯与卡妮凯的婚礼；阔孜卡曼的叛逆和阴谋；阿勒曼别特的故事；阔阔托依的祭典；远征；玛纳斯离开人间和为他建造陵墓。"玛纳斯奇"在演唱这些核心章节以及这些核心章节的前后顺序一般都是固定不变的。

史诗的一个中心思想是爱国主义，号召人民团结一致打败外族入侵者。吉尔吉斯人为了生存而进行的长期不懈的战斗也反映了史诗的爱国主义主题。为了人民的和平、安宁和自由而战斗的英雄们组成了史诗的主要人物群像。他们机智聪明，充满智慧，具有非凡的武功和才能，远见卓识，全心全意为了人民的利益的精神赢得了人们的尊重。当然，史诗中也不乏有血有肉的反面人物形象。

史诗中的主要人物并不具备超乎想象的能力和神幻的魔力；无论他们被描述得多么神圣，也无论他们具备多大的武功和能力，他们基本上还是真实的普通人。当然，他们也不乏普通人所拥有的很多缺点。作为普通人，他们也一样为胜利而欢呼，为失败而悲痛，也对不幸和灾难而痛不欲生。

史诗的主要英雄人物是玛纳斯。史诗的全部主要情节都围绕他而展开。史诗的情节发展也与他的行为密切关联。玛纳斯的所有功绩和他身上的缺点也反映出当时特定的社会历史状况和现实。史诗中反映了多姿多彩的社会时代图景，也反映了人们的理想和追求。玛纳斯代表了人们心中理想化的英雄形象，反映出人们"他就是这样""他就应该这样"的心态。

依照传统，玛纳斯的形象代表了英雄史诗主人公的很多优秀品质，首先，他是一个大无畏的英雄，一个充满活力和勇气的武士，一个宽宏大量、办事公正的将领。他不仅是武功超群的战士，而且也是一位统帅和首领。他在统一如同一盘散沙，流浪各地的吉尔吉斯人的大业中起到了决定性作用。在他的领导下，受奴役和蹂躏的吉尔吉斯人民从水深火热中解放了自己，夺回了失去的土地和草原。史诗中也有许多武士，在勇气能力以及智慧方面并不比英雄玛纳斯逊色，甚至有一些比玛纳斯还要高出一筹。但是，无论在史诗中所起的作用，还是社会地位方面，玛纳斯在人民心中的崇高地位以及他作为一位统帅的重要性都是其他人不可替代的。与他为伴的英雄群体也都完全认可这一事实，并且尊重他，崇拜他，服从他的领导。与玛纳斯类似的英雄还有阔绍依，他比玛纳斯年长，但能力却并不比玛纳斯弱；巴卡依甚至要比玛纳斯更加充满智慧和谋略，对民情更加了解；楚瓦克和色尔哈克虽然比较年轻，但也像玛纳斯一样充满自信和勇气；阿勒曼别特具备超常的智慧和勇气，并且精通武功和魔法，深谋远虑，在英雄气质和武功方面并不亚于玛纳斯。

史诗在塑造玛纳斯以及其他英雄人物形象时运用了多种艺术手法。英雄的各种战斗形象在塑造英雄人物方面尤为关键。当然，英雄的言谈举止，为人处事，众英雄对他的评价和看法，他们对英雄的言谈、独白，对其他人物的态度，他们的观点和思想、对他人的评价也非常重要。最后，按照史诗传统，对英雄的外貌：从其穿着到携带的武器装备、身下的坐骑等等也着力进行了细致而生动的描述。另一个重要方面是英雄降生时取的名字。这并不是拘泥于形式的普通名称，而是包含着深层的含义，预示着英雄内在的美德和才能。

玛纳斯不仅仅是很多重大事件的发起者和组织领导者，他更多的是这些事件的直接参与者。玛纳斯的领导和组织才能是由他正确的信念所决定的。他把人民的利益摆在头等重要的地位。他的每一个言行，他的所有的英雄业绩都关涉人民的疾苦。他既不追求个人的利益也不向人民索求报偿；既不讲求特权也不寻求虚名。

史诗中，玛纳斯被称为"可汗"，但是却首先被描述成为一名战士，一个普通的战斗员。在战斗中，他总是以身作则，冲锋在前，撤退在后，在每一个场合给其他人树立榜样。作为一名最勇敢的战士，他是40个勇士的先锋。他作为一位统帅不像一个可汗，而更像是一名最勇敢的战士。哪儿需要玛纳斯，他就在哪里出现。他总是以自己最顽强的勇气、意志和能力与最凶狠最危险的敌人进行搏杀。对于敌人而言，他是一名由豹子和雄狮佑护左右的战士，随时准备猛扑过去。每当他冲上战场时，他前面总会有60庹长的巨龙开道，头顶上有阿勒普卡拉神鹰陪伴。他的左右还有48名手持长矛的勇士护卫。史诗还形容他能够与1000名大力士相匹敌。当他愤怒时，"从他的眼中奔射出嘶嘶的火焰；从他口中冒出滚滚浓雾；他身上的毛发可以刺穿身上的铠甲"。如果有谁胆敢注视玛纳斯片刻，便会被吓得魂飞魄散。

然而，玛纳斯在史诗中最引人入胜的才能不是他的强壮和令人敬畏的外貌，而是他充满人道主义的性格和他完整的人格。其中，他的慷慨大度和正义感是最为突出的。对此，史诗中也都有大量的具体描述。

玛纳斯区别于他人的性格是他正直、淳朴、诚实和豪放。他以公正的大将气度对待每一个人，原谅别人的错误和缺点，鼓励别人的优点，使得七零八落的吉尔吉斯诸部团结一致对敌，和内部和外部的敌人进行顽强的斗争。就像史诗中所描述的那样："把隼鹰聚集起来训练成猎鹰"，"把散落的各部落人民团结成一个整体"。其中最生动的例子是玛纳斯团结了来自各地的40名神通广大的勇士，使他们成为自己可靠的得力助手。这在草原部落联盟时代是很大的成功，不是每一个将领统帅都能做到。

在塑造玛纳斯人物形象时，史诗用了很大篇幅描述他的坐骑、服装、武器等。骏马、战服、武器和他本人高大威武的身躯和超凡素质非常匹配，并且从另一个侧面渲染了他的才干和威猛的性格。总之，玛纳斯是被广大人民神话了的英雄。因此，他在演唱者们口中都有固定的程式化的描述：

> 他如同用金银铸成，
> 浑身放射着金碧辉煌；
> 他就像是天地之间的擎天柱，
> 坚强无比，勇敢无畏。
> 他就像太阳和月亮合成，
> 照亮广袤的大地。
> 大地帮助他是因为
> 他就同土地一样坚固有力；
> 他就像来自海涛之中，
> 他在那里的月光下出生。
> 他从凉爽的云端走来，
> 他从日月的光芒中走来，
> 他从浩博的天空中走来……

巴卡依和卡妮凯分别是玛纳斯最亲密的朋友和伴侣。他们的形象也有一些共同特点。他们都充满智慧，深谋远虑。这种相似点首先是与生俱来的贤明和智慧。

巴卡依和玛纳斯有血缘关系。史诗并没有强化这一点，而是让他以圣贤和人民的英雄玛纳斯的顾问、谋士的身份出现。吉尔吉斯人的智慧，他们的刚正不阿、公正、热情忠诚、庄重朴实的品质在他身上得到了生动的、充分的体现。史诗描述巴卡依"能够在黑暗中认清道路，在紧急关头想出妙计"。对士兵的荣誉观和美德的教育，对他们不良行为的斥责和开导等大多数情况下都由巴卡依老人执行。

卡妮凯是玛纳斯的妻子，也是他最亲密的内参和真正的助手。这一形象也是根据传统的、得到民众认可的、在广大人民心中值得尊重的英雄妻子的当之无愧的标准形象加以塑造。她具备了一个理想的妇女所必需的所有优秀品德和才能。她聪明智慧、淑雅贤惠、心灵手巧、精明能干、温柔明礼。尽管按照古老的习俗以及当时的社会条件，一个女孩子绝不会被父辈视为自己的继承者，而且无权继承父亲的财产，一个男人却拥有至高无上的权威。但是，《玛纳斯》史诗中妇女的作用显得极为重要。她们在社会生活中也占据举足轻重的位置。卡妮凯的形象便是一个明证。在史诗中，卡妮凯是唯一一位能够和玛纳斯平起平坐，有时候甚至比他地位还高的人物形象。

聪明睿智是她最重要的品性。首先，她的智慧体现在对各种事物的正确判断上，在紧急关头的正确行动上，以及她的明辨是非上。还体现在大公无私，不追求名利上。甚至，史诗中玛纳斯的两位宿敌空吾尔拜和交牢依也都给予卡妮凯很高的评价，而且还嫉妒玛纳斯拥有这样的贤内助。没有一个人能够媲美卡妮凯的先见之明和洞察力。就连巴卡依和阔绍依这样的高参贤达遇事都要征求卡妮凯的意见。而且，在众人的意见有分歧无法调和时也总是采纳卡妮凯的建议。因此，在远征之前她就对敌人的力量进行了正确的估计和判断。

卡妮凯区别于其他人的美德是心灵手巧。玛纳斯的全部服装，从著名的阿克奥勒波克战袍到其他服装都是由卡妮凯一针一线缝制而成。（在萨雅克拜的唱本中）远征前，卡妮凯向玛纳斯和其四十勇士以及广大士兵赠送了礼物，鼓励他们克服长途跋涉的艰辛，战胜狡诈阴险的敌人。她赠送的礼物包括：适合在战斗和日常生活、冬天和夏天、雨雪天气等各种不同的场合的各类服装，疗效显著的各种治病良药，大量的适于储藏的干粮食物，弹药箭矢和其他物品，还包括照明所用的灯芯，等等。

史诗着重描述了卡妮凯的内心世界。她的人道主义精神和思想，她接物待人的公正态度以及谦虚热情、慷慨大方、谨慎小心、富有远见等性格栩栩如生地展现在读者面前。卡妮凯是人们心中理想妇女形象的化身和楷模。因此，当今社会现实生活中，人们把完美妇女的标准，也同这位超越时空的古代妇女形象联系起来。

作为契丹王子，阿勒曼别特在史诗的人物群像中也占据重要地位。他是玛纳斯最亲密的伙伴和助手之一，也是英雄的同乳兄弟。阿勒曼别特将虔诚为人民服务作为自己的最高追求，将自己的全身心都献给了吉尔吉斯人民。他的正义、诚实打动了吉尔吉斯人，他的真诚、忠义使人们完全忘记了他是一位前来投靠的外族人。他与同伴合作融洽，在队伍中生活和战斗，完全不是一个外来人。在史诗中，玛纳斯和巴卡依等为首的全部吉尔吉斯将士都尊重阿勒曼别特，就是一个生动的例子。

在史诗中，阿勒曼别特是一位充满传奇色彩的人物。他被迫离开自己的故乡和人民，自始至终的身份是"外族人"。他受到本族人的尊重，但又不得不离开故土，这本身就是一个悲剧。尽管如此，阿勒曼别特还是最终成为玛纳斯的亲兄弟，得到每一个吉尔吉斯人的敬重和爱戴。他是一个叱咤风云的将领，但他同时又感到无比孤独。作为一名无亲无故，流浪四方的漂泊者，他也对自己的境遇和命运感到悲哀。无论他如何尊重吉尔吉斯人，多么忠诚无私地为吉尔吉斯人做出奉献，他还是始终热爱着自己的人民，自己的故乡。对故乡和亲人的渴望时时萦绕在阿勒曼别特的心中，让他痛苦万分。以玛纳斯为首的吉尔吉斯将士们都理解和同情他的这种情感，并不把这种情感认为是一种背叛行为。阿勒曼别特对故乡和亲人的渴望是由他的独特性格和经历所决定的。阿勒曼别特的这种悲剧以及他离开故乡的行为可以从他接受伊斯兰教这一点得到少许的答案。因为这种情节在中亚各民族的史诗作品中屡见不鲜。

在阿勒曼别特的身上清楚地体现了个人和家庭的关系，远离自己故土和部落的悲痛。一个人被迫离开故乡，感到孤独是很自然的。特别是在部落形成时期，个人的命运与其所属的部落的命运是紧密相连的。一个人只能从部落或民族得到勇气和鼓舞，并受到它的直接影响。

除了上述人物之外，史诗中还有许多生动形象的人物。如贤明而博学的阔绍依。他是一个力大无比、英勇无敌的老英雄。他的"耳朵就像盾牌，眼睛像太白星一样燃烧"。还有性格暴躁，充满朝气的楚瓦克，他"在战斗中所向披靡，就连猛虎也不能战胜他"。年轻有为的英雄色尔哈克，他"身轻如燕，骑两岁马驹最合适；在征途中侦察瞭望从不眨眼睛；即使面对成千上万的敌人，他也会毫不畏惧地展开拼杀"。此外，还有唇枪舌剑，能言善辩的阿吉巴依，他"掌握六十种语言，敏捷神速机智果敢"。

这些人物个个都充满正义感，热爱故土和人民，是不惜为民众的利益献出生命的英雄。尽管性格各异，能力有别，而且各自都有不同的身世和背景，他们每个人都在史诗中都占据显要位置，在史诗的情节发展和故事结构中发挥重要作用。例如，阔绍依是一个学识渊博、眼界开阔、富有远见的族内长老，族内的核心人物。当吉尔吉斯人遭到外族蹂躏，四分五裂，流浪各地，失去家园之时，他带领其部落夺回大批马匹，坚定信念，驻守故乡，与敌人展开不懈的斗争，等待玛纳斯率领将士和民众返回故乡。阔绍依的远见卓识，勇敢无畏的性格在史诗中得到细致的展示。他那超出凡人的刚正不阿，充满智慧，远见卓识的性格使他比巴卡依老人还要受人尊重。他在民众中德高望重，甚至有时被认为是一位超凡脱俗的圣人。因此，史诗中他被评价为"能够赐福于人民"的人。不仅玛纳斯本人得到他的诸多辅助，就是其儿子赛麦台的出生也是他向天神祈求的结果。只有阔绍依有权敢于向玛纳斯劝谏，并指出其缺点和错误，甚至当众指责玛纳斯的过失。

英雄楚瓦克是一个性格暴躁，热血沸腾，但忠诚、勇敢，值得信赖并可以得到原谅的英雄。年轻的色尔哈克是众人的宠儿，在那个崇尚英雄的武功、能力和勇气的年代，他却与众不同。色尔哈克以其充满人道主义，热情奔放，感情丰富的性格备受关注。四十勇士的首领克尔格勒恰勒；"能够在危急关头想出六十种计谋，使战局转败为胜"的聪明的赛热克；得到玛纳斯尊重的艾尔托什图克；总是与人争吵不休的包孜吾勒等都在史诗中也显示出鲜明生动的个性。

史诗中对反面人物喀拉契丹首领空吾尔拜也进行大量生动的描述，

把他塑造成了一个栩栩如生的人物。他的才能和力量并不比任何吉尔吉斯英雄逊色。他阴险狡诈，诡计多端，在谋略方面甚至超过许多吉尔吉斯英雄。在众多的敌人中间只有他在武功和能力方面与玛纳斯相匹敌。空吾尔拜的外貌被描绘得和玛纳斯一样生动形象：

> 他的鼻子挺直双眼通红，
>
> 他的双臂有力，虎背熊腰；
>
> 他的眼睛深陷，话语令人心惊胆战，
>
> 他胸宽肩阔，身高顶天立地；
>
> 他是这样的英雄，
>
> 他的名字就是空吾尔拜……

空吾尔拜最主要的个性就是妄自尊大，阴险狡诈，诡计多端。在道义上他要比吉尔吉斯英雄们低很多。因为在史诗中他的所有行为都不符合人道。他是一个入侵者和奴役者，因此他的行为不可能与吉尔吉斯英雄们完成的英雄业绩相提并论。后者是为了人民的独立和自由而进行正义的战争，所有的目的是人民的解放和安宁。

汇集了心灵的肮脏与卑鄙，道德败坏这些性格，在敌营中位置仅次于空吾尔拜的强悍武士非交牢依莫属。空吾尔拜最密切的盟友是卡勒玛克汗王交牢依。在史诗的主要人物中，除了吉尔吉斯英雄阔绍依，没有其他英雄能够在力量上能够与他抗衡。在那个凭着自己的力气和拳头，凭着强悍的身体解决所有棘手问题的时代，纵使交牢依有再大的能力，只要他没有把这种能力用在保护人民的利益上，就是毫无意义的。

史诗中所有反面人物的普遍性格特征如下：在力量、外表及其他能力上毫不逊色于吉尔吉斯正面英雄，但是他们在公开的战斗中却屡屡战败。因为他们在精神上、心灵上要比正面英雄们贫乏。正面英雄们充满自信，坚信自己的正义行为，而且有广大人民群众做后盾。

《玛纳斯》的艺术高度与其浩繁的内容相一致。《玛纳斯》史诗高度的艺术价值首先在于它是由诸多天才的口头艺术家们经过世代精心雕琢加工，不断完善、不断发展的一种独特艺术形式。史诗的艺术性描述所运用的都是丰富的吉尔吉斯语言，而这一语言是苏联各民族中使用的最古老的语言之一。

史诗宏大的篇幅中蕴含了很多传统的重大片段和相对独立的章节，使得每一个演唱者都能够在演唱时在整体结构基础上创编和组合自己的唱本。史诗中有很多章节完全可以独立进行演唱。但是在演唱这些独立章节时，必须在情节安排方面有一些技巧，也就是说每一个独立章节的演唱都必须有各自独特而完整的逻辑性开始和结束。因为，要想在一个完整的时间里从头至尾演唱完整部史诗是无法做到的。所以，为了听众的需求有必要对每一个广为人知的传统章节进行固定的情节组合以便独立地进行演唱。在不同的语境下不断地重复演唱史诗的某一个特定章节也是很多史诗歌手们的一种特殊实践。歌手们会在传统章节中的情节与情节之间构成一个独特的、有机的内部连贯机制，这不仅便于听众接受和聆听，也便于歌手自己在不间断的长时间演唱时不至于遗漏其中的一些情节。当然，每一次的演唱篇幅必须根据听众对正在演唱中的传统章节的熟悉程度而变动。持续不断的间隔性重复演唱无论对歌手还是听众来说都是很重要的。

在同一章节中由一个情节向另一个情节，从一个事件向另一个事件或者经过一个跳转之后又重新回到一个事件的叙述转换都是在若干行诗歌程式的帮助下完成的。这种时候都是由歌手自己来表明，并直接向听众唱出来的：

> 无论它是什么时代的故事，
> 我们就从玛纳斯重新开始。

这些诗行一直都是毫无变化地保留在史诗当中。如果有必要只是对一个名称进行替换。这样的艺术手法是史诗《玛纳斯》所独有的。甚至"玛纳斯奇"在演唱其他一些小型史诗时也不用这种手法。

史诗中，演唱者的描述和史诗人物内心的独白非常普遍。它们在史诗叙述中的作用也是极为重要的。人物之间关系，他们对每一个事件的议论和评述，他们的内心世界和行为等也都是通过独白的方式展示的。歌手们通过大量的篇幅描述英雄人物之间的矛盾冲突，战斗的过程，人们的日常生活以及自然环境、地理地貌、人物外表、人物肖像等。但无论如何，我们在这些描述之间都不能划出一个清晰的界限。例如：无人能够断定某一章节一定要用某一种固定的手法来表现，而这种描述而别的手法就一定不适合这个章节。

史诗中英雄们的内心独白极为丰富，而且各不相同。独白的运用要比其他叙述手法更为普遍。例如：史诗在简述之前发生的事情时常常采用英雄本人对这些事件的回忆方式，或者是他自己本人当面讲述的形式。甚至一些应该直接讲述给听众的景色描绘也要用某一人物对这些事物的回忆方式进行演唱。总之，就像穆·阿乌埃佐夫教授指出的那样，史诗《玛纳斯》中充斥着各种形式的对白和艺术手法。它们在史诗叙述方面所起的作用也是多种多样的，我们在史诗中也可以清楚地看到这一点：集会商议（玛纳斯率部出征之前的对话）；对好战者的劝诫（玛纳斯对七位可汗使者的对话）；用忠心耿耿的语言表达懊悔和悲痛（阿勒曼别特在"远征"一节里的精彩演说，后来这一演说成为他个人的回忆和自传）；讲述遗嘱；善意的劝谏和责备（巴卡依、阔绍依对玛纳斯）等等。我们从这几个例子中能够清楚地看到其作为一种史诗叙事艺术的重要性。除此之外，史诗中随处可见的各种对话、笑话、戏谑、讽刺等各种言论也随处可见。

按照传统史诗的风格，对英雄人物的性格塑造在很多情况下首先都是从其外貌、形象、武功和力量及所使用的武器等外观描述开始。但是，英雄的外部描述并不能完全揭示其思想和内心世界，这些只是为展示人物最深层的内心世界做铺垫。仅仅通过外貌的描述绝不能塑造出栩栩如生的生动形象。史诗不仅表现出了主要人物的内心世界和其内在的优秀品质，也淋漓尽致地展示了他们的行为准则。甚至，仅在个别章节中出现的一些次要人物也同样生动形象，感人至深。

当然，与世界上其他民族的史诗作品一样，通过外部形象的描述表现人物内心思想的艺术手法在《玛纳斯》中也很突出。因此，拥有丑陋外貌的人物总是与凶恶行为联系在一起。相反，正面英雄人物都有诱人的英姿。而且，正面英雄人物内在的坚强特性也常常在最关键的时刻表现出来，反映出他们的秉性。庄严，令人敬畏有时甚至是恐怖的外貌也用来表现他们的不同心境。当然，这并不都是一成不变的，有时候也要根据语境和情况的不同而改变。例如：当玛纳斯发怒时"嘴里冒出浓重的烟雾，眼里迸射出火焰"。如果有人在这种情况下看到他定会吓得魂不守舍。但这并不是他固定的形象。在日常生活中"他好像是由金银铸成，投射出金碧辉煌"。这说明他是一个充满善心的乐观者，而且拥有迷人的英姿。

随处可见的固定程式化词语，固定不变的人物形象描述在史诗中比比皆是。有时候人物的各种行为也用固定不变的程式化诗句进行描述。例如，英雄们投入战斗前的情形，一对一搏斗的场面，诱发一般战斗的原因等。这种程式化的固定诗句不能简单地看成是只描述一种行为。虽然这种程式固定不变，但却可以表现各种不同的行为和场景。尽管它们只有一些微小的变化，但它们总是被不断地替换和使用。因为这些程式尽管很相似，它们却可以被歌手用来表达不同的事件。不仅用在一个战争场面，而且在描述人物形象时也可使用。这不是死板的，而是用来渲染那些丰富多彩的故事情节。值得注意的是，这些程式也不是用来描述所有性格各异的人物，而是用在数量不多的几个重要人物身上。史诗中的各种人物形象都随着人物内心的变化，随着情感、情绪的改变而不断变化，不断得到丰富。例如，一位英雄人物在和平时期的形象与他在战争中的形象就截然不同，甚至人物的不同情绪变化也用各种不同的方式进行表达。尽管各种行为、各种事件无休止地重复，各种细节、各种场面却都是别具一格，丰富多彩。

《玛纳斯》史诗中的英雄人物无论从外貌、服饰、武器装备到其性格特征、行为言谈都各具特色，形象生动，千姿百态。下面就让我们看一看一些主要人物的特征：

阿勒曼别特：

> 红红的胡须随风飘扬，
> 他在黄斑马背上晃荡，
> 腰上系着金色的腰带，
> 脸庞如明月一样闪亮……

楚瓦克：

> 身穿镶蓝边的皮袍，
> 威武地坐在青花马背上……

色尔哈克：

> 身轻如燕，骑着两岁的马驹最合适，
> 从不睡觉，征途上瞭望前程；
> 腰上缚着杰凯腰带。
> 面对成千上万的敌人，
> 他敞胸露怀与敌拼战……

史诗英雄们不仅在外貌上形形色色，而且他们各有复杂的内心世界，性格各异，而且举止行为也各有鲜明特色。例如：阿勒曼别特聪明智慧又富有人道主义思想和情感；楚瓦克头脑简单，很容易亲信别人，性格直爽，容易激动；色尔哈克气质高雅，言谈举止谦恭，彬彬有礼，热情真诚。《玛纳斯》史诗最突出的艺术特征之一是细致入微的人物形象塑造及对各种人物内心世界的深刻挖掘。这一点从对同一个人物在不同环境下的不同描述得到证明。如，我们既可以看到在日常生活中玛纳斯平静的形象，也可以看到他喜怒哀乐时的不同风采。

《玛纳斯》的诗句是根据吉尔吉斯口头创作的特点，每一行诗由7—8个音节构成，韵律严谨，一般诗段通常都押尾韵。

《玛纳斯》史诗中丰富多彩的韵律并不拘泥于形式，而是有着自己的独特性。史诗没有两行押一韵的形式，一个特定的意义由许多固定的程式化押韵诗行与段落组成。节奏鲜明，整部史诗浑然一体，极像一篇结构严谨的激烈演说文。史诗的诗韵形式从两行到二十多行不等，甚至有时超过二十行。史诗中不仅有隔行韵，如二、四、六行押韵，也有三、五、七行押韵。一个韵无论在奇数诗行中还是在偶数诗行中并没有固定格式，而是很自由地出现混合交错、丰富多变的韵律表现形式。

押头韵和半谐音的运用对增强史诗演唱过程中的音乐感和诗歌表现方面都起到很重要的作用。史诗押头韵时运用了很严谨的内韵和外韵。几个诗行用同一个元音开头的半谐音也很普遍。

史诗中运用大量的修辞手法来增强人物形象的艺术性和生动性。其中最常见的是比较手法，固定的特性形容词以及夸张、隐喻等。

总之，用对比来表现特殊与一般、复杂与单纯等关系。重大事件不断地与日常生活相融合的对比是最重要的手法之一。

在史诗中，用于对比的最重要的手段是事件和事物，尤其是那些与吉尔吉斯人民特定的游牧生活相关联的，并在他们的日常生活中广泛运用的事物。因此，一个姑娘常常要与吉尔吉斯先民生活在叶尼塞河时期的事物关联起来：清澈的眼睛比喻成驼羔的眼睛，牙齿比喻成珍珠，腰肢比喻成细嫩的树枝，等等。深入表现人物性格特征时，运用准确、简洁的比喻更是屡见不鲜。

对于展示人物的深沉、具体和单纯的性格方面，最基本的方法是反复使用数量众多的、固定的特性形容词。

特性形容词大量用来表现正面人物的慷慨、健壮、伟岸、勇敢和反面人物的狡诈、贪婪、诡计多端等等。这些特性形容词不仅大量地用在描述人物的行为上，还有大量的特性形容词是用来表现英雄神奇的能力、超人的功绩、优秀的品格以及武器、骏马、马具等等。例如，色尔长矛（手柄上涂上了油漆的长矛），阿其阿勒巴尔斯（金刚般锐利无比的利剑），阿克奥勒波克（白色的神奇战袍）等。

在《玛纳斯》史诗的叙述层面上最丰富的就是表现人物性格特征的特性形容词。它们在史诗的叙事中起非常重要的作用，同时也是史诗歌手最主要的表现手法之一。这种人物性格特征的特性形容词包括多层含义。它们给这个或另一个事实进行阐释提供一种阐释空间和机会，人物的品德不仅由于其作为艺术创作而深深影响人们的审美情趣，而且它们因为描述的直接性、准确性而体现出自己的价值。运用固定的特性形容词可以帮助歌手塑造出富有个性，形象生动，性格鲜明的人物形象，而且还能深入揭示人物的个性以及他的内心世界。通过这些特性形容词才能显示出特定人物不同与其他人的个性特征。利用这样的艺术手法，史诗的演唱最主要的不是对普遍性事物的描述和渲染，而是对特殊事物的真实展示和塑造。

从外部特征上看，在大多数情况下是运用比较、特性形容词展示《玛纳斯》史诗的内容和事件，但在更深的层面上看是在揭示英雄的性格。当然，这并不是说特性形容词不重要。相反地，史诗中最具体的形象往往都是通过这些特性形容词展现的，尤其是那些既生动又具体的英雄人物形象更是如此。

色尔哈克是：

> 身轻如燕，骑上两岁马驹最合适，
> 从不睡觉，征途上遥望前程。

楚瓦克是：

> 在战斗中所向披靡，
> 猛虎也无法战胜。

在这里，不需要任何对比，年轻的英雄色尔哈克乐观、机敏、坚定的性格以及他的外貌都生动形象地展现在我们面前。同样，力大无比的楚瓦克以及他坚强强壮的身体也无需任何对比，而是通过固定不变的特性形容词得以彰显。但是，我们必须清楚，在通常情况下，《玛纳斯》史诗当中的特性形容词首先展示的是英雄的人品、气质和特征。对比则是用来表示事物和情节的外在形式的。

在《玛纳斯》史诗中，夸张也得到广泛运用，而且几乎被运用到史诗的所有方面。无论是英雄玛纳斯还是其他不同人物，从人物的力量到外貌特征，从他们的武器装备到各种行为都会用夸张的手法加以描述。当然，无论在这种艺术创作中多么重要，它还是会有一定的限定。任何夸张的描述都不能完全脱离现实。诚然，如果一个夸张跨越这个限度，脱离真实的生活而蜕变成一种荒唐的吹嘘时，演唱者就会提前告知自己的听众：“这儿既有真实也有虚构，没有人见过真实的一切；一半是真，一半是虚，没有人与英雄们并肩战斗”。

无论史诗的演唱者是不是文盲，他们都能非常熟练地运用诗歌语言，并用多种多样的艺术手法来创编自己的故事，展示史诗的情节和内容。所以，史诗给人的感觉是它大多数唱本都是先有了完整的文本，然后才被人记录下来。

毋庸置疑，《玛纳斯》史诗在数世纪以来，无论是在艺术、美学方面还是在政治、教育、观念意识方面都在吉尔吉斯人民的生活中占据了十分重要的位置，并且由于广泛传播和悠久传承，直到今天它依然没有失去自己的无限魅力。史诗对吉尔吉斯作家文学的形成，在其他各种艺术的产生、发展和丰富方面起到了不可估量的作用。吉尔吉斯最著名的诗人、作家以及其他各种文艺创作人员都从这浩瀚的，人民智慧的结晶中吸取营养，获得灵感。史诗的思想，各种形象和观念永远是他们取之不尽的源泉。

《玛纳斯》的思想和英雄们的形象，将一直激发吉尔吉斯艺术创作人员的热情，使他们不断地创作出新的优秀的作品。根据史诗内容改编和创作的歌剧《玛纳斯》和《阿依曲莱克》长期在共和国剧院上演。在创作上取得巨大成就和辉煌业绩，经久不衰。摄制发行了若干部与《玛纳斯》相关的电影，其中一部还曾于1966年在国际知名电影节上获得长纪录片金奖。1981年，由吉尔吉斯斯坦人民艺术家、列宁奖获得者吐尔衮拜·萨迪考夫创作完成的献给《玛纳斯》史诗中的英雄群体以及演唱家们的一组雕塑群也在城市的广场上落成。

吉尔吉斯斯坦科学院院士、社会主义劳动英雄、列宁奖及国家奖获得者钦吉斯·艾特马托夫指出："《玛纳斯》作为吉尔吉斯人民经过长期的实践而共同创造的精神财富，世世代代为吉尔吉斯人民所共享。作为在数世纪中以韵文体构成的历史记忆，它是吉尔吉斯各种艺术的最高峰。"

（阿地里·居玛吐尔地　译）

《玛纳斯》各种异文的情节特征

［吉］K. 热赫马杜林

［编者按］卡·热赫马杜林（Kalim Pahmatulin, 1903—1946），吉尔吉斯斯坦文学家，研究方向主要是吉尔吉斯文学，《玛纳斯》史诗。尤其是针对《玛纳斯》史诗及"玛纳斯奇"的史诗演唱发表过很有影响的学术观点和论著。他的《玛纳斯奇们》于1946年出版，堪称吉尔吉斯斯坦《玛纳斯》学中研究史诗歌手的代表作。其中，他对"玛纳斯奇"的创作演唱特征，《玛纳斯》学的范畴进行了比较深入的理论探讨。他在这部著作中，将"玛纳斯奇"视为吉尔吉斯民间口头艺术的特殊群体，并通过具体的实例给予令人信服的论证。提出了"玛纳斯奇"从来就不是逐字逐句地背诵前辈的内容，而是通过拜师长时间地学习观摩掌握史诗内容，整部史诗按照固定的情节脉络发展，后辈"玛纳斯奇"总是在前辈的演唱内容基础上进行再创编，每一位有成就的"玛纳斯奇"都有各自不同的演唱风格，"玛纳斯奇"在史诗创编中的神灵梦授是史诗歌手对于《玛纳斯》史诗的强烈热爱和全心投入的结果。此外，书中还提供了许多关于口头史诗歌手创编演唱的第一手珍贵资料。他对吉国两位著名"玛纳斯奇"的史诗文本的比较研究亦有很多独到的见解。本文选自吉尔吉斯斯坦1995年出版的综合性论文集。

讲述者在吉尔吉斯口传史诗的创编中扮演着显见而活跃的角色。为了探究讲述者在何种程度上参与了创编过程，我们来比较一下《玛纳斯》异文的情节结构。这样的一种比较将有助于我们了解讲述者们在何种程度上通过环境来影响他们的创造性活动。

不幸的是，可供研究的史诗资料还不够充足，我们并不能对所有的现存的《玛纳斯》异文进行全面比较。目前为止，只有三种完整的异文可资参考，即萨恩拜·奥诺孜巴科夫和萨雅克拜·卡拉拉耶夫的唱本，以及由学者拉德洛夫整理的无名讲述者的记录本。上述《玛纳斯》异文情节结构的比较如下图所示。

《玛纳斯》异文中的事件序列

萨恩拜·奥诺孜巴科夫	萨雅克拜·卡拉拉耶夫	拉德洛夫
1	2	3
1. 玛纳斯的诞生和童年 2. 玛纳斯和阔绍依征战喀什噶尔 3. 玛纳斯征战中亚 4. 大战阿富汗汗王肖茹克 5. 阿勒曼别特投奔玛纳斯 6. 玛纳斯与卡妮凯的婚礼 7. 玛纳斯的北征 8. 大战阿富汗汗王图勒克 9. 玛纳斯的西征 10. 玛纳斯穿越塔拉斯 11. 阿富汗之战 12. 阔孜卡曼的阴谋 13. 阔阔台依的祭典 14. 可汗们的阴谋 15. 远征 16. 赛麦台的诞生 17. 玛纳斯朝圣麦加 18. 玛纳斯最后的远征与死亡	1. 玛纳斯的诞生与童年 2. 玛纳斯与阔绍依相聚 3. 契丹对玛纳斯的二次征战 4. 阔绍依征战喀什噶尔 5. 玛纳斯穿越塔拉斯 6. 玛纳斯离开父亲 7. 寻求联盟 8. 阿吉巴依投奔玛纳斯 9. 大战阿牢开汗 10. 大战阿富汗汗王肖茹克 11. 巴卡依的婚礼 12. 阿克巴勒塔和楚瓦克的故事 13. 楚瓦克征战布哈拉 14. 玛纳斯与卡妮凯的婚礼 15. 可汗们的阴谋 16. 远征与玛纳斯之死 17. 卡妮凯出走布哈拉	1. 玛纳斯的诞生 2. 阿勒曼别特的征战 3. 大战阔孜确 4. 玛纳斯与卡妮凯的婚礼 5. 阔阔台依的祭典 6. 阔孜卡曼的阴谋 7. 玛纳斯的死亡与赛麦台的诞生

在这三种最完整的异文中，经过对上述情节的比照可知，尽管史诗整体呈现出共同特征，但是每种异文实际上都是一次独立的创编。

奥诺孜巴科夫的唱本尤以大小战役的描写居多，当然，生活场景也很常见。他的唱本包含了两次喀什之战、两次中亚之战、两次大战阿富汗王、抗击阿伊干汗之战、北征、高加索之战以及两次征战契丹。此外，第一次喀什噶尔之战和中亚之战也包含众多与其他汗王的大小战役。值得注意的是，奥诺孜巴科夫的唱本将每场战役都描写成抗衡人数众多的敌方的血腥事件。

卡拉拉耶夫的唱本既无北征、高加索之战、喀什噶尔和中亚之战，也无阿富汗之战。反映中亚和喀什噶尔战争的描写只有三处：与契丹汗王阿牢开的战争、与阿富汗汗王肖茹克的战争以及与阔绍依的远征（玛纳斯并未参与）。与奥诺孜巴科夫的唱本迥然相异的是，吉尔吉斯的兵力仅为玛纳斯本人和其四十勇士组成的护卫队。

在拉德洛夫整理的无名讲述者的记录本中，也没有北征、高加索和中亚之战。这个唱本描写了玛纳斯与交牢依、空吾尔拜和涅斯卡拉的战争，均与对契丹和喀什的反击相关。阿富汗之战也有所提及。此外，在拉德洛夫整理的吉尔吉斯史诗文本集的前言中，他也提到了由玛纳斯发动的伊朗反击战（反抗波斯人），同时文本也暗示了玛纳斯与诺伊古特联盟反击布哈拉和浩罕的战役。

奥诺孜巴科夫的唱本包括了诸如玛纳斯诞生与童年、玛纳斯与卡妮凯的婚礼、阔孜卡曼与玛纳斯的矛盾、阔阔台依的祭典、可汗的阴谋、玛纳斯朝圣麦加以及赛麦台的诞生，这些社会生活类事件。

卡拉拉耶夫的唱本则无玛纳斯朝圣麦加、阔孜卡曼与玛纳斯的矛盾、阔阔台依的祭典以及赛麦台的诞生。（需要指出的是，卡拉拉耶夫在以《赛麦台》命名的吉尔吉斯史诗三部曲的第二部中，以玛纳斯回忆录的形式，呈现了阔孜卡曼与玛纳斯的矛盾和赛麦台的诞生。）在三种异文的比较中，显见卡拉拉耶夫的唱本略去了史诗中大量的事件。这些事件在奥诺孜巴科夫和拉德洛夫的唱本中均有记录，可知这些史诗情节古而有之。

拉德洛夫的记录本包括了玛纳斯的诞生和童年。但是，不仅被压缩至约200行而且缺乏艺术性。这个唱本还包括了玛纳斯与卡妮凯的婚礼、阔阔台依的祭典以及赛麦台的诞生。

三种异文的意识形态也截然不同。相较而言，奥诺孜巴科夫唱本的伊斯兰教色彩最为鲜明，而其他两种异文的宗教主题并不那么显著。

在奥诺孜巴科夫和卡拉拉耶夫的唱本中，玛纳斯是民族英雄，为了解放和统一他的民族而战，反映了吉尔吉斯族民族意识激动人心的觉醒。在奥诺孜巴科夫的唱本中，玛纳斯是全民族的领袖。然而，我们必须承认，玛纳斯的军事活动中也包括与卡勒玛克人和契丹的战争。在卡拉拉耶夫的唱本中，玛纳斯在诞生之际，就被赋予了神圣的使命——解放和团结吉尔吉斯人民。然而，我们必须承认，从卡勒玛克人的角度而言，玛纳斯的军事活动（至少在"远征"这一章节之前）与前述的神圣的使命并不相符。至于玛纳斯的军事活动，将之视为传统史诗战士在其四十勇士的陪同下完成的英雄业绩或更为恰当。在拉德洛夫的记录本中，玛纳斯则是一位只率领他的亲属和护卫队来进行奋战的史诗英雄。事实上，他是只身奋战的孤胆英雄。史诗甚至并无他是吉尔吉斯人民领袖的暗示。"吉尔吉斯"这个词语在文本中极为鲜见。

不过，上述三种异文中最具戏剧性的差别体现在风格上。从艺术风格而言，奥诺孜巴科夫的唱本最优，拉德洛夫的记录本则最乏艺术性。这就是为什么后者将被剔除，不纳入进一步的《玛纳斯》异文的比较研究中。

战　役

1. 玛纳斯的首战。在数不清的战役中，阿尔泰—卡勒玛克人之战可谓玛纳斯与敌方的首战。

在奥诺孜巴科夫的唱本中，此战役的情节如下：一个卡勒玛克兵勇攻击了玛纳斯的父亲，并危及了老人的生命，玛纳斯杀死了这个兵勇。其后，这个卡勒玛克人的亲戚决定向玛纳斯复仇。来自康阿依的卡勒玛克人与阿尔泰——卡勒玛克人联合，共同对抗玛纳斯。吉尔吉斯的某些部落也派出援兵支持玛纳斯。战争在短时间内爆发了，但是并不持久。这两支卡勒玛克人发生了剧烈的冲突，并导致联盟军的瓦解，因此，他们决定以和平的方式来平息与吉尔吉斯人的冲突。

在卡拉拉耶夫的唱本中，这一战役的描写迥然不同。玛纳斯孤身一人，并无任何帮手，战胜了由阔楚克领兵来犯的 700 个卡勒玛克人。仅有一名士兵幸存。他逃向契丹并向其最高统治者艾散汗报告了这一战役。

2. 大战安集延汗阿牢开。在奥诺孜巴科夫的唱本中，此战役的情节如下：在玛纳斯第二次中亚之征中，玛纳斯率领大军去往费尔干纳谷地和阿莱山脉，意欲荡平阿牢开汗。后者下发了最后通牒，意欲迫降玛纳斯。但是，当阿牢开目睹了玛纳斯的神采后，被玛纳斯的英雄气概征服，不仅主动降敌，而且以重礼相赠。经过了这场兵不血刃的战争后，玛纳斯挥军阿富汗，征讨肖茹克汗。那个契丹人阿牢开则逃回别依京。

在卡拉拉耶夫的唱本中，这一战役则充满了刀光剑影。应阿依阔交的要求和阔绍依的建议，玛纳斯决定攻打阿牢开汗。收到这一消息，阿牢开带着所有的金银珠宝，在士兵的护卫下向别依京出发。玛纳斯一路追击这个契丹汗王，最后阿牢开难逃一死，所有的财富被劫掠一空。这位吉尔吉斯英雄邀请中亚汗王和阔绍依一同瓜分战利品。正是在这个聚会中，玛纳斯被推举为汗。

3. 大战阿富汗汗王肖茹克。在奥诺孜巴科夫的唱本中，此战役的情节如下：肖茹克劫掠了与楚瓦克有往来的阿尔泰吉尔吉斯人。楚瓦克的父亲阿克巴勒塔向玛纳斯求助，请求惩处肖茹克。玛纳斯率领 6 万铁骑大败肖茹克的军队，并娶阿富汗汗王之女阿克莱为妻。

在卡拉拉耶夫的唱本中，战争的起因相同。不同的是，玛纳斯听闻肖茹克的恶行后，只带了随身的护卫队。一抵达肖茹克的总部，玛纳斯立刻杀死了肖茹克最强壮的士兵。肖茹克惊慌不已，拒绝应战主动降敌，并将女儿阿克莱许配给玛纳斯。

4. 阔绍依征战喀什噶尔。在奥诺孜巴科夫的唱本中，此战役发生在征讨 11 位契丹魔法师的行军途中，江噶尔的儿子比列热克被科尔姆兹夏囚禁，阔绍依欲出征喀什噶尔解救比列热克。途中，阔绍依大败契丹魔法师。在与女魔法师的对战中，阔绍依占尽上风，最后娶其为妻。阔绍依从战败的魔法师处习得了一种秘密的魔法，并依此攻占了城池。易容之后，阔绍依潜入地牢，解救了比列热克。随后，阔绍依攻入科尔姆兹夏的宫殿，并将其杀死。阔绍依易容为科尔姆兹夏的模样，留在了宫殿。此时，玛纳斯率吉尔吉斯大军攻打喀什噶尔。易容为科尔姆兹夏的阔绍依向玛纳斯发起了挑战，但是，双方难分伯仲。最后，阔绍依显出真容貌，并成为玛纳斯的战友。

在卡拉拉耶夫的唱本中，此战役与玛纳斯的喀什噶尔之战毫不相干。事实上，这个唱本中并未提及此战役。玛纳斯向阔绍依寻求军事建议，随后，玛纳斯返回阿尔泰，阔绍依则挥军指向喀什噶尔。阔绍依此次出征的目的是解救被囚禁于契丹的比列热克和加尔·玛纳斯。（加尔·玛纳斯是一位被契丹当局囚禁的年轻人，他被误认为吉尔吉斯的英雄玛纳斯。）与奥诺孜巴科夫的唱本不同，比列热克是阿依阔交的儿子。契丹集结全部军力离开了喀什噶尔，向阿尔泰开拔征讨玛纳斯。因此，阔绍依不费吹灰之力达成了目的。阔绍依解救了比列热克之后，火速前往援助玛纳斯。阔绍依的军队来得十分及时。在阔绍依的帮助下，玛纳斯击溃了由交牢依和涅斯卡拉率领的契丹军队。吉尔吉斯人欢庆对契丹人的胜利。

5. 远征。在上述两种异文中，这一重要诗章均以"汗王的阴谋"为开篇。

在奥诺孜巴科夫的唱本中，六位吉尔吉斯的汗王决定站出来反抗玛纳斯，并意图对其进行惩戒。这些汗王不满玛纳斯在祭典上的言行，认为他过于自大且刚愎自用。阔绍依说服了众汗王，暂时延缓此计划。但是不久他们又开始密谋反抗玛纳斯，这一次是在由托什图克主持的祭典上。阔绍依又一次力图劝止，但是这一次他失败了。因此，在拒绝同谋后，阔绍依离开了。

这些谋反的汗王们派遣了6位使者送了一份信函，要求玛纳斯以隆重的礼仪和盛宴款待他们及其大量的随从。这些同谋者明白这一举动必将激怒玛纳斯，并挑起双方的冲突。这样，他们就能趁机消灭自己的对手了。这些谋反的汗王们的信使们受到了极其热烈的欢迎。玛纳斯举办了奢侈的宴会，以此显示其雄厚的财力和实力。宴会结束后，玛纳斯赠予了贵重礼物，信使们返程。他们将玛纳斯的回信呈给了他们的汗王。在这封信中，玛纳斯要求所有的汗王率领其全部手下火速赶来，并威胁他们不到者格杀勿论。这些谋反的汗王们慑于玛纳斯的震怒，全都遵命赶到玛纳斯的总部。这六位汗王并不是一同抵达，而是单个前往。玛纳斯原谅了这些谋反的汗王，并将之纳入别依京之征的队伍。六个汗王听从了玛纳斯的安排。

吉尔吉斯人早已为这次行军做好了准备。巴卡依被推举为联军的首领。作为一个契丹人，阿勒曼别特熟知去往别依京的路线，因此，成为全军的向导。玛纳斯宣布所有不愿意出征人都可留下。听闻此言，绝大多数士兵都准备离开玛纳斯回家了。这时，玛纳斯出现在全军面前，他的神勇折服了众人，激发了他们对此次远征的巨大信心。玛纳斯赠予每位士兵一匹战马。所有的吉尔吉斯家庭都杀牛宰羊犒劳士兵。战士们与妻儿亲友作别，浩浩荡荡的吉尔吉斯大军向别依京开拔。

玛纳斯在四十勇士护卫队的陪同下，与妻子卡妮凯作别。卡妮凯端出珍馐美馔，热情地接待了她的丈夫和士兵，又献上了珍贵的盔甲。卡妮凯询问玛纳斯的归期，表达了无后嗣的巨大悲痛。玛纳斯安慰爱妻。

在行军途中，阿勒曼别特表示对军纪不满。玛纳斯认同阿勒曼别特的看法。应玛纳斯的请求，阿尔曼别特从巴卡依手中接管了全军。巴卡依对此毫无异议，并且认为阿勒曼别特比自己更堪当此任。阿勒曼别特严肃地整顿了军纪。部队继续向前。经过了 41 天的行军，玛纳斯及其各部停军整修。

阿勒曼别特展开了侦察，但却一无所获。随后，阿勒曼别特率吉尔吉斯大军涉过了鄂尔浑河。他使用的正是孩提时代从契丹魔法师那儿学会的魔法。吉尔吉斯人扎营越冬。因为保卫契丹边界的魔法鸭并未被抓住，阿勒曼别特和色尔哈克的侦察行动还是一无所获。

不久，阿勒曼别特和楚瓦克发生了冲突。冲突由两名士兵在一场"攻皇宫"对弈中的争吵引起。一名参与者是阿勒曼别特的随从，另一名则是楚瓦克的手下，后者向主子抱怨对手欺人太甚。楚瓦克本来就对阿勒曼别特心怀怨恨，此事更是让他勃然大怒。于是，他召集手下挑衅阿勒曼别特。玛纳斯得悉后，赠予楚瓦克良马一匹以示安抚。但是，结果却适得其反。楚瓦克觉得自己受到了巨大的冒犯。所以，玛纳斯就派巴卡依与楚瓦克协商。为了安抚楚瓦克，玛纳斯决定将自己的战马阿克库拉赠予楚瓦克。巴卡依和楚瓦克进行协商，力图说服他平息此事。玛纳斯也加入了巴卡依的劝说一方，最后成功地平息了楚瓦克的怒气。接着，玛纳斯、巴卡依和楚瓦克一起去找阿勒曼别特，想要解决两人之间的矛盾。这下，阿勒曼别特意难平，指责楚瓦克制造事端。玛纳斯保持中立，斥责二人内讧不仅极为愚蠢而且在全军中影响恶劣。这时，阿勒曼别特和楚瓦克才立下誓言——绝不再提此事。

矛盾解除，玛纳斯、楚瓦克、阿勒曼别特和楚瓦克前去侦察敌情。从望远镜中瞭望了一下契丹首都，玛纳斯惊叹于那又高又固的城墙。作为一个契丹人，阿勒曼别特将他对别依京的了解，一五一十地告知了玛纳斯。

随后，阿勒曼别特和楚瓦克遭遇了守卫契丹边境的独眼巨人玛勒衮。吉尔吉斯士兵与独眼巨人展开了激战，最后杀死了他。阿勒曼别特和色尔哈克继续前行，接着攻占了敌方的后营。阿勒曼别特使用秘密魔法，大败契丹军队。11 位契丹巨人试图阻止吉尔吉斯人的进攻，但是失败了。他们统统被阿勒曼别特和色尔哈克杀死。他们继续前行，越来越接近契丹的城镇。为了搜集情报，阿勒曼别特和色尔哈克乔装成契丹人，混在当地人中，偷听他们的言谈。阿勒曼别特故意散播吉尔吉斯军队进攻的消息，并将契丹军队误导至错误的方向。这样，契丹军队离开了城镇和吉尔吉斯人军力集中之地。阿勒曼别特和色尔哈克杀死了所剩无几的留守城门的守卫。接着，两人来到了阿勒曼别特的宫殿。在其中的一间厢房，阿勒曼别特发现了他以前的笛子。他不由得想起了在这里度过的童年和青年时光，一时间悲从心起，流露出思乡之情。后来，这两人发现了契丹统治者空吾尔拜的马群，他们偷走了所有的马匹，并将它们全部赶到了吉尔吉斯的军营。

空吾尔拜率领部队追赶阿勒曼别特和色尔哈克。正当生死一线，玛纳斯和楚瓦克赶来了，化解了阿勒曼别特和色尔哈克孤助无援的险境。这四位勇士与空吾尔拜和他的大军展开了激战。在这场战役中，玛纳斯胯下是他的另一匹战马阿伊万博兹，阿克库拉留在了营地。阿伊万博兹不如阿克库拉机敏强健，玛纳斯陷入险境。所以，色尔哈克火速赶回军营，折返战场时不仅牵来了阿克库拉而且带来了援军。战役继续进行。很快，吉尔吉斯人打得敌人溃不成军。玛纳斯一路追击空吾尔拜直至别依京城。契丹当局屈服于吉尔吉斯人军队的强悍，请求和解。胜利者得到了贵重的礼物。然后，大获全胜的吉尔吉斯军队向塔拉斯出发。

在奥诺孜巴科夫的唱本中，还有一个诗章叫"短征"，而在卡拉拉耶夫的唱本中却没有。这一诗章由四个部分组成。情节如下：尚无子嗣的玛纳斯向上天抱怨他的命运，想去麦加祈求阿拉赐子，就在此时，卡妮凯给她的夫君带来了有孕的喜讯。这个故事以赛麦台的生日庆典结尾。很快，玛纳斯就开启了麦加朝圣还愿之旅。赛麦台则成为玛纳斯英雄业绩的传承人。就在玛纳斯外出之际，空吾尔拜袭击了吉尔吉斯人。在千钧一刻之际，阿拉助玛纳斯及时回到故乡，迎战空吾尔拜和他的大军。玛纳斯死在了这场激战中，阿勒曼别特、楚瓦克、色尔哈克以及玛纳斯其他的40勇士也先后战死。卡妮凯悼念她的夫君和战友。玛纳斯被葬在塔拉斯。吉尔吉斯人建立了一座纪念碑，举行了纪念玛纳斯的祭典。在讲述者奥诺孜巴科夫的唱本中，吉尔吉斯史诗《玛纳斯》是这样结尾的。

在讲述者卡拉拉耶夫的唱本中，"远征"以汗王的阴谋开篇。十二位汗王相聚在托什图克举办的祭典，决意联合起来对付玛纳斯。阔绍依试图劝止，但是失败了。谋反的汗王们率兵冲到了玛纳斯的总部。首战遭遇玛纳斯四十勇士的挫败。为了避免更多的流血牺牲，巴卡依说服众汗王与玛纳斯和解，结成统一战线应对共同的敌人——契丹。十二汗王乞求玛纳斯的谅解，主动要求加入到攻打契丹别依京的远征中。玛纳斯谅解了十二汗王，并将他们纳入远征大军。矛盾解除，吉尔吉斯人继续为即将到来的行军做准备。阿勒曼别特被任命为吉尔吉斯人的全军统帅。他军纪严明，对违反者严惩不贷。当他宣布不愿出征者可以返乡时，无人不愿出征。玛纳斯的妻子卡妮凯馈以玛纳斯的四十勇士珍贵的甲胄。阔绍依为卡妮凯和她的新生儿赛麦台祈福。吉尔吉斯大军向别依京出发。

途中，阿勒曼别特采纳了巴卡依的建议，停止行军进行休整。军队安营扎寨之时，阿勒曼别特和色尔哈克去勘察敌情。就在这个时候，楚瓦克来了，与阿勒曼别特发生了争吵。听闻自己两名最好的手下发生了冲突，玛纳斯连忙前去阻止流血事件发生。在短暂的相互斥责之后，两人正欲拔剑相拼之时，玛纳斯及时赶到了。玛纳斯谴责了二人愚蠢的行为，两人和解并请求玛纳斯原谅。阿勒曼别特告知玛纳斯契丹财雄势大。玛纳斯想加入阿勒曼别特的侦察团，阿勒曼别特不同意。他想说服玛纳斯放弃，但是玛纳斯坚持己见。最后，玛纳斯、阿勒曼别特、楚瓦克和色尔哈克离开营地向塔勒乔库山出发。他们攀上高峰向四周瞭望。阿勒曼别特向战友讲述身世。

玛纳斯和楚瓦克返回营地，阿勒曼别特和色尔哈克继续前行。途中，遭遇了契丹的魔法兵团。阿勒曼别特施用秘密魔法摧毁了他们。两人继续前行，阿勒曼别特告诉同伴他儿时在契丹学习秘密魔法的往事，又说出了他对艾散汗的女儿契丹公主吐尔娜的爱慕。

杀死了魔法狐狸和凶残的巨人后，两位勇士穿越了契丹边界，开始向首都靠近。为了掩人耳目，阿勒曼别特穿着独眼巨人的衣服。独眼巨人是契丹汗王卡尼沙伊的仆人。阿勒曼别特曾参加过卡尼沙伊举办的宴会，到过她雄伟的宫殿。当汗王和她的随从喝醉后，阿勒曼别特和色尔哈克杀死了他们。接着，两人来到了阿勒曼别特的宫殿，在那儿阿勒曼别特发现了他的铜币。童年和青年时光的往事不禁涌上心头。阿勒曼别特诉说了他的思乡之情。接着，他们发现了契丹汗王空吾尔拜的马匹。他们赶走了马匹。牧马人卡拉古勒给他的主人通风报信，空吾尔拜开始追击这两个吉尔吉斯勇士。空吾尔拜追上两人。于是，阿勒曼别特和色尔哈克不得不应战空吾尔拜和他的大军。就在这时，玛纳斯得到了一个梦兆。他招来楚瓦克，两人火速赶去营救他们的朋友。契丹人大败而逃。但是，不久之后，他们又集结了新的力量攻打吉尔吉斯人。受伤的吉尔吉斯人返回营地，搬来全部军力援助玛纳斯。

在这场血腥的战役中，玛纳斯和他的战友杀死了契丹勇士交牢依和著名的神枪手卡拉加伊。契丹人被迫背井离乡。楚瓦克抓住并囚禁了契丹汗王涅斯卡拉。玛纳斯派阿吉巴依与契丹当局统治者艾散汗和谈。和谈达成一致：吉尔吉斯的领袖驻契丹的首都别依京为汗王，他的战友们则分管其他各省。阔绍依、托什图克以及加穆格尔奇返乡。

在卡拉拉耶夫的唱本中，"伟大的远征"的第一部分是这样结尾的。

"伟大的远征"的第二部分的开篇描写了契丹备战实力雄厚的玛纳斯。契丹人向他们的统治者喀拉汗抱怨玛纳斯及其战友的暴政。喀拉汗说玛纳斯将统治别依京6个月，此为天意，让同胞们少安毋躁。

玛纳斯遣信使前往塔拉斯，告知契丹之战大获全胜。玛纳斯的妻子卡妮凯为他的安全忧心忡忡，捎信让玛纳斯尽快返回。此时，空吾尔拜在探子的帮助下，进攻玛纳斯在别依京的宫殿，并趁着早祷袭击了吉尔吉斯人。玛纳斯受到重创，开始返程。空吾尔拜趁玛纳斯离开之际复仇，率兵攻打吉尔吉斯人在别依京的驻所。

激战之后，吉尔吉斯人又一次获胜。空吾尔拜震怒。他招来一等一的神枪手——巨人阔交加什，令他杀死玛纳斯及其战友。阔交加什先后杀死了阿勒曼别特、色尔哈克、阔克确、穆兹布尔恰克、楚瓦克、包克木龙以及玛纳斯的爱马——阿克库拉。玛纳斯杀死了阔交加什。在玛纳斯的领导下，吉尔吉斯人发起了反攻，并将契丹人逐回别依京。战至契丹的城墙外，玛纳斯听到了来自天国的神灵的声音，他停止了战争。玛纳斯得到一个神谕，指引他停战返程。玛纳斯遵从神谕领兵返程。当玛纳斯抵达塔拉斯后，他的健康骤然恶化。空吾尔拜留下的致命伤不久便夺去了玛纳斯的生命。

玛纳斯的妻子卡妮凯安葬了丈夫，修建了一座纪念碑。玛纳斯死后，他的弟兄们，尤其是阔别什开始迫害卡妮凯。他们每个人都认为这位遗孀应该嫁给自己，均被卡妮凯断然拒绝。为了惩罚卡妮凯，他们抢走了她的财富，迫使她无以为继。在巴卡依的帮助下，卡妮凯带着儿子赛麦台和玛纳斯的母亲，逃到了自己父亲的领地布哈拉。

在卡拉拉耶夫的唱本中，"伟大的远征"以及吉尔吉斯史诗三部曲的第一部分是这样结尾的。

以上两种异文中战役的比较表明对伟大的远征的描写大致相似。至于"伟大的远征"的第二部，既有大量的相同之处，也有不少迥然相异之处。在这两种异文中，玛纳斯之死是共有的结局。

在主要内容、情节以及事件地点等方面，两种异文中的战役描写存在着相当大的差别。

军事远征中最值得注意的不同之处如下所述。在卡拉拉耶夫的唱本中，玛纳斯要么是独自出战，要么是率领四十勇士（"伟大的远征"中除外）。仅在解救吉尔吉斯军队的那场战役中，玛纳斯才与赶来救援的阔绍依和阿依阔交并肩作战。在奥诺孜巴科夫的唱本中则正好相反，玛纳斯总是率领大军作战。需要指出的是，敌方总是被描写为成千上万的兵勇。在奥诺孜巴科夫的唱本中，战争多被描写得血腥暴虐。只有一个例外。在与契丹巨人怒凯尔和他的八百兵勇的战争中，玛纳斯这方只有他以及四十勇士。故事编排得很好。玛纳斯和他的四十勇士正在做竞技游戏，忽然遭遇了怒凯尔和他的手下。玛纳斯的大军不在身边。因此，玛纳斯只能以他及四十勇士之力对抗怒凯尔及其八百兵勇。然而，需要指出的是，在与怒凯尔的战斗中，玛纳斯得到偶遇的吉尔吉斯部落的帮助。一得知玛纳斯与契丹军队开战的消息，他们就马上派来了自己的族人施以援手。

可以说，在卡拉拉耶夫的唱本中只有"伟大的远征"是一场大规模的战役。而在奥诺孜巴科夫的唱本中则有较多的大规模战役，如：喀什噶尔之战、两次中亚之战、对战阿依汗、两次征战阿富汗、北伐和西征以及伟大的远征。需要指出的是，这些战役大多包含了吉尔吉斯人与契丹或者卡勒玛克人之间的大大小小的数场战争。喀什噶尔之战与中亚之战就是很好的例子。

需要指出的是，奥诺孜巴科夫与卡拉拉耶夫的唱本区分并非仅为战争数量的多寡。奥诺孜巴科夫的战争描写并非不同标题下的相同战争场面的机械性重复。相反，每一次战役和行动都有独有的情节。比如，喀什噶尔之战包括阔绍依的军事探险、阔绍依大战契丹魔法师以及他施展魔法的诸多事迹，这些情节并未出现在其他的战役中。在喀什噶尔之战中，玛纳斯击溃了11万强敌。契丹军队被敌方逼入峡谷，退路也被切断。陷入深深绝望的契丹人，在被困的峡谷中自杀。接着，讲述者描述了玛纳斯挑起的诸汗王之战。这些战役也各有特色。比如，玛纳斯以围攻术战胜了姆纳尔汗，大败杜布尔汗则是实施了连续袭击的战术。在这些战役中，玛纳斯杀死了骑着15头大象的15位巨人。而对杜布尔汗的首都，他采用的是猛攻。与奥荣员之战则是另一番景象。阔绍依杀死了他最强壮勇猛的手下。慑于玛纳斯的神勇，奥荣员逃离了别依京，与此同时，他的属下则纷纷投降。

在奥诺孜巴科夫的唱本中，在战役中当然也出现了重复性描写。比如，魔法师在每场战争中都做一样的事。描写战争或者勇士之间的单打独斗的特性形容修饰语、明喻以及肖像描写都是一样的。所有的战争情节通常都如出一辙：在大规模的战争以前必然是勇士之间的单打独斗，残酷血腥的战争之后是伟大的胜利和惨重的损失。需要注意的是，讲述者奥诺孜巴科夫会尽量避免在同一场战役中出现重复性描写。

在卡拉拉耶夫的唱本中，上述战役描写的组成要素仅仅只在"远征"中完整地出现过。这是一场大规模的战役，双方的阵容都很强大。

同时，也有魔法师、巨人和勇士们的单打独斗。相较而言，这个唱本中另一场战役则显得较为普通。既没有魔法师参战，也没壮大的军力，仅仅有玛纳斯和他的随从。此外，卡拉拉耶夫的唱本中还有战役场景描写和诗歌表现手法的大量重复。

饶有兴味的是，两个唱本的讲述者对玛纳斯军事远征的动机的不同呈现。整体而言，两位讲述者都讲述了玛纳斯解救人民于契丹和卡勒玛克人的迫害，统一吉尔吉斯各部落，都将他塑造成吉尔吉斯人民的领袖。但是，细节上存在着很多差异。奥诺孜巴科夫并未着重墨于契丹和卡勒玛克人对吉尔吉斯人的迫害，只是含糊不清地暗示了相关情形。比如，他只提及了玛纳斯的父兄被契丹汗王驱逐出了自己的家园。然而，在卡拉拉耶夫唱本中，相关细节则充分而详细地呈现在玛纳斯的身世讲述中。此外，在卡拉拉耶夫唱本中，还通过阔绍依、加克普、阿克巴勒塔以及阿依阔交之口讲述了契丹汗王的暴虐。

在奥诺孜巴科夫的唱本中，玛纳斯的父亲加克普在玛纳斯的童年和青年的相关诗篇中，怨气重重地讲述了卡勒玛克人的入侵带来的重重苦难，他与卡勒玛克人的冲突，并告诉玛纳斯卡勒玛克人企图杀死自己。听闻父亲受到了卡勒玛克人的诸多欺辱，玛纳斯勃然大怒。为了使父亲免于袭击，他杀死了其中一个攻击者。后来发现他是一位富有的卡勒玛克贵族。根据奥诺孜巴科夫的讲述来看，此后玛纳斯就处在双重压力之下：卡勒玛克人和契丹人联合起来对抗玛纳斯。为什么这两者会联合起来对付玛纳斯？奥诺孜巴科夫唱本的解释如下：玛纳斯与卡勒玛克人发生冲突的消息传到了契丹首领艾散汗那里。恰在此时，艾散汗的一位预言者推算出玛纳斯将会成为契丹人巨大的威胁。于是，为了保护自己和他的人民，艾散汗决定未雨绸缪，采取行动避免祸事的降临。契丹首领集结了一支最勇猛的队伍，包括巨人涅斯卡拉和怒凯尔。艾散汗派这两人去杀玛纳斯。奥诺孜巴科夫并未提及契丹人对吉尔吉斯人的重重压迫，只是描写了玛纳斯和契丹之间的大小战役。同时，他描写了契丹人的勇敢和强壮，将其视为吉尔吉斯英雄旗鼓相当的对手。这样，值得尊敬的强大对手使玛纳斯的胜利显得更为可贵和光荣。在奥诺孜巴科夫的唱本中，玛纳斯保护人民免于卡勒玛克和契丹人的迫害，以吉尔吉斯民族领袖的形象贯穿于所有的战役。在奥诺孜巴科夫的描述中，玛纳斯发起的战争无一不出于民族反压迫求解放的动机。

需要注意的是，卡拉拉耶夫也通过描写契丹和卡勒玛克人的暴虐，着重强调了吉尔吉斯英雄奋起反抗所蕴含的民族解放的意义。他讲述了契丹和卡勒玛克汗王对吉尔吉斯人的迫害，以及八兄弟（包括玛纳斯的父亲）反抗压迫的细节。接着，讲述了八兄弟被驱逐出家园四处流散。与奥诺孜巴科夫相似，卡拉拉耶夫给出的玛纳斯与契丹汗王之战的原因也如下：卡勒玛克人镇压反叛他们的吉尔吉斯人，消息传到了卡勒玛克人的同盟契丹汗王那里。但是，在这里出现了相异点。在卡拉拉耶夫的唱本中，卡勒玛克人和吉尔吉斯人的冲突发生在玛纳斯诞生之前。契丹汗王的预言师推算出，将有一个名为玛纳斯的吉尔吉斯男孩降生，会给契丹带来巨大的危险。契丹艾散汗派人搜查玛纳斯。错抓了撒马尔罕统治者的儿子加尔·玛纳斯。吉尔吉斯人让玛纳斯隐姓埋名，一直到成人前都叫他"冲金迪"。

从卡拉拉耶夫的讲述来看，玛纳斯发起的战争或是为了反击契丹、卡勒玛克以及阿富汗的压迫，又或是具有可贵的民族解放的意义。比如，玛纳斯与卡勒玛克人之战的起因是：卡勒马克的勇士率领700人攻击了吉尔吉斯人。玛纳斯不得不反击契丹艾散汗的原因是：艾散汗两次率部入侵阿尔泰企图征服吉尔吉斯人。玛纳斯发动的与契丹汗王阿牢开的战争本质上是民族解放战争。阿牢开的暴政使其失去了民心，阿依阔交汗请求玛纳斯出兵，解救安集延于契丹暴政的水深火热之中。

与阿富汗王肖茹克开战的起因是阿富汗欺辱了阿尔泰的吉尔吉斯人，诺伊古特人请求玛纳斯教训入侵者。玛纳斯率四十勇士去攻打阿富汗王阿牢开，短暂的交锋之后，阿牢开投降了。战败的阿富汗首领将自己的女儿阿克莱献给胜利者做妻子。

契丹汗王空吾尔拜之战也就是被称为"远征"的别依京之战，也被卡拉拉耶夫描述为行军途中的自卫反击战。契丹汗王镇压和迫害吉尔吉斯人。艾散汗的预言师推算玛纳斯将会给契丹带来灾难。他们四处搜查玛纳斯。契丹汗王令阿牢开汗的儿子空吾尔拜杀死玛纳斯。空吾尔拜欣然应允。他一直想发动对吉尔吉斯人的战争。于是，就借机向艾散汗请愿。出于谨慎，艾散汗没有同意而是让他等待时机。

至于喀什噶尔之战，卡拉拉耶夫也将之描述为争取自由的战争。阔绍依去喀什噶尔的目的就在于解救被契丹人囚禁的比列热克和加尔·玛纳斯。阔绍依及其率部并非入侵者，也非意在掠夺财富和征服契丹，而是解救被囚禁的受尽折磨的俘虏。

在卡拉拉耶夫的版本中，只有一次行军具有侵略的性质。这次行军是由楚瓦克带领，唯一的目的就是夺取布哈拉的统治者之位。布哈拉对吉尔吉斯没有丝毫的进犯行为。在玛纳斯毫不知情的情况下，楚瓦克向布哈拉开拔了。在与布哈拉首领之女卡妮凯的对阵之后，楚瓦克战败，不得不逃走。

总而言之，上述两种异文大致都将玛纳斯塑造为争取吉尔吉斯族自由和独立的保护者和解放者形象。然而，不得不承认的是，两位讲述者在玛纳斯这一人物形象的处理上并不总是一致。比如，在奥诺孜巴科夫的唱本中，玛纳斯的西征和北伐毋庸置疑是入侵战。不过，卡拉拉耶夫的唱本根本就没有提及这两次行军。卡卡拉耶夫将之转换为某些吉尔吉斯汗王迫害与镇压战败的契丹人。

日常生活

首先，让我们来看看在上述两种异文中都描写了的日常生活事件。

1. 玛纳斯的诞生和童年。在奥诺孜巴科夫的唱本中，这一部分以英雄的家谱开篇。奥诺孜巴科夫告诉听众，玛纳斯的是加克普的儿子、诺盖汗的孙子、恰彦汗的曾孙。而且，他还讲述了吉尔吉斯人大败于契丹人，诺盖和他儿子被逐出家园四处流散的故事。玛纳斯的父亲加克普被放逐到阿尔泰。生活在卡勒玛克人中间，直到 48 岁他依然没有子嗣。加克普渐渐富有起来，但是因为没有后嗣，他并不快乐。

处于深深绝望中的加克普祈求上天垂怜赐予其一子。有一次，加克普和他的两位妻子得到了一个梦兆。加克普举办了一次盛典，邀请了许多宾客。其中有位名叫巴伊基格特的人，以解梦而闻名。巴伊基格特解读了梦兆，告诉加克普他很快就会有一个儿子，这个孩子命中注定成为吉尔吉斯人的首领。不到三年，加克普的小老婆绮伊尔迪生下了一个男孩。加克普为儿子举办隆重的生日庆典。这个孩子被取名为玛纳斯。

玛纳斯是个调皮的孩子。他常常惹事，让加克普十分心烦。加克普将他送到牧羊人奥什普尔身边，希望他能跟着奥什普尔养成好的习惯。但是，玛纳斯依然十分散漫与荒诞不经。他常常恶作剧。他组织了一个团伙，成员都是十来岁的小孩，常常杀死别人的羊，抢老人的烟斗，并做一些其他的坏事。奥什普尔狠狠地向加克普抱怨了一番，请求加克普把玛纳斯带回去。

这样，加克普就去了奥什普尔那里，准备带玛纳斯回家。这时，牧羊人受到了卡勒玛克人攻击，被痛殴了一顿。然后，卡勒玛克人又遇到了加克普，他们又痛殴了加克普一顿。玛纳斯在保护父亲的时候，杀死了卡勒玛克人的领头人。后来，卡勒玛克人集结了所有的力量进攻吉尔吉斯人。接着就发生了上文中被命名为"战役"的那一章中的事件。

契丹首领艾散汗派巨人去杀害玛纳斯。玛纳斯战胜了巨人。在加克普的建议下，玛纳斯被推举为汗王。这样，玛纳斯就能带领吉尔吉斯人打响反抗契丹的战役了。

在奥诺孜巴科夫的唱本中，"玛纳斯的诞生与童年"是这样结尾的。此后，就开始讲述这位吉尔吉斯英雄的远征。

在卡卡拉耶夫的唱本中，玛纳斯的诞生与童年的章节也以家谱开篇。但是，与奥诺孜巴科夫的唱本大相径庭的是，他还讲述了许多加克普被驱逐到阿尔泰之前的事件。

据卡拉拉耶夫的讲述，玛纳斯是加克普的儿子，但是，他的祖父是卡拉汗，而不是奥诺孜巴科夫说的诺盖汗。卡卡拉耶夫提到加克普有三个兄弟，但是奥诺孜巴科夫则暗示加克普有七个兄弟。

在卡拉拉耶夫的唱本中，自从诺盖汗死后，契丹人常常袭击和劫掠吉尔吉斯人的部落。吉尔吉斯的长者们召集了一次会议，商议阻止契丹进攻的事宜。就在此时，阿牢开汗向吉尔吉斯人发起了又一次的攻击。吉尔吉斯人再也忍无可忍了。加克普和他的七个兄弟出面反击入侵者。契丹在兵力上远胜于吉尔吉斯。为了防止吉尔吉斯人进一步的反击行动，阿牢开汗将加克普八兄弟逐出他们的家园，迫使他们四处流散。加克普被放逐到了阿尔泰。

在卡拉拉耶夫的唱本中，发生在阿尔泰的事件与奥诺孜巴科夫唱本中的大致相同。那些玛纳斯的诞生和童年相关的部分尤为一致，只存在无关紧要的情节差异。

在阿尔泰定居后，加克普渐渐富有起来。但是他无子嗣，所以他并不快乐。

就在此时，艾散汗的预言师推算出吉尔吉斯的一户人家将会降生一个名叫玛纳斯的男孩，将会给契丹带来巨大的灾难。艾散汗决定找到这个男孩，他派人四处搜寻。他们未能找到，因为玛纳斯还未出生。但是，他们抓住了一个叫加尔·玛纳斯的男孩，他是撒马尔罕首领的儿子。加尔·玛纳斯被囚禁了。

一天晚上，加克普看到了一个梦兆。擅于解梦的老人阿克巴勒塔预言了加克普将会有个儿子降生。几年后，加克普的小老婆绮伊尔迪生了个男孩。加克普举办了隆重的生日庆典。这个新生儿被取名为玛纳斯。为了使这个男孩免遭艾散汗的毒手，人们都叫他"冲金迪"。

玛纳斯长大后，给父亲带了许多麻烦，他的恶作剧无穷无尽。有一天，为了保护他的小伙伴，玛纳斯痛殴了80个卡勒玛克人。这次事件使加克普不得不将他送到牧羊人奥什普尔身边，以免玛纳斯遭到卡勒玛克人的报复。玛纳斯一如既往地恶作剧不断。他抢老者的烟斗。组织了40个人的小团伙，杀了1000只羊，举办了一次盛宴。席间，勒玛克人的勇士坎加尔略克辱骂玛纳斯的朋友，玛纳斯与其发生了争吵。随后，在打斗中玛纳斯杀死了坎加尔略克。此后，加克普不得不从阿尔泰流浪到别的地方。这样卡勒玛克人就无法找到他，也就无法为死去的坎加尔略克复仇。

接下来，就讲到了玛纳斯与卡勒玛克人和契丹人的首战。不久，一位圣人拜访了玛纳斯，赠予他神圣的盔甲。

在阿克巴勒塔的建议下，玛纳斯来到了中亚，与阔绍依商量民族大计。阔绍依起誓将全心支持玛纳斯反抗卡勒玛克人和契丹人的压迫。玛纳斯回到阿尔泰。

在卡拉拉耶夫的唱本中，"玛纳斯的诞生与童年"是这样结尾的。

卡拉拉耶夫的唱本中没有"玛纳斯被推举为汗"这一重大事件（据卡拉拉耶夫讲，这一推举稍后才会发生）。此外，许多大大小小的战役也不见提及。

而奥诺孜克科夫的唱本则不见任何的政治事件，也没提及玛纳斯诞生前的诸多战争。这个唱本也没有玛纳斯拜见阔绍依的中亚之旅。

上述两种异文的另一重大差异是：相较而言，卡拉拉耶夫更多地描述了契丹人和卡勒玛克人压迫吉尔吉斯诸部落的情节。

2. 阿勒曼别特的故事。在上述两种异文中，史诗这一部分的篇幅都很长。这个故事讲了阿勒曼别特的诞生、童年以及青年时代，以及他先后辅助哈萨克阔克确和玛纳斯的经历。

据奥诺孜巴科夫讲，阿勒曼别特是契丹汗王索然迪克唯一的晚生子。索然迪克热忱地向神灵祈祷，希望能有一个男孩。在索然迪克年迈之际，他的祈祷实现了。

阿勒曼别特是一个非比寻常的孩子。还在母亲子宫中的时候，他就会讲话了，说的第一句话是："我不想出生"。而且，他真的是这么想的。后来，天使降临了，他才降生到了人间。

索然迪克汗为儿子举办了隆重的诞生庆典。年长的圣人克孜尔参加了庆典，给这个孩子取名为"阿勒曼别特"。与玛纳斯不同，阿勒曼别特沉静而聪明且好奇心很强。他问父亲宫殿的人关于地球和天界、月亮和太阳以及大海和土地的起源问题。八岁时，他学了很多的课程，提的问题常常让老师无法回答。14岁时，阿勒曼别特登上了汗王之位。为了体察民情，他四处巡视。艾散汗的预言师推算出，阿勒曼别特将会加入吉尔吉斯人的阵营，助他们反抗契丹。预言师建议艾散汗尽快解决阿勒曼别特。但是，艾散汗犹豫不决，担心这样做会引起索然迪克汗的报复。

阿勒曼别特汗十分仁慈，他挽救了许多死刑犯的生命。根据契丹的风俗，但凡汗王驾到，当地长官就会处死在囚犯。阿勒曼别特禁止了这种情形的发生。他甚至处死了一位以自己的名义对四名囚犯执行死刑的长官。他还挽救了许多童男童女，艾散汗的医生本来准备杀死他们，为艾散汗研制长生不老的药。

在奥诺孜巴科夫的版本中，阿勒曼别特与哈萨克汗阔克确在一场打猎活动中相遇，阿勒曼别特接受了阔克确的建议。阿勒曼别特的父亲索然迪克汗却极力反对，并令人缚住他的手脚。阿勒曼别特杀死了父亲的几个巨人仆人，然后逃离了契丹。先是交牢依对他穷追不舍，后来空吾尔拜又率契丹大部来追捕。阿勒曼别特停下来与他的追捕者们开战。在如斯塔姆达斯坦、圣人和玛纳斯的神灵的帮助下，他战胜了契丹人。消灭这些追捕者后，阿勒曼别特继续向前，赶往哈萨克汗阔克确的宫廷。

阿勒曼别特在阔克确身边呆了 10 年。多次与卡勒玛克人开战，掠得牛羊和大量财物，将所有的战利品都献给了阔克确。哈萨克汗的战友们嫉妒阿勒曼别特的超凡能力。他们四处传播谣言，说阔克确的妻子阿克艾尔凯琦是阿勒曼别特的情人。阔克确竟听信谗言，责难阿勒曼别特。阿勒曼别特受到了奇耻大辱，准备离开阔克确。阿克艾尔凯琦十分同情阿勒曼别特，告诉他可以去找吉尔吉斯人的首领玛纳斯。阿勒曼别特听从了阿克艾尔凯琦的建议，动身去找玛纳斯。此时玛纳斯得到了一个梦兆，预感到了他的到来。玛纳斯热情地接待了他，赐予他无上的荣誉，并将他视为最亲密的朋友和战友。

在卡拉拉耶夫的唱本中，阿勒曼别特的故事与上述大不相同。在"远征"中，玛纳斯在塔勒乔库山顶训斥阿勒曼别特，怪他不愿意说出去别依京的路。阿勒曼别特觉得被冒犯了，感到十分委屈，于是向玛纳斯讲述了自己的身世。他还告诉玛纳斯是他的妻子卡妮凯让他起誓，不向玛纳斯透露契丹和别依京的信息。

在卡拉拉耶夫的唱本中，阿勒曼别特是契丹最有权势的汗王之一的阿则兹汗的儿子。奥诺孜巴科夫说索然迪克是阿勒曼别特的父亲，而卡拉拉耶夫则说是外祖父。阿则兹汗有 60 个妻子，但是没有儿子。这也是为什么艾散汗的儿子别如阔兹和阿牢开的儿子空吾尔拜羞辱他的原因。阿则兹汗请契丹首领卡拉汗为他挑选一位妻子。这位妻子必须要能诞下一个命定成为光荣勇士的儿子。卡拉汗从契丹各地邀请了许多年轻貌美的女子来参加新娘选拔。卡拉汗魔法师考核了这些女孩，最后选中了索然迪克的阿勒吐纳伊。

阿则兹迎娶阿勒吐纳伊之时，她已经受圣光感孕 3 个月了。6 个月后，阿勒吐纳伊诞下了一个男孩。她瞒着丈夫把这个孩子送到了自己父亲那里。3 个月后，她把孩子接回来，告知了阿则兹诞下男孩的事情。阿则兹汗为儿子举办了隆重的诞生庆典。后来，阿则兹带着孩子来请卡拉汗取个名字。卡拉汗想除掉这个孩子。于是，他宣布他要看看这个孩子能不能通过特别的考验，测试他今后能否成为一名光荣的勇士。他将孩子扔进了全是冰水的井里。就在此时，天使降临人间，孩子得救了。

看到孩子安然无恙，卡拉汗只能强颜欢笑。他举办了隆重的庆典并为孩子取名叫阿勒曼别特。

6岁的时候，阿勒曼别特就开始学习了。他的老师是全契丹最聪明的龙。10岁的时候，他已经学会了全部的魔法。12岁的时候，他的父亲令他向空吾尔拜复仇，以雪当年被嘲无子之耻。阿勒曼别特一个回合就战胜了空吾尔拜。空吾尔拜逃到艾散汗处，并向艾散汗进谗言。后来阿勒曼别特请求艾散汗让他管辖的四十个省中的一个省，希望得到一个汗王称号。阿勒曼别特的年轻气盛激怒了艾散汗，他的请求被拒绝了。被冒犯的阿勒曼别特想杀掉艾散汗。他监视了艾散汗80天，但是艾散汗一直都未露面，他早已逃到卡拉汗那里去寻求保护了。

卡拉汗觉得这个叫阿勒曼别特的男孩将会给契丹带来巨大的危险。艾散汗和空吾尔拜这两个阿勒曼别特最坏心眼的敌人，建议契丹首领尽快除掉阿则兹汗的儿子。这样，卡拉汗就派出他最厉害的勇士和最强壮的战士去阿则兹的宫殿抓捕阿勒曼别特。阿勒曼别特没有反抗。

卡拉汗制定了一个巧妙的计划，想除掉阿勒曼别特。这位老谋深算的首领要将自己的王位禅让给这位年轻人。后者犹豫不决。那天晚上，阿勒曼别特看到了一个梦兆。在梦里，先知提醒他，卡拉汗有杀他之心，并让他警惕卡拉汗的阴谋。他母亲派人传来口信，也说了同样的意思。所以，阿勒曼别特杀了几个勇士，偷了卡拉汗的魔法石（贾达石），然后逃回了自己的家乡。

回家后，阿勒曼别特决定发起一场对契丹首都别依京的战争。他招募了四十勇士，其中有一个叫玛吉克的奴隶。阿勒曼别特和他的战友们与别依京的军队交锋数次。后来，阿勒曼别特决定离开别依京，去投奔吉尔吉斯人。他的母亲和四十勇士追随他，而他的父亲拒绝离开家乡。在母亲的建议下，阿勒曼别特杀死了父亲。为了阻止阿勒曼别特投靠吉尔吉斯人的首领玛纳斯，卡拉汗率领了大支部队追击这位年轻的勇士。一场血拼之后，阿勒曼别特的母亲和战友们都牺牲了。只有阿勒曼别特和玛吉克活了下来。他们继续向吉尔吉斯人的领地出发。他们一路北上来到了俄罗斯人的地盘，然后向西南前行，最后来到了哈萨克，留在了哈萨克汗王阔克确的身边。

接下来的情节在上述两种异文中大概一致。阿勒曼别特在哈萨克呆了 6 年，为阔克确积累了大量的财富。但是，阔克确并不感激阿勒曼别特的付出。他认为阿勒曼别与自己的妻子阿克艾尔凯琦有染，想除掉他。阿克艾尔凯琦提醒阿勒曼别特，阔克确将要实施不义的计划，建议他去找真正能欣赏他的玛纳斯。

阿勒曼别特和玛吉克离开了。哈萨克人追击他们。阿勒曼别特想杀死这些追击者，但是，玛吉克劝止了他。阿勒曼别特停下来，想将哈萨克人吓跑。受到惊吓的哈萨克人放弃了追捕。两人顺利地继续前行。很快，两人来到了布哈拉。在这里，阿勒曼别特遇到了巴卡依。后来又遇到了卡妮凯，卡妮凯让他许诺不向玛纳斯透露任何关于契丹和别依京的消息。最后，阿勒曼别特来到了玛纳斯身边与他结盟。

两相比较，可知：在卡拉拉耶夫的唱本中，阿勒曼别特的故事更有表现力，情节也更丰富。此外，奥诺孜巴科夫只从宗教信仰的方面解释了阿勒曼别特投靠玛纳斯的原因，而卡拉拉耶夫则不同，他还加入了政治因素，描述了阿勒曼别特和契丹汗王的冲突。

在两位讲述者的口中，阿勒曼别特的人物形象并不相同。奥诺孜巴科夫首要强调的是阿勒曼别特的聪明和对宗教信仰的虔诚；卡拉拉耶夫则主要将阿勒曼别特塑造成具有卓越军事才能的勇士。此外，两位讲述者都将阿勒曼别特描述成特别强壮、勇敢和无畏的战士。

上述两种异文中的另一相异点是阿勒曼别特母亲的人物形象。在奥诺孜巴科夫口中，她是一个被动型的角色（他没这样描绘过玛吉克）。反之，卡拉拉耶夫则让她积极地参与了诸多事件。她作为儿子的辅佐人和建议者的形象出现，也是他的教育者。玛吉克则被卡拉拉耶夫塑造成阿勒曼别特最亲密的朋友与战友。

3. 玛纳斯与卡妮凯的婚礼。在奥诺孜巴科夫的唱本中，这一部分情节如下。玛纳斯想为阿勒曼别特娶亲。阿勒曼别特对玛纳斯的妻子没有好感，就建议他给自己娶个新妻子。玛纳斯觉得这个主意不错。所以，他就让父亲加克普为他寻一位新娘。加克普照做了。加克普四处遍访，想为儿子寻得一位合适的新娘。但是一路上遇到的所有女孩都无法让他满意。最后，加克普和铁米尔汗商量后达成一致。这样，加克普去了塔拉斯。

听到父亲的反馈后，玛纳斯就开始了布哈拉的迎亲之旅。他率领一支大部队带着贵重的礼物，还有成群的牛羊，来面见卡妮凯的父亲铁米尔汗。铁米尔汗隆重地迎接了玛纳斯。不过，当他查看玛纳斯献上的礼物时，他很快就把这位客人抛之脑后。这位未婚夫觉得被冒犯了。他决定直接去找卡妮凯。阿吉巴依告知了玛纳斯去往卡妮凯的厢房的路线。到了晚上，玛纳斯见到了他的新娘。卡妮凯喜欢上了玛纳斯，但是，她决定考验一下他。她假装不认识玛纳斯，狠狠地训斥了他，说他随便闯入自己的闺房。卡妮凯拔出一把剑，令玛纳斯出去。玛纳斯被激怒了，将卡妮凯打倒在地，然后离开了。发生了这些事件之后，玛纳斯意图抢劫布哈拉。但是，加克普、阔阔托依和其他人都劝他别这么做。查看完玛纳斯献上的礼物后，铁米尔汗又想起了他的客人们，再次款待了他们。所有的客人到被安置在专门的毡房里。每位客人都配有女仆。玛纳斯的相貌吓坏了那些被安排给玛纳斯的女仆们，她们不敢进玛纳斯的毡房。因此，他三天都没吃上饭。第四天，巴卡依带着四十勇士来拜访玛纳斯。怒气冲冲的玛纳斯将所有人痛殴了个遍。接着，他召集人马进攻了布哈拉。卡妮凯出面，乞求玛纳斯的宽恕。玛纳斯原谅了她，冲突被化解了。

婚礼开始了。玛纳斯必须从支在原野的 40 座毡房的 40 位姑娘中找出卡妮凯。这 40 位姑娘是 40 位勇士带来参加比赛的。根据古老的习俗，哪位骑士停在哪座毡房前，就能带走毡房里的那位姑娘。幸运的是，玛纳斯的马停在了卡妮凯的毡房前，阿勒曼别特的马停在了阿茹凯的毡房前。阿勒曼别特对这个选择很满意。但是因为阿勒曼别特是个契丹人，阿茹凯不愿嫁给他。因为这个原因，玛纳斯也不想娶卡妮凯了。后来，阿茹凯改变心意，认为玛纳斯值得尊敬，对阿勒曼别特也赞许有加。这样，玛纳斯和阿勒曼别特都完婚了。一场盛宴过后，两对新人回到了塔拉斯。

在卡拉拉耶夫的唱本中，玛纳斯与卡妮凯的婚礼并不完全是这样。这一部分的开篇与楚瓦克的布哈拉之战相关，同时也讲到了玛纳斯找到灰猎狗库玛伊克的情节。

如前所述，楚瓦克攻打布哈拉意欲迎娶卡妮凯的计划失败了。卡妮凯与楚瓦克展开打斗，楚瓦克溃败而逃。在被卡妮凯追击之时，楚瓦克遇到了正在参加狩猎比赛的玛纳斯。在狩猎的过程中，玛纳斯发现了灰猎狗库玛伊克。巴卡依告诉玛纳斯，必须要有一个女人来照顾库玛伊克，不然它就会逃跑。在巴卡依看，玛纳斯的第一个妻子阿克莱并不能胜任这件事情。只有卡妮凯可以养大这只小狗。

这样，玛纳斯就决定要迎娶卡妮凯并着手准备去布哈拉的迎亲之旅。他派阿吉巴依去塔拉斯找加克普，让他送来金子、牛群和其他贵重的礼物，用以向卡妮凯的父亲支付新娘聘礼。加克普说什么也不愿拿出来。阿吉巴依威胁他说这样后果会很严重，但是并不奏效。阿吉巴依回来后对玛纳斯如实相告，说他的父亲拒绝支付聘礼。巴卡依说："让我们去布哈拉为玛纳斯迎娶卡妮凯吧！如果他们拒绝，我们就攻打他们，抢走卡妮凯。"巴卡依去了布哈拉。卡妮凯的父亲隆重地接待了他们。他同意把自己的女儿许配给玛纳斯。这样的转变自有原委。就在巴卡依到达的前不久，铁米尔汗看到了一个梦兆，预言了他女儿与玛纳斯的婚配。

不久之后，玛纳斯率领他的护卫队亲自来到了布哈拉，带来了装满一个车队的金子和其他贵重的礼物。玛纳斯和他的护卫队受到了隆重的接待。卡妮凯见到了玛纳斯，非常中意他。卡妮凯考验玛纳斯。随后，玛纳斯与卡妮凯订婚。

玛纳斯把小狗库玛伊克交付给卡妮凯照顾，这是对卡妮凯的考验。玛纳斯觉得，如果卡妮凯能让小狗安然无恙地长大，那么她就也能成为一位贤妻。卡妮凯非常努力地执行这个任务。但是，有一天小狗在火旁玩耍的时候弄伤了尾巴。玛纳斯得知后，非常生气。他痛殴了卡妮凯一顿，离开了她并拒绝娶她。

在卡拉拉耶夫的唱本中，玛纳斯与卡妮凯的婚礼是这样结尾的。

从情节的复杂、事情的动因以及扣人心弦的细节来说，奥诺孜巴科夫的讲法显然更有趣。至于卡妮凯这个人物形象，奥诺孜巴科夫将其描写为美丽、聪明以及坚强的女性。而在卡拉拉耶夫看来，卡妮凯更像一位被赋予了仙女特征的传统的女巨人。

4. 玛纳斯拜见巴卡依。在奥诺孜巴科夫的唱本中，这一部分的情节如下。如前所述，吉尔吉斯八兄弟出面抗击卡勒玛克和契丹的压迫者，被逐出自己的家园四处流散。玛纳斯的父亲加克普带着他的子民居住在阿尔泰。他的兄弟巴依和奥诺孜都则住在天山附近的山地。奥诺孜都的儿子对巴依的子民十分凶残。听闻玛纳斯日渐强大，巴依决定去阿尔泰投靠他的哥哥和侄子。涅斯卡拉汗半路拦截了巴依，令他挖掘一条水渠。在涅斯卡拉汗的魔法师的建议下，涅斯卡拉汗率部出发，准备进攻玛纳斯。巴依和他的人马一路尾随。后来，在一天夜里，巴依赶到了队伍的前面，向玛纳斯通风报信，让他警惕涅斯卡拉汗的进攻。

巴卡依是巴依的儿子，玛纳斯的表兄。玛纳斯是在喀什之旅中遇到巴卡依的。据奥诺孜巴科夫讲，是神灵让玛纳斯采纳巴卡依的建议。玛纳斯拜见巴卡依之际正是巴卡依的父亲巴依去世之时。巴依的葬礼非常隆重。

在卡拉耶夫的唱本中，玛纳斯拜见巴卡依的情节不尽相同。从阿尔泰迁到塔拉斯不久后，玛纳斯就和加克普吵了一架，然后就离家出走了。随后，他又在路上遇到了一位陌生的勇士。这位勇士威武雄壮，相貌堂堂。玛纳斯十分仰慕他。他们开始了友好的交谈。接着玛纳斯就发现这位勇士就是他的表兄巴卡依。玛纳斯对巴卡依讲述了自己所有的境遇。玛纳斯非常高兴。他请巴卡依做他的军师。

可以说，尽管两位讲述者各有特色，但是他们都特别重视玛纳斯拜见巴卡依这一事件。上述两种异文都有巴卡依是玛纳斯的高级军师这一说法。

5. 玛纳斯拜见阔绍依。在奥诺孜巴克科夫的唱本中，玛纳斯是在远征喀什噶尔的时候遇到阔绍依的。在玛纳斯率部征服契丹汗王科尔姆兹夏的都城之前，阔绍依就已经在那儿了。他使用魔法混入了科尔姆兹夏的宫殿，并且杀死了这位汗王。接着，为了考验玛纳斯，他幻化为科尔姆兹夏的模样向玛纳斯挑战。他们对打了一整天，却难分伯仲。后来，阔绍依报上了真名，现出了真容。此后，阔绍依成了玛纳斯最亲密的朋友和战友。

据卡拉拉耶夫的唱本来看，玛纳斯采纳了卡拉巴勒塔建议，他的中亚之行就是去拜访阔绍依的。途中，玛纳斯路过了伊塞克湖，并惊叹于它的美丽。

见到玛纳斯，阔绍依非常开心。他告诉玛纳斯他的身世。阔绍依发动了反抗契丹的战争。在卡拉汗死后，契丹人进攻了吉尔吉斯人并且强占了他们的领地。阔绍依建议玛纳斯来到中亚，并承诺支持他。

这样，我们就会发现史诗中上述的事件在两位讲述者口中并不一样。在两种异文中，阔绍依都被塑造成一位心系吉尔吉斯人解放大业的战士。但是，我们也要注意到，卡拉拉耶夫更强调阔绍依的爱国情怀。

6. 玛纳斯的中亚之旅。上述两种异文都包括这一事件。从卡拉拉耶夫的唱本来看，玛纳斯将中亚从契丹人手中解放出来，并在撒马尔罕建都。接着，他迁到了塔拉斯。在这里，吉尔吉斯的长者们召集了一次会议，商讨吉尔吉斯部落定居的事宜。因为塔拉斯在所有吉尔吉斯领地的中央，所以玛纳斯选择了塔拉斯。

有个叫巴伊吉格特的人请求玛纳斯允许他回阿尔泰。玛纳斯应允了。巴伊吉格特举办宴会庆祝启程。席间，玛纳斯和加帕克发生了冲突。加帕克是什哈依的儿子，诺盖汗的兄弟，玛纳斯的祖父。加帕克嫉妒玛纳斯的荣耀和好运。他想借助契丹汗王阿牢开的力量除掉玛纳斯。加帕克原本计划让阿牢开带着人马参加巴伊吉格特的庆典，然后除掉玛纳斯。阿牢开摄于玛纳斯的勇猛，拒绝出面。加帕克并未放弃除掉玛纳斯的计划。他带着自己的人马（600座毡房）来到了庆典，企图离间阿昆汗和阔绍依这些玛纳斯的战友，联合他们来对付玛纳斯。出于对加帕克的父亲什哈依的尊重，玛纳斯想和平解决这次冲突。在护卫队的陪同下，玛纳斯前往加帕克处进行协商。途中，加帕克带着人马袭击玛纳斯。阔孜卡曼的儿子阔克却阔兹在战斗中杀死了加帕克。冲突解决了。庆典结束后，玛纳斯动身前往塔拉斯。

在卡卡拉耶夫的唱本中，玛纳斯并未征服中亚。他只是带着自己的人马从阿尔泰来到了塔拉斯。阿尔泰的吉尔吉斯人第一次被艾散汗欺辱后，他们就开始了塔拉斯之旅。打败了艾散汗率领的契丹人侵者后，玛纳斯来到中亚拜访阔绍依。阔绍依建议他迁往新的领地并许诺支持他。

吉尔吉斯人开始向塔拉斯迁徙，而此时玛纳斯还在中亚。加克普担心契丹人发起新的袭击，也带着自己的子民向塔拉斯出发。艾散汗的勇士们追击玛纳斯。在随后的打斗中，契丹人获胜了。玛纳斯还在从中亚回来的路上，但玛纳斯的人马就和吉尔吉斯人汇合了。不久之后，阔绍依和阿依阔交的人马也来汇合了。契丹人再次被打败。艾散汗溃逃后，吉尔吉斯人顺利地继续他们的塔拉斯之旅。

可见，两位讲述者口中的中亚之旅大不相同。

7. 玛纳斯与阔孜卡曼的争吵。奥诺孜巴科夫将这一部分内容分插在三个事件中。

第一部分描述了玛纳斯与阔孜卡曼的相遇。如前所述，玛纳斯的父亲加克普和他的七个兄弟出面抗击契丹人但是惨遭失败。为了防止吉尔吉斯人发生新一轮的反叛，契丹人将他们逐出家园，迫使他们四处流散。加克普的兄弟阔孜卡曼被放逐到抗爱。他的真名是尤森。契丹人叫他阔孜卡曼，意为"野猪的眼睛"。得知玛纳斯的神勇后，阔孜卡曼决定去投靠他。于是，阔孜卡曼和儿子离开满洲向塔拉斯出发。此时，玛纳斯结束北征，正在返程。途中，他们与玛纳斯相遇。看到阔孜卡曼和他的子民，玛纳斯非常开心。他给他的亲戚们指明了向中亚出发的路线。

阔孜卡曼一行及时到达了玛纳斯的总部。此时，玛纳斯正在外征伐阿富汗、图尔库以及他的兄弟阿昆汗。从阿富汗回来后，玛纳斯给阔孜卡曼和他子民拨了土地和牛羊。为了庆祝他们的到来，玛纳斯举办了隆重的庆典。接着，玛纳斯让他们像所有的吉尔吉斯人那样剃须剪发。阔孜卡曼和他的子民在杭爱生活的时间太久了，长期和卡勒玛克人一起生活，他们已经忘记了这些吉尔吉斯风俗习惯。他们不喜欢这些习俗，想保留在卡勒玛克人的那一套做法。阔孜卡曼一众人对新的处境不满，于是，他们策划了一个反叛玛纳斯的阴谋，企图谋害玛纳斯的性命侵占他的财富。

心思细腻的卡妮凯感受了阔孜卡曼一众人的敌意，提醒玛纳斯要当心。但是，玛纳斯对此置之不理。

阔孜卡曼一伙人一直在策划反叛玛纳斯的阴谋。这场阴谋的策划以阔孜卡曼的儿子阔克却阔兹为首。他计划取代玛纳斯成为吉尔吉斯人的首领。阔克却阔兹和他的手下商量了很多次后，决定用毒酒害死玛纳斯和他的战友。阔孜卡曼反对儿子阔克却阔兹的计划，他不想参与并且努力劝说儿子不要实施这个阴谋。但是，阔克却阔兹一意孤行。

阔孜卡曼一伙人邀请玛纳斯和他的战友参加宴会，然后用毒酒对付他们。很快，玛纳斯的战友就失去了意识，只有玛纳斯一个人保持了清醒。玛纳斯的随从博兹乌勒在宴会一开始的时候就离开了，正好听到了阔孜卡曼一伙人在热烈地讨论。有些坚持认为应该马上杀掉玛纳斯，有些人认为让玛纳斯毒发身亡就行了。玛纳斯虽然开始疑心这一伙人的真实意图，但是他动弹不得。阔孜卡曼一伙人专心致志地讨论，并未看到波孜乌勒进来，也没发现玛纳斯被波孜乌勒救出去了。出去后，玛纳斯骑着他的阿克库拉神马离开了。阔克却阔兹追击玛纳斯。在快要追上玛纳斯的时候，他用火枪打了玛纳斯几枪。玛纳斯伤重坠马。阔克却阔兹以为他死了，回去后便对他的子民宣布自己为所有吉尔吉斯部落的首领。

玛纳斯四十勇士中的色尔哈克和赛热克出席宴会的时间延后了。途中，他们从一个牧羊人那里得知了阔孜卡曼一伙人叛变的消息。他们四处寻找玛纳斯。两人找到了受伤的马和中毒的战友们。他们派波孜乌勒去卡妮凯那里拿药。

与此同时，阔孜卡曼一伙人确信玛纳斯已经死了，正在侵占他的财产。他们还想瓜分玛纳斯的妻子。阔克却阔兹向卡妮凯提亲，卡妮凯推委地应承他七个月后出嫁。然而，阔克却阔兹不久之后又派来信使向卡妮凯提亲。卡妮凯用剑刺伤了信使，将他赶了出去。卡妮凯的拒绝激怒了阔克却阔兹，他赶走了玛纳斯所有的妻子，并切断了她们的生活来源。无家可归的女人们只好从这座毡房乞讨到另一毡房，但是没有人施舍她们任何东西。篡位者宣布帮助玛纳斯妻子的人均会被处以极刑。吉尔吉斯摄于阔克却阔兹的盛怒，不敢出手相助。

只有一位老者在偷偷地帮助卡妮凯。他就是阔克却阔兹的父亲阔孜卡曼，他不满儿子的变节行为。色尔哈克和赛热克找到了卡妮凯，将玛纳斯的遭遇告诉了她。在玛纳斯战友的陪同下，卡妮凯回到自己的毡房去取药。然后，他们急忙赶去医治玛纳斯和他的战友们。卡妮凯的药非常有效。很快，玛纳斯和他的战友们就康复了。玛纳斯准备惩罚变节的阔孜卡曼一伙人。玛纳斯回来的消息传到了阔孜卡曼一伙人中，他们开始互相指责，都认为对方要为这个阴谋负主要责任。接着这伙人开始自相残杀，死得一个不剩。

在卡拉拉耶夫的唱本中，"阔孜卡曼人的阴谋"被放在史诗三部曲的第二部《赛麦台》中。阔孜卡曼人的阴谋是以回忆的形式由卡妮凯向她儿子赛麦台讲述的。与奥诺孜巴克科夫的唱本一样，玛纳斯和他的战友都在受邀参加阔孜卡曼人的宴会喝了毒酒。需要注意的是，在奥诺孜巴科夫的唱本中，阔孜卡曼是加克普的哥哥尤森。阔孜卡曼这个名字是契丹人给他取的。在卡拉拉耶夫的唱本中，阔孜卡曼部落里总共有 5 个吉尔吉斯人，其中有一个叫阔孜卡曼。这 5 个吉尔吉斯人被契丹人驱逐到别依京。他们在那儿生活了很久遵守并认可那里的风俗。在卡拉拉耶夫的唱本中，这伙阔孜卡曼人投靠玛纳斯并不是为了寻求保护和帮助，而是想杀掉玛纳斯。他们受雇于契丹人就是为了杀死这位吉尔吉斯领袖。契丹主子的慷慨允诺诱惑了这几个阔孜卡曼人。但凡取得玛纳斯头颅，就能在别依京的辖省登上汉王之位。这 5 个阔孜卡曼人打算利用他们和玛纳斯的血缘关系达到自己的目的。他们假意投奔了玛纳斯。玛纳斯隆重地接待了他们。阔孜卡曼人邀请玛纳斯和他的战友们参加他们的宴会，然后给他们喝了毒酒。幸亏有卡妮凯的药，玛纳斯和他的战友们得救了。阔孜卡曼人偷了玛纳斯的财宝，逃回别依京。玛纳斯的护卫队追击他们，逮住并杀死了这些叛徒。

可以说，在卡拉拉耶夫的唱本中，受雇于契丹人成了阔孜卡曼人叛变的动机。上述两种异文对动机的描述并不相同。

8. 阔阔托依的祭典。在奥诺孜巴科夫的唱本中，具体情节如下。

阔阔托依是位高尚而富有的吉尔吉斯人，深受塔什干的吉尔吉斯人的尊敬。他曾助玛纳斯攻打塔什干的统治者帕努斯汗。出于对阔阔托依的感谢，玛纳斯立他为塔什干汗。玛纳斯十分尊敬阔阔托依，决定为阔阔托依举行一场隆重的祭典，对这位忠诚的朋友和可靠的盟友表达最后的敬意。

勇士托什图克的儿子包克木龙被遗弃在阔阔托依家门口。阔阔托依一生无子，所以就收养了他。玛纳斯从阿尔泰前往塔拉斯的途中，阔阔托依去世了。当时，包克木龙也不在身边。所以，阔阔托依临终向一位朋友宣布了遗言，请他转达给自己的儿子。听到父亲的遗言后，包克木龙十分困惑。一方面，他要求葬礼必须十分低调不能铺张；另一方面，他唯一的遗言又是一场庄重与气派的周年祭典。

包克木龙拿不准父亲的意图，就去征求玛纳斯的意见。玛纳斯原以为包克木龙会派信使前来，结果包克木龙自己来了，玛纳斯很心烦。听完包克木龙的陈述后，玛纳斯吩咐他举办一场吉尔吉斯人从未有过的又庄重又气派的葬礼，并对包克木龙说这是他父亲应得的荣誉。

包克木龙操办了一场与逝者荣光相当的庄严又气派的葬礼。成千上万的人参加了葬礼。为了纪念父亲去世的 40 日之祭，包克木龙举办了隆重的祭典。参加祭典的不仅有阔阔托依在塔什干的远近亲戚，还有从中亚其他领地来的吉尔吉斯人。祭典过后，包克木龙召集了所有的亲戚，提议在两年之内举办一场史无前例的无人见过的隆重而盛大的祭典来纪念父亲的逝世，并征求大家的意见。所有的吉尔吉斯人一致支持包克木龙的提议。

随后的两年里，包克木龙带着他的人马从塔什干到卡尔克拉①草原。吉尔吉斯的长者建议在这个地方为阔阔托依举办这场史无前例的祭典。在出发去卡尔克拉之前，包克木龙已经派信使给东部和西部的人，邀请他们都来参加阔阔托依的祭典。信使按照吩咐向每位受邀者言明届时会有竞技比赛，获胜者将得到非常丰厚的奖品。而且信使们还按吩咐告知每位受邀者，如果拒绝邀请将会受到严重的惩罚。

东部和西部的勇士都来到了卡尔克拉，参加祭典和竞技比赛。最后一位光临祭典的是由一群随从陪同而来的吉尔吉斯人首领。玛纳斯是每一位与会者关注的焦点。他是一位威武而荣耀的统治者。

祭典伊始，契丹汗空吾尔拜就挑起了与包克木龙的争吵，苛责他没有给予自己应有的尊重，要求他赠送玛尼凯尔马来取悦自己。包克木龙想要停止这次争吵。和阔绍依商量过后，包克木龙决定把马送给空吾尔拜。还没来得及这么做，空吾尔拜的要求就传到了玛纳斯那里。这位契丹汗让玛纳斯非常生气。他认为空吾尔拜的行为是对吉尔吉斯人的严重侮辱，必须受到严厉的惩罚。玛纳斯召集人马想要除掉空吾尔拜。玛纳斯的震怒让契丹汗们非常害怕。在阿牢开汗的带领下，他们竭尽全力使玛纳斯平静了下来。最终，这场冲突被化解了。

冲突解决之后，就开始竞技比赛了。首先所有的勇士参加了射击比赛。接下来的是摔跤比赛。契丹汗王交牢依挑战吉尔吉斯勇士，但是无人敢应战。玛纳斯也说自己不擅长摔跤。阔绍依宣布他来与交牢依摔跤。他请玛纳斯给他一条摔跤专用的皮裤子。玛纳斯下令拿来了眼下能找的所有皮裤子。阔绍依开始逐条试穿，但是没有一条合身。后来，玛

---

① 位于伊塞克湖以东的草原地区。

纳斯的妻子卡妮凯带了一条专程为阔绍依缝制的皮裤子。卡妮凯希望阔绍依获胜后能为她祈福。他预言卡妮凯很快就会有个注定成为勇士的男孩。

摔跤比赛开始了。阔绍依和交牢依的摔跤比赛持续了 24 个小时，但还是难分伯仲。第二天，交牢依抓住机会占了上风。这个契丹巨人将昏昏欲睡阔绍依高高举起，就在交牢依准备把这位吉尔吉斯勇士摔向石头时，玛纳斯大叫了一声，阔绍依醒了过来。他睁开眼睛，从交牢依的胳膊里挣脱出来，然后，用尽全力把这个契丹巨人摔倒在地并从其头上跨过。但交牢依不愿认输，他指责阔绍依坏了比赛的规则。两人吵得不可开交。玛纳斯一记铁拳将交牢依打倒在地，结束了争吵。

接下来是长矛单打赛。在这场比赛中，空吾尔拜代表契丹出战，玛纳斯则代表吉尔吉斯。这两个参赛者骑着马，盘算着怎么把对方刺下马来。但是两人的长矛术都很有技巧，双方都无法克敌制胜。打了很久，还是难分胜负。空吾尔拜和玛纳斯扔了长矛，换了剑和斧头继续比赛。长矛赛只能用长矛，这样两人都违规了，所以人们拉开了厮打的两人。接着，空吾尔拜和玛纳斯继续用长矛比赛。玛纳斯最终赢得了胜利，将空吾尔拜刺下了马。

最后一项是赛马。契丹骑士和吉尔吉斯骑士参赛。玛纳斯一马当先，空吾尔拜奋力追赶。但是，他的马不及玛纳斯的阿克库拉。这位契丹汗王击打阿克库拉的腿，想让它跑不了。玛纳斯的战友阿勒曼别特位居第三。他发现空吾尔拜想弄伤阿克库拉，就冲上前去把这位契丹骑士打下了马。玛纳斯继续一路领先，最后赢得了比赛。

阔阔托依的祭典以契丹人和吉尔吉斯人的武装冲突结束。契丹勇士空吾尔拜和交牢依挑起了冲突，他们偷走了吉尔吉斯人用来作为获胜者奖品的牛群。玛纳斯率领吉尔吉斯人追击契丹人。他们追上了契丹人，并且大胜而回。涅斯卡拉巨人被关了起来。空吾尔拜和交牢依逃跑了。玛纳斯一路追击直抵交牢依的总部，玛纳斯抓住了交牢依，狠狠地打了他一顿。然后赶着牛群回家了。

在卡拉拉耶夫的唱本中，阔阔托依的祭典上发生的事件大致与奥诺孜巴科夫讲的基本一致。至于主角玛纳斯这一人物，则被卡拉拉耶夫描述得大不相同。阔阔托依去世后，他的儿子包克木龙没有与玛纳斯商量葬礼的事项。玛纳斯起初也没有参加祭典。是在契丹人开始搞破坏后，吉尔吉斯人才在阔绍依的建议下，邀请玛纳斯出席祭典。玛纳斯大驾光临后很快整顿了秩序，恢复了公平。

据卡拉拉耶夫讲，是涅斯卡拉挑起了关于玛尼凯尔马的冲突，并非是奥诺孜巴科夫说的空吾尔拜。而且在卡拉拉耶夫的唱本中，祭典和平地结束了。

9. 汗王的阴谋与卡妮凯的送别。上述内容已经详尽地阐述了史诗的这两个部分。两位讲述者的说法多多少少都有相似之处。然而，需要注意的是，奥诺孜巴科夫讲故事的方法比卡拉拉耶夫更有趣，细节也更丰富。

10. 玛纳斯之死。在奥诺孜巴科夫的唱本中，玛纳斯死于战场中受到的两次重创。第一次是被空吾尔拜用战斧劈了后颈。第二次是被一位契丹勇士用箭射中了右脸。玛纳斯的战友扶他上了泰布如里马，带他离开了战场。

听闻玛纳斯受了致命伤，吉尔吉斯人纷纷来到这位首领的总部。玛纳斯所有的妻子和亲人都来了，吉尔吉斯的长者们和部落首领们也来了。卡妮凯和他们的儿子赛麦台一同前来。玛纳斯陷入了昏迷。但是，他一听到赛麦台的声音就苏醒了。玛纳斯慈爱地抱着这个男孩，讲起了即将到来的父子永别给他带来的深深痛苦。目睹丈夫即将去另一个世界，凯妮卡无法遏制自己的悲伤，唱起了挽歌。

几乎所有的战友都来到了他们垂死的首领的身边。阔绍依也在其中。当玛纳斯听到阔绍依的声音时，他已经睁不开眼睛了。成千上万的子民和勇士们守在一息尚存的玛纳斯身边。人们都悲痛万分。晚间时分，玛纳斯与世长辞。

玛纳斯死后，战友们商量为他们的吉尔吉斯领袖举行葬礼的事项。大家一致同意将玛纳斯葬在巴彦都。巴彦都离玛纳斯去世的地方有15天的路程。玛纳斯最亲密的战友们抬着玛纳斯的巨棺，走在去往巴彦都队伍的前列。当队伍开始前行时，神奇的事情发生了。棺材飞到天空中，朝着巴彦都的方向，自行急速向前，使其他人也得以同样的速度前进。这样，到达目的地的时长就由原来的15天缩短为3天。

葬礼庄严而气派。人们宰杀了无数的牛马羊，为纪念玛纳斯的逝世举行隆重的祭典。参加葬礼的来宾都被馈以重礼。在巴卡依和科尔格勒的建议下，人们又为玛纳斯立了一座雄伟的陵墓。陵墓的墙壁上铺上了刻满玛纳斯的画像和圣言的石头。陵墓竣工后，卡妮凯这位悲痛的寡妇来到坟墓前悼念亡夫。

在卡拉拉耶夫的唱本中，"玛纳斯之死"有不同的情节。受伤的史诗英雄听到来自天界的声音，让他停止战斗尽快前往塔拉斯。吉尔吉斯人调转马头，清理了战场。巴卡依扶玛纳斯骑上了他的战马泰布如里。在护卫队的陪同下，这位吉尔吉斯首领开始了回乡的返程。巴卡依派他的信使额尔奇乌勒传口信到塔拉斯，让他告知乡亲们玛纳斯大败契丹人的消息，并令他们举行迎接玛纳斯率领的吉尔吉斯部队。

然而，玛纳斯的妻子卡妮凯已经预知了玛纳斯的厄运。她带着儿子赛麦台离开塔拉斯去找她的丈夫。看到玛纳斯受伤严重，卡妮凯不想让塔拉斯人看到玛纳斯如此悲惨的状况。她希望他以胜利和光荣的领袖形象出现在人们面前。卡妮凯对玛纳斯说话，试图引起他的注意，然后又大声喊叫。但是她的丈夫似乎根本就听不见。卡妮凯意识到玛纳斯陷入了昏迷。所以，她把儿子赛麦台打得哭了起来。玛纳斯听到儿子的声音，醒了过来。卡妮凯给他穿戴好盔甲，扶他上了战马。得知最亲密的战友阿勒曼别特、楚别克还有其他人都牺牲了，玛纳斯失声痛哭。没人敢去安抚玛纳斯，只有他的妻子卡妮凯试着安慰自己的丈夫。

接着，卡妮凯和巴卡依将玛纳斯安置在河边一处阴凉的森林里。然后，他们开始用神奇的药物治疗这位受伤的勇士。很快，玛纳斯觉得好多了。他跨上战马继续向塔拉斯出发。这位吉尔吉斯英雄会见了他的子民，到处都是欢呼声。几天过后，玛纳斯的状况又恶化了。不知怎么回事，卡妮凯没有发现玛纳斯还有一处伤。这处伤让玛纳斯十分疼痛。这第二处伤是个致命伤。玛纳斯的情况越来越糟。意识到丈夫已经没有好转的希望了，卡妮凯请求玛纳斯宣布遗言。玛纳斯说他的遗愿就是被安葬在一处遥远又安静的地方。他还说卡妮凯应该离开塔拉斯，带着赛麦台去布哈拉，寻求她父亲的保护。

玛纳斯的病情急剧恶化。卡妮凯按照她丈夫的吩咐，派遣信使召集玛纳斯的战友阔绍依、托什图克、阔克波如和女巨人萨伊卡丽。三位勇士很快就来了，女巨人萨伊卡丽不愿听从玛纳斯劝告。阔克波如和儿子阔勇阿勒结伴而来，他们还邀请了 40 位僧人来操办玛纳斯的葬礼。

玛纳斯在世时，卡妮凯就开始了陵墓的修建。陵墓的墙上饰有玛纳斯和他四十勇士的画像以及伟大的远征的场面。

玛纳斯死后，他的哥哥阔别什成为吉尔吉斯人的首领。玛纳斯的四十勇士也成为了阔别什的战友。玛纳斯的父亲加克普想让儿子阔别什娶了卡妮凯。阔别什向兄弟的遗孀提亲，但是被卡妮凯拒绝了。阔别什被激怒了。他计划杀死自己的侄子。他认为如果那样卡妮凯就孤身一人了，就会同意他的提亲。玛纳斯的遗孀得知了阔别什的计划。为了保护赛麦台，她将另一个男婴放在赛麦台的摇篮里。到了晚上，阔别什来到卡妮凯的毡房，杀死了摇篮中的男婴。他打败了卡妮凯，抢走了金子和其他值钱的东西。卡妮凯想起了丈夫的遗言。她带着儿子出发去布哈拉。玛纳斯的母亲绮伊尔迪也跟着她儿媳一起去了。这两个女人走了一整天。一路上没吃没喝。她们害怕被阔别什追捕，是长者巴卡依解救她们于危难之中。他给了她们足够的水和食物，以备长途之需。巴卡依还把自己的泰托如送给了她们，这样，她们就不用步行去布哈拉了。巴卡依一直护送卡妮凯和绮伊尔迪到锡尔河，然后帮助她们渡河。

在奥诺孜巴科夫的唱本中，上述的史诗内容十分简洁，基本上只是事件的罗列：玛纳斯之死、玛纳斯的葬礼以及修建玛纳斯的陵墓。就讲述者卡拉拉耶夫而言，他更注重描述玛纳斯死之前后的事情。此外，他的唱本细节更丰富，艺术性上也更完美。

现在，我们来看看只在两种异文之一中出现过的事件。

赛麦台的诞生只出现在奥诺孜巴科夫的唱本中。这个故事的情节如下。玛纳斯从别依京胜利归来，但是心情不好。因为这位吉尔吉斯人的首领至今还没有孩子，所以他非常难过。但是不久，在神灵的佑助下，卡妮凯说她已经有孕在身了。

卡妮凯生下一个男孩，这让卡妮凯非常开心。新生儿被取名为赛麦台。玛纳斯举行了隆重的庆典庆祝儿子的诞生。玛纳斯所有的亲戚、玛纳斯的战友以及四周邻国的人们都来参加了这个庆典。契丹汗王空吾尔拜挑起了争吵，指责吉尔吉斯人招待不周。空吾尔拜想惩罚吉尔吉斯人，还想用阴谋设计玛纳斯。但是，参加庆典的其他契丹汗不赞成空吾尔拜的想法。他们请求玛纳斯原谅空吾尔拜的行为不端。为了取悦吉尔吉斯人，他们提出献上艾散汗的女儿吐尔娜为阿勒曼别特的妻子。此外，他们还承诺为其他的吉尔吉斯勇士献上 1000 名契丹姑娘。吉尔吉斯愿意化解冲突。但是他们说只要艾散汗的女儿吐尔娜为阿勒曼别特的妻子，不需要其他的契丹姑娘。冲突被解决了。庆典继续举行。契丹人和吉尔吉斯人一起参加了许多的比赛。

另外一则只出现在奥诺孜巴科夫的唱本中故事是玛纳斯大战女巨人萨伊卡丽。这个事件发生在玛纳斯大胜特克斯统治者的庆典上。这位吉尔吉斯首领推翻了特克斯汗的统治，并把汗王之位交给忠心于他的哥哥。新继位的汗王举办了这次庆典，表达对玛纳斯的感激之情。这次庆典还举行了许多竞技比赛。在一次单打项目中，玛纳斯对战女巨人萨伊卡丽。他们用长矛对战，但是难分胜负。玛纳斯被激怒了，他想杀死萨伊卡丽。战友们安抚玛纳斯，让他平静了下来。

如上所述，虽然卡拉拉耶夫也在史诗的其他部分提到了萨伊卡丽好几次，但是玛纳斯对战女巨人萨伊卡丽的故事并未出现在他的唱本中。比如，他在玛纳斯的祭典的这一部分中提到，玛纳斯和萨伊卡丽共同盟誓同年同月同日死。但是，当玛纳斯死后，萨伊卡丽却不愿随他而去。这个女巨人似乎完全将她的誓言抛诸脑后。她拒绝参加玛纳斯的葬礼，后来被玛纳斯的战友强逼而来。

同样的，卡拉拉耶夫的唱本中也有一些事件，在奥诺孜巴科夫的唱本中没有或者仅简单地提了提。比如，玛纳斯获得战马、骆驼、猎狗以及剑的故事。这个故事的情节如下。

玛纳斯的父亲加克普指责儿子挥霍无度。玛纳斯感到内心不快，于是离开了塔拉斯。他搬到了费尔干纳谷的南边。在安集延附近，玛纳斯遇到了一位年长的圣人，圣人说自己认识玛纳斯并且可以预见他的未来。然后，他就这么做了。接着，他说玛纳斯的战马不怎么好。他建议玛纳斯待在费尔干纳谷以种地为生。玛纳斯采纳了年长圣人的意见，待在费尔干纳谷种麦子。在辛勤的耕耘后，他的夏季麦得了个好收成。这个年轻人将麦子磨成面粉，想要用来交换诺伊古特卡拉卡汗的战马。他们成交了。卡拉卡汗拿到面粉就离开了，玛纳斯得到了战马阿克库拉后留了下来。那位年长圣人又来了，并且带着六把剑。长者把剑给了玛纳斯。玛纳斯自己留下了祖勒普卡尔宝剑，其他五把分给了战友。据卡拉拉耶夫的唱本来看，以上就是玛纳斯得到战马阿克库拉和神奇宝剑祖勒普卡尔的经过。

后来，玛纳斯在战友的陪同下外出打猎。在一次大型的狩猎竞技赛中，玛纳斯遇到了从布哈拉的统领的女儿卡妮凯那儿逃走的楚瓦克。楚瓦克结束了他的求亲之旅。楚瓦克向卡妮凯提亲，但是被拒绝了。楚瓦克坚持以武力相逼，所以卡妮凯召集人马，把楚瓦克逐出了布哈拉。玛纳斯和楚瓦克成为朋友，他邀请楚瓦克去塔拉斯。这样，他们就结伴前往塔拉斯。一路上，他们遇见了五位圣人，从他们手中获得了神奇骆驼杰勒玛彦。接着到了中午，这两个旅伴在一处又干净又清凉的喷泉边稍事休息。在那儿，他们发现了神犬库玛伊克。

在奥诺孜巴克科夫的唱本中，玛纳斯少年时期就从先知的信使那里得到了自己武器：一把宝剑、一把枪和一把战斧。他没有讲到玛纳斯得到的那些动物：战马、骆驼和神犬。

在卡卡拉耶夫的唱本中有阿吉巴依投靠玛纳斯的故事，而在奥诺孜巴克科夫的唱本中则没有。这个故事的情节如下。巴卡依建议玛纳斯将阿吉巴依纳入护卫队，说阿吉巴依能成为称职的战友。奥尔根汗的儿子阿吉巴依是吉尔吉斯最强壮最勇敢的勇士之一。他有一匹非常棒的战马卡尔特谷冉。阿吉巴依既聪明又有学识。他能讲 70 种外语。他从契丹那里得知了魔法的秘密。所以玛纳斯就和巴卡依一同去拜访阿吉巴依。他们在山间找到了正在参加狩猎比赛的阿吉巴依。玛纳斯错把阿吉巴依当成了敌军，想要杀掉他。巴卡依阻止了他。阿吉巴依和玛纳斯相见了，他们喜欢彼此。这样，阿吉巴依就加入了玛纳斯的护卫队。

另一个只出现在奥诺孜巴科夫唱本中的故事是巴卡依的婚礼。奥诺孜巴科夫的唱本中，土库曼汗卡拉恰的女儿卡尔波彦爱上巴卡依。巴卡依也爱卡尔波彦。于是，他请求卡拉恰同意他迎娶卡尔波彦。卡拉恰拒绝了。巴卡依想用武力达到自己的目的。但是，他没有同伴，眼看他深爱的人设定的期限就要过了，巴卡依陷入了深深的绝望。他向玛纳斯讲述了这个忧伤的故事。玛纳斯亲自拜见了卡拉恰汗，为巴卡依向卡尔波彦提亲。这位土库曼汗又拒绝了。玛纳斯袭击了卡拉恰汗，并占得先机。卡拉恰汗战败。他请求玛纳斯宽恕，并同意将女儿许配给巴卡依。卡拉恰汗还表示愿意臣服玛纳斯。巴卡依比玛纳斯更了解卡拉恰汗，于是他提醒玛纳斯提防卡拉恰汗的诡计。于是，他们带上卡尔波彦就离开了土库曼。

卡拉拉耶夫的唱本中有阿克巴勒塔和楚瓦克的故事，而奥诺孜巴科夫唱本中没有。这个故事的情节如下。阿克巴勒塔和玛纳斯的父亲加克普是邻居和朋友。两人都被契丹人放逐到阿尔泰。后来，两人都从阿尔泰来到中亚。加克普留在塔拉斯，阿克巴勒塔搬到了阿尔泰和诺伊古特人生活在一起。阿克巴勒塔还没有孩子。他向天神祈求一个男孩。有一天，他发现有个孩子被绑在骆驼的背上。他收养了这个孩子。阿克巴勒塔非常开心。他举办了一次隆重的宴会来庆祝这件幸事。在宴会上，圣人克孜尔给孩子取名为楚瓦克。

楚瓦克是个淘气的男孩。12 岁时，他在梦中见到了一个梦兆。圣人预言巴卡依的未来和玛纳斯有关。后来，他向父系询问了关于玛纳斯的事情。阿克巴勒塔说只要楚瓦克寻得到一匹战马，他就帮楚瓦克见到玛纳斯。楚瓦克开始寻觅战马。但却找不到。他找了很久，却徒然无功。最后，楚瓦克放弃了找战马的念头，他决定步行去拜见玛纳斯。他走了一天一夜。第二天出发的时候，遇到了那位在梦中见过的圣人。圣人将阔克阿拉战马送给楚瓦克。年轻人跨上战马，继续自己的旅程。途中，他遇到了 5 位圣人，他们赠予楚瓦克盔甲。如上所述，玛纳斯与楚瓦克的相遇是发生在楚瓦克失败的布哈拉求亲之旅后。此后，楚瓦克把所有的一切都献给了玛纳斯。

（荣四华　译　阿地里·居玛吐尔地　审校）

吉尔吉斯史诗《玛纳斯》的起源①

［苏］ A. N. 伯恩什达姆

【编者按】A. N. 伯恩什达姆（A. N. Bernshtam Alekcandr Natanovich，1910—1956）苏联历史学家、列宁格勒大学教授。他从 1936 年开始，在七河流域、天山、帕米尔高原和费尔干纳做考古调查。生平著作超过 200 余种，其中有很大一部分是研究中亚历史及中亚游牧民族的社会制度和经济。其中，于1946 年出版《6—8 世纪鄂尔浑叶尼塞突厥社会经济制度（东突厥和黠戛斯）》曾产生重大影响。此外他还在 20 世纪 40—50 年代，在吉尔吉斯斯坦《苏维埃吉尔吉斯》《列宁格勒晚报等》等报刊上发表《〈玛纳斯〉史诗产生年代》《玛纳斯名称探析》等 20 多篇有关《玛纳斯》史诗的论文或文章。在其研究中，他将史诗内容及其中的同地名、人名历史考古资料结合研究，有很多独到的见解。其出版和发表的《吉尔吉斯古代历史》《吉尔吉斯英雄史诗》《吉尔吉斯的古代文化》等著作中，将历史资料和《玛纳斯》相结合进行研究的思路和观点对后世学者具有很强的启发和重要的参考价值。他从历史民族学角度出发，努力将史诗英雄玛纳斯与某一个特定历史人物对比研究的探索精神值得肯定。这一点从本文中也可略见一斑。但是，他的有些观点，尤其是将史诗主人公玛纳斯确定为碑铭中的雅各拉喀尔汗的结论也遭到了著名学者马洛夫、文学家日尔蒙斯基的质疑和反驳。本文译自吉尔吉斯斯坦在 1995 年出版

---

① 此文是在 1946 年被收入《吉尔吉斯斯坦》年鉴的同名论文的新版。作者重新阐释了1946 年版中大量的论点，并修订了相关议题。

的综合论文集。

一

严肃与深远意义上的《玛纳斯》研究始于吉尔吉斯斯坦，同时，这部史诗也引发许多其他国家学者的兴趣。包括民族志学者、文献学家、语言学家、文学批评家以及其他专家，如历史学家在内的学者们，从各个研究角度来考量已有的史诗材料，对这部吉尔吉斯史诗的研究做出了极有价值的贡献。毋庸置疑，这些成果大多有赖于对《玛纳斯》中历史因素的正确诠释。

事实上，《玛纳斯》是吉尔吉斯人的口头编年史。这些民间的口头编年史蕴含了极为丰富的远古以及其后的历史因素。这些历史性资料与吉尔吉斯人的风俗、宗教仪式、传统以及生活方式交织性地呈现在《玛纳斯》中。乔坎·瓦利哈诺夫认为，《玛纳斯》是草原上的《伊利亚特》，是吉尔吉斯人的"百科全书"。再没有比乔坎·瓦利哈诺夫所言更恰如其分地界定了。

以此界定为基础，就需要从一种"大百科全书式的"途径来研究这部吉尔吉斯史诗。换言之，这项综合性的研究需要许多术业有专攻的学者参与。不言而喻，没有一位《玛纳斯》研究者能以一己之力解决这部吉尔吉斯史诗提出的所有问题。

其他民族史诗研究的相关经验表明，史诗研究需要许多甚至成百上千的学者年复一年的付出。可以说，《王书》这部波斯史诗耗费了100多位学者5个世纪的心血，但是依然未能全部解开所有的问题。这部神话与历史交织的史诗不仅使伊朗人着迷，而且引起了印度、外高加索、中亚以及其他国家和地区的兴趣。

《王书》的篇幅是《伊利亚特》的8倍。如果说，《玛纳斯》的篇幅是《王书》的5倍，那么这部吉尔吉斯史诗至少是《伊利亚特》的40倍①。虽然，不能以长短来论高低，对史诗创编而言尤为如此。但

---

① 这里指的是萨雅克拜·卡拉拉耶夫的唱本—编者注。

是，在很大程度上，从篇幅的比较可以看到这部史诗研究所需要耗费的心力。

在这部吉尔吉斯史诗的历史相关研究中，有一些需要特别关注的重要话题。与其他的史诗相似的是，这部史诗由两组对比内容构成。第一部分包含了真实的历史事件素材，可以与编年史中的记载进行比照。第二部分蕴含了吉尔吉斯人的风俗、传统、仪式、信仰以及观念，这些可以追溯到非常古老的原始公社时期。

《玛纳斯》中有大量的证据显示，在史诗形成的最初阶段，这些神话或者神话般的古老特质就融入了史诗，成为其中的组成部分。在吉尔吉斯史诗中，我们很容易发现能追溯到原始社会的观点和想法，这些都暗示了史诗最古老的源头。

虽然《玛纳斯》中的历史事件以后期的居多，但是这并不能说明史诗只反映了这些阶段的历史。毫无疑问，这部英雄史诗或多或少地反映了吉尔吉斯人历史的各个阶段。《玛纳斯》现存的异文的数量少得让人难以置信。迄今为止，最早的记录本形成于19世纪中期，主要反映了演述者那个时代的历史事件。这部史诗很大一部分是在十月革命以后记录下来的。就演述者口述历史的方式而言，在苏联时期与十月革命之前的时期之间肯定有所不同。考虑到吉尔吉斯演述者都是即兴创编者，我们不得不承认，这些古老的历史事件是以演述者个人的语言风格、观点以及编排来呈现的。当然，我们也必须注意到，有些最古老的历史事件在不同的异文中基本保持不变或者只有轻微的改变。

吉尔吉斯史诗之所以能只凭借口头方式世代传承，得益于一代代的演述者。他们不仅使史诗片段和人物形象得以留存，而且加入了大量的个人创造。可以说，他们是这部史诗真正的共同作者。著名的波斯诗人菲尔多西的《王书》是以他所在的时代为观照，在创作中按照10世纪的方式，重现了萨珊王朝在与喀喇汗（Karakhani）和噶兹涅夫（Gaznevi）王朝抗争中反映的民俗民风、道德传统以及行事方式。正如某些学者所言，如果说这部波斯史诗是出自于10世纪后期的菲尔多西，那么史诗中的大量片段、事件以及行为方式就不可能会出现。这部史诗的诗人或讲述者只可能是更早一些时代的人。因此，我们有理由相信，在较早的《玛纳斯》异文中，史诗英雄玛纳斯的武器只有剑和长矛，而不是克里米亚汗送给他的阿波兹大炮和阿克凯勒铁火枪，也不是更晚的讲述者所说的望远镜。

由此可知，史诗的悠久历史难免会导致历史事件的歪曲，尤其是在溯源时，越古越如此。

在《波斯史诗的历史》一文中，学者 V. V. 巴尔托德（V. V. Bartold）论证了古老的名字和名称在不同异文中的流传中的演变，颇令人信服。但是，对波斯而言却毫无借鉴之用。因为，波斯王朝的传统如此根深蒂固，统治者们和领袖们的名字一直保持不变。

提及史诗就不得不说，与史诗英雄相关的事件其实是不同历史时期事件的总和。这就意味着，史诗并非是对真实历史的刻画。因此，必须承认，史诗本身并不能视为历史资料。我们需要以批判的眼光，分析《玛纳斯》中的每一个事件，以便能清晰地理解史诗中描写的历史事件。

二

如本文的题目所示，笔者将通过分析已有的历史资料和史诗文本，阐明这部吉尔吉斯史诗起源的历史阶段。将要解决的主要问题是，史诗起源的相关资料和史诗英雄的人物性格。

吉尔吉斯史诗《玛纳斯》与东西方民族的其他史诗均大不相同。游牧民族创造的这部史诗的受众是普普通通的游牧者。他们一听就能明白史诗的情节、人物、风俗、仪式、生活方式、自然现象、竞技、比赛以及畜牧和打猎，这些都是吉尔吉斯人主要的日常生活。

需要注意的是，《玛纳斯》中的主要角色与史诗中其他人物并不能截然分开。他的形象是在与战友们色尔哈克、楚瓦克和阿勒曼别特的比照中形成的。虽然，他们每个人都各有专长，但是玛纳斯是其中一等一的勇士，他既强壮又勇敢。比如，阔绍依长于摔跤，楚瓦克是位优秀的骑士，色尔哈克的长矛术所向无敌，阿勒曼别特是无与伦比的魔法师和预言者。至于玛纳斯，他则融合了战友们的所有天赋，是一个集吉尔吉斯人的力量、勇敢与智慧于一身的象征性形象。玛纳斯是人民的英雄，他并非孤军奋战。他有支持他的战友和吉尔吉斯部落的长者。玛纳斯是最强壮勇敢的勇士，他经历了许多场战争，与对手打了无数次仗。要不是战友们的襄助，他已经死了多次了。玛纳斯是吉尔吉斯人领袖的不二人选，不仅仅是因为他的个性，更因为他是共性的典型代表。从这个角度而言，这部史诗并不关乎个人。毋宁说，玛纳斯是个象征性的人物形象。《玛纳斯》的情节和风格都反映了这部史诗的民间特质。

虽然《玛纳斯》的民间特质确凿无疑，但是却不能因此贬低史诗的阶级性。史诗也反映了封建社会上层阶级的意识形态。然而，需要指出的是，这部吉尔吉斯史诗完全没有描写封建统治者和诸侯，也没有描绘王朝的统治史。这部史诗赞颂的是部落统一时期的吉尔吉斯人首领。在吉尔吉斯人的历史上被称为军事民主制时期。

与西伯利亚民族创编的史诗相比，《玛纳斯》似乎比通古斯人、雅库特人、鞑靼人、蒙古人以及阿尔泰人的史诗起源得要晚。在《玛纳斯》中神话或者神话般的特质只是史诗情节的背景。但是，上述民族的史诗神话内核非常强大，史诗的情节、人物均以此内核为基础。其中，尤以雅库特人的史诗为代表。他们史诗中的主要角色或英雄被塑造成一个俯瞰众生、离群索居、远离自己时代的人。与玛纳斯形成鲜明对比的是，这个史诗英雄与井然有序的部落联盟毫无干系，也不受制于严格的军事民主制。在我们看来，《玛纳斯》无疑是一流史诗的典范，可以被视为史诗叙事的正典。

以史诗的情节塑造历史杰出人物是《玛纳斯》最突出的特征。也就是说，这一特征决定了吉尔吉斯史诗中的神话或者神话般的特质没那么强烈。的确，与起源更早的史诗相比，《玛纳斯》中出现的魔法师、男女巨人、各种妖怪以及神奇事件和贞洁观念都不那么多见。此外，这些神话或者带有神话色彩的人物形象也显得简单、单调和无趣。

要确定这部吉尔吉斯史诗起源的时间，我们就必须考虑到《玛纳斯》中包含的史诗素材。这些素材包括由中亚和西伯利亚民族的传说、民间诗歌、挽歌以及其他仪式歌。我们将要对《玛纳斯》中以下三种组成要素进行区分：1）阿尔泰和米努萨（Minusa）神话传说；2）吉尔吉斯不同版本的乌古斯汗的古老传说；3）经过编辑的中亚传说。

对上述三种传说的细节性考察关涉一些很重要的话题：西伯利亚传

说《艾尔·托什图克》对《玛纳斯》的影响；玛纳斯的祖父喀拉汗与阿尔泰勇士阔阒泰的相似之处以及玛纳斯家族的祖先图别汗与图别国和以图瓦命名的民族之间的关系。尽管这些问题很重要，但是在此不欲深究。我们关注的重点是吉尔吉斯古老的"四兄弟"传说。讲的是诺盖汗的儿子奥诺孜都、由乌散、加克普和巴依被契丹汗王放逐到各个不同的地方：阿尔泰、阿莱山脉、西伯利亚以及喀什噶尔的故事。虽然人名与地名完全不同，但是这个传说几乎全部复制了6世纪的中国编年史作者在《魏书》中记载的相关传说。

毫无疑问，吉尔吉斯演述者们通过阐释和编辑吉尔吉斯和阿尔泰传说，形成了《玛纳斯》的核心。比如，讲赛麦台的那个关于一只野山羊哺乳一个小孩的故事，就可以追溯到非常古老的传说。在这部吉尔吉斯史诗中，主要的关注点是阿尔泰，也就是玛纳斯的出生地。在现代的考古数据的基础上，再加上早年 S. 吉谢列夫在阿尔泰和叶尼塞地区的考古研究，可以得到一个令人信服的结论：古时候居住在这三个地区的游牧民族在传统、风俗、生活方式、宗教信仰以及仪式等方面有许多相同之处。语言学家声称吉尔吉斯语和阿尔泰地区的人讲的语言极为相似。而艺术家和民族志学家则将我们的视线引到了吉尔吉斯人和阿尔泰诸民族在装饰风格上的相似。

从契丹编年史来看，阿尔泰在吉尔吉斯历史上的角色相当重要。根据契丹的历史资料来看，8世纪末和9世纪初的吉尔吉斯可汗与居住在阿尔泰西部和七河流域的葛逻禄和突骑施部落往来密切。在唐朝的编年史中也提及了吉尔吉斯人的领地。值得注意的是，这一记载十分详尽地描述了叶尼塞河上游被称为黠戛斯汗国的吉尔吉斯部族。在中国编年史中，居住在阿尔泰区域的吉尔吉斯人的西南边界是葛逻禄。这一点已经由历史学家弗利德里克·赫尔特和巴尔托德独立发表的研究数据证实了。

从5世纪的《世界境域志（Hudum-al-Alam）》来看，吉尔吉斯人居住在叶尼塞河的上游。这就是说，他们生活在包括阿尔泰地区在内的广泛疆域。古吉尔吉斯人使用的是古代鄂尔浑－叶尼塞如尼文。考古学家们在鄂尔浑河和叶尼塞河岸边，发现了刻在墓碑上而得以留存的如鄂尔浑－叶尼塞文。这种文字起先是被后来的吉尔吉斯人带到了阿尔泰地区，然后又从阿尔泰传到了塔拉斯。现在人们还能在塔拉斯发现这种古老文字的各种考古成果。

已有的历史证据足以说明，阿尔泰以及蒙古曾经属于吉尔吉斯游牧民族全盛时期的疆域。此外，自从公元前1世纪吉尔吉斯人第一次越过了天山山脉后，吉尔吉斯人就多次穿过了阿尔泰区域。这是最清楚和肯定不过的事情了，吉尔吉斯人的起源地在阿尔泰地区。

还有一个看起来更重要的历史证据。在过去很长一段时间内，吉尔吉斯人与库曼人的部落毗邻。我们知道，库曼人与丁零人同族。据中国1世纪的编年史，早在公元前3世纪，丁零人就占领了阿尔泰的西南部。这部编年史还提到了丁零人与吉尔吉斯人毗邻。1909年兰司铁在色楞格河的上游发现了一块刻有色楞格文字的墓碑。这块墓碑记录了吉尔吉斯人曾与丁零人结成政治军事联盟，共同对抗默延啜这位回鹘的第一位统治者。

毋庸置疑的是，在上面提及的历史阶段之后，吉尔吉斯人和库曼人再也不曾毗邻或联盟。也就是说，《玛纳斯》中描写的吉尔吉斯人和库曼人结盟抗击契丹的事件可能晚于公元8世纪。

那么，下面的说法就足以使人信服。《玛纳斯》中描写的在第二和第三次远征中，吉尔吉斯人和库曼人由阿尔泰地区向天山穿越是真实的历史事件在史诗中的反映。相较于叶尼塞河流域，吉尔吉斯史诗中更注重阿尔泰地区的描写。这也和以下史实相符。在吉尔吉斯人最后迁居到阿尔泰之前，曾在叶尼塞河流域的上游定居。因此，就史诗的历史记忆的投射而言，年代稍晚的阿尔泰时期则比更早一些的叶尼塞河流域时期更重要也更生动。但是，吉尔吉斯人也肯定不会忘记他们最古老的根在叶尼塞河流域的山谷中。吉尔吉斯人在叶尼塞河时期的历史在《玛纳斯》中的描写不如之后的阿尔泰和天山时期。但是，需要注意的是，在这部史诗中，叶尼塞河被称为"吉尔吉斯的源头"。这就表明了吉尔吉斯人视叶尼塞河流域为吉尔吉斯人的古老家园。

如上所述，《玛纳斯》的第二个组成要素是突厥语民族的乌古斯可汗的古老传说。在笔者已发表的其他相关论文中已有详尽阐释，兹不赘述。①

乌古斯可汗的传说常常与回鹘的历史联系在一起。然而，并不仅仅如此。在《拉什德史（Rashid-ed-Din）》，朱维尼（Juveini），阿布里哈济（Abul-Ghazi）以及由班（Bang）出版的某些无法得知作者信息的回鹘文资料中，作者在分析这个传说的时候，并不仅限于回鹘的历史，而是所有突厥语民族的历史。这个著名传说的现存版本在细节上有很多变异，然而保留了基本的框架。

《玛纳斯》借用了《乌古斯可汗》中的诸多要素。如，史诗中英雄的诞生、玛纳斯母亲的美德、绮伊尔迪（她睡着的时候，看到了梦兆），玛纳斯的婚姻，塑造英雄形象的夸张手法（将他身体的某个部位比作凶猛的动物，比如老虎的脖子和胸膛、狼的耳朵、大象的力量），以"嗜血者"（Kankor）来指代玛纳斯等。

事实上，阿勒曼别特的故事是吉尔吉斯版的乌古斯可汗的传说。顺便说一下，据古代的这些作者说，乌古斯可汗的传说主要在中亚一带广为流传。在《玛纳斯》中发现了这个传说的要素使我们相信，它们是在吉尔吉斯人来到中亚的时候融入进来的。

当然，突厥语族民族其他的史诗也对《玛纳斯》的影响很大。众所周知，《玛纳斯》中诸如撒马尔罕之战、鲁姆之战以及阿姆河等根本就不在吉尔吉斯人的远征之列。这些征战其实属于突厥语族的其他民族。我们推测，吉尔吉斯的演述者们是从其他民族史诗演述者们演唱的反映本民族历史的史诗中，听到了这些内容。这样，吉尔吉斯的史诗演述者们就将这些远征引入《玛纳斯》中，用以描述他们的史诗英雄。

阿尔泰人和西伯利亚人的史诗受到神话的影响很深，而《玛纳斯》描述的历史事件大都具有历史真实性。相较而言，历史因子的投射是《玛纳斯》最显著的特征。

近年来，一些很有才华的学者研究了《玛纳斯》反映的历史事件，如，U. 贾克谢夫（U. Jakishev），E. 莫卓勒科夫（E. Mozolkov），K. 热赫马杜林（K. Rakhamtuliilin），A. 瓦里托娃（A. Valitova）等，他们发表了大量的论文，极大地推进了这部吉尔吉斯史诗的研究。

---

① 《〈乌古斯可汗〉的历史性因素》，《苏联民族学》，1935 年，第 6 期。

在进入《玛纳斯》的起源时，我们先来看看《玛纳斯》中的那些史实性事件的描写。K. 热赫马杜林极大地促进了相关研究，他对这一方面的研究尤其感兴趣。

可以很肯定地说，流传越久远的史诗，其深层的古老历史被扭曲的程度则越严重。随着时间的流逝，一代又一代的吉尔吉斯演述者们不断地用他们时代的人名地名，来取代那古老的用法，而这种取代对他们而言再正常不过了。这种代代出现的编辑现象给研究《玛纳斯》的历史学者们带来极大困扰。许多最初的人名和地名被替换了，因此还原史诗中的历史事件以及核定《玛纳斯》中真实的征战路线成为十分困难的任务。

最为可靠的历史来源之一是族谱（散吉拉）。族谱（散吉拉）常常可以提供大量极为可靠的资料。S. P. 托勒斯托夫（S. P. Tolstov）在这方面的贡献尤为突出。从玛纳斯的家谱来看，其家谱的根在图别汗。显然，这个名字与国名相关。图别（Tuba 或者 Dubo）是位于叶尼塞河上游的一汗国的名字，这一点毫无疑问。它位于吉尔吉斯人游牧地区的中央。这个地名至今为图瓦自治共和国沿用。

《玛纳斯》伊始就提及了镇压九姓卡勒玛克人[①]的故事。我们认为，这是"九姓乌古斯人"这一古代故事的变形版。吉尔吉斯的演述者们用卡勒玛克人重新演绎了乌古斯人的故事。值得注意的是，"九姓乌古斯人"（在吉尔吉斯语里是 Toguz Oguz）是"回鹘人"的另外一种叫法。《玛纳斯》中说到吉尔吉斯人统治了卡勒玛克人，这应该不是事实。事实上，卡勒玛克人从未曾被吉尔吉斯人征服或者镇压过。如前所述，从乌古斯人到回鹘人有一个变化的过程。因此，史诗中描写的吉尔吉斯人大胜卡勒玛克人，实则为吉尔吉斯人在公元 840 年大胜回鹘人。在他们杰出的领导人的召集下，吉尔吉斯各部落联合起来，发动了对回鹘人的战争，并且取得了全面胜利。在吉尔吉斯人强大的武力打压下，回鹘人的人力和财力从此一蹶不振。《玛纳斯》中的"远征"描述了这

---

① 笔者强调，这部吉尔吉斯史诗将所有的游牧部落的整体视为"卡勒玛克人"，而所有从事耕种和手工业的定居部落则被视为契丹（或者浩罕）。因此，史诗中的"卡勒玛克人"和"契丹人"究竟以为何指，要以具体文本语境而定。

一事件。据 M. 阿乌埃佐夫和 K. 热赫马杜林来看，这是《玛纳斯》中最古老的内容。假设果真如此，那么，以下问题就不成问题了：为什么最古老的内容在史诗的最末而非开篇？

毋庸置疑，"远征"这一部分反映的是回鹘人和吉尔吉斯人之间的战争。这位部落首领的个性特征和雅格拉卡尔汗（Yaglakar-Khan）相符。现有的《玛纳斯》异文均将吉尔吉斯人对回鹘人的这次伟大胜利归功于玛纳斯这位传奇英雄。然而，我们认为，这次由部落联盟实施的"远征"，其首领在历史上真有其人，他最初的名字并非是"玛纳斯"。尽管，"玛纳斯"也是突厥语族的名字。

在我们看来，"远征"毫无疑问是史诗最原始的部分。这次由他们伟大的首领发起的、由部落联盟实施的"远征"取得伟大的胜利是吉尔吉斯人历史上的里程碑。历史上带领各部落取得回鹘人大捷的这位征服者死于 847 年，也就是大捷的七年之后。人们必然要为这位去世的领袖撰写回忆录和家谱。由民间叙事诗编撰而成的"远征"是最初《玛纳斯》史诗叙事的核心。在吉尔吉斯人看来，"远征"与他们的领袖密切相关。正是他们的领袖带领各部落取得了对回鹘的大捷。从而使这位吉尔吉斯人领袖成了史诗不可分割的一部分。

在时间的流逝中，史诗不断地吸收历史事件、神话和传说，内容不断增加。史诗材料的分析显示，那些以史实为基础的诗章常常具有更丰富的细节而且更为稳定。［比如，在江格尔汗（Jaanghir-khan）故事中就有许多与喀什噶尔、阿莱山脉以及浩罕等区域发生的历史事件相一致之处。A. 瓦里迪瓦（A. Valitiva）对这个观点已有十分充分的论证。］而那些以神话和传说为基础的诗章则显得不那么真实且难以让人相信，叙事上也秩序混乱使人困惑（比如，撒马尔罕之战和欧洲之战等）。

似乎只有"远征"中的英雄成为这部吉尔吉斯史诗的英雄最为合适。史诗演述者的代际相承中，历史上的其人其事在时间的流逝中，与神话传说中的玛纳斯融合在一起，形成了这部传统史诗的特征。这位人民领袖逝世后，他的家谱成为前景，英雄一生的巅峰"远征"则成为背景。此后，史诗的纳新扩展就在两个最古老的诗章之间发展：一端是史诗英雄的家谱，另一端是"远征"。在时间的流逝中，史诗的中间部分逐渐吸纳本民族和其他民族的传说和历史事件。这些都经过了吉尔吉斯演述者们的再演绎，因此统统被归入他们史诗的头号英雄玛纳斯的名下。经过了几个世纪的发展，这部史诗才具有了现存的结构和规模。需要注意的是，《玛纳斯》的第一个记录本出现在 19 世纪中期，也就是说，在"远征"的十个世纪之后。

在英雄的家谱和"远征"之间的那些诗章均呈现出历史事件的混杂性，均以 8 世纪为开端，至 19 世纪 20 年代张格尔领导的反叛结束。

因此，与吉尔吉斯人的历史密切相关的诗章是"远征"中的英雄。这位英雄出生与活跃于 11 个世纪之前。我们认为，以上就是这部吉尔吉斯史诗的结构。

三

那么，《玛纳斯》究竟反映了哪些史实？大都集中在军事远征。在《玛纳斯》中有三种不同军事远征集团（包括在"远征"在内）。不同的远征集团的形成与不同的远征方向一致。

其一是西伯利亚、阿尔泰以及蒙古远征集团，包括与俄罗斯和雅库特人的冲突（第三次远征），发生自 17 世纪；也包括 9 世纪由吉尔吉斯人发起、与库曼人联盟的"9 个卡勒玛克人"的反击战，属于吉尔吉斯历史上的"阿尔泰时期"。我们认为，吉尔吉斯人从阿尔泰向天山穿越的迁徙（第二阶段）应该回溯至 9 世纪。

其二是中亚之征。与第一组相似的是，这些诗章在年代和人物上的差异也很大。"玛纳斯与卡妮凯的婚礼"（卡妮凯是布哈拉统领者的女儿）和"阔阔托依的祭典"（玛纳斯立他为塔什干的汗王）反映了吉尔吉斯游牧民族在 7—8 世纪时与中亚西突厥的往来。与阿昆汗以及与在阿姆河流域的武装冲突都充分再现了喀喇汗与噶兹涅夫（Gaznevi）之间的冲突。具体而言，是指图根汗与马哈穆德·噶兹涅德（Makhmud Gaznevi）之间的战争。根据这部史诗来看，与阿昆汗的战争以赛麦台的光荣胜利结束。战败的汗王向胜者献上了珍贵的礼物。他还将自己的女儿阿依曲莱克献给赛麦台为妻。史诗的这一诗章真实地再现了喀喇汗的统治者图根汗战胜 Makhmud Gaznevi 后的史实。Makhmud Gaznevi 不得不将珍贵的礼物送到图根汗的总部乌兹根，用以取悦战胜者。7世纪的编年史作者 Utbi 详细地记载了这些历史事件。

玛纳斯与塔什干巴努斯汗的战争反映的是，16世纪20年代之际，吉尔吉斯和哈萨克联盟发起对塔什干的战争。

《玛纳斯》描写了玛纳斯部队远征欲夺取巴拉萨衮城。这就给历史学家们在史实与史诗材料的对应上带来了困难。有的历史学家认为，史诗中的人物，如阿牢开汗和安集延的首领是2位历史人物的混合投射：花剌子模的首领夏赫·穆罕默德和撒马尔罕的首领奥斯曼汗。这两位首领都在8世纪初发起了对巴拉萨衮城的远征。对吉尔吉斯部落来说，他们也在同一时间段里，由阿尔泰向西出发远征，并征服了巴拉萨衮城。我们认为，吉尔吉斯人和成吉思汗的鞑靼－蒙古人部落一同向西行进。而且，在《玛纳斯》中一再提及的阿牢开汗与阿昆汗，尤其是前者应该是浩罕这一地区在史诗中的象征性投射。

其三是由吉尔吉斯人对准噶尔部发动的行军。史诗中的这些行军活动与历史人物江格尔汗符合性相当高。以下这些特征表明了史诗描述极强的历史性，比如地理特征的细节性描写、大量的人名和地名以及相当精确的事实性描述。这一组的行军是吉尔吉斯人反抗卡勒玛克人的军事活动，主要发生在17至18世纪，也有一部分发生在19世纪。需要注意的是，史诗中的历史事件最晚回溯到19世纪初。而且，史诗缺少对阿古柏、库达亚尔汗以及奥尔曼汗的描述。

如上所述，围绕这位吉尔吉斯历史名人，演述者对历史事件的再现可以划分为三组。这个名字象征着这个游牧民族最伟大的军事胜利。从契丹编年史以及在前面提及过的色楞格文字（一种色楞格河上游的墓碑上的铭文）来看，我们坚持认为在色楞格铭文中提及的亚格拉卡尔汗，以及那位获胜的吉尔吉斯汗王其实是同一个人。

这位历史人物统领了吉尔吉斯各部落，至公元9世纪，政治和军事力量日盛。后来成了《玛纳斯》的主人公。我们并不完全排除"玛纳斯"这个名字的历史性。"玛纳斯"（Manas）和"摩尼"（Mani）显然有某种联系。摩尼教宗教教义的创立者是玛尼，公元前3世纪这一宗教起源于波斯。

摩尼教在中亚传播很广。至公元8世纪，成为回鹘地区最主要的宗教。许多突厥语材料都证明了这一点。许多历史资料都证明这一宗教教义对吉尔吉斯人的影响，包括叶尼塞河和鄂尔浑河流域的碑铭。比如，在亚格拉卡尔汗的儿子的墓碑上，提及了波斯传教士在吉尔吉斯人中传播摩尼教教义。

据在色楞格河流域发现的铭文来看，雅格拉卡尔汗和他的儿子均皈依了摩尼教。摩尼这位波斯传教士最早是在中亚传播他的教义。后来渐渐向东传播，包括吉尔吉斯人在阿尔泰的聚集地。这就使吉尔吉斯人将他们视为西突厥语民族的一支。在时间的流逝中，这位吉尔吉斯的领袖慢慢地和西突厥语支的诺盖汗的家谱发生了联系。

在这部史诗中，玛纳斯无疑是位悲剧性的英雄人物。他有朋友、战友和敌人。那些叛乱的部落首领是他的对手，他们总是设计谋害英雄玛纳斯。这位吉尔吉斯领袖发动了对周边民族的战争。但是其征战的动因是高尚的：为了消除人民的贫困，为了挽救吉尔吉斯人于卡勒玛克人和契丹汗的奴役。玛纳斯将他的同胞团结起来，并致力于使他们远离贫困和外族压迫。比如，玛纳斯帮助在外流放多年的凄惨的阔孜卡曼回到本族。玛纳斯是一位精明能干的政治领袖。为了自己人民的利益，他常常与其他民族结成政治军事联盟。

在《玛纳斯》中有一个显见而突出的主题：吉尔吉斯人的民族意识觉醒。史诗的发展与吉尔吉斯人的民族历程紧密相连。V. 巴尔托德在提及波斯史诗时认为，是伊朗史诗最早地呈现了这个民族复活的迹象。《玛纳斯》中最生动最富戏剧性的诗章都是以史实为依据，这绝非偶然。这些史实主要分布在吉尔吉斯人争取民族自由的两个时段，即8—9世纪以及18—19世纪。我们有充足的理由相信，不论是史诗内容，人物形象、人物关系还是传统诗篇等，这部史诗在这两个时段均历经了密集性成长。史诗促进了吉尔吉斯的民族意识觉醒，同时也将他们养育成热爱自由且勇敢无畏的民族。上述论证并非将吉尔吉斯演述者不懈的努力排除在外。在其他的历史阶段，史诗的发展也归功于这些演述者们。他们创造、发展并传承了史诗传统。

编年史以冷静和中立的态度记载史实。而史诗则与之截然相反。史诗反映现实的画面充满了激情。理所当然，上述这些与民族解放独立相关史实既是史诗发展过程中最受喜爱也是最具创造力的来源。最终，这位集不同历史时期的英雄业绩于一身的领袖成了史诗英雄。如前所述，这部史诗可追溯至公元8—9世纪。其时，在叶尼塞河上游的阿尔泰地区，也可能是在蒙古，发生了大大小小的战役。亚格拉卡尔汗应该是吉尔吉斯史诗英雄玛纳斯最为可靠的历史原型。

<h1 style="text-align:center">四</h1>

"远征"无疑是这部吉尔吉斯史诗中最古老的部分。这个诗篇主要反映的是游牧吉尔吉斯族在6—10世纪建立的国家。从已有的资料来看，可以得出以下结论：这个由吉尔吉斯人在叶尼塞河上游建立的政权一度非常强大，远远超过了它所在的时代。

这个游牧政权的上层阶级以被称为"訇（beg）"（有些史料中音译为"辈""别格"——译者）的部落贵族为代表。古吉尔吉斯人有在墓碑上篆刻铭文的传统，由此，我们得知了他们的称呼。古吉尔吉斯诗人在墓碑上刻下碑文，纪念他们逝去的领袖及其家人。根据当时占支配地位的神秘信仰，这个吉尔吉斯部落的首领和贵族们将雪豹视为他们的祖先。这些首领和贵族们被称为"雪豹氏族"。这就暗示了他们崇高的社会地位和取得的荣耀。

吉尔吉斯的"辈"们地位非常崇高。突厥语族的那些可汗们大都将女儿许配给"辈"视为极高的荣耀。在这个游牧政权中，"辈"最有权势最为富有。他们拥有无数的牲畜，丰盛的水草地，妻妾环绕，男女奴仆成群。"辈"组有军队，主要以自己的儿子为成员，包括养子。"Beg（辈）"的上层阶级建制与罗马贵族相似，被称为"el（叶勒）"。叶勒享受上层阶级的特权，统治被称为"budun（布东）"的吉尔吉斯平民，包括奴隶和自由人：养牛人、牧羊人、农夫以及手工业者。这些手工业者制造的家庭用具和珠宝十分精美，在周边汗国尤其是契丹和东突厥供求量极高。吉尔吉斯与周边汗国保持着频繁的贸易往来。他们卖出羊毛、肉以及皮张，用以交换丝绸以及其他织布、瓷器、上釉的陶器、金属器具以及金属武器。吉尔吉斯人有自己的艺术和文学，差不多和亚美尼亚一样古老①。考古学家在恰阿塔斯（Chaatas）古墓学的发现证明了吉尔吉斯人在艺术方面的成就。吉尔吉斯作家们在这些优美篇章中使用的技巧，也为他们契丹和伊朗同行们熟知。这个富有的吉尔吉斯政权四周都是虎视眈眈的其他民族统治者，他们眼红吉尔吉斯的财富和繁盛，不止一次地想征服吉尔吉斯人。强悍的邻国们一次次地入侵吉尔吉斯的领地，劫掠城市和人民，抢走牛群、马匹和羊群，战败的吉尔吉斯士兵被投入监狱，男人、女人和孩子被虏为奴隶。吉尔吉斯人奋起反抗，想要争取自由和解放。公元 8 世纪，这个吉尔吉斯游牧政权受到了邻国回鹘汗国最严重的打击。

从公元 8 世纪始，这个吉尔吉斯政权在常年的战争中日渐衰落。至公元 9 世纪初，在悍邻的长期劫掠和内部的冲突分歧中，走向了瓦解的边缘。不和且散居的吉尔吉斯人相互敌视，这个由部落、亲属以及家庭组成的民族在分裂中衰败。吉尔吉斯人的未来看来一片黯淡。但是，在颓势更剧之前，这位吉尔吉斯的领袖出现了。他将分裂的部落、亲属以及家庭团结起来，形成了一个强大的统一体，领导吉尔吉斯人走向民族复兴之路。在中国年鉴中是这样描述吉尔吉斯人的：勇敢坚定的吉尔吉斯人。他们不仅成功地结束了回鹘人的压迫，而且发起了有力的反击取得了胜利。吉尔吉斯人在西部夺取了与天山地区毗邻的大块领土，在东边到达满洲等。吉尔吉斯版图的扩张得益于这位领袖杰出的军事政治才能。一般我们倾向于将他等同于历史人物雅各拉卡尔汗。

然而，值得注意的是，中国的历史资料并无雅格拉喀尔汗的记载。中国编年史中的相关记载出现在唐朝（公元 618—907）的一个故事中。这个故事讲的是一位聪明而有权势的吉尔吉斯汗王，人称毗伽顿颉斤。他的母亲属于葛逻禄（Karluk）部落，居住在阿尔泰以西的领地。公元766 年，葛逻禄人攻占了七河地区。他的妻子属于突骑施（Turghesh）部落居住在楚河谷地，后来葛逻禄人来到了这里。

中国的历史资料将毗伽顿颉斤与吉尔吉斯人的回鹘大捷（公元840—847）联系在一起。据中国编年史来看，回鹘政权占领了包括东西域和蒙古在内的广大领域。回鹘人的扩张旨在夺取吉尔吉斯部落居住的

---

① A. N. 伯恩什达姆：《吉尔吉斯文学史》，第一章，伏龙芝（今比什凯克），1946 年。

叶尼塞河的上游地区。回鹘人不断地进攻吉尔吉斯人，吉尔吉斯人不断地坚决而有力地反击。本文不欲详细讲述两者在 9 世纪发生的战争。在中国的历史资料和编年史中已有详尽的记载。而且研究这部吉尔吉斯史诗的历史学者们对此已有深入全面的阐释。本文只论及吉尔吉斯人取得的回鹘大捷。此战过后，回鹘人的政权就不复存在了。

在与回鹘人的战争中，吉尔吉斯人得到了回鹘人句录莫贺的帮助。在公元 839 年，他发动了对回鹘当权者的反叛。他带领吉尔吉斯人直入回鹘宫殿。杀死了回鹘汗王。其子得以逃脱，但是他的妻子唐朝的太和公主被俘获。为了和唐朝交好，吉尔吉斯人特别派遣了一支武装力量，护送太和公主回归故乡。路途中，这支队伍遭到了回鹘残余乌介可汗的袭击。据说在公元 848 年才回到唐朝，从出发之日算起已是三年之后。漫漫归途中，这位可怜的回鹘倾覆政权的遗孀一路历险无数，承受了不尽的苦难和折磨。

战败的回鹘人流散各处。有些加入了葛逻禄人，有些来到了唐朝和西藏。大约有 13 支回鹘人留守，继续反击吉尔吉斯人。据记载，乌介可汗一直领兵对抗吉尔吉斯人，直到公元 846 年 8 月逝世。

雅各拉喀尔汗何时开始统一吉尔吉斯各部落，这一点已难以稽考。我们认为，雅格拉喀尔汗是在第二次大战回鹘人（821—840）之后，实现了各部落的统一。当然，我们也不排除，在第一次大战回鹘人（公元 808—821）这个时间节点的可能性。

公元 839—840 年，吉尔吉斯人取得了决定性胜利。中国编年史提到这位吉尔吉斯汗王，就是我们认为是雅格拉喀尔汗的那位，曾经遣人给回鹘汗王送了一个口信："你的统治结束了。很快，我将夺取你金灿灿的部落（总部）。我将领军骑马直入你的部落。如果你尚能一战，请出战。如果无力应对，请速速自行离开。"

乌介可汗死后，回鹘人接受了战败的局面并放弃了反抗。雅各拉喀尔汗在叶尼塞河上游建立了总部。这位吉尔吉斯领袖与唐朝修好，恢复了政治和贸易的往来。他派遣使者入唐朝。唐武宗隆重地接待了汗的使者。在欢迎宴会上，吉尔吉斯使者位列要席，坐在比 Vokhai 使者更高的席位。Vokhai 是朝鲜半岛上一个强大的政权。

吉尔吉斯使者踏上归途之际，唐朝也遣使者入吉尔吉斯，并令他详细描述吉尔吉斯的风俗、传统、生活方式、宗教仪式等。唐朝还派遣了一位画家，为这位吉尔吉斯领袖画像。这位吉尔吉斯汗王宣称是李陵的后代，而李陵是唐朝帝王的先祖。由此，唐朝皇帝下令将这位吉尔吉斯汗王纳入唐朝的家谱中。据中国编年史记载，从公元前1世纪到2世纪末，李陵曾与吉尔吉斯人居住在一起。

中国的史料和古吉尔吉斯人纪念雅格拉喀尔汗的墓碑的铭文都证实了，吉尔吉斯人曾经占领过蒙古。1909年，在蒙古的色楞格河岸的苏吉山谷发现了一些铭文。它们被刻在石碑上，使用的是鄂尔浑人的书写文字鲁尼文。这些铭文中有几行格外引起了我们的兴趣：

> 我从回鹘之地，为追逐药罗葛汗①而来，
> 我是黠戛斯之子，我是裴罗·骨啜禄·亚尔汗。
> 我是骨啜禄·莫贺·达干·于伽的大臣。

通过墓碑上的这些文字，我们可以得出一个结论：这块石碑纪念的是雅格拉喀尔汗的儿子，也就是那位征服了回鹘的吉尔吉斯领袖。

从雅格拉喀尔汗这个名字的词源来看，它显然由两个部分组成。"Yagla"在回鹘语中是"扭曲"、"翻转"、"甩动"之意。"kar"是"暴风雪"的意思。在我们看来，这个名字以"狂野的暴风雪"之意，表现一种强有力的、精力充沛的以及极具权势的军事领袖的形象。在这位领袖的带领下，吉尔吉斯人以雪崩之力，横扫蒙古高原，直至天山边界的西部。

据S.马洛夫说，回鹘人也有叫药罗葛汗这个名字的，这并非巧合。我们认为，这些部落曾经附属于药罗葛汗。从史料可知，这位吉尔吉斯首领，也就是我们认定的雅格拉喀尔汗，在与回鹘人的战役中表现得分外坚毅。第一次大挫回鹘的军队后，雅格拉喀尔汗率部追击那些逃散的敌方，一直到巴尔喀什湖和唐朝的北部边境。那些逃散的回鹘士兵在唐朝的村庄和城市肆意劫掠。雅格拉喀尔汗首先将这些散兵逐到巴尔喀什湖和阿姆河，然后，他从南部出发，给劫掠唐朝边境的回鹘人以致命的

---

① 药罗葛汗即雅格拉喀尔汗。

进攻。也就是在剪除了唐朝北部边境的回鹘祸患之后，这位吉尔吉斯领袖就被唐朝皇帝尊为"宗英雄武诚明可汗"。

这位吉尔吉斯领袖，也就是我们认定的雅格拉喀尔汗，死于847年。生前他发起了多次对回鹘的战争。至他去世之时，吉尔吉斯已经占据了包括天山到蒙古高原在内的广大地区。中国的编年史作者称这位吉尔吉斯首领被唐武宗封为"宗英诚武可汗"。这样，雅格拉喀尔汗就成为了吉尔吉斯史诗英雄玛纳斯的历史原型。可以说，这位领袖的英雄业绩开启了《玛纳斯》的创造。在千年的传承中，《玛纳斯》被创编成为一部宏伟的史诗。不仅蕴含了吉尔吉斯人的历史，而且反映了他们对未来的美好追求。这位吉尔吉斯领袖成为这部民族史诗的核心，就像一块吸附力极强的磁石，将大量的民间传说、英雄诗、以及仪式歌等，统纳于一身。玛纳斯逐渐被赋予传统史诗英雄的特征。在围绕这位核心人物的不断演绎中，一代代的吉尔吉斯演述者创编了这部史诗，而且使其流传至今。

审视这位吉尔吉斯领袖的政治军事活动时，有一点必须明确：如何看待他发动的战争？是以攻城劫掠为目的的侵略战吗？还是在长期的欺辱之下爆发的争取自由独立之战？这是下文将要解决的问题。

学者 V. 巴尔托德将吉尔吉斯政权的第一阶段视为"吉尔吉斯权势的顶峰"。这个游牧政权的母体是军事民主制。也就是说，吉尔吉斯人政权的建立始于 8 世纪。

这一阶段性划分以吉尔吉斯部落对邻国侵略的自卫战为标准。共有两次：第一次是反击东突厥，第二次是始于公元 745 年的回鹘之战。①

从吉尔吉斯人的角度而言，他们无疑是为了自由和独立而战。他们的对手东突厥无疑是进犯者和侵略者。当然，东突厥人指责吉尔吉斯人对其充满了敌意，试图以此正义化他们入侵吉尔吉斯人军事行动。比如，有《暾欲谷碑》文字（这种文字可以追溯到公元 3 世纪初）记载

---

① 参见伯恩什达姆：《6—8 世纪鄂尔浑叶尼塞突厥社会经济制度（东突厥汗国与黠戛斯）》，列宁格勒，1946 年，第 148 页；汉文见伯恩施塔姆：《6—8 世纪鄂尔浑叶尼塞突厥社会经济制度（东突厥汗国与黠戛斯）》，杨讷，乌鲁木齐，新疆人民出版社，1997 年——译者。

道，"强大的吉尔吉斯汗是我们最危险的敌人"（也就是东突厥的敌人）。①

对此有记载的史料还包括一块墓碑上的铭文。在这块《阙特勤碑》（公元732）：上写道，"有个'别格'人称汗，我们将自己的最小的妹妹献给他为妻。这位汗冒犯了我们，因此他必须死（也就是说，他被杀死了）。他死后，他的子民为奴。子民无主是很可怕的事情，所以，我们来此恢复吉尔吉斯的秩序。"由上述引文可知，吉尔吉斯人战败且境遇很惨。下面的引文进一步证明了吉尔吉斯人的战败。在这块墓碑上还写有，"那时，我们的奴隶也成了奴隶的主人。"②

东突厥常年入侵吉尔吉斯人在叶尼塞河上游的部落，实施毁灭性的劫掠。他们的军事策略是在吉尔吉斯人的领地上将其毁灭。上面提到的这块墓碑上记载了一宗发生在公元710年（或公元711年）的劫掠事件。吉尔吉斯人在毫无防备的熟睡中遭受了夜袭。大部分人被杀死。吉尔吉斯汗也被杀死了。除掉吉尔吉斯汗后，入侵者们奴役了他的子民。③

据中国编年史记载，回鹘汗王首次入侵吉尔吉斯人聚居区是在公元758年。他们的军事入侵策略与东突厥人一样。由此，吉尔吉斯人开始了由回鹘人挑起的长久反击战。

一位葬于蒙古高原的回鹘贵族的墓碑上，刻有一段铭文（可追溯至公元808—820年）如下，"吉尔吉斯拥有40余万人口，持有武器。他们发起了叛乱。智慧勇敢的回鹘仅以一次战役就击溃了吉尔吉斯人。回鹘汗一箭射死了吉尔吉斯汗，平息了叛乱。吉尔吉斯到处都是成群的牛羊马匹、成堆的谷物和武器。吉尔吉斯政权灭亡了。这片土地上再无活口。"④ 这段文字虽然过于夸张，但是十分清晰地陈述了一个事实：吉尔吉斯人在自己的领土上又受到了回鹘入侵者的重创。显见，吉尔吉斯

---

① 参见伯恩什达姆：《6—8世纪鄂尔浑叶尼塞突厥社会经济制度（东突厥汗国与黠戛斯）》，列宁格勒，1946年，第189页；汉文见伯恩什达姆：《6—8世纪鄂尔浑叶尼塞突厥社会经济制度（东突厥汗国与黠戛斯）》，杨讷，乌鲁木齐，新疆人民出版社，1997年——译者。

② 参见《毗伽可汗碑》。

③ 参见《毗伽可汗碑》。

④ 参见《毗伽可汗碑》。

人并未入侵回鹘或者劫掠他们的财富。

公元 9 世纪无疑是吉尔吉斯部落最严峻的时期，常常受到强邻回鹘毁灭性的打击。但是，吉尔吉斯人从未放弃抵抗。他们艰难地度过了内讧时期。在一位聪慧且力量无穷的领袖带领下，吉尔吉斯人凝聚成了一股强大的力量，足以抵御外敌。在中国编年史中并未提及这位统一各部落走向强大、带领他们争取自由独立的领袖的名字。吉尔吉斯人花了20 多年的时间，进行了持久艰苦的战斗，最终才摆脱了回鹘人的压迫，直至毁灭他们的政权。这场战役的胜利使吉尔吉斯摆脱了长久的外交孤立。他们与唐朝以及中亚的突厥语民族建立了外交。这场大捷是吉尔吉斯走向"权势的顶峰"这一阶段（见上文）的第二步。

这一阶段的第一步是以吉尔吉斯部落的反击战为特征，这一时期他们抵御外侮损失惨重。而第二步则是以大规模的胜利的反击战为特征，这一时期奠定了吉尔吉斯的民族复兴之路。

也就是说，这部吉尔吉斯史诗基本上反映的历史时期属于第一阶段的第二步，主要集中在"远征"中。吉尔吉斯人在民族复兴之前承受了漫长苦难。那么，他们很有可能会将反击战视为争取自由和独立战争的续篇。那么，我们研究"远征"时，就应该考虑到上述的史实。因此，"远征"呈现出进攻性的原因在于吉尔吉斯追寻民族复兴的积极性。这种积极性是在反抗外族压迫中形成的。

根据以上史实，我们可以得出以下结论。自公元 820 年起，吉尔吉斯人开始为民族自由和独立而战。在他们生死存亡的战役中，未曾得到过任何外援。这位领袖发起子民反抗压迫，并取得了胜利。他死于公元847 年，一生都在为实现吉尔吉斯人的解放和复兴而努力。这是"吉尔吉斯权势的顶峰"的精华，也是这部吉尔吉斯史诗的核心思想。

可见的史料并未提及这位吉尔吉斯领袖的名字。在中国编年史中，只有唐武宗赐予的封号见于记载。在这部吉尔吉斯史诗中，英雄叫玛纳斯，当然是个吉尔吉斯名字。需要研究的是，确定这个人物在历史上的真实姓名。究竟是在谁的领导下，吉尔吉斯人取得了回鹘大捷，这十分困难。研究史诗英雄的名字或者"玛纳斯"看起来相当困难。至今，这两方面的研究均未有令人满意的结论。

在色楞格河流域发现了一块古突厥语的铭文。在翻译了这些铭文后，我们有理由断定上述的吉尔吉斯领袖就是雅格拉喀尔汗。大部分研究《玛纳斯》的学者都对此表示认同。但是，学者 S. 马洛夫对此存疑。在我们看来，并未有力证来驳斥这一假设。以后的研究可能会进一步证明它的正确性。

尽管，在历史中追溯"玛纳斯"其人很重要，但是其在历史上的政治形象却并不因"名焉不详"而有所改变。在吉尔吉斯的历史中，他就是人民的解放者。他死于公元 847 年，此后不久，吉尔吉斯政权就开始衰落。这也许能解释为何这一位历史人物成了吉尔吉斯史诗英雄的原型。在吉尔吉斯人的记忆中，这一段民族复兴的辉煌历史与这位领袖的形象密不可分。是他统一了吉尔吉斯各部，带领他们取得了胜利。这一历史时期虽然相对较短，但是它既辉煌且强盛。因此，它不仅成为吉尔吉斯人光辉过往的象征，也包含了人们对未来的期望。这一段与聪慧且力大无穷的领袖人物紧密相关的历史，不断地在歌中被传颂。这部吉尔吉斯史诗也由此起源。

随着时间的流逝，这些史实在史诗中经历了各种变形。如，许多具体细节错位乃至消失。又如，在吉尔吉斯人从阿尔泰到天山再到中亚的迁徙中，大量的历史人名和地名被"以新换旧"。尽管如此，这部吉尔吉斯史诗的基本情节是稳定的，与史实相关的描写也保持了大致相同的结构。史诗英雄玛纳斯的原型无疑是那位率领人民为自由独立而战（公元 820—847）的吉尔吉斯领袖。需要注意的是，这位历史人物在史诗中不仅具有历史的真实性，而且也被赋予了传奇和神话英雄人物的特征。在时间的长河中，在一代代史诗演述者的重新阐释中，他的形象特征更为复杂。

在《玛纳斯》的研究中，有两个重要的问题是无法回避的：

1. 《玛纳斯》史诗仅仅是一部由吉尔吉斯人创作的艺术作品吗？抑或，我们也应考量其无可置疑的历史价值？

2. 这部吉尔吉斯史诗的主题以及英雄玛纳斯的形象均积极且具有历史进步意义吗？

据史诗和已有的史料来看，我们可以给出以下回答：

1. 吉尔吉斯史诗《玛纳斯》不仅是民间口头文学中一座杰出的艺术丰碑，而且也是吉尔吉斯人自由解放之战的历史投射，这场战役最早可回溯至公元 820—847 年。

2. 吉尔吉斯史诗英雄玛纳斯的历史原型是发起公元 820—847 年的自由解放之战的吉尔吉斯领袖。史诗的主题与英雄人物形象都具有进步意义。

雅格拉喀尔汗这位历史人物如此杰出，人们永远不会将他彻底遗忘。在他的领导下，吉尔吉斯进入了解放战争时期。这一时期在吉尔吉斯古代历史中具有无可比拟的意义。也就是说，与这位领袖相关的英雄时期构成了《玛纳斯》的历史核心，并逐渐发展成现在我们看到的这部杰出的史诗巨著。以我们搜集到的史料为依据，玛纳斯的历史原型只可能是雅格拉喀尔汗。

空前巨大的篇幅是这部吉尔吉斯史诗极为显著的特征。这是个值得深究的话题。事实上，近年来《玛纳斯》的研究依然不够充分，这一领域的研究也依然还需向前。我们希望，"雅格拉喀尔汗猜想"可以在进一步的史诗和史实研究中得到证实。

如前所述，这部吉尔吉斯史诗有反映的公元 18 世纪至 19 世纪初的历史。事实上，也是吉尔吉斯史诗发展的第二阶段。然而，本文认为只专注于较晚的史料并不合适。

总而言之，我们得出的结论如下：

吉尔吉斯史诗《玛纳斯》中最古老的部分反映的是吉尔吉斯人公元 8 世纪—9 世纪的历史。"远征"描写的事件基本集中在这一时期。史诗英雄玛纳斯的历史原型是那位率领吉尔吉斯人进行自由独立战争的领袖。不幸的是，中国编年史并未记载这位在回鹘战争中取得决定性战役胜利的历史人物的名字。中国史料中只有其尊号"宗英雄武可汗"。我们倾向于以下观点：在蒙古色楞格河流域发现的墓碑铭文提到的雅格拉喀尔汗，就是这位声名远播的吉尔吉斯领袖。

在这部吉尔吉斯史诗发展的过程中，《玛纳斯》囊括了吉尔吉斯人以及其他民族的相关历史事件。史诗对公元 17—19 世纪的描写不仅最为充分而且与史实大致相符。

与其他口头创编一样，这部吉尔吉斯史诗在几个世纪的传唱中，经历了无数的变异。据我们所知，学者威廉·拉德洛夫在公元 19 世纪中期搜集整理了《玛纳斯》最早的记录本。在苏联时期，吉尔吉斯奥诺孜巴科夫的唱本被记录整理成为《玛纳斯》的现代版本。在这些晚近的版本中，叶尼塞河时期以及天山时期的古老历史事件和风貌的留存非常之少。但是，毋庸置疑的是，这部史诗至少有千年的历史，玛纳斯这个传奇英雄形象有历史原型。也就是，那位在 9 世纪前半叶领导了独立之战的吉尔吉斯领袖。

（荣四华　译　阿地里·居玛吐尔地　审校）

史诗《玛纳斯》研究导言

[苏] V. M. 日尔蒙斯基

【编者按】维克多·马克西莫维奇·日尔蒙斯基（1891—1971）是苏联著名的文学理论家，史诗专家，列宁格勒大学、莫斯科大学教授，曾为苏联科学院院士。他在俄罗斯文学、西方文学，以及中亚突厥语族各民族口头史诗方面都颇有建树。从20世纪上半叶开始，他不仅与布洛克、阿赫马托娃、勃留索夫、曼德尔施塔姆等俄罗斯杰出诗人们交往，并出版了《德国浪漫主义与现代神秘论》《阿·布洛克的诗歌创作》《普希金与普希金思想》《韵律的历史和理论》《拜伦与普希金》《诗律学导论·诗歌原理》《文学理论问题》《抒情诗的结构》等一大批有影响的文学理论著作，而且在20世纪下半叶依然笔耕不辍，陆续推出了《斯拉夫民族诗歌创作与历史的比较研究诸问题》《文学的历史比较研究问题》《文学理论·诗学·修辞》《东西方比较文艺学》《民间英雄史诗》等专著以及大量的学术论文。本论文最初以单行本形式出版于1948年，后来又多次加工修缮，堪称其《玛纳斯》史诗研究的代表作。在这篇论著中，他根据拉德洛夫、乔坎·瓦利哈诺夫以及苏联时期的萨恩拜·奥诺孜巴科夫、萨雅克拜·卡拉拉耶夫等多个文本对《玛纳斯》史诗展开研究，并在史诗内容、产生年代、人物、情节等方面提出了很多有价值的学术观点。他在此论文中的学术观点曾在苏联时期产生广泛影响，被很多学者参考和引用，而且至今依然具有一定的学术参考价值。

观念与形象

吉尔吉斯演唱者创作的玛纳斯人物形象具有"军事民主制"时期理想史诗英雄英勇刚猛与强健体魄的特征，也融合了后来在史诗中居主导地位的早期封建主义历史特征。

勇气、勇敢与力量是中亚突厥民族史诗作品中经常用于描写理想英雄的词汇。传统上人们将英雄比作那些令人崇拜的猛兽，在他们看来，这些猛兽代表最强大的攻击力[①]。在诗歌语言发展演变的较早历史时期，一个部落将某种动物视为其祖先的古代图腾观念在某种程度上可能有助于说明这种现象。演唱者将玛纳斯比作狮子、老虎、豹子、鬣狗（民间传说中一种异常凶猛的狗）。因此，通过将英雄比拟成某种食肉动物，这些动物名称便逐渐演变成英雄绰号，并最终取代英雄原来的名字。类似比喻也出现在史诗中其他英雄，即玛纳斯的勇士们身上。这种口头语言表达方式在吉尔吉斯民族和乌兹别克民族史诗中都被广泛应用，可以视为突厥语族各民族最古老的史诗传统。

同样，在民间传说中，特性形容词"青鬃狼"（kokjal）指一种狼，它是突厥语族各民族史诗中一种流传很广的动物图腾[②]。玛纳斯奇萨雅克拜·卡拉拉耶夫将赛麦台称作青鬃狼。"kokjal"一词在吉尔吉斯诗歌语言中与"大力士"和"勇士"同义。

玛纳斯具有超凡力量，这一点在史诗中描写得很夸张。他生来具有令人难以置信的神性特征，这些特征在史诗作品中通常更适合用来描写体格庞大、面貌怪异的敌人而非英雄。"他的鼻子像山冈，鼻梁像山脊""他下巴上的胡须像箭袋，嘴唇上的胡子像一排锋利的长矛""他嘴巴巨大异常，眼睑像峭壁""他骨骼像铸铁，脑袋像金块，他的一小

---

① V. M. 日尔蒙斯基、H. T. 扎里波夫：《乌兹别克人民的英雄史诗》，莫斯科，1947 年，第 305—308 页。

② 参见伊·伊·布尔特里斯（Bertels E. E.）提供的 7—10 世纪与《福乐智慧》有关的资料并证明动物类比在突厥语族史诗中的渊源。参见伊·伊·布尔坦（Bertels E. E.）：《突厥语民族史诗的传统问题》，载《苏联东方学》，1947 年，第 4 期，第 73—79 页。

片衣服重得甚至让一头骆驼都驮不动""他如同一根擎天柱,他似乎是日月之光造就,多亏了地球深厚无比才能够承载他的重量"。这些是关于玛纳斯对敌作战时与出征前的描述。

玛纳斯身上刀枪不入的神奇色彩也可以说明史诗的古老性:扔进火里,不会烧伤他;用斧头砍他,刀锋会变钝;用利箭射他,利箭无法穿透他的身体;用大炮轰炸他,炮弹无法击穿他。英雄是刀枪不入的,这在世界史诗作品中都是一个相当普遍的母题(如《伊利亚特》中的阿喀琉斯、《尼伯龙根》中的齐格弗里德、《列王纪》中的伊斯坎德尔等)。在中亚史诗中,阿勒帕米西(Alpamysh)被赋予刀枪不入的神性,几乎与玛纳斯身上的神性一致,说明这一神性特征已经成为突厥语族各民族史诗的诗歌模式。在乌兹别克史诗《阿勒帕米西》中,英雄的神性是这样表达的:扔进火里,他不会烧伤;用剑刺他,无法穿透他;用枪射击,子弹无法射穿他[1]。

无法被人伤害是大多数史诗英雄身上的共同特性,阿尔泰史诗中体现出来的这种神话色彩可以追溯到更加古老的过去。根据史诗的惯用程式,无法被人伤害是这样表达的:"他没有鲜血,因而不会流血""他没有灵魂,因而不死"[2]。这种程式的后半部分可能与原始社会盛行的观念有关,即英雄或英雄的敌人(巨人、恶魔等)刀枪不入,因而不会被杀死,因为他们的灵魂不在体内,而是隐藏在某个神秘之地:在海底或在孤岛上、在容器或在盒子里等。该母题普遍存在于众多民族的传说故事和史诗当中,尤其存在于西伯利亚突厥民族的民间传说中。

在《玛纳斯》中,对英雄这种刀枪不入的神性特征有不同描写:他身着神奇战袍——"箭头无法射穿的丝绸长袍"。拉德洛夫记录的史诗文本这样写道:"无论长矛还是箭矢都无法射穿他的白色盔甲"。空吾尔巴依企图在玛纳斯做晨祷时给他致命一击,正是因为当时玛纳斯没有身穿这个战袍并且赤着双脚。

玛纳斯仅靠威猛的外表就使敌人不寒而栗,溃不成军,纷纷逃命。

---

① V. M. 日尔蒙斯基:《阿勒帕米什的故事及其他英雄故事》,莫斯科,1960 年,第 188—195 页。

② 参见 N. 乌拉噶谢夫(N. Ulagashev):《阿尔泰-布恰衣、卫拉特英雄史诗》,新西伯利亚,1941 年,第 55、80 页。

演唱者运用神话色彩描绘玛纳斯作战时怒不可遏、异常凶猛的样子。惊恐万状的敌人看到的玛纳斯是这样的：坐骑前方是一头凶猛的雄狮，露出锋利的獠牙；身后盘踞着一条凶狠的巨龙；头上盘旋着一只钢爪如矛的巨鸟；一只黑头白身的公驼在他身边狂奔。歌手卡拉拉耶夫运用类似手法描写玛纳斯的儿子：赛麦台对敌作战时，他的身边是老虎咆哮，身后是巨龙喷火，头顶是巨鸟盘旋，亮出利爪随时准备进攻敌人。

后来，玛纳斯身上这些作为神话英雄的古老形象特点被他作为统治者和征服者的威严所遮蔽。这一点尤其体现在奥诺孜巴科夫演唱的史诗章节如"阔阔托依的祭典"和"汗王们的阴谋"当中。在"汗王们的阴谋"中，玛纳斯出现在叛乱的汗王们面前时，跟随他的是一支庞大队伍：二十人手持长矛枪，二十人身背弓箭，走在队伍最前面，身后是四十勇士骑在马背上，六个侍从抓着缰绳、牵着战马，再后面是四千匹草原野马和六只老虎，老虎后面跟着一长排猛龙，最后出现的是坐在纯金宝座上的玛纳斯①。这幅雄浑壮丽的画面折射出玛纳斯的封建专制君主地位，但依然保留着某些古老神话色彩。在歌手看来，这样描写玛纳斯本身就体现了人民的力量。

值得注意的是，上述形象与歌手奥诺孜巴科夫唱本中出现（拉德洛夫记录文本中没有出现）的特性形容词"kankor"（字面意思是"嗜血者"）密切相关，意指一位强大威严的君主在无数次浴血奋战后凯旋而归。布尔特里斯认为该词是对波斯语"khudovandgar"（君主）的重新解读，后来演变成土耳其苏丹的指称。"khunkor"一词常常被拼写成"kunkor"，被中亚突厥语民族重新阐释后用作人名，或者用来称呼史诗中的统治者②。康斯坦丁·巴哥日杨诺杜内（Konstantin Bagrianorodny）对此有过论证。他提到突厥游牧部落的佩切涅格人（pechenegs）使用过"kankor"这个尊贵名称，并将该名称授予三代"最勇武的战士"③。十世纪上半叶提出的这个证据为以下假想提供了依据，即古代突厥语词

---

① 参见《玛纳斯》，吉尔吉斯英雄史诗系列：《伟大的远征》，莫斯科，1946年，第64页。

② V. M. 日尔蒙斯基、H. T. 扎里波夫：《乌兹别克人民的英雄史诗》，莫斯科，1947年，第187页。

③ Г. Ласкина：Сочинения Константина Багрянородного〈О фермах〉и〈О народах〉С предисловием，М. 1899，стр. 141—142。

语"kankor"是一个代表荣耀的特性形容词,授予军官或勇士,这是对波斯词汇"kunkor"(khunkor)的一种重新解读。

在史诗(和传说故事)中,战马被英雄视为其最亲密的朋友和助手,助其成就一切英雄行为。英雄和战马之间的深厚感情是世界史诗中流传最广的主题之一。战马如同英雄的勇士和可信赖的朋友,这一点在游牧和半游牧民族的心目中意义和分量尤为重要。例如,众所周知,在中亚突厥语族各民族史诗中,阿勒帕米西的战马是巴依恰巴尔(Baichibar),呙尔奥格利的战马是嘎依拉缇(Gyrat),哈萨克史诗英雄阔布兰迪的战马是塔依布如里(Taiburul)。这些战马的名字大多取决于它们身上的毛皮颜色。在最古老的史诗作品中,英雄的绰号取自他的战马。比如,在阿尔泰史诗传说中,库孙卡拉马里"Kusknn Kara Maly"意为"骑着天鹅绒般的黑马";坎托热"Kan Tolo"意为"骑着赤血马";阿勒普马纳什"Alyp Manash"意为"骑着灰白相间的马";巴米思拜热克"Bamsi-Beirek"意为"灰色骏马的主人"等。

对战马的健美进行描写以及对战马的能力进行赞美是突厥语族各民族史诗中最普遍的一个"共同现象"。如同对玛纳斯的描写一样,史诗中对玛纳斯的战马阿克库拉也进行了夸张描述:两条后腿之间的距离宽如恰卡尔(Chakal)峡谷;一头满载重物的骆驼可以自如地穿过它的两条后腿;全副武装的男人可以轻易进入它的鼻孔;它的两条小腿像公牛的身体,奔跑起来如同山口的狂风扫过。

在奥诺孜巴科夫唱本中,玛纳斯和他的战马阿克库拉同日出生:绮依尔迪历尽艰辛生下玛纳斯,同时丈夫加克普的黑鬃母马也产下浅黄色马驹阿克库拉。因此,英雄与他的战马刚一出生就惺惺相惜。这一古老母题在突厥语民族史诗中广为流传。比如,阿塞拜疆史诗《阔尔奥格利(Kor-Ogly)》中,英雄阔尔奥格利的儿子卡散别克(Khasanbek)与他的战马嘎依拉缇(Gyrat)孕育的红色马驹同时出生。乌兹别克民间史诗《如斯塔姆(Rustem-khan)》中,如斯塔姆、他的战马和他忠诚的猎犬同日出生。乌兹别克史诗《呙尔奥格利(Gorogly)》中,英雄和他的战马嘎依拉缇(Gyrat)是兄弟关系(婴儿时期的呙尔奥格利是喝嘎依拉缇母亲的奶长大的)。在西伯利亚的突厥语族民族英雄故事中,英雄的战马要不与它未来的主人同一天出生,要么是英雄和其未来的骏马同吃了母马的乳汁①。

根据卡拉拉耶夫的唱本，阿勒曼别特的战马萨热拉（Sarala）是由空吾尔拜送给阿勒曼别特父亲阿则兹汗（Azizkhan）的母马所产，与阿勒曼别特同一天出生。在奥诺孜巴科夫唱本中，阿勒曼别特的战马是玛纳斯送给他的礼物：这匹马与阿克库拉同母异父，正是这一点让两匹马的主人阿勒曼别特与玛纳斯成为亲密伙伴。

在各个民族的传说故事中，上述提到的英雄与其战马，有时与其猎犬之间这种惺惺相惜的关系可以说是一种最古老的表现形式，再没有比这更古老的表现形式了。英雄未来的忠诚伙伴，它们的出生方式不同凡响：英雄母亲与母马吃下同一种神奇东西，随之母亲神奇地产下英雄，让先前没有子嗣的父母有了骨肉。比如，在童话故事《渔夫的儿子》中，英雄的母亲吃光了一条神奇的鱼，鱼骨被母马和母狗吃了，于是在同一天，这位母亲生下了儿子，他未来的忠诚伙伴战马和猎犬也同时出生。

玛纳斯最著名的勇士中，每一位都拥有一匹骁勇的战马。巧合的是，赛麦台的战马塔依布如里（Taiburul）与前面提到的哈萨克史诗英雄阔布兰德的战马名字相同。在奥诺孜巴科夫唱本中，空吾尔拜的战马名叫阿勒卡拉（Algara），交牢依的战马名叫阿齐布丹（Achbundan）。据说在乔坎·瓦利哈诺夫记录的文本中，汗王王妃奥荣谷（Orongu）骑的淡灰色母马名叫乌尔库（Urkhu）。这些著名战马列队出现在阔阔托依祭典的赛马会上。祭典的邀请名单上列着英雄以及即将参加赛马会的英雄坐骑。

失去坐骑，英雄将会变得束手无策。这就是为什么敌人在企图结束英雄性命时，常常会首先设法将英雄与他的坐骑分开。玛纳斯也不例外，在侦察敌情时，他仅仅与坐骑分开了一会儿，过河时就陷入危险境地，差点被空吾尔拜刺死。在《赛麦台》中，英雄失去战马的母题一再重复。最终，赛麦台在战马塔依布如里不在身边时遭到暗害。同样，空吾尔拜由于战马阿勒卡拉不在身边，被机智的对手杀死。

① N. 乌拉噶谢夫（N. Ulagashev）：《阿尔泰－布恰衣、卫拉特英雄史诗》，新西伯利亚，1941年，第40页。

除了坐骑阿克库拉，与玛纳斯联系在一起的还有他那条神奇的猎犬库玛依克。这只猎犬是白色猎隼所生。这些动物在卡拉拉耶夫唱本中都给予了详细描写，玛纳斯死时它们哀嚎不已，并一直守护着他的陵墓。在《赛麦台》里，当赛麦台返回塔拉斯（玛纳斯埋葬的地方）时，它们纷纷前来迎接他并将他视为自己的主人追随他。

和其他史诗中的英雄一样，玛纳斯拥有众人皆知、无往不胜的神奇武器：宝剑、长矛和火枪。宝剑阿齐阿勒巴尔斯（Ach-albars）（指锋利的钢铁）和阿克凯勒铁火枪（Ak-kelte）（指白色火枪）被冠之以特殊名称。卡拉拉耶夫唱本中，玛纳斯的长矛常被冠以色尔矛枪（syrnaiza）（意为打磨上漆的长矛）这个特性形容词。在西欧各民族史诗中，有一个古老习俗，即赋予光荣的英雄之剑一个恰当的名字［法国史诗中罗兰的宝剑被称作杜兰德尔（Durendal），德国史诗中齐格弗里德的宝剑被命名为巴尔蒙（Balmung）等］。在古代，当大多数民族还不知道金属制造的奥秘时，这种宝剑作为战利品尤显贵重。一次英雄行为的完成意味着需要获得敌人的战马与宝剑。对于史诗中的英雄来说，这常常意味着要战胜种种困难（这是传说故事中广泛流传的母题）。在史诗作品中，宝剑的制作被赋予极其神秘的色彩，常常与技艺精湛的瘸腿铁匠或具有神力的铁匠联系在一起。在许多民族的史诗中都有讲述这类神奇匠人的故事（德国史诗中的韦兰德；芬兰史诗《卡勒瓦拉》中的铁匠易尔马里宁，他制造了圆顶天穹和神磨桑普（Sampo）；史诗《撒孙的大卫》中的泰瑞·托罗斯（Teri Toros）叔叔，他是这部亚美尼亚史诗中众英雄的近亲，是一位优秀的铁锤匠，也是一位出色的相马师等等）。在拉德洛夫记录的《玛纳斯》中提到一位技艺精湛的瘸腿铁匠托克尔（Tokor），他修好了玛纳斯的宝剑和盔甲，由此玛纳斯得以成功袭击交牢依汗。玛纳斯便将交牢依的两个女儿奖赏给了他；铁匠将大女儿留给自己，小女儿给了自己的儿子。奥诺孜巴科夫唱本中，手艺精湛的匠人米斯拉（埃及人）借助神力为玛纳斯打造了一把宝剑和一根长矛。对于这些武器以及武器制造所需要的奇异条件的描写也是吉尔吉斯史诗惊人的"共同特色"。

有趣的是，玛纳斯的阿克凯勒铁（Ak-kelte）火枪也属于史诗英雄的传统武器，而枪械是在十四世纪后半叶才出现在中亚地区的。帖木儿统治时期，枪械实际上还非常罕见。十五至十七世纪之间，即后来的乌兹别克和弘吉剌特（16世纪）史诗《阿勒帕米什》形成之时，枪械被写进中亚史诗。当时还产生了哈萨克和诺盖民族的系列史诗（15至16世纪）。根据卡拉拉耶夫唱本，阿勒曼别特拥有一支名为斯尔巴让（syr-barang）的火枪，比玛纳斯的阿克凯勒铁更现代，实际上它是一支亮铮铮的滑膛枪。史诗中还提到大炮，主要用来恐吓敌人。这种大炮每发射一次炮弹都会威胁到射手的生命，不亚于来自敌人的危险。吉尔吉斯史诗中，最早出现的一批大炮异常巨大，通常与迷信观念和各种偏见有关。杜布略（Duburo）汗王有一支火枪（Zambirak），（Zambirak在波斯语中意为"大炮"）。玛纳斯也有一支巨枪名为阿布宰勒（Abzel），用于发射进军信号。

在奥诺孜巴科夫唱本中，神秘的阿依阔交（Aikojo）老人赠送给玛纳斯一把阿勒巴尔（Albars）宝剑和阿克凯勒铁火枪。而在卡拉拉耶夫唱本中，玛纳斯在行军途中遇到一位圣人，送给了他六柄宝剑。玛纳斯将朱乐普卡尔（Zulpukor）宝剑留给自己，将其他五柄宝剑赠送给了他的勇士。

陪伴在玛纳斯左右的是他的神奇卫士——四十勇士（kyrk choro）。四十这个数字常常出现在史诗中，是突厥民族民间传说中的一个数字。中世纪乌古斯（Oguz）史诗《先祖阔尔库特书（Kitabi-Korkud）》（比如《关于波尕其汗（Bogach-Jan）的故事》）中提到德尔赛汗王（Derse-khan）的四十个勇士，他的儿子波尕其汗的四十个随从，服侍汗后的四十个女佣，可汗的四十个愤怒谋士等。史诗《阿勒帕米西》中阿勒帕米西和呙尔奥格利（Gorogly）都有四十个勇士。呙尔奥格利的妻子有四十名女仆等。

根据奥诺孜巴科夫唱本，十五岁的玛纳斯第一次与卡勒玛克人（Kalmyks）冲突时，这些勇士就聚集在他身旁，并推举他为汗王。按照突厥语民族的古老习俗，他们在白色的厚毡毯上将他举起，以此表明玛纳斯的军事首领地位。后来，部落长老们（ak-sakals）召集会议，宣布玛纳斯为整个吉尔吉斯人民的统治者。随着史诗故事的发展，有些杰出的勇士（巴卡侬、楚瓦克、阿勒曼别特和他的朋友玛吉克）后来也进入玛纳斯的勇士行列。

值得注意的是，正如史诗中描述的那样，玛纳斯和勇士们之间的关系呼应了军事民主制时期的精神：真正友谊和相互信任将他们联系在一起。汗王身边的勇士是他的主要战斗力和权力壁垒。一般来说，玛纳斯的勇士并非来自贵族家庭和部落上层。他们大多是年轻战士，由于他们的勇气、力量和战斗经验而声名远播。他们的主要职责就是参与军事，而最勇敢最幸运的勇士会被授予荣誉和获得奖励。根据卡拉拉耶夫唱本，许多勇士来到玛纳斯身边时都没有娶妻，玛纳斯就把漂亮女人赠送给他们；许多勇士没有毛皮大衣，他就发给他们金色衣领的毛皮大衣；许多勇士没有坐骑，他就赠送给他们红鬃铜掌的骏马①。

吉尔吉斯史诗的一个传统要素是演唱者逐一列出玛纳斯所有四十勇士的名字。据拉德洛夫记载，演唱者在叙述时可以将四十勇士的名字和盘托出，异常熟练。可以说，不同演唱者给出的名字偶尔会有差异，因此四十勇士的名字在史诗传说中并非完全一致。许多情况下，演唱者介绍勇士的出身时会提及勇士父亲或家族的名字，以传统方式描述他的特征。因此在拉德洛夫记载中，吐尔滚（Turgun）和塔依拉克（Tailak）、卡曼（Kaman）和加易普尔（Jaipur）是探路者，他们"甚至在夜晚都不会失去狐狸的踪迹"；喀拉托略克（Kara-Tolok）和喀拉巴格什（Kara-Bagysh）（奥诺孜巴科夫唱本中是 Kara-Tolok 和 Ajibai）是用公羊的肩胛骨（吉尔吉斯古老的占卜方式）来测算的预言者；加依桑额尔奇（Jaisyn-yrchy）和额尔奇吾勒（Yrchy-uul）是歌者，前者"赞美帐篷的内部装饰时可以演唱上半天时间"；科尔格勒恰勒（Kyrgyl-chal）（Kyrgyn 老人）在玛纳斯勇士们中是为首的一位（他和巴卡依是勇士中最年长的；据奥诺孜巴科夫的演唱，在"远征"一章中他们大约是三十四五岁的样子）；塔兹巴依玛特（Tazbaimat）（"秃顶"Baimat）是最年轻的勇士，也是名列最后的一个勇士（或者据拉德洛夫记载，他是"最平庸的勇士"）；塔兹巴依玛特的职责是用铜壶为玛纳斯煮茶。

奥诺孜巴科夫的《玛纳斯》唱本的特点是大范围地对众多人物进行描写和叙述。其中有些勇士的名字已经牢牢刻进史诗传统，但有关他

---

① 参见《玛纳斯》，吉尔吉斯英雄史诗系列：《伟大的远征之阿勒曼别特的故事》，莫斯科，1946 年，第 220 页。

们的情节叙述却很少。例如，在吉尔吉斯军队前往别依京的路途中，塔兹巴依玛特率领了十个勇士，他在点名过程中漏掉了一个，因为他忘记玛纳斯就在他的勇士队伍行列。额尔奇吾勒和楚瓦克的勇士，在玩"攻占皇宫"游戏（Ordo）时与阿勒曼别特的勇士波孜吾勒之间发生争执，结果发展成双方汗王之间的一场冲突。卡拉拉耶夫唱本中，秀图是位杰出的智谋者和调解员，曾代表卡妮凯长途跋涉找到她的姐姐阿克艾尔凯奇。在"远征"后半部分，正是这位秀图为玛纳斯送信，并在与空吾尔拜的冲突中将信丢失。这些篇章也许并非都被视为传统内容。毋庸置疑，在某些情况下，歌手受到传统人名或人物形象的激发而沉浸于即兴创作，从而创造出新的篇章和情节，或者会精心描述自己的导师近来创造的新形象。由于并没有对《玛纳斯》的所有唱本进行充分研究，我们无法对此现象做出比较明确的解释。比如，在其他学者记录的《玛纳斯》唱本中，有一章记述了玛纳斯辱骂玉尔比汗王的故事，而只有拉德洛夫记录了阿勒曼别特和赛热克之间发生的冲突，情节结构与此相同。

在玛纳斯所有勇士当中，他最亲密的伙伴——阿勒曼别特、巴卡依、楚瓦克、色尔哈克和阿吉巴依尤为生动、突出。他们出现在史诗的重要情节当中，并以多种方式呈现出来。他们参加了无数战斗，有时与玛纳斯一道战斗，有时单独战斗。史诗中他们每一个人都有自己的独特性格，有些人拥有讲述个人经历的独立史诗，即本人就是史诗主角。卡拉拉耶夫唱本中，这种倾向于独立描述每个英雄的个人经历以及通过描写上述英雄在投奔玛纳斯前后的生活状况来扩展英雄故事的现象尤其突出。

除了玛纳斯之外，在所有史诗英雄当中，有关阿勒曼别特的故事最为复杂也最为完整。作为玛纳斯最出色的勇士，阿勒曼别特同时也是一位契丹王子，在远征别依京的路途中成为引路人。

巴卡依是玛纳斯的堂弟，即玛纳斯叔父巴依（Bai）的儿子，是玛纳斯最忠诚的勇士，也是玛纳斯的智囊。他成功调解了内部冲突中的各方。战争中他通常是军事领导者。然而，在远征别依京的路途中，他主动让阿勒曼别特指挥吉尔吉斯军队，因为阿勒曼别特虽然年轻，但更富有战争经验。玛纳斯死后，巴卡依是唯一一个保护他的遗孀卡妮凯的人，此外，他还照顾年幼的赛麦台，培养他，并最终帮助赛麦台在塔拉斯夺回父亲的汗位。

巴卡依的形象令人想起其他著名史诗中的类似人物,比如《伊里亚特》中的内斯特,《江格尔》中的阿拉坦策吉,《萨逊的大卫》中的科里托库斯叔叔。

有关诺伊古特的楚瓦克的故事特别有趣。他是玛纳斯父亲加克普的邻居阿克巴勒塔的儿子,当时玛纳斯逃亡在阿勒泰。楚瓦克是一位既勇敢又倔强的勇士,随时准备捍卫自己的部落首领权利,维护自己的尊严和荣誉。他是"远征"中许多章节的主要人物。他的生平故事涉及他投奔玛纳斯前后的生活状况,歌手卡拉拉耶夫对这些给予了详细描写,其中涉及相当多的传统母题:英雄父母长期以来没有子嗣,英雄神奇诞生,在沙漠中发现被绑在骆驼背上的孩子,他的名字是为了纪念先知克孜尔(Kyzyr)而得,淘气惹祸的童年,早期作战经历以及英勇行为,从保护他的先知手里得到战马和武器。与玛纳斯和阿勒曼别特相比,楚瓦克的故事发生在较晚近的历史时期,因为在所有经典章节中他的生平经历与玛纳斯和阿勒曼别特的生平经历有所不同。楚瓦克做了一个神奇的梦,预知他将遇见玛纳斯并成为朋友。楚瓦克甘愿视玛纳斯为主人,并一生忠于玛纳斯。据卡拉拉耶夫的演唱,楚瓦克前往布哈拉向卡妮凯求婚的内容是具有独立情节的一章。此行可以说是楚瓦克的求婚之行,最终以失败告终。没有得到卡妮凯那颗高傲的心,楚瓦克后来却提议他的朋友玛纳斯娶了卡妮凯。

大多数演唱者对色尔哈克偏爱有加,这是一位年轻、活泼、勇敢的大力士。在远征别依京的主要章节中,他是阿勒曼别特最好的朋友和勇士:两人一起侦察,偷走空吾尔巴依的坐骑,与独眼马凯勒和巨人玛德汗作战,一起与吉尔吉斯军队从别依京英勇撤退。根据拉德洛夫的记录,我们认为有关色尔哈克故事的一些章节对现在的学者们来说仍然是未知的。卡拉拉耶夫唱本中,色尔哈克(巴卡依也一样)与玛纳斯是亲戚(堂兄弟关系),他是玛纳斯叔叔乌拉克汗王(Ulak-khan)(奥诺孜巴科夫唱本中没有提到这个名字)的儿子。玛纳斯的亲戚当中,只有巴卡依和色尔哈克始终对他忠心耿耿。

"能言善辩"的阿吉巴依在史诗中远没有那么突出。除了英勇作战,"能言善辩"这个特性形容词与阿吉巴依名副其实。他完成困难重重的外交事务，与反叛可汗的使者们进行交涉，作为玛纳斯的使者和"机灵鬼"玉尔比一起前往别依京执行危险任务，与艾散可汗商讨谈和条件，成功地让战败的契丹人无条件投降。卡拉拉耶夫唱本中，阿吉巴依投奔玛纳斯（与其他几位杰出勇士一道）的故事也是独立成章的。

在玛纳斯的勇士中间，占据特殊地位的是那些出现在"可汗们的阴谋"一章中的人物：卡塔干的阔绍依，哈萨克的阔克确，卡拉诺盖依的加木格尔奇，克普恰克的托什图克，以及穆兹布尔恰克（在卡拉拉耶夫唱本中他是土库曼人，拉德洛夫的记录本中他是阿富汗汗王），还有其他一些人。他们在史诗中不是玛纳斯的四十勇士，而是部落首领和汗王，附庸于玛纳斯。根据拉德洛夫的记录，玛纳斯回忆了他与阔克确、加木格尔奇、托什图克和穆兹布尔恰克的几场胜战。在拉德洛夫记录中，描述了玛纳斯与阔克确之间的交战，但没有充分展开情节描述。在奥诺孜巴科夫唱本中，玛纳斯和阔克确第一次见面就开战，双方势均力敌。这一切都说明了与上述名字有关的传说，即吉尔吉斯人与相邻的游牧部落（哈萨克、诺依古特以及其他民族）之间的纷争。在"玛纳斯的诞生"一章中也提及了这些纷争（据拉德洛夫记载）。

后来，按照部落体系的宗法观念，演唱者试图将那些附庸汗王与宗主玛纳斯通过血缘关系或姻亲关系联系起来。奥诺孜巴科夫唱本中，加木格尔奇的父亲艾什台克·巴特尔（Eshtek-batyr）是玛纳斯和阔克确的舅舅。在卡拉拉耶夫唱本中，玛纳斯的妻子卡妮凯，阿勒曼别特的妻子阿茹凯，还有阔克确后来的妻子阿克艾尔凯绮（被怀疑与阿勒曼别特有染）都是姐妹。从阿勒曼别特与阿克艾尔凯绮离别场景的描述可以看出阿克艾尔凯绮（她的妹妹卡尼凯也一样）是统治布哈拉的喀拉汗（Kara-khan）（该名字取代了传统的夏铁米尔 Sha-Temir）的十二个女儿之一。除了阿勒曼别特后来的妻子阿茹凯，喀拉汗还有两个女儿：一个是加木格尔奇的妻子嘉义玛恰其（Jaimachach），另一个是穆兹布尔恰克的妻子布茹勒坎（Burulkan）。就这样，所有最终归属玛纳斯的汗王们与玛纳斯都成了姻亲关系。

进一步探究的话，可以看到，大多数附庸玛纳斯的汗王（如阔绍依、阔克确、托什图克和加木格尔奇）都是单独的历史传说和神话传说中的主人公，这些传说在中亚各民族中广为流传。在《玛纳斯》中，他们有时成为某些章节的主角，有独立情节（比如阿勒曼别特故事中的阔克确）。有时演唱者会提及他所熟知的与附庸汗王的名字相关的其他一些传说，而这些传说并没有出现在《玛纳斯》史诗当中（例如，托什吐克在地下王国里的神奇冒险）。

提到附庸汗王，喀拉甘（Kalagan）汗王英雄阔绍依无疑是其中最杰出、最受爱戴的一个。这位七十岁的老人被称为"人民之父"，他可以用以下吉尔吉斯民间传说中的传统比喻来描写：他像衣领，他像马掌（乔坎·瓦利哈诺夫记录文本）。阔绍依是一名出色的大力士，是有名的摔跤手，连玛纳斯都不能战胜他。阔绍依在与卡勒玛克巨人交牢依的摔跤比赛中取得胜利。这次比赛发生在纪念阔阔托依的祭典上。"阔阔托依的祭典"是《玛纳斯》中著名的章节之一，深深植根于吉尔吉斯族史诗传统。还有一个有关阔绍依的传统章节就是他出征喀什噶尔。在奥诺孜巴科夫唱本中，这次出征发生在玛纳斯的第一次"远征"中。阔绍依被描写成一位魔法师，他比敌人的魔法师更胜一筹，通过魔法变换自己的外形，他几次轻易深入敌营探查。根据卡拉拉耶夫的唱本以及乔坎·瓦利哈诺夫和维·维·拉德洛夫记录的相应内容，阔绍依是唯一一名承担起出征喀什噶尔任务的英雄（这一点奥诺孜巴科夫也提到），以解救加罕戈尔霍加（Jahangir-hoja）的儿子比列热克（Bilerik）。乔坎·瓦利哈诺夫的记录本这样写道：当背叛汗王涅斯卡拉将加罕戈尔霍加的儿子比列热克关进牢狱时，没有人敢起来反抗，勇敢的阔绍依将霍加解救了出来[①]。

奥诺孜巴科夫唱本中，有关比列热克的章节包含一个在后期史诗作品与民间小说中广为流传的母题：一个漂亮的外族女人将囚禁的英雄解救出来，并爱上了他，这个女人是异国汗王（或者典狱官）的女儿。在弘吉剌特（乌兹别克）史诗《阿勒帕米西》中以及在乌古斯史诗《巴木思—波依热克》中（比如《先祖阔尔库特书》）和再后来的与《阿勒帕米什》情节相关（比如说在有关呼罗珊和土库曼的战争故事

---

① 乔坎·瓦利哈诺夫：《文集》，第217页。

《玉苏普和阿合买特》以及与此类似的吉尔吉斯诗歌《加尼西和巴依什》）① 等突厥语民族史诗作品中都会碰到同样的母题。

与阔绍依这个名字相关的吉尔吉斯民间传说是关于阔绍依阔尔衮（Koshoi-Kurgan）这个古代城堡遗址，该遗址在阿特巴什（At-Bashi）村庄附近（今吉尔吉斯斯坦共和国纳伦州地区）。据 1904 年潘图索夫（N. Pantusov）当地记录的传说，这座城堡"被卡勒玛克人阔帕勒（Ko-pal）将领在交牢依和空吾尔拜的指挥下在阔绍依妻子的帮助下夺走。她背叛了阔绍依，给敌人告密说自己的丈夫没有足够的军队保卫城堡。她将字条塞进手杖，放入一条流经城堡的小溪漂走。"②

在所有《玛纳斯》唱本中，怪诞的夸张是用来刻画与史诗英雄对抗的异国敌人的典型艺术手法。他们体型巨大，动作笨拙，身体强壮，嗜血如命，由于体型庞大，他们看起来似乎无人能敌。有个巨人"他的脑袋大如圆顶帐篷，眉毛如卧狗，头发夯起如一捆捆的绳子"。其他的巨人"眼窝像深沟，眉毛像大网，鼻孔像洞穴，耳朵像拴柱子的地洞。胸脯像山丘，五十个男人可以站在他的肩膀上。脸颊上的肉足够喂饱五十只狼"。巨人装备的弓有三十阿尔申那么长（编者注：阿尔申，土耳其长度计量单位，约等于 70 厘米），矛有七百阿尔申那么长，棍棒有六百巴特曼（计量单位，一个巴特曼约等于 60 公斤）那么重。"他的剑有五百巴特曼那么重，这样的威力对着敌军阵线砍下去，战场上会一个不剩"。

无独有偶，在其他突厥语民族史诗中也采用类似夸张手法刻画敌方大力士（通常是卡勒玛克人），比如在乌兹别克史诗《阿勒帕米西》和哈萨克英雄歌中。在一些欧洲民族史诗中，比如俄罗斯史诗中运用夸张怪诞的手法刻画鞑靼巨人［比如卡林沙（Kalintsar），艾德利施（Idol-ishe）和巴特亚噶（Batyga）等］，在古代法国史诗中描写巨人萨拉森（Saracens）等时也采用同样的艺术手法。尽管庞大的恶魔看起来威力无穷，不可战胜，但是史诗英雄无一例外地战胜他们，就像圣经中的大

---

① 玛格鲁普（Magrupu）：《玉苏普和阿合买特》，土库曼文，G. 咸格丽译，阿什哈巴德，1944 年；《加尼西与巴依西》，吉尔吉斯文，伏龙芝（今比什凯克），1939 年。

② 参见潘图索夫（N. Pantusov）：《古代七河州札记》，第三卷，《阔绍依城堡》，《考古委员会通讯》，1904 年，第 12 卷，第 69—71 页。

卫击败巨人歌利亚（Goliath）。这一母题不仅是史诗也是民间故事的特点。这也许是基于古老的神话观念，即对抗英雄的敌人在面对已非凡人的勇士时都是"力大无比"的。从这一点来说，值得注意的是，别依京作为玛纳斯和勇士们那场伟大远征的目的地，在史诗中被反复称作"有去无回（Barsa Kelbes）"的国度。事实上，这是一个所有突厥语民族都熟知古老传说中的词语，即"那个国家去了就回不来"（指另一个世界）。突厥语民族英雄史诗中通过传统上将卡勒玛克勇士比拟成来自地下王国的具有不可思议的庞大体型的怪兽（该形象出现在更加古老的西伯利亚突厥民族史诗传说中）这种手段来强化。的确，夸张手法是传说故事的传统特征，并最终用于描述中亚突厥语民族历史上的所有敌人，首当其冲是卡勒玛克人。

按照古老习俗，《玛纳斯》中对战斗的描写均以敌对双方最强壮最著名勇士的单独交战开始——"英雄（batyr）"和"大力士（balban）"。实际上演唱者重点关注的就是这些主导史诗战争场面的个人搏杀。勇士们相互挑战，力图恐吓对手，每个人都吹嘘自己的胜利，夸耀自己的战斗力，同时侮辱诽谤对手。经过几个回合的个人交战，所有勇士们和士兵们开始混战。歌手们描述战斗惯用老一套陈词滥调："月牙斧沙咔沙咔（拟声词：shaka-shak）地砍落脑袋，长矛嗒咔塔咔（taka-tak）地刺中胸部，匕首嚓咔嚓咔（chaka-chak）地刺进后背，火枪塔啪塔啪（tapa-tap）地开火，棍棒打起来咔噗咔噗（kup-kup）作响……"，"鲜血浸透全身，双手布满老茧，肌肉松弛无力收缩如同折断翅膀无力振翅的飞鸟，外衣全被撕烂，长靴烂成几瓣，刀柄分离，嘴唇开裂，胸腔刺破，双眼刺穿，眼睛掉出眼眶，残肢断腿撒满战场……"等等。

战斗通常以敌人逃走而结束。杀敌无数，剩下的沦为俘虏。败方服服帖帖，给胜者奉上汗王的女儿和仆人作为战利品，还有黄金、宝石、珠宝等作为礼物。胜方的将领和勇士分配这些战利品，之后举行盛宴，整整持续四十天。

热合玛杜林认为，奥诺孜巴科夫唱本和卡拉拉耶夫唱本在呈现战争场面时有所不同。奥诺孜巴科夫唱本中，玛纳斯的军队在战斗中分列两边，而卡拉拉耶夫唱本相反，战斗中的人数只局限于玛纳斯和他的四十勇士。然而，在奥诺孜巴科夫唱本中，尽管这位演唱者特别喜欢在每一次进军开始时列数出成千上万甚至数百万勇士，但他重点关注的还是那些杰出勇士的战斗情况。甚至在远征别依京时，庞大军队实际上代表着整个吉尔吉斯人民。这次远征分几个重要章节加以描写：阿勒曼别特和色尔哈克负责侦查，他们与独眼巨人马勒古穆（Malgum）交战，阿勒曼别特抢占属于女巨人卡尼夏依（Kanyshai）的神秘城堡，抢走空吾尔拜的马群，最终以阿勒曼别特与空吾尔拜的交战而结束。此外，甚至在别依京城墙下的大规模战争也以几场壮观的一对一搏杀交战呈现出来：玛纳斯追杀空吾尔拜，色尔哈克和阿勒曼别特对付巨人玛德汗，巴卡依和楚瓦克在交战中杀死交牢依，楚瓦克俘获巨人涅斯卡拉，随后别依京被最终攻陷。从别依京撤退过程中（根据卡拉拉耶夫唱本《远征》的第二部分），三名勇士做后盾保护了吉尔吉斯军队，他们是：阿勒曼别特，楚瓦克和色尔哈克。契丹人最终取胜，神射手阔交加什（Kojojash）用他的神箭将玛纳斯的勇士们一一射死。

玛纳斯、赛麦台以及他们杰出勇士的英雄形象体现了吉尔吉斯人民对家园的热爱。老人巴卡依对一位年轻勇士说道："孩子，记住，人总是会死，但提醒你，勇敢的人会蔑视死亡"。在史诗第二部《赛麦台》中也表达了同样的观点："如果我将死去，一支箭矢就够了，但如果我活着，吉尔吉斯人将永远不会沦为空吾尔拜的奴隶"。

在第一次出征前夜，玛纳斯和他的勇士满怀深情地立下庄严誓言："谁违背誓言，让白昼的光线惩罚他，让大地的柔软胸脯抛弃他，让四十个齐乐坦（圣人）和灵魂保护者卡伊普（动物的灵魂保护神）惩罚他，让他的部落和家族受到诅咒，让他的子孙后代一个不留"。

上面的这段誓言与赛麦台的勇士们发出的誓言有许多共同之处，在与空吾尔拜交战之前，他们高喊："为了我们的家园塔拉斯（Talas），为了全体吉尔吉斯人民，为了猛虎赛麦台，所有的人已做好准备面对死亡"。

起源与演变

吉尔吉斯英雄史诗起源的时代和环境以及《玛纳斯》反映的历史

事件与历史人物等问题非常复杂，到目前为止，就搜集到的大量科学数据而言，也只能做出初步假设。与其他古代史诗一样，《玛纳斯》能够传承下来主要依靠的是一代代歌手的演唱，他们保存了这部英雄史诗，并通过口头的表演在史诗传统框架内即兴创作，在原来诗歌的基础上创造性地增添新元素，引入新的历史事件、人物名字、观念和形象。这些新元素层层叠加在原来的史诗上面，反映了吉尔吉斯民族 2000 年的历史风貌。宗法部落体系以及游牧生活方式几乎完好地保存至相当晚近的时代，数世纪英勇反抗比自己强大的周边民族，因为这些民族威胁到吉尔吉斯民族的独立甚至生存，这些社会历史因素导致了吉尔吉斯英雄史诗的产生和极大发展。

众所周知，吉尔吉斯民族是最早有历史记载的突厥语族民族之一。学者 V. V. 巴尔托德（V. V. Bartold）认为，中国的编年史家最早于公元前 201 年就提到吉尔吉斯部落①。公元 6 到 9 世纪的中国编年史书中反复提到居住在叶尼塞河上游（在蒙古西北部、西伯利亚南部）的吉尔吉斯游牧部落。此外，公元 6 至 9 世纪，以鄂尔浑文字与叶尼塞如尼文字为代表的突厥文刻印的最古老碑铭也多次提到吉尔吉斯民族，这些碑铭与突厥汗国（Turkic kaganat）密切相关，这是一个强大的游牧部落联盟，占据着阿尔泰山脚下以及蒙古西北部的广袤土地②。而这些碑铭有一部分是吉尔吉斯人完成的③。

公元 9 世纪中叶，吉尔吉斯游牧政权进入了军事扩张时期，发动了针对契丹民族以及周边民族，尤其是回鹘（Uigurs）的战争。这一时期被称为 "黠戛斯汗国（the Kyrgyz great power）" 时期（按照 V. V. 巴尔托德的说法）④。也就是说，这一时期被一些学者认为是《玛纳斯》史诗的起源时间。史诗的主要英雄玛纳斯是一位统一吉尔吉斯人民的强大

① V. V. 巴尔托德（V. V. Bartold）：《吉尔吉斯史》，第二卷，伏龙芝（今比什凯克），1943 年，第 14 页。

② 参见 A. N. 伯恩什达姆（A. N. Bernshtam）：《6—8 世纪鄂尔浑叶尼塞突厥社会制度》，莫斯科，1946 年。

③ C. E. 马洛夫（C. E. Malov）：《叶尼塞突厥碑铭》，莫斯科－列宁格勒，苏联科学院出版社，1952 年。

④ V. V. 巴尔托德：《吉尔吉斯史》，第二卷，伏龙芝（今比什凯克），1943 年，第 284 页。

军事领袖和征服者。A. N. 伯恩什达姆（A. N. Bernshtam）教授认为，《玛纳斯》最古老的篇章《伟大的远征》是基于真实的历史记忆，反映的是在鄂尔浑河、土拉河（Tola，在蒙古的西北部）一带吉尔吉斯勇士击败回鹘赢得辉煌的胜利。这次胜利导致了回鹘王国的灭亡（中国历史记载的时间为公元 840 年）。伯恩什达姆教授将这些事件与在色楞格河（Selenga）附近发现的苏吉（Suja）峡谷出土的墓碑碑文联系起来。根据伯恩什塔姆教授的翻译，碑文第一行内容如下：我的父亲，药罗葛汗（Yaglakar-khan），来到回鹘人的土地。伯恩什达姆认为，药罗葛汗就是于公元 840 年征服回鹘的吉尔吉斯汗王。根据中国史书记载，这位没有提及名字的吉尔吉斯汗王卒于公元 847 年[①]。

伯恩什达姆教授认为，征服了回鹘的药罗葛汗就是史诗英雄玛纳斯的历史原型，《玛纳斯》中描述的《伟大的远征》实际上就是由药罗葛汗领导的针对回鹘人的远征，其都城别失八里（今吉木萨尔，Besh-Ba-lyk）在中国史书上被称为“北庭（Beitin）”。后来演唱者把“北庭”重新阐释为“别依京”Beijin。值得注意的是，公元 9 世纪中期回鹘王国的灭亡主要源于内部倾轧。其毁灭性的打击是在公元 839 年，回鹘人句录莫贺（Guilu Baiga）带头发动了反抗回鹘可汗（统治者）的叛乱，他引领黠戛斯大军直捣回鹘王的宫帐。伯恩什达姆教授认为，句录莫贺就是史诗英雄阿勒曼别特的历史原型。根据中国史书记载，回鹘彰信可汗（Chzhan-Sin）在叛乱中被杀，其妻子太和公主（Taikho）被黠戛斯俘虏。这些历史事实在中国史书上均有记载，伯恩什达姆同样将它们与史诗的某些章节与人物形象联系起来：即与艾散汗的女儿—别依京公主布茹里恰（Burulcha）联系在一起，她是一位不为人知的穆斯林，是阿勒曼别特深爱的女人。玛纳斯打败契丹人后，她作为俘虏成为阿勒曼别特的妻子。根据个人猜测，伯恩什达姆还试图解释《玛纳斯》中出现的众多人名、部落名、地名，它们是远古年代的印迹，折射出当时吉尔

---

① A. N. 伯恩什达姆：《6—8 世纪鄂尔浑叶尼塞突厥社会制度》，莫斯科，1946 年，第 52—53 页；另参见他《吉尔吉斯人民过去的历史》，伏龙芝（今比什凯克），1942 年，第10—11 页。

吉斯人在药罗葛汗统治下居住在叶尼塞河上游的那个时代①。

这种观点由两部分组成，互为补充：

1. "回鹘"：假设玛纳斯进军别依京征战契丹的那场"伟大远征"，其历史原型就是黠戛斯（吉尔吉斯或柯尔克孜）反抗回鹘并导致回鹘王国于公元840年灭亡的那场历史性征战；那么玛纳斯就应该是率领这次征战并死于公元847年的吉尔吉斯汗王。

2. "药罗葛"：假设认为那个在中国史书中未提及名字的带领吉尔吉斯人攻打回鹘的汗王就是苏吉峡谷中发现的墓碑上记载的药罗葛汗王。

第二个假设完全是伯恩什塔姆教授个人提出。

有人指出，这里关于"药罗葛"假设与 S. E. 马洛夫针对苏吉碑文提出的颇具说服力的解释完全相左。马洛夫认为，"Yaglakar-khan-ata"这个词（伯恩什达姆翻译成"我的父亲，药罗葛汗，来到…"）是一个人名，这样一来碑文的意思就完全变了。马洛夫认为碑文应读作"我，药罗葛汗父，来到…"。在马洛夫看来，药罗葛并非汗王，而是一名高级官员"布依茹克 buyuruk"（即抄写员），这一点从后面几行碑文中可以看得非常清楚。V. V. 巴尔托德院士也同样将碑文解读为"一位黠戛斯高级官员，他曾生活在回鹘土地上"②。

尽管我们承认，作为玛纳斯历史原型的历史人物的名字问题对于英雄史诗的起源问题无关紧要，但是，"回鹘"假设也同样缺乏事实依据。《玛纳斯》中没有丝毫证据证明《伟大的远征》就是历史上抗击回鹘的征战。演唱者描述的别依京当然也并非湮灭在历史长河中的回鹘王住地别失八里，而是强大的契丹王国的都城，它壮观宏伟、人口众多。这个王国控制着东方，拥有巨量财富和庞大人口，还拥有悠久文化和神秘"智慧"，因而无可战胜。

同样矛盾的地方是将阿勒曼别特视为背叛回鹘的句录莫贺，将他的

① A. N. 伯恩什达姆：《吉尔吉斯〈玛纳斯〉史诗产生的时代》，吉尔吉斯出版社，伏龙芝（今比什凯克），1946年，第139—140页；另参见他的《吉尔吉斯人民过去的历史》，伏龙芝，1942年，第11—13页。

② V. V. 巴尔托德：《吉尔吉斯史》，第二卷，伏龙芝（今比什凯克），1943年，第26页。

爱妻布茹里恰视为回鹘王妃，唐朝的太和公主。众所周知，在中世纪早期的历史条件下，叛逆的部落首领和属臣反抗领主、背叛领主的现象比较普遍。通常战败汗王的妻子成为胜利者的战利品。尤其值得一提的是，突厥部落的首领非常愿意娶唐朝公主为妻以提高自己的权威和名望。史诗中对阿勒曼别特与布茹里恰生平进行了详细刻画，但是他们与假想的原型人物命运之间没有丝毫相同之处。

应该明确指出，所谓"历史学派"（如弗谢沃洛德·米勒 Vsevolod Miller）代表人物用来研究史诗创作的方法无一例外是意图在历史资料中寻找史诗英雄的原型，这种方法证明是误人子弟的，也是徒劳无益的。回头看看，无论俄罗斯史诗英雄"伊里亚·穆罗梅茨"（Iiya Muromets）还是德国史诗最杰出的英雄"奇格弗里德"（Siegfried）都没有什么历史原型，就足以说明这一点。

当然，《玛纳斯》中提到的部分地名、部落名也许与中亚突厥语族游牧部落，包括吉尔吉斯部落，以及历史上的阿尔泰、叶尼塞时期有关，但这并不足以证明玛纳斯的《伟大远征》就是基于阿尔泰和叶尼塞地区的历史事件，也不足以证明阿尔泰和叶尼塞地区就是整部史诗的发源地。

另外，最重要的基本事实在于，公元 840 年攻打回鹘的战争尽管取得了胜利，但这仅仅是吉尔吉斯千年历史中的一个事件而已，而来自被契丹这个横跨亚洲中部和东部的最强大文明王国所征服的威胁，对于大多数突厥语族游牧部落包括吉尔吉斯来说，都更为真切，无论是在历史上的阿尔泰和叶尼塞时期还是后来迁移到中亚以后。以上就是史诗《玛纳斯》的历史背景。

我们完全有理由认为，吉尔吉斯英雄史诗的核心内容是由一些史诗歌曲构成的，反映了当时第一个吉尔吉斯部落联盟国家达到鼎盛时期。这个历史阶段发生在公元 9 至 10 世纪，特点是吉尔吉斯部落不断征战，攻打契丹、回鹘以及周边其他突厥部落。然而，吉尔吉斯最近几百年的历史发生了无数曲折的重大事件，该英雄时代的几乎所有印迹都从吉尔吉斯人记忆中被抹去。因此，在《玛纳斯》中，吉尔吉斯的敌人就是卡勒玛克，而非回鹘。而且，卡勒玛克汗王被刻画成了契丹皇帝"大可汗"的属臣。

关于吉尔吉斯与卡勒玛克对抗的历史背景，只能让人联想到 15 世纪初期。当时，在成吉思汗蒙古帝国的废墟上矗立起一个强大的卫拉特王国，直到十八世纪中叶（1758 年）该王国才被中国清朝政府征服。这一时期，卡勒玛克人不断入侵七河、伊塞克湖、天山以及中亚地区，包括塔什干，赛兰（Sairan）及图尔克斯坦。[①]

根据巴尔托德的研究，16 至 17 世纪的伊斯兰历史文献将卡勒玛克说成是中亚穆斯林最强大的敌人[②]。穆罕默德·海达尔（Muhammed-Khaidar）汗王之子拉希德（Rashid）与吉尔吉斯人结为同盟，几次攻打并大败卡勒玛克人（公元 1522—1524 年间），从而获得 "Gazi" 的称号[③]。公元 17 世纪，卡勒玛克人入侵了七河地区，卡勒玛克汗王的宫帐就坐落在伊犁河谷。当中国清朝在 18 世纪后半叶征服卡勒玛克以后，吉尔吉斯人与哈萨克人返回七河，"在那里，他们一度被视为清王朝帝国的附庸，实际上，他们是相对独立的"[④]。

公元 15—16 世纪，突厥语族游牧部落向卡勒玛克人发动了无数次战争，这一时期与成吉思汗的蒙古帝国以及与之最密切的继承者（西边的金帐汗国和东边的帖木儿帝国）的最终覆灭紧密相关。之后，在他们的废墟上崛起新的部落国家联盟和游牧突厥语民族联盟（哈萨克人、吉尔吉斯人、乌兹别克人、卡拉卡尔帕克人、诺盖人），占据了 "钦察草原（Kipchak Steppe）" 的大片土地，从伏尔加河和乌拉尔山一直延伸到伊塞克湖和天山地区。对于上述的所有民族来说，这一时期标志着他们的历史意识与民族意识的觉醒，这在史诗创作中得以反映。在中亚突厥语民族史诗中，卡勒玛克人被描述成突厥语民族史诗英雄的主要敌人。这一特征同样出现在哈萨克英雄史诗《库布兰德勇士》以及哈萨克—诺盖诗歌《穆萨汗（Musa-Khan）》《乌拉克和玛玛依（Urak-Mamai）》以及后来产生的乌兹别克史诗《阿勒帕米西》（16 世纪）中。另一方面，正像 S. A. 科津（S. A. Kozin）院士所指出的那样，15 世纪的同一历史时期，卫拉特游牧国家的政治力量与军事力量都在不断加强，这在

---

① V. V. 巴尔托德：《七河史》，第二卷，伏龙芝（今比什凯克），1943 年，第 82 页。
② 参见《伊斯兰百科全书》，第二卷，巴尔托德撰稿："卡勒玛克"条。
③ V. V. 巴尔托德：《七河史》，第二卷，伏龙芝（今比什凯克），1943 年，第 80 页。
④ 同上，第 88 页。

卫拉特民族史诗《江格尔》中有所反映。[1]

据史料记载，16 世纪上半叶，居住在伊塞克河谷和天山西部地区的吉尔吉斯人被卡勒玛克人以及蒙兀儿斯坦（Mogulistan）的蒙古可汗征服，但是他们不断起来反抗，发起反抗压迫者的战争。16—17 世纪的穆斯林史学家将吉尔吉斯人的特点描述为"好战的强壮民族，不折不挠地抵抗周边试图奴役他们的民族"[2]。吉尔吉斯人甚至被称作"蒙兀儿斯坦的野狮"[3]。"他们既不是不信教者（kafirs），也不是穆斯林，他们居住在高山上，山脉之间有道路相通。一旦某个汗王率领军队攻打他们，吉尔吉斯人就会将亲人送进大山深处，自己守卫着山口，堵住通向家园的道路，这样敌军便难以通过"[4]。在一个名为穆哈麦德的首领的率领下，吉尔吉斯人袭击了七河地区，袭击了远至塔什干（公元 1514 年）的中亚地区。在新疆，他们发动了攻打喀什噶尔和叶尔羌（公元 1558 年及 1680 年）的战争[5]。"尤其在 17 世纪上半叶，吉尔吉斯人控制了新疆的北部地区以及费尔干纳河谷地区"。"在 17 世纪，吉尔吉斯人的势力覆盖了帕米尔地区，公元 1635 年夺取了哈喇特斤（Karateghin）和吉萨尔（Gissar），之后甚至延伸到巴尔克（Balkha），即阿富汗地区，那里至今还生活着吉尔吉斯部落"[6]。

由此，我们可以得出结论：16 至 17 世纪吉尔吉斯人与卡勒玛克人的战争，这一历史背景对《玛纳斯》内容和情节的形成产生了决定性影响。

值得注意的是，在上述历史时期，哈萨克人不仅是吉尔吉斯各部落最亲近的邻居，而且是他们的政治盟友和军事伙伴。16 世纪上半叶，哈萨克塔克尔汗（Takhir）以及哈克·那扎尔汗（Khakk-Nazar）在位时期，吉尔吉斯人与哈萨克人组成游牧国家联盟。哈克·那扎尔的童年与

---

① S. A. 科津（S. A. Kozin）：《准噶利亚》，莫斯科，1940 年，第 88 页。

② A. N. 伯恩什达姆：《吉尔吉斯人民过去的历史》，伏龙芝（今比什凯克），1942 年，第 23 页。

③ V. V. 巴尔托德：《吉尔吉斯史》，第二卷，伏龙芝（今比什凯克），1943 年，第 51 页。

④ 同上，第 83 页。

⑤ 同上，第 54—57 页。

⑥ A. N. 伯恩什达姆：《吉尔吉斯人民过去的历史》，伏龙芝，1942 年，第 23 页。

青年时代早期在诺盖人当中度过；在其统治下，哈萨克与诺盖汗国之间建立了密切关系①。公元 1580 年哈克·那扎尔死后，吉尔吉斯人与哈萨克人再也没有联合在同一位汗王麾下②。他们亲密结盟的这一时期反映在《玛纳斯》中，其中众多历史著名人物的名字来源于 15 至 16 世纪创作的哈萨克史诗和诺盖史诗。根据吉尔吉斯史诗，这些名字属于附庸汗王，他们原本都是独立部落的汗王，由于各种原因臣服于玛纳斯。因此，这些名字从其他史诗进入了吉尔吉斯史诗中。

比如，在吉尔吉斯史诗中，英雄阔克确（Er-Kokecho）是哈萨克汗王阿依达尔汗（Aidarkhan）的儿子、康巴尔汗（Kambarkhan）的祖先，在战斗中被玛纳斯击败。然而在哈萨克史诗中，英雄艾尔阔克确成了康巴尔汗的儿子，在与卡拉卡勒帕克巨人阔布兰德勇士的对抗中战死③。乔坎·瓦利哈诺夫确认这位哈萨克史诗英雄是一位历史人物——1423 年库依达什（Kuidash）可汗攻占奥德叶夫（Odoev）城期间那位被杀的鞑靼勇士阔克啜依（Kogchoi）。这一事件在《尼康编年史》中被提及："就在那一瞬间，异常高大强壮的鞑靼大力士阔克确（Kogchu）被杀"④。

无独有偶，哈萨克史诗中，英雄艾尔阔克确有一位朋友和勇士名叫玛纳沙（Manasha），其战马的名字与玛纳斯战马的名字同为阿克库拉⑤。上述史诗人物与玛纳斯的偶合毋庸置疑。因此，这个例子显然说明了吉尔吉斯史诗对哈萨克史诗的影响。

还有一个巧合看起来就不那么偶然了。哈萨克史诗中，艾尔阔克确之子，年轻的巨人阔绍依，报了杀父之仇。他的名字与《玛纳斯》中的史诗英雄阔绍依非常相似。在吉尔吉斯史诗中，阔绍依被刻画得栩栩

---

① 《哈萨克苏维埃共和国史》，阿拉木图，1943 年，第 99—102 页。

② V. V. 巴尔托德：《吉尔吉斯史》，第二卷，伏龙芝，1943 年，第 54—56 页。

③ 参见 V. V. 拉德洛夫，《北方突厥语民族的民间文学典范》，第 3 卷，《艾尔阔克谢》，第 88—101 页；另见 G. N. 波塔宁（G. N. Botanin）：《哈萨克、吉尔吉斯及阿尔泰神话、传说与故事》，《遥远的故土》，1916 年，第 2、第 3 卷，《伊尔阔克谢及其儿子伊尔阔绍依》，80—85 页，《塔拉斯拜蔑儿干》，79 页。

④ 乔坎·瓦利哈诺夫：《文集》，第 71 页。

⑤ 参见 V. V. 拉德洛夫，《北方突厥语民族的民间文学典范》，第 3 卷，《艾尔阔克谢》，第 89—90 页。

如生，人们喜爱他的程度不亚于喜爱玛纳斯、阿勒曼别特和巴卡依。上文已经提到，阔绍依有关于他自己的独立的史诗，其中对他的生平描写远比在《玛纳斯》中的描写要深入得多。一些演唱者的表演证明了阔绍依是独立史诗的主角，尽管这些在现在还鲜为人知。阔绍依复仇这一章节原本极有可能是一首以其为主角的独立史诗，后来被哈萨克史诗借用，并保留至今。

在归属玛纳斯的汗王中，有一位勇士是来自卡拉诺盖（Karanogai）部落的加木格尔奇（Jamgyrchy）。他的名字在哈萨克史诗与诺盖史诗中则是众所周知的江布尔什（Zhangbyrshy），他是诺盖游牧部落（游牧汗国）的穆尔扎（贵族，murza），是穆萨（Musa）汗的兄弟和依迪盖（Idighe）的孙子，其历史原型是雅姆古尔赤（Yamgurchy）。雅姆古尔赤与其兄长穆萨都是也迪该（Edighe）的曾孙。作为诺盖部落的贵族，两人在俄罗斯编年史中被反复提到，都参与了使俄罗斯人最终摆脱鞑靼人统治的活动。在沙皇伊万三世统治时期，金帐汗国阿合马特汗（Akhmet Khan）征伐莫斯科失利后，雅姆古尔赤与穆萨以及他们的亲戚伊巴克昔班（Ivak Shibanski）（图们鞑靼 Tumen tatar 可汗）袭击了阿合马特汗的本部。阿合马特汗王的军队在乌格尔河（Ugry）附近被俄国人打败并仓皇逃跑。袭击者杀了阿合马特汗王，摧毁了他的宫殿。这次事件发生在1481年1月6日。1500年，穆萨与雅姆古尔赤两兄弟向当时莫斯科的盟友喀山（Kazan）汗王阿卜杜勒·拉蒂夫（Abdul-Letif）发动战争。他们包围了喀山，但最终以失败告终。1502年他们解除了包围，派使者前往莫斯科商讨和平协议。这些史实被记录在《尼康编年史》（Nikon annals）中并为现代史学家所熟知①。在诺盖史诗中，江布尔什被刻画成穆萨汗的勇士，他还是几部独立英雄史诗的主角。在 V. V. 拉德洛夫记录的史诗文本中，江布尔什则被描述成哈萨克英雄艾尔阔克确和阔绍依的敌人之一。

在拉德洛夫的记录本中，提到了凯南（Kanan）之子肯将拜（Ken-

① *Никоновская летопись. Полное собрание русских летописей*, т. XII X, стр. 203, 253, 254. Ср.：Н. *Карамзин. История государства российского*, т. V. Изп. 5. СПб., 1842, стр. 99 и 159（Арханг. летопись） janbai），他是玛纳斯身边的四十勇士之一①。柯讷格斯（Keneges）家族的肯将拜（Ken-Janbai）或者就叫江拜（Janbai）是哈萨克和诺盖史诗中的主要人物之一，被描述成脱脱迷失（Toktamysh）汗王手下的一个重要人物，在汗王（脱脱迷失）与叶迪盖（Idighe）的冲突中起着至关重要的作用。在哈萨克史诗当中，江拜还是一部独立史诗的主角。吉尔吉斯史诗中还有一个人物是阿额什（Aghish），现在被描述为玛纳斯的勇士之一，也是被玛纳斯击败过的一个对手②。这位吉尔吉斯大力士的名字恰好与历史人物—诺盖的贵族阿额什（Aghish）的名字偶合，后者是上文提到的雅姆古尔赤（Yamgurchy）的儿子。俄罗斯编年史以及诺盖汗王族谱中都明确称阿额什为诺盖贵族③。德国皇帝驻莫斯科使者盖博施坦因男爵（baron Gerberstein）认为，阿额什及其表兄诺盖贵族玛玛依（Nogai murza Mamai）（即西克·玛玛依 Shikh-Mamai，俄罗斯编年史里的穆萨之子）联合克里米亚汗王马格麦特·葛烈义（Magmet-Ghirei）占领了阿斯特拉罕（1521—1522）；但后来，出于对克里米亚盟友的惧怕，阿额什和玛玛依对驻扎在阿斯特拉罕的马格麦特·葛烈义及其军队发动突然袭击，杀死了克里米亚汗王，歼灭其几乎全部人马，而后一路追击设法逃跑的残部至皮里柯普（Perekop）④。在哈萨克和诺盖史诗中，江布尔什之子铁勒－阿额什（Tel-Aghis）卷入了其表兄弟间，即他叔父穆萨汗的儿子们之间的血腥冲突，这就是哈萨克史诗《乌拉克与玛玛依（Urak 和 Mamai）》中描写的故事。铁勒－阿额什同时也是一部独立英雄史诗的主角。

谈到《玛纳斯》中有如此多的与诺盖史诗有关的历史人物名字，应当注意到，在拉德洛夫记录的吉尔吉斯史诗文本中，玛纳斯本人属于萨利·诺盖家族（即黄色诺盖），抑或，如奥诺孜巴科夫唱本提到的，玛纳斯是诺盖汗王的孙子，也就是说诺盖汗王是玛纳斯家族的祖先。众

---

① 参见 V. V. 拉德洛夫，《北方突厥语民族的民间文学典范》，第 5 卷，第 1157 行。

② 参见 V. V. 拉德洛夫，《北方突厥语民族的民间文学典范》，第 3 卷，第 530 行。

③ В. В. Вельяминов-Зернов. Исследование о касимовских царях и царевичах, Ⅱ, СПб, 1863, стр. 244—245（родословная ногайских князей и мура）.

④ См.: Записки о Московин барона Гербернитейна. Пер. И. Анонимова. СПб, 1866, стр. 155—156.

所周知，诺盖部落的名称来源于一位强大的重要人物，他的名字叫诺盖（于1300年被杀），在游牧国家金帐汗国的汗位更迭中，他是一位最受欢迎的统治者，一直保持着强大地位。仅在15—16世纪期间，即在也迪该酋长的后裔统治时期，尤其是金帐汗国灭亡之后（1480），从15世纪最后25年到16世纪的最后25年期间，诺盖汗国曾一统"钦察草原"西部的所有突厥游牧部落，直达俄罗斯与克里米亚边界，开始在莫斯科、喀山、阿斯特拉罕以及克里米亚的纷争中扮演重要政治角色，在很大程度上决定着中亚和西伯利亚西南部突厥游牧部落的命运。换言之，正是在这一时期反映诺盖汗国历史的史诗开始在中亚和西伯利亚地区的突厥民族中广泛传播，构成哈萨克史诗的有机组成部分，并在一定程度上影响着吉尔吉斯史诗《玛纳斯》。中亚民族在使用"诺盖"一词时，有着更宽泛的含义，尤其是用在以往的史诗英雄身上时更是如此。

玛纳斯妻子卡妮凯的名字似乎也与哈萨克—诺盖史诗传统有关。在一首专门讲述叶迪盖的史诗中有一则故事是关于脱脱迷失汗王的两个女儿——卡妮凯（Kanykei）和塔尼凯（Tanykei）的。叶迪盖打败她们的父王之后俘虏了她们。按照古代传统，战败汗王的女儿将成为胜利者的妻子。[①] 波斯史料中证实了也迪盖（Edighe）曾将战败汗王的一个女儿纳为妻子的史实。史料中同样提到，叶迪盖的儿子是由脱脱迷失（Tokhtamysh）的女儿所生。后来，脱脱迷失之子扎拉力丁（Jalal-ed-Din）要求年老的叶迪盖将他的儿子和妻子，即扎拉力丁的姐姐，送给他作为人质。[②] 因此，在拉施德（Rhachid-ed-Din）所著的《蒙兀尔史》［约1600年的《年代集（Collected Chronicles）》］的哈萨克—鞑靼译本中提到了上述脱脱迷失汗王女儿的名字。在 I. 别列津（I. Berezin）教授编辑的版本中，这个名字是贾妮凯（Janykei）（可能是对卡妮凯（Khanykei）的误读）[③]。因此，这个名字可以视为一个历史人物的名字，与16世纪后半叶的历史事件有密切关系。哈萨克史诗中，传统上将卡妮凯和塔尼凯作为敌对汗王女儿的名字，并成为与敌人（一般是卡勒玛克

---

① 乔坎·瓦利哈诺夫：《文集》，第259页。

② См.: В. Тизенгаузен. Сборник материалов, относящихся к историн Золотой орлы, т. II. Известия из персидских источников. Л, 1941, стр. 194 (Абдар-Разазак Самарканди).

③ 参见《编年史汇编》，东方历史丛书，第2卷，喀山，1854年，第158页。

人）作战中凯旋的哈萨克英雄的战利品。在哈萨克英雄史诗《绍拉巴特尔（*Shora-batyr*）》中，卡妮凯和塔尼凯是卡勒玛克汗王卡拉曼（Karaman）的姊妹。史诗英雄绍拉（Shora）打败了卡拉曼后将卡妮凯纳为妻子，而其朋友伊萨姆拜（Isim-bai）娶塔尼凯为妻。在史诗《阔布兰德》中，卡妮凯与塔尼凯是卡勒玛克汗王阿里沙戈尔（Alshaghir）的女儿；库布兰德把她们俘获以后将她们作为战利品赠送给了他的勇士卡拉曼。①

《玛纳斯》中卡妮凯（真实含义是"年轻的女汗王"）这个名字的使用频率赶不上她的另一个名字沙妮热比哈（Sanyrabiga）。这一点似乎并非偶然。

实际上，卡妮凯是布哈拉（Bukhara）统治者塔吉克汗王铁米尔（Temir）或者说沙铁米尔（Sha-Temir，即 Shah-Temir）的女儿。毫无疑问，这位铁米尔的名字来源于死于 1405 年的伟大征服者帖木儿（跛子帖木儿 Tamerlane）。帖木儿以萨铁米尔（Sa-Temir）（哈萨克语拼写中"sh"会转换为"s"）这个名字闻名于哈萨克和诺盖史诗中，在史诗中，帖木儿同历史中一样，在叶迪盖的帮助下击败了脱脱迷失汗王。萨铁米尔这个名字说明 15—16 世纪期间吉尔吉斯史诗与哈萨克—诺盖史诗有着共同起源，说明两者之间曾相互影响。现代吉尔吉斯史诗中的铁米尔（Temir）已经与其历史原型没有任何关联，更不用说名字了。众所周知，史诗演唱者奥诺孜巴科夫认为史诗英雄铁米尔与伟大的征服者帖木儿是不同的两个人。对于演唱者卡拉拉耶夫而言，他用喀拉汗（Kara-Khan）这一传说中的名字代替了历史人物铁米尔，说明铁米尔这个名字已经失去其最初含义。

上述事实驳斥了广为流传的一个观点，即吉尔吉斯英雄史诗独立于中亚史诗传统。相反，大量的共同史诗名称，其中大部分有着历史起源，表明了中亚民族（尤其是吉尔吉斯与哈萨克族）有着共同的历史命运，以及在史诗诞生地区有着富有成效的交往。这些交往显然发生在吉尔吉斯历史上的天山时期，更确切地说是 15—18 世纪，这时候吉尔

---

① A. C. 奥尔洛夫（A. C. Orlov）：《哈萨克英雄史诗》，莫斯科，1945 年，第 43 页、第 93 页。

吉斯史诗中的中亚层次（主要指历史层次）已经形成。

在属于所谓的"小型史诗（kenje-epos）"（《玛纳斯》之外还有遗存）的吉尔吉斯诗歌中，英雄史诗《加尼西与巴依什》（*Janysh and Baiysh*）当然是一首基于中亚突厥语民族共同史诗源头的诗歌，《加尼西与巴依什》的情节与内容和著名的呼罗珊和土库曼英雄史诗《玉苏普和阿合买特》（*Usuf and Akhmed*）（即《波孜奥格兰》（*Boz-Oglan*）非常紧密地联系在一起。①

吉尔吉斯有关托勒拜森其（Tolubai-synchy）的民间传说反映了以阔尔奥格利（Kor-ogl）为主角的共同中亚史诗，他的父亲同托勒拜一样，被暴虐的主人即残忍昏庸的汗王弄瞎眼睛（在乌兹别克史诗中，Tolibai-synchy 就是 Gorogly 老人）②。

历史上著名的玛纳斯对手的名字也与所谓的"卡勒玛克战争时期"，即 15—16 世纪时期有联系。在几个卡勒玛克和蒙古汗王及军事领袖的名字当中，契丹统治者艾散汗的名字有其历史原型。15 世纪上半叶，在卡勒玛克游牧帝国的军事扩张初期，穆斯林史料中反复提到卡勒玛克军事领袖也先太吉（Esen-taiji）的名字，他是卡勒玛克汗王脱欢（Togan）之子。V. V. 巴尔托德院士认为，名叫歪思汗（Vies-Khan）的蒙兀儿斯坦穆斯林统治者在 10 年间（1418—1428 年间）与也先太师交战 61 次，仅战胜一次，两次被卡勒玛克军队俘虏，不得不忍痛将妹妹嫁给也先。③ 在吉尔吉斯史诗中，这位历史上著名的卡勒玛克领袖的名字可能以也先不花（Esen-Buka）的形式保留了下来，成吉思汗家族的两位蒙古统治者都以该名闻名于世。一位是 14 世纪早期察合台汗国的统治者，死于 1318 年，另一位是 15 世纪中叶的蒙兀儿斯坦的统治者（1432—1462 年）。在后者的统治下，哈萨克部落离开了乌兹别克汗王阿布德海尔（Abulkhaiyr）控制的土地，迁往蒙兀儿斯坦和楚河地区

---

① V. M. 日尔蒙斯基：《阿勒帕米什的故事及其他英雄故事》，莫斯科，1960 年，第 123—127 页。

② V. M. 日尔蒙斯基、H. T. 扎里波夫：《乌兹别克人民的英雄史诗》，莫斯科，1947 年，第 112 页。

③ V. V. 巴尔托德（V. V. Bartold）：《七河史》，第二卷，伏龙芝（今比什凯克），1943 年，第 73 页。

（约 1456 年）。①

从历史起源角度看，玛纳斯最强大的对手、契丹巨人空吾尔拜（拉德洛夫的记录文本中为 Kongur-bai）的名字对于从事吉尔吉斯史诗研究的学者来说肯定具有特别的吸引力。这个名字与江格尔手下最杰出的将领之一洪古尔（Khongor）（全名是布明 - 乌兰 - 洪古尔 Buumin-Uulan-Khongor）相一致。在蒙古语中"洪古尔"一词有"黄头发""红头发""姜黄色"等含义，"Khungur"一词常常用于指奶油色的马。② 突厥语中"kongur"也有类似含义。比如吉尔吉斯语中"kongur"具有"棕色的""浅棕色的""棕色皮肤的"等意思。《玛纳斯》的吉尔吉斯演唱者在新疆听到当地艺人演唱卡勒玛克史诗《江格尔》时注意到了这些词的相似之处。这些吉尔吉斯演唱者认为，卡勒玛克人也知道在许多吉尔吉斯史诗中提到的主角人物空吾尔拜。这样的巧合绝非偶然，如果仅仅认为这个人物是从其他民族的史诗中"借用"来的，这种解释是站不住脚的，尤其是当年的吉尔吉斯人与卡勒玛克人还相互为敌。在我们看来，上述巧合表明卡勒玛克史诗英雄洪古尔有真实的历史原型，其名字与事迹对卡勒玛克人与吉尔吉斯人都同样重要，因此保留在了两个民族的史诗当中。他可能是诺盖汗空吾尔拜，这个强大的卡勒玛克领袖生活在 16 世纪下半叶。在卡勒玛克史料中曾多次提到，③ 洪古尔是卡勒玛克和硕特部（Khoshout）的领袖，是源自成吉思汗之弟哈撒尔统治王朝的祖先。在卡勒玛克史诗中有一首叫《五虎》的史诗描述的就是洪古尔的几个儿子。④ 在他们统治期间，卡勒玛克人开始信奉喇嘛教，扩大在西藏的势力。在卡勒玛克军事扩张最活跃最辉煌的 17 世纪，和硕特部在卡勒玛克游牧帝国内部占据着主导地位。

玛纳斯的对手，卡勒玛克汗王阿牟开似乎也有历史原型。有证据表

① V. V. 巴尔托德（V. V. Bartold）：《七河史》，第二卷，伏龙芝（今比什凯克），1943年，第 60 页。

② A. C. 科津（A. C. Kozin）：《蒙古学》，第 57 页。

③ 参见 H. 亨利（H. Henry）：《蒙古史》，第 1 卷，伦敦，1876，第 500 页；H. Murno Chadwick and N. Kershaw Chadwick：《文学的成长（The Growth of Literature）》，第 3 卷，剑桥大学出版社，1940 年，第 117 页。

④ A. C. 科津（A. C. Kozin）：《卫拉特诗歌史》，《苏联东方学》，莫斯科 - 列宁格勒，苏联科学院出版社，1947 年，第 4 卷，第 98 页。

明，攻占中亚城市讹答刺（Otrar）的卡勒玛克军事统帅名叫阿里亚库（Aliaku）。克莱尔（A. K. Klare）认为，该事件与17—18世纪的卡勒玛克战争有关。① 潘图索夫（N. Pantusov）于1904年在阿特巴什（At-Bashi）村庄（吉尔吉斯共和国的纳伦地区）记录下了阿利亚开（Aliake）入侵的这个颇有点传奇色彩的故事。故事中，这位卡勒玛克汗王被刻画成一个强大的征服者，他征服了整个突厥斯坦。② 有趣的是，在《玛纳斯》（奥诺孜巴科夫唱本）中，有一个类似章节，讲述了阿劳开征服中亚，将大本营设在安集延（Andizhan）。

由此可见，随着时间的推移，吉尔吉斯史诗中不同历史时期的卡勒玛克汗王之间建立起新的联系。他们都集中出现于同一个契丹—卡勒玛克统治朝代：空吾尔拜变成阿劳开的儿子，阿牢开本人则成为契丹统治者艾散汗的兄弟；契丹统治者的家族变得越来越庞大，不断有新的成员加入，他们有着突厥语名字，甚至是源于阿拉伯的穆斯林名字，比如喀拉汗（Kara-khan）和阿兹则汗（Aziz-Khan）（他们是艾散汗的兄弟）、卓然迪克（Sorunduk）（阿勒曼别特的父亲）、布茹里恰（Burulcha）（艾散汗的女儿，阿勒曼别特的爱妻）、波如凯孜（Borukez）（艾散汗的儿子），这些穆斯林名字在史诗中均被提及。

因此，我们可以得出这样一个结论：一般而言，史诗中这些历史人物的名字从原来真实的历史环境中被剥离出来，不再与真实的历史人物发生任何联系。他们属于史诗中的英雄，有着完全不同的身世，被卷入史诗情节与内容催生的事件当中。

不过，后来出现在史诗中的名字大多都与15—17世纪的卡勒玛克战争有关，史诗中有些名字则属于吉尔吉斯史诗传统中最古老的史前时期。与大多数中亚突厥语族民族史诗传统一样，吉尔吉斯史诗传统来源于具有神话与寓言因子的古代英雄传说。拉德洛夫认为，玛纳斯与交牢依均属于这个所谓的吉尔吉斯史诗传统的古老层面。他认为，"玛纳斯与交牢依并非历史人物，而属于比吉尔吉斯民族任何历史记忆都要久远的神话人物……这些历史记忆在吉尔吉斯史诗中与古代传说与神话故事

① 《考古委员会通讯》，《毕业增刊》第14卷，1905年，第12—13页。
② N. 潘图索夫（N. Pantusov）：《古代七河州史料》，第12卷，1904年，第69—71页。

结合在一起构成新的神话作品"①。

玛纳斯——这位吉尔吉斯民族的传奇领袖——的名字可能远比他的大多数家人、勇士的名字都要古老，当然也比史诗中描述的事件的历史与地理背景古老得多（比如吉尔吉斯部族发动的反抗契丹以及卡勒玛克的战争）。迄今为止，"玛纳斯"（还有"赛麦台"）这个名字的起源仍没有找到公认的令人满意的解释。值得注意的是，这个名字和阿勒帕米西（Alpamysh）这个名字比较一致，后者是突厥语民族史诗中最古老的英雄之一。阿勒帕米西的生平故事出现在众多史诗作品中，可以追溯到公元 10 世纪（如乌古斯史诗），甚至是公元 6—8 世纪（如阿尔泰史诗《阿勒普马纳什（Alyp-Manash）》，其情节内容与蒙古史诗有许多共同之处）②。

阿勒帕米西（Alpamysh）是阿勒普·玛米什（Alp-Mamysh）这个名字的缩写形式，其中阿勒普是"身强力壮"的意思。这个名字还有其他变体，例如：玛米什·别克（Mamysh-bek）（在阿布勒哈兹·巴哈杜尔汗（Abulghazi-khan）著的《突厥谱系》③ 中），还有阿勒普·玛纳什（Alyp-Manash）（在这部流传广泛的突厥史诗的阿尔泰版本中）。由此可见，玛纳斯与玛纳什之间的相似性是显而易见的。然而，吉尔吉斯史诗《玛纳斯》与阿尔泰史诗《阿勒普·玛纳什》在内容和情节上却截然不同。《玛纳斯》主要讲述的是吉尔吉斯反抗外敌的战争，而《阿勒普·玛纳什》则讲述的是这位英雄的提亲与婚礼。名字的巧合说明了吉尔吉斯史诗的古老传统性质。据可信资料，在公元 8、9 世纪《阿勒普·玛纳什》被乌古斯人带到中亚之前，这部阿尔泰史诗与吉尔吉斯英雄史诗《玛纳斯》相互影响，当时两个民族在叶尼塞河上游比邻而居。

如上文所述，在描述玛纳斯这一形象时采用了夸张的表现手法，旨

---

① 参见 V. V. 拉德洛夫（Radlov V. V.）：《北方突厥语民族的民间文学典范》，第 5 卷，前言，第 12 页。

② N. 乌拉噶谢夫（N. Ulagashev）：《阿尔泰 – 布恰衣、卫拉特英雄史诗》，新西伯利亚，1941 年，第 79—126 页；另见 G. D. 散吉耶夫（G. D. Sanjeev）《〈阿勒普马纳什〉的与蒙古史诗平行的情节》，载《蒙古关于哈兰辉汉网的小说》，莫斯科，苏联科学院出版社，1947 年；另见 V. M. 日尔蒙斯基：《阿勒帕米西的故事及其他英雄故事》，莫斯科，1960 年，第 151—152 页。

③ 参见 A. N. 阔诺诺夫（A. N. Kononov）：《突厥谱系》，第 78 页。

在突出其巨大体型和超凡能力，这是用来塑造传说故事中的巨人形象而不是史诗英雄的。在我们看来，这是玛纳斯形象古老起源的有力证明，毫无疑问，玛纳斯的起源较其他史诗英雄更为古老。同样古老的还有玛纳斯刀枪不入的神奇观念，这是所有中亚突厥语族民族史诗作品的共同特点。就《玛纳斯》和《阿勒帕米西》而言，在两部史诗中，英雄刀枪不入的表现方式都一样古老。在构成吉尔吉斯史诗内容的众多故事中，《阔孜卡曼的阴谋》（讲述英雄被背信弃义的奸诈亲戚暗杀后奇迹般地死而复生）似乎是最古老的故事之一，与阿尔泰和叶尼塞河流域流传的英雄传说故事有着密切联系。玛纳斯与其勇士进行的那场"有去无回"的远征可能恰好也属于这个古老的史诗阶段。应当承认，玛纳斯这一形象在时间长河中发生了巨大变化，英雄身上古老的神话特征不断地被历代演唱者所赋予的新的历史特征层层覆盖，最终导致传说故事中的玛纳斯的神话形象演变成了强大睿智的君王、战无不胜的军事领袖以及整个吉尔吉斯人民的保护者形象。

在玛纳斯的勇士中，艾尔托什图克（Er-Toshtuk）是玛纳斯的一位附庸汗王。他与玛纳斯一样，同属于盛产神话人物的远古时代。艾尔托什图克也出现在哈萨克史诗中，是一部独立作品的主角，在西伯利亚突厥语族民族民间传说中亦无人不知。① 吉尔吉斯史诗保留了一首篇幅极长的神话歌，共49章，约16000诗行，用于描述艾尔托什图克。这首诗歌最初由拉德洛夫记录下来，② 后来收入演唱者萨雅克拜·卡拉拉耶夫的唱本再次出版。拉德洛夫将英雄的名字译为"艾尔托什图克"，是一个"去过地下王国的人"。此译名来源于西伯利亚传说中有关这个英雄的名字，讲述了艾尔托什图克在地下王国中度过了七年时间。我们认为，艾尔托什图克的冒险故事是根据大家熟知的世界神话传说故事《三

---

① G. N. 波塔宁（G. N. Botanin）：《哈萨克、吉尔吉斯及阿尔泰神话、传说与故事》，《遥远的故土》之《艾尔托什图克》，1916年，第2、第3卷，第85—95页；另见 V. V. 拉德洛夫（Radlov V. V.）：《北方突厥语民族的民间文学典范》，第4卷，第443—476页。

② 见 V. V. 拉德洛夫：《北方突厥语民族的民间文学典范》，第5卷之《艾尔托什图克》，第526—589页；另见萨雅克拜·卡拉拉耶夫：《艾尔托什图克》，伏龙芝，1938年。

个王国》（神话故事目录第 301 个故事）的相当有趣的异文。① 传说，英雄来到地下王国，解救了被巨人怪兽掳走的三个公主（或一个公主），在经历了一系列冒险后，在神奇巨鸟苏木茹克（Simurg，凤凰）（在吉尔吉斯史诗中为阿勒普卡拉库什 Alp-kara-kush）的帮助下（用它的一双翅膀将英雄带到地面）逃离冥府。这个神奇故事可能来源于更为古老的神话观念，即英雄造访了另一个世界——死人的地下王国。类似情节是阿尔泰英雄传说特点，深受萨满教观念的影响，这些都是突厥语族民族皈依伊斯兰教之前所固有的观念。《玛纳斯》中也零散地琐碎地提到艾尔托什图克地下王国的冒险之旅。② 在艾拉满·巴依（Elemen-bai）的九个儿子中，艾尔托什图克是最年幼的，也是最得宠的。在奥诺孜巴科夫的（《玛纳斯》）唱本中，艾尔托什图克这样描述自己：我在地下王国度过了七年时间，我来到地面只有七天。我的血管里只剩下一勺血，全身上下又青又紫（显然，这是对艾尔托什图克造访过另一世界——死亡之国的暗示）。

《玛纳斯》中其他一些英雄人物的形象似乎来源于同样观念。比如，在这部吉尔吉斯史诗的所有唱本中，自乔坎·瓦利哈诺夫记录开始都无一例外地提到阔绍依老人"打开了通往天堂的紧闭大门"。虽然这种表达方式受伊斯兰宗教影响，但这可能同样暗指英雄造访过另一个世界。据拉德洛夫介绍，史诗中另外一个不太著名的英雄人物裕格茹（Jugheru 或 Ugheru）"曾与死人打过交道"③。拉德洛夫听过一首关于裕格茹的歌，但这首歌却没有被记录下来。④ 歌手奥诺孜巴科夫在列举受邀参加阔阔托依祭典的勇士们时点到了这位裕格茹的名字。有关女英雄萨依卡丽（Saikal）的故事也与此类似，她与玛纳斯约定在另一个世界见面。玛纳斯去世后，他的勇士强行将萨依卡丽带到葬礼上，令她穿上

---

① 参见 N. P. 安德烈耶夫（N. P. Andreev）：《故事情节索引分类法》，列宁格勒，1929年，第 26 页。

② 参见 V. V. 拉德洛夫：《北方突厥语民族的民间文学典范》，第 5 卷，前言，第 4 页，文本第 90—92 页，第 698—702 页，1042—1050 页；另见乔坎·瓦利哈诺夫：《文集》，第 219页。

③ 参见 V. V. 拉德洛夫：《北方突厥语民族的民间文学典范》，第 5 卷，前言，第 9 页。

④ 同上，第 18 页。

丧服。显然，这个情节的起源非常古老，深深植根于史诗传统，尽管对于现在的演唱者和听众来说似乎变得不那么容易理解。

在《玛纳斯》的所有人物当中，神话特征在英雄的对手身上体现得异常淋漓尽致，比如贪婪的交牢依，专横傲慢的皇后奥荣古（Orongu）（在居素普·玛玛依唱本中是一位英雄——编者），顽固的女巨人卡尼沙依（Kanyshai），神枪手考加交什（Kojojash），愤怒的独眼怪兽马勒滚（Malgun）和玛德汗（Mady-khan），以及傲慢的女英雄沙依卡丽。

在描述交牢依那令人难以置信的贪婪时采用了夸张怪异的手法，这种手法通常在史诗作品中用来刻画敌方的巨人和大力士。这样刻画出来的交牢依让人想起传说故事中的巨型食人魔。在奥诺孜巴阔夫唱本中，交牢依一次吃掉六个巴特曼（注释见前面的内容：编者）的粮食，身上总是散发出小麦的味道，他可以一次喝掉六十匹马的鲜血。这就是巨人交牢依的样子。拉德洛夫记录下的那位歌手这样唱道："没有什么能满足他的胃口，没有什么能帮他解渴。"① 确实，交牢依这个贪得无厌的暴食者似乎是唯一一个与玛纳斯力量相当的对手，因此也是唯一一个值得玛纳斯与之交战的对手。拉德洛夫这样写道："交牢依体格巨大，力量超强，唯一可能战胜它的机会就是趁其熟睡时下手。狼吞虎咽完难以计数的食物和水之后，交牢依睡着了，睡得像根木头"②。拉德洛夫记录下一个以交牢依为唯一主角的长篇史诗③。在这部史诗中，交牢依身上兼具英雄和神话色彩，但这部史诗与《玛纳斯》似乎没有任何关系。相反地，在吉尔吉斯史诗传统中的这部史诗中，交牢依化身为诺盖（Nogai）汗王，他的敌人是卡勒玛克人空吾尔拜、卡拉恰（Karacha）及其他。这部被拉德洛夫命名为《交牢依汗》的史诗包含许多传统史诗的情节要素，这些情节要素是突厥人和蒙古人（的史诗传统）所特有的，如盗马群、婚配、英雄遭遇妹妹的背叛而成为其敌人的情妇、英雄被毒害、英雄被监禁地牢成为阶下囚、英雄妻子被掳走、英雄儿子出

---

① 参见 V. V. 拉德洛夫：《北方突厥语民族的民间文学典范》，第5卷，《交牢依汗》，第5—6页。

② 同上，第9页。

③ 同上，第369—526页。

生、儿子为父报仇、英雄最终被解救等。在这部史诗中以及拉德洛夫记录的《玛纳斯》中，女巨人萨依卡丽（或阿克·萨依卡丽：Ak-Saikal）是交牢依的妻子。

谈到《玛纳斯》中刻画的神话般的人物形象，尤其值得关注的当属古神话和突厥语族民族史诗中的独眼巨人。关于独眼巨人（如"加勒格孜阔兹杜朵，jalgyz kozdudoo"）的传说在中亚流传很广。值得注意的是，在这些传说中，戳瞎独眼怪兽独眼的故事情节流传尤其广泛，戳瞎独眼的故事情节在东西方传说和大多数民族的史诗中都广为人知。荷马在其不朽的古典作品中使用了这个情节，讲述奥德赛戳瞎独眼巨人波吕裴摩斯（Cyclop Polyphemus）（《世界民间故事索引》，编号1137）眼睛的故事。[①] 在中世纪，该情节被突厥语族民族用于史诗创作，包括乌古斯史诗《先祖阔尔库特书》［讲述巴萨特杀死独眼巨人托别阔兹（Depe-Ghez）的故事］。这个托别阔兹是个体型巨大的独眼食人魔，只在头顶上方长了一只眼睛。大力士巴萨特先是弄瞎了怪兽的眼睛，然后杀死了它。该情节也被用于哈萨克和阿尔泰民间传说和神话故事中。在《玛纳斯》中，该情节在描述猎人库吐拜（Kutubei）第一次出征的章节中成为其主要部分（奥诺孜巴科夫唱本）。[②]

在侦查小组去别依京的路上，阿勒曼别特和色尔哈克遇到了保卫契丹边界的独眼巨人马勒滚。两位吉尔吉斯英雄试图杀死它，但它却刀枪不入，"剑不能刺伤他、矛不能穿透他、斧不能砍伤他"[③]。这位怪兽身上唯一的软肋似乎就是它的那只眼睛，因此色尔哈克用矛刺穿了那只眼睛，但瞎眼的巨人并没有死。于是吉尔吉斯勇士追赶马勒滚六天六夜，直到最后色尔哈克将怪兽头上的那顶神奇头盔取下来（这是该史诗从神话传说中借用的刀枪不入母题）。之后，阿勒曼别特将马勒滚的头砍下

---

① 参见 N. P. 安德烈耶夫（N. P. Andreev）：《故事情节索引分类法》，列宁格勒，1929年，第76页。

② N. 奥斯特列依莫夫（N. Ostroimov）：《吉尔吉斯故事中的独眼巨人》，载《中亚》，1910年，第2期，第61—64页；另见 P. 法列夫（P. Faliev）：《突厥语言与方言研究》，塔什干，1922年，第15—25页；另见 C. M. 阿布拉莫夫（C. M.）：《吉尔吉斯史诗〈玛纳斯〉中的民族学情节》，《苏联民族学》，1974年，第2期，第150—151页。

③ 《玛纳斯》，《吉尔吉斯史诗丛书之"远征"》，莫斯科，1946年，第251页。

来，最终杀死了它。

在别依京城墙下，走在契丹军队最前面的另一个独眼巨人玛德汗遇到了吉尔吉斯勇士。这个怪兽骑着一头庞大的独眼公牛，也是坚不可摧。双方激战时，"成千上万的利剑、战斧和长矛向玛德汗挥去，但他却熟视无睹。深陷绝望的玛纳斯开始祈祷，请求神灵帮他战胜怪兽玛德汗。神灵帮助玛纳斯对付巨人玛德汗。玛纳斯用长矛刺向独眼怪兽玛德汗，勇士们纷纷效仿。后来，楚瓦克用他的神奇宝剑砍掉了怪兽公牛的独角头。①

无独有偶，作战时骑着公牛的敌方巨人在西伯利亚突厥语族民族的神话故事、传说和英雄歌中也非常普遍。在民俗专家看来，这个母题恰好属于最古老的史诗内容。比如，地下王国的巨人同史诗英雄作战时通常骑着公牛。其中，长着七个头的巨型食人怪迭勒别汗（Delbeghen）出发迎战阿勒帕·玛纳什（同名史诗中的英雄）时就骑着他的灰色公牛。地下王国的残忍无情的统治者埃尔利克（Erlik）（萨满教中的恶神）自己骑着一头黑色秃顶长着巨大犄角的公牛。后来，随着突厥史诗的演变，这种古老的神话母题最终被一种新的浪漫主义传统所催生的母题代替，这种浪漫主义传统是中世纪封建主义的东方所特有的：史诗中巨人的坐骑由公牛变成了大象。在吉尔吉斯史诗中，杜布略（Duburo）汗王的护卫者中，15个巨人骑着大象同玛纳斯作战。同样，在乌兹别克史诗《阿亚尔公主（Malika Ayar）》中，凶残的巨人玛卡提勒（Makatil）也是骑着大象与对手交战的。②

远征之后吉尔吉斯军队从别依京撤退时，神枪手考加交什（Koja-jash）逐个战死了玛纳斯的所有勇士。在吉尔吉斯史诗中他是一部独立史诗的主角，讲述他作为一个射猎高手几乎杀死了所有的野山羊以及他最后的死亡。一只灰色母山羊将考加交什诱领到厚厚积雪的山里，那里没有返回的道路，猎人最终被困山崖在严寒中冻死。就这样，这只灰色母山羊（它的形象显然与野生动物神 Kaiyp-eren 有关）终于为自己的孩

---

① 《玛纳斯》，《吉尔吉斯史诗丛书之"远征"》，莫斯科，1946年，第332页，第337页。

② V. M. 日尔蒙斯基、H. T. 扎里波夫：《乌兹别克人民的英雄史诗》，莫斯科，1947年，第390—391页。

子及兄弟姐妹报了仇，残忍无情的猎人考加交什就这样被她弄死了。

在卡拉拉耶夫唱本中，考加交什是喀热普拜（Karypbai）之子，与阿勒曼别特一道从一条60头的巨龙那里学到了魔法秘密。由于考加交什比阿勒曼别特多学了三个月，所以对魔法更为精通。考加交什是最敏捷的步兵、最娴熟的骑手和最优秀的射手，阿勒曼别特害怕他甚至超过害怕死神阿兹热伊利（Azrail）。[①] 玛纳斯的所有勇士在从别依京撤退途中全死在考加交什的箭下，阿勒曼别特是最后一个被考加交什神箭射死的人，而玛纳斯最终用神圣的火枪阿克凯勒铁结束了考加交什的性命。

此外，《玛纳斯》中具有神话意象的代表还有："魔术师（ayars）"，他们出没于敌军左右，从视觉上制造幻觉误导对手；"巨龙（ajidars）"，它们喷着怒火猛烈对抗英雄；狼人，它们企图阻止史诗英雄完成英雄行为（如阔绍依远征喀什噶尔那一章，或阿勒曼别特率队侦查那一章）。值得注意的是，迄今为止，并非所有的这些意象都一样古老，比如，魔术师"ayar"（意为阴险奸诈狡猾），巨龙（ajidar）和朵（doo，巨人）这些词源于波斯语，这也说明通过借用一些新词以及这些新词所携带的神话意象和母题，世界史诗作品对《玛纳斯》后来的发展所产生的文学影响。在某些情况下，这些词汇不仅与吉尔吉斯词汇并行存在，而且使用频率很高，甚至取代了那些古老的本土词汇，并最终将它们从吉尔吉斯史诗中踢出去。确实，"朵，doo"这个单词已经取代了古老词汇，在吉尔吉斯语中，它曾指称过神话故事中的"巨人"，现在已完全被遗忘。同样，魔术师、萨满在古代要随军队出征以确保胜利，但他们却用外来词"ayar"表示了。[②] 然而，值得一提的是，在吉尔吉斯史诗中，所有这些奇迹般的神话特征和元素（仅阔绍依除外）都无一例外地全部用于描述敌方人物，也就是契丹人以及阿勒曼别特身上（事实上他是契丹人）。上文已经提到，阿勒曼别特从魔法高超的同胞那里学到了魔法秘密。在歌手看来，契丹人历史悠久，非常智慧，他们知晓神秘魔法，需要时会使用这些魔法。由此导致在进军别依京的《伟大远征》一章中出现了神奇魔法这一母题。

---

① 《玛纳斯》，《吉尔吉斯史诗丛书之"远征"》，莫斯科，1946年，第180页。

② V. V. 巴尔托德：《七河史》，第二卷，伏龙芝（今比什凯克），1943年，第83页。

　　到目前为止，这种幻想出来的神话元素并不是《玛纳斯》的主要内容，但它却无意中将《玛纳斯》这部与历史紧密联系的史诗与更古老的、实际上是史前的英雄神话和后来中世纪有关西方骑士故事以及东方穆斯林国家所谓的"民俗小说"区别开来。毋庸置疑，《玛纳斯》是一部堪称典范的英雄史诗，不亚于东方国家的乌兹别克史诗《阿勒帕米西》和哈萨克英雄歌以及西方国家的德国史诗《尼伯龙根之歌》和法国史诗《罗兰之歌》。这些英雄史诗的具体特点在于其幻想出来的神话并非出于自我满足，而是为了强调英雄身上所体现的伟大人性以及英雄行为的超凡卓绝。事实上，在英雄史诗中，盛行的并不是神话幻想，而是不朽的现实主义、冷静、高贵和清醒，尽管理想化因素在人们头脑中与生俱来并在史诗传统中得以强化。因此，《玛纳斯》中的神话母题和意象属于两个史诗阶段：一是远古阶段，构成最古老的史前史诗特征；二是后来的文明阶段，即受到其他东西方史诗文学的影响而形成。与中亚其他民族创作的史诗不同，吉尔吉斯史诗《玛纳斯》具有更多的神话要素，这是由其更加古老的本质决定的。

　　吉尔吉斯人的宗教二元论在《玛纳斯》中也有间接体现。在这部史诗中，人们可以轻易地从最晚近的伊斯兰痕迹中窥见前伊斯兰教痕迹。

　　在奥诺孜巴科夫唱本中，我们发现玛纳斯皈依伊斯兰教的另一个母题。玛纳斯还是孩子时，他曾帮助过一个名叫奥吾沙尔（Ovshar）的牧羊老人。一天，一只公羊不见了，玛纳斯在草原上帮助他找寻丢失的小羊时，遇见了40位圣人（chiltans），他们赐福于玛纳斯，并承诺将帮助和保护他。这40位圣人信守承诺，只要玛纳斯需要他们的保护，他们便会在第一时间立刻前去相助，在战争中拯救他的生命，保护他免受敌人长矛、宝剑、子弹、箭的伤害（顺便提一下，后来这被重新阐释为英雄刀枪不入母题）。

　　在民间传说和神话中，"40位圣人（chiltan）"被刻画成替人们排忧解难的智谋者，他们神秘、善良、聪慧。到最后又被重新阐释为40位圣人形象。这些圣人只是幽灵，但却能化身为有血有肉的人类。在中亚史诗中，圣人一般不会被刻画成英雄的保护神以及他们英勇行为的得力助手。乌兹别克史诗中存在有关圣人的类似情节：英雄矛尔奥格利还是孩子的时候遇到了圣人，他们赐福于他并答应做他的保护神。

说到伊斯兰教对《玛纳斯》的影响，有趣的是，在这部史诗中仅有两个人物的名字源于伊斯兰教：玛纳斯的父亲加克普以及玛纳斯最好的朋友和勇士阿勒曼别特。

在玛纳斯出生前，加克普在史诗中的角色一直都是一个膝下无子的父亲。在奥诺孜巴科夫唱本中，加克普并未被刻画成英雄，而是一个阴险狡猾、胆小懦弱、贪得无厌的富人，并与吉尔吉斯人的敌人和压迫者——卡勒玛克人（Kalmyks）勾结。为了确保自己在卡勒玛克人中的地位，加克普还娶了一个卡勒玛克女人做小妾。当流放在外时，加克普唯一关注的便是成倍增加马群以扩大自己的财富。与父亲胆小懦弱、卑躬屈膝的样子不同，当玛纳斯还是孩子时就表现出对卡勒玛克人的反抗和抵制。玛纳斯死后，加克普与他的卡勒玛克妻子所生的儿子阿维开和阔别什站在一起，共同对付玛纳斯的妻儿卡妮凯和赛麦台。在史诗《赛麦台》中，加克普被刻画成玛纳斯事业的邪恶背叛者，他忘记了玛纳斯。在我们看来，这些并不是加克普的本来面目。我们更愿意相信，史诗英雄玛纳斯父亲的形象是在描述玛纳斯家谱的过程中被创造出来的，因为最初的玛纳斯是一个孤立的史诗人物。

至于玛纳斯的母亲，她的名字在史诗传统中似乎并没有得到强化和固定。比如，在奥诺孜巴科夫唱本中，她的名字是沙汗（Shakan），尽管有时候也被称为绮依尔迪（Chyirdy）。根据演唱者的解释，这个名字与她的第一任丈夫、加克普的叔叔绮依尔（Chyir）有关（根据古老的部落习俗，加克普在叔叔死后娶了他的妻子 Chyirdy）。在拉德洛夫记录本中（如《玛纳斯诞生》中）提到了琦伊尔其（Chiritchi）这个名字，与 Chyirdy 是一致的。但是，同样在他的记录本中，玛纳斯母亲的名字在大多数情况下不是恰坎（Chakan）便是巴赫多莱特（Bakdelet），而该名字是演唱者奥诺孜巴科夫为加克普的姜卡勒玛克妾取的。

在奥诺孜巴科夫唱本中，阿勒曼别特的生平故事是在《为玛纳斯求婚》与《阔阔托依的祭典》这两个章节之间完成讲述的。在这些章节中，阿勒曼别特是主角。但在卡拉拉耶夫唱本中，伟大的远征开始之前，阿勒曼别特在侦查会议上讲述了自己的生平经历。巧合的是，这种创作特色在卡拉拉耶夫所属的伊塞克湖派的演唱者当中非常普遍。

值得一提的是，这两个唱本在关于阿勒曼别特的生平方面存在相当严重的分歧。拉德洛夫记录本中描写的阿勒曼别特生平与上述两个唱本也都有区别。但不可否认，拉德洛夫的记录更接近奥诺孜巴科夫唱本。

对史诗英雄来说，阿勒曼别特的生平是相当传统的。那些诸如神奇受孕、艰难分娩、年迈父亲的烦恼、出生前的种种迹象、周游四野的托钵僧（或先知 Khizr）赐给孩子名字、孩提时期的战斗经验等生平特征与玛纳斯的生平特征是一样的，尽管阿勒曼别特被刻意描写为一位传奇英雄，终其一生为吉尔吉斯事业奋斗。阿勒特纳依受孕的方式很奇特，当她熟睡时，一个长着灰白胡子的老圣人将天使带到她面前，这个老圣人后来成为阿勒特纳依和她儿子的守护神。有关阿勒曼别特神奇受孕的故事可能与古老传说有关。事实上，这是一个史诗英雄神奇受孕的古老神话。然而，在卡拉拉耶夫唱本中，阿勒曼别特有时也被称作"神圣阳光之子"，应当说，揭示了英雄神奇受孕的又一母题。

在卡拉拉耶夫唱本中，给阿勒特纳依接生的也是一位年轻的牧羊人玛吉克（他的父亲被契丹人所杀）。当阿勒曼别特不得不逃离别依京时，玛吉克成为阿勒曼别特最亲密的朋友和同伴。在玛吉克的帮助下，阿勒曼别特招收了 40 位贴身勇士，他们与玛吉克一样，以前都是牧羊人。由此，牧羊人和英雄之间发展了一段友谊，这个早已经成为英雄生平故事中的传统母题，在玛纳斯生平讲述时已经提到。

拉德洛夫院士第一个指出阿勒曼别特的生平与传说中的乌古斯部落祖先——"乌古斯可汗"的生平有相似之处。这种相似性在最近记录的《玛纳斯》中更加明显。考虑到拉施德丁所著《史集》中的乌古斯可汗的生平早在 17 世纪下半叶就在中亚广为传播，我们可以假定，乌古斯可汗的形象对《玛纳斯》中阿勒曼别特的形象产生了一定影响。

在《玛纳斯》中，契丹人阿勒曼别特不仅被描绘成最强壮、最勇敢的吉尔吉斯勇士，而且还是高超的魔法师，通晓魔法秘密。阿勒曼别特能做大量有助于战争的事情，比如，他能改变自己的面容和整个外表。在魔法石的帮助下，他能够改变天气状况，引来旋风、雷雨、暴风雪、暴雨、大雾以及严重霜冻。演唱者是这样描述阿勒曼别特的超自然能力的：战争一开始，阿勒曼别特便开始施展魔法改变天气状况，他曾设法让厚厚的黑云遮蔽天空，大地变得一片黑暗，密集的冰雹砸向地面，然后大雨倾盆而下。天空中的太阳消失了，月亮也几乎看不见。他设法将夏天变成冬天，将衣着单薄的契丹人冻得凄惨痛哭。

如上文所述，在晚近时期的吉尔吉斯史诗唱本中，无一例外地，敌人——契丹人和卡勒玛克人——天生具有操纵魔法的能力。虽然契丹勇士们也熟知魔法秘诀，但通常是他们的魔法师能对天气施展魔法巫术。比如，在卡拉拉耶夫演唱的《赛麦台》中，契丹巨人空吾尔拜、穆拉迪力、阐度阿亚克（Chandoayak）以及其他巨人也都可以施展魔法改变天气。实际上，诸如祈祷、咒语和萨满实施的各种巫术以及相信魔法石贾依塔石（jai tash）的神奇力量等现象直到近期还在所有中亚突厥语族民族中广泛传播，其中就包括哈萨克人和吉尔吉斯人。

这方面的一个有趣例证来自一位伊斯兰教历史学家。他在 16 世纪末（1582）对吉尔吉斯萨满做了如下记录："他们利用魔法石，让大雪从天而降，落到敌军身上，刺骨难耐的寒冷让敌人无法施展他们的利剑与长矛，因为他们的胳膊和腿都冻僵了，无法移动，就这样，吉尔吉斯士兵能够轻易地打败敌人"①。根据上文所述，我们更愿意相信阿勒曼别特的神奇力量最初与古老的萨满教有关，这种宗教是吉尔吉斯人以及其他中亚突厥语族民族所固有的。后来到了很晚近的时期，即当吉尔吉斯部落接受了伊斯兰教，阿勒曼别特的神奇超能才与他出身于契丹异教徒的身份联系了起来。

值得一提的是，与阿勒曼别特形象有关的是，这部吉尔吉斯史诗浓墨重彩描述了吉尔吉斯人玛纳斯和契丹人阿勒曼别特之间的友谊，并通过兄弟结义以及玛纳斯母亲将阿勒曼别特视为养子而加以巩固，结果却引起了部落和民族之间的分歧和偏见。碰巧，这个特征也是中亚突厥语族民族其他史诗的特色。比如，在后来的《阿勒帕米西》史诗弘吉剌特（Kungrat）唱本中，描绘了乌兹别克人阿勒帕米什和卡勒玛克人卡拉江（Karajan）之间的友情，与玛纳斯和阿勒曼别特这段友谊很相似。卡拉江在接受伊斯兰宗教之后，将自己的未婚妻让给阿勒帕米什为妻，帮助解决了阿勒帕米西的婚姻问题。根据古老的习俗，已有婚约的男人通过参加各种各样的竞赛诸如赛马、射击、竞技等向未婚妻证明自己的

---

① V. V. 巴尔托德：《七河史》，第二卷，伏龙芝（今比什凯克），1943 年，第 83 页。

价值。在这些比赛中，卡拉江替代阿勒帕米西上场，以避免他参加这些艰苦而又危险的比赛，并且全力赢得比赛，避免让自己的兄弟或卡勒玛克同胞与阿勒帕米西交锋①。

与《阿勒帕米西》中卡拉江的形象相比，《玛纳斯》中阿勒曼别特的形象刻画得更为真实，从心理上来说，他的情感很能打动人。事实上，阿勒曼别特是个悲剧人物。他背离了自己的故乡和人民、朋友和亲人，并且带领玛纳斯和吉尔吉斯军队征伐别依京。阿勒曼别特陷于痛苦和愁思之中，深受两种矛盾感情的折磨，一方面追随玛纳斯，另一方面又思念着自己的故土。此外，吉尔吉斯勇士并不掩盖对阿勒曼别特的轻视，视他为外来者、变节者和"叛逃的契丹人"，这种不信任无时无刻不在折磨着阿勒曼别特。当阿勒曼别特与阔克确、楚瓦克甚至玛纳斯发生冲突时，这种不信任的情感会时不时地流露出来。吉尔吉斯是一个部落宗法社会，建立在牢固的部落、家族和家庭关系上，在这样的一个社会关系中，阿勒曼别特觉得极度难受、烦恼焦虑与格格不入。尽管阿勒曼别特出生于王室之家，但他发现自己好似一个被驱逐的流浪者。这就是为什么阿勒曼别特曾痛苦地对玛纳斯说："只有拥有自己部落和家族的人，说出去的每一句话才有意义和分量。很显然，对于一个失去故乡和人民的人来说，最好的选择就是死亡。有了百姓的支持，一个人说的话才有意义和分量。失去人民的可怜流浪者最好去死，越快越好。"

应当指出的是，对阿勒曼别特这个人物的刻画主要侧重于体现个人和部落之间的冲突、个人思想情感和部落习俗、传统和礼制之间的冲突。这种带给人心理震撼的人物刻画方式对吉尔吉斯史诗来说是全新的，反映了一个新现象，即吉尔吉斯历史上曾有过腐朽而没落的宗法社会体系。我们有足够的自信认为上述特征源于吉尔吉斯史诗发展的最新阶段。有意思的是，卡拉拉耶夫唱本用一段独白来讲述阿勒曼别特的生平故事，而不是像早期史诗唱本中采用第三人称的古老叙事形式。

因此，我们可以看出《玛纳斯》至少涉及三个史诗发展阶段。首先，当然是最古老的史前阶段，与充斥着神话和想象元素的古老英雄传

---

① V. M. 日尔蒙斯基、H. T. 扎里波夫：《乌兹别克人民的英雄史诗》，莫斯科，1947 年，第 78 页。

说有关。这个阶段不可能与某一历史时期或时代有关。我们倾向于认为史前史诗阶段是在 15 世纪到 17 世纪这个宽泛的时间范围内形成的。玛纳斯（最初形象）、交牢依、萨依卡丽、艾尔托什图克、奥荣呙、阔加交什等人物形象以及其他几个人物形象恰好属于这个历史阶段。构成这个古老史诗阶段的故事情节、主题内容、人物形象与西伯利亚突厥语族民族英雄传说中的人物、主题和情节非常接近，不得不使研究者追溯到叶尼塞河上游地区，即古代吉尔吉斯游牧部落曾经生活的时代。

第二个阶段是一个历史阶段，很大程度上与所谓 15—17 世纪"卡勒玛克战争"时期的真实历史背景有关。在这个时期，吉尔吉斯史诗的基本主题是反抗卡勒玛克人，于是战争中的主要人物玛纳斯得以形成。这个阶段的《玛纳斯》史诗是令人瞩目的，因为它与中亚突厥语族民族的史诗发生大量联系，造成人物、主题、形象、情节、概念、思想以及其他史诗元素之间的相互交叉和相互影响，尤其是吉尔吉斯和哈萨克－诺盖史诗之间的相互影响更是如此。《玛纳斯》中的以下人物如阔克确、加木格尔奇、阔绍依、沙铁米尔以及敌人中的艾散汗、空吾尔拜、阿劳开等属于这一历史阶段。

第三个阶段，也是最晚近阶段，形成于 17 世纪到 19 世纪。玛纳斯的最初形象是一位富有神话色彩的史诗英雄，逐渐演变成了一位强有力的统治者，在战争中率领人反抗卡勒玛克人。

史诗中这个晚近阶段的出现还归因于史诗在发展演变过程中摆脱了早期史诗的局限性，在不同阶段将众多人物吸纳进来，这些人物最初是一些独立史诗、民间诗歌、故事、传说等当中的主角。被吸收进《玛纳斯》中的新的人物形象有交牢依、萨依卡丽、艾尔托什图克、加木格尔奇、阔克确以及其他一些人。在这些丰富《玛纳斯》史诗的故事中，有些至今仍然作为独立史诗存在（如《艾尔托什图克》、《交牢依汗》），而另一些已不再独立存在，完全融入了《玛纳斯》。

这部吉尔吉斯史诗长度的不断增加得益于演唱者对故事情节的细致描述。随着时间的推移，玛纳斯的一生全部叙述完成，从出生到死亡。同样，由于史诗吸收了民间故事中重要的"公共段落（程式：编者）"，其他主要史诗英雄、玛纳斯最亲密的伙伴阿勒曼别特和楚瓦克（在卡拉拉耶夫唱本中）的一生也叙述得比较完整。

家族世系的循环决定了赛麦台的形象，他是玛纳斯的儿子，是玛纳斯英雄伟业的继承者以及为父报仇的复仇者；也决定了赛依铁克的形象，他是赛麦台的儿子、玛纳斯的孙子，他继承了赛麦台的英雄伟业，并为父报仇。

随着史诗风格的不断演变，史诗章节、场景和人物的不断累加，对战斗、搏斗、行军、吉尔吉斯人日常生活、节假日、风俗习惯、生活方式以及礼节礼制等细节描述的不断丰富，最初简短的英雄歌慢慢演变成了一部民族史诗。这一切在很大程度上是对吉尔吉斯民族过去的真实描写，虽然带着某种理想化色彩，吉尔吉斯民族的历史却辉煌地体现在史诗的事件和人物当中。

（梁真惠　译　阿地里·居玛吐尔地　审校）

吉尔吉斯史诗（1856—1869）的特性形容修饰语

[英] A. T. 哈图

【编者按】在西方学者中对《玛纳斯》史诗研究最有建树，成果颇丰的是英国伦敦大学《玛纳斯》史诗专家 A. T. 哈图（A. T. Hatto）。他根据拉德洛夫和乔坎·瓦利哈诺夫搜集的文本对《玛纳斯》史诗进行了长期的研究。他不仅是继 N. 查德维克之后西方学者中研究《玛纳斯》史诗的佼佼者，还长期担任 20 世纪 60—80 年代在西方学术界颇具影响力的伦敦史诗讲习班主席，并在此基础上主编了在国际史诗学界颇具影响，被列入"当代人类学研究会"丛书的两卷本《英雄诗和史诗的传统（Tradition of Heroic and Epic Poetry）》（1980 年伦敦大学出版）。编入此书的论文均为 1964 年—1972 年在伦敦史诗讲习班上宣读交流的作品。在第一卷中收有 A. T. 哈图本人于 1968 年撰写、在上述研讨班上宣读的长篇论文"19 世纪中叶的吉尔吉斯（柯尔克孜）史诗"。作者在这篇论文中，从口头传统的历史文化背景出发，对《玛纳斯》史诗在 19 世纪的搜集研究情况，主要是乔坎·瓦利哈诺夫和拉德洛夫的搜集研究工作，进行了进一步梳理，对史诗的内容，对史诗的艺术特色进行了较充分的分析、介绍和评价。第二卷中收入了哈图的另外一篇有分量的论文"吉尔吉斯史诗（1856—1869）的特性形容修饰语"（即编入本书的论文）。在这篇论文中，作者充分运用了自己的语言修辞学、史诗学、神话学、宗教学学识，从多学科的角度对《玛纳斯》史诗中的特性形容修饰语进行了深入研究和探讨。此外，A. T. 哈图还先后在世界各地不同的学术刊物上发表了《玛纳斯的诞生》（《亚洲大陆》，新系列，第 14 期，第 217—241 页，1969 年）；《阔阔托依和包克木龙：吉尔吉斯（柯尔克孜）两个相关英雄诗的比较》（《学校亚洲和非洲研究报告》，第 32 期，第一部分，第 344—378 页；第二部分，第 541—570 页，1969 年）；《阿勒曼别特、艾尔阔克确和阿克艾尔凯奇：吉尔吉斯（柯尔克孜）英雄史诗系列《玛纳斯》的一个片段》（《中亚研究》，第十三卷，第 161—198 页，1969 年）；《北亚的萨满教和史诗》（伦敦大学东方和非洲研究学院，1970 年）；《阔兹卡曼》（《中亚研究》，第十五期，第一部分，第 81—101 页，第二部分，第 241—283 页，1971 年）；《阔阔托依的吉尔吉斯（柯尔克孜）原型》（《学校亚洲和非洲研究报告通讯》，第 34 期，第 379—386 页，1971 年）；《赛麦台》（《亚洲大陆》，新系列，第一部分，第 18 期，第 154—180 页，1973 年；第二部分，第 19 期，第 1—36 页，1974 年）；《吉尔吉斯（柯尔克孜）史诗〈交牢依汗〉史诗中的男女英雄系列》（《阿尔泰学论文集》，第 237—260 页，威斯巴登，1976 年版）；《19 世纪中叶吉尔吉斯（柯尔克孜）史诗的情节和人物》（《亚洲研究》，第六十八期，第 95—112 页，威斯巴登，1979 年）；《玛纳斯的婚姻和死而复生：19 世纪中叶的吉尔吉斯（柯尔克孜）史诗》（分两部分，分别载《突厥学》（Turcica）巴黎、斯特拉斯堡，1980 年、1981 年版）；《德国和吉尔吉斯（柯尔克孜）的英雄史诗：一些比较和对照》（载 *Deutung and Bedeutung：Studies in German and Comparative Literature Presented to Karl-Werner Maurer*, ed. B. Schludermann. Mouton. pp. 19—33）等系列论文。于 1977 年，将乔坎·瓦利哈诺夫的搜集文本"阔阔托依的祭典"转写成国际上通用的国际音标，并将其翻译成英文，加上详细注释和前言，以《阔阔托依的祭典（*The Memorial Feast For Kökötöy-Khan*)》的书名，作为伦敦东方系列丛书之一于 1977 年由牛津大学出版社出版。这是"阔阔托依的祭典"首次被翻译成西方主要语言出版，在世界范围内产生了很大影响。

1990 年，又以《拉德洛夫搜集的〈玛纳斯〉》（威斯巴登，1990 年版）为名翻译出版了拉德洛夫搜集的文本。书中不仅附有详细科学的注释，而且还有原文的拉丁撰写。原文和引文对应，为西方读者和研究学者提供了极为重要的《玛纳斯》著作。这本书也成为 20 世纪末西方学者了解和研究《玛纳斯》史诗必不可少的一部著作，同时也成为这位 1910 年出生 2010 年去世的百岁资深教授研究《玛纳斯》史诗的标志性成果之一。

在 19 世纪中期，吉尔吉斯①史诗演述者们的用语极为丰富、特色鲜明甚至可称独一无二。需要指出的是，演述者的用语必然以特定时间段的吉尔吉斯语的结构为基础。彼时，人们总是赶着驼群四处游走，文学和哲学教育十分匮乏，柯尔克孜语多为具象的、富有表现力的以及戏剧性张力的突厥语土语。相较而言，这一时期的柯尔克孜语于诗歌而绝非抽象思维更为相宜。的确，在下文将要论及的具体时间段里，柯尔克孜语出现了大量的谚语，散发着语言的魅力，映射出彼时吉尔吉斯人的生活。作为史诗语言的构成部分，这些谚语在史诗中随处可见。

吉尔吉斯语属于黏着语，几乎没有前缀。这一特征使吉尔吉斯史诗极为优雅地避免了诸如在沃拉普克语史诗中缀词的繁冗。在吉尔吉斯语中，重音为无声调的吐气音。不论音节的长短，双音节词的重音多落在最后一个音节上。同样，三音节词的重音也落在最后一个音节上，但是次重音落在第一个音节上。② 上述这些结构性的要素为吉尔吉斯语和突厥语系的其他语族共有，在诗歌形式的演变中起着显著的作用：具有二次划分属性的 4 +3 =7 的音节"时长"（并未严格限定为 7 个音节）成为基本的诗歌形式，同时，第 7 个时长总是与词语的最后一个音节的重音保持一致，从而达到诗行停顿上的均衡，最终出现了 4 +3 =8。

---

① "Kirghiz"又可写为"Kyrgyz"，为跨境民族。本译文参照阿地里·居玛吐尔地在《〈北方诸突厥语民族民间文学典范〉第五卷前言》中的译法，采用了"柯尔克孜（吉尔吉斯）"这一表达方式。参阅阿地里·居玛吐尔地：《〈玛纳斯〉史诗歌手研究》，北京，民族出版社，2009 年，附录三，第 241—262 页。

② Yunsaliev 1966, 486.

B. M. 尤努萨里耶夫（B. M. Yunsaliev）认为，在吉尔吉斯语中，"在简单的主谓结构的句子中，主语置于谓语前，定语置于被修饰的成分前，详细说明的部分置于先行词前；每个主要的部分与其从属部分形成句法，同时，这些组成部分又能依次拥有自身的定语"。① 限定动词通常置于句尾。一般来说，定语较长且以"-α"，"-ιρ"以及"-γαn"的形式，跟在情态动词之后，其形式由就近的分词决定，这些分词具有类似于形容词或副词的修饰功能。

如前所述，吉尔吉斯史诗诗行的基本结构是 4 + 3 音节时长即，与 2/4 节拍中的 2 + 2 音节保持一致。② 从语言学的角度而言，节律的停顿可与词或词组的划分相符（如 KO 196 *temir tuγαk*，*jéz bilék* 意为"钢蹄，铜趾"），或可与词自身的音节划分一致（如，KO 192 *taugo tuup*，*taš-'tà öskön* 意为"出生在群山间，成长在岩石上"）。实际上，在诗行中发现的音节数量从低于衡量的 6 甚至是 5 到最高值 13 不等。在有 8—13 个音节的诗行中，理论意义上的 7 音节时长的模式通过时长的二次划分得以实现。连续诗行的首音节的头韵（见下文）意味着某一诗行的首音节出现了重读，这与口语中自然而然出现重音的情况正好相反。由此，任何关于在 8 音节诗行中弱拍有 7 个音节时长的想法均不成立。现今，音乐理论家们的研究结果也证实了这一观点。反之则不然，比如说在一个小节中，在 2/4 拍节中语言上的三连音的调和则是成立的。

19 世纪中期以来的录音资料多缺乏相关的音标标注。因此，低于衡量的 6 音节诗行的特性就必然只能通过推论得出。既然，6 音节也可能"完成"4 个小节，那么问题就出现了：长音节或者语义上的停顿是否也参与了小节的建构？初步的考察表明：这两者均充分地参与了建构。V. S. 维诺格拉多夫（V. S. Vinogradov）认为，现代诗歌的语音材料是可塑的，这一观点来自他在现场演述中的发现。在现场演述中，轻重音的正常分布总是与配乐的唱词相符合，有时甚至与原本的重音模式相背。因此，虽然音长并不能决定重音按惯例该落在哪个音节，但是下

---

① Op. cit, 501.

② 在 20 世纪记录下的演述中，"基本"的时长受制于不同的变体，一节的长度从 16—32 个单元不等，比如说在一个 6/8 拍中具有三重结构。参见：Vinogradov 1984，492—509.

文援例于 AK 的程式化的开场无疑为考察低于衡量的古柯尔克孜语诗行的长度打开了思路。

Jer jer' bolɣondo,　　　　　When land became land,

Sū sū' bolɣondo⋯　　　　　and water became water⋯

　　显而易见，每个 sū① 都能完成一个小节，正是长元音 ū 使它们具备了这样的功能。设若如此，jer 中的短元音＋浊音则具有同等的重要性。如果歌手想要受众安静地听他的演述，② 那么口头史诗的开头必须具有不同寻常的语义。一般来说，开头多为低于衡量的 5 音节诗行。在不那么极端的例子中，一般使用 6 音节诗行才能满足语义—修辞的要求，比如说，6 音节的诗行暗含了限定性的系动词。以 AK1041 为例，*tiši*：*ke-´tik ekǟ*，/*kȫnü*：*še-´tik ekän* 'Kara-čač's' 意为"牙齿缺了，她的心充满了（智慧）"。③ 如果这类谚语的停顿是成立的，那么其内在的韵律 ke-tik：šetik（četik）就随之产生。

　　在这类 6 音节诗行的结构中，音长似乎起到了作用。如 BM285 *jaima kökül' Jàš-úl*（Jaš of the flowing forelock）意为"额发"，试与 KO386 *jayma kökül' Jàš-aydár* 比较。此时，单音节 ūl 在韵律上起到的作用与双音节 aydar 等同。只需变换位置，元音 ūl（Stand. Krgh. *uul*）也可建构一个 6 音节诗行。试比较 BM89 *toɣus ūl' kènjesí*（the youngest among nine brothers）（意为"九个兄弟中最年幼的"）与 KO1344 中完整的 7 音节中的明确属格词缀 *toguz uulnuŋ' kènjesì*。

　　既然诗行的形式如此灵活多变，那么，词语模式选用的限制也就几近为零。荷马史诗的游吟诗人必须严格遵循六步格，即便因使用特定的希腊诗歌语言，而拥有一定的自由度时，也是如此。相较而言，19 世纪中期的吉尔吉斯史诗步格的限定是极小的。只需满足"三音节"的韵律，便再无更多限定。

---

　　① 奇怪的是，在他的柯尔克孜文本里，拉德洛夫常常省略长音 sū。

　　② 请与 Hildebrabdslied 'Ik gihorta at segge⋯'（I heard it said⋯，我听说⋯⋯）半行诗之后的半行停顿比较。

　　③ 此句为对偶句：'Although her teeth were deficeint, her heart was not'。

需要注意的是，史诗的名字多为三音节（如，*Koŋur-bay*，*Ak-kï yaz*，*Ak-erkeč*），即便有时是双音节，只需在"勇士"或者"英雄"前加上人名的敬语 Er，即可转化成三音节（如 *Er Manas*，*Er Kökčö*）。需要遵循的原则是，任何一个置于人名之前的、由单个词语构成的修饰语不得少于四个音节。可以说，韵律的限定少得一个指头都数得过来。

吉尔吉斯歌手拥有荷马史诗游吟诗人无法想象的自由。对他们而言，语音的修饰性即，头韵、尾韵、类韵以及涉及到元音和谐律的类韵构造类型对模式很少起作用。当然，对不具有这种构造特征的语言来说，这些特征很新奇。

第一，头韵。头韵不一定在诗节的开头。设若将之扩展到元音或者是整个音节（参见 KO 中引文的 23、133 以及 148）；① 头韵也可跨行出现在诗行的开头之间（如，KO141 – 44，q. v.）。在第二种情况下，如对 AK 488 – 503 中较长的连续诗行而言，头韵可与"加长型修饰语"一致（见 pp. 80ff）。有时，这两种情况可以同时出现（如，KO141 – 44，q. v.）。当然，头韵可与类韵结合使用（如在 AK 492 – 95，q. v. 中，493 行的韵母 eti 与 495 行的韵母 beti 所处的位置显示押韵的单词是"*croisée*"）。日耳曼语从形成之初起，由于喉辅音的缘故，其所有的元音（显然）互押头韵。上颚音［c］和软腭音［k］（也常常分别写为 k 和 q）出现在互斥的语音语境中，现代吉尔吉斯语正字法中的"k"也出现了类似的情况。在 1856—1869 年的史诗中，上颚音［k］（比如说在音节 ke-ki-kö-kü 中）看起来似乎并不与软腭音［k］（比如说在音节 ka-kï-ko-ku-中）押头韵；或者说，这两个系列的音节似乎并不押头韵。20 世纪的歌手灵活地运用了诗行（I. ii）开头的头韵。相较而言，19 世纪中期的相关用法在技巧上略微逊色，尽管也有许多听众沉醉其中。

第二，尾韵。尾韵或曰"韵脚"并非仅为构词成分的重复，它们常常包含了词干（如 KO 584 – 85，q. v.，*ündöngön* 意为"声音上的相似"是从 ün 意为"声音"派生而来，*jündöngön* 意为"外衣的相似"是从 *jün* 意为"外衣"派生而来。进一步与 KO589 – 90 进行比较，则可发现 *bermes* 意为"不给"是重复的，而 *bay* 意为"有钱人"和 *jay* 意为

---

① Hatto, 1977, pp. 85—92.

"情境、状态以及宁静"则为真正的韵脚。韵律和诗行中均可出现韵脚（如，KO536 – 37，q. v.）。

第三，类韵。类韵出现在 KO535 – 36，q. v.

此外，通过元音和谐律发现的类韵出现在第一卷第 3 章 1709 – 10 行。在一个元音和谐系列中 *Ke-ri-däi* 的音节经由另一系列中的 *bö-rü-döihuwei* 的音节中得到体现。与另一个具有相同词干的语法变体 *kerisi* 比较后可得：BM 530 – 31，q. v. 中的 *börüsü*、KO14 – 15 中的 *Karını salık biyene ayt/ kette kursak bayına ayt*［意为：对肚子松垮的 *biy*（意为：首领、审判员）说话，/肚子像锅的 bay！（意为：有钱人）］，具有祈使意味的"*ayt*！"重复出现，而 *biyene* 和 *bayına* 则通过前后的元音和谐系列划分实现类韵的功能。

完成了以上准备工作后，我们将进入特性修饰语①的讨论。

古吉尔吉斯史诗传统中的特性修饰语有诸多的分类法，并能冠以不同的标题进行分组。一，传统型。在这一标题下，特性修饰语为歌手们所共有（从整体而言，只要收录在档，原创的、个人的、新创的、以及在特定场合中生成的特性修饰语均在此列。）二，传统变异型。也就是说，深层内涵一致但是语言形式发生了变化。三，转移型。也就是说，一个拥有特定内涵的特性修饰语发生了转移，转化成为另一个特性修饰语。四，重释型。也就是说，发生了语义的转变。五，分解型。六②，赞美与诽谤型，可再细分为"稳定的""逐渐消失的"以及"被遗忘的"。换言之，这一类型特性修饰语原本的内涵已然消解殆尽，仅留存了"光荣的"或"耻辱的"的语义。七，循环型。也就是说，这一类型的特性修饰语从其他史诗中的描述过的事件提炼而得，包含了大量的典故。八，伪循环型。也就是说，这一类型的特性修饰语伪造而得，以期呈现"史诗"貌似真实的背景。即便伪循环型演变成了传统型，它

---

① Epithet 通常被译作"特性形容修饰语"、"表性描述语"、"特性形容词"、"属性形容词"或者"性质词语"，用于对事物的特性或者特征精心描述，可为形容词或形容词短语。本译文采用了"特性形容修饰语"这一译法，意指包含了形容词和形容词短语两种形式。"特性形容修饰语"既可与被修饰词连用，也可单独出现指代被修饰语。参阅：李粉华：《亚瑟·哈图对史诗学的学术评介》，硕士学位论文，中国社会科学院，2014 年。

② 从这一组起以功能进行分类。

们依旧缺乏史诗或者史诗片段的支撑，因而不具有真实性。在正式的诗行系列中，古吉尔吉斯特性修饰语可做如下分组：九，单一型。也就是说，长度为一个单词或者词组。十，"多样型"。也就是说，如果这类特性修饰语只能传达一种特定的含义，那么其形式变化必定极为多样。一般来说，"多样型"至少能传达两种含义。"加长型修饰语"是"多样型"细分出的一个特别的亚类，具有典型的古吉尔吉斯史诗的风格，不论是"长"还是"非常长"，均赋予了史诗语词繁宴的风格。十一，"简短型"。在吉尔吉斯史诗更为古老的文本中，单行诗、对偶句或者三连句的特性修饰语与那些较长的或者结构完整的特性修饰语一样，不仅出现了形式上的重现——反复再现于其他诗行中，而且也重现了结构和语义特征。由此可得，单行诗、对偶句或者三连句也可视为一个简略结构。然而，仅从整体性的传统知识这一角度出发，并不能就此断定对较长的特性修饰语的阐释建立在对较短的特性修饰语的基础上，或者认定较短的特性修饰语是先前较长的特性修饰语的简略版。一般来说，详细与简略阐释均为常见的情况。因此，就必须规避从来源的角度来阐发"简短型"特性修饰语。另一方面，"同一个"修饰语的详细和简略的阐释共存的现象是古吉尔吉斯史诗显著的文体特征，同时，也是检验其他传统特征的一个标准。还有一种分类包括对立的两组：第十二类的"特定型"与第十三类的"通用型"。当然，这一分类也适用于其他传统。十二，"特定型"。"特定型"是指，在1856—1869这一时期，当某位歌手开始以特定的加长型修饰语进行自己的演述时，听众中的行家（这样的行家有很多）在听了两三个单词后，就能知道随后的长幅的诗行中将要出现的人物或者事件。"特定型"具有极强的吸引力，因为它可以检验鉴赏力的高低。四处游走的牧民们总是轻装出行。对他们而言，这类特性修饰语就像极为精美的艺术品，他们充满感情地将这些艺术品在彼此之间传递。的确，这类修饰语接受了极为严苛的考评。如果听众发现它们井然有序、表述正确，那么就会发出赞许的低语甚至是风暴般的掌声。

在特性修饰语的领域中，最完美的结构应为特定的"加长型"特性修饰语呈现出的平行式结构。

以下引文出自古吉尔吉斯史诗第85页，可作为第十三类的例证。

虽然，特性修饰语被主要分为"功能型"（六至八）、"单一/多样性"（九至十）、"短/长型"（十一）以及"特定/通用型"（十二至十三），但是，也必然会出现大量的重合现象。因此，同一段引文也可作为不同类型特性修饰语的例证。

下文罗列的例子均以引文所在史诗文本的年代为序，并以诗行的顺序依次编号。缩写词为作者首创并用于各公开出版物（见第一卷第 326 页及其后）。正式的标题以及已发行的版本均已列出。

一、传统型

特性形容修饰语 *"tiger（kabılan）born"* 意为"老虎生的"，用于修饰阿勒曼别特（AK77）、玛纳斯（BM350）以及阔绍依（BM496）这三个主要人物。词语 *kabılan* 泛指大型的猫科动物，最接近于分类学术语表述的老虎。与 20 世纪的吉尔吉斯和哈萨克史诗[1]中记载的相关细节一致，"老虎生的"这一词既暗示着英雄的母亲在怀孕之际为诞下英雄喝下了具有魔力的虎心汤，也可指在"老虎生的"这一特性形容修饰的基础上演变而来的类似描述。值得格外注意的是，在特性形容修饰语与史诗的叙事之间存在着生成性的交互关系。一连串的事件能简缩为一个特性形容修饰语，同样，内涵丰富的特性形容修饰语也能扩展出详尽的叙事（见 77 页）。[2] 比如说，玛纳斯就和成吉思汗一样被敌人视为眼中钉，欲除之而后快，所以是"偷偷地长大成人"（grew to manhood in the shadows）。"偷偷地长大成人"则是一个传统型的特性形容修饰语（请查阅 BM76 及 KK987）。这个描述玛纳斯诞生的短语是"玛纳斯的诞生"的第 63 行 *Manas Kabak Jerdän buyududu*（Manas hid/was hidden in a hollow）意为"玛纳斯被藏在一个山洞里"的变异形式，可见于 20 世纪的《玛纳斯》史诗的各个变体中。比如 *Harm. Man* 第一卷的 31 行 b 为 *kabılan Manas balanı Kabak Jerde gagalı*（Let us gurad the boy 'Tiger'）

---

[1] Hatto, 1969a, 233—35.

[2] 这种技法也用于史诗的比较研究中，见前文 238 – 40 的引文。

意为"让我们来守护这个老虎般的男孩,把他藏在山洞中吧!"除了那些无法分辨的新造词之外,特定型的特性形容修饰语本质上也是"传统型"的（详见下文关于"特定型"的阐述）。

二、传统变异型

按照传统,在玛纳斯的四十个勇士中,巧舌如簧的使节以及和平大使是阿吉巴依（Ajibay）。虽然拥有这一涵义的特性形容修饰语的形式多样,但是其来源具有一致性。其中,分布最广的词组是 *jatik tildū*（of the civil tongue）意为"彬彬有礼的"。 （见卷 I 第 2 章 1156、1182、1300、1359 以及 1375；BM366、1629；KK1505）。在 KO 的版本中,则为 *širin sözdüü*（sweet of speech）意为"悦耳的言辞"。BM 版本的 1488 行将阿吉巴依的和善描述为"不愿惊醒一只休息的羊"（that would not rouse a recumbent sheep）。而在 S 版本第 1 卷第 2 章的 61 行则为"不愿打扰一只休息的羊"（that would not disturb a recumbent sheep）。在第 1 卷的第二章中在一个类似的对偶句中改变了"变废为宝的人"（he who makes good what is spoiled）的内涵,将之与"彬彬有礼的"这一标准形式紧密联系起来（请查阅第 1 卷第 3 章 1154 – 56 行）,并附带描述了阿吉巴依的优雅气度。不管阿吉巴依是真诚的朋友（请查阅 1705）,还是危险的对手（请查阅 1014）,他总是风度翩翩。如前所述,在 S 版本的第 777 和 802 行中,古里巧绕（Kül-čoro）特性形容修饰语为 *jatik tildū*, *širin söz*（of the civil tongue, sweet of speech）意为"彬彬有礼的,悦耳动听的"。这似乎与刚刚的说法相矛盾,其实不然。古里巧绕是阿吉巴依的儿子,阿吉巴依去世了,所以他的某些特质就传给了他的儿子。[1]

---

① 哈图在其 1982 年的论著中,更为详尽地阐述了阿吉巴依的特性修饰语。详见哈图:1982a,第 11—12 页。

三、转移型

作为一个平行结构的特性形容修饰语，"高山上的雄鹰"—"青鬃狼"用于修饰阿勒曼别特和玛纳斯。尽管在1856—1869年，渐渐分解成两个独立的词（因此，这一词组也会归入"裂变型"进行探讨），但是，这一修饰语显然也专属于阿勒曼别特。在传统中，作为山间高空中的掠食者的鹰和悬崖峭壁上的掠食者的狼，两者均为萨满的投射物。第三种掠食者是水中的梭子鱼。吉尔吉斯人认为，阿勒曼别特这个叛变了的西蒙古人（卫拉特人或者卡勒玛克人）具有萨满的力量。在20世纪的史诗中，阿勒曼别特也是一位呼风唤雨的萨满。而玛纳斯则是一位全无萨满特性的战争领袖。[①] 在与阔克确的竞技中，他极易被阔克确的子弹射伤，而玛纳斯则无法射伤阔克确。设若玛纳斯能将阔克确追击至高空，那必定是其长了双翼的阿克库拉战马相助。使用"青鬃狼"这一特性形容修饰语来修饰玛纳斯的原因之一是，长达几个世纪以来，它是突厥语族民族的战争英雄的专用修饰语，或者说专门用于描述他们的外貌。比如，在维吾尔族中《乌古斯可汗（Oɣuz-nāme）》有 *kök tülüklüg kök jalluɣ/ bädük bir ärkä böri* 这样的名字，意为"一只拥有青色鬃毛的公狼"或者"青鬃狼"。乌古斯的祖先们曾带领人民进行过浴血奋战，[②] 显而易见，这些名字体现了人们对祖先的精神的缅怀。阿勒曼别特的特性形容修饰语中的"狼"的因素逐渐消失直至获得了其他的涵义（相关内容见于"分解型"的探讨中）。

四、重释型

重新阐释特性形容修饰语的现象极为常见。在法国的《武功歌》

---

① 在19世纪中期，玛纳斯对四十勇士施过咒语这一萨满背景已经被淡化了。详见：哈图：1977，第260—262页。

② Shcherbak 1959, 45—46 (24, IX - 25, I).

（见第 1 卷，第 79 页）中，特性形容修饰语 *cour*（*b*）*nez* 最早用来描述 William（Gwilams，Guillaume），意为"鹰钩鼻子的"（hook-nosed）。但是渐渐地字母 b 不发音了，这个词就被重新阐释为 *cour*（*t*）*nez*（short-nosed），意为"朝天鼻的"，其中字母 t 也是不发音的。后来，"朝天鼻子"（the short nose）又变成"被缩短了的鼻子"（a shortened nose）。这样，在不断的演变中，歌手们不得不创编新的情节，叙述大人物的鼻子是怎样变短的。

至今，人们对在荷马史诗中"*kuanokhaítés*"（blue-locked）这一特性形容修饰语依然争论不休。具体而言，"神幻化而成的马的鬃毛"究竟是这个修饰语的最初含义，还是在稍后的荷马史诗中才出现？荷马淡化了波塞冬以及其他诸神曾经也是兽形神的过往。在他看来，既然 *khaíté* 兼有"一绺头发"（tress）和"马的鬃毛"（mane）[1] 之意，那么"*kuanokhaítés*"就该被重新阐释为"波塞冬的头发"（Poseidon's hair）。

在古吉尔吉斯史诗中，语音的细微变化也能引起阔绍依的"加长型修饰语"中某个成分的重新阐释。在古吉尔吉斯史诗的时间观中，那些古老的英雄们往往和晚近的历史人物有着密切的联系。出于政治上的需要，历史人物往往出现在史诗中。有些英雄人物出现在近代历史事件中，就好像他们一直活着。即便已经死亡，他们也可以"回归"。因此，在 KO 版本中长者阔绍依的加长型修饰语为"揭开了封路已久的麦什德的面貌"（revealed the face of *Bešet*）〔Bešet 为麦什德（Meshed），沙漠旅队西行的著名目的地之一〕。类似的情况还有东行终点的吐鲁番的乌奇。而且，阔绍依还使凋敝已久的市场重新兴旺起来（请查阅 KO532 及以下）。之所以说是重开了这些路线，是因为浩罕协助并煽动了张格尔在南疆与清政府的战役（1825—1828）[2]，当时清政府关闭了这些商贸路线以示惩戒。由于受到了哈萨克语"*beišttin*"的影响，属格的形式在 KO（1856））版本中是"*beišttiŋ*"（of Meshed）意为"麦什德的"，[3] 而在 1862 和 1869 年的史诗中则被重新阐释为"*beišttin*"（of

---

① 详见哈图：1977，第 189—200 页。

② Hatto 1977，139—140.

③ Ibid,

Paradise）意为"天堂的"。这样，就强化了阔绍依作为勇士的形象。在阔绍依的特性形容修饰语中，这些发生变化的成分长短不一，我们可以在 KO538（及以下）、AK394、BM27（及以下）和 J4837f 中找到相应的例子。

阿勒曼别特的战马萨热拉（Sarala）有两个特定型的修饰语：*uyul kuyumčak*（beam-rumped）意为"发亮的臀部"（如，KO2368）和 *uy kuymulčak*（of the ox-tail-stump）意为"像公牛尾巴一样的臀部"（如，第 1 卷第 3 章，1546）。两者以不同的方式描述了训练有素的战马的结实精瘦的臀部，不过前者显得更难以理解。

五、分解型

纵观 KO153 – 56、KO358 – 59、BM530 – 31、KK1056 – 59 以及 KK2500 – 01 中的特性形容修饰语，我们就能发现，虽然基本意思发生了变化，但是依然存在相同或者相似的成分。以 KO153 为例，*jölöŋkölüü san ker'*（lofty spur with yellowing slope'）的意思是"高耸的黄色的山坡"（好的草场象征着主的慷慨）；然而在 KK1057 中的 *jölönüš sarι*（在这里，-ι 是词缀）的意思是"山间的雄鹰"与 1059 中的"青鬃狼"类似。*Sar-ι*（its kite）被误解为 *sarι*（yellow），从而"雄鹰"被误解为"黄色"。在这种不一致性中，可以发现一连串的特性形容修饰语分解的迹象。比如，在第 1 卷的第三章的 1709 行的 *Jölönüš sarι keridäi*（like the yellwoing high slope of the low hill）意为"矮山丘的黄色陡坡"［*keri/kerüü*（grassy slope of a high mountain）意思是"高山的山坡绿草如茵"］，这样的地方是克尔吉尔吉斯人梦寐以求的放牧宝地。但是，*jölönüš*（low eminence）的意思是"低低的山包"，比如在 BM350 中的 *jölönüš tō kerisi*（the high green slope of a low mountain）意为"矮山的绿色陡坡"。在公开出版的 AK 版的 2500 行中，拉德洛夫使用的是 *jölönüš sarι ker ekän* 并将之译为"a mighty yellow charger"意为"黄色的军马"。但是，Yudakhin 并不认同"*sarιker*"或者"*ker sarι*"暗示了马

匹的毛色。虽然，他在 Slavor[①] 词典中对颜色进行了极为细致的区分。拉德洛夫也能心服口服地修订自己的文本。他将这个单词辨识为"马"，是为了与下一行的"狼"呼应，所以，他很可能将 keri 改成了 ker。在史诗中可以梳理和证明"分解型"修饰语来龙去脉的出处不止一处。[②] 当特性形容修饰语出现分解时，歌手往往只是尽力背诵他们并不理解的内容。这样，原本精妙的诗行就会陷入与上下文语境不相符的困境——传统的歌手通常用这些诗行来取悦老一辈的听众（见第 1 卷第 190 页）。

六、赞颂型及其他

其一，稳定型。这类特性形容修饰语在传统中十分常见，是传统孕育了它们。以 KO199（以及以下）中阔克确的出场为例。史诗首先介绍了从康巴尔（Kambar）、阿依达尔（Aydar）到阔克确三代的血统，这是古吉尔吉斯史诗中英雄的血统三代纯正的孤例。阔克确的特性形容修饰语 aylangis［of stock that never turn（their backs）］（见 KO202 和 AK25 以及 449）意为"血统一脉传承的"。在阔绍依的加长型修饰语中，有一部分指涉了他重开商旅路线的情节。这个部分当然就呈现出高度赞颂的意味（参见第四类"重释型"）。在 BM66（及以下）中对玛纳斯的描写十分吓人。"他的脸像森林中的熊……"这样的描述也归入此类，就像他出生时手握血块一样，都预示了战争的胜利。

其二，渐逝型或遗忘型。见 AK653 及以下（在 2360 及以下出现了细微的变异）。我们知道"他居住在节提苏（*Jeti-suu*）山谷，杰迪盖尔（*Jediger*）的儿子艾尔·巴额什（Er *Bagiš*），在卫拉特人［oyrotto（among the peoples/among the Oriot）］之中是一位非凡的游泳健将"。在同时期的其他史诗中，巴额什也是杰迪盖尔的儿子。但是，在现存的吉尔吉斯史诗中，并未出现巴额什作为一位游泳健将的业绩。也许歌手和年

---

① Yudakhin 1965.

② Hatto 1969b, 546f.

纪大些的听众会记得这些情节，但是总的来说，它们正逐渐被人遗忘。唯一能判断出这个特性形容修饰语的涵义有明显的赞颂色彩的线索来自词源学。巴额什和杰迪盖尔均为吉尔吉斯部落的名字，*bagiš*（*elk*）的意思是麋鹿（仅在部落名字中是此意）。此外这个词也有"月亮"（bulan）的意思。部落的名字往往蕴含了神话，所以 *elk* 是"非凡的游泳健将"这一涵义很有可能意味深远①。

将在下一小节谈论的战马阔克阿拉循环型的特性形容修饰语"Tekeči"也属于此类。

七、循环型

玛纳斯询问赛热克（Serek）面颊上的鞭痕是怎么来的，他回答道是阿勒曼别特干的，并说阿勒曼别特"是个挥霍无度的仆人……背叛了自己的族人……"（请查阅 KK1385 – 91）。相关情节可见于 AK 第 1 卷第 319 页。类似的诗行有 KK1385 和 AK434：*ak teŋgä bulun čašti*（he squandered his silver coin）意为"他挥霍银币"。KK1386 – 87 与 AK435 相对而言较松散，但是还是可以清晰看出两者相似的意思："*kizul bir čoktū Oirottun/kanin öltürüp kašti*（he fled on killing the princes of the Oriot who（whose chief）wear the red（Chinese）rank-button）"，即"他杀死了卫拉特人身着红衣的王子，流亡在外"。KK1389 中的"容不下自己的族人"（"who did not abide his own nation"）是对阿勒曼别特的真实性描述。既然他背弃卫拉特人，那么，他再怎么抗争也不能改变命运。

KO209 中的"赛马手（Kekeči），有着钢蹄和钢箍的小腿，阔克阿拉 Kök-ala…"再次出现在 AK883（及以下）。阔确克已经年迈，但是，在年轻时因灭掉了一个名为铁凯奇（Kekeči）的汗王也获得过极大的荣光。他以秦格什（Chinggis）的方式夺走了 6 匹九岁的马、一头有孕的骆驼、一名有孩子的诺盖女奴隶、一顶被珍贵的马纳特覆盖的帐篷、丰厚的战利品以及这匹著名的战马阔克阿拉（KO203 – 11；AK876 及以

---

① Hatto 1977，148f.

下；第1卷第3章；411及以下）。其他有关阔克确这次胜利的背景均不得而知。既然阔克确这个名字是吉尔吉斯史诗中古老的名字之一①，那么，曾经有诗专门讲述过他大败铁凯奇的情节也是合情合理的推论。但是，这些诗的数量与玛纳斯文本中循环型修饰语不断的增额并不协调，因此除了留存在特性形容修饰语中的相关因子，这些情节几乎没能流传下来。设若如此，铁凯奇的命名的功能以及这些缺失的部分都只是为了将荣光赐予他的征服者阔克确。②

八、伪循环型（伪作型）

玛纳斯的父亲加克普问阿勒曼别特，他是否打败过艾拉曼（Eleman）、托克曼（Tokomon）以及卡勒卡曼（Kalkaman）的人马——这一连串的人名就已经很让人生疑了，因为三者的词尾太规律了（只有在元音和谐时才发生变化）。这些可汗是谁？既然，托什图克（Töštük）多多少少和战争有些关系而且他的名字也从未出现在这一程式中，那么，艾拉曼几乎不大可能是托什吐克的父亲。托克曼这个人物出自于叙事诗（或者"a lay man"意为"安插进去的人物形象"），（第80页第2—3行，原文为Tokomon is a lay figure）与1856—1869年的史诗背景全然无关。卡勒卡曼至少有一匹掠来的黑色骏马（KO1064）。艾拉曼则有两匹（KO1067）。以上这些诗行同时也给出了解决问题的线索：卡尔卡曼的黑马是从它主人的族人手中抢来的，艾拉曼的那两匹马则是从它们主人的民族抢来的。从上文对托什图克的分析可得，艾拉曼是一个当代的名字，那么，卡勒卡曼一定伪造的，是在"Eleman中有个el"这样搭配的基础上，将"Kalk"搭配给了"X"。主要的英雄们往往需要一些牺牲者，这一规则最迟是出现在荷马史诗中：英雄名录的功能就像大量以备不时之需的矿石，换言之，可以随时从中"凿出"牺牲者。有

---

① Zhirmunskiy 1961，144f. 在柯尔克孜史诗中也有许多其他的古老名字，但是均与"艾尔·阔克确"没有关联。

② 见 Hatto 1969b，181f.

时候这些牺牲者的形象粗制滥造，有时候也伪造出一位超级英雄。KO文本的天才的歌手们似乎对此发表了评论。他富有特色的幽默体现在其对"包克木龙告知传讯官"的讲述中：

> 808 čoyun kulak Čoyun-alp,
>
> Speak to iron-lugged Čoyun-alp（Iron
>
> Čoyun-alpka ayta kör,
>
> Hero），speak to All-sotrs-of Heroes
>
> Düyüm kulak Düyüm-alp
>
> with all-sorts-of lugs!①
>
> Düyüm-alpka ayta kör

九、单一型

单一型修饰语远远少于多样型修饰语，这可能是典型的古吉尔吉斯史诗的特点。20 世纪收集的史诗文本的典型特征则是简单型修饰语在数量上占支配地位，这一点与深受书面文学影响的欧洲中世纪史诗一样。作为一个通用型修饰语，*kabılam* 在史诗中相当常见。绝不会与 *kabılam tūyan*（tiger-born）的"老虎生的"之意混淆（可参见在"传统型"中的相关论述）。*kabılam tūyan* 也被归入了单一型修饰语。其他被归入此类的也具有相同的模式，比如 KO243 的 *boluk tuugan*（of sturdy race 意为"强壮的种族"）。在后附引文中，AK503 的 *buruksuyan*（*AK Erkäč*）（wafting fragrance 意为"香气四溢的"）与 AK632 第 2 卷中的 *buruksuyan*（*AK Erkäč*）则不属此类。

---

① 意为："对铁一样的英雄说／对戴着各种各样的铁铸耳状物的／所有的英雄说！

十、多样型

如上所述，多样型修饰语是吉尔吉斯史诗中最典型的特性形容修饰语。在 KO139－50、（在 151－53 以及 154－155 中有对玛纳斯的描绘，均以限定动词 edi（is）结尾。虽然，其中某些成分也在别的诗行中起着特性形容修饰语的作用，但是严格说来，它们并非特性形容修饰语。KO191－97（Kök-ala）、KO199－202（Kökčö）、KO532－41（Košoy）、KO581－93（Awurbs＝Ürbü）、KO1342－45（Töštük）、AK488－503（Buuday-bek 和 AK-erkeč）、BM66－80（Manas）、BM150－53（Konur-bay）以及 KK1385－91（Almambet），这些诗行中带 * 标识的例子都属于加长型修饰语。

如果一个加长型修饰语不那么长的话（相对于其他有相同内涵的此类修饰语而言），那么就只有一个目的：保持风格的典雅。比如，Awur-ba 那匹通人性的黑色战马就被压缩在 Awurba 的加长型修饰语中（因为战马与其英雄主人的特质往往是相通的）：

> KO 584 tokoydo bulbul ündögön,
> whose voice is like the woodland
> öčürgön kömür jündögön…
> nightingale's and his coat as black
> as charcoal…

这些诗行体现出语音上的韵律美。KO954－56 中的三连音"clam-ouring like a young falcon, rousing like a hawk, spurring like a saker…"，则体现出语义的韵律美。其变体 KO1380－83 中的"straining forward like a young falcon（Karač）"也是如此。

这类较短的多样型修饰语还有另外一项功能，即它们是出自较长的多样型修饰语的部分引文，却能唤起人们对完整涵义的联想（见下文"简短型"的相关论述）。

多样型修饰语的主要功能是详尽地描绘人物的外貌或者特征，不论是在场（如 AK488 及以下的 Buuday-bek 和 Ak-erkeč）或缺席（如 AK139 及以下和 BM66 及以下的 Manas），对他们的性格进行或褒或贬的评价。在包克木龙向传令官描述受邀赴典的英雄这一场景时，不同的歌手对玛纳斯的描述使用了不同的修饰语——重在强调令人胆战的年轻的玛纳斯是如何残酷地重击了祭典的主持人。的确，在 BM 中，玛纳斯将传令官四马分尸，KO 的歌手们则极力避免讲述这一暴行。这些修饰语也透露了"传记"似的信息。KO 讲述了玛纳斯在 12—13 岁时的军事才能。BM 则通过玛哈斯那（Mahāsena）王之子（约公元 300 年）的古老预言将玛纳斯与不祥的预言联系起来。玛纳斯诞生时手握血块，这一情节被压缩到 kandū tūyan（bloody-born）这一极为简洁的修饰语之中。相关论证可见于后文"特定型"的阐释。

布达依别克（Buuday-bek）和阿克艾尔凯奇（Ak-erkeč）有个共同的加长型修饰语。让人感兴趣的是，这个修饰语表明这两位女性都有乃蛮部落的血统。最远可回溯至蒙古人统治时期，乃蛮部落的女性就以美貌而闻名。因此，在整个古吉尔吉斯史诗中，这个修饰语带有最古老的色彩。在史诗中，没有哪位美女像布达依别克和阿克艾尔凯奇这样频繁地使用"芬芳的气味"（fragrance）来描述。另一方面，描述她们动态特征的修饰语又十分相似，所有的美女要么像鸟儿要么像某种动物（birds or animals）。一般来说，以鸟比拟美女更为常见。AK 的歌手将这两个因素结合起来（他的前辈歌手早已认可了这样的结合），形成了一种精妙的样式。比如，在 496 行中，他这样唱道，"如鹿般颤抖的"[quivering like a küdörü，与马可波罗曾考证过蒙古语 küderi（guddern）的意思一样都指"麝香鹿"]，其含义是"女人摆动着大腿，散发出麝香般的气味，如同交配季节的麝香鹿一般"。然而，歌手并未指出在 488–503 中这一加长型修饰语还有另一层含义，即阔克确的老婆布达依别克和阿克艾尔凯奇都很可爱，不过年轻一些的布达依别克是"愚蠢的"而阿克艾尔凯奇则是"智慧的"。歌手唱到这里就结束了。

以上对这三个加长型修饰语进行了简短的谈论。三者均为歌手们凭记忆保存下来的辞藻华丽的片段，并且与上下文极为应景。

十一、简短型

既然上文已经对这一类型进行了充分的探讨，那么，此处就简单地举几个例子不再做深入分析。

KO608 – 09 为 KO192 – 95 的简略版，它的确极为概略以致于省略或者说是遗忘了"和山间的羊或者驴一起长大"（grow up with the mountain goat or the onager）的细节。它也将 KO192 中的"在山间长大"（grew up among the rocks）和 194 中的"在沙漠里长大"（in the desert）变成"在沼泽中长大"（in the marshes）。还有歌手将 KO192 和 194 中的"*taugo/kumga*"（Born in the mountains/in the sands 意为"出生在山间/沙漠"）变成 BM739 中的"mustak（k）atūyan"（born on frozen snow 意为"出生在冰天雪地里"）。随后，分别在 BM740 和 KO196 出现了"铁蹄铜骨"（his hooves of steel，his pasterns of copper），并以"*jetkiläŋ külük*"（most perfect of race-horses 意为"最完美的赛马"）这半个诗行结尾。J 的歌手从所有的相关语境中提炼出了"打开了通往天堂的道路"（the opener-up of the way to paradise 意为"如果不是阔绍依这条商旅路线就不可能打开"，见 77 页及以上）作为阔绍依的修饰语。不管是否能将 *Bešet*（Meshed）重新翻译成 *beiš*（Paradise，Stand. Kirgh. *beyiš*〈Pers. *bihisht*，词尾的 t 可能在重释中发挥了作用），都无形中破坏了阔绍依的特长型修饰语原初的政治意味。也正是如此，我们发现了一个简短型修饰语的可信的例子。

史诗中也出现了多种变体混合的特性形容修饰语的简短型修饰语，试比较 AK1034 与 AK488 – 503 中乃蛮美女的特性形容修饰语。

十二、特定型

在一个特定的传统中，"特定型"与"通用型"的区分对于整体风格的评价的重要性可参见 23 及以下和 75 页及以上。

　　在 1856—1869 年间收集的九到十首史诗中，笔者发现，尽管在区分上还存在着模糊性，但是"特定型"与"通用型"还是形成了极为明显的对比。这种情形只可能出现在诸如古吉尔吉斯史诗这样成熟的史诗传统中。只有成熟的史诗传统才对使用加长型修饰语描述人物形象特征产生浓厚的兴趣。从本质上而言，这些加长型修饰语也是特定型修饰语。

　　特定型修饰语囊括了上文列出的"单一型""多样型"以及"加长型"修饰语。

　　单个词的单一特定型修饰语很罕见，在古吉尔吉斯诗歌中构成的韵律约束的例子也很罕见。因为在自然的情况下，常见的名字多是三音节如 Koŋur-bay（空吾尔拜），或者与表示尊敬的前缀 Er（意为"man""warrior"或者"hero"）构成三音节如 Er Kökčö（艾尔·阔克确）、Er Košoy（艾尔·阔绍依）和 Er Manas（艾尔·玛纳斯），或者依具体情况加上缀词呈现出三音节的结构（比如，在与格词 Kökčögö 和 Manaska 中就是如此）。这类名字上的三音节可以完整地构成第二个半诗行的节奏（参见第 73 页及以上）。为了完整地构成第一个半行的四音节的节奏，单个词特性形容修饰语必须至少是四音节词。从而，特性形容词通常由三音节的动词词干派生而来，再加上一个表形态的词缀构成第四个音节。因此，KO1004 中的 *čauduragan*（*kɪrkčoro*）意为"四十个伙伴"（the Forty Companions）构成了一个类似于"呼啦呼啦的"节奏（仅限于吉尔吉斯语）。*čoodura* 与"to clatter"（"呼啦呼啦的"）相对，但是这个特性形容修饰语的确是常规对偶句"*ala bayrak kuu nayza/čaudura-gan kirk čoro*（可见于 KO496 等诗行）的简略版。"四十勇士将系着条纹旗的白色长矛挥舞得猎猎作响"。KO993 中的 *kubuljugan Šum-jigit* 与 KO2490 中的 tricky-wily Šum-jigit（< *kubulju*-"to change one's aspect"意为"变化多端的"）一样，在另一位歌手演唱中，就会利用元音缩合（如果拉德洛夫听录无误的话）生成低于常量的六音节诗行，如第 1 卷第 2 章 1143 行的 *kūljayan*（或者应写作 *kūljuyan*?）*Šum-jigit*。进一步说，BM1515 和 KK1386 中的 altailayan（Kalmak）意为"大叫着'阿尔泰人'的卡勒马克人"（the Kalmak taht shout 'Altai!'）（〈altayla-）。如果 patro- 和 ethnonymics 是特性形容修饰语，那么在 KO654 和 BM113 中

还有一些这样的四音节词如，*Jedigerdiŋ Er Bagiš* 和 Er Bagiš，son of Je-diger 以及 BM777 等。试比较 *Kitailardin Koŋur Bai*（Koŋur-bay of the Kitay or Chinese'意为"卡塔城/契丹的空吾尔拜"）与 KO 中常见的扩展形式 *Kitaylardiŋ kir murunduu Koŋur-bay*（sheer-nosed Koŋur-bay of the Kitay 意为"克塔依（契丹）的高鼻子的空吾尔拜"）。由于扩展的部分涉及了中国这个词语，因此，我们就可以按图索骥，在今天新疆的喀什噶尔找寻空吾尔拜的踪迹。参阅 BM150－153 和 1269－71、KK611－18，这些诗行不仅出现了 *burayan*（screwing，oppressing 意为"拧紧"或者"压紧"）与 suryan（demanding，commanding 意为"要求"或者"命令"）的变体，而且还出现了 *kizil kös*（red-eyed 意为"眼睛红红的"）与 *kiza kös*（winking-eyed 意为"眼睛一眨一眨的"）的变体。

另一方面，两个单词构成的单一特定修饰语也很常见。

与 *tūyan/tuugan*（born）相关的特性形容修饰语基本模式清晰可辨：KO243 *boluk tuugan*（Bok-murun）of sturdy race（意为"人种强健的包克木龙"）、KO202 和 AK25 *ayangis tuugan*（Er Kökčö）of stock that never turned（their back）（意为"血统纯正的阔克确"）（见第 1 卷第 31492 章）*sūloŋkü tūyan*（Aju Bai）Ajibay born with the gift of speech（意为"天生能言会道的阿吉巴依"）、BM75 *kandū tūyan*（Er Manas）bloody-born（Er Manas）（意为"生来残暴的玛纳斯"），值得一提的是，到了赛麦台（Semetey）这一代，这一母题出现了一组对比，即在 S 的 185 及以下中赛麦台的具有自我牺牲精神的伙伴古里巧绕（Kül-čoro）是手握鲜花出生的（born holding a flower ⟨*kü*⟩），而赛麦台的心怀狡诈的伙伴坎巧绕（Kan-čoro）是手握血块出生的（born clutching blood ⟨*kan*⟩）。玛纳斯对伙伴忠心耿耿，而坎巧绕却心怀不轨。正因如此，Kan-čoro 虽然与玛纳斯都以"天性残暴的"来描述，但是两者却并不共享与 tūyan/tuugan 相关的特性形容修饰语。设若说英雄们的特性有些是与生俱来的，那么他们的战马也是如此，比如在 KO197 中的 *terdemes tuugan*（born never to sweat of Kök-ala 意为"天生不会累倒的库阿拉"）。

另一例模式清晰的例子可见于与 *mingen*（mounted on the appropriate steed）相关的特性形容修饰语。比如，KK902 中的 *Sar'ala mingän*（Al-man Bet）。

引文中的两个单词构成的特定型修饰语有：KO553/969/2023/2368、AK502/563，在这里与其说 *arɩšiŋ uzun* 的意思是"一阿尔申长"[①]（by the arshin ⟨28⟩ long）不如说意为"一步之长"（thy footstep ⟨arɩš⟩）。甚至在第三人的语境中也是如此，见第 1 卷第 2 章 1156 行、BM739（已在"简短型"中进行了阐述）以及 BM741。

在荷马史诗中，部落和城邦均有各自的特性形容修饰语。"如夜幕下的影子般驯服的"特指诺盖人。在 KO 中，诺盖人的另一组特性形容词则多与数字相关无干特性描述。比如 *kaliŋ*（dense）意为"稠密的"、*kara*（black）意为"黑压压的"以及 *köp*（many）意为"许许多多的"。还有一个与形象描述相关的程式是 *kömkörö* 意为"颠倒的"（reversing）、"卷起来的"（turning up）、"折出边线的/流苏边的"（making a border，fringer or flange），可能还暗含"他们的海狸毛镶边的帽子"[their beaver-brims（of their cap）]之意（见 23、43、229、245 以及 382 行）。试与貌似通用型修饰语的 *kaliŋ* 和 *ōrčin*（标准的吉尔吉斯语应为 *oorčun*）意为"数不清的"比较。在 AK488 和 490 中，这两个词为 Naiman（乃蛮人）的修饰语，*naiman*（n）在蒙古语中为数字"八"，因此可知"乃蛮"又有"八个部落"之意。

还有一类被其他传统和表达忽视，却被 1856—69 年间的吉尔吉斯歌手高度注意其特征的特性形容修饰语是"讽刺型"。

十三、讽刺型

这是 KO 的一个特征，这一点笔者无法否认。例如：

KO686 atasında bata jok,

The son of a heathen father and of a mother

Enesinde nike jok,

not given in wedlock-his belly bulges to his

Jekege boto čališkan!

Feet so that his sash begirdles his slippers!

讽刺型修饰语甚至会强化为"笑话型"修饰语。如 KO978 中 *kati-nin jilda üč tuudurgan*（*Sürgün-čal*）意思是"苏尔衮恰勒（*Sürgün-čal*）可以使其妻子一年怀孕三次"，其中 sürgün 意为"强大的先祖"（a mighty progenitor）。

十四、通用型

此处不欲深入阐述通用型修饰语。在 20 世纪的史诗中，通用型修饰语重复性的大量生成是口头传统式微的迹象，也是书面形式同化的结果。在长篇的书面形式中，多采用了其他更有效的方式。在这些方式下，英雄们的个人功绩往往被忽略，曾自成一篇的史诗中的英雄们的功绩均被归于玛纳斯名下。

引文中的通用型修饰语如下：一，KO954 中的 the triple raptor-image 意为"三种猛禽集中于一身的样貌"，其变体出现在 KO1380，前者用以描述玛纳斯，后者用以描述 Karač）；二，AK77 用以描述阿勒曼别特的 *kabɩlan tūyan*（tiger-born 意为"老虎生的"已在传统型中阐述过；三，BM350 和 484（玛纳斯）；四，BM496 和 1148（阔绍依）；五，KK1391（阿勒曼别特）；六，在 KO 中 *jayma kökül*（of the flowing fore-lock）意为"额发飘扬的"为传令官加什阿依达尔（Jaš-aydar）的专用修饰语，但是在卷 1 第 2 章中却被用以描述加什吾勒（Jaš-ūl）。既然在 BM 的 284 行中 Jaš-ūl 是包克木龙的传令官，而且也与 KO 中的加什阿依达尔（Young Top-knot/lock）类似。那么，此处应为一个语法错误，将 Jaš-ūl（young son 意为"幼子"）误传为玛纳斯的一个马夫。

那么问题来了。当一个特性形容修饰语在某一次演述中，或者说，对于某个歌手来说是"特定的"，但是，另一个歌手或将之用于或者说误用于另一个人物，那么，它还是"特定的"吗？

引文中的通用型修饰语如下：一，*Ala tōdai*（huge）as the Ala-tau

（Range），可见于第 1 卷第 3 章，在 508 行中描述玛纳斯，在 2015 行中描述加克普；二，*tōdai bolyon*（huge as a mountain）意为"像山一般巨大的"，在 AK591 中描述阔克确，在 BS48 中描述玛纳斯。

（荣四华　译　阿地里·居玛吐尔地　审校）

《玛纳斯》的旋律

［苏］维克多·维纳格诺多夫·谢尔盖叶维奇

【编者按】维克多·维纳格诺多夫·谢尔盖叶维奇1899年出生于吉尔吉斯斯坦，苏联音乐家，曾获得吉尔吉斯斯坦艺术功勋奖章（1957年）和吉尔吉斯斯坦托合托古勒·萨塔甘诺夫国家奖（1967年）。曾任苏联作曲家协会执行理事和联合国教科文组织民间音乐国际组织成员。从1938年开始研究吉尔吉斯音乐，并成为首位专门研究《玛纳斯》史诗音乐的专家，曾对萨雅克拜·卡卡拉耶夫、毛勒朵巴散·穆苏勒曼库洛夫等苏联时期的代表性玛纳斯奇的史诗演唱进行过深入的研究。卒年不详。

吉尔吉斯史诗《玛纳斯》的叙述方式与其他史诗，包括中亚邻国的其他史诗所呈现的方式有很大不同。吉尔吉斯歌手的表演可以被比作一个演员剧院，因为它是一种综合的，富有表现力的和完整的艺术。不同于其他民族史诗具有散文叙事或对话言语插入特征，吉尔吉斯史诗完全是由韵文构成的。《玛纳斯》以歌声或吟诵进行演述。更确切地说，叙述者不使用任何乐器来伴奏他的表演。他的手必须是自由的，用来做手势动作。叙述者的脸是充满激情与活力的。他的脸好比连接着一个屏幕，在这个屏幕上，各种各样的模仿图片根据史诗片段叙述的内容而互相映照。

吉尔吉斯史诗叙述的上述特点，早在十九世纪下半叶就被《玛纳斯》的第一批调查人员注意到。这些第一批学者留下了非常有价值的，简洁的，对吉尔吉斯史诗表演方式的观察。例如，乔坎·瓦里汗诺夫认为，过去吉尔吉斯史诗叙事中的吟诵风格占主导地位，而演唱却处于次席。后来，随着时间的流逝，演唱变得越来越重要，但是吟唱仍然保持着主导地位。根据拉德洛夫院士的介绍，吉尔吉斯斯坦的史诗歌手通常使用"两种不同的旋律"。第一个是以加速的方式表达故事情节，第二个旋律则是在吟诵的形式中安静地演述，以传达史诗人物之间的对话。……应当注意的是，所有的史诗歌手都使用相同的旋律①。因此，拉德洛夫涉及《玛纳斯》中的两个音乐层面。更重要的是，他指出了叙述章节的音乐本质及其与戏剧内涵之间的某种内在联系，即史诗片段的内容与其音乐实现之间的协调关系。P. A. 法列夫（P. A. Falev）指出："吉尔吉斯史诗歌手特别注意史诗人物的对话，他们用特殊的绘画旋律来传达他们的意见。②"

在吉尔吉斯人民历史的苏联时期，著名的民间音乐专家 A. V. 扎塔叶维奇（A. V. Zataevich）是第一个记录下吉尔吉斯斯坦史诗歌手演唱《玛纳斯》时使用的四种旋律的人③。然而，他没有留下任何关于演述和史诗表演方式的评论。另一位民间音乐专家科里 V. M 乌纳索夫（V. M. Krivonosov）发表了关于《玛纳斯》的文章，在其中，他列举了几个吉尔吉斯史诗表演中使用的旋律的例子。但是，他并没有写关于旋律和史诗内容的相互关系。作者提及了吟唱在史诗演述中的主要作用。他指出这类演唱便于将许多诗句集合在一起成为一组，把他的注意力集中在诗行中特别需要强调的音节上："每个诗行的最初音节都是由特殊的音乐重音来标记的，这是一种特殊的声音音符，如果能这样说的话。演述者的声音在一些音节上迅速提升，使演述听起来更像是哭声。④"

苏联音乐家 V. M. 贝拉耶夫（V. M. Belaev）指出了史诗七音节的诗句和史诗歌手所使用的旋律之间的关系。此外，他还区分了两种类型的演述方式。根据贝拉耶夫的观点，"第一种类型的演述是用七音节诗

---

① W. 拉德洛夫：《前言》，载《吉尔吉斯英雄史诗〈玛纳斯〉》，伏龙芝（今比什凯克），1968 年，第 27 页。

② P. A. 法列夫：《如何构建喀拉吉吉斯的壮士歌》，载《吉尔吉斯英雄史诗〈玛纳斯〉》，伏龙芝（今比什凯克），1968 年，第 55 页。

③ A. V. 扎塔叶维奇：《歌曲和乐曲所使用的吉尔吉斯乐器》，莫斯科，1971 年，档案号：247，249，361.

④ V. M 乌纳索夫：《论吉尔吉斯史诗〈玛纳斯〉的曲调》，载《苏联音乐》，1939 年，第 5 期，第 35 页。

行的一个四音步扬抑格节奏来演述，第二种类型则是依次连续地，平稳地演述一组诗行，强调词的重音和每一个诗行，拉长文本短语诗行的最后一个音节。第一类演述是用来呈现史诗的故事情节，它是平静而平和的，主要是描述性的或叙述性的；而第二种则用来表达情感汹涌的时刻，以及史诗人物的演讲和行动中紧张的气氛。[①]" 因此，贝拉耶夫将吉尔吉斯史诗歌手所唱旋律的音乐性质与扬抑格结构的七音节史诗诗句联系起来。此外，他清楚地区分了吉尔吉斯史诗演述中所采用的两种演述方式。

以上关于吉尔吉斯史诗叙事音乐性质的观察，包括作者在他的各种作品中所发表的观点，囊括了关于这一主题的迄今为止所写的所有内容和观点。这些观察结果表明了《玛纳斯》两个音乐源流的存在：演唱和叙述。虽然这一结论完全正确，但这样的结论却过于笼统，并不能完全揭示吉尔吉斯史诗音乐特征和演绎的多样性。事实上，在史诗叙事中有若干种演唱调式。至于演唱的模式，如果不是数百种，也至少有几十种。在我们看来，《玛纳斯》堪称吉尔吉斯民间歌谣以及以七、八音节的诗句为基础的旋律的百科全书。演唱，其旋律的性质取决于史诗的叙述特征，它可以是冷静，沉稳，平和，庄重，严肃，抒情，温柔，温和，活泼，兴奋，激动，生气，狂喜等。

值得注意的是，在我们的时代，史诗叙述的个人风格经历了相当大的变化。这个结论是基于作者的个人观察得出的。例如，卡拉拉耶夫在20 世纪50 年代的史诗演唱方式与他在1960 年的演唱方式的比较揭示了一种明显的改变，从热情奔放的情感表达向一种更加沉稳镇定的、收敛稳重的演唱方式的转变。他早期对史诗的演述以情感的自发性表达为特征，但后来他对《玛纳斯》的解读则以一种有意识的沉稳的表达方式来呈现。

但总的来说，卡拉拉耶夫的《玛纳斯》的演述以无法抑制的，出乎意料的情绪得到呈现，完全可以与充满激情、激烈，奔放的情绪风格相对应。歌手有时进入一种忘我的激动情绪中，以至于人们会以为他已经进入一种兴奋至迷狂状态。在这些时刻，史诗歌手的歌声是如此感

---

① V. M. 贝拉耶夫：《苏联音乐史述论》，莫斯科，1962 年，第 22 页。

人，他的眼里会充满泪水。

很显然，史诗歌手在这样充满激情的表演中，要确定他的演述和伴随的旋律的音乐参数即便不是不可能，也是非常困难的。这涉及很细微的声调和节奏。在这样的时刻，甚至连词汇也发音也是很不清晰的。

然而，值得注意的是，这种高度情绪化的演述，通常是用来表现史诗内容中的那些最具戏剧性的时刻，激烈的战斗场面，人物在争吵和冲突中的激动人心的争论性对话，实际上只有极少数的，极个别的吉尔吉斯史诗歌手才能够真的采用这样的演述方式。另一种以相当有规律的节奏秩序为特征的情感演述被更频繁地使用。但是，从音乐的本质来看，即使这些也很难进行准确的调查和研究。人们很难明确地判断音调、停止、测量等音乐参数。史诗歌手极为快速地唱出每一个节点上的音节音符，使它们在或多或少相同的彼此密切相关的节奏中。

很显然，这样的演唱节奏是在循序渐进的过程中逐渐培养的。通常情况下，在表演进行时，《玛纳斯》歌手会盘腿坐在毡房或房间的中间位置。他的听众则围绕着歌手坐在歌手周围的地板上。歌手会严肃地卷起袖子，用敏锐的目光观察着他的观众，慢慢地开始唱歌。

在这个史诗表演的初始阶段，史诗歌手似乎试图用他的演述技巧和能力来考验一下自己的听众是否已经做好了聆听演唱的准备，并考虑自己如何适应观众并引导他们的思绪和注意力。史诗歌手的演唱是缓慢而沉稳的。每一个单词、短语、诗句、话语、形象和各种表达方式的轮流转换对于观众来说也是惯常的、习惯的、熟悉的。歌手的手势也会很慢，脸色冷漠，几乎没有表情。形象地说，史诗演述开始的那个时刻就像是独立建筑的各个组成构件，如圆柱、塔顶、檐口、装饰等，但它还不是一个完整的建筑。

然后，10分钟、15分钟或20分钟过去之后，表演变得越来越富有激情，观众的注意力被演唱者牢牢抓住。此时此刻，歌手的才华才开始充分而完美地展示出来。也正是在这个时刻，《玛纳斯》的特有的真实的叙事风格才显露出来。随着表演的继续，演唱的节奏加快了，演唱本身也变得越来越充满激情。这样的演唱会让人感觉到一些源源不断形成的节奏短小的声音结构突出部分，其平缓的流动过程被歌手的突如其来的呐喊声打断。

笔者确实没有机会在乐谱上记录这类演唱，这几乎是不可能的。这样的演述不能按照任何人的要求或任何人的命令进行。一般来说，它是自然的，自觉的，不会受到人为强迫和干扰的。可以肯定地说，如果把麦克风放在史诗歌手的面前，就很难有机会成功获得这样的自然的演唱。然而，记录这些演唱是非常重要的。对于那些致力于研究吉尔吉斯史诗演述的音乐性的音乐学家来说更是特别诱人的。这种演唱似乎速度极快并且高度的情感化，使歌手在个别情况下使用音节数量不统一，甚至是不押韵的诗句。我们把这种形式的《玛纳斯》演唱称为第一种类型或非音乐形式的类型。

第二种演唱形式是具有音乐节奏和韵律的形式。演唱者演唱有韵律的诗行，这是此类形式的演唱所特有的。每一段叙事都对应着一定长度的音乐周期。这种演唱形式的所有声音都具有音乐特质。它们有一个明确的语调和停顿机制。有时，这些声音被分成稳定的节奏单元。诚然，所有这些因素经常被演唱者弄乱，他们兴奋时可以唱出一个更高或更低的音调的诗行，或者在普遍接受的音乐模式上突然制造出独特的和未曾预料到的音调。

通常，除了超出这个音阶幅度的呐喊声"哎依""嗷依"以外，这种演唱的音乐音调式节奏会限定在四音音阶声调（通常在主键中、小调中使用频率较低）之内，特别是在史诗一开始的长篇大论部分。这些长篇大论总会有一个稳定的声调，而其他所有的声调都会依附于它。

第一类（非音乐性的）演唱形式显示了史诗歌手高速叙述时流畅而连续不断的词语整合形式，而第二种演唱形式所呈现出的特点是有序地划分了诗行，基本上按照七音节和八音节的诗行。当然，其中的一些诗行可能包含了更多数量的音节。所有的音节都纳入基本相同的发音节奏组合当中。但在歌手所叙述的与之相对应的这个或那个音乐时段的结构之中，似乎并没有固定的有规律的节奏分段。

第三种形式的演唱与上一个类型具有相似性，如果我们可以把它置于第二种类型的位置上的话，两者具有共同的音乐性质。至于这种演唱形式在史诗叙述中所占的地位，它可以在任何其他类型的演唱之前或之后出现。可以说，它有一种变化性特征。它与第二种形式不同之处在于它的更高的语调清晰度和更鲜明的节奏顺序。但是，它的基本的区别在于它比第二种形式要短，只有一到两个诗行。每个演述单元以三声下降的节奏结束，这通常在主键和小键中轮流发声。这很像挽歌旋律的结尾。

玛纳斯奇萨雅克拜·卡拉拉耶夫在演唱《卡妮凯的哀怨》时，曾十多次重复同一个叙述单元，而且每次都会在表达方面添加一些新的细微差别和变化：发出感叹或只是一声呐喊，悲哀的深深叹息，绝望的呼喊，等等。声调的小三度和大三度迅速交替，这种时候，诗行中的音节数量增加，导致演唱的诗句延长，从而导致音乐节奏的分割。这个表演最令人印象深刻的特点当然是一种伤感的韵律：五分音，四分音，主音。玛纳斯奇萨雅克拜·卡拉拉耶夫特别绷紧自己的嗓音用喉音表现出了这三个声音调式。最后一个，他强化到最大限度，然后戛然而止。有时候歌手会调用另外一个叙述单元，而不是上面提到的。就节奏和韵律参数而言，这个方法更接近一种四平八稳的形式。事实上，歌手交替使用这两种类型的复调，来应对七或八音节的诗节，而且这一切都是通过表演来完成的。

有时，在史诗的表演中，你能看到上述叙事单元会出现一种神奇的转换。它的节奏变得更加规范和对称，诗句需要更规范的组合。就像摆锤的摆动一样，韵律节拍促使同样的节奏有规律地不断交替出现。演唱逐步趋向于稳定和有规律，也需要演唱韵律有更高的质量。这是吉尔吉斯语中被称为有韵律的快速吟诵（zhorgo soz）的第四类演唱形式，意思是快速的"安静、庄严、流畅的演说"。

有趣的是，《玛纳斯》有一个音乐象征符号，那就是只有吉尔吉斯史诗的所确定的旋律。这种旋律在吉尔吉斯极为普遍且很受欢迎。毫不夸张地说，《玛纳斯》的这种音乐符号不仅史诗歌手、民间传说的讲述者、研究专家、音乐学家和文化人士极为熟悉，而且吉尔吉斯普通民众，不管他（或她）是何职业、年龄、社会地位，都了如指掌。只要为吉尔吉斯听众哼唱一段这个旋律，他们立刻就会将其确认为《玛纳斯》史诗的专属旋律，作为它的主题，作为它的声音符号。

这种旋律远非沉闷而单调的。旋律一开始是安静而缓慢，庄严而崇高的，然后它会逐渐进入敏锐的节奏和热情、激烈、冲动的声音之中。旋律的音律范围变得越来越窄，最后变成了基于一种声音的诗段韵律。

上述旋律的音乐潜力足够强大，这就可以解释为什么它被史诗歌手广泛使用，并用来表现各种戏剧性矛盾和情景的气氛。旋律轻快而灵活，它能够很容易转化成许多变体，它与七、八音节的史诗诗句巧妙地结合在一起，赋予其结构主调。这个旋律的变体数量很大。

笔者曾根据自己所获得录音的上述旋律变体进行了一次实验。将所有已有的变体简化为一个共同的节奏组合和一个普范的主旋律，并以此来分析和证明史诗的哪些音律变体是在史诗演唱中最常用的。事实证明，大部分的变异都是在主调旋律中结束的。占据第二位的是一个五分音 G 和四分音 F 的变调。分析研究清楚地表明这些声音共同形成了一个四分音加五分音的和声，这正是库姆孜琴（吉尔吉斯三弦弹拨乐器）上演奏出的旋律的特点。

与上面提到的相比，在小音阶 D 中结束的旋律变音出现次数要少得多。最后，带有尾音 A 或 E 的变体确实是相当罕见的。值得注意的是，在这些旋律变体中，"跳跃"对一个四分之一音或者是五元音的位置起着重要的作用。它们作为一种特殊的信号，引导和掌控着听众的注意力，增强现场气氛的情感因素，同时也突出了史诗的韵律。

根据笔者的统计，第四种演唱形式在整个史诗演述时间总数中占 60% 以上，其余时间则由其他三种演唱形式所分享。

通常情况下，任何吉尔吉斯的史诗歌手都是以上述典型的旋律开始他的《玛纳斯》演唱的，这被视为史诗的特殊音乐符号。在史诗演唱的初始阶段，史诗歌手特别关注表演的音乐性。他采用各种各样的旋律试图避免不停地重复同一个变体。很明显，歌手非常希望最好地表现出他在表演的音乐和即兴声乐方面的才能。他成功地隐藏了韵律，因为他的演述更多的是吟唱而不是吟诵。有时，史诗歌手会用两种不同的声调演唱同一个音节，有时他会对不同的旋律进行组合，形成一组音乐"提问"和"回答"的结构。可以说，在史诗表演的最初阶段，《玛纳斯》呈现出了与歌曲类似的属性。

然而，应该注意的是，史诗歌手不仅在演述的开始部分，而且在演述的中间，或者事实上，在演述的任何他自认为合适的地方都采用这种演唱方式。显然，史诗歌手厌倦了通常用来表达史诗情节中最具戏剧化时刻的冗长而紧张的吟诵，所以他愿意改变一种吟唱的方式来缓解演述时的情感压力。

　　详细地记录旋律和诗行的结构之间的关系并不总是很容易。当然，有时候这种结构关系可以很容易地跟踪和记录。特别是当史诗歌手愿意向他的听众展示自己在诗歌艺术创编方面的技巧的时候。在这一时刻，他会特别注意史诗演述的音乐特征，加强对诗歌的节奏、音调和旋律的设计，突出诗行的韵律、声调、头韵等。在诗行开头的垂直的头韵中，歌手会复制上一个音域上的第一个音节，将一个降序的音符传递给后续整个旋律。内部韵律中的音调抑扬法则使旋律看起来有急转的"破碎"感。

　　听过由不同史诗歌手的演叙的史诗之后，我们倾向于认为，旋律和诗句的和谐不仅是通过特定史诗歌手本身对旋律和诗句所采取的刻意选择态度来实现，而且也取决于他自然直观的即兴创作态势，这才使史诗歌手处于极度迷狂的创作状态，这种即兴创作态势也正好帮助他完成对于旋律和诗句的完美融合。

　　当然，也有相反的情况出现。进入史诗戏剧性内容的忘我境界之后，史诗歌手在极度兴奋甚至迷狂的状态下，似乎完全忽略了他表演中的音乐成分。在众多的旋律变体中，歌手仅选择最适合于复制诗歌诗行的一种，并重复它40，50，60次。这些诗行中可能包含不同类型的韵格和不同数量的音节，但旋律却保持不变。这给人一个强烈的印象，那就是由于某种原因，史诗歌手有意忽略演述的音乐形式，而优先选择仅仅限定于两个或三个音符的旋律变体。他这样做可能是为了让自己的演述过程更加便利，因为使用更多样化和复杂的旋律需要额外的创造性和体力劳动。也许这时候史诗歌手更专注于史诗的内容，而不是其表达的音乐形式。无论是什么原因，他的演唱声调只集中于两到三个基本音符上，而那些美妙的丰富多彩的诗句则以机关枪的速度被演唱出来。此时此刻，史诗叙事的音乐成分成为史诗演唱的背景。

　　在演唱流传广泛的、颇受欢迎的史诗传统章节如《玛纳斯与空吾尔拜的搏斗》时，玛纳斯奇萨雅克拜·卡拉拉耶夫接二连三地连续59次重复了一个相同的三和弦旋律变体，其中上部声调是一种变化的不稳定的调式，听起来就像一种最小的低音调和完整的低音调。然后，经过7到10分钟的演唱之后，歌手再次使用同样的旋律，这一次听起来就更加清楚一些。值得注意的是，这段旋律的反复使用与史诗演述中的情感张力的紧张和缓解相吻合。史诗歌手用同一首旋律重复了英雄玛纳斯对自己的同伴的一段长达 36 个诗行的演讲。这段旋律，毫无疑问是属于史诗原创，却不符合具有尾韵的史诗诗句，也不符合史诗的旋律和头韵格律。当然，歌手在口头上强调这些。

不难看出，史诗诗行的音乐演绎与叙述的情节和意象密切相关。很显然，史诗歌手能够用同样的音乐手段，即使用同一个旋律来表达各种不同的情感，这是通过多种情感和气质的语感变化来实现的。1938 年，笔者对玛纳斯奇萨雅克拜·卡拉拉耶夫演唱的史诗的《远征 Chon Ka-zat》章节片段进行了录音[1]。1940 年，笔者又有机会记录下了萨雅克拜·卡拉拉耶夫所演唱的相同内容。一个星期之后，笔者又有幸再一次成为萨雅克拜·卡拉拉耶夫的听众。这一次，萨雅克拜·卡拉拉耶夫在听众的特意请求下，又一次演唱了流传广泛、极受人们喜爱的上述史诗片段。这次，玛纳斯奇在自然的状态下演述出来，感觉绝对放松，因为他面前没有安放麦克风，他还被告知这次没有人对他的演述进行录音或记录，而前两次演唱由于要求他遵守一些强制性条件而受到外部因素的制约：他被要求演述特定的某一个诗章，而且还特别指导他如何在麦克风前演唱，甚至一直有人提示他面前放置有录音设备。经过对萨雅克拜·卡拉拉耶夫演述上述史诗片段三次录音内容的比较可以看出，前两个录音片段就其音乐特征而言，有很多共同点，而第三次录音则与前两次有很大的不同。

上述史诗片段，可以根据内容的戏剧性的特点，分为两部分。第一部分描述了吉尔吉斯军队统帅通过望远镜观察被围困城镇附近的情况，第二部分描述了玛纳斯对他手下勇士们的愤怒训斥。这两个部分都有各自不同的音乐表现形式。玛纳斯奇采用平和、稳重，甚至是庄严的旋律演述史诗的第一部分内容。然后这些平静顺滑的旋律逐渐地变得更加充满激情，节奏变化也十分明显，最终出现了一个充满活力和表现力的新的旋律，这个旋律更加铿锵有力，也更加感人，实际上也更适合表达英雄玛纳斯在强烈而激愤的情绪中所显现出的言语表达状态。上述片段的

---

① 参见《吉尔吉斯音乐民俗》，莫斯科，1939 年，第6—9 页。

第二部分的音乐表现特征是向更大幅度的音律过渡，加快演唱速度而且更加突出声调的抑扬变化程度。

萨雅克拜·卡拉拉耶夫在自然放松的状态下、在不受麦克风和录音机而引起的紧张不安的情绪影响下演唱的史诗片段的音乐演绎共持续了15 分钟，这比前两次演唱的相同的两个录音片段长 5 倍。玛纳斯奇对被围困城堡的描述片段颇为冗长，并且是从沉稳庄严的演述方式开始并随着史诗歌手情绪的激昂亢奋逐渐转入快速高昂的状态，从平静的旋律转变为极快的旋律来表达和演述吉尔吉斯首领的越来越多愤怒的情绪。至于玛纳斯本人的演讲，史诗歌手在演述这一片段时，极大地调动自己的情绪给史诗内容注入更多活力，连续 60 次重复了同样的旋律。旋律以大调方式一度响起，又以小调方式在另一处响起。有时候，它被简化为基于单一音符诗行的原始韵律。在这样的时刻，节奏成为史诗演述中唯一的音乐表现特征。

分析一下笔者曾在乐谱本上记录下的《玛纳斯》的下面这两个片段是比较合适的。第一个是在 1947 年从额布拉音·阿布德热赫曼诺夫的表演中记录下来的。他把吉尔吉斯斯坦著名的玛纳斯奇萨恩拜·奥诺孜巴克夫作为他史诗演唱艺术的启蒙老师。所以，我们完全有理由把这个片段看作吉尔吉斯史诗表演传统的经典样本，就像我们把伊布拉音·阿布迪拉赫曼诺夫所继承和保存的他老师的演唱特点的风格看作传统的经典一样。这个史诗片段的标题是"阿勒曼别特"。它表现了阿勒曼别特的一个戏剧性的独白，他是玛纳斯最亲密的朋友和同伴，他是出生在契丹的英雄。在年轻的时候，阿勒曼别特受到了契丹可汗的迫害而不得不背井离乡，多年以后，他率领着由玛纳斯领导的吉尔吉斯军队回到了自己的故乡。阿勒曼别特的独白反映了他对故乡强烈而温柔的热爱之情，对自己被迫离开故乡和人民表达出深切的悲痛。从这一片段的内容，尤其是从韵律中，人们可以很容易地感受到哀歌（koshok）所特有的声调。

我们必须清楚上述片段的音乐解释包含了除第一种形式以外的其他所有形式的演唱。主旋律呈现出了总共七个变体，其中一些被分成了问答式的成对组合。演唱首先将四音音阶的 E 调作为主旋律开始，然后以G 调的方式出现了小音阶。然后新的三分之一音阶作为主旋律出现，并在主键上的两个四连音发生了上下变化，也就是在主调 D 调上发生变化。

有趣的是，额布拉音·阿布德热赫曼诺夫史诗表演风格的特点是通过频繁地改变演唱旋律表现英雄主人公的情感，并以此强调史诗情节的各种戏剧性时刻。事实上，旋律的音乐性质与演叙的戏剧性特征相对应。根据内容的不同，平静的旋律会随着兴奋状态和紧张情绪的提升和增加而发生变化。这种变化发生在一个相对较短的叙事片段的演述，这是吉尔吉斯古典音乐演绎《玛纳斯》史诗的典型特征。

笔者以乐谱形式记录下的第二个史诗片段是由萨雅克拜·卡拉拉耶夫演唱的。这个片段所描述的是被命名为"泰托茹"的一场赛马活动场面。泰托茹是卡妮凯（卡尼凯是玛纳斯的妻子和塞麦台的母亲）最喜欢的马的名字。毫无疑问，赛马总是与其他任何竞争激烈的竞赛所呈现的紧张的情绪氛围相关联。观看比赛的观众通常是无拘束的，情绪激动、发自内心地表达自己对参赛马匹的态度。这一段中描述的赛马活动确实非常特别。卡妮凯和她的儿子塞麦台是对竞选结果感兴趣的两个对手。卡妮凯和塞麦台都不知道彼此之间的特殊关系，因为他们在塞麦台还是童年的时候就被迫分开了。

卡妮凯最喜欢的马泰托茹参加了此次比赛。比赛开始时，因为泰托茹远远落后于其他马匹而让卡妮凯和她身边的民众感到很失望。当对方为胜利而欢呼雀跃时，卡妮凯的眼中充满了泪水，她的朋友和仆人也感到深深的痛苦和绝望。然而，比赛尚未结束。泰托茹全力以赴加快速度，一个接一个地超过所有的马赢得了最后的比赛胜利。这一胜利使卡妮凯和她的民众沉浸在胜利的喜悦之中，而对方陷入尴尬、痛苦和不安。这就是史诗歌手所描绘的激动人心、鼓舞志气、突转变化和相互矛盾的情感的生动画面。

这一叙述片段的音乐性也是旨在传达这些强烈的、深刻的和复杂的情感。史诗歌手使用了蕴含在演述主旋律中的 28 种演唱变体。我们不得不承认，如此多的旋律变体出现在一段相对较小的史诗章节中，这在史诗演叙的实践中实在是一种极为罕见的现象。玛纳斯奇的这种不寻常的放松自我慷慨自如，可能是因为他打算以最真实的方式，去传达各种史诗人物所表现出来的激情澎湃的情绪，和各种各样的表情、气氛和内心的情感变化。一般来说，这些旋律是通过插入演唱的方式彼此分割的，它们可以把整部史诗的章节划分为 10 个基本的音乐片段。这些片段都有共同的倾向，那就是将玛纳斯奇的声音逐渐过渡到上高音。这个音乐音阶在主键中由四个四分音组合而成。

基于上述分析，我们可以得出结论：史诗片段中的最显著的音乐因素是玛纳斯奇的声音逐渐从低沉过渡到高亢嘹亮。所采用的声音音阶总范围等于没有声调的两个八度音阶。事实上，这一声音音阶范围与吉尔吉斯民歌和英雄诗歌的音乐演绎是不同的。

当然，玛纳斯奇萨雅克拜·卡拉拉耶夫对《玛纳斯》的音乐演绎并不总是像上述史诗情节那样富于变化。一般来说，他对史诗片段的音乐演绎和运用的本质取决于史诗的戏剧性的内容。例如，玛纳斯奇萨亚克拜·卡拉拉耶夫演唱的史诗传统诗章"卡妮凯的哀怨"实际上运用的是 A 平调，C，D 平调，E 平调等较单一的调式和旋律。同样，玛纳斯奇在描述玛纳斯的外表时，也仅限于一种旋律。我们倾向于用玛纳斯奇（在演述时）全神贯注于史诗文本的即兴表达来解释其对史诗叙事的音乐方面的忽略。应当指出的是，玛纳斯被描绘成一个传奇般的神话人物，玛纳斯奇广泛地运用各种修辞手法来描绘和塑造史诗英雄，如夸张，各种隐喻和特性形容词和明喻，等等。

1940 年，笔者偶然用乐谱记录下了一段由著名的吉尔吉斯斯坦玛纳斯奇江额拜·阔杰考夫（Janybai Kojekov）所演唱的标题为"托勒托依与古里巧绕之间的搏斗"的史诗章节。正如我们提出的合理假设那样，战斗情节的叙述需要特殊的音乐手段来传达和渲染重要的史诗人物之间紧张激烈的战斗气氛。然而，这位玛纳斯奇似乎完全忽视了史诗表演音乐特征，这一方面可能是因为他年纪大了而力不从心了，而另一方面也可能这就是他个人的史诗演述方式。无论什么原因，江额拜·阔杰考夫的史诗演唱音乐手段实在是太过平稳了。玛纳斯奇只用了一段音阶 A，D，E，F 升调，G，然后演唱调变成了 E，F 升调，G，A，玛纳斯奇再一次使用了同样的旋律，只是在个别地方稍微改动了一下。玛纳斯奇所使用的总音音阶相当于一个八度，D，E，F 升调，G，A，他以平和，单调的，沉稳的方式演唱。

毫无疑问，从原则上讲，史诗的表演者所使用的音乐手段与被演述的叙述内容的戏剧性相对应。然而，旋律的选择则取决于史诗歌手的个性，他的兴趣爱好，直觉，品位等。

说到上面提到的四种演唱形式，我们认为其中的每一种都与吉尔吉斯历史的某个发展时期相对应。第一种（非音乐）的演述形式似乎是最古老的一种。这种演述形式源于吉尔吉斯史诗的最初阶段，其时其诗歌结构还没有发展和完善，史诗中还包含一些音节数量还不完全规范对等的单调的诗句片段。第二种和第三种演唱形式反映了玛纳斯奇对于史诗的音乐诠释和表现的渴望。这表现在使用特定的旋律来演唱史诗诗句，关注格律和韵律的和谐，诗行必须由相等数量的音节步格、尾韵以及其他类型的押韵等构成。玛纳斯奇在第二种和第三种演唱形式中所采用的音乐手段仍然是独特而有限的。事实上，最普遍的现象是，演唱是采用非常窄的音域，甚至是固定在一个声调上实现的。

吉尔吉斯斯坦的一些玛纳斯奇仍然愿意用一种相对固定的声调演唱史诗，这是值得我们关注的。笔者曾记录过由阿克坦·特尼别考夫演唱的史诗的两个诗章"卡妮凯的哀怨"和"阿勒曼别特的哀怨"。两个史诗片段都以相同的方式得到演唱，几乎完全采用 C 调进行，只是偶尔转向 D 平调或 D 调。史诗歌手诵唱 30—40 个音节构成的长韵文而只采用上述声调，然后突然转到 B 平调并继续用一个单调的诵唱，直至将接下来的 30—40 个音节的诗句唱完。史诗歌手以逐渐低沉的节奏完成了这个长诗句。上面提到的两个史诗片段都是以完全相同的音乐调式演唱完成的。

关注长篇史诗章节演唱中声调在结尾处出现的韵律变化在《玛纳斯》史诗演唱的音乐特征及其发展的不同阶段是非常重要的。这种韵律刺激了史诗音乐演绎的进一步发展。韵律是史诗所蕴含的一种脉冲，它通过将表演者的注意力集中在诗行的最后音节上，引入节奏和韵律，从而引起末尾韵的出现。此外，韵律也可以突出诗行的开头音节，因为紧接着要出现的音节会促使史诗演唱过程中诗行头韵的出现。从比喻意义上说，韵律是史诗音乐演绎的灵魂。它在史诗诗行的节奏和韵律结构上的重要性再夸大也不为过。

关于第四种演唱形式的形成，它与史诗演述中七、八音节的抑扬格的出现有关。这种演唱形式具有旋律的所有基本属性。事实上，它是史诗歌手们最广泛使用的《玛纳斯》基本旋律。这种旋律非常灵活方便，很容易变换成多种不同的形态。第四种演唱形式当然是最新的起源。

　　总而言之，我们可以十分肯定地说史诗在吉尔吉斯民族文化生活中具有主导地位并不是夸大其词。众多的学者在参与和从事《玛纳斯》史诗的研究。史诗的各种章节从很多有经验的史诗歌手口中得到录音和记录。在吉尔吉斯斯坦，大约有200万诗行的《玛纳斯》诗文得到搜集和出版。史诗在中学、大专和大学里学习。史诗的各种片段和章节在音乐厅得到演唱，并在电视和广播中播放。年轻的有才华的史诗歌手不仅继承了前辈们的史诗表演传统，而且还将新的元素引入了《玛纳斯》的音乐演绎中，其中民歌的声调最为引人注目。吉尔吉斯的史诗作品激发了专业作曲家 V. 弗拉索夫（V. Vlasov）、A. 马勒德巴耶夫（A. Maldybaev）和 V. 弗勒（V. Fere）的灵感，使他们以史诗情节为基础创作了两部英雄歌剧——《玛纳斯》和《阿依曲莱克》。吉尔吉斯斯坦艺术家 M. 阿布德拉耶夫（M. Abdraev）、K. 毛勒朵巴散诺夫（K. Moldobasanov）、N. 岛列索夫（N. Davlesov）所创作的许多交响乐和室内乐作品，以及歌曲和器乐作品都弥漫着《玛纳斯》的旋律。就这样，《玛纳斯》史诗对吉尔吉斯人民的音乐文化做出了自己宝贵的贡献。

　　　　　　　　　　（马睿　译　阿地里·居玛吐尔地　审校）

走进新时期的古老史诗

［吉］A. 萨利耶夫

【编者按】萨利耶夫·阿兹则·阿布德卡斯莫夫（Caluev Aziz Abdikasimob, 1925—）吉尔吉斯斯坦哲学家，文学家。1954 年当选吉尔吉斯斯坦科学院通讯院士。他在自己的学术研究中，对《玛纳斯》史诗及其歌手给予关注，在史诗歌手的演唱和创编，史诗对于吉尔吉斯民众的特殊意义以及史诗的美学特征方面做过较深入的研究并提出过很多有启发性的观点。曾以副主编身份参与 20 世纪中叶《玛纳斯》综合整理本的工作并做出自己的贡献。本文是根据吉尔吉斯斯坦百科全书出版社 1995 年出版的论文集《Encyclopaedical phenomenon of epic Manas（百科全书式史诗〈玛纳斯〉)》中的论文进行翻译的。本文是一篇类似于学术散文的作品，但作者站在理性的高度，从一个特殊角度探讨了很多问题，文中关于《玛纳斯》和史诗歌手的思考和评述给人以耳目一新的感觉，并给人很多启迪和思考。

玛纳斯奇如是说

"六百匹骏马排成行在平原与丘陵间驰骋。但是泰托茹骏马①在哪里呢?"卡妮凯凝视着千里眼（望远镜）说道。你可以在她苍白的脸上，在她失落的眼底，在她的一举一动中看到惊慌与绝望。那匹栗色的

---

① 史诗中圣人般的老英雄阔绍依的坐骑，后来留给玛纳斯的妻子卡妮凯。

马在哪里！但是我的老天，他为何落后了……

> 三百匹马在前方驰骋。
> 但卡妮凯的恐惧却潜伏在她心底。
> 卡妮凯轻轻悲吟着。
> 她感到痛苦和敬畏。
> 泪水从她的眼中夺眶而出。

卡妮凯的声音似乎被听到了。年老的萨雅克拜的声调依然高亢，在激烈的宣叙调与悲伤又勇敢的歌声中变得更加激扬。他花白的胡子闪烁着光，他古铜色的脸泛红，他一直在不停地摇晃着身体。卡妮凯、赛跑中的马匹，古代的场景浮现在我眼前。九十九位母亲的痛苦展现在我们面前……

玛纳斯死后，他的后人发生内讧，世间生灵涂炭。玛纳斯的遗孀卡妮凯遭受闻所未闻的嘲弄和迫害。她与她的孩子赛麦台和她的婆婆绮伊尔德被迫逃离家乡去投奔居住在布哈拉的她的父亲铁米尔汗。她的孩子是由她的哥哥额斯马伊勒抚养长大的，赛麦台甚至连自己的亲生父母都不认识。但随着年龄的增长，赛麦台变得越来越粗暴，对毛拉和宗教僧人使用暴力。最后，人们决定将他扶上王位，并希望这样他会成长得更好。

在为此而举行的一场盛大的比赛活动上，卡妮凯准备让她六十岁的老马泰托茹参加比赛，梦想着她的幸福日子重新开启。如果这匹老马拿到比赛第一名就意味着玛纳斯的精神还存活着，其后嗣赛麦台也将会回到自己的故乡。但如果老马泰托茹没有获胜，则卡妮凯就彻底失望而会去自杀，因为她不想再遭受失去儿子的痛苦和屈辱！……于是，她将衣服改为盔甲留给赛麦台，还偷偷前往草原看望了即将参赛的老马泰托茹。

她再次拿起千里眼凝视前方，并计算着参赛的马的数量。哦！玛纳斯的精神！只有六十匹最快的骏马排列在泰托茹前面！老马是否帮她实现自己的希冀呢？她向儿子打开心扉并能一同看到阿拉套山的白色山顶的那一天真的会到来吗？她的心跳愈发快速，这些想法快速掠过她的脑海。"我可敬的泰托茹骏马啊！我现在除了你以外什么都没有了。我再无其他依仗了，难道要让我的孤寡之泪从此干涸？"她望着远方，眼神变得黯淡。

> 泰托茹已经冲上前来了，
> 走进了山川、山谷、丛林深处。
> 只有三十四匹快马，
> 还在它之前奔腾。
> 它最终一定是最棒的！
> 它的尾巴像烟波一样在风中飞舞。
> 这匹老马是无可匹敌的。
> 它把头埋往前奔跑。
> 即使旋风也无法击倒它。
> 它像一头鹿，
> 它又像一匹野斑马。
> 在这惊险的时刻，在这胜利的时刻。
> 大自然给予了它强力的馈赠。
> 没有人可以把它拿走。
> 珍贵的神骏，
> 可超越过其他任何赛马。

　　萨雅克拜似乎已经进入了这样的迷狂状态，那就是让自己变成了那匹泰托茹老马加快速度超越所有的参赛骏马。歌声越来越洪亮。四周沉浸在无声无息的寂静之中，只有听众的目光已经凝固，仿佛看到了正在举办的比赛，仿佛只听见了马蹄的哒哒声和卡妮凯坚强有力的铿锵声音。溪流仿佛经过河谷时变得悄无声息，飞机俯冲过头顶时变得默默无声一样。房子，花园，田野，天空，一切的一切仿佛都静止不动，静静地聆听玛纳斯奇的表演……也许，这些比赛真的发生了，60岁的泰托茹骏马真的赢得了比赛。并且作为特权，将这消息只悄悄地告诉这位白发苍苍，已年过七十五岁的萨雅克拜。

　　德国作家 K. G. 杰克夫曾说，所有坐在他身边的人都像被他的演唱迷住了，仿佛这是他们第一次听到，他们甚至不知道自己的嘴是何时张开的。

"但是你很清楚卡妮凯会赢得比赛吧？"我这样问道。

"是的，但万一她这次没有赢得比赛呢？"这是我得到的答案。

玛纳斯的现状

玛纳斯奇的这种演唱技巧现在依然存在，像在电影院、剧院、书籍和管弦乐队中都有迹可循。也许很多吉尔吉斯人会愿意证明，我们对这种艺术形式的喜爱并不少于我们的祖先，因为是他们把这样意志传承给了我们。难道《玛纳斯》史诗真的进入了我们的生活，对我们的感受和想象力或多或少产生了一些影响吗？你知道，这就像从前在摇篮里听到的这些话一样：

> 玛纳斯变成玛纳斯，
> 就得到了玛纳斯之名。

和以前一样，孩子们给他们的玩具小马取名为"泰托茹""阿克库拉①"和"太布茹里②"，他们常听到老人们为他们这样祈愿："像玛纳斯一样长大吧，像阿依曲莱克一样漂亮吧。"史诗的故事像以前一样在民众中间不断传承，许多人的精神一直与史诗中的那些英雄们在一起。（我们的村庄坐落于塔石塔尔阿塔山下，那附近有三块彼此相距很远的大石头，阿克库拉的拴马石和赛麦台石就在那山顶上。当我六七岁的时候，我曾问爷爷别克巧绕这样的问题："为什么我们能听到回音？"，他说："这是玛纳斯的英雄们的声音。他们的灵魂住在这山里，保卫着我们的土地，他们会回应每一个声音。如果敌人出现，我们就能从回音中知晓……"）。但现在玛纳斯奇们拥有更广泛的听众：他们在大的区县里、

---

① 英雄玛纳斯的坐骑。
② 玛纳斯之子赛麦台的坐骑。

在大型会议上、在广播上（全体人民）面前。此外，史诗的内容还以大众读物形式出版广为发行，我们还可以听到他们的录音。当然，所有这些对我们的祖先来说都是非常美妙的。但这还并不能代表全部。

史诗开始以另外的艺术形式出现。它的故事在舞台上得到现场演绎。人们很难想象这对于我们来讲意味着什么：故事中那些英雄人物，那些伴随着每一个吉尔吉斯人走过从出生到死亡所有人生历程的人物，那些与我们的人民的漫长的历史相关联的人物突然变得鲜活起来！谁会忘了在1939—1940年去观摩歌剧《阿依曲莱克》时的场面……如果我了解关涉这些宏大的历史事件背后的感受，我会更关心类似这样的事件与歌剧相联系的那些情感：它成了一个民族更新换代的一所艺术学校，而它也为史诗《玛纳斯》开启了一个崭新的历史发展舞台……

几乎是在同一时刻，史诗被翻译成了俄文发行，没过多久第二部歌剧也被创作出来，并且史诗三部曲《玛纳斯》《赛麦台》《赛依铁克》的简化了的综合版本也发行了。后来，被翻译成了其他语言，对《玛纳斯》进行深入研究的书籍也开始发行。最后，电影院也采取了行动：制作了三部纪录片和故事片。而现在，史诗各种唱本的科学版本也开始出版发行了。

当史诗在现代社会活动中变得活跃时，它的传统形式却渐渐走入落寞。当然，这两者的条件情况是有区别的：人们生活在不同的历史背景下，随着时代发展，人们的精神文化生活变得丰富。但是出于对事物的不同感受，在这种条件下将古老的原始形式带到如今这个精神丰盈的氛围中是一大难题。所以学习历史的不同形式需要一种情感，而且这也是很有必要的，这对于我们来讲是过去灿烂文化的遗产，我们需要以史为鉴，而这遗产便是现在正被着力研究，茁壮发展的史诗。因此《玛纳斯》既存在于传统的艺术形式之中，也存在于新兴的艺术形式之中并不是特例。

历史渊源

史诗本身的原始自然状态是具吸引力的——它的生命在于表演。虽然《玛纳斯》是一部诗歌与音乐结合的作品，但它却仅存在于一种宏大的演唱形式之中，它存在于那些——天赋异禀的，汇集诗人、歌手和演员于一身的玛纳斯奇的演唱与表演之中。它生动的情感内容和整体的感人至深的魅力是演唱的一个部分——旋律、节奏、格律和其他特征，例如手势动作。这种原始的集诗歌、音乐与戏剧于一体的完整作品在民间产生了极大的影响，甚至经常让听众感觉到一种幻象（例如地震、飓风、英雄形象等），这些都与有关玛纳斯奇天赋的传说相关联。

这种口头表演形式通常被认为史诗整个纵向历史发展层面上的古老特征。对于《玛纳斯》史诗有系统研究的拉德洛夫院士（我们可以从他在1885年发表的文章中看出）这样写道，仅就诗歌的一些口头形式存在的事实而言，吉尔吉斯人的诗歌与古希腊的有关特洛伊的史诗唱篇还没有被创作出来的时期相同……现代作家喜欢引用这些话来给《玛纳斯》做系统评价。然而，口头传唱的史诗是一种古老的诗歌形式，但是那些对史诗研究最深的人才会准确地告诉我们其中的区别。

首先，《伊利亚特》和《玛纳斯》属于人类截然不同的历史时期。在希腊口头史诗传播时期（大约是公元前九到公元前六世纪才开始书面化），当时的世界还处于奴隶制和社会性别区分的时代，然而吉尔吉斯人的史诗在封建时代和资本主义时代已经登峰造极。无论《伊利亚特》的口头演唱者技术发展到什么程度，从另一个方面来说，无论《玛纳斯》的诞生地如何在当时落后于其他封建主义和资本主义萌芽的国家，都没有办法抹杀史诗的独特时代特征。希腊的史诗歌手所处的社会氛围绝不可能与两千年以后的这类氛围相同。众所周知，无论在哪里，尽管经济发展、社会关系、政治和法律生活不同，但是随着经验、知识和科学技术的发展，各国各地区各民族都发生了不同程度的分化和融合。这些变化给世界带来了无数新鲜的事物，而这些事物是从前不存在的。也正如科学家证明的那样，世界各地都在进行着精神文化的交流，每一个重大的标志性事物都在渗透到人们的文化生活中，甚至可以影响到远离该文明中心很远的地方，这些交流往往以传统的形式在润物细无声中渗透到人们的生活中：如果没有时代感，生命便不能前进。所以我们的游牧民族，他们的生活看起来似乎很封闭，因为他们有着的封建宗法制度与古老的生活方式，然而实际上，他们也并没有脱离整个历史进程。他们只是以自己的生活方式在体悟它。他们的艺术文化也通过独特的方式被当时的历史精神所浸染。从历史上来看，这些文化当中有一些属于古代的传统部分，然而这些特征仅仅是外表和形式上的，因为这些而忽视它与当代文明的联系是反历史洪流而为的。任何一个处于新时代的史诗都不可能完全重现古代史诗，而我们只能看到当中较为相似的那些特征。

人们很难断言19世纪欧洲国家的民主制度和古代雅典时期的民主制度是相同的，而20世纪极权主义体系中的"原则"的定义则与古代罗马时期的社会生活原则是相同的。19世纪下半叶诞生的《玛纳斯》（据拉德洛夫记载），又是如何做到中世纪和新时代与早期的欧洲相似的？是因为远古时代的精神世界与那时资本主义征服世界时的精神世界相似吗？如果是这样一个现实原因，那么举个例子，《玛纳斯》的主题思想是人民的命运抗争与对抗外国侵略者的斗争，而在《伊利亚特》当中，更多关注的是希腊不同地区之间的关系，那么这些特征难道就不包含时代感与历史意义吗？如果这些历史符号的作用在历史叙事诗之后呢？最终来说，难道表达方式与其内容本身没有任何关系吗？

但原因不仅在于时代的不同。真正的原因在于吉尔吉斯人历史的起源。吉尔吉斯人的历史起源于公元前1000年的古代部落联合，从那个时候开始，"吉尔吉斯"这个名字就已经存在于历史上了。

研究表明，吉尔吉斯艺术历史的最晚起源时间大约在公元前1000年中期。但是希腊人从口头史诗《伊利亚特》转向书面文学，然后再到成熟的希腊化时期的话，就会发现吉尔吉斯人因为处于东方，在游牧的生活方式和封建主义制度等具体历史条件的影响下，其历史书写与其文化形态一样较为匮乏，其主要的文化形式就是口头史诗。生活是不会因为过多的经历而停滞的，总会有许多有形与无形的变化在随时发生，一些敌对者彼此之间攻城拔寨相互替代，因此人们争取自由的战争会永不停歇，而且一代接一代。但是人们的灵魂会融入这些所有的行为，而同时灵魂也会因为这些行为而变得更加丰盈，但是艺术的表现形式却一直在传统的框架里故步自封。很显然，在这样的背景下，这些传统形式在外表无法察觉的情况下，正在慢慢发生质的变化。

我们可以参考其他文化当中的例子。如今，世界都了解到了古代玛雅人在当时就已经达到了高超的现实主义水平的绘画技术，而在西欧，现实主义是在那几百年之后才有所发展的。我们同样被尼日利亚大师齐丽尼（Chellini）的创作所惊艳。再例如印度舞蹈的繁多种类，能连续跳上2—3小时，亦或是印度的音乐，他们的音乐早在公元前很长时间就已诞生，再加上现代发展了丰富的音乐美学理论，对现代音乐发展有着极大的意义，甚至连古希腊人都从他们那里学习了甚多音乐知识。这些原始的、精湛的艺术成果，对于不了解的人来说是原始的遗留物，但实际上它也随着时代的变迁与现代社会共同进步［印度著名音乐家纳拉亚南·米农（Narayana Menon）为此解释说："因为印度音乐的起源对于外人来说晦涩难懂，那些众人懂得的所有音乐语言的对话与那些世人了解的人物都是些欧洲神话中的产物。毫无疑问，只有国家和大陆之间的广泛联系才能够建立起共同的音乐体系"］。

吉尔吉斯人的史诗所达到的高度也与其类似。《玛纳斯》史诗本身有着许多变体，最庞大的一部约有五十万多行，所以它绝不可能只是简单地记载了传说与事件的因果。随着历史变迁，人们开始重新重视口头史诗发展的广度和深度，以这样的目的重新改造了史诗的形式。以下有三种不同类型的诗歌，英雄主义题材，含蓄的抒情题材，描写社会现象的现实主义题材等。这些都提升了诗歌中的心理精神与戏剧张力，而诗中对于哲学话题的思考也有所增多。所有这些经验，都在《玛纳斯》史诗中发挥得淋漓尽致，从而达到诗歌艺术的高峰，在世界史诗坐标系中占据着重要的位置，成了吉尔吉斯人精神文化的学校。如果你也如同拉德洛夫那样详细了解，就会发现史诗巨作当中的力量有多么强大，就好像将其他艺术分支的光芒都掩盖住了一样。史诗在精神领域方面的特殊地位就从这里显现。例如，新人会立即关注流行的即兴创作（尽管由于没有翻译，那些文字和解释都比较混乱，有时给人的印象会是之在描述讲述者的眼中所看，耳中所闻）但实际上，诗的内涵与精神也都蕴含在语言当中。

"吉尔吉斯人是与众不同的。"正像拉德洛夫所说的那样"他们拥有非比寻常的语言表达能力。"他写道："在日常的对话当中，句子的节奏特点就像诗歌一样具有明显的韵律特征。"

很显然，为了更好地传播《玛纳斯》所蕴含的丰富内容，他们创造了各种各样的演唱技巧来建立一套特定的艺术体系。当然，能够孕育出这样有特色的文化肯定也培养出了自己的艺术大师。这些伟大的艺术大师成了大家敬仰的对象。这些大师可以在听众面前整整演唱几个星期，讲述那些有勇有谋的英雄人物的事迹和那些光怪陆离的戏剧故事，将充沛的感情表现到极致。像凯勒德别克，巴勒克，乔伊凯等著名的玛纳斯奇的名字就早已笼罩了很多传奇色彩。许多人们现在也记得萨恩拜的才华与天赋，史诗三部曲中第一部的最宏大的变体是从他口头记录下来的 18 万行内容。我们的时代继承了这些大师的技艺，还有他们成果的水平及范围。现代玛纳斯奇们把他们称为老师，将他们的成果称为权威和传统。

最后的玛纳斯奇

如今的《玛纳斯》在萨雅克拜的全力以赴中得以延续。《玛纳斯》三部曲更加完整的版本，内容约五十万行是从他口中记录的。而如此浩大的材料搜集工作需要每天演唱四个小时并持续演唱将近三个月的时间才能完成。

像任何一个诗人和玛纳斯奇一样，萨雅克拜以他自己的探索方式，用自己的主题声调，用自己的思维方式，想法与思维，以及他充满情感唱腔的特殊方式对于整个说唱文本与具体情节进行修饰润色。每次即兴创作演唱时，他总是投入最深的情感力争完整地演唱史诗的每一个情节，无论是抒情独白的部分，或是日常的剧情，亦或是具有很大挑战性的战争场面都不例外。同样的手势动作、身体动作与画面，同样美妙令人信服的诗歌艺术语言，但同时又并非每一行都与从前的诗行对应，每次都会有所创新（即使是对同一个画面的描述也是如此）。摄影师为萨雅克拜现场拍摄纪录片时，也为此感到困惑，因为他们从看到这位老人就开始摄影，并请他按照原来的唱词反复演唱同一个文本，但每一次记录下来的都是他对这个文本的重新演绎，即都是原先唱词的即兴变体文本。每次他嗓子不适咳嗽时，电影制片人 M. 乌别凯耶夫（M. Ubukeev）以为这就是演唱结尾而停机，但歌手却还能继续开口演唱，反倒使得机器跟不上他的速度。

玛纳斯奇的内心世界

萨雅克拜的心中蕴藏着无限奇妙的诗意世界。这让他的生活多姿多彩、充满活力。他想象着那些史诗画面当中强大的权威，并将自己的一生无私地奉献给了那里。像所有伟大的玛纳斯奇一样，像史诗中的英雄们一样，他将自己奉献给了他们的世界。

他说："我骑着我的快马整夜唱着《加热马赞》民歌，转眼就到了天亮，我的马儿也已经到了奥尔托托拓海峡谷。突然间耳畔传来刺耳的尖叫声，我的头仿佛都要炸了。于是我猜想，这大概是魔鬼的幽灵，他们在讲述一些非常可怕的东西，我都已经不记得我当时是如何飞奔着离开峡谷的了。"

但是，那里有一块灰色的巨石。于是，刹那间我明白了。那里没有任何石头，而是一座巨大的装饰华美的毡房。没等我回过神，一位美丽的女人从中走出来，笑着说道："这儿有一位好小伙儿，你来得正是时候，英雄们刚刚聚在这里。他们刚刚围坐在餐布上尝过这里的美食佳肴。"那个女人的美丽无以言表让人入迷，我便服从了她。我下马走进屋里，但屋里却空无一人，只有装满食物的盘子摆了满满两排，一边是木制的，另一边是铜制、银制和金制的。"坐下来慢慢享用这些美食吧！"她脸上温柔美丽的笑容从未消失。我为我穿着的老旧皮革长裤和破麻鞋而感到窘迫。我坐到了地毯上，但我感觉盘腿而坐很不舒服，因为我磨破的双脚和双腿会立刻显露无遗，再加上我已汗流浃背。但她一直在鼓励我："别害怕，吃吧。"我开始吃离我最近的一个盘子里的食物然后急忙起身。"这位好小伙儿，你为什么不尝一尝每一个盘子里的食物呢？"她的脸上露出一点失望的神情说道，"你可真是个胆小鬼！"我心想，她如此的美丽高贵迷人！她是卡妮凯啊！我竟然见到了无与伦比的卡妮凯！而我没能回答她，只能在紧张和惶恐中流出激动的眼泪……"

但正当我走出毡房离开之际，一位留着浓密胡须骑着非凡神骏的老人突然出现在我面前。他一手擎着矛，另一只手从他红色的布袋里拿出了一些东西对我说道："拿着这些，放轻松，伸出你的手来摊开，别害怕！"我举起我的手，他往我的手心放了一把小米，说道："吃吧，把这些都吃掉，小心！连一粒也别撒到地上了。"

我把小米吃进嘴里，它嚼起来不像谷物而像沙砾在牙齿间撞击。"咽下去！"这位老人来到我面前冲我喊道，他的矛也在我面前晃动。"这是营养干粮，是你无穷力量的来源。"我咽下了这些"沙砾"并有一个念头从我脑中闪现"好吧！这一定是巴卡依老人！"

突然间，一位威武的面相和蔼可亲的人骑着他灰色的马匹，带着众多的骑兵出现在他旁边。巴卡依对我说："这位是玛纳斯，这位是阿勒曼别特，那位是楚瓦克和色尔哈克，还有托什图克……你一定要记住他们所有人，因为将来你要将他们告诉世人。并且你一定要在七年之内开始演述。接下来是你一定要做的事情：你在回家的路上会遇到一位牵着两只羊的老人，你向他买下那两只羊，在家中宰杀它们，然后邀请有名望的老人来家中举行祈祝仪式。"

就在那时玛纳斯喊了一声。顿时马蹄声哒哒作响，大地震颤，尘土飞扬。我被尘土呛到眯住双眼。随后，等我再次睁眼时，我发现我站在那尊灰色石像旁浑身是汗。周围没有别人，只有我马群围着我……

在归途中，我确实遇到了一位牵着两只羊的老人，我完成了巴卡依交代的一切使命。随后的七年里，我失去了曾经的平静：那些幻象总是萦绕在我心里，那些关于玛纳斯，卡妮凯和其他传奇英雄的诗歌突然就跃然于我舌尖，所以我开始寻找听众。早晨，我的父亲母亲告诉我，我在梦中整整唱了一夜的史诗歌。

萨雅克拜老人谈到兴起时，眼睛里闪烁着年轻小伙儿一般的光，每当讲到这个故事，他都非常兴奋，仿佛这些奇迹一样的画面是他刚刚亲身经历过的。他还讲述了一些他带着他的金雕狩猎时的一些奇妙的经历，当然，也带着同样兴奋的心情。

这些梦幻经历生动地描述了玛纳斯奇的心理。这样的故事也常常让他们的技艺显得玄乎其玄。正如穆合塔尔·阿乌埃佐夫所言："精神的信仰一直存在，并会一直存在于吉尔吉斯史诗歌手的精神世界中。这就是为什么真正的演唱者会把他们口中的史诗唱本称为上天所赐的产物，并用超自然的力量去解释它，就好像是他们召唤他从事这样的使命。"文学专家卡里姆·热赫马杜林认为，史诗歌手在梦幻中与史诗中的英雄人物会面交谈是完全可能的，但梦境的可能性并不适用于所有人（特别是在神幻信仰被削弱的时代）。所以，梦幻并没有被重视，其作用也没有被认可。它们只能是大众社会学影响的产物，它忽视或拒绝了创造性作品中那些优质而极具特性的心理特征。但对于科学而言，梦幻作为强烈的情感却显得并不那么神秘（因为在思想的传播过程中没有神秘成分也没有催眠等因素存在）。

梦幻是一种形象化思维方式，能达到一种（影响）宣泄强烈情绪的结果。在一些积极的行为当中，紧张的情绪会与其相对应的一些思想一起不断地在脑中的深层次的潜意识里发生，并促进形成全新的形象，这些形象在特定的情境下会以幻象、梦境的形式或梦幻的形式出现。梦境和梦幻是非常明显的，因为它们使整个神经感知系统产生对现实事物的象征性反映。它们的反映几乎和主体本身的反映毫无差别。当然，如果幻象和梦境对于所有人都是司空见惯的，那么梦幻就是较为稀少的现象。我们每个人几乎都遇到过这种较微弱的现象：例如，我们在一个人独处时，我们有时会听到细微的人的说话声和门的吱呀声，人的脚步声或一些莫名其妙的沙沙声。

对于艺术家们来说，将生活中的事物以抽象化的形象和复杂化的情感语言转述出来时，梦幻是一种常见的气氛而且发挥积极作用：它们诞生于作者对现实形象的无法避免的信仰当中，融合了作者自己的喜怒哀乐与个性特征和变化。但丁、拉斐尔和米开朗琪罗、德尔扎文、拜伦和歌德、古诺、狄更斯、萨克雷、舒曼、莫泊桑、亚历山大·伊万诺夫、陀思妥耶夫斯基、瓦林、克拉姆斯基、瓦格纳以及其他许多艺术家都有过这样的经历。

成为一名玛纳斯奇意味着什么？它意味着要毕生去学习这部伟大的百科全书式口头史诗，去从中学习生活的真谛，他们相信这样能激发人们去创造丰功伟绩，又能治愈疾病。这就是那些智者和有天赋的诗人的命运，他们以他们的方式去解读这首史诗，将它重新创编出诗歌的文本并即兴演唱。因此年轻人就会被这些英雄的传说和它的讲述者描述的宏大画面所震撼，为那些知名或不知名的史诗演唱者的创作所惊叹，也就会出现众多对史诗感兴趣的听众。这些史诗歌手们是否能够带着各自诚惶诚恐的热忱开启这门艺术的大门？答案肯定是否定的。如果他不是怀揣着强烈的梦想，甚至是在自己的脑海中经历过梦幻的情景就成了玛纳斯奇，那是天方夜谭。尽管他有可能生活在浓厚的史诗氛围中，并在摇篮里开始就是听着《玛纳斯》长大的，也有可能他看过玛纳斯奇大师的演唱感触颇深，因此他的创作能力逐渐积累并一点一点地得到了提升。但他的梦想和梦幻这类的超自然事物和超强的情感历程才给了他一种激励，促使他的灵感最终迸发出来。因为没有任何一位通过背诵吟诵史诗文本的普通歌手，无需用心感知就能反复学习背诵诗句，但对于真正的史诗歌手而言，需要创作新的属于自己的变体，这些都是很常见的，他还需要将那些幻象与他自己的创造性结合在一起。他还有必要去想象这种围绕在他生活中的具体精神生活和整个艺术的心理氛围，而不是根据一般的规则来判断。当然，在史诗歌手们使用梦幻来讲述他们的故事时采用一些夸张的言辞是很常见的，因为梦幻本身就以某种特殊的形式存在着。然而，我们在这里只看到了一定的夸张和一些有意使事物神秘的怀疑。事实上，这些史诗来源于诗人们的灵感，至少是在真实现象的基础上加以修饰的。

玛纳斯奇是一类非常特别的诗人。可以说，他们是真正的创造者，他们的想象力是根据他们多方面的技能而发展起来的。因为他的灵感不单单只在《玛纳斯》中体现，他在其他主题上也能进行演唱。萨恩拜曾被要求用极其抒情的即兴创作来吸引听众。萨雅克拜则出版了十多本书，除了《玛纳斯》史诗唱本之外，他的创作还包括童话故事、回忆录和诗歌。其诗歌的主题有思考人与自然的关系的，有冬季游击战争期间的真实写照，他自愿去写这些，还顺利创作了那本《喀拉毛勒朵（Kara-moldo）》。这首诗在我看来是吉尔吉斯斯坦最好的诗歌之一，但除了有关《玛纳斯》的研究外，玛纳斯奇的这类作品不在我们关注的范畴。

但内容越丰富，表演技巧就越要随之提高。所以玛纳斯奇的表演水平与他的诗歌创作水平相当。反过来说，他的艺术水平不仅表现在他作为玛纳斯奇的表演水准上，还表现在他诗歌的深度和广度上。这些也就是我们的史诗演唱大师萨雅克拜所具备的。当他们讲述相关问题时，他们会说有许多比他们更杰出的玛纳斯奇，你必须承认这一点。当根据他原创性的作品进行批判时，这样的技能应该有它牢固的传统做后盾，并且有可以学习的"学校"和一些非常杰出的大师作为导师来引导他。无论是谁去看萨雅克拜的表演，即使是不懂吉尔吉斯语的人也会非常兴奋！我有许多次在那里做过翻译，人们经常要求我给他们做简短的解释，以避免影响他们观看。一些现当代玛纳斯奇，如曼拜特、顿卡乃、夏拜、伊萨等，他们的史诗演唱只限定在那些主要章节、主要旋律和节奏方面（这些都有记录资料为证）。

我们举个例子，听不懂吉尔吉斯语的听众，通过玛纳斯奇的演唱只能看懂他们情绪的转变和文本的核心内容，而对玛纳斯奇的表演本身感觉却没那么深刻。但是，萨雅克拜却凭借自己超高的天赋和才华深化和丰富了史诗文本内容。他演唱时，仿佛他在与神灵对话，仿佛他是在参与一场宏大奇幻的梦，仿佛听到了梦中英雄们的对话，并与他们一起经历和体验所有磨难。他运用的各种复杂而多变的声调旋律，语调节奏，让人难以琢磨在奔流的演唱中这些变化是如何形成和掌控的。声音所有的细微变化，以及附加的那些手势的动作都造就了萨雅克拜本身的强烈艺术气场，他的每一个动作似乎都在讲述。他讲述的一切都能让你完全信服，描述的那些紧张事件都能让你一起感到不安，就好像那些事情与你直接相连，让你全程兴奋。即使突然传来了轰鸣的马达声也很难让人分散注意力：一位头发苍白的老人，越来越鼓舞人，就好像他完全不是一位耄耋老者，竟能持续带你走入激动人心的视觉飨宴。

萨雅克拜是一位热衷于追求戏剧性和悲剧性的艺术家，从他的表演可以看出：即便是那些片段常常是盛宴的画面或者带着金雕外出狩猎，那种紧张的氛围和力量的博弈所产生的强大效果一直存在。而当演述那些充满悲伤色彩的折磨灵魂的故事时，你就会看到最高形式的艺术效果。试问你有没有听过沙里雅宾在波利斯·古德诺夫伴奏下的演唱，还有米勒，沙列里，奥立克，伊万，或者是马里奥在《奥赛罗》等歌剧中的表演？是的，这些都是两种不同的历史性杰作。但是，这一切同萨雅克拜的艺术都是高超的艺术，它们只是以不同的形式表现出了人类的梦想而已。

萨雅克拜就我个人而言，在表达人类灵魂与命运抗争的题材时，他完全可以站在最伟大的艺术家行列中。

当他以极快的速度去描绘那些一个接一个的历史画面时，他对我而言似乎就是本民族漫长历史的见证人，他急于详细地讲述这些历史，那些史诗中的影像和画面，而在我看来这些都是历史延续下来的，并沿着漫长的道路和岁月的流逝，奔向我们并奔向未来……

这样强烈的艺术本质能丰富他的技艺是不言而喻的，可以说他充分理解了自己的世界观。他的本性可能会随着时代的发展，观众的变化而升华。而玛纳斯奇在听众面前即兴创作表演时，也会受到现场听众的启发而纠正一些缺点，这些观众对他们而言，有着直接的创作意义。（萨雅克拜的确是如此，他在无线电录音棚里时，根本无法开口演唱，我们不得不安排一些听众坐在他面前。这样，从录音设备中听写的史诗文本的质量有明显下降，没有听众在场时，他的即兴创作也会受到一定的抑制。你能理解大师的困惑，因为大家知道，他渴望表演，他在表示必须面对观众）。

毫无怀疑，萨雅克拜在犹如暴风雨动荡的历史过程中的经历，1916年的起义，革命和世界大战等历史事件以及往后的人生起伏对艺术家产生了许多影响，注定了他的特殊生命轨迹。但同时它也使他拥有了更加广泛的听众。在反对阔勒恰克和阿尼阔夫的游行中，萨雅克拜就站在热情的听众中间：

"喂！萨雅克拜！请激励我们的灵魂并驱散我们的疲倦吧！我的同志对我这样说"，他回忆说。"你演唱的《玛纳斯》仿佛给了战士们勇气。他们已经做好准备冲向敌人并击溃他们。说吧！萨雅克拜！请不要停歇！"两次世界大战的发生等严峻的历史气氛下，这样的表演在士兵中激发起了他们的战斗热情和对胜利的渴望，这对于青年玛纳斯奇的创作也很重要！随后，高山出现在了苏联的建设热情中，在那里出现了成千上万种全新的生活方式，而萨雅克拜的歌声也同沸腾的发展同步从这里出发走向世界，在村庄间回响。受过教育的观众数量在与日俱增，装修华丽的俱乐部和剧院拔地而起，来自各地说着不同语言的观众逐年增多。随后，在大剧院召开的两个国际科学大会上，听众们表示了对萨雅克拜的高度称赞。现代化的世界出现在他面前，成千的观众聚集在这里，带着最高层级的文化瑰宝，聆听着他的演唱。他的全部才能怎么可能展现不出来，受到了全场观众的欢迎呢！在这样的情势下，他怎么可能不会融入自己的新观点，用他那浑厚的唱调，创作出更加美妙的史诗变体呢？你可以在萨雅克拜的唱本中发现更加强烈的英雄主义精神，更加饱满的情感与强烈的戏剧性，会发现明确的反宗教的态度以及对女性形象的极大提升和赞美。正是因为上述各种因素都在萨雅克拜的史诗演唱艺术上留下了深深的烙印，所以才会点亮人们的内心，赢得别人的赞赏。

故事讲述者的技艺与当代生活

这种令人兴奋的表演技巧，也许是《玛纳斯》最具吸引力的特点。一般来说，口头表演艺术是自然地表达人类灵魂的，并且也是最受欢迎的方式。诚然，无论史诗演唱者的技艺与现代声乐技术有多高超，各地的观众还是最在意复杂演唱所表达的文本本身。无论是史诗演唱还是表演，其中都必须具有明确的戏剧性情节。总的来说，艺术家们多多少少都在其演唱中添加了一些自己的情感体验与对英雄的表述。虽然讲故事是一种特殊的现象，但是玛纳斯奇的口头表达作为一种系统的艺术表达形式，却具有自己的优势：虽然失去了艺术表演的宏大性，但实际上它却将所有注意力都集中在了艺术家本人的整体技能上，这就是为什么它能够将复杂的内容简单而鲜活地传递给别人。这些可能都不一定能给现代观众留下深刻的印象或者完全满足他们的意愿，因为他们渴望更具有经济效益的形式。如果新的艺术形式，除了传递给我们明确的内容外，还具有强大的展现形式的话，那么玛纳斯奇的歌唱就会以他们的表现力激发我们。

也许，艺术家可以在萨雅克拜的创作中找到许多积极有益的东西。你不能忽视他对整体内容的把握呈现和个人特殊感觉的巧妙结合，你也不能否认他对艺术的真诚和原初的亲近感。

也许，这种史诗故事演述的形式本身也充满了重新改变的可能性。戏剧演员在整部剧中的演技和个人表演，诗歌，讽刺剧等都在这里一直存在着。

突然间，作曲家们能否创作出一种新的戏剧表演类型来满足这种单一的表演形式，提醒大家记住史诗演唱者表演，回应那些即将面对的新的需求，并充分考虑到所有声乐艺术家们的史诗演唱？作曲家 G. 斯维里多夫（G. Sviridov）曾说："也许所有这类形式，民族文化的发展进程自然地会导致一些流派，其他形式的产生，甚至是那些尚未形成的流派。旋律，和声，节奏和那些特殊的乐器，所有的这些，在谈论正在发展的复杂的民族主题时，都不能被我们排除在考虑之外……"

在很长的一段时间里，人们都在寻求这样简洁明了的形式，例如：歌剧创作家 B. 布里坦（B. Britten）曾有过这样的尝试经验，将演唱人数压缩至 12 人，将乐器控制在 7—12 个。

无论如何，轻视演述故事的人的技能是不可原谅的，因为这样会轻率地认为《玛纳斯》的表演会随着大师的离去而逐渐衰落成为明日黄花。当然，我们也不必太过高估或过于夸大我们对于这些表演的期许，因为现代生活中书写影印文化以及丰富的精神文化以其他方式吸引和提升人们的注意力，所以一定要重视以诗歌模式口头演述故事的形式，所以一定不要有诗人源源不断地创作史诗唱本，而应该随时随地让这种即兴创作得到延续。新的玛纳斯奇是史诗唯一有天赋的表演者，传承着或多或少已经被大家熟知的宏大唱本资料。但这一切只不过是主观规律，现实生活比这复杂，比这残酷，它要求我们随时随地利用机会思考未来：

"如果……"，如果生活需要多种多样的形式并不断地改变旧的生活的话，他就会选择其他方式，允许即兴的史诗文本创作（根据特定的变体，当然，在其他作品中，用其他的才能）。一般来说，艺术作为人们对现实经历的表达，根据其性质，它常常倾向于最真诚的表达方式，这就是为什么即兴表演总是以某种方式存在，并总是在现代表演技巧中扮演着重要角色。显然，现代的任何表演技能，除了即兴表演之外，都需要强烈的实践训练。首先，需要打出草稿，因为它是发挥想象力、表达情绪和思想的基础，并通常最终成为完整作品（如音乐库与诗歌的关键词，图像与绘画练习等）。这就是为什么艺术家和观众会一直对即兴创作感兴趣。在这里无须再反反复复地罗列音乐家、受欢迎的演员、画家甚至诗人都会在现场对观众提出的主题进行即兴发挥。音乐演奏团，在演奏时会根据人们提出的议题或旋律即兴创作出作品！毫无疑问，我们很多年轻的史诗歌手们展现出了与传统玛纳斯奇一样的能力，在这里给大家举个例子。

20岁的艾散汗·居玛纳利耶夫（Asankan Jumanaliev）在节日活动上表演过史诗许多次（他是俄罗斯国籍，但出生于吉尔吉斯斯坦并在吉尔吉斯斯坦接受了教育），他长期以来的唯一希望就是能够亲眼见到萨雅克拜。他给我写信说："当你把我介绍给萨雅克拜大师之后，我每天都活在巨大的兴奋之中"。

最后，这场会面如期而至，萨雅克拜首先问道：

"他是用自己的方式重复别人的话语呢还是按照自己的方式演唱？当我们还在思考如何回答（关于艾散汗的即兴创作与他自己的唱本内容）时，这位老人他自己开始回答了。他告诉了我们关于他在上述奥尔托拓海附近发生的那些经历，以及他曾亲眼见到乔伊凯，阿克勒别克、萨恩拜等。这些事件显然是为了肯定和彰显艾散汗而说的，萨雅克拜似乎也注意到了他。于是，他提出让艾散汗也谈谈他自己的经历。"

他说"在我的童年时期，我喜欢坐在老人身边听他们讲故事，尤其是我的祖父知道很多故事，那些老人们说，他年轻的时候就是一个很会讲故事的人。他讲述的时候有时会使用诗歌，唱出一些来自《玛纳斯》的片段，我的心灵彻底被迷住了。我梦想着如果我也成为玛纳斯奇会有多好，这样这些老人也会这样入迷地听我讲故事了！我祖父讲的《玛纳斯》的故事给我留下了深刻的印象，后来我在剧场里表演过这些故事。我八岁后去了山上，在那里我牧羊，在那样空旷的环境下激发了我的想象力，并且《玛纳斯》实在太吸引我了，我就跑去村庄买了书。但是很奇怪的是，我根本记不住书上的文本，我读了一遍又一遍，但我却根本记不住……

夏天结束的时候我回到了村庄。有一次大人们吩咐我们小孩子们去给玉米地浇水。我躺在小溪边正在休息，双腿在水中晃荡。突然间，一阵强风袭来发出了一阵响声。随后我听到了马蹄的哒哒声。然后出现了一些其他声音，直到现在我都没有办法说出那是什么声音，但是这些声音在不断增大。

突然这个声音迅速地说："喀拉汗！喀拉汗！喀拉汗！喂！英雄啊！英雄啊！你要演述那个人……要演述那个人！演述……"然后他喊："玛纳斯！玛纳斯！玛纳斯！阿勒曼别特！阿勒曼别特！楚瓦克！楚瓦克！色尔哈克！托什图克！加木格尔奇！……"，就是这样，我听到了玛纳斯所有其他兄弟的名字。喧哗声越来越大，我觉得马蹄随时会碾过我身上，我从溪边跳下水，钻进水里后，我发现这真的不是梦，因为我当时真的没有睡觉。但我什么都没看清，却清清楚楚地听到了这些声音……

这一刻萨雅克拜打断他的话说道：

> "是的，小伙子！讲述《玛纳斯》是你的命运，这是你的
> 命运……"

我可以看得出来，萨雅克拜从他说话的方式与眼神当中感受到了艾散汗的天赋，就像每一个大师都能在细微的细节处感知到一个人是否与他心灵相通一样。

"只是你必须要演唱，不能重复别人。"他继续说道："并且你必须演唱特定的一个部分：比如关于玛纳斯的，或者关于卡妮凯的，当然也可以是阿勒曼别特的等部分……"

然后，萨雅克拜开始让他记住每一个部分的独立情节与英雄的故事：关于敌人如何摧毁吉尔吉斯人的生活，关于阿勒曼别特在塔勒乔库山冈上发生的故事，关于色尔哈克的故事，关于卡妮凯的命运等。"别忘了说说这些！"，他对很多细节也加以提醒。这些部分是萨雅克拜曾赋予情感地亲自创作和表演过的。

艾散汗屏住呼吸倾听着……

　　有许多这样的青年，例如老师、学生、工人等，当你稍微了解一下玛纳斯奇，你就不会对他们对《玛纳斯》史诗的痴迷程度感到奇怪。即使 5 岁的素散契克也拜访了萨雅克拜，但他并不是什么玛纳斯奇大家的孙子：素散契克的祖父和祖母都是典型的城市知识分子，他的父亲和母亲都是年轻的工程师。这个小男孩是看着电视长大的。但他能一整天认真聆听《玛纳斯》史诗，而且对史诗的每一个部分还能重复吟诵。他的来访感动了萨雅克拜。

　　那你会问，难道现在只有萨雅克拜的史诗演唱技能才让《玛纳斯》产生一定的吸引力吗？不可争辩的是，史诗如此受欢迎有大部分功劳归功于他的非凡才能。但也不能不承认，史诗本身的一些客观基础所具有的魅力。

　　无论如何，我们可以在此重复穆哈塔尔·阿乌埃佐夫在哈萨克斯坦大学召开的会议上站在萨雅克拜旁边所说的话。在对学生们的演讲中，这位作家对那些怀着敬畏的心情观看玛纳斯奇的学生们说道：

　　　　"我们敬爱的客人是当今世界上最伟大的人之一。我们可能不会再遇到第二个大师了，他便是那最后一个莫西干人。认真听他演唱，记住他的本领……"

　　　　　　　　　　　　（叶尔扎提·阿地里，葩丽扎提·阿地里　译
　　　　　　　　　　　　　　阿地里·居玛吐尔地　审校）

论历史因素对史诗内容的影响

［吉］康艾什·克尔巴谢夫

【编者按】吉尔吉斯斯坦《玛纳斯》研究专家，文学副博士。从1962年开始从事《玛纳斯》史诗的研究、搜集。撰写发表了大量论文和著作。其代表作是《〈玛纳斯〉的艺术特征》一书。为吉尔吉斯斯坦出版的《〈玛纳斯〉百科全书》等各种大型辞书撰写了多篇词条。参与整理编辑了吉尔吉斯斯坦两位大师级玛纳斯奇萨恩拜·奥诺兹巴科夫和萨雅克拜·卡拉拉耶夫文本。值得一提的是，它对我国著名玛纳斯奇居素普·玛玛依唱本进行了较系统的研究。他不仅将居素普·玛玛依唱本第二部三卷转写成吉尔吉斯文出版，而且还撰写了大量论文。主要有《克孜勒苏柯尔克孜族的〈玛纳斯〉》《玛纳斯奇居素普·玛玛依》《论居素普·玛玛依演唱的〈托勒托依〉史诗》《居素普·玛玛依演唱的〈赛麦台〉》《居素普·玛玛依与萨雅克拜·卡拉拉耶夫》等有价值的论文以及专著。在吉尔吉斯斯坦出版的大型辞书《〈玛纳斯〉百科全书》中有关居素普·玛玛依及其文本的数十个词条也都出自他的手笔。他是吉尔吉斯斯坦学者中对居素普·玛玛依《玛纳斯》唱本进行系统研究的，且有成就的学者之一。本篇选自其《英雄史诗〈玛纳斯〉的经典文本》一书。

一、历史因素对史诗和内容的影响

1860年吉尔吉斯斯坦被纳入俄罗斯帝国的版图。这一历史事件为吉尔吉斯人民的生存提供了新的发展空间和新的发展目标。从此，吉尔吉斯人民的文化经济生活和社会政治关系有了重大的变革。

从历史的角度来看，吉尔吉斯人民被纳入俄罗斯帝国的统治，使得吉尔吉斯人民的文化生活走向了新的发展道路。因为，通过对俄罗斯民主文化的了解和认识，吉尔吉斯人自己也获得向前发展的新成果。虽然沙俄帝国的君主执意推行殖民统治，阻止了吉尔吉斯斯坦甚至整个突厥语民族的文化和生活向前发展，但是那些为人类的进步事业而奋斗的俄罗斯先进分子开始在吉尔吉斯民间传播先进的思想和观点。在这种推进和传播先进文化的过程中，各个乡村都开始创办学校、医疗和各种文化教育机构。虽然在经济上处于相对落后的地位，但俄罗斯人民的各种进步活动使吉尔吉斯人民开始觉醒，为提高吉尔吉斯人民的经济文化水平起到了积极的启发作用。在俄罗斯人民先进文化的推动下吉尔吉斯族本土文化和人民生活有了大大提高[①]。

俄罗斯人移民到中亚，哈萨克斯坦等定居，俄罗斯帝国为推行统治政策而研究边疆地区，并开始在各地推行各种政治经济政策。与此同时，为了使俄罗斯探险人员进入中国境内开展考察活动而招募吉尔吉斯人当向导，并开始进行各种规模的探险调查活动。因此，可以说 19 世纪后半叶对于吉尔吉斯来说有着重大意义。吉尔吉斯人民的命运自然与俄罗斯具有革命意识的命运联系在了一起。在这样的状况下，吉尔吉斯人民也开始有了向前发展意识。为俄罗斯文化和科学发展做出巨大贡献的 P. P. 谢苗诺夫（天山斯基）、N. A. 塞瓦尔索夫、N. M. 普热瓦斯基、I. W. 穆士卡托夫、A. P. 费德琴科、V. V. 巴尔托德、N. A. 阿里斯托夫、V. V. 拉德洛夫、乔坎·瓦利哈诺夫等学者们在吉尔吉斯生活地区开启了对自然资源、地理环境以及当地历史、民俗、语言以及口头传统的考察研究活动。

吉尔吉斯人民把所有的创作才能、美好的理想、文化传统融入口头文学作品中，代代相传至今。在以口头形式保存的民间文学作品中，吉尔吉斯人民的历史命运、原始文化、手工艺术、希望和悔恨、喜悦和哭

---

① Айтмамбетов Д. *Кулътура киргизского народа во второй половине XIX и начале XX в.* — Фрунзе，1967.

泣、民族的经历等内容通过充满激情的诗歌形式得到演述。在这些内容极为丰富的民间文学作品中，歌颂英雄业绩的史诗占显著位置。以表现吉尔吉斯战争历史生活为内容的作品《英雄塔布勒德》《加尼西与巴依西》《库尔曼别克》等都是各自独立的史诗作品，主要描述吉尔吉斯人民的反侵略斗争。

除了上述史诗以外，吉尔吉斯还拥有具有重大学术价值的、规模宏伟的史诗《玛纳斯》。从所描述的情节和主题思想而言，史诗《玛纳斯》占据了其他史诗无法比拟的口头创作的巅峰，而且其宏伟的篇幅和优美的艺术性也远远超越了许多世界性史诗。史诗所蕴含的丰富的史实资料，主要来自于描述吉尔吉斯人民自古以来的历史生活的丰富的民间诗歌。必须要强调的是，在很多个世纪的发展过程中，不同时代的玛纳斯奇们都根据自己的才能和激情为史诗《玛纳斯》注入了自己的内容。史诗《玛纳斯》之所以极为旺盛，是因为它展现了吉尔吉斯族每一代英雄们的业绩和他们的斗争。来自民间的天才艺术家们为这部伟大的史诗遗产的产生做出了重大贡献，他们所创作的史诗蕴含了吉尔吉斯人民全部的精神财富。

民俗文化和口头文学作品，尤其是史诗《玛纳斯》，引起了俄罗斯旅行家们和学者们的巨大兴趣。19 世纪的下半叶，V. 拉德洛夫、乔坎·瓦利哈诺夫等俄罗斯探险家们来到吉尔吉斯族居住地区，被吉尔吉斯族的语言和史诗作品深深吸引，并做了最初的记录。

对于《玛纳斯》史诗的最初记载可以追溯到 16 世纪初由阿斯坎特·赛福丁所撰写的《史集》。A. T. 塔伊尔加诺夫在列宁格勒大学图书馆的东方学手稿部发现了这本书。稍后，W. A. 拉马丁又找到了这本书的第二个版本。可见这部著作直到 1959 年尚无人关注。根据资料，《史集》这部著作之前曾被 V. V. 巴尔托德院士发现，但他却并未对书上的历史内容或史诗《玛纳斯》加以关注，也未曾发表任何相关的观点。

《史集》这部著作由两部分组成，主要描述生活在费尔干纳盆地宗教徒们及关于他们的神奇故事。著作的开头部分就有与史诗《玛纳斯》以及其他一些地名，部落的介绍等内容。

在这部于 16 世纪撰写的史书中，英雄玛纳斯的英勇征战事迹以现实主义的方式得到描述，但是在内容上还是与现代或近代的史诗文本有相近和相似之处。当时俄罗斯的探索家们对吉尔吉斯历史、语言、口头创作、手工艺术、自然资源、地理环境等进行了大量的研究。其中，哈萨克学者乔坎·瓦利哈诺夫是专注于吉尔吉斯口头文学作品和民族志研究的一位学者。他对柯尔克孜（吉尔吉斯）族生活地区做了三次调查。第一次是在 1856 年，他参加了上校 M. M. 霍曼托夫斯基领队的伊塞克湖地区军事探险队。1857 年，他第二次来到了伊塞克湖。那个时候他对柯尔克孜（吉尔吉斯）的生活有了进一步的了解，开始关注吉尔吉斯族历史、民族志和口头文学作品。自 1858 年夏季至 1859 年四月份，他由伊塞克湖谷地行至到喀什噶尔。经过这三次旅行，他写出了《伊塞克湖之旅笔记》《准噶尔笔记》等著作。我们可以说，直到十月革命时期，在研究吉尔吉斯族口头文学作品、历史以及民族志的学者中，哈萨克学者乔坎·瓦利哈诺夫的贡献最为显著。他不仅是第一个记录作为吉尔吉斯文化宝库的伟大史诗《玛纳斯》并把它介绍给学术界的人，而且是第一位以科学的方式介绍《玛纳斯》的学者[1]。

　　当时 M. M. 霍曼托夫斯基探险队的最初目的是了解当地人的生活，并绘制伊塞克湖地区自然状况地图。如前所述，乔坎·瓦利哈诺夫也是此次探险活动的参与者之一。他来到伊塞克湖后，就开始跟当地的吉尔吉斯人民交往，学习他们的生活习俗和口头文学。其中最吸引学者的还是史诗《玛纳斯》。据《伊塞克湖之旅日记》记载，经常有吉尔吉斯史诗演唱艺人们前来给他演唱《玛纳斯》，史诗的语言极为美妙动听而生动[2]。遗憾的是，他却没有在笔录中提到任何史诗歌手的相关信息。除了史诗《玛纳斯》以外，学者也简短地介绍了民间口传史"散吉拉"，并阐释了自己的观点。乔坎·瓦利哈诺夫记录的是史诗《玛纳斯》的传统章节"阔阔托依的祭典"。按照该学者自己的说法，这篇史诗片段也是据第一个史诗演唱艺人的演唱，全文记载下来的文本资料。他还曾提及把这篇史诗片段翻译成俄文，并译介到俄国学术界的情况。他生前

---

　　① 玛穆特别克夫·Z、阿布德勒达耶夫·E，《论"玛纳斯"研究中的一些问题》，伏龙芝（今比什凯克），1966 年，第 26 页。

　　② 乔坎·瓦利哈诺夫，《伊塞克湖之旅日记》第五部，阿拉木图，1984 年，第 32 页。

所写的资料并未成书，直到 1904 年才出版，而此时他已过世①。他亲耳听到的《玛纳斯》史诗的内容虽然很多，但记录下来的仅"阔阔托依的祭典"这一章节而已。就这样，吉尔吉斯的伟大史诗《玛纳斯》于1850 年第一次被记载，1904 年被翻译成俄文版并出版。从此，口耳相传的史诗《玛纳斯》第一次被翻译成异民族语言。乔坎·瓦利哈诺夫在七河流域、伊塞克湖地区、伊犁等地的旅行中，搜集了极为丰富的历史传说、民族生活区域、经济、地理、民俗文化、民族志、生活生产方式、习俗以及口头传统等方面的资料。

1885 年，W. 拉德洛夫院士在圣彼德堡出版了以俄文拼写的《玛纳斯》史诗的柯文版本。同年，这部以描述伟大英雄玛纳斯的英雄业绩为内容的吉尔吉斯族宏伟的英雄史诗被拉德洛夫翻译成德文并出版。就这样，拉德洛夫成为最早记录《玛纳斯》，出版《玛纳斯》，研究《玛纳斯》的历史根源等问题并提出自己观点的突厥语民族学者之一。拉德洛夫不仅在口头文学经典作品的搜集记录方面而且在十月革命之前的吉尔吉斯语言史的研究方面做出了突出贡献。

在同时代的突厥语民族学者中，作为民俗学家，语言学家，民族学家，以及考古学家的拉德洛夫院士以其大量的相关学术著作，在突厥语研究方面获得如同哥伦布一样的世界知名度，并被视为世界突厥语民族学的奠基人。

1854 年，17 岁的 W. 拉德洛夫考入柏林大学人文学院。在当时那个比较语言学学科蓬勃发展的年代，这位未来的著名突厥语民族学者同时从当时著名的奥古斯特·波托、费朗茨·波培、特朗德里波特、密舍利、施泰因塔尔等著名语言学家们那里聆听哲学和语言学课程，并开始学习犹太语，阿拉伯语，波斯语，蒙古语，满语，汉语，日语和土耳其语等多种语言。他当然不是没任何目的地学东方语言，而是想在毕业之后留在 1854 年刚刚成立有的东方研究中心工作。当时有很多东方民族纳入沙俄版图，因此俄罗斯政府经常提供和安排学者到东方探险旅游的机会。而当时的他一心希望自己能有机会参与一次探险旅行学习和掌握一门活着的语言，进而与讲述这种语言的人们进行交流，了解他们的生

---

① 乔坎·瓦利哈诺夫，《伊塞克湖之旅日记》第五部，阿拉木图，1984 年，第 421 页

活习俗，文化、历史以及口头文学作品。于是，为了实现自己的理想，他决定首先学习俄语。

拉德洛夫来到圣彼德堡之后，停止自学语言，并于1859年来到伯纳乌市的一所矿业学校开始做德语和拉丁语教师。在此期间，他在伯纳乌市长的帮助下，雇用一位蒙古人学习了蒙古语言，从而实现自行旅游蒙古时使用蒙语跟当地人交流的梦想。

在1859—1871年，拉德洛夫跟蒙古教师在阿尔泰做了一次旅行，跟随一个名叫恰瓦罗阔夫的阿尔泰教师在此地区做了两次旅行。之后在西伯利亚，伊犁河周边的突厥语民族生活地区进行旅行。从1860年的下半年开始，突厥语民族地区并入俄国，为研究当地突厥语族各民族的民俗习惯、语言、历史及口头民间文学作品提供了巨大的机会。此前他就在伊犁谷地，伊塞克湖周围地区搜集了不少关于当地人的语言，民族志以及口头文学作品方面的资料。除了吉尔吉斯资料外，在他搜集的资料中虽然有众多部分属于吉尔吉斯以外的其他突厥语族的部落，可其中还是可以找到与吉尔吉斯相关的资料。比如《泽热普尚的中部地区》《西伯利亚的原始居民》《南西伯利亚和准噶尔突厥语民族的民族志》等著作。

拉德洛夫对吉尔吉斯族居住地区做了三次旅行。第一次是1862年他来到了特克斯县的吉尔吉斯族居住地，第二次是1864年来到了楚河（qùy）地区，第三次是1869年他在托克马克市周边吉尔吉斯地区和伊塞克湖西地区做了旅行。在这三次旅行中他记载了史诗《玛纳斯》《托什图克》和一些哭丧歌。

1869年，拉德洛夫来七河地区的目的是搜集伊犁地区民众暴乱的相关信息并同时去往伊塞克湖附近和楚河（qùy）地区吉尔吉斯族人生活地区考察。他当时从阿拉木图出发，经过卡斯提克谷（қastek қapqigayi）才到达了托克马克市并在那里记录了该地区的吉尔吉斯族各个部落的丰富资料。其中有众多口头文学作品，占重要部分的还是史诗《玛纳斯》。他对吉尔吉斯族民间极为发达的史诗传统感到很吃惊，并亲自聆听和记录了其中一些作品。之后，他从托克马克出发到了卡拉科尔（қaraköl），但由于生病原因他在这里并未记载任何资料，而是很快回到了阿拉木图。

他搜集的吉尔吉斯族民间口头文学资料和其他相关资料的很大一部分都编入他的《北方突厥语民族民间文学典范》丛书的第五卷中。而且这些资料的绝大部分为史诗文本。虽然该著作以及前言早在 1876 年就已完成，因史诗《玛纳斯》的德文翻译当时尚未完成，作者不得不延期，直到 1885 年著作的第五卷，用俄文字母拼写的吉尔吉斯文转写的史诗《玛纳斯》文本和《玛纳斯》的德文韵文体翻译本分两本书一起出版。

拉德洛夫记录的突厥语各民族的相关资料的著名成果以《突厥语各民族民间文学典范》为名并以丛书形式自 1866 年开始出版，总共由 10 卷组成，包含每一个突厥语民族的从语言特征到民族文化，口头文学等一系列的资料。自该丛书的第三卷出版，拉德洛夫不仅以语言学家的身份扬名于语言学界，而且以著名的民俗学家身份名满民俗学界。拉德洛夫贵重资料集的第五卷中除了收录有吉尔吉斯族代代相传的文学遗产史诗《玛纳斯》以外还有《艾尔托什图克》《交牢依汗》《木尔扎吾勒》等史诗以及众多哭丧以及其他各类题材的民歌。

在这一卷的序言部分他表达了自己对吉尔吉斯人灵巧的言语技巧和吉尔吉斯语的丰富而流畅的诗性韵律的仰慕之情，并且强调史诗在吉尔吉斯族民间比起其他文类更加繁荣昌盛的现实。拉德洛夫发现吉尔吉斯史诗具有一个特殊的发展时期并把这一时期称为"真实的史诗时代"[①]。他曾将希腊史诗和吉尔吉斯族英雄史诗做比较研究，并对吉尔吉斯族史诗的口头形式流传的活态特征给予高度评价。

拉德洛夫所记录的史诗《玛纳斯》的文本包括"英雄玛纳斯诞生"到"远征"一直到"死亡"等内容。除此以外，还包括玛纳斯的后代《赛麦台》《赛依铁克》的内容。按照他的观点，史诗《玛纳斯》由多个故事片段构成，他在编辑时完全服从了史诗传统的叙述顺序，故事情节前后排序和整个结构都没有做任何改变，史诗是从托克马克市附近的吉尔吉斯人口中搜集记录的。史诗的开头章节被命名为"玛纳斯的诞生"，其他唱本中的内容在这个文本中也得到了全面的演述，描述了英雄玛纳斯从出生到童年的成长故事。紧随其后的章节为阿勒曼别特的出

---

① 《柯尔克孜族英雄史诗"玛纳斯"》，伏龙芝（今比什凯克），1968 年，第 16 页。

生，投靠阔克确以及他与阔克确产生矛盾而投奔玛纳斯的内容。第三个章节主要讲述玛纳斯和阔克确的较量（拉德洛夫将这个故事片段与阿勒曼别特对阔克确神奇离开等内容联系起来）。第四个章节为包克木龙为父亲阔阔托依举办祭典。第五个章节是将玛纳斯的死亡归结到他的从卡勒玛克人中返回的亲戚的内容。第六和第七各章节是关于玛纳斯的死亡、玛纳斯的儿子赛麦台和孙子赛依铁克的英勇事迹。

《玛纳斯》史诗的内容以英雄玛纳斯一生的英勇事件为主线。史诗虽然主要描述吉尔吉斯战争时期的生活，但在史诗的情节中依然有很多和平时期的人民生活、民俗、丰富的神话传说，极为丰富关于吉尔吉斯族民族生产活动的内容。拉德洛夫记录的史诗文本保存着历代构成史诗三部曲的传统的全部的核心故事情节。他不仅记录了史诗，同时还通过与其他史诗的比较，给予了吉尔吉斯史诗客观而科学的评价。

1903 年，由俄罗斯地质学组织安排的科学探险活动中，B. W. 斯米尔诺夫和 A. F. 彼勒尼斯基两位画家被派到了吉尔吉斯族居住地区。B. W. 斯米尔诺夫描绘了很多关于吉尔吉斯族生活的图片，与此同时他还对口头文学作品产生浓厚兴趣并开始搜集相关资料。在楚河地区搜集民间文学作品和绘画过程中，他遇见了出自当地的名叫坎吉·卡拉的一位克雅克①演奏家和史诗演唱艺人。B. W. 斯米尔诺夫从坎吉·卡拉口中记录下他所演唱的史诗《赛麦台》的一个片段。这个片段主要描述赛麦台寻找阿依曲来克的故事内容。不难发现，当时被记录的文本与我们近期搜集的文本基本相同。

1912 年载布达佩斯出版的《KELETI SZEMEL》杂志的第 12 期刊发了匈牙利学者 G. 阿里玛什（G. Almaxe）以拉丁文字转写成的吉尔吉斯文史诗《玛纳斯》的片段"玛纳斯与儿子赛麦台的告别"。刊发的史诗片段总共由 73 行诗组成，根据内容得知，史诗的这一片段是在伊塞克湖东边的纳伦科尔地区记录的。史诗片段讲述了英雄玛纳斯及阿勒曼别特、巴卡依、楚瓦克等英雄带领 12000 名士兵前往征讨空吾尔拜，启程前卡妮凯抱着刚出生不久的儿子赛麦台出现。玛纳斯接过儿子赛麦台，亲吻他的额头告别，然后率领大军前往征战的情节。这一个很短的片段

---

① 克雅克：柯尔克孜族传统弓弦乐器。

就以这样的情节结束。

除了以上的资料，还有史诗《玛纳斯》的一些印刷本或被民间文学作品爱好者记录的文本留存于民间①。

史诗《玛纳斯》在十月革命之前就以其丰富的内容吸引了俄罗斯学者们的注意，并以独特的艺术风格被列入世界著名史诗之列。不仅如此，伟大的文化遗产并未削弱它的生命力，它依然以活形态的形式流传在民间。在民间流传中，《玛纳斯》艺术感染力不断加强，人物艺术形象更加鲜明，内容越来越丰富，情节越来越独特，唱本越来越多。正是这些因素使《玛纳斯》更加引人注目，引起更多学者的关注，收集出版研究工作也得以不断延续。学者们的不断努力，对《玛纳斯》史诗的不断挖掘，在吉尔吉斯民俗文化，特别是在史诗《玛纳斯》的研究方面取得了一系列成就。这不仅仅是民俗文化研究方面的成果，也对社会科学其他学科做出了重大贡献。

苏联学者 M. 阿乌埃佐夫、日尔蒙斯基、B. 尤努萨利耶夫、A. N. 伯恩什达姆、P. N. 彼尔克夫、K. A. 热赫马杜林、C. N. 阿布热玛卓尼等所做出的贡献十分显著。他们对史诗《玛纳斯》的内容和主题、故事情节特征、玛纳斯奇的演唱特征、史诗中所反映的时代、史诗的中心思想、人物形象和性格特征以及史诗产生的年代等内容做出了科学分析。

对史诗《玛纳斯》的人物系统和史诗所产生的年代进行相关研究，提出自己的观点的学者中最突出的有 M. 阿乌埃佐夫、日尔蒙斯基、B. 尤努萨利耶夫、K. A. 热赫马杜林、M. I. 博格达诺娃等。他们的研究成果把史诗《玛纳斯》的研究从吉尔吉斯本土学术圈，提升到全苏联甚至世界史诗研究的层面，极大地扩展了史诗的研究空间。这种状况再一次证明了史诗《玛纳斯》是以活态形式流传在民间的世界性史诗之一。

十月革命之前的《玛纳斯》研究没有把史诗的整体情节纳入研究领域，只限制于某一个故事片段或某一个史诗片段的研究，只是对整个史诗的思想内容和上述各类问题做笼统的概述和评价。对吉尔吉斯口头创作，特别是对《玛纳斯》的研究是自苏联革命胜利之后才开始的。

---

① 艾特曼别托夫·D，《柯尔克孜族文化》，70 页。

只要认识到搜集和记录过程需要很大的工作量，我们就能够了解这一点。因为人民可以见证最早开始记录《玛纳斯》的学者们 K. 米夫塔阔夫和 E. 阿布都热赫曼诺夫的巨大劳动成果。其中，M. 阿乌埃佐夫以自己的勤奋和劳动，通过对史诗《玛纳斯》的整体情节特征，玛纳斯奇的演唱技术，史诗的艺术特点的研究证明了人民创作的这部史诗的人民性。在丰富的既有的资料的基础上，他根据史诗情节写了关于《玛纳斯》史诗的研究著作。在其著作《吉尔吉斯族的英雄史诗〈玛纳斯〉》中，阿乌埃佐夫从史诗的收集情况、史诗演唱艺人的生平、艺术创作、学艺过程入手，并指出演唱《玛纳斯》并不是所有平凡的人都可以做到的事。他强调，史诗演唱职业需要对史诗的强烈兴趣，有一种神奇力量的影响和驱动，具备出众的才华和条件，并且付出艰辛的努力。并不是所有有名望的即兴诗人阿肯都能演唱《玛纳斯》史诗的三部曲。即便能演唱，他们也就是背诵某个传统章节。只有那些成为传说人物的伟大的史诗演唱艺人们才能以崇高的艺术水准，日夜连续地演唱篇幅宏伟的史诗《玛纳斯》。获得这样伟大的玛纳斯奇之名的歌手有凯里迪别克（Keldibek）、巴勒克（Balk）、阿克勒别克（Akilbek）、特尼别克（Tinibek）、乔伊凯（Choyuke）等。萨恩拜·奥诺兹巴科夫也可以被列入其中。

当时最吸引 M. 阿乌埃佐夫的问题是：谁是史诗《玛纳斯》最初演唱者？又是谁接续他演唱了史诗？在自己的著作中他围绕着这个问题做了许多分析。为了解释这些问题，他没有从外部因素去寻找答案，而是深入史诗文本之中，从中寻找答案并提出自己的看法。尽管他的观点有一定的说服力，但也遗留了很多疑问和争论。因为，无论探究哪一位玛纳斯奇的生平及艺术创作，他们都没有明确提及自己的老师。即便是提起前辈玛纳斯奇们，他也不会说自己曾直接拜其为师学习演唱《玛纳斯》。但是他们会承认他们曾经经常跟随某一位玛纳斯奇游走并聆听其史诗演唱。也就是说，他们经常跟随和聆听演唱的玛纳斯奇正是他们的师父，是他们演唱《玛纳斯》的职业生涯中的保护人。至于哪一位阿肯或玛纳斯奇最初创作了史诗《玛纳斯》的问题，到如今没有任何明确答案。在玛纳斯奇们中间有一个关于学艺方法的传统的说法，这说法与神灵梦授相联系并成为每一位玛纳斯奇对自己如何学习《玛纳斯》

的解释①。因此，不管我们问哪一位玛纳斯奇，他们都会以自己的梦授经历来解释他们的学艺过程，这成了一个固定的传统。

除此之外，阿乌埃佐夫在自己的著作《吉尔吉斯族的英雄史诗〈玛纳斯〉》中还对构成史诗整体的史诗内容、情节结构、艺术形象塑造、诗学特征等加以关注。对史诗内容、史诗故事情节安排和叙事做了简短但系统的分析。他的分析基于历史比较方法，将《玛纳斯》同其他民族的史诗做了比较。针对史诗《玛纳斯》的内容和主题，他指出必须要根据史诗本身的特点，走出人为的机械化分类方式，在整体主干与繁纷的小的情节中，根据史诗的叙述结构和主题区分出较大版块的故事片段。

这样自由分类法的结果是，整个《玛纳斯》史诗被分为以下若干个片段，（1）玛纳斯的出生及童年，（2）若干次征战，（3）最忠诚的伙伴，同乳兄弟阿勒曼别特的到来和加盟，（4）阔阔托依的祭典，（5）玛纳斯与卡妮凯的婚礼，（6）阔兹卡曼事件（玛纳斯背叛的亲戚的事故）。除此以外，还有一个与"征战"不相干的故事片段，即"七个可汗反叛玛纳斯"②。通过这样的分类，不仅能凸显史诗中的传统情节，同时还可以关注史诗中的每一个完整的小故事。这不是对内容的顺序，而是对故事情节的逻辑关系的分析。

人类非物质文化代表作史诗《玛纳斯》传承至今，离不开具有丰富艺术思维的少数史诗演唱者。他们用形象化的故事情节来展现吉尔吉斯族人民生活及历史。正是很多世纪以来延续的丰富思维和深厚传统造就了萨雅克拜·卡拉拉耶夫和萨恩拜·奥罗诺兹巴科夫这样独特而才华横溢的著名的玛纳斯奇（以演唱《玛纳斯》为职业的民间艺人）。他们以自己出众艺术思维和创作才能给我们展现了精妙的史诗《玛纳斯》的叙述。可惜的是，众多玛纳斯奇们的名字被遗忘和泯灭在历史的长河中了。只有一部分以传说形式传到了我们的年代，有些只被记住了模糊的姓名。毫无疑问，一开口就诗如泉涌，具有超强演唱技能的大师级玛

---

① 《柯尔克孜族英雄史诗"玛纳斯"》，1961年，第17页；《柯尔克孜族历史"玛纳斯"》，伏龙芝（今比什凯克），1968年，第93—98页。

② 同上，34页。

纳斯奇们的出现造就了玛纳斯奇们特有的史诗流派和史诗传统的"学校"①。在《玛纳斯》史诗的民间传承方面玛纳斯奇们的作用是巨大的。他们在当众演唱史诗之前首先会在一个特定的"学校"中学习和掌握有关知识和技巧。只有到了有足够自信，能够独立完成史诗演唱时才会出现在公众面前。

　　无论一个玛纳斯奇是否已有充足的积累，达到了怎样的艺术高度，无论在何种程度上聆听、继承和吸收了前辈们的和同时代史诗歌手的演唱传统和演唱技巧，为了得到群众的首肯，在大多数情况下，他们总是会先让自己亲近的人审视和评判，会再一次检验自己的演唱水平，并向他们询问自己的演唱中在情节结构、内容安排、艺术特色、演唱技巧以及故事情节之间的衔接和连贯性方面是否存在缺陷和不足，并就此努力进行反复的还原或加工完善。类似情况在记录史诗演唱艺人萨恩拜·奥罗诺兹巴科夫演唱的《玛纳斯》时也有过②。这样的演唱实践为玛纳斯奇在演唱中延长或缩短故事情节提供了可能性，因为史诗歌手要根据听众的情况和特点演唱史诗。可见对玛纳斯奇们的演唱技术而言，众多学者们观点是一致的。

　　对于史诗演唱艺人，首先应关注在他们的演唱技能统摄下创编完成的史诗本身。以此为基点，最初首先是对他们所演唱的唱本和这个唱本在传统中所占地位给予评价。要评价像《玛纳斯》一样被玛纳斯奇们这样演唱和加工了若干个世纪的宏伟史诗，首先要看那位玛纳斯奇对史诗传统所做出的贡献的多少，其传承途径和传承方式以及诗歌的艺术性。史诗《玛纳斯》中自古出现的，代代相传的因素和对于这些因素的如同个人的创造一样自由灵活地加以利用会被认为是玛纳斯奇们对史诗创编所做出的贡献。这种借鉴和创新对于每一位史诗演唱艺人都是很自然的。吉尔吉斯族英雄史诗与其他民族英雄史诗的区别在于它宏伟的篇幅。由百万诗行组成的宏伟史诗，随着篇幅扩展内容也得到丰富，其艺术性也不断提高，为在民间广泛流传提供了便利条件，成为活态史诗

---

　　① 钦·艾特玛托夫：《古代柯尔克孜族灵魂的顶峰》，《玛纳斯》第一卷，伏龙芝（今比什凯克），1978 年，第 11 页。

　　② 《多式多样的思维方式》，M. 阿乌埃佐夫，阿拉木图，1959 年，第 494 页。

的典范。它充满活力的，以活态的形式流传的方式正是它区别于中亚及哈萨克斯坦各民族的英雄史诗的显著特征①。

涵盖很多个世纪以来的历史事件，以独特方式反映吉尔吉斯族历史生活，内容优美，内涵丰富的伟大史诗《玛纳斯》展现了众多时代的发展过程，使生活在不同时代的玛纳斯奇们通过他们的思想情感与个人的创作技能和经验融入其中而得到传唱和创作，最终成为规模宏大的一部结构完整的史诗杰作。这正是史诗《玛纳斯》区别于其他民族史诗的特征之一，表现在史诗内容的复杂性和情节的多样性。因此，每一个玛纳斯奇根据自己生活时代的特点和社会结构，依照自身现有的审美习惯和诗歌素养并结合丰富的想象力，为原有的史诗内容锦上添花。如若某一位玛纳斯奇具有能满足听众需求，并且具有同样一致的审美追求的诗歌艺术创造能力的话，那么他每一次演唱的史诗内容或史诗片段都会以其内容的优美和内容深度区别于其他唱本。玛纳斯奇在演唱过程中不会一字一句地重复他从前辈玛纳斯奇那里听来或向自己的师父学习的史诗文本，而是在史诗传统的基础上进行再创作。这样创作的结果，使他们演唱的史诗唱本具有更加丰富的内容和尖锐的情节结构，使其更具有优美诗歌的因素，且成为拥有独特描述特征，展现人民历史生活的史诗性作品，在史诗中展现吉尔吉斯族人民经历的历史事件。可以看出这部伟大史诗并不是独自一个人的艺术创作，也不是限定在某一个特定的历史阶段的产物，它集中反映了若干个世纪的历史痕迹，涵盖人民生活、军事活动等内容，由众多天才歌手们所创作的作品。

演唱史诗《玛纳斯》的歌手群体大部分继承并丰富了代代相传的相对固定的史诗传统。他们不会把纯粹的个人臆想编造的内容添加在史诗情节中，而是在传统情节的主干内容基础上删繁就简或增加合适的内容，并未走出史诗传统内容的范围。因为虽然史诗代代相传，走过了漫长的发展历程，但是被传承的史诗主干内容始终保持其固有面貌。可见，史诗从最初由创作者所创作的简短诗歌源头开始发展，经过一代接一代天才歌手们的不断传承，逐渐发展成为海量篇幅的，生活百科全书

---

① 博格达诺娃:《诸柯尔克孜族英雄史诗"玛纳斯"的特点》,《柯尔克孜族英雄史诗"玛纳斯"》, 莫斯科, 1961 年, 第 197 页。

式的，歌颂人们千年岁月英勇事件的宏伟作品。因此，我们不得不承认这部反映人民生活的史诗是由出生在民间的极少数天才歌手们创作完成的。事实上，每一位玛纳斯奇都是现实生活中不可重复的现象。他们在自己的创作过程中根据当时时代的社会条件、人们的政治经济状况以及社会发展变化的趋势对待史诗的创作。所有的史诗专家们将史诗《玛纳斯》有关内容关联起来，都一致强调它是纯粹的民间作品，是反映人民漫长的真实经历的历史生活和不同时期历史事件的作品。尽管这部史诗经历了如此漫长的年代，遭遇了血雨腥风的不同时代的涤荡，但其内容却不断得到充实，一直得到善于创作的人们严格筛选，逐步定型，逐步走向诗歌艺术的巅峰，并流传至今。每一个年代的玛纳斯奇们对史诗的创作态度都要遵循源远流长的传统主干内容。对于这样的史诗而言，其创作时在史诗中添加适合人民生活、命运、观念、思想的新的因素，并跟每一位玛纳斯奇的学艺途径及个人的艺术创作特点相关联，并显现出各自的不同。这表明，史诗《玛纳斯》目前已有的唱本都是历代人民在漫长历史过程中共同创作的产物。为了保持史诗的生命力，玛纳斯奇们在传承这部伟大的史诗过程中，在各自的创作中根据自己的才能不同程度地添加了自己的内容。就这些后添加的或者是被删减的内容而言，必须强调，这并非是直接改变史诗的主干内容，而是将史诗内容根据当时社会生活的规范稍做修饰，补充或删减等。也就是说，在这种情况下，玛纳斯奇们并不破坏口头创作传统，而是完全保持作为史诗本身艺术风格的修辞、情节和主题的特点。

如果审视史诗《玛纳斯》的整体传统章节和故事情节的叙事特点，我们会发现史诗的内容主要是由战争和生活两个相对独立的部分组成的。但是，虽然情节结构分为以上两种组成部分，但其主题思想却构成完整的统一体。所有的故事情节都围绕着英雄玛纳斯发展，主要讲述他保护人民、家乡的英勇事迹。作为它的结构基础，传统诗章和故事片段在维持史诗内容完整性上起最关键的作用。

不管看哪一个史诗唱本的结构，故事情节的多层面多向度发展在史诗内容中占绝大部分，顺着一个方向发展的情节极为个别。每一个重大的史诗章节故事结构不会只限制于一个故事的结局而停止，它反而通过向史诗内容中添加各种各样新内容使史诗的结构得到扩展并发展。每一个玛纳斯奇，不管是萨雅克拜·卡拉拉耶夫和萨恩拜·奥罗诺兹巴科夫或者夏·额热斯敏迪耶夫、B. 萨扎诺夫都是通过自己新添加的内容使史诗的主题得到扩充。围绕史诗主人公相关的故事内容添加的情节每一位玛纳斯奇都根据自己的叙述能力而有所区别，因此在描述和解释方面区别于其他玛纳斯奇。

不管我们看史诗《玛纳斯》的哪一个唱本，史诗的主干内容的情节结构都由固定的故事情节和辅助小型情节组合而成。虽然每一个故事片段或情节组成一个完整的内容，但内在的情节彼此融合纠缠，并服从于史诗《玛纳斯》的主要思想内容，并共同构建起一个完整的著作。

由于史诗的核心内容主要是与英雄的出生到死亡的情节有关，因此故事总是围绕着玛纳斯发展。虽有很大程度上的整体性，每一位玛纳斯奇在演唱自己的唱本时从来不会完全重复另一位玛纳斯奇演唱的内容或是他所拜师学艺的师父的演唱内容。虽然演唱的是同一个史诗，但每一位玛纳斯奇演唱的史诗内容在母题安排、故事情节的发展、个别事件的布置和描述等方面都有区别，保持各自的特点。因为在描述史诗中人的行为，母题的组织和安排，甚至在表现重大事件的诗歌中都可以找到相互不同之处。故事的叙述顺序也不曾固定在一个模式上。属于一个流派的史诗歌手演唱的内容区别于属于其他流派史诗歌手演唱的内容。甚至有些史诗片段完全有可能在演唱过程中被遗失或缩短，要么在自己所属的流派的代表性歌手的演唱基础上得到扩展①。同样的观点也曾由日尔蒙斯基证实，他指出萨恩拜·奥诺兹巴科夫和萨雅克拜·卡拉拉耶夫两位艺人演唱的史诗《玛纳斯》有一定的区别……特别是在"阿勒曼别特投靠玛纳斯""玛纳斯派提亲使者""远征的结束"等章节相差较明显。他说到，在萨雅克拜·卡拉拉耶夫的唱本中没有"阔阔托依的祭典"这一章节。这一章节出现在他演唱的史诗第二部《赛麦台》中的有关英雄玛纳斯的内容中②。

玛纳斯奇们在大众前演唱《玛纳斯》时，不会脱离和改变史诗的传统故事主干核心内容，只是为了使史诗变得更加有趣，提升史诗语言

---

① M. 阿乌埃佐夫：《多式多样的思维方式》，阿拉木图，1959 年，第 484 页。

② V. M. 日尔蒙斯基：《"玛纳斯"研究导论》，伏龙芝（今比什凯克），1948 年，第 15 页。

的优美程度和感染力，而对部分场景描述、史诗中的修辞手法、史诗中的其他一些描述等内容进行适当的再创作。也正是在这一过程中，玛纳斯奇对史诗《玛纳斯》的内容中添加或删减的信息对史诗文本风格和演唱传统带来更新。每一位玛纳斯奇演唱的史诗唱本都有各自的叙述特色，而这样的叙述方式体现和贯穿于属于不同唱本中的故事情节的发展过程、故事情节的描述、史诗中人物的英勇事件的描述方面。

不管在哪一个史诗唱本里，史诗的核心情节和内容都不会有变化，史诗的结构会始终得到保持。因此，不管是萨恩拜·奥诺兹巴科夫还是萨雅克拜·卡拉拉耶夫的唱本（我们把他们演唱的史诗《玛纳斯》当作经典的文本看待），或者是别的玛纳斯奇们的唱本，每一位玛纳斯奇都要从玛纳斯的祖先的来历开始演唱，然后才转入演唱英雄玛纳斯的英雄事迹。如果我们观察作为经典标本的萨恩拜·奥诺兹巴科夫和萨雅克拜·卡拉拉耶夫的唱本的话，史诗的开头并不是以玛纳斯的出生开始，而是按照历来的演唱传统首先讲述了英雄玛纳斯祖先的来历。萨雅克拜·卡拉拉耶夫将这部分内容作为一个完整的故事片段演唱，而萨恩拜·奥诺兹巴科夫则以散文形式简短地讲述了此内容，并没将其当作一个完整的故事片段。虽然这一片段并没有被视为史诗的完整的独立故事片段演唱，但在玛纳斯奇们中间依然保持了其传统故事的框架。萨雅克拜·卡拉拉耶夫以韵文形式有头有尾地描述了玛纳斯祖先和他们的历史生活。在他的唱本中加克普（玛纳斯的父亲）的父亲卡拉汗过世之后的艰难时期，敌人的侵略和对吉尔吉斯人的蹂躏，吉尔吉斯人被迫遭到流放和迁徙，人民对敌人的反抗以及劳动生活等一系列内容组成了一个完整的史诗故事篇章。

上述故事情节几乎在每一个史诗唱本中都出现，但我们却会发现情节的叙述会有所不同。最近，中华人民共和国新疆克孜勒苏柯尔克孜自治州地区的柯尔克孜族中的以阿拉伯文字形式印刷的柯尔克孜文版《玛纳斯》首次出版。这一版本的第一卷也包含了柯尔克孜族的来历、玛纳斯的诞生、被举为汗王等一系列传统的核心内容。作为《玛纳斯》史诗传统章节的柯尔克孜族的来历得到了关注，讲述了玛纳斯祖先相关的内容。关于玛纳斯祖先的内容在玛纳斯奇居素普·玛玛依的唱本中不仅独具特色，而且与上述唱本有鲜明的区别。在他的唱本中，柯尔克孜人民发祥于叶尼塞河。在叶尼塞河流域生活时期，柯尔克孜族人被名为卡勒·玛玛依（кal mamay）［之后又改称为汗·玛玛依к(an mamay)］的人统治。在《玛纳斯》史诗传统中经常要提及的诸位汗王波彦汗、恰彦汗、卡拉汗、奥诺孜都汗得以出现。跟其他史诗唱本相同，在以上出现的汗王时期没有外敌胆敢袭扰柯尔克孜族人民。不同的是，在其他唱本中诺盖过世后柯尔克孜人民遭到卡勒玛克的侵略，被迫四处逃亡，而在居素普·玛玛依的唱本中奥诺孜都汗过世后阿牢开给柯尔克孜族带来灾难。

居素普·玛玛依的唱本中讲述，最初的汗王是卡勒·玛玛依，之后是波多乃，波多乃的儿子是博彦汗，博彦汗的儿子是恰彦汗，之后是卡拉汗、再之后是他们的子子孙孙继续繁衍。玛纳斯未诞生之前他的祖先，也就是以上的汗王们的后代相继得到描述。在叙述关于加克普的父亲时，与其他唱本不同，出现的不是诺呙依，而是诺呙依的儿子之一奥诺孜都担任了加克普的父亲的角色。奥诺孜都汗有被称为"五位巧女"的五个老婆。其中大老婆生有两个儿子，分别叫加克普，什哈依，第二个老婆生有卡塔干和卡特卡郎，第三个老婆生有阿克巴勒塔和加木格尔奇，第四个老婆生有卡斯耶特和卡勒卡，第五个老婆生有铁凯奇和克孜勒太。以上的人物虽然在其他唱本中也出现，除了加克普以外他们都担任部落首领的角色，并未明确说明他们与加克普的同父异母兄弟关系，而且每一个人物在史诗中都有各自特定的位置和担任的角色，而在居素普·玛玛依的唱本中是作为加克普的同父异母兄弟来描述的。

加克普的父亲是奥诺孜都这一情节在吉尔吉斯斯坦境内流传的唱本中不曾出现，反而是加克普和奥诺孜都均以诺呙依的儿子，以亲兄弟的身份出现。卡勒玛克迫使柯尔克孜人民迁徙时，加克普和奥诺孜都这两个亲兄弟被卡勒玛克人遭散到两个方向。由此可见居素普·玛玛依的唱本跟其他唱本比较，在人物名称和亲属关系方面也有区别。

在吉尔吉斯斯坦流传的绝大多数唱本中作为加克普的父亲出现的诺呙依在他的唱本中以卡勒玛克的巴依（富翁）的角色出现。在加克普被迫离开家乡时，他被发配到卡勒玛克的巴依（富翁）诺盖依的领地成为他的奴仆。除此以外，在这个唱本中，奥诺孜都的儿子们被迫带着自己的部落民众被遭散到不同的卡勒玛克依富翁名下去做奴仆，从此便失去自己的名字而改以这位富翁的名称命名，因此加克普及其部落后来被称为"诺盖人"，阿克巴勒塔及其部众被称为"诺依古特人"。

在已有的唱本中都有关于英雄玛纳斯诞生之前被卡勒玛克人四处寻找妄图将其扼杀在母腹中的内容，特别是在萨雅克拜·卡拉拉耶夫的唱本中得到比较详细的描述。之前，我们根据所掌握的各类唱本认为这个母题就属于萨雅克拜·卡拉拉耶夫的唱本所独有，而如今这一母题在中国境内的柯尔克孜族人民记录的唱本中也出现，说明这一母题是史诗中自古以来就有的传统情节和母题。

如：艾散汗的预言占卜师从其神秘的占卜书中得知玛纳斯即将诞生的消息并对即将出生的英雄进行了详细描述：

> 手中拿起了占卜书这样开言：
> "脸色如同油炒过的麦子，
> 眼神如傍晚的朦胧雾霾，
> 像一只饥饿的雄狮，
> 名扬四方的汗王玛纳斯将要出现。
> 他的怒气使人丧生，
> 他将出生在布鲁特人中，
> 等到玛纳斯骑马登程，
> 你的特尔胡特人将被消灭。
> 中等个头宽肩膀，
> 他是吉尔吉斯人生的玛纳斯汗王，
> 他的威武使人丧生。
> 他十全十美没有缺陷，
> 布鲁特人会降生雄狮玛纳斯，
> 在他的铁蹄下无人生还。
> 雄狮猛虎要降生，
> 摧毁世界的英雄将要出生。
> 如果这个玛纳斯真出生，
> 手持武器的随从总共八十四人，
> 走向何方都会是一团火焰，
> 如果玛纳斯出生并长大，

> 我们的末日即将到来，
>
> 别依京也将会被他霸占……"①

其结果是卡勒玛克人没有能够在吉尔吉斯族的 40 个部落中找到玛纳斯，只好逮捕了撒马尔罕人琼叶仙的儿子加尔玛纳斯了事。

很明显，在克孜勒苏柯尔克孜民间流传的《玛纳斯》中也有与以上母题相似的内容。卡勒玛克通过占卜，从占卜书中得知玛纳斯即将出生的消息。

冉古都克这样发话：

> 我的阿牢开汗王啊你听，
>
> 你们时间即将到来，
>
> 我们的时间也即将到来，
>
> 福运即将离我们而去。
>
> 你会逃离自己的家园，
>
> 去往杭爱人中躲避。
>
> 你儿子空吾尔拜将统治
>
> 赫赫有名的别依京城郭。
>
> 柯尔克孜人中将出生一位英雄，
>
> 他会像咸盐调味一样，
>
> 不仅卡勒玛克，还要加上克塔依（契丹）
>
> 都将被这位英雄战胜并统治……②

根据以上的例证，两个唱本中同样都有关于克塔依（契丹）占卜书中出现玛纳斯名字的内容，而这些信息的相似性、母题的展示等方面也显示出这两个唱本似乎属于同一个流派来自同一个渊源。虽然两个唱本拥有着相同的母题，但是玛纳斯奇们对于唱本内容的叙述，情节的安

---

① 萨雅克拜·卡拉拉耶夫：《玛纳斯》（第一卷），伏龙芝（今比什凯克），1984 年，第 40 页。

② 居素普·玛玛依：《玛纳斯》第一部（第一卷），乌鲁木齐，新疆人民出版社，1984 年，第 42 页。

排和表述体现了两位艺人各自所拥有的特点。

无论如何，在"命名玛纳斯"这一故事片段中也可以找到萨雅克拜·卡拉拉耶夫和居素普·玛玛依唱本之间的相似性。在萨雅克拜·卡拉拉耶夫的唱本中阿克巴勒塔为加克普解梦，并根据加克普梦见的猛兽确定将要出生的孩子必定是一位举世闻名的英雄以及他的英勇事迹。这一母题在居素普·玛玛依的唱本中也能够遇见。其中的区别以及属于不同唱本的特点在于，不像在萨雅克拜·卡拉拉耶夫唱本中根据加克普的梦而说起将要出生的英雄玛纳斯的特征，在居素普·玛玛依的唱本中在这一母题的基础上又添加了一些新的内容，比如在唱本中阿克巴勒塔被叙述为一个识字的人，他也从自己的书本中得知玛纳斯即将出生的消息，并将这个消息在民间传播。比如有如下描述：

> 加木格尔奇与巴勒塔是两位巨人，
> 身体高大如同骆驼，
> 脊背骨宽如大树根，
> 肌肉粗壮结实十分显眼。
> 玛纳斯将在民间出生，
> 是从他的书本中得知。
> 将要出生的孩子的特征，
> 必须要在民间传扬，
> 如果出生的是男孩，
> 一定要看他的手掌心。
> 将要出生的孩子，
> 一手会捏着血块，
> 一手会捏着酥油，
> 手掌的掌心部位，
> 在微微鼓起的地方，
> 写着他的名字玛纳斯，
> 盖着清晰的纯白印章。
> 他经常说起此事件，

卡勒玛克人却疑虑重重……①

卡勒玛克首领们虽然知道将要出生名叫玛纳斯的英雄，但却不清楚到底会在哪里谁家，何时何地出生。因此他们把民间的吉尔吉斯族所有的孕妇们召集起来，并残忍地剖开她们的肚子将她们斩杀。即使这样，还是持有疑问的卡勒玛克首领们向秦格什汗禀告并经过他的同意挨家挨户安排一个探监，命令他们要严格探查每一个新生儿的手掌试图找到一手捏着血，一手捏着酥油，掌心上写着玛纳斯的字样，盖着纯白的印章的孩子。卡勒玛克、克塔依汗王们如此残忍的行为足以说明他们对玛纳斯的出生感到惶惶不可终日。

如萨恩拜·奥罗诺兹巴科夫的唱本一样，在萨雅克拜·卡拉拉耶夫的唱本中史诗《玛纳斯》传统的情节也随处可见。当然，在各个章节以及故事情节的安排布置，母题的展示表述等方面萨雅克拜·卡拉拉耶夫唱本也区别于萨恩拜·奥诺兹巴科夫的唱本。从古至今一代接一代口耳相传的史诗传统的核心内容和主题思想未曾改变，并在我们所知的唱本中依然得到保存。因此，《玛纳斯》史诗的丰富多彩的内容融入主要英雄人物的整个生平经历之中。而他的生平是从他的出生开始并一直到其死亡结束，并以独特的方式通过他对敌人进行的征战，隆重的婚姻，亲戚反目以及和反对派的斗争中得到集中表现。在多部史诗中出现的老年夫妇求子的母题在史诗《玛纳斯》中也得到充分具体的体现，并成为史诗传统内容的组成部分。因为，不管看哪一个玛纳斯奇的唱本都无一例外地会有加克普因无子而痛苦悲伤的内容。

> 说"我没有儿子！"而悲伤，
> 加克普巴依不停地唠叨。
> 他痛苦欲绝的心中火焰在燃烧，
> 用尽各种方法以求得子。
> 他的愿望却无论如何没有实现，

---

① 居素普·玛玛依：《玛纳斯》，第一部（第一卷），乌鲁木齐，新疆人民出版社，1984年，第33页。

加克普也没有在痛苦中死去，
当加克普悲惨地发出祈求，
四十个吉尔吉斯族家庭被感动得热泪流淌。
加克普的牲畜
如春草一样兴盛增加。
从两只眼睛涌出的泪水，
那可怜的加克普的老人，
顺着他的两颊流下来。
人们看着他都心碎，
加克普巴依却鼓足勇气，
开始向天神祈求给他一子……"①

加克普求子的哀歌在萨恩拜·奥诺兹巴科夫的唱本中以下面的形式
出现：

"难道我无子度过此生？
无后代我死了如何瞑目？
我是个无子的孤老头，
有谁能领会我的悲痛？
日日夜夜我一刻不得安宁，
我聚集了如此多的财富，
在寿数已尽的某一天，
我终将会走向死亡。
如果我无后无嗣后继无人，
多余的财富又有何用……"②

加克普因无子而悲伤的哀歌在各个唱本中同样以人物自我对白形式

---

① 萨雅克拜·卡拉拉耶夫：《玛纳斯》，第一卷，伏龙芝（今比什凯克），1984 年，第
38 页。

② 萨恩拜·奥罗诺兹巴科夫：《玛纳斯》，第一卷，伏龙芝（今比什凯克），1978 年，第
15—16 页。

出现，与其他民族英雄史诗传统相对应。虽然有这样的相似之处，但每一位玛纳斯奇都根据自己的演唱技巧对史诗内容进行或多或少的改变，在演唱风格方面相互区别。以下我们再看一看居素普·玛玛依唱本中出现的加克普的悲哀：

> "加克普巴依居住在巴勒克阿尔特，
> 却不能自由地牧放自己的牲畜。
> 不能像以前的时候那样，
> 成为诺岛依的座上宾，
> 思绪万千在悲哀中沉思，
> 辗转反侧如同白蛇
> ……
> 他迁移到了巩乃斯草原，
> 开始如意地牧放自己的畜群
> ……
> 长期生活在同一片牧场，
> 已经过去了很长一段时光，
> 卡勒玛克人中传出议论，
> 说他是"无子的孤苦加克普"，
> 感觉自己低人一等，
> 让他感到羞辱万分。
> 不知道自己该做什么，
> 如同迷失方向的孩童……"①

就这样，尽管两个唱本中的母题相同，但因每一位玛纳斯奇都是师从不同的导师学习，并继承不同的唱本内容，因此各自的叙述方式也就有所不同。

在萨恩拜·奥诺兹巴科夫和萨雅克拜·卡拉拉耶夫的唱本中，玛纳

---

① 居素普·玛玛依：《玛纳斯》第一部，第一卷，乌鲁木齐，新疆人民出版社，1984年，第49—50页。

斯在母亲腹中受孕是在他父母的梦中预知后，然后是在外界神奇力量的帮助下得以实现。在居素普·玛玛依的唱本却不存在托梦预知或带有神奇色彩的内容，传统的神话幻想色彩浓厚的内容以更加接近现实生活的民间求子习俗得以呈现。这部分史诗内容如下：

> "他随着传说的线索，
>
> 四处打听知情人，
>
> 无论老年人还是年轻人，
>
> 向见多识广之人，
>
> 就为了求得一个孩子，
>
> 没放过一个蛛丝马迹的传闻。
>
> 祈求万物的创造者，
>
> 做遍了求子的所有习俗。"①

遵循这些求子习俗后，绮伊尔迪最终生下了女儿喀尔德哈奇，之后又生了玛纳斯。尽管这些求子习俗以接近于实际生活的形式得到叙述，史诗的本质特征、叙述方式和步骤、史诗内容等均以故事传说的方式予以揭示。因为求子习俗本身需要而且适合以传说故事的叙述形式进行叙述，并以传说的形式实现其价值。于是，史诗中因无子而痛苦烦恼的母题在史诗歌手萨恩拜·奥诺兹巴科夫和萨雅克拜·卡拉拉耶夫的唱本中，通过加克普与他的妻子们以及史诗中的配角人物之间的对话与表达内心感情的独白等形式得到展示。

在居素普·玛玛依的唱本中加克普因无子而受到的侮辱也以他的内心斗争的方式得以呈现，但这样的内心斗争不是以上述两方的对话的形式呈现，而是通过玛纳斯奇自己的描述得到实现，只有在个别情况下通过加克普之口说出来，绝大部分还是以艺人叙述的方式出现在史诗内容中。总之，史诗情节中的母题呈现方式虽然在每一个玛纳斯奇的唱本中都是相似的，但故事情节的安排和揭示，传统的演绎布置和演述技巧的

---

① 居素普·玛玛依：《玛纳斯》第一部，第一卷，乌鲁木齐，新疆人民出版社，1984年，第50页。

多样性等方面却各具特色。在其他两个唱本中绮伊尔迪做梦之后怀孕，而居素普·玛玛依的唱本中实施求子习俗之后腹中的胎儿才开始孕育，通过接近于实际的生活习俗的方式（绮伊尔迪两次被加克普抛弃在茂密的森林中）为第一主人公的出世创造条件。除此以外，史诗中人物的多样性和一致性在情节的过程和结尾部分以各自在史诗中所担任的角色遵循了史诗传统，保持了史诗的叙事规律。在此唱本中绮伊尔迪并不是加克普哥哥的妻子，而是阿克巴勒塔在征战中俘获，然后赐给加克普的女人。除此以外，在唱本中出现有关加克普第二任妻子马赫杜姆的信息在我们所掌握的史诗资料中未曾出现。

可以肯定地说，玛纳斯的奇异诞生的母题在所有玛纳斯奇们的唱本中都以固定的传统叙述方式纳入史诗当中，但不得不承认玛纳斯奇们在进一步突出玛纳斯少年时期的英勇特征，英雄奇异诞生等情节的叙述铺展各自都保持了自己的特点。如在萨恩拜·奥诺兹巴科夫的变体中玛纳斯两手捏着血块出生，在萨雅克拜·卡拉拉耶夫的变体中有两手捏着毒药，在母亲腹中呐喊"玛纳斯"口号，出生落地两脚站立。在居素普·玛玛依的唱本中也完整地保存着其余的唱本中的传统基本情节（如：害喜闹口、难产等），但玛纳斯先是在一个肉囊中出生，当阿克巴勒塔用金耳环破开肉囊时人们才看到玛纳斯左手捏着血块，右手捏着酥油出现，此时人们才听到孩子的（玛纳斯的）哭声。这桩奇异诞生的公布者在每一个唱本中都统一为史诗主人公之一阿克巴勒塔。不管哪一个唱本，在描述玛纳斯的勇士气概和英雄形象特征时无不结合他出生第一时间的状态的结构方式，预示着他将会成为护民英雄。从而既给予真正符合玛纳斯的名誉也符合传统的特征。

奇异诞生母题逐步深入地描述，通过寻找腹中胎儿、英雄在腹中孕育过程中出现的奇异现象、神奇的诞生、来到人世、英雄的命名仪式等情节在每一位玛纳斯奇的唱本中都存在，但每个情节相关的描述呈现都会根据不同的语境而存在不同。虽然在居素普·玛玛依唱本中的"英雄在肉囊中出生"这一情节，在其他一些唱本中比较罕见，但作为其他特征的"一手捏着血块一手捏着酥油"出生的情节在其他唱本中却可以找到。除此以外，玛纳斯刚刚出生时（为了避开敌人的暗害）给他暂时改名字的情节在其他两位玛纳斯奇的唱本里也有叙述。这情节来自于世界口头传统中的给孩子秘密名的禁忌习俗。史诗中的这个情节可以被视为世界其他各个民族的口头文学中广泛保存的传统，为刚出生的婴儿取一个临时名，过一阵子再正式起名或起名之前暂时用另一个名字称呼孩子。或者是就在吉尔吉斯族民间自古流传的为了避免孩子遭毒眼毒语或遭到其他来自外部的危险而给孩子起一个假名（如；阔阔托依的儿子包克木龙），或不用自己正式的名字，暂时地起用一个临时名字的习俗在史诗中的留存。这一习俗在孩子连续夭折或长期年老无子而得子的人中流传最为广泛。在口头作品中出现的这些情节母题虽然来自于民间信仰或来自外界的神秘力量的影响，在萨雅克拜·卡拉耶夫演唱的史诗《玛纳斯》中这个情节母题则是在社会历史条件的影响下产生的。史诗中隐藏孩子的名字的情节是因为艾散汗派人四处寻找以玛纳斯命名的孩子，同时也是为了实现流离失所流浪四方的吉尔吉斯族极力渴望能够出现一位拯救人民的英雄的出现，同时也是为了隐瞒英雄奇异诞生时的勇士特征而安排和解释。也就是说，这类情节、场景、因素在史诗各种唱本中的出现表明史诗《玛纳斯》拥有相对固定的情节。如果说，史诗主人公的诞生和幼年时期的情节是通过与玛纳斯的奇异诞生相关联的一系列特征联系在一起的话，那么他的"少年英雄行为"这情节则与史诗作品普遍使用的主题内容相适合，体现了社会历史生活初期的特征。为了进一步渲染和加强主干情节的发展，添加在史诗中的神奇幻想故事因素会给人以更加生动活泼的感觉，然后再借助少年玛纳斯最初的英勇实践进一步充实玛纳斯的人物形象。就这样，这一情节的开头部分的人民的富有的日常生活场景与各种各样的戏剧性事件，人物之间的矛盾冲突，各种条件下发生的事件的转折，各种各样的神奇故事母题和内容融合在一起得到展示。

这种区别和差异是因为不同时期的玛纳斯奇们总是根据自己生活时代的政治社会历史背景，将自己的观点用适应当时生活的方式艺术化地纳入史诗当中并以自己的独特的方式加以呈现的结果。因为玛纳斯奇们刚开始学习史诗演唱就会以各种真实可信的资料呈现出自己所属流派的特征和才能。每一位玛纳斯奇都会按照自己所属流派的风格和演唱技巧并根据自己学习的所属流派的演唱特点和条件，根据自己所处环境的影响对史诗《玛纳斯》运用新的情节、母题，新的故事和其他各种艺术手法对史诗的内容进行适当加工和改变，或添加或进行适当的删繁就简。不管是史诗《玛纳斯》中最初的小型战斗情节还是重大的"远征"，或者是叙述日常生活场景的故事情节，不难发现史诗歌手们都是在不违背史诗的传统主干内容的情况下根据各自的艺术创作才能对史诗融入了各种各样的新元素。如：萨恩拜·奥诺兹巴科夫唱本中带有神奇色彩的巨人故事母题的"巨人神仙的故事"情节，或者是以神奇幻想手法进行描述的"阔绍依的故事"等一系列故事已形成了他唱本中固定的史诗情节特征。这些内容在故事的叙述和场景因素方面所呈现出的特征也使这个唱本区别于其他史诗歌手的唱本。同样，萨雅克拜·卡拉拉耶夫的唱本也不例外，也保存着其他唱本中不曾详细描述的某些战争情节，如作为独立章节出现的"楚瓦克的征战""犬神库玛依克的故事"等。在以上两位玛纳斯奇的唱本中从未有过的一些章节、故事情节、母题在居素普·玛玛依的唱本中也能找到。如："卡尔德哈奇的出生""加克普迎娶马赫杜姆""玛纳斯营救波多诺于危难""玛纳斯的武器装备的制造""获得阿克奥乐波克白战袍"等。如果我们进一步深入分析多种唱本，会发现每一位史诗歌手所演唱的唱本中都有大量的被融入其中的故事、情节和母题，而这些都是玛纳斯奇们从他们所生活的时代及社会生活中吸取并融入史诗传统主干内容的部分。新吸纳的或删繁就简的部分绝大多数都没有违背史诗的传统内容，反而使史诗内容得到更新和不断枝繁叶茂，提升了其艺术性并使史诗得到发展使内容更加饱满。

史诗《玛纳斯》最典型的特点就是它由多部结构相对独立并且具有多种主题的故事组成。这些故事都遵循了整个史诗的主题思想，并且服从于按照人生时序展示中心人物英雄事迹的整个史诗结构，最终构成一个完整的整体。它不仅是因为其宏伟的结构才成为吉尔吉斯族史诗传统中不可替代的丰碑，而且吸收了各个年代的社会因素，在思想内容方面同样具有独特而鲜明的特色。① 围绕着史诗主人公展现其英雄事迹的故事情节基本限定在史诗的主干内容的范围之内，同时也受到社会发展

---

① E．阿布德勒达里耶夫：《"玛纳斯"史诗发展史的几个基本阶段》，伏龙芝，1981年，第36页。

变化的制约。可以说与人民所走过的复杂经历紧紧相连。也就是说，如果将这些与史诗的内容结合起来观察，这不能仅看作是一些故事的简单汇合，而是以有机的方式融入史诗内容之中，合情合理地反映人民的历史生活。不管是在哪一个唱本中，史诗的故事情节首先都围绕着主人公来展示，故事也按照这一顺序发展。萨恩拜·奥诺兹巴科夫，萨雅克拜·卡拉拉耶夫，M.穆苏勒曼库罗夫的唱本以及拉德洛夫记录的唱本，或者是中国新疆克孜勒苏柯尔克孜族自治州的玛纳斯奇居素普·玛玛依的唱本都足以证明此现象。因此，毫无疑问，著名的玛纳斯奇们在史诗的口头传承演述过程中在传统核心内容的基础上或多或少添加了自己的演唱内容，使史诗流传到如今。史诗最初形成的形态不能永恒不变，而是因时代的变化而出现内容变化，随着历史社会的变化而发生变异等。整个口头史诗传承发展中的各种规律和原则也符合史诗《玛纳斯》的历史发展轨迹和传承。这表明社会发展中的历史性条件在史诗内容中的展现和对史诗《玛纳斯》内容的影响都在史诗《玛纳斯》的各种唱本中出现[①]。当然，我们对这种现象在《玛纳斯》史诗的主要唱本中出现以及不同时期的社会历史发展对史诗产生的直接影响还可以更进一步地加以论证。我们绝不可能说萨恩拜·奥诺兹巴科夫还是在萨雅克拜·卡拉拉耶夫的唱本中史诗的那些经过世世代代传承的，以传统方式演唱的内容完全以其产生时的最初状态得到保存，不曾有任何改变。因为史诗的本质促使史诗歌手在叙述过程中将自己所演唱的内容和主人公的言行根据当时的社会条件和不同时代的发展需求，使故事内容和情节以更加接近于当时的现实生活的方式进行调整，而达到歌颂英雄并把主人公描述成比其余人物高一档次的标准。这种叙述策略和方式会悄悄地渗透到史诗整体中，并促使史诗的情节不断扩展。就这样，史诗《玛纳斯》的整体内容通过新加入的个别情节在符合史诗的基本发展规律的前提下不断得以发展。如，"阔绍依的故事""阿勒曼别特的故事""楚瓦克的故事""阔阔托依的祭典""阿依干汗的遭到征讨"等众多故事，这些在主题上可以独自形成完整故事的情节可以说是为了充实主人公的生平

---

① E.阿布德勒达耶夫：《"玛纳斯"史诗发展史的几个基本阶段》，伏龙芝，1981年，第197页。

和人物形象而添加的内容。E. 阿布德勒达耶夫在自己的著作《〈玛纳斯〉史诗发展史的几个基本阶段》一书中提出，与史诗主人公的生平相关的很大一部分内容多为后期添加。他同时也强调，是玛纳斯奇根据特定时期人民的要求，添加了这些后来的内容，并对史诗加以拓展。为了能够让主人公实现团结吉尔吉斯族各个部落，共同反抗外来之敌的目的，玛纳斯奇们尽可能地在原文中融入能够体现英雄人物个性的新的内容，并将此作为自己的神圣的义务。根据现实生活和社会状况，许多紧连着人民命运的现实需求的内容，尽可能地被挑取到史诗当中。这一类情节包括"玛纳斯的祖先""玛纳斯生活的年代""玛纳斯死亡的年代""玛纳斯尸体被埋葬的地点"及其后代的信息等。

众所周知，《玛纳斯》史诗是一部按照人生时序由歌颂玛纳斯英雄业绩的一系列传统章节组成的系统的完整的作品。它除了蕴含已知的所有唱本共享的很多固定的传统章节以外，也会出现某些歌手自己独创的章节。有些章节在个别唱本中所占的比重较大，得到细致的表述。这种现象可以用不同的史诗歌手各自都根据自己的口头创作和语言表述才能创编和演唱以及史诗的历史发展脉络来解释。①

《玛纳斯》史诗中也出现口头史诗作品中普遍存在的神奇幻想故事。这一点也十分符合口头史诗的发展规律。因为不管我们观察哪一部史诗，其中必然有很多在民间广泛流传的神奇幻想故事的因素。史诗并不排除这类传奇幻想故事因素的存在，反而体现了这类情节在展示英雄主人公勇敢行为时的必要性。史诗中属于这类故事情节内容是"巨人神仙的故事""远征"等章节中关于玛凯勒朵巨人、玛勒坤、空吾尔拜的神秘禽兽哨、人面兽身的依塔勒野人的传说故事等。这些情节故事虽然不是直接叙述主人公的英雄行为，但是却通过参与这个故事的配角人物的行为对整个史诗情节的发展起到加强和渲染作用。如，阿吉巴依、库土拜、阿勒曼别特、色尔哈克等人物。这些人物在史诗《玛纳斯》中作为神奇故事的参与者出现。

随着时代的进步，社会发展也会舍弃最初的形态向前迈出适应社会

① E. 阿布德勒达耶夫：《"玛纳斯"史诗发展史的几个基本阶段》，伏龙芝，（今比什凯克）1981 年，第 198 页。

进步的步伐。社会生产力也会随着意识生态的发展更新。随着人类文明的向前发展，新的生产技术也随之产生，也就为最初的战争武器装备的制造创造了条件。而武器装备的逐渐提升和更新或新一类武器的出现也会改变当时战争的性质。因此，史诗传统中的各类战争所必需的武器装备也会得到细致的描述。如：中亚各民族的史诗作品中出现的各类火枪、战刀、火炮等武器都会出现①。以上现象可以解释为时代发展和更新的必然需求，人民的生活态度也会随之而改变。如果人们的适应时代的责任感使命感得以激发，那么对于新的武器装备的需求就迫使人们很快将武器装备的制造提上日程并付诸实施。口头史诗作品中恶魔们、巨人等敌人所使用的武器主要包括乔克摩尔狼牙棒、铅头棍棒、铲杖等较原始的武器。这一点可以通过《玛纳斯》史诗中的独眼巨人玛卡勒朵和玛勒坤、哈萨克族英雄史诗《阿勒帕米斯》中的塔依巴色朵、乌兹别克史诗《玛丽卡－阿雅任》中的玛卡特勒朵等使用的武器得到证明。每一个社会发展和进步阶段都需要有新物质的出现。比如，史诗《玛纳斯》的拉德洛夫，乔坎·瓦利哈诺夫所记录的文本以及在萨恩拜·奥诺兹巴科夫、萨雅克拜·卡拉拉耶夫、B. 萨扎诺夫、M. 穆苏勒曼库罗夫等歌手们的唱本中出现有巴尔登开炮、科亚克火枪、玉儿凯尔博枪、轰隆、噼啪等武器甚至手枪、五连发火枪、快枪、机关枪等武器的出现也就不奇怪了。这表明随着社会发展和变化，史诗内容也出现一些新时代的内容变化。

史诗《玛纳斯》的语言和术语不仅通过战争时期所使用的各种武器的名称来填充，来自于周边其他民族的关涉其生活、社会、政治等方面的语言词汇也极大地丰富了史诗语言。如，吉尔吉斯被纳入俄罗斯帝国版图之后史诗《玛纳斯》各种唱本中出现了很多与日常生活、生产相关的俄语词汇，当然也有更多来自阿尔泰语系其他民族语言的词汇。

随着史诗内容的不断丰富，史诗也不断接受新的故事内容和情节，并作为史诗的传统内容的附加部分存在于史诗文本中。这些新的内容也集中在史诗主人公的生平、生活、行动和英雄业绩当中，并通过史诗主

---

① E. 阿布德勒达耶夫：《"玛纳斯"史诗发展史的几个基本阶段》，伏龙芝（今比什凯克），1981 年，第 179 页。

人公的言行跟民众的生活产生联系，彼此交融。根据史料记载，以上提到的有关社会生活、武器装备、生活用品、官职和其他跟社会结构相联系的生产工具是在封建社会初期根据人们的需求而出现的。以游牧为生的诸突厥语民族通过交换畜牧品，与定居的部族开展贸易活动，换取他们的生活必需品。为了防备其他部族的侵犯生产，封建社会初期的定居部族开始制作武器。早在公元 6 世纪，吉尔吉斯斯坦境内就已经发展了炼铁技术。考古挖掘出土的物品证实了这一观点①。史诗《玛纳斯》中也有关于炼铁铸造武器装备的内容。《玛纳斯》史诗中卡妮凯和瘸腿匠人波略克拜为首的人物正好与炼铁铸武器的情节相关联。此类故事情节在《玛纳斯》的各种唱本中得到具体的描述。瘸腿匠人波略克拜制造武器的过程在每一个史诗歌手的唱本中以各种方式得到无比生动的描述，在描述武器的尖锐、坚固和其蕴含的神奇力量等方面语言更为精妙。在这里需要重点强调的是，区别于已有史诗文本资料，中国新疆克孜勒苏柯尔克孜自治州的史诗歌手所演唱的《玛纳斯》中歌手对武器的制作给予重点关注，并将这一情节作为单独的一个完整情节进行演唱。在他的唱本中玛纳斯的武器装备的制作和阿克奥乐波克战袍的获得作为独立的情节母题得到演唱。所有这些首先再一次证明吉尔吉斯族人民在武器制作之前很早就已经掌握了开矿、炼铁炼钢并用炼出的钢铁铸成各种各样的工具，生活物品，畜牧工具和武器装备的技术。从这方面讲，居素普·玛玛依的唱本比起其余的唱本更加注重了武器铸成的过程，在描述具体情节时，根据适合时代发展特征的原则，以诗歌形式，对每一件武器的制作都给予了详细的介绍和评价，加强、加深和发展了故事的史诗性特征。故事情节的展示不仅严格遵循了史诗传统，而且将其进一步提升和发展，传承和保持了其余唱本中不曾出现的独特情节母题。在此唱本中对于武器制造过程的独特叙述在其余唱本中十分少见。其中所描述的制作过程的详细信息仅见于史料。也就是说，这一历史史料在居素普·玛玛依唱本中以史诗的叙述方式得到了保存和发展。为了给英雄玛纳斯制作武器，史诗歌手采用了古老的生产方式，并描述了如何使用原始矿藏。

---

① 参见《吉尔吉斯史》，伏龙芝，1963 年，第 99—163 页。

毫无疑问，社会意识形态会改变国家的体系。政治意识形态不仅会改变社会结构，同样会带来观念的改变，对人们的文化和文学也会产生影响。以上提出的史诗《玛纳斯》内容中新添加内容促进了史诗的进一步发展，丰富和深化了传统，并对逐步扩展和丰富史诗主人公的人生经历起到积极的促进作用。史诗的演唱者玛纳斯奇们都来自于民间，不惜一切代价将自己喜爱的史诗完整地保存至今。同时，作为听众的吉尔吉斯族人民也为史诗的广泛流传创造了良好的条件。玛纳斯奇们不仅把流传已久并扎根于民间的史诗《玛纳斯》的传统情节原封不动地进行传承和演唱，而且使史诗结构日渐走向完美，内容更加充实丰富和完善。

随着时代的变化，玛纳斯奇们也根据年代的要求改变演唱态度。这种创造性表现在，根据时代的发展和当时的意识形态，尤其是人民所经历的历史事件，不断地完善和丰富史诗，并在社会意识形态的需求范围内添加新的内容和故事情节。因为，不管是哪一部史诗，在史诗形成的最初阶段或者是发展阶段都要接受和吸纳当时时代的需求和人民的生活状况，接受社会政治观念的影响。

二、史诗核心内容和固定情节在各唱本中的呈现

史诗《玛纳斯》经过若干世纪的品评筛选、口耳相传、代代相承得以发展成为如今的经典之作。尽管直到十月革命，吉尔吉斯才出现以文字形式记录保存的历史文化和文学的史料作品，但民间的口头创作却日益旺盛。数不胜数的谚语格言、丰富多彩的民歌、多目繁多的故事传说、绘声绘色的库木孜曲目以及其他各种艺术门类都是历代以来的民间创作之精华。

史诗《玛纳斯》描绘了吉尔吉斯人民的历史生活，以口头的形式保存并传承了吉尔吉斯文化和文学遗产。首先要特别指出其包含的丰富民族文化因素。以游牧为生的部落生活，这些部落的名称及相互往来，家庭生活及彼此之间的关系，饮食、服饰、房屋及设施、使用工具和武器等的名称，各种聚会上的仪式习俗、英雄们的性格、他们的宗教信仰

以及众多历史因素都显示着历代吉尔吉斯人民的民族心理和独特生活。如：史诗内容中自英雄玛纳斯出生至死亡的史诗内容皆一一描述了以上所有的民族文化因素。史诗的听众绝不能以为这部史诗仅仅是关于英雄人物英勇事迹的英雄故事，因为史诗尽管描述了吉尔吉斯人民战争时代的历史生活，但其中同时包含了和平时期的平民生活、人民的习俗、众多的神话传说故事和丰富的民族文化及民族心理等方面的内容。

总而言之，史诗《玛纳斯》不应被看作一部个人之作，它是历代相传的，其内容中包含吉尔吉斯人民苦难和幸福、喜悦和悲痛的经典之作，是历代天才史诗歌手们创作并代代口耳相传的文化遗产。

主题和思想上融合为一体而形成的史诗内容，以其主干情节的统一性以及审美和创作风格的结合构成一个整体并集中描述一位英雄及相关的各类事件。情节上拥有同一主干情节和核心内容并由多个故事情节组成的文学作品却有着众多异文具有其特殊的意义。史诗《玛纳斯》以口头的形式演唱并以口头形式流传于民间，正是口头性的特征导致众多异文的产生。有关英雄玛纳斯的故事由一位史诗歌手传授至另一位史诗歌手时，并未逐字逐句地被后者接受，相反在后者的演唱中得到各种变异，通过其增加或删减，呈现了另一个崭新的异文。文本的这些变化并不仅仅与个人的非凡才能相关。相反，史诗歌手演唱史诗时总是要根据自己所处社会的历史条件对所掌握的史诗内容进行再创作，在完整保留传统的史诗主干内容前提下在史诗内文中增加了新的内容因素。尽管历史和各个社会时代总是具有进入史诗内容的可行性，人民在自己创作的史诗中并没有完整地保留所有历史足迹，而是选择适合史诗的，能够表达人们期盼的理想的那些可靠的历史因素，适当地在内容中进行增添。史诗歌手们都是以这种态度为达到保持史诗内容的统一，提高史诗的审美价值的目的，不停地对史诗进行再创作。因为，虽然歌手与玛纳斯奇在性质和才能上类似，但本质上却有所不同，具有各自的特征。唯一相似的是他们都拥有口头创作技巧，尤其是具有创作韵文体作品的才能。但即便是这样，他们之间的创作技能的区别依然明显：相对于那些创作较短小的抒情诗歌的歌手，玛纳斯奇最大的区别是能够创作拥有庞大的主题，复杂的故事情节，数十位英雄主人公，具有复杂故事情节的规模宏伟的叙事诗①。当然，在《玛纳斯》创编和演唱中掌握这类演唱技巧本身就表明他在向听众演唱自己的作品，换一句话就显示着《玛纳斯》的思想、审美特征、传统史诗主干内容的保存以及其艺术化的展现。因此可以说，史诗代代相传的传统主干内容得以保存是原则性现象。因为每一位史诗歌手演唱和呈现给听众的史诗并非是一个完全崭新的创作。相反地，他们对代代相传的史诗故事情节进行了再创作，原封不动地保留了史诗传统的主干内容而得到大众的认可，并被大众赞许和敬仰。"他们演唱技能的高低取决于他们致力于掌握的传统主干内容的深度。他掌握前辈歌手们所传授的史诗内容较多，并在此基础上适时而巧妙地加以利用，而且根据自己的经验丰富和发展史诗内容才能获得成功，被誉为出色的玛纳斯奇。由此可知，掌握《玛纳斯》创编演唱技能的第二个途径，那就是向前辈学习。……其结果是，每一位被众人认可的史诗歌手的创作都由两个因素组成，一是传统内容，二是史诗歌手个人经验②。"无论我们观察哪一位史诗歌手的演唱，显而易见他们都在演唱史诗时为尽可能完整地保留自己所传承和演唱的《玛纳斯》史诗传统的主干内容而努力。因为人民创作的作品广泛流传于民间，其包含的作为史诗主干内容的传统历史渊源深深扎根于人民脑海里。因此，不管是哪一位玛纳斯奇演唱时听众都不允许将早已固定的，普及于民间并被众人牢记心中的代代相传的《玛纳斯》史诗的内容进行完全的创新和改造。相比之下，玛纳斯奇们则可以继承和弘扬自己师父所传授的流派的风格，在遵顺史诗传统原则下丰富所学的史诗内容。一位玛纳斯奇的学习范围和途径不仅仅局限于一位玛纳斯奇或者一个特定地理区域，而是在更加广大的范围。他们不会仅仅向一位玛纳斯奇拜师学艺，一般会从不同的史诗歌手那里学习和掌握史诗。所有这些都将在自身创作的前提下进行，并促使他更深刻地掌握所学的内容。初学者的学艺过程就不是仅仅停留在完整地背诵师父所传授的史诗情节和内容特征并记住自己所听的史诗的传统情节和主干内容上。相反地，是全面掌握自己听过的《玛纳斯》史诗的传统情节并努力在此基础上丰富史诗内容和发展故事

① 参见《阿肯创作艺术的历史记录》，伏龙芝（今比什凯克），1988年，第473页。
② 《即兴演唱艺术的历史》，伏龙芝（今比什凯克），1988年，第474页。

情节。以上这种创作实践的结果是，属于一位史诗歌手的新的异文得以诞生。

通过将史诗主人公英勇行为实践活动集中在特定的内容情节当中而组成一个完整的史诗章节的作品拥有若干种变体和异文也是一个原则性规定。上文已经阐述了《玛纳斯》史诗的多种异文的出现并非依据民间流传的手抄本，而是基于口头形式流传于民间的史诗文本。因此，每一位玛纳斯奇为了传唱被视为民族千古偶像的英雄玛纳斯的英雄事迹，就会在保持传统内容情节前提下，时刻本着颂扬和歌颂的态度，在自己的创编基础上增加适合民间习俗和信仰的，能够渗入史诗核心内容之中并能够得以延续传承的新内容。在接受这些新增加的内容之前，听众也会以审视和批评的态度小心地筛选。如有不符传统的内容情节，就会遭到听众的排斥，不可能纳入史诗文本中。史诗的创作就保持这样的发展态势，史诗歌手们在创作各自唱本同时对传统不构成威胁和破坏，每一位玛纳斯奇的新增部分也被历代史诗歌手们不断地品评、筛选和加工，最终使得《玛纳斯》史诗的多种变体异文得以流传至今。

只有包含从英雄玛纳斯的出生，一直到其死亡，以及到最后为他修建陵墓结束，所有的传统情节全都纳入其中的史诗文本才能被视为完整的异文。目前，已有《玛纳斯》三部曲的近四十个异文，从不同地区的玛纳斯奇口中被记录下来。其中有七位玛纳斯奇的唱本是史诗《玛纳斯》的第一部比较完整的文本。他们是萨恩拜·奥诺兹巴科夫（Saginbay Orozbakov）、萨雅克拜·卡拉拉耶夫（Sayakbay Karalaev）、玛木别特·乔克莫绕夫（Mambet Qoкmorof）、莫勒多巴散·穆素勒曼库罗夫（Moldobasan Musulmankulov）、托果洛克·莫勒多（Togolok Moldo）、夏帕克·额热斯敏迪耶夫（Shapak Irismendiev）、额布拉音·阿布德热赫曼诺夫（Ibrayim Abdirakmanov）七位的《玛纳斯》。除此以外，还有一些《玛纳斯》史诗第一部的章节异文片段资料，是从不同的歌手口中记录下来的。也就是说，根据这些异文资料，完全可以确定史诗《玛纳斯》第一部各种异文变体的存在。

史诗《玛纳斯》的独特性和稳定性就在于其千年不变的传统主干情节始终保持不变。不管史诗穿越了多少岁月，它始终保存了传统主干情节以及思想内容和主题。有些关于英雄玛纳斯的故事演唱至今，始终保持其完整性，被各个时代的玛纳斯奇们不断地重复、加工、净化、修饰、保存和传播至今。以下各章节可以被视为史诗（第一部）的基本主干内容的章节。其中包括：吉尔吉斯人遭到敌对部族侵略并流离失所被放逐各地；英雄在异地他乡出生和其童年时光；吉尔吉斯人从阿尔泰往阿拉套的迁徙；与肖茹克汗和阿劳开汗相关的故事事件；玛纳斯与卡妮凯的婚礼；阔孜卡曼家族的故事；阿勒曼别特的出生及其身世；阔阔托依汗的祭典；远征；玛纳斯的死亡与为他建墓地等内容。以上这些传统固定章节的描述、情节的铺展在一定程度上出现在每一位史诗歌手的演唱中。虽然，每个主干情节都是稳定的，可是也有如下可能性，如部分情节在演唱时会出现跟另一个情节置换，或当作另个情节的补充内容演唱，又或者被遗忘。史诗中的人物名称也会出现不一致的现象。这些差异多与被众学者认为经典版本的萨恩拜·奥诺兹巴科夫和萨雅克拜·卡拉拉耶夫的唱本做比较时会明显显露。如，萨恩拜·奥诺兹巴科夫和萨雅克拜·卡拉拉耶夫的唱本及其他一些史诗歌手的唱本中作为传统章节的"阔阔台的祭典"根据情节的发展和情节之间的联系应该安排在作为三部曲第一部《玛纳斯》"远征"之前。但是，也有个别玛纳斯奇却将这一章以卡妮凯回忆的形式放在第二部《赛麦台》中演唱。在萨恩拜·奥诺兹巴科夫的唱本中，这个章节都是按照传统形式在第一部《玛纳斯》中是在"阿勒曼别特的故事"后呈现。还有，在众多唱本中均出现的史诗传统主干情节之一"玛纳斯的祖先及吉尔吉斯人民受敌对部族侵略和遭到流放"在几乎所有的唱本中都被当作独立的章节得到演唱和呈现。萨恩拜·奥诺兹巴科夫在自己的唱本中以散文形式简短列数了玛纳斯祖先几代汗王的名字和彼此的关系。在此唱本中这部分内容没有像在其余唱本中那样作为独立的章节进行详细的演唱。但尽管如此，仅根据这段散文表述就说其中没有将这一传统章节纳入演唱也不符合事实。因为，这一内容并没有就此停止，而是在以后的史诗从头到尾的演唱中都得到玛纳斯奇有机地利用，被合情合理地在多处重复叙述。这些重复的叙述在每一个章节中，或在故事情节的安排方面，或在史诗歌手的叙述中或者是以人物独白中出现，给听众清晰地提供玛纳斯的祖先及相关信息。

在萨雅克拜·卡拉拉耶夫的唱本中以上内容以完整而细致的结构、

固定情节形式得到演述，成为独立的章节。与萨雅克拜·卡拉拉耶夫的演述相近的玛木别特·乔克莫绕夫的唱本中成了独立的章节。根据这位史诗歌手的讲述，英雄玛纳斯的祖先是从传说中的阿山·卡依戈（Asan ĸaygi）开始说起。曼拜特·乔克莫绕夫的唱本中没有出现吉尔吉斯人被其他部族侵略和驱逐出家乡流浪四方的内容，取而代之的是玛纳斯父亲加克普家族内讧而搬迁至阿尔斯兰巴普（Arselanbap）的内容。仅比较两位史诗歌手的唱本不足以说明以上的传统章节自古以来在史诗歌手的创作中得到加工和保留并加以丰富的事实。关于英雄玛纳斯祖先及其坎坷命运的悲剧不仅流传于吉尔吉斯斯坦史诗歌手的唱本中，也广泛流传于生活在中国新疆克孜勒苏柯尔克孜自治州境内的柯尔克孜族民间，并以固定的史诗章节形式得到演唱。居素普·玛玛依的唱本中同样出现有关英雄玛纳斯的祖先的内容，完整地保存史诗的这个传统固定章节的同时，还以个别特点展现了自己唱本的独特性。笔者手中的居素普·玛玛依唱本并不完整（指在吉尔吉斯斯坦用基里尔字母出版的文本），只有1984 年以柯尔克孜文出版的《玛纳斯》第一卷，其包括英雄玛纳斯祖先的起源、英雄的诞生、玛纳斯的命名、最初的英勇事件、阔阔托依的故事等章节。因为，每一位史诗歌手因他们所传承的史诗流派不同和自己的创作技能的高低而对史诗有各自独到的见解，并在未破坏史诗传统主干情节和保持传统内容的前提下据此进行再创作，丰富或缩减史诗内容。

　　玛纳斯奇们都尽可能地致力于演唱长期流传的史诗传统内容，并将其在民众中推广。每一位玛纳斯奇无一例外地在此基础上根据各自的创作才能和所传承的史诗流派的演述风格对史诗内容贡献自己的才能，在史诗传统主干情节的内容上面增添和补充合适的内容，在传统限定的范围内进行适度的扩充。史诗内容代代相传，已经过无数个年代，但史诗的主干核心内容却以原有的面貌保存至今。这表明史诗歌手是根据不同时代和年代的要求，根据人民政治经济发展状况以及每一个年代发展变革趋势对史诗内容进行增补和适度的改造的。由此可见，史诗《玛纳斯》是一部体现吉尔吉斯人历史生活以及展现不同时代历史发展变化情景的民间文学作品。

　　众所周知，萨雅克拜·卡拉拉耶夫和萨恩拜·奥诺兹巴科夫的唱本是两个在民间广泛传播的唱本。两者都以各自的独特审美价值被视为经典。虽然两者各自都具有独特的个性和不可重复的艺术风格特征，但个性中又有趋于一致的特征，这种一致性体现在主干核心内容、情节的铺展、母题的安排、史诗人物的塑造等方面。因为，自古以来就广泛流传于民间的传统章节、故事从未被省略，在每一位歌手的唱本中占据显著位置并口耳相传至今。

在口耳相传的民间文学作品中，史诗《玛纳斯》的篇幅无疑是最宏伟的。因此，不管是哪一位玛纳斯奇都无法完全按自己所听来的内容重复、复制这个篇幅宏大的史诗，更不可能，也没有能力一字不落地背诵和重复演唱原文。所以，无论哪一位玛纳斯奇，都会根据自己的创作才能和学艺过程中所传承的史诗流派的传统风格特点，或将一个故事扩展为一个章节或对某一个故事的主题删繁就简。除此以外，史诗中的人物名称、诗性表达等创作因素也会出现区别。以上事实表明，史诗是以活态形式在民间口耳相传，并流传至今的。如果很久之前史诗就以文字形式记录下来的话，我们就不敢确定史诗会发展成今天这样宏伟的篇幅，呈现出今天这样的艺术高度，并在民间如此广泛地得到流传。因此，一旦被记录成文，史诗的口头发展的活力就将减弱，文本的流传也会局限在某一个范围内，不会像口头文本那样跨越固定文本所限定的范畴。史诗《玛纳斯》没有很早就被记录成文，而是持续了口头作品的活力，从前一代传向后一代，人物系统经过反复演述而逐步得到稳定，并达到了民间作品的审美顶峰。《玛纳斯》不是由某一位著名的古代史诗歌手所创作和修饰加工完善的，而是汇集众多史诗歌手的艺术创作。唯其如此，才成为一部拥有多种异文、内容深刻、艺术价值崇高的作品。

史诗《玛纳斯》的宏大篇幅，传承年代的久远性，流传范围的广泛性，其各种异文的多重性都未能对史诗的主题思想和史诗的传统核心内容带来影响。最初的内容情节在每一个唱本中已成固定不变的内容，直到今天依然得以延续。史诗《玛纳斯》故事情节的核心内容不是凭借记忆随意就能演唱的，它是产生和成型于众多史诗歌手们的灵魂世界的综合性艺术的结晶。总而言之，并不是每一位即兴演唱人员或诗歌创作者都能创造一个成熟异文或变体。也不是说人人都能把自己背诵的史诗文本当作史诗异文献给听众。只有那些天才的歌手在激情澎湃的演述过程中，以自身的才华和口头文艺创作的基础上对所传承的史诗文本进行适当的再创作，在遵循传统文本的情节脉络，在限度之内增加或缩减，在此基础上形成史诗歌手自己的唱本。歌手对史诗的增减要与史诗的传统内容，重大事件、母题等结构的内容特点相吻合，从而呈现出史诗创编中新的特色。因此，以上的有关史诗文本的探讨不能理解为每一个史诗歌手的唱本都是一个独立创作完成，思想内容独特的完整作品。因为所有唱本内容的主题思想的发展趋势，人物的关系等艺术特征都按照特定原则统一进行安排和呈现。在每一个唱本中，史诗的主要故事情节都以不变的形式得到保存，史诗的主题思想永远是吉尔吉斯人民为了民族自由而与外侵部族进行战斗。史诗的主题思想都是围绕着主人公的英勇事迹而展开的，故事情节中出现的所有人物以及其他各种各样的形象都会服从于主人公的行为。这都是一个民族自古以来把自己的希望和期盼寄托在一位英雄主人公身上的英雄主义精神的表现。

史诗《玛纳斯》是篇幅宏伟，由多个情节复杂的故事构成，拥有多种异文的作品。在远古历史中产生，在民间以口头形式广泛流传，得以成为经典的文化遗产。史诗内容包含了吉尔吉斯人民所经历的漫长的历史事件的艺术化叙述。构成《玛纳斯》史诗内容的每一个章节也可以视为拥有完整故事情节和核心内容的独立作品。虽然这些传统章节有各自完整的故事情节，但它们始终汇集于英雄主人公的行为之中，为展现其英勇业绩服务，从英雄出生到最后英勇牺牲，甚至英雄后代的历史事件相结合，用英雄史诗诗性叙述的形式被创造出来。

史诗中英雄玛纳斯汇集和团结被驱逐四方的人民反抗敌人的主题思想，每一个时期所经历的血雨腥风的生活经历和历史生活事件都得到艺术化的叙述。史诗中所呈现的时代特征通过各种故事形式渗透其中，丰富和发展了史诗的内容。也就是说，正是这些因素使史诗在民间得以广泛流传，成为人们喜爱的艺术作品，口耳相承代代相继至今。

尽管经过了岁月悠悠，史诗《玛纳斯》的传统核心情节和主人公始终不变。通过不同时代玛纳斯奇们的演唱，各个唱本中的核心内容及与这些情节相关的人物一直得以保存和传承。《玛纳斯》是拥有相对固定的传统结构的作品。其自古流传的核心故事情节作为史诗中的主要内容在每一位史诗歌手的唱本中均有出现。这些传统故事情节包括：英雄的诞生及童年时光；英雄最初的英雄行为；英雄团结众民与被选举为汗王；英雄的婚姻；铲除家族内奸的斗争；保家卫民，抵抗侵略之敌；英雄的死亡和英雄业绩的继续。以上固定情节，在不同的唱本都按照固定顺序得到演唱及保存至今。如果这些情节的前后秩序出现变异，史诗《玛纳斯》的主干情节将遭到破坏，如今流传的史诗内容也将不会完整。由此可见，玛纳斯奇们的唱本中史诗主干内容与日俱增，但最初的主干情节结构得以保存。

为了抵抗侵略者，吉尔吉斯人民开始团结分散四方的各部落。由此也唤醒了人们建立属于自己家园的斗志，并促使了史诗《玛纳斯》的产生。就这样，四处流散的小部落纷纷团结在玛纳斯这位核心英雄的周围，保家卫民、抵抗外族侵略者的理想化英雄的形象开始出现。构成史诗《玛纳斯》主题发展趋势的英雄玛纳斯所展开的各种英勇事迹，以及结合着各种传统主干情节结构和主题思想的众多故事章节，都遵循故事结构的构建原则。这使得史诗的内容更加丰富，史诗的审美艺术价值也有增无减。

在传承过程中，史诗《玛纳斯》的传统并没有丢失，而是与日俱增，并且将史诗中从细小到重大的情节再到传统的大小故事，都汇聚于一个核心情节。每一个情节在整个结构中有独特地位，它们的描述有各自不同的特征。通过这样的叙述特点和方法使史诗的主要内容和故事情节的构成都为展示英雄人物的英勇服务，从而形成一部完整的史诗作品。

从史诗的标准形成规则上看，与史诗《玛纳斯》类似的英雄史诗基本上都在循环系统规则中形成并发展。玛纳斯英雄的诞生，使人民期盼的愿望最终得以实现。英雄诞生的同时人民的愿望也一并实现，四处散落的部落纷纷汇集于这位英雄，即玛纳斯身边，开始团结成齐心协力为保家卫民而奋斗的部族。这一主题思想就如一条红线贯穿史诗。史诗《玛纳斯》的故事不只限制于描述玛纳斯的出生、英勇业绩和死亡，而且是一直延续到其后代的历史。因为史诗并未因玛纳斯的死亡而结束，而是将继承他伟大事业的儿子赛麦台和孙子赛依铁克的故事纳入史诗当中，形成了后续的《赛麦台》《赛依铁克》两部史诗。英雄玛纳斯的后代不仅在他的儿子和孙子那里，在有些史诗歌手的唱本中甚至延续到更后一代，对此有足够的民间文学资料可以佐证。虽然能够完整地演唱史诗前三部内容的歌手很稀少，但在他们的唱本中均包含了三代英雄的完整故事。有些史诗歌手甚至继续演述了玛纳斯其他后辈子孙的故事。这种现象不仅出现于吉尔吉斯境内的玛纳斯奇之中，在中国新疆克孜勒苏柯尔克孜自治州境内的柯尔克孜族民间就流传着英雄玛纳斯八代的故事。总之，关于《玛纳斯》及其后代的英雄故事在所有玛纳斯奇们的唱本中均有出现。

吉尔吉斯族人民伟大遗产，史诗《玛纳斯》口耳相传，代代相承到如今。它不是一部普通的史诗，而是一部活态的史诗。它以活态的形式广泛流传民间成了人民喜爱的民间文学作品。

《玛纳斯》不是某一个特定年代的产物，它包含了若干个世纪的历史足迹。当然，这并非说它自始按照古老的模式一字不变地传承至今。它是经过数十个世纪的流传，越是在接近我们的时代越发生重大变异，同时有了内容上的增减。但这些增减的内容未曾完全改变史诗的核心情节内容，相反地给史诗增添了崭新的面貌，扩充了篇幅，提高了人物形象体系的艺术感染力。伟大的遗产之所以成为如此宏伟的史诗，首先要归功于民间艺术家"玛纳斯奇"。在民间曾经出现过把演唱《玛纳斯》当作自己终身职业的天才玛纳斯奇。他们为了给听众呈现自己演唱的珍贵作品，丰富人民的精神生活而在民间游走四方进行演唱活动。在史诗的听众中也出现了跟随史诗歌手学习史诗的学徒。玛纳斯奇们集体创作的史诗经过了若干世纪的传承，在代代相传过程中传统章节的主干情节内容未曾改变并保留至今。

在本文的前半部分内容中，笔者已经谈论过萨恩拜·奥诺兹巴科夫、萨雅克拜·卡拉拉耶夫、玛木别特·乔克莫绕夫、莫勒多巴散·穆素勒曼库洛夫、托果洛克·莫勒多、夏帕克·额热斯敏迪耶夫和额布拉音·阿布德热赫曼诺夫等史诗歌手的史诗《玛纳斯》的第一部分的完整唱本。其中，萨恩拜·奥诺兹巴科夫和萨雅克拜·卡拉拉耶夫的唱本被众多学者视为经典唱本。与其他唱本相比，这两个唱本完整地保留了史诗古老的传统主干情节内容，并在史诗中得以形成和发展，最终达到最高艺术境界而为人称道。在对史诗传统核心内容进行取样分析时，也通常会以这两个唱本作为范本。因为这两个唱本保留了史诗比较完整的故事情节。除此以外，其他唱本也可以通过与这两个唱本的比较在主干情节的伸展、母题及故事情节的叙述等方面得以显现。史诗歌手演唱史诗时保留主干故事情节成了固定的原则。与此同时，他们在对史诗个别情节中的修饰、艺术手法的运用、艺术化描摹等方面展示才能，进一步提升史诗的艺术性、趣味性及审美价值。史诗《玛纳斯》不仅没有失去它的传统的基础，反而使其与日俱增，并把它与史诗中的传统大小故事情节汇聚在一个核心内容之中。每一个情节在整个结构中都有各自的独特地位，对于它们的描述也有各自不同的特征。这样的叙述特点与史诗的主题思想和故事情节的构成都服从于主要英雄人物的英勇实践，从而形成一个完整的史诗作品。

萨恩拜·奥诺兹巴科夫的唱本是史诗《玛纳斯》经典唱本之一。众多学者分析他的唱本并划分出了其包含的几个固定的内容章节。这些章节的内容在其内在联系的基础上形成有机的关联，并最终集中于史诗主人公的身上，展现英雄玛纳斯的人生轨迹和事迹。萨恩拜·奥诺兹巴科夫唱本的主要故事章节如下：

1，玛纳斯的诞生及童年、被选为汗王

2，玛纳斯和阔绍依与敌人的较量

3，玛纳斯从敌人手中夺回阿拉套故乡

4，吉尔吉斯族从阿尔泰往阿拉套迁徙及玛纳斯战胜阿牢开和肖茹克

5，阿勒曼别特的故事

6，玛纳斯和卡妮凯的婚礼

7，阔孜卡曼家族的故事

8，阔阔托依的祭典

9，远征

10，玛纳斯的死亡

以上各个章节包含了史诗完整的情节内容。除此以外，史诗研究专家们也指出了一些由歌手在演唱过程中自己加入史诗内容中的、专属萨恩拜·奥诺兹巴科夫唱本的章节。他们分析后明确指出，这些新进入史诗的章节虽在史诗文本中出现，但却并未能真正渗透到史诗传统内容之中，而且也没有被确认为史诗传统的章节。尽管这类情节通过史诗歌手进入史诗情节结构当中，但却并不符合史诗长期传承的传统主题和情节

结构。这类章节有"玛纳斯征战北方""玛纳斯征战西部""玛纳斯与图勒克之间的战争"等。这些故事情节除了萨恩拜·奥诺兹巴科夫的唱本外，在其他唱本中并不可见。当然，以上章节在史诗文本中的出现也有主观和客观原因。当时，为了扩展史诗内容，萨恩拜·奥诺兹巴科夫开始试图添加历史因素，他接受了周围一些人提供的各种历史信息，没有经过区分和筛选，直接加入了很多不适合于史诗的故事内容。当然，通过这类方式加入史诗中的故事章节也没能对史诗核心内容产生直接的影响①。同样地，有些学者也曾将"玛纳斯迁徙塔拉斯""玛纳斯与阿依汗之间的战争""七个汗王的阴谋"等章节排除在史诗传统主干情节之外，认为它们不属于史诗传统章节。但我们可以看到，以上的三个章节出现在史诗所有的唱本中。由此可得，虽然每一个唱本中故事情节的布置和铺展有差异，但却保留了自始至终流传的传统情节。

史诗规范的结构包括英雄的诞生、他的英勇实践、死亡及继承他事业的后代的业绩等内容。关于英雄后代的故事也不仅始于英雄后代的诞生，也包括回顾英雄祖先的故事等。基于这一观点，史诗《玛纳斯》的故事也并不始于英雄玛纳斯，而始于英雄玛纳斯的前辈祖先。因此，不管我们看哪一个唱本，史诗的故事情节并不是从英雄本人的诞生而是由英雄祖先部落谱史开始讲述。如在萨雅克拜·卡拉拉耶夫的唱本中关于玛纳斯祖先的故事被作为独立的章节得以广泛展述，但萨恩拜·奥罗兹巴科夫的唱本中虽然此段篇幅以散文故事形式按先后顺序简单地讲述了玛纳斯祖先的方式呈现，但这部分内容成为整个史诗情节不可分割的一部分渗透在其中，在之后的各个章节中从头至尾被反复提到。虽然叙述的方式不同，所有的唱本均一致包含了加克普致富之路的故事，他因自己无子而忧伤的情节。比如，萨雅克拜·卡拉拉耶夫的唱本中，吉尔吉斯族遭受卡勒玛克（史诗中的敌对部族）侵略及被放逐等母题和内容是按照史诗的传统方式安排的，并得到细致入微的叙述。此章中讲述了，卡拉汗过世后无法抵抗外来侵略者的吉尔吉斯人不得不屈从卡勒玛克。卡勒玛克的汗王们借此机会把吉尔吉斯人从原先的居住地驱逐出

① S. 穆萨耶夫，《玛纳斯－吉尔吉斯人的英雄史诗》，伏龙芝（今比什凯克），1968年，第84—85页。

去，趁机占领吉尔吉斯的故土。就这样，玛纳斯的父亲加克普和叔叔阿克帕勒塔被遣散到阿尔泰定居。凭借自己的勤奋劳动和汗水，加克普逐渐发财，最后成为畜牧和财富最多的富人。

同样的内容在萨恩拜·奥诺兹巴科夫的唱本中也存在。虽然他以散文故事形式简略地叙述了玛纳斯祖先的故事，但之后的内容与萨雅克拜·卡拉拉耶夫唱本中的故事情节一样，并出现在诗行中，展现了这些情节内容。为了验证我们以上的观点，我们可以看看以下情节：诺盖（Nogoy）过世之后，吉尔吉斯居住区域被卡喇克塔依（黑契丹，ĸara ĸitay）所侵，吉尔吉斯人被逐出家乡流离失所流落四方。奥诺兹都（Orozdu）和巴依（bay）迁至喀什噶尔（ĸaxĸar），玉山（üsen）被迁至吐蕃（Tibet）方向。此时加克普的兄长绮伊尔迪（Chiyirdi）过世，其妻子夏坎（Shaĸan）被加克普纳娶。

17岁的加克普被放逐到遥远的满族杭爱地区，在到达夏尚湖（Shashaŋ köl）时遇见波彦（Böyön）的儿子恰彦（Qayan），并成为其仆人为其放牧。因他勤快灵敏机智，很快得到恰彦的赏识。恰彦还把自己的女儿巴赫多莱特许配给加克普做妾。波彦和恰彦过世后，加克普开始在阿尔泰山自食其力。不停地遭到哈萨克、卡勒玛克人的欺凌，流离失所浪迹各方的吉尔吉斯人开始慢慢地向加克普靠拢，从四面八方陆续搬迁到加克普的牧场周围并最终达到七十户。加克普带着厚礼前去找卡勒玛克首领，请求他分给自己多一些牧场并得到伊犁上游的玉奇阿热勒（üq aral）作为自己的定居地，然后又将阿佐别勒山脉（azo bel）作为夏牧场。因为此地长期无人居住，是一个水草丰美，野鹿出没，山岗起伏绵延，长林丰草的风水宝地。因生活自由、草场丰厚加克普的牲畜数量大增，很快就变得家财万贯，成为受人尊敬的大富翁。跟随他搬迁的人民的生活也得以旺盛。加克普的小老婆夏坎长期被人们习惯地称为绮伊尔迪老婆，于是其本名夏坎逐渐被人们遗忘，后来就被称为绮伊尔迪。妻妾两位都未生育，年近五十的加克普因无子而满腹忧愁地过日子[①]。以上故事情节的顺序在两个唱本中基本一致。在这里描述的是加

---

① 参见萨玛尔·穆萨耶夫，《玛纳斯》散文故事版本，伏龙芝（今比什凯克），1986年，第19—20页。

克普父亲过世后被驱逐到遥远的阿尔泰，在那里投靠卡勒玛克巴依（富人），自食其力谋生，最终靠自己的努力致富的情节。作为同一个章节内容在两唱本以两种不同的叙述形式出现，但是情节发展基本趋势并未改变传统的内容，反而同样地继承了自古以来流传的传统。

我们已经说过，吉尔吉斯遭受卡勒玛克人侵略并被逐出自己的家园是属于所有唱本的传统内容情节。个别唱本中英雄玛纳斯的祖先并非只限于列数若干名祖先的名字那么简单，而是列出许多人物的名字。如史诗歌手托果洛克·毛勒多的唱本。与其他玛纳斯奇一样，托果洛克·毛勒多在演唱"玛纳斯的诞生及童年"之前也讲述玛纳斯的前辈祖先。与其他唱本相比，他在自己的唱本中所列出的玛纳斯先辈祖先姓名远远多出了其他唱本。除了直系前辈之外，甚至还交代了他们的分支发展情况。在自己的唱本中，托果洛克·毛勒多列出了玛纳斯三十二名祖先的姓名，并以以下诗行确认。

> 关于玛纳斯的祖先之说
> 其他人不必再争纷[1]

从中可以得知，玛纳斯奇们热衷于列出玛纳斯祖先的名字并探寻玛纳斯祖先来源。著名的阿肯（即兴演唱艺人）托果洛克·毛勒多在自己的唱本中列出三十多名玛纳斯祖先的姓名。这表明他对史诗的热衷与喜爱。与其他玛纳斯奇一样，托果洛克·毛勒多也从讲述玛纳斯祖先的故事之后开始讲述吉尔吉斯人被侵略被驱逐等内容。这与萨雅克拜·卡拉拉耶夫的唱本相呼应。

此外，值得一提的是，伊塞克湖的玛纳斯奇曼拜特·乔克莫绕夫的唱本中关于玛纳斯祖先的情节内容并不吻合于以上唱本中的传统章节，反而是将玛纳斯的祖先追溯到民间传说人物阿山·卡依戈身上。列出了其后代，并讲述了这一家族与汗王们的亲属关系以及后来分崩离析的过程。另一特点是，吉尔吉斯人并非因卡勒玛克的入侵而四处流散，而是

---

[1] O. 索罗诺夫，《〈玛纳斯〉三部曲中史诗情节的叙述特征》，伏龙芝（今比什凯克），1981年，第19页。

因为家族内讧，部落内部的冲突，亲属之间的夺位等原因而四处逃散。在此部分内容中主要讲述的是关于阿塔勒克（Atalιk）的儿子阔孜卡曼的故事。曼拜特·乔克莫绕夫虽然与萨雅克拜·卡拉拉耶夫一同经历过大玛纳斯奇乔尤凯流派的史诗内容熏陶，但都根据自己的创作才能创造出了属于自己的唱本变体。

吉尔吉斯斯坦史诗歌手们的唱本揭示了《玛纳斯》史诗传统主干情节在史诗中的稳定性。从这里同样可以看出，史诗歌手们并不完全重复自己所学的内容，而是尽力在自己的创作中实现自己唱本的特点。这些特点主要体现在个别故事情节的叙述、人物名称、母题安排和铺展等方面。史诗的这种传统性质还可以从另一个唱本中得到证明。那就是我们目前所掌握的，从生活在中国新疆克孜勒苏柯尔克孜族自治州柯尔克孜族史诗歌手口中记录下来的史诗《玛纳斯》第一卷和《赛麦台》第一卷这两册。此唱本属于中国的著名史诗歌手居素普·玛玛依，以柯尔克孜文出版。其中的《玛纳斯》第一册中保留了史诗的传统核心内容。如：柯尔克孜族的产生，英雄玛纳斯的诞生，被选举为汗王以及之后的传统章节。可见柯尔克孜族英雄史诗《玛纳斯》被史诗歌手们不断演唱数百年，口耳相传，代代相承过程中顽强地保留了史诗情节的传统性。传统中的史诗《玛纳斯》通过柯尔克孜族的产生渊源的故事给听众提供英雄玛纳斯的先人们的事迹。而居素普·玛玛依的唱本中有关玛纳斯祖先的故事有特殊的意义。它区别于我们前面提到的唱本，其中描述了吉尔吉斯族人起源于叶尼塞河流域的内容。吉尔吉斯族在叶尼赛河流域时期曾先后出现卡勒玛玛依、汗玛玛依等统治者。《玛纳斯》中经常出现的诸如波彦汗、恰彦汗、卡拉汗、奥诺兹都汗等人也出现在此唱本中。与其他唱本中所描述的一样，在这个唱本中也描述在以上汗王们统治时期，吉尔吉斯族人过着国安民富的日子，无人胆敢进犯。在前面的唱本中是自诺盖或卡拉汗过世之后卡勒玛克人前来进犯并将吉尔吉斯人逐出家乡。而在居素普·玛玛依的唱本中是在加克普的父亲奥诺兹都汗时期盛世太平，当他离世之后就遭到阿牢开侵入，其十个儿子及子民被分给各地的卡勒玛克老爷做奴婢。每一个儿子都以各自所属的卡勒玛克之名称呼，并成为其子民。加克普归属名叫诺盖的卡勒马克，加木格尔奇（Jamgerqe）分给耶什铁克（Eshtek），阿克帕勒塔分给诺伊古特

（Noygut）等之后他们便被称为诺盖人，耶什台克人，诺伊古特人等。而我们对先前列举的吉尔吉斯斯坦的几位知名史诗歌手唱本及其他唱本中，诺盖并非以卡勒玛克老爷的身份出现，而是成了加克普的父亲。诺伊古特与耶什铁克则分别以阿克帕勒塔与加木格尔奇的父亲身份出现。在居素普·玛玛依的唱本中，诺盖之子并非是加克普。在这个唱本中，奥诺兹都的"五位娇妻"，大夫人生下加克普和什哈依，二夫人生下卡塔干和卡特卡朗，三夫人生下阿克巴勒塔和加木格尔奇，四夫人生下卡斯耶提和卡拉汗，五夫人生下铁凯奇和克孜勒太。

吉尔吉斯斯坦史诗歌手中只有 B. 萨扎诺夫（B. Sazanof）的唱本中加克普以奥诺兹都长子的身份出现。在其他任何唱本中我们都没有遇到类似内容。相反，加克普和奥诺兹都都作为诺盖的儿子以兄弟身份出现。我们可以发现，虽然不同唱本中的人物名称有变异或人物身份有变动，甚至有很大差异，但这些固定人物名称在不同的史诗内容中出现是正常现象。尽管有这样或那样的差异，但无论在哪一个唱本中阿克巴勒塔、加木格尔奇、奥诺兹都、加克普等都是史诗中固定的人物。在所有唱本中他们都以史诗主人公英雄玛纳斯的直属亲戚或结拜兄弟的角色出现。

战争使人民遭受的苦难，卡勒玛克人的欺凌以及人民对太平盛世的期望，使得人们时刻希望出现一位能够维护人民利益的英雄，这是符合社会生活规律的现象。正是人们思想中的这一伟大期盼成就了这部蕴含着人民理想生活的宏伟作品。因此，世界上大部分史诗作品中史诗主人公在其年老父母苦苦求子后诞生被认为是史诗的一个典型情节范例。类似的情节母题在很多民族的史诗传统中广泛流传于世。史诗《玛纳斯》也不例外，史诗中英雄玛纳斯父母无子而烦恼或晚年得子的内容贯穿于史诗情节之中。史诗中加克普因无子而悲痛绝望的心情在哀怨歌中以自我对白的形式生动呈现。加克普为了求子游走各地，祭拜神灵过程中所唱的哀怨歌在不同的唱本中因史诗歌手所继承的史诗流派的不同而各不相同，呈现出母题阐释等方面的不同特色。我们从萨恩拜·奥诺兹巴科夫的唱本，萨雅克拜·卡拉拉耶夫的唱本以及居素普·玛玛依的唱本中都能够感受到。

推动史诗核心情节发展的另一个母题是"寻找未出生的英雄"。在此之前，这一母题仅在萨雅克拜·卡拉拉耶夫的唱本中出现。但现在，这一母题不仅属于一位玛纳斯奇的唱本，而且在另外的唱本中也被发现了。这表明，此母题曾经是被纳入史诗当中的传统母题，之后因各种原因而失传。尽管如此，也不能否认这个母题是属于传统情节内容的现实。因为它并没有仅在一个唱本中出现，而是表明它是史诗一直流传的传统内容之一。

居素普·玛玛依唱本中卡勒玛克人也是通过巫书知道玛纳斯的即将出生，可并不知晓在何处及由哪一位母亲生产。卡勒玛克汗王秦格什汗派人将所有的孕妇召集起来并进行残酷的剖腹意欲将玛纳斯扼杀在娘胎之中。同时派出探监挨家挨户安排定时进行巡查，一旦发现玛纳斯出生立刻斩杀。卡勒玛克人也从巫书中得知了英雄出生时的记号，并命令探监们查看一手捏着酥油、一手捏着血块，手掌上写着"玛纳斯"字样出生的孩子。萨雅克拜·卡拉拉耶夫和居素普·玛玛依的唱本中共存的"寻找未出生的英雄"母题在描述细节和叙述方式方面有较大差异，但最终都集中展现着英雄的非凡气概以及人民对未来英雄的强烈期盼。

史诗《玛纳斯》中另一个广泛流传的古老母题为"未出世的孩子的模糊形象被加克普看到或者是其声音被史诗中的其他人物听到"。此母题的出现和发展预示着人民对于英雄诞生强烈期盼和父母对于孩子出世的急切期待。这一母题在吉尔吉斯斯坦的史诗歌手萨恩拜·奥诺兹巴科夫的唱本中得到独特而全面的描述。萨恩拜·奥诺兹巴科夫的唱本中用这类神幻的母题预示玛纳斯的出生的手法和内容在其他吉尔吉斯斯坦史诗歌手的唱本中基本不存有。但是生活在中国的史诗歌手居素普·玛玛依唱本中类似的内容却明显地存在，而且还比较突出。在居素普·玛玛依唱本中加克普是从马赫都姆的儿子芒德拜和自己的朋友阿德勒别克的消息中预知玛纳斯即将诞生。两个同样讲述了预先听到未出世孩子声音和模糊模样的情节。两个唱本的内容虽然基本上保持一致，但情节的叙述和发展各有特点各具特色。比如居素普·玛玛依唱本中加克普无子而烦恼的情节由歌手讲述，在其他唱本中出现的"托梦母题"也没有出现。英雄出生的神话色彩被接近于现实生活的民间风俗习惯所代替，通过描述各种民间信仰和仪式来呈现。加克普听信于民间的古老仪式，并按照这一仪式将妻子绮伊尔迪用烂鼻子的老牛驮到森林里，让她独自一人居住在黑色破旧的房子中进行羞辱。此仪式习俗在史诗中重复两次，其结果绮伊尔迪生下一男一女，即女儿卡尔德尕奇（ĸardigaq）和儿子玛纳斯。

史诗《玛纳斯》中的这一传统母题在居素普·玛玛依唱本中再次得到证明。因为给妻绮伊尔迪送饭的小孩子在路上遇见玛纳斯及其四十名勇士的身影：

> 正东张西望地赶路，
> 成群结队的四十个孩儿
> 突然在他跟前显现。
> 原来这里还有人烟，
> 他这才安稳心情气力恢复。
> 其中有袖子上绑着旗子
> 弯弓准备射箭的人。
> 追捕野鸡身体矫健
> 也有随便玩耍之人。
> 放开手里的鹰隼
> 四十勇士轮流猎杀野鸭野鹅。
> 如同树枝上成熟的苹果
> 脸色红润如同石榴，
> 笑逐颜开脸色绽放出灿烂
> 个个都如鲜花般可爱①。

他一五一十地将自己遇见的事件讲述给加克普听。加克普听到这话之后心生畏惧，害怕被传到卡勒玛克探监耳朵中，于是把送饭的孩子独自领到森林深处，把他捆绑在一匹烈马背上，让烈马将其拖死。这个事情的最终结果是加克普娶这个孩子母亲，消除了关于玛纳即将出生的传言。总而言之，类似的母题虽在几乎每一个唱本中均出现，但故事情节的发展、结构的布置等方面体现了各自的创作特点。如果在其他唱本

---

① 参见居素普·玛玛依唱本，《玛纳斯》，第一部第一册，乌鲁木齐，新疆人民出版社，1984年，第61页。

中，绮伊尔迪是梦兆之后才有身孕的话，在居素普·玛玛依的唱本中绮依尔迪则是按照吉尔吉斯族古老习俗和民间信仰的方式并采用与民众生活接近的情节来展现主人公的诞生。这一情节中出现的各类人物性格都按照史诗的叙事规则和逻辑来呈现，每一个人物都在情节发展中发挥自己的作用。在这个唱本中，绮伊尔迪也不像在吉尔吉斯斯坦玛纳斯奇们的唱本中的那样以加克普大嫂的身份出现，而是作为阿克帕勒塔的战利品献给加克普的女士。而关于玛赫都姆及其孩子色尔哈克和赛热克的故事也与吉尔吉斯斯坦史诗歌手的唱本相比有着明显的区别。

除此之外，与英雄主人公的诞生相关母题系列有密切关联的"梦兆""奇异诞生""在母胎中讲话""捏着血出世""新生儿非凡的巨大体质"等母题以及其他能够体现英雄特点的丰富附加母题，为史诗的内容增添了不少新的色彩。英雄玛纳斯诞生之后的第一次喂食开嘴仪式、命名仪式以及为其将来做准备等内容与其他众多唱本大致相似。但我们也不能忘记各个唱本之间存在的差异性。

一个唱本中史诗情节内容接近于现实生活，以古老的风俗习惯来呈现，而另一唱本中却出现了"英雄永生或英雄不死"母题，并通过神奇幻想成分来给史诗主人公赋予神奇力量。

"玛纳斯的诞生和童年"章节中有关玛纳斯父母因无子而忧伤，神奇的梦兆、寻找未出生孩子的踪迹、奇特受孕等神奇现象；英雄奇异诞生、第一次喂食开嘴仪式、命名仪式等仪式过程；英雄的最初英雄行为的预兆、英雄的战马与英雄同时诞生以及其他与此相关联的类似情节组成了整部史诗结构的根基，为史诗情节的发展铺路。如果玛纳斯的诞生及童年时期的最初的原型情节将英雄的奇异诞生前后的各种神幻现象作为史诗情节的开始过程来呈现的话，那么玛纳斯最初的英勇事迹便随后成为史诗的主题内容呈现了人民生活斗争初期阶段。以上所提章节中神奇内容为整个情节提供了活跃成分，为深化史诗的核心内容并向下一个章节的发展提供和补充了英雄最初英勇事迹的故事情节。史诗《玛纳斯》中的传统章节"英雄的诞生和童年时光"中所描述的史诗社会中生活的人们的富足安逸的生活状态，各类戏剧性矛盾冲突，各种神奇故事性母题与日常生活的结合等都集中于史诗主人公的身上。

按照史诗故事情节的发展规则，英雄的诞生及展现出自己的初期英勇事迹之后，无论哪一位英雄都会努力寻找和组建能够在日后伴随自己协助自己的团队成员。这个母题不仅广泛流传，而且是史诗的世界性法则。此现象在吉尔吉斯族英雄史诗《玛纳斯》中也以相似的内容和形式得以呈现。史诗传统中，史诗主人公必定会按照史诗的叙事规则前去寻找与自己旗鼓相当的战友，或者在英雄外出时或狩猎时遇见自己未来的战友，与他较量一番，或者进行辩论，胜利之战之后便进行结义仪式。

　　《玛纳斯》史诗中，促使英雄玛纳斯的各位勇士们聚集于玛纳斯周围的主要原因之一是团结一心共同反抗侵略者的意志。在这种意志的推动之下，他们从四面八方纷纷前来团结在英雄主人公周围。不管看哪一个唱本，"英雄寻找自己勇士团队"的母题并非以完全相同的形式出现，而是以相似的内容揭示。无论在哪一个唱本中，萨雅克拜·卡拉拉耶夫和萨恩拜·奥诺兹巴科夫的唱本，或者是其他唱本，以上内容尽管有时没有直接遵循传承史诗传统，而是以相似的故事，也就是通过寻找自己的亲戚来实现英雄的意愿，或者是勇士们都自愿聚集于英雄身边。可见，史诗《玛纳斯》中英雄寻找勇士们的母题是以寻找流散各地的亲戚或者是以召集散落四处的吉尔吉斯部落，同时召集勇士们共同反抗入侵之敌的思想基础上得以表述的。

　　"阿勒曼别特与玛纳斯结义"可以被看作与这一母题情节相关或相似。特别是在萨恩拜·奥诺兹巴科夫的唱本中此部分内容是作为传统章节内容之一进行演唱的。阿勒曼别特在史诗中首先是玛纳斯的最可信赖的勇者。其次，他是玛纳斯的同乳兄弟。可以说这一章节是以史诗传统中的寻找盟友以及结义结亲的传统母题为基础的。但是，受晚期的结义和结亲仪式观念的影响，古老的仪式明显地受到严重的浸染和损失。阿勒曼别特的故事，即阿勒曼别特投奔玛纳斯的情节，在不同的玛纳斯奇口中得到了不同的诠释和演绎。他在史诗中所占据的位置不仅局限于一名普通的勇士，他的事迹和极具史诗性的言行与玛纳斯相关的情节旗鼓相当。因此，无论是哪一位玛纳斯奇的唱本，都将阿勒曼别特从玛纳斯的勇士当中单独分离出来加以描述，使他的英雄业绩不亚于英雄主人公玛纳斯。阿勒曼别特的富有传奇色彩的生平事迹能够在史诗中具有这么重要的位置也与结盟结义母题有密切关联。他的个人业绩和经历与其故乡的命运相结合，通过故乡和祖国这样的内心感受得到铺展。

这个章节在每一位玛纳斯奇口中都基于史诗的叙事规律并按照各自的特点得到描述。因此，这个章节的结构也具有一定的独立性并具有一部独立作品的特征。这一点尤其可以从萨恩拜·奥诺兹巴科夫的唱本中体会得到。在《玛纳斯》史诗的传统中，"阿勒曼别特的故事"是自古就融入史诗文本当中的内容。无论哪一位玛纳斯奇都无一例外地将阿勒曼别特的事迹进行全面的阐释和细致地演唱。在大多数唱本中，都是在演唱完玛纳斯的神奇诞生之后开始演唱阿勒曼别特的故事的。他的诞生也充满了类似于玛纳斯的神奇过程。他的人生经历也是从列数其前辈的事迹开始，并与玛纳斯的生平具有同样的地位和篇幅。有关阿勒曼别特生平、事迹、祖先等内容在萨恩拜·奥诺兹巴科夫的唱本中以极其鲜明的史诗叙述规律进行描述，被史诗歌手们给予足够的重视，并将其以拥有独立情节结构的作品来看待。

几乎所有史诗唱本都将其出生、一生事迹、祖先、生平以及他来投靠玛纳斯的原因及其之后的英雄业绩都包含在诗行中，以完整的故事结构，独立的传统章节形式演唱。在萨雅克拜·卡拉拉耶夫的唱本中，关于阿勒曼别特的故事却并非以独立章节形式演唱，而是以比较简洁的方式插入于远征之前，七个可汗反叛之后，远征途中在塔勒乔库山上时他自己回顾生平的情节中。而在此之前，这个章节却一直没有被提及。也就是说，这个章节在此唱本中是在史诗内容进入紧张激烈的高峰时才得以呈现的。

史诗中阿勒曼别特的坎坷人生使他的理想非轻而易举地得以实现。最初遇见哈萨克的勇士阔克确，并与他结拜为兄弟，成为其得力干将。阿勒曼别特以他得体的举止行为和理智的行事风格深得哈萨克人民和阔克确父亲阿依达尔汗的认同。但这却引起阔克确周围的王爷们嫉妒和焦虑不安。他们在其背后搬弄是非，最终迫使他遭到阔克确的驱逐。此部分内容虽在多部唱本中以他最终投靠玛纳斯而得到圆满结束。但是在B.萨赞诺夫的唱本中却以玛纳斯得知阿勒曼别特在阔克确身边遭到侮辱的经历后，在他的请求之下率兵出征为他报仇的情节延续。而在夏帕克·额热斯敏迪耶夫的唱本中，玛纳斯从其口中得知他的委屈后，为了替阿勒曼别特出气前去夺走阔克确的马群。却不慎被躲在暗处的科尔格勒恰勒射落马下，然后在阿茹凯的请求下留下阔克阿拉神骏为首的一半数量的马群。这个章节在额布拉音·阿布都热赫曼诺夫的唱本中得以重复并以阿勒曼别特自己以"冤冤相报何时了"劝阻玛纳斯压住怒火结束。阿勒曼别特的复杂的人生经历和睿智勇敢而富有远见的个性在传统章节"远征"部分得到了充分展示，达到高潮。

阿勒曼别特的故事不仅仅出现在经典史诗唱本中。在拉德洛夫记录的唱本及其他不同地区被记录下来的唱本里也以独立的史诗章节形式出现，而且也有阔克确与玛纳斯之间的冲突等内容[①]。

据相关专家的研究，史诗歌手们根据所处的地域分成不同派别。因此在个别章节或故事情节的叙述、描述、修辞等方面的差异性也在一定程度上基于这样的现实。史诗歌手学习史诗时继承了他师父的文本及他师父所属的史诗流派的特点风格并将其按照自己的才能加以创新和延续。

口头文学作品中，按照英雄主人公人生轨迹的向前发展的需要，也为了延续史诗故事情节的发展，英雄寻找适合自己的人生伴侣以及迎娶新娘是英雄史诗的传统主干情节之一。在世界史诗中，英雄的婚姻被视为史诗主人公最主要的英勇事迹之一。不管是在口头文学作品的哪一种文类，无论是在神奇故事或史诗中，主人公为了寻妻而去远方或异国他乡，以英雄方式举行婚礼是具有世界性普遍意义的情节母题。民间广泛流传的神奇故事或神话中保留了英雄娶妻母题的原型。其中，英雄凭借自己的机智、勇敢和力气迎娶妻子是口头叙事文学固定的情节模式。因为在部落战争时期，尤其是在其发展到一定阶段的"军事民主"时期，战争在婚姻情节中占主导地位。特别是在史诗作品中，求婚者之间，求婚者与新娘父亲或新娘长兄之间，或者跟新娘本人之间的婚前竞争较量的情节非常普遍[②]。自古流传至今的"英雄式征婚"仪式在古典式史诗作品中保存了其原来的面貌，但随着年代的流逝这类母题原型也根据不同时代的社会生活发展和变革逐渐被创作者们赋予新的诠释和演绎，在口头史诗中产生变异。

我们提及的"英雄式征婚"母题并不是在所有的史诗中都得以按

---

① 参见手抄本资料：H. 玛木尔巴耶夫，《玛纳斯》史诗片段"远征"，吉尔吉斯斯坦科学院语言文学研究所档案，第 5042 号；A. 多来提夫，《玛纳斯》史诗片段，吉尔吉斯斯坦科学院语言文学研究所档案，第 5268 号。

② B. M. 日尔蒙斯基，《突厥语民族英雄史诗》，列宁格勒，1974 年，第 264 页。

照古老的模式得到保存。可以说在历史发展过程中，这一母题也随着社会的发展和人们的审美要求而改变，有了新的模样，只有那些最核心部分得到保留。

"英雄式婚姻"的原始模式在史诗《玛纳斯》中以它变化了的或相近的形式保留了其原貌。英雄为了寻找未来的妻子而远走他乡，为了迎娶理想的妻子而面临各种磨难和考验，经过一番较量最终取得胜利并得到爱情的情节在《玛纳斯》史诗的各种唱本中，虽然并非丝毫不差但却是大同小异。这部口头史诗不仅保存了吉尔吉斯族历史的每一个阶段清晰的轨迹，而且艺术化地展示了自古以来固定下来的核心要素和内容，呈现出多姿多彩的艺术特征。虽然史诗母题相对稳定，但每一位史诗歌手都不是颠覆性地，而是根据自己所处的历史时代的生活状况对史诗进行删繁就简的艺术再创作，出现了一些内容上和意义上或多或少的改变和重构。因此，史诗中的玛纳斯与卡妮凯的婚姻在各唱本中也显示出各自的特色。

无论在哪一个唱本中，玛纳斯和卡妮凯的婚姻都以英雄史诗最理想的经典模式得到呈现，并在艺术创作上达到堪称经典的高峰。因为早已理想化了的英雄玛纳斯只有迎娶与他般配的妻子才符合人民的愿望。在萨雅克拜·卡拉拉耶夫的唱本中，这种理想化的妇女形象——卡妮凯的描述如下：

> "十二位千金中的幼女，
> 是天神钟爱的闺秀，
> 女性中的出众美人，
> 长发中的睿智者，
> 巾帼中的豪杰，
> 穿裙子的妇人中的圣洁者，
> 女性中的王者，
> 铁米尔汗之女卡妮凯……"①

---

① 萨雅克拜·卡拉拉耶夫，《玛纳斯》第一部，伏龙芝（今比什凯克），1984年，第225—226页。

从以上的诗行可知，在萨雅克拜·卡拉拉耶夫的唱本中卡妮凯在拥有高贵的人格、女性的魅力的同时，还拥有了勇敢无畏的英雄气概。而在萨恩拜·奥诺兹巴科夫的唱本中，史诗歌手同样给予卡妮凯更高的评价并着力描述她智慧、善良、贤淑、仁慈、勇敢、心灵手巧的形象。玛纳斯奇们在叙述史诗主人公玛纳斯未来的妻子时均凸显其能够助英雄一臂之力、未卜先知，成为英雄的知心伴侣和助手的形象。因此，不管在哪一个唱本中，卡妮凯都被誉为具有为民解困，为英雄解忧，面对敌人能够奋起英勇反抗的勇敢精神的完美妻子以及理想的母亲形象。

如上所述，史诗中英雄婚姻母题古老的形态在一定的程度上保留了其传统特征，史诗的核心内容也在此基础上得以传承。比如英雄史诗中英雄的妻子也要求理想化，并在各方面与英雄相提并论。《玛纳斯》所有的唱本中都有玛纳斯前几位妻子都不适合玛纳斯，不能够承担起玛纳斯之威名的明确叙述。而且这一观点主要是通过玛纳斯的挚友阿勒曼别特之口进行表达。其结果便产生了必须要为玛纳斯寻找一位合适的妻子的问题。在萨恩拜·奥诺兹巴科夫的唱本中，并没有完全按英雄式婚姻的原则由英雄玛纳斯自己出去寻妻，而是根据他的要求由他的父亲加克普前往各地巡游为儿子挑选合适的妻子。在加克普做出选择的基础上，玛纳斯迎娶卡妮凯为妻。粗略地看，我们很容易误认为此唱本中玛纳斯的英雄式婚姻似乎与现代婚姻并无区别。只要细观察其中的细节内容就不难发现，其中虽然英雄式婚姻没有得到直观的描述，但含义却得以完整地展现，每一个程序都有所呈现。这完全可以视为在这一母题原有模式基础上的新的发展变异形式。因为加克普从头到尾担任媒人的角色、迎亲中的个别阻碍和考验、挑选新娘和其他因素，还有因玛纳斯而引发的玛纳斯和卡妮凯之间的冲突以及期间的种种情节都可以被视为"英雄式婚姻母题"模式的后期发展和变异。史诗《玛纳斯》拥有一个核心主干的情节模式，但因不同玛纳斯奇的叙述方式和风格的不同而产生不同的异文。他们虽然讲述的是同一个故事，不同的叙述方式使史诗呈现出另一种艺术特征，并且拥有了意义和内容上的进一步提升。萨雅克拜·卡拉拉耶夫的唱本就属于这一特征的经典类型。在这个唱本中也同其他唱本一样涉及了玛纳斯前任两位夫人的内容。并不是详细描述她们的身世，而是简单地说明了她们的名字和来到玛纳斯身边的原因。第一位为战争中俘获的战利品，第二位为人质。关于卡妮凯的信息虽然不是由阿勒曼别特提起，但也是由玛纳斯的另一位主要勇士楚瓦克前来与玛纳斯汇合时所提及。巴卡依听了楚瓦克的话之后便对玛纳斯说出："迎娶卡妮凯你将兴旺发达，将成为民众尊敬的汗王。如果卡妮凯来到塔拉斯，定会为人民美好生活"的话来高度评价卡妮凯的品格。

传统的"英雄式婚姻"母题模式中英雄基本都要经过很多考验才能到达目的。而在史诗《玛纳斯》的各种唱本中却相反，是英雄的未婚妻卡妮凯迎接各种考验。这显然也是史诗传统而古老的母题随着年代的变更，受到社会生活变迁的影响，被赋予了新的内容和新的含义。当然，母题的这种变异或更新与史诗传统的稳定性基础相比无关紧要。显而易见，萨雅克拜·卡拉拉耶夫也是在原有的母题基础上对其进行了一定程度的改造，并通过加入一些新的母题元素给史诗《玛纳斯》注入了新的内涵。这便是他的唱本中有关于神犬库玛伊克的神话。通过喂养和调教这只神犬，卡妮凯的作用和能力才得以显现，并由史诗英雄们认定之后才成为英雄的妻子。

符合《玛纳斯》史诗传统之"英雄式婚姻"母题而被纳入其中的"玛纳斯与卡妮凯的婚礼"章节在历史流传中，历经了不同的年代和社会生活的变迁，产生了或多或少的变异，经过适度的增减使个别内容得以更新。不得不说，此章节在史诗情节中占有不可忽视的重要位置。

史诗《玛纳斯》的结尾部分"远征"之前的主要情节在"玛纳斯与卡妮凯的婚礼"之后，史诗的宏观情节结构不会改变，仍保持传统发展轨迹，随后延续的情节便是"阔孜卡曼家族的故事"和"阔阔托依的祭典"。也就是说，史诗的内容并没有脱离传统轨迹或断裂，而是继续沿着传统脉络进行，保持史诗固有的传统内容和主干情节。

史诗中主人公与其亲戚们之间的冲突主题是广为人知的传统情节。这部分内容是于古老的同胞兄弟们之间的矛盾或部落之间的冲突在史诗中反映。类似的阴谋暗害史诗主人公的母题在史诗《玛纳斯》中以"阔孜卡曼家族的故事"显现。

试图脱离史诗主人公或对其表示不满而最终导致反目甚至发展到阴谋暗害的母题的延续显现在"阔阔托依的祭典"中。在"阔阔托依的祭典"中汗王们为了表示各自对玛纳斯的不满而拒绝邀请玛纳斯来参加和主持祭典。之后因为遭到空吾尔拜和交牢依的扰乱欺凌时才在无可奈何中不得不派人前去邀请玛纳斯救助。玛纳斯到来以后，用自己的勇敢威武的管理和整顿，恢复祭典秩序，使一切返回如常。在祭典过程中发生的各种矛盾冲突成为玛纳斯后来的英勇事迹的主要原因之一。

"阔阔托依的祭典"以其所包含的社会生活内容的广泛性而著名。祭典过程中的各类壮观场面和习俗同时使史诗内容达到一个高峰，内部出现的矛盾冲突也开始逐渐白热化。情节的类似发展趋势也暗示着之后"远征"这一重大事件的发生。

总而言之，传统章节在内容上都按照接近于现实生活的方式展开，从而使人民的生活被纳入史诗整体叙述结构当中。这一章节的内容和故事发展趋势与构成史诗整体情节结构的核心故事和母题的铺展表述有一定偏差，但很明显它与之后的情节发展以及最终导致"远征"还是存在很密切的因果关系。

在上面我们已经说过《玛纳斯》史诗第一部的总结性结尾部分是"远征"一章。而这一章节是通过"七位可汗商议谋反玛纳斯"（萨恩拜·奥诺兹巴科夫的唱本中）或"托什图克的婚礼"（萨雅克拜·卡拉拉耶夫的唱本中）等章节而被纳入作为《玛纳斯》史诗核心主题的英雄征战的发展趋势当中。

七位可汗因为对祭典上感到自己不够受尊重而愤愤不平并召集起来商议反对玛纳斯。他们认为各自都有汗王的头衔，所以都希望行使与玛纳斯一样的权威。当他们被玛纳斯召集于他的宫殿面对玛纳斯时却慑于玛纳斯的威严，都不敢坚持自己先前一起商定的决议，服服帖帖地听从玛纳斯的命令，答应玛纳斯为"远征"而做准备。

史诗的"远征"一章包括以玛纳斯为首领的军队征战过程以及大大小小征战故事。与此同时，世界史诗中普遍存在的"英雄出征前与亲人别离""兵器及盔甲的筹备""四十日路程中的苦难与艰辛"等情节作为揭示史诗主题内容的传统故事情节都得到广泛而充分的描述。这部分内容包含对别依京的征战同时还讲述了与此相关的众多情节故事。如：阿勒曼别特和色尔哈克前去观察敌情、选骏马、楚瓦克的误会及其与阿勒曼别特之间引发的纠纷、内部纠纷的平息、三位英雄入别依京城探查、阿勒曼别特的悲哀、玛凯勒巨人的死亡、惊夺敌人马群、空吾尔拜战败等内容。

组成史诗结尾总结部分的母题和情节给史诗内容增添了紧张激烈的氛围，从而进一步提高了史诗的艺术价值和情节的趣味性。所有的故事情节都集中于史诗主题之中并揭示史诗故事发展的总体趋势。

最终，英雄玛纳斯的死亡在史诗结尾部分的"远征"中得到讲述。玛纳斯在毫无察觉的情况下被空吾尔拜的毒斧砍伤，回到家乡塔拉斯之后亡故。卡妮凯为玛纳斯建造墓地并将玛纳斯的尸体秘密安葬。所有这些母题在各唱本中的描述各有不同，各具特色。

宏伟的史诗走过了漫长的历史发展过程，故事情节的进展所需时间也并不短，但史诗在一直保存自己鲜明的主题的同时其艺术性也不断地走向高峰。《玛纳斯》史诗这样的宏伟史诗发展、保存和传播中情节结构发挥最重要的作用。玛纳斯奇为了史诗情节的进展倾注自己的心血发挥自己的才干，对史诗传统章节进行再创作，在保持传统章节内容稳定的基础上适时增加新的因素，提高史诗的艺术性和趣味性。史诗结构上的类似现象表明了史诗唱本中的统一性和一致性。

在众多伟大的玛纳斯奇们传承和继承的流派基础上以及经过广大民众长期筛查审视，《玛纳斯》史诗最终成为大众普遍认同的传统的集体性记忆符号和经得起长期历史检验的艺术作品。因此，史诗各种唱本的主题思想、人物系统都遵循史诗的传统，与史诗所描述的内容和情景保持一致。这种相似性和一致性是通过传统主干核心内容和情节的继承和不断呈现才能实现的。

史诗《玛纳斯》包含了历代吉尔吉斯族人民的生活、民俗、神话传说，堪称一部吉尔吉斯族人民历史生活及人民喜怒哀乐的诗性表述的百科全书。它以每一个传统章节中所出现的丰富多彩的故事情节、众多的人物形象、宏伟的篇幅闻名于世。创造并继承如此宏伟史诗的少数民间天才玛纳斯奇们及他们的创造精神应该得到人民的敬重和爱戴。

（巴合多来提·木那孜力　译　阿地里·居玛吐尔地　审校）

《玛纳斯》史诗的艺术本质

［吉］热依萨·柯德尔巴耶娃

【*编者按*】热依萨·柯德尔巴耶娃（Rayisa Kidirbaeva）1930 年出生，1952 年毕业于吉尔吉斯斯坦国立大学，1956 年毕业于苏联高尔基文学院，并以《阿·奥斯曼诺夫的抒情诗》为题获得副博士学位。语文学博士（1983 年），吉尔吉斯斯坦科学院通讯院士（1989 年），吉尔吉斯斯坦功勋科学家（1995 年）。她是当前吉尔吉斯斯坦成果丰硕具影响力的《玛纳斯》专家之一，曾出版《玛纳斯奇的史诗演唱技巧》《论〈玛纳斯〉史诗的传统及创新》《〈玛纳斯〉史诗的文化基因》《〈玛纳斯〉史诗的多种变体》以及《史诗〈萨仁吉博凯〉的思想艺术性》《史诗〈江额勒穆尔扎〉的诗学传统》等多部有关《玛纳斯》史诗及吉尔吉斯小型史诗的学术专著。此外，她还曾参与萨恩拜·奥诺孜巴科夫唱本科学版本的整理编辑及《〈玛纳斯〉百科全书》的编纂工作并撰写前言。其学术思想在吉尔吉斯斯坦以及中亚各国都有很大的影响力。本文选译自吉尔吉斯斯坦阿拉巴耶夫国立大学《玛纳斯》学院 2013 年编辑出版的《〈玛纳斯〉学教材》一书。

史诗的传统艺术性

系统而细致地分析《玛纳斯》史诗口头语言的艺术性是揭开这部史诗形成奥秘最有意义的一个方面。传统所携带的那些固定的描述片段（构成传统的一部分的程式）在所有的唱本中，以或多或少的变异形式得到统一化的运用。在史诗的诗歌艺术整体结构中，一个人物针对另一个人物的思考，即独白，两个人物之间的对话，各类实物，血流成河的战争得到丰富的描述。

简而言之，变成史诗传统的艺术性语言是史诗情节构成、内容发展重要因素之一。换句话说，就是其艺术性的本质。对此，我们可以列举19世纪下半叶的玛纳斯奇阿克勒别克在自己所继承的传统中描述阿勒曼别特的诗行。歌手在演唱阿勒曼别特背井离乡的情景时用下面的诗行加以表现：

Elduu kishi zor eken，	有乡亲的人无比强壮，
Elcizdin ali chak eken，	失去人民的人弱不禁风；
Elinen azgan jigitke	离开故乡的孤独青年，
Ertelep ölüm ak eken…	只有死亡才算得当……

在他的唱本中，故乡的主题在高度艺术化的语境中得到展示，所以后辈玛纳斯奇们都努力继承其传统，并试图在自己的演唱中准确地加以重复运用。

这一诗歌描述方式在后辈玛纳斯奇们的演唱中，成为演唱与故乡亲人相关的内容时随口采用的诗句，并为现场创编诗行发挥积极作用。比如在托果洛克·毛勒朵的唱本中：

Elduunun baari zor eken，	有乡亲的人们无比强壮，
Elinen azgan kor eken，	背井离乡的人十分可怜，
Elciz elkim bolgoncho，	与其失去人民寻找亲人，
Ertelep ölgön ong eken…	还不如早早地死亡……

在萨恩拜·奥诺兹巴科夫的唱本中：

Kalkinan azgan kor eken，	背井离乡的人十分可怜，
Elduunun baari er eken，	有人民的人无比勇敢，
Elinen azgan jigitke	离开故乡的孤独青年，

Ertelep ölüm ak eken···   早早地死去才是应当······

在萨雅克拜·卡拉拉耶夫的唱本中，面对楚瓦克的挑衅，阿勒曼别特这样回答了他：

Elim elden kem emes,   我的人民不亚于任何人，

Elsiz kishi men emes,   我也不是没有亲人之人，

Kalkim kalkdan kem emes,   我的亲人并不比别人低下，

Kaliksiz kishi men emes···   我也不是没有乡亲的人······

萨雅克拜的这些诗行与特尼别克的诗行十分相似：

Meni teksiz kishi dedingbi,   你是否嘲笑我是没有血脉之人，

Menin tegimden kaygi jedingbi,   为了探究我的族源伤心烦恼，

Kalkimdi terip cöz curap,   询问打听我的人民，

Meni kalkciz kishi dedingbi,   你是否以为我孤单一人没有亲人，

Menin kalkimdan kaygi jedingbi? 为了打探我的血脉而烦心？

　　无论哪一位玛纳斯奇都毫不例外地会在自己的唱本中保存阿勒曼别特对楚瓦克的所作所为义愤填膺的母题。他们不仅通过有效利用这些在一定程度上已经变成传统的诗行吸纳上述母题，而且还根据自己的演唱艺术要求将其改变成不同的变体。这种情况属于史诗演唱过程中的美学特征和艺术要求。我们可以看到，史诗歌手不仅是史诗相关知识的保存者，同时也会将比较完整的大篇幅特定内容或者是将一些短小的内容根据自己演唱的需要进行或多或少的改造。也就说，每一位玛纳斯奇都有属于自己的演唱风格和演唱形式。

　　因此，陪伴和保护英雄玛纳斯的神奇动物飞禽也有各自不同的描述。如果在萨恩拜·奥诺兹巴科夫的唱本中英雄玛纳斯由苍龙巨蟒、青鬃狼和阿勒普卡拉库什巨大神鸟保护和陪伴的话，那么在萨雅克拜·卡拉拉耶夫的唱本中则是豹子、狮子、凤凰伴随其左右。两位玛纳斯奇都在各自的唱本中保存了具有古代氏族部落图腾崇拜意义的神奇动物以及

其他自然力量等古老的母题。玛纳斯奇们将此类固定的诗歌形式以及从古至今形成的现成的描述段落瞬间加入到自己所演唱的文本的合适位置上，以此增强正在演唱的史诗片段的艺术性。

就这样，传统的程式并不是固定不变的模型，而是能够变化，不断得到翻新和充实的手段：但即便如此，史诗创编也有其限定范围。如果某一位歌手的演唱超出了这一限定，那么这类创新就会被后辈玛纳斯奇所摒弃。而如果玛纳斯奇的创新确实达到较高的艺术水准，后辈玛纳斯奇也就可能会将这些创新作为传统加以继承。比如，萨恩拜·奥诺兹巴科夫的唱本中出现的，用来描述玛纳斯形象的诸如"宇宙和大地的支柱""太阳和月亮""月光下大河滔滔""天空中飘动的白云吹来的清风"等诗句可以被认为是后来加入史诗内容中的因素。

我们可以看到，萨恩拜·奥诺兹巴科夫的徒弟毛勒朵巴散·穆苏勒曼库洛夫将描述玛纳斯神奇形象的上述诗句作为传统程式风格加以继承了。他将萨恩拜的这些描述以平行的比喻形象进行了"充实"和"补充"。比如，他用"宽大的山谷隘口""苍龙""冬天的严寒"等形象来比喻玛纳斯。但是他的这种"充实"和"补充"却被后辈玛纳斯奇所摒弃。在萨恩拜·奥诺兹巴科夫描述玛纳斯形象的经典而生动的诗句上附加的色彩让人一目了然。

如果一位玛纳斯奇不能够将自己的创新有效地合理地融入史诗整体的内容之中，那他也不可能对史诗的传统进行创新。已变成传统的程式越稳定，在漫长的实践过程中已经变得极为稳定的那些固定的诗歌段落无论多么有才华的玛纳斯奇都不敢轻易进行改变。显而易见，这类传统的固定诗歌段落随着人们的世代传承就如同在石头上烙下的印记一样长期留存在史诗之中。

每一位玛纳斯奇都会极力为遵循和准确地保存史诗世代传承的经典范本的内容情节、诗歌传统而努力。但并不是所有的玛纳斯奇都能够严格遵循某一个传统文本，并且发展、丰富和补充史诗的这一传统文本。发展传统程式，改造和补充传统程式的工作只由那些天才的玛纳斯奇才能够做到。玛纳斯奇最初学习和掌握史诗的演唱技巧首先是从掌握史诗的内容和情节开始。而程式是经过历史砥砺的宛如磐石的印记，它会为史诗往后的发展提供可能。

《玛纳斯》史诗的韵律

吉尔吉斯的口头诗歌虽然是在中亚地区得到发展，但是其中却蕴含和保存了与其最初渊源相关联的非常古老的传统因素。这些因素体现出吉尔吉斯口头诗歌与西伯利亚世居民族的口头诗歌韵律具有相似性。由马赫穆德·喀什噶里搜集记录的民间诗歌资料体现出了突厥语民族口头诗歌的古老韵律特性。我们认为，马赫穆德·喀什噶里所记录的文本中的大多数劝谕性抒情民歌受阿鲁则格律的影响比较明显。而《阿里夫·尔童·阿的祭典》《对唐古特的征讨》《反抗回鹘之战》《反抗雅巴库人》等史诗的记录的文本则鲜明地体现出了古代突厥语民族诗歌的韵律特征。

塔吉克、乌兹别克的口头文学与书面文学同步发展，而吉尔吉斯史诗则完全是按照传统的口头形式得到发展。我们完全可以根据手头掌握的资料确定，诗歌韵律是吉尔吉斯诗歌创作文化的唯一特征，而且是自古以来传承和发展的传统。我们可以肯定地说游牧民族的诗歌与其生命融为一体。波兰学者 B. 卡瓦里斯基（B. Kavalisky）曾总结说突厥语各民族的诗歌结构完全可以构成单独的一个类别①。他经过对突厥语各民族的诗歌韵律进行深入研究，对其简洁实用的诗歌韵律进行了强调，并指出这一特征是其诗歌长期以来不断发展的一种文化现象。因此，我们完全可以根据古代诗歌所存留的资料提出突厥语各民族诗歌的节奏、韵律等古老的技巧和手段是早在其还不曾受到波斯、阿拉伯诗歌影响的时期就已经产生并开始传承了。头韵、平行式结构等众多特征可以被看作中世纪诗歌中广泛存在的诗歌特征。

《玛纳斯》史诗的韵律完全是适合于口头表演以及演唱的旋律的一个显著特征。《玛纳斯》史诗中广泛存在的各种诗歌韵律和节奏之所以非常简洁，这在大多数情况下是垂直连接的头韵格式，半谐音以及尾韵

---

① 参见《B. 卡瓦里斯基关于突厥语民族诗歌形式的学术著作》，吉尔吉斯斯坦科学院档案部，档案编号 171，（a）第 34 页。

相关。比如让我们看一看一下例子：

Kara közü surmaluu,	黑黑的眼睛双眼皮，
Kara chachi burmaluu,	黑黑的头发卷曲，
Kara kashi usmaluu,	黑黑的眉毛认真描过，
Karanin körgön adamdar,	人们看到她的身影，
Kaygisi köŋül kozgoltuu.	立刻陷入无限的相思。

在这里我们可以清楚地看到，垂直的头韵以"kara"往下延续，然后以"közü, qaqi, kashi"等半谐音相结合，最后以"surmaluu, burmaluu, usmaluu, kozgoltuu."等反复出现的尾韵加强诗歌的韵律。这种反复出现的韵律格式是古代口头诗歌所特有的显著特征。下面的例子也完全可以证明这一点：

Nayzanin uchu jiltildap,	长矛尖闪闪发光，
Askerdin bashi kiltildap,	士兵的头部微微摇晃，
Jer soyulup bilkildap,	大地裂开软绵绵，
Körgöndö jürök bolkuldap,	见此情景心跳发慌，
Kan nayzalar solkuldap,	染血的长矛左右摇摆，
Ochogor miltik jarkildap,	致命的火枪闪闪发亮，
Kilichtin bari sharkildap,	磨亮的战刀一闪一闪，
Kalgandin bari kalkildap,	所有的一切渐入沸腾，
Argimak attar alkildap,	神奇的骏马腾跳不羁，
Altin tuular jarkildap,	镶金的战旗随风飘扬，
Jebenin ogu shartildap,	箭矢唰唰地飞过，
Asabalar jalpildap…	大纛迎风招展……

显而易见，在这一段描述玛纳斯的队伍行军途中的诗行中，玛纳斯奇运用"jiltildap, kiltildap, bilkildap, bolkuldap, solkuldap, jarkildap, sharkildap, kalkildap, alkildap, jarkildap, shartildap, jalpildap"等色彩丰富的动词尾韵形式，对英雄玛纳斯兵马的雄壮气势，昂扬豪气，满怀

激情的气势用无法抑制的崇高的情怀进行渲染和描述。每一个动词尾韵都不会重复，每一个描述都表现出歌手对描述对象的准确表现和创新。

在这个例子中，描述英雄玛纳斯的行军队伍的诗行的尾韵格式本身就像奔腾的洪水一样一韵到底，给人一种特殊的审美感受。史诗歌手在演唱这一类片段时总是会充分展示自己的即兴创编才能，一泻千里，将自己所熟悉的动词性韵格全部呈现出来，否则他是不会轻易停下来的。在吉尔吉斯史诗中，押韵隐喻，将一个特定的想象用另外一个相似的现象隐形曲折地表现出来也占据十分显著的位置。玛纳斯奇在描述英雄玛纳斯时总是会采用以下的隐喻方式：

Ötük bolso takasi,	长筒靴的铁掌，
Ton bolgondo jakasi,	皮大衣的衣领，
Kaling Kirgiz sakasi……	众多吉尔吉斯人的"头牌羊髀石"……

在这里，我们可以看到玛纳斯的身份和地位是通过另外一些不相关联的事物的相似性隐喻地表达出来的。玛纳斯奇正是通过这种名词的隐喻的表达方式塑造出英雄玛纳斯生动而形象的人物形象，使其栩栩如生地展现在人们面前。这一段中各种韵律格式，重复，头韵形式，节奏的密集呈现，毫无疑问地证明了吉尔吉斯史诗性艺术修辞手法的多样性和丰富性。吉尔吉斯史诗的7—8个音节诗行中蕴藏着富有节奏和韵律的诗行，它们通过各种押韵格式，头韵，重复等核心的以及起引领作用的诗歌手法而得到呈现。

《玛纳斯》史诗中的平行式

在吉尔吉斯口头文学中广泛流传的另一个古老的诗歌创作手法是平行式（parallelism）。平行式在希腊语中表示"对应的，并列的"等意思。在文学作品中用来比较和表现两个彼此对应的事物，揭示两种事物的相似性和差异性。这种艺术手段早在叶尼塞－鄂尔浑碑铭中就成为广泛运用的诗歌创作手段已经得到俄罗斯学者 C. E. 马洛夫的证实①。他列举了很多《阙特勤碑》碑铭中常见的创作手法：动词性平行式。

在《玛纳斯》史诗中，随着唱腔声调的变化，平行式，头韵等也随着其韵律的变化而变化。比如，据一段英雄玛纳斯的哀怨：

> "balkalashkan dushmandan, 　面对挥舞铁锤较量的对手，
> Bashim tartip albaymin, 　我不会缩头缩脑后退，
> Bariga jetti darmanim! 　我是一名战无不胜的英雄！
> Bosogo baskan dushmandan, 　面对跨进门槛的强敌，
> Boyundu tartip kalbaymin, 　我泰然自若丝毫不会慌张，
> Boljogon jerdi albadim……" 　指定的土地我并没有占领……

在上面的例子中，头韵与诗歌的韵律紧密结合在一起艺术化地表现了英雄玛纳斯心中的哀怨。史诗中，英雄人物的内心世界在多数情况下都与自然事物相对应而得到艺术化展示。阿勒曼别特与阔克确发生冲突而独自在荒漠上漫无目的地流浪时将自己的忧烦与空中的飞鸟分享：

> Izildaba uchkan kush, 　飞鸟啊，请你不要唧啾，
> Irasin aytsam ushul ish, 　让我把实话说清，
> Kanattuudan sen jalgiz, 　飞禽中你孑然一身，
> Kakshagan chöldö bütüpsüŋ. 　将要在炎热荒漠中献身。
> Kara bashtan men lajgiz, 　人类中我孤独一人，
> Kayra jok elge bütüpmün…… 　在无法回返的人群中出生……

在这个例子中，阿勒曼别特与飞鸟相同的命运通过人与动物之间的"飞禽中你孑然一身…人类中我孤独一人"这样两行诗的平行比较而得到展示。史诗歌手正是用这样的艺术手法，才将阿勒曼别特的孤独感受淋漓尽致地表现了出来。史诗所表现的众多母题、情节、人物形象从古老的渊源发展至今，从多方面呈现出了突厥语民族（主要是吉尔吉斯、

---

① C. E. 马洛夫：《古代突厥文献》，莫斯科，列宁格勒，1951 年，第 30—38 页。

阿尔泰、雅库特、哈卡斯、图瓦等）史诗众多的古老艺术手法。

《玛纳斯》史诗中的劝谕母题

史诗中的另一个诗歌创作手法是充满教化劝谕性的艺术表现形式。只要我们回顾一下吉尔吉斯文学史，就可以感觉到劝谕性诗歌，尤其是民间即兴诗人"阿肯"的劝谕性诗歌作品曾发展到了相当的高度。因为，这些阿肯并不是普通的语言运用技巧的高手，而是自己时代的哲学家、思想家和教育家。所以，在民间即兴诗人的作品中充满了道德戒律，行为规范方面的各种劝谕内容。《玛纳斯》史诗中也可以遇到这一类劝谕性的片段。

如果我们从《玛纳斯》史诗中属于劝谕性的情节内容加以挑选，我们可以发现其中有一些是个片段与古老的碑铭有关联。碑铭将死亡者的遗言和对后辈的说教和劝谕刻在石碑上留给后代。《玛纳斯》史诗的传统章节"阔阔托依的遗嘱"是史诗中形成过程的一个经典诗歌表现章节。因为，正是在这个遗嘱基础上才出现了邀请各方豪杰举办大型祭奠活动的内容。也正是在这个章节中，各路豪杰纷纷登场，各种矛盾冲突此起彼伏，并最终导致了吉尔吉斯与契丹人之间的矛盾冲突悲剧的发生。这个遗嘱是阔阔托依在弥留之际说出的最后心愿：

Oo, aman bolo kör jurtum,	哦，但愿你安宁我的故乡，
Oo, baydin uulu Baymirza baatir,	哦，巴依的儿子巴依木尔扎英雄，
Oo, beri karap, kulak sal baatir.	哦，请你转过头听我说，英雄。
Tele kush saldim baatir,	我曾经驯养雏鹰，英雄，
Kush kildim baatir.	把它们训练成了猎鹰，英雄。
Tentigen jiyip el kildim baatir,	我把流浪汉召集起来，英雄，
Kulaali salip kush kildim baatir,	我把鸱鹰变成了猎鹰，英雄，
Kurama jayip el kildim baatir.	把浪迹天涯的人们团结在一起，英雄，
Menin bir közüm ötkönson baatir,	当我离开人世后，英雄，
Tele kush közün karatbay,	千万不要让猎鹰失去依靠，

Tentektin baarin taratbay	千万不要把调皮的孩子们驱散
Jaksh kush，dep	珍惜那只"猎鹰"啊英雄
Baarin ala gör baatir……	把所有的一切都加以安顿……

以上所举的例子无论从内容上还是从形式上都与《阙特勤碑》中的阙特勤的遗嘱相似。阔阔托依想起特别嘱咐将自己汇集的人们团结在一起，把他们像优秀的"猎鹰"一样加以珍惜和爱护。由贝格烈可汗组织人员刻录的《阙特勤碑》碑铭中也有阙特勤向乡亲们嘱咐的话语。他特别嘱咐自己的臣民要维护团结，为属下的人们祝福。在以上两个例子中，劝谕教化母题具有相似性，具有同样的文学描述特点。类似的劝谕教化在11世纪的马赫穆德·喀什噶里的《突厥语大词典》中也存在："孩子啊，你要听我言积极从善。要老人们担任部落首长，要把自己的智慧与人们分享。干事不要太匆忙，先要认真斟酌掂量，不要匆忙。如果你办事太匆忙，你头顶上的明灯就会熄灭。"充满劝谕新的母题无论在古代碑铭中还是在马赫穆德·喀什噶里的著作以及《玛纳斯》史诗中得到保存和发展说明这是从古至今传承的一类诗歌创作手法。不仅如此，这类诗歌创作手段并没有固守和停留在自己的原始状态，而是与时俱进不断得到发展。吉尔吉斯民间诗歌中至今依然流传的类似这种文类便是其最好的证明。

这个文类包括劝谕歌、教导歌、遗嘱歌等。这类民歌是吉尔吉斯阿肯创作的一个独立而流传广泛的重要艺术形式，对后来的书面文学以及考姆孜琴手们的创作产生了重要影响。比如，《纳斯依卡特》《伊巴热特》等考姆孜琴弹奏曲就是受这一母题的影响而创作出来的。

史诗中的修辞手法及其功能

特性形容词是史诗中流传最广泛运用频率最高的词语艺术手法之一。特性形容词是用来表达和揭示某一事物、某一现象已经某一事情的独特属性的形容词词组或短语。这类形容词以其在口头史诗文本中的使用和其所占据地位及发挥的作用十分显著而独具特色。在使用方面，它们在史诗文本中重复出现反复替换使用，被史诗歌手用来艺术性地表达某一特定事物和情景。在口头诗学中这类特性形容词也被称为属性形容词。这类特性形容词在《玛纳斯》史诗中运用非常广泛。比如，对于英雄玛纳斯，在不同的语境中运用"阿依阔勒（字面含义'月亮湖'，表示心胸阔达，充满浩气)""雄狮""猛虎""嗜血者""青鬃狼"不同的特性形容词进行描述：

Aristan Manas baatiriŋ,	雄狮玛纳斯英雄，
Kaalgaday kashkatish,	门板大的门牙，
Kalayiktan bashkatish,	与凡人的牙齿不同，
Kashkayip chigip algani,	闪闪发亮十分耀眼，
Kara küchkö kankoroŋ	"嗜血者"气力非凡
Katkirigin saliptir.	哈哈大笑气吞山河。

这是《玛纳斯》史诗第一部中阿勒曼别特和色尔哈克前往视察敌情之后，心怀不满的楚瓦克前去挑事的章节。史诗在这里描述了玛纳斯看到两位英雄之间的矛盾之后，心里不快但是露出洁白的门牙放声大笑的状态。因此，为了全面揭示玛纳斯哈哈大笑的英雄气概，就必须使用"雄狮玛纳斯""嗜血者"这样的固定的特性形容词来描述。如果不这样描述的话，"门板大门牙"不可能得到准确的渲染，英雄的形象也不会生动而全面。有关玛纳斯形象的大多数特性形容词都与神圣的图腾形象有关联：比如"青鬃狼玛纳斯""雄狮玛纳斯"等特性形容词在《玛纳斯》史诗所有的唱本中都出现，比如：

萨雅克拜·卡拉拉耶夫的唱本：

Tuulgandan sher bolgon,	生来就是一头雄狮
Atagi chigip dalayga	名扬寰宇威震四方
Kabilan kök jal er bolgon……	成为青鬃狼般的英雄……

乔坎·瓦利哈诺夫记录文本：

Kani bir kara, beti kök　　　血液是黑色，脸庞发出绿光

Booru chibir, sirti kök.　　　肝脏棕褐色，外表发绿

O, mina choŋ tay sarker edi,　这是一匹身体硕大的黄褐色骏马，

Baatir bir Manasin surasaŋ　　再打听一下那位英雄玛纳斯

Kök jal bir döböt börü edi……

很明显，在这一段里英雄玛纳斯的想象使用最古老的神话意象加以形容和描述。无论是萨雅克拜·卡拉拉耶夫的唱本还是乔坎·瓦里汗诺夫记录的文本都出现了古代图腾信仰中"青鬃狼"形象，而这些描述逐渐成为史诗艺术表现的重要手段，即固定的特性形容词。史诗中将英雄人物的外表用这一类图腾形象进行比喻和描述是常见的艺术形式。比如这类描述在《乌古斯汗传》史诗中就非常广泛。

特性形容词的其他类别在描述其他一些英雄时也出现。比如，我们可以列举描述巴卡依和阔绍依的特性形容词。在描述阔绍依的特性形容词中，玛纳斯奇运用了比较宽延的形式："大风中巍然不动，成为保护众人的毡房""睿智而机敏具有超人的智慧""如同故乡的一面旗帜受众人仰仗，手持长矛冲锋陷阵使敌人发慌""骑着骏骑，高举大纛，扶持汗王"。在描述巴卡依黑夜中为英雄指明前程，困难时佑助英雄不断取得胜利，智慧超群具有先见之明的能力时："英雄巴卡依无所不知，机敏若神鹰，雄狮巴卡依，青鬃狼巴卡依，神明睿智的巴卡依，能带来好运的巴卡依"等。

比　喻

比喻是语言艺术中运用最广泛的一个种类。无论是作家还是诗人，或者是史诗演唱歌手都会用特殊的眼光观察大自然、各种事物、各种物品，并用丰富多彩的词汇对它们进行生动传神的描述和比喻。他们并不是简单地用词汇直接表述，而是手法委婉地用一个事物与另一个事物进行比较，通过两个不同事物的比较来创造一个形象，表现一个情节。比喻有简单型和复杂型两种。比喻的简单型我们可以列举阿勒曼别特对玛

纳斯的一段话：

乔坎·瓦利哈诺夫记录本中：

Üylöp koygon chanachtay,	如同充气的皮囊，
Mincha nege dardaydiŋ?	你为何如此膨胀？

而在萨恩拜的唱本中，同样的片段则这样描述：

Manas, Manas degende	有人喊：玛纳斯，玛纳斯
Barbaya kalat ekenciŋ,	你立刻心花怒放，
Chala üylöngön chanachtay	恰同没有充满气的皮囊，
Dardaya kalat ekensiŋ…	立刻变得膨胀……

在萨雅克拜·卡拉拉耶夫的唱本中：

Maans dese barbaydiŋ	听到玛纳斯你立刻精神抖擞
Suga salgan chanachtay	犹如放入水中的皮囊
Barbalaŋdap dardaydiŋ…	满心欢喜十分膨胀……

很显然，乔坎·瓦利哈诺夫记录本中的"如同充气的皮囊"这个比喻在后来的玛纳斯奇的唱本中也出现，每一位玛纳斯奇的唱本中虽然都或多或少有些变化，但其核心意义却没有改变。在这类比喻中，其复杂的类也经常出现在史诗文本中。这类比喻还经常伴随有隐喻、夸张的手法，使比喻内涵得以加深，且更加富于情感和动人。比如，玛纳斯的出生就以下这种形式得到展示：

Aybati albars temirdey,	他的意志如同钢铁，
Murunu toonun kirdachtay,	鼻梁如同高高的山梁，
Murutu koldun kamishtay,	胡子如同河谷的芦苇，
Közü köldün butkulday,	眼睛如同湖里的泡沫，
Kaardanip karasa	如果生气瞪大眼睛

Körüngöndü jutkunday.	能够吞噬世间的一切
Ar münözün karasa	仔细打量的脾气性格
Ajidar bolso tutkunday…	有擒获恶龙的胆量……

在这里，英雄的外貌，气质并不是简单地做一个比喻，而是加强夸大英雄的外部特征进一步表明其不同凡响，坚强有力，威武不屈的性格。在这一段诗行中，英雄的外貌特征不仅一一得到描述，而且其整个身体，人格魅力都逐步得到加强和显现，达到更高的艺术高度。这种比喻也是夸张的修辞手法之一。

隐　喻

隐喻就是用一种概念、意象或象征暗示另一个概念、意象和象征，使其更加生动，述意更加复杂，含义更加深广。比如，史诗中对阔阔托依汗王进行描述时，玛纳斯奇巧妙地运用两段平行式，用隐喻的形式进行：

Altin eerdin kashi eken,	金马鞍的前鞍鞒，
Ata jurttun bashi eken.	整个故乡部落的之首，
Kümüsh eerdin kashi eken	银马鞍的前鞍鞒，
Tün tüshkön kaliŋ Nogoy bashi eken…	陷入黑暗的众多诺盖领袖……

阔阔托依的亡故对于诺盖人来说就像是"陷入黑暗"一样，玛纳斯奇用两个平行式，艺术化地表现了阔阔托依汗王对于诺盖人所做出的贡献，以"金马鞒""银马鞍"这样的意象使用隐喻手法对其进行描述，然后又用"前鞍鞒""之首"等高度的押韵形式提升了隐喻词组的艺术性。

这一类简短而优雅的诗行构成了史诗传统创作手法，每一位玛纳斯奇都会在自己的创编中努力借用这些已经成为传统的现成的诗歌表现手法和技巧。在吉尔吉斯史诗中，我们所指出的玛纳斯奇的押韵式隐喻发挥重要作用。让我们看一看对于英雄玛纳斯的描述：

Ötük bolso takasi，	长筒靴的铁掌，
Ton bolgondo jakasi，	皮大衣的衣领，
Kaling Kirgiz sakasi……	众多吉尔吉斯人的"头牌羊髀石"……

在这里，我们可以清楚地看到玛纳斯在吉尔吉斯民众中的地位用另一种概念、意象或象征来暗示和表现：史诗歌手用"长筒靴的铁掌，皮大衣的衣领，众多吉尔吉斯人的头牌羊髀石"等名词性隐喻生动地表现了玛纳斯的形象。

下面让我们再看一看另一个平行式隐喻。玛纳斯与巴卡依初次见面时，彼此不认识，通过打听对方的部落，氏族，故乡才得知彼此之间的血缘亲属关系。玛纳斯十分高兴，立刻请求巴卡依引领自己的四十勇士以及统帅"哈萨克吉尔吉斯联合大军"并说出这样的话语：

Astima salsa ak joltoy	走在我前面引路能给我带来福运，
Sherim Bakay ekensiŋ，	巴卡依啊，你是我的雄狮，
Arkama salsa san koldoy	走在我后面保护如同千军万马般威猛
Erim Bakay ekensiŋ……	巴卡依啊，你是我的英雄……

这一段用对话形式隐喻运用"走在我前面引路能给我带来福运……走在我后面保护如同千军万马般威猛"这样的婉转的比喻手法展示了巴卡依这一人物形象崇高而勇敢的人格魅力。所以，隐喻以其丰富多样性和意义的深刻性和完整的艺术特性极大地提升、扩大和加强了史诗诗歌创作的方式方法。

夸　张

夸张在史诗中是用来加强英雄人物形象的生动性，神圣性、崇高性、特殊性而使用的艺术手法。比如，对于玛纳斯外貌的描述如下：

Aristan Manas baatirdin,	雄狮玛纳斯英雄,
Ar müchösü bashkacha:	身材威武英姿飒爽:
Aybati albars temirdey	他的意志如同钢铁,
Murunu chöldün kamishtay.	胡子如同戈壁的芦苇,
Kararishi tün bolup,	愤怒时如同黑夜降临,
Kyshky kirgen buuraday.	又如冬天发情的公驼
Kychyrap tishi un bolup	咬牙切齿,牙齿吱吱作响变成粉斋
Betinen chikkan saritük	脸颊上的密集黄毛
Besh baipaktik jün bolup.	能够织出五双袜子
Közü köldün butkulday,	眼睛如同湖里的泡沫
Körüngöndü jutkunday.	能够吞噬世间的一切。

史诗歌手将玛纳斯的外貌用意志"如同钢铁",愤怒"如冬天发情的公驼",眼睛"如同湖里的泡沫"等令人毛骨悚然的比喻来展现英雄超出凡人的英雄气概,威武不屈的精神。与此同时,为了加强玛纳斯形象的审美特征,还运用以下夸张的诗句:

Altin menen kümüshtün	如同用纯金纯银
Shiröösünön bütköndöy,	提炼而成的精华铸成,
Asman menen jeriŋdin	如同用天空和大地之间
tiröösünön bütköndöy,	擎天的柱石制成,
Ayiŋ menen künüŋdün	如同明月和太阳
Bir özünön bütköndöy,	联合本真而造就,
Ay aldinda dayranyn	如同月光下的河流
Tolkununan bütköndöy,	粼粼的波涛制成,
Abadagi buluttun	如同天上的彩云
Salkininan bütköndöy,	吹拂的清凉造就,
Asmandagi ay, kündün	如同晴空中的月亮和太阳
Jarkininan bütköndöy……	用自己的光芒制成……

　　在这里，玛纳斯的形象用最美妙的意象进行夸张的比喻。从这一段诗行中我们可以看到英雄的形象用"金子，银子，天空，月亮，太阳，河水的粼粼波涛，云彩的清凉，大地的支柱"等夸张艺术手法来进行比喻。英雄的勇敢坚强，脸上发出的威武气势，愤怒时的容貌，善良的微笑以及超凡的英姿在史诗中大多是以夸张的形式得以呈现。伴随在英雄左右的神秘的神话动物也是以类似的英雄式夸张手法得到描述：

Kara chaar kabilan	一只黑花色雪豹
Kaptalinda chaminat,	在他一旁往前猛冲，
Cholok kök jal aristan	一头青鬃短尾巴的雄狮
Bet aldinan kaminat,	在面前随时准备猛扑，
Alpkarakush zymyrik	阿勒普喀拉库什神鸟
Alip ketchü nemedey	随时会劫掠眼前的一切
Asmandan butun saliptir……	从天空甩动双爪……

　　这一类夸张的诗歌传统程式得到每一位玛纳斯奇的积极传承和运用。这些夸张的程式在描述敌方英雄时也会得到运用。比如说在描述玛凯勒朵巨人，交牢依，奥荣呙，空吾尔拜的形象时。比如在对于空吾尔拜的描述时就会用"脑袋如同一口大黑锅""眉毛如同一条卧狗""胡须如同湖中的芦苇""鼻梁如同高高的山岗""两只耳朵随风摇摆"而在描述玛凯勒朵巨人时则用"声音低沉如同低吟""外貌如同恶龙""头发如同麻绳"，对交牢依"发出臭血臭汗的气息""吞噬一切""如同破旧的毡房""六十年徒步行走""一次吞噬六十个勇士""一次吃掉六担麦子"的行尸走肉。把卡勒玛克的奥荣呙女巨人描述为"嘴巴足有三尺长""眼睛好像被锉刀长期磨平的铁片""双唇耷拉硕大无比""嘴角坠掉无弹性""胸部的乳房一直耷拉到肚脐""在她的头发之间，有三十只耗子乱窜不停""四十只野猪才够她一个月的伙食"的滑稽可笑的夸张来比喻。

神　话

神话是吉尔吉斯史诗中常见的叙事因素，尤其在《玛纳斯》中极为普遍。史诗中有很多神话情节和神话人物。古代，神话是用来解释自然、社会、山水天空中各种事物以及世间万象的法则即人们对其的认知，它有时甚至代替科学发挥其功能，对人们的精神世界产生重要作用。因此，在古代社会，神话所描述或解释的事物，情景虽然是人们的一些幻想，但是人们却信以为真。后来，作为人们社会意识的宗教信仰，艺术，哲学，文学等才逐渐从神话分化出来。

神话母题在描述史诗主要英雄人物时常常被采用，比如，在展示玛纳斯的性格时：

Arbip kaari kaliptir,	怒气难以遏制，
Ajidaar türün saliptir,	露出了苍龙的习性，
Üstünkü erdi kalbayip	上嘴唇耷拉着，
Kararishi tün bolup,	情绪已如同黑夜
Astinki erdi kalbayip,	下嘴唇耷拉着，
Kandalchanin kabinday,	如同鼓起的箭袋
Muruttarin karasa	看一看他的胡子
Burgan balta sabinday…	犹如拧过的斧柄…
Kylaya bagyp külbögön,	从不曾露出笑脸，
Külgöndün sirin bilbegen,	从不知晓的内涵，
Küŋgürönö süylögön.	说起话来声音低沉

通过这样的描述，玛纳斯的外貌和性格都跃然纸上。这一类神话特征在阿勒曼别特的身上也得到体现。他的一个显著特征是智慧超群，力大无穷犹如力神：当他拜师学艺功课完成之后，他懂得了水的语言，天鹅的语言，鱼的语言，野生动物的语言，野草的语言，而且他还是掌握神秘的巫术，能够借用地府的卡拉汗的魔力楂达石呼风唤雨，请来暴雨

暴雪和雾霾，让河水干枯或暴涨。神话母题运用于史诗的很多情节当中，比如在故乡遭受危难时，阿依曲莱克穿上白天鹅的羽衣飞上天以及赛麦台从人间消失到神仙世界等。

史诗的神话母题还有，玛纳斯去世之后，卡妮凯为了躲避阔兹卡曼以及阿维凯和阔别什的羞辱带着婆婆绮伊尔迪和幼年的儿子赛麦台逃往娘家途中，受尽苦难，无衣无食，饥饿交迫，为了躲避炎热坐在一棵树下乘凉。这棵神奇高大的巴依铁列克梧桐树，从枝丫上流下乳汁将他们喂饱。路途上劳累不堪的他们进入梦乡呼呼大睡醒来时看见自己的马匹也是变得"个个膘肥体壮，腾蹄跳跃不止，把地皮一块块踢上天空"。神话是吉尔吉斯史诗中普遍的艺术元素，而且这些神话元素自古产生，并跟随史诗的发展而逐步得到变异和发展。

独　白

独白也是《玛纳斯》史诗中广泛使用的艺术手法之一。史诗中有著名的卡妮凯的独白以及玛纳斯遇到危难，同父异母兄弟要阴谋杀死自己的儿子们时，心中充满悲伤，受重伤而力不从心的时刻都会用独白进行表述：

Erkek bolboy, kyz bolgon,	不是男儿，是女性，
Elden ashik uz bolgon,	心灵手巧超过任何人，
Emgektuu maga tush bolgon	心有灵犀心灵相通的人
Katindan artyk kayrattuu,	勇气超凡胜过所有女人
Kyladan ashyk bilimdüü,	博学智慧非同常人，
Kylymdan ashyk ilimdüü,	聪明睿智不一般，
Sanagani saramjal,	头脑聪明思维敏捷，
Ishtegeni baari amal	运筹帷幄出类拔萃
Kanikeym bolsochu!	我的卡妮凯如今却不在！
"attigine" dep aytip	真是让我遗憾而无奈
Atka minse ak joltoy,	骑上马背万事顺利，

Atishkan joodo san koldoy,　　面对敌人如有千军万马，

Aytishkanda sirdashim,　　对话时心灵沟通，

Naalishkanda moŋdashim　　痛苦时敞开心扉。

　　自此后的内容中，英雄还要想起既是妻子又能骑马登程的女英雄的阿克莱，手持金色弓箭，勇敢无畏的女英雄卡拉波茹克。然后有逐渐陷入悲伤之中，逐一说出自己的四十勇士的名字。很明显，这两段诗行表达了两个人在相似的悲痛下的苦情和意愿。

　　两个例子都似乎在歌颂英雄的内心世界，那就是勇敢无畏、坚强不屈以及为人民服务等。很显然，正是上述神话因素遵循史诗发展的传统规律和深刻思想，为保卫"故乡，人民，神圣故土而不息奋斗"等高尚思想的产生祈祷促进作用。

对　话

　　对话就是两个人面对面彼此进行交谈。在文学作品中，人物的对话属于有塑造人物形象的有效手段之一。因为对话的每一个人物都要根据自己的年龄、职业、情绪、观点等说出不同的话语，以此来体现出各自不同的性格，并为情节的发展，故事的结构展示和提高作品的艺术特色创造条件。比如，在《玛纳斯》史诗的叙事中做梦及解梦是普遍出现的母题之一。这种梦境，玛纳斯的父亲加克普汗也有：

Janada jatip tüsh kördüm　　刚才睡觉做了个梦

Jana jakshi ish kördüm…　　梦中看到奇怪的事情……

Oŋ kol menen bir chapchip　　伸出我的右手

Kündü karmap alipmin,　　我抓住了太阳，

Sol kol menen bir chapchip　　伸出我的左手

Aydi karmap alipmin…　　我抓住了月亮……

　　加克普向众人说出自己的梦并请求人们解梦，此时阿克巴勒塔站出来：

Kep tashtadi jarkildap:	他对加克普这样开言:
Kirk üyüü Kirgiz jakir jurt	四十部落吉尔吉斯十分贫穷
Sari adirmak sabirkak	黄色山冈的高山
Beldi tabat ekenbiz	我们可以找到自己的依仗
O, kuday, kindik kesip, kir juugan	哦,主啊,割断肚脐洗净尘埃
Jerdi tabat ekenbiz,	我们会找到富饶的土壤
Paana berip jaratkan	给我们安全保佑我们
Eldi tabat ekenbiz	我们会找到自己的人民
Bizge bir aristan bala tabilat	我们会迎来一位雄狮般的男孩
Üzülgönün ulantat,	他会让我们时来运转
Chachilganin jiyilat,	他会带领我们团结向上
Öchkön oton tamilat,	熄灭的火焰会重新点燃
Ölgön janin tirilet⋯	死去的生命会重新复生……

加克普和阿克巴勒塔的这段对话是说明吉尔吉斯人即将要返回自己的故乡阿拉套山的内容。从玛纳斯和巴卡依第一次见面时的对话中我们也可以隐约感觉到关于吉尔吉斯故乡及命运息息相关的内容。巴卡依第一次见到玛纳斯时首先这样提问:

Oo, botom, uraanin kim, daynin kim,
哦,孩子,你的口号是什么,你来自哪里?
Urugun kim, aylin kim?
你的祖先是谁,你的故乡在哪里?

对此,玛纳斯这样作答:

Baatirdigi bashkach	拥有非凡的英雄气概
Sherdi izdep jürömün	我正在寻找这样的雄狮
Özüm menen bir ölchü	能与我同生共死
Tendi izdep jürömün⋯	我正在寻找自己的同伴

从此以后，巴卡依向玛纳斯讲述了自己的身世，并斩杀座下的骏马作为祈祝的牺牲。玛纳斯则向巴卡依请求成为自己的导师和参谋，请求他担任吉尔吉斯及四十勇士的统帅。

正像上述例子所见，巴卡依和玛纳斯之间的对话以逐步深入不断加深的方式延续，提问，相识，彼此向对方讲述自己的身世，结义以及彼此表达敬意等。类似这样的对话不仅在玛纳斯与阿勒曼别特初次见面后的对话中出现，在其他情节中也常常出现，对史诗内容的发展、内容的展示发挥重要作用。

很显然，对话可以生动地揭示英雄人物的性格，思想，业绩以及行为。通过对话中的争辩使英雄人物各自不同的人格魅力得以彰显，人物的素质和能力，优点和缺点，人物之间的关系都得到揭示。比如，阿勒曼别特和楚瓦克在远征途中发生争执的情节对话中，楚瓦克妄自菲薄目中无人，对所有的问题都想用武力来解决的傲慢性格和阿勒曼别特面对对方的羞辱和怀疑，表现出强烈的荣辱观，具有崇高精神素质的想象都表现了出来。

劝　谕

劝谕是民间文学中具有教育意义的文类。在吉尔吉斯中阿肯、玛纳斯奇都会根据自己对生活的认识，对好与坏，善与恶表达出自己爱憎分明的立场。劝谕在认识生活方面的功能在《玛纳斯》史诗中十分突出。先让我们看一看阔兹卡曼对儿子们的劝谕：

Jigilip ketse süyö bol	他要倒下你必须做他的依仗
Jilasbolgon Manaska,	已经死亡的玛纳斯
Aldirap ketse arkabol,	如果他急着要走
Kayiship ketse kalka bol.	你必须要做他的依靠

在这里阔兹卡曼劝谕自己的儿子们时，对英雄玛纳斯全心全意为保护吉尔吉斯的土地，维护人民的利益而进行不懈斗争的事迹，并提醒他

们要特别当心。《玛纳斯》史诗中的英雄主义母题经常通过劝谕等形式体现爱国主义思想，反映出史诗英雄随时准备为民众的利益献出生命的崇高精神。

劝谕性民歌中渗透着强烈的民间爱国主义思想。这一文类在史诗的内容结构中发挥突出的作用：

Baatirdin kiyin jürögü,	英雄勇敢无畏视死如归
Okton kayra tartbagan,	面对箭矢绝不后退
Baatirdiktin belgisi	英雄的含义和责任
Elin joodon saktagan,	就是保卫人民的利益
Kayra kachbay dushmandan	冲锋在前迎击敌人
Bergen antin aktagan.	去兑现自己的诺言

史诗中的劝谕性诗歌形式多样。包括人们的日常生活内容、关涉生死危亡的重大事件以及人类命运的哲理思考。

遗　嘱

遗嘱歌是吉尔吉斯民间生活仪式歌的一大类型。它普遍存在于民间口头诗歌、史诗、民间诗人的即兴创作之中，成为这类创作的重要手法之一。《玛纳斯》史诗的传统诗章"阔阔托依的祭典"中阔阔托依对自己儿子的遗嘱歌即是其中的一个经典。遗嘱也属于教育教化类作品。我们在这里可以再一次列举乔坎·瓦里汗诺夫记录文本中的片段：

Oo, baydin uulu Baymirza baatir,	哦，巴依的儿子巴依木尔扎英雄，
Oo, beri karap, kulak sal baatir.	哦，请你转过头听我说，英雄。
Tele kush saldim baatir,	我曾经驯养雏鹰，英雄，
Kush kildim baatir.	把它们训练成了猎鹰，英雄。
Tentigen jiyip el kildim baatir,	我把流浪汉召集在一起，英雄，
Kulaali salip kush kildim baatir,	我把鹞鹰变成了猎鹰，英雄，

Kurama jayip el kildim baatir.	把浪迹天涯的人们团结起来，英雄，
Menin bir közüm ötkönsoŋ baatir,	当我离开人世后，英雄，
Tele kush közün karatbay,	千万不要让猎鹰失去依靠，
Tentektin baarin taratbay	千万不要把调皮的孩子们驱散
Jaksh kush，dep	珍惜那只"猎鹰"啊英雄
Baarin ala gör baatir……	把所有的一切都加以安顿……

在这段遗嘱歌中对儿子巴依木尔扎说"转过头听我说""把流浪汉召集在一起""把雏鹰训练成了猎鹰"等诗句明显地是在民间口头诗歌的基础上产生的。而且在所有的民间文学中都能找到。

祝　词

祝词是给予美好祝愿的民间口头文类。在有意义的事情开始之前，人们摊开手掌，用朗朗上口的押韵的话语或诗句表达美好心愿。行云流水般的优美语言能够打动人心，具有穿透心灵的力量和神奇功能，表达和传承着祖先的崇高道德标准和对后代的美好祝愿。祝词的内容多种多样，比如对于新婚夫妇的祝福，对于新生婴儿的祝福，对于乔迁之喜的祝福，搬迁转场前对于乡亲的祝福，新春季节为喝初乳而进行的祝福，英雄出征前和从远方凯旋时的祝福等都是草原游牧民族的悠久传统。《玛纳斯》史诗中"阔阔托依的祭典"举办过程中，当阔绍依准备上场同卡勒玛克英雄交牢依进行摔跤比赛时，阿吉巴依和恰勒巴依因找不到适合阔绍依的皮裤而忧心忡忡。这时，玛纳斯拿出卡妮凯亲手缝制的那条神奇的坎达哈依皮裤交给阔绍依。圣人阔绍依穿上那条皮裤十分合适，在高兴之余他立刻举起摊开的双掌为卡妮凯祝福：

Tilekti berse bir alla,	让唯一的安拉实现我们的愿望吧
Tuulsa mindan bir bala	赐予她一个孩子吧
Urgaachi bolboy er bolsun，	不是女孩而是男孩
Ayu bolboy sher bolsun！	不要是狗熊而是狮子

"atyshkanin alsin!" dep　　说出"让他们实现祈愿吧"
Alakan jazdi burkurap　　放声恸哭伸出双掌
Atbay jurttun baarysy　　在场的所有民众
Bata kyldy churkurap.　　叽叽喳喳进行祝福。

　　因为得到阔绍依的祝福，卡妮凯最终如愿以偿怀有身孕，终于生下了独生儿子赛麦台。祝词或祝福歌的神奇功能一直延续至今，在吉尔吉斯人民的日常生活中依然十分流行。

（阿地里·居玛吐尔地　译）

走向 21 世纪的口头史诗：以吉尔吉斯族《玛纳斯》史诗为例

[德] 卡尔·赖希尔

[编者按] 德国波恩大学古典学教授卡尔·莱谢尔是西方突厥语民族口头史诗研究的领军人物。他专长于对突厥语民族口头史诗的综合研究。他的《突厥语民族的口头史诗：传统、形式和诗歌结构 (Turkic Oral Epic Poetry: Traditions, Forms, Poetic Structure)》一书 1992 年由加兰出版社出版英文版。全书条理清晰，论述充分而细致，堪称目前世界上突厥语民族口头史诗研究的经典之作，目前已经有英文、俄文、土耳其文和汉文版本面世，在国际突厥学、史诗学界产生了很大影响。汉文的翻译由中国社会科学院民族文学研究所阿地里·居玛吐尔地研究员完成，并于 2011 年由中国社会科学出版社出版。卡尔·赖希尔教授精通柯尔克孜 (吉尔吉斯) 语、哈萨克语和乌孜别克语，而且曾经多次在我国新疆以及吉尔吉斯斯坦、乌孜别克斯坦和哈萨克斯坦进行田野调查，因此对突厥语民族口头史诗能够宏观地把握。他充分吸收《玛纳斯》等突厥语民族口头史诗经典的资料，运用"口头程式理论"等前沿学术成果，从不同的层面上对突厥语民族口头史诗进行了广泛的比较研究，对史诗文本，史诗歌手的创作和演唱，突厥民族史诗的体裁、题材和类型，故事模式，史诗的变异，史诗的程式和句法，歌手在表演中的创作，史诗的修辞和歌手的演唱技艺等都有涉及。除此之外，他还发表过《玛纳斯史诗传播中的变异性和稳定性》(1995 年)，《口头传统及乌兹别克和卡拉卡勒帕克史诗歌手的表演》(1985 年)、《哈萨克史诗的程式句法》

（《口头传统》1989 年）等有影响的论文。主编了《口头史诗：演唱和音乐（The Oral Epic：Performance and Music）》（多重文化中的音乐研究丛书第 12 卷，柏林，2000 年）；《演唱过去：突厥语民族和中世纪英雄歌、神话和诗学（Singing the Past：Turkic and Medieval Heroic Poetry. Myth and Poetics）》，《〈叶迪盖〉一部卡拉卡勒帕克英雄史诗（Edige. A Karakalpak Heroic Epic）》（赫尔辛基，2007 年）等。本文是经作者授权根据《美国民俗学》2016 年，夏季卷，总第 129 卷，第 326—344 页所发表论文进行翻译的。

在独立之后的第四年也就是 1995 年，吉尔吉斯斯坦共和国举行了名为"玛纳斯 1000 周年"的大型庆典活动，来庆贺他们的重要史诗《玛纳斯》产生一千周年。就像这部史诗有一个唱本的篇幅共计超过五十万诗行一样，庆祝活动的规模也很大。联合国教科文组织宣布 1995 年为《玛纳斯》庆典之年，时任联合国教科文组织总干事费德里科·马约尔在庆祝活动结束时发表了一个演讲。来自许多国家的官方代表团到场观看了在英雄的故乡，塔拉斯平原演出的《玛纳斯》舞蹈和戏剧场面，并在当地支起的毡房里感受到了吉尔吉斯人民的热情接待。与此同时，还组织召开了一个国际学术研讨会，论文题目关涉到史诗的不同方面。吉尔吉斯斯坦首都比什凯克公共广场上的喇叭里大声播放着史诗歌手们演唱的《玛纳斯》内容。吉尔吉斯斯坦的第一任总统，当时在任的阿斯卡尔·阿卡耶夫发表了题为"玛纳斯 – 吉尔吉斯灵魂的不落之星"的演讲。而将演讲的英文版本，同时分发给各个代表团的成员。毫无疑问，"玛纳斯 1000"是吉尔吉斯斯坦独立，吉尔吉斯民族对民族文化遗产自豪感的一次展示。

鉴于这些庆祝活动的政治和文化意义，《玛纳斯》史诗的产生是否真的已经一千周年已是次要问题了。学者们将史诗中的一些人物（特别是英雄玛纳斯本人），以及其蕴含的一些事件，与公元 840 年战胜当时的回鹘汗国的历史联系起来。当时吉尔吉斯在中亚地区拥有霸主地位，他们的势力范围扩展至贝加尔湖岸和叶尼塞河上游河岸的阿尔泰山脉和丘陵地带。他们征服的领域于十三世纪前期随着成吉思汗的崛起而结束。将史诗的起源定格在这个历史时期出现了许多问题，而且并没有得到学者们的一致赞同。鉴于史诗最早的书面记录文本的出现并不早于19 世纪中叶，史诗的起源问题必须继续进行深入推测。当然，史诗的一个短小的早期的"文本"也曾被发现。这一片段是在一部用波斯文撰写的史学著作中发现的，其写作时间可以追溯到十五世纪末或十六世纪初。这部著作用一定篇幅论及了玛纳斯，他的亲戚，他的同伴以及他的敌人，它还引用了其中被翻译成波斯文的六行诗。因此可以保守地说，到 1995 年，《玛纳斯》如果不是一千年也至少经历了 500 年的历史。这么说，当然也不排除这种可能性，那就是吉尔吉斯史诗传统的起源确实是相当古老的①。令人惊讶的是关于吉尔吉斯史诗传统与其说是其年龄——无论已经多么久远——还不如说是其延续到今天，进入 21世纪。

《玛纳斯》：在其他活形态史诗的语境中

《玛纳斯》当然不是现存唯一的活形态口传史诗。只要查看一下联合国教科文组织非物质文化遗产列表，就可以知道吉尔吉斯传统史诗只是其中之一。事实上，还有众多的口传史诗并未在联合国教科文组织（UNESCO）所列出的名单之中。在印度史诗传统中，无论是北方的拉贾斯坦邦的帕布吉（Pābūjī）史诗或西南的图鲁邦的斯利（Siri）史诗均没有出现在列表中。虽然毛里塔尼亚的口头史诗被列在其中，但是马

---

① 来自《玛纳斯》的这些被翻译成波斯文的诗行见于《史集（*Majmu' at-tawarikh "Collection of History"*)》；载塔伊尔江诺夫，1960 年，第 22 页；关于《玛纳斯》史诗的基础性研究依然是 V. M. 日尔蒙斯基的《〈玛纳斯〉史诗研究导论》（1961 年，俄文）；论文最初刊发于《玛纳斯》研究多人论文集当中。其中就有哈萨克作家穆合塔尔·阿乌埃佐夫对于史诗的有力的论述（1961 年）。为了《玛纳斯》一千周年活动有一些基础性论文，其中包括日尔蒙斯基的论文也用俄文和英文得到了出版，见阿利耶夫、萨热普别科夫、马迪耶夫，1995 年。对于《玛纳斯》研究的最好的工具当属两卷本《〈玛纳斯〉百科全书》，吉尔吉斯文，阿布德勒达耶夫主编，1995 年。由热依萨·柯德尔巴耶娃撰写的有关《玛纳斯》史诗研究的重要的论文见其俄文论文集，1996 年。关于《玛纳斯》史诗和历史的关系研究见毛勒朵巴耶夫，1995 年。新的吉尔吉斯文学史丛书第二卷是关于《玛纳斯》史诗和玛纳斯奇的，见阿克玛塔利耶夫，2004 年。

里的戈里奥迪斯（griots）却没有被列入其中，当中也没有提到至今依然富有生机的科索沃如戈瓦呙戈（Rugova Gorge）的传统史诗。在突厥语族民族中，土耳其人、阿塞拜疆人、雅库特人和吉尔吉斯人的口头传统史诗是最具代表性的。后者包括居住在吉尔吉斯斯坦的吉尔吉斯人和居住在中国新疆的柯尔克孜人①。但是就口头史诗和传奇叙事长诗的类型而言，在突厥语族民族中，只有吉尔吉斯人还保持着活态的繁荣态势。说唱故事的原生态艺人们常常以音乐人的身份致力于学习传统演唱艺术并从出版物中潜心背诵和记忆史诗的文本。在许多情况下，当今的口头史诗已经成了一种舞台表演艺术。

这是很早就已然发生的现象。口头史诗自十九世纪以来就被宣称濒临失传。1864 年，匈牙利突厥语言文学专家赫尔曼·万贝里（Hermann Vámbéry）在中亚旅途中带回了乌兹别克当地流行的口头史诗的手抄本；当他后来发表时，他介绍说，"terakki，即进步已成为冲锋号"并预测到"古老中亚的浪漫主义和特殊的世界观快要消失殆尽"②（Vámbéry 1911：3-4）。当然，万贝里关于"terakki"的预测是正确的，社会在进步发展，这也是不可避免的。尽管如此，口头诗歌和口头史诗仍继续蓬勃发展到了 20 世纪下半叶。万贝里特别提到的现象在乌孜别克社会中也是存在的。

大约 150 年后的 2008 年，土耳其民俗学家伊力哈木·巴契阔孜（İlhan Başgöz）观察了土耳其近年来的社会变化迫使口头史诗表演传统走向消亡的现实，而将其作为自己关于土耳其民间长篇叙事诗的著作尾声。在尾声中他绝望地写到"悲伤的告别"：

> "土耳其在过去的五十年里发生了巨大的社会和经济的变革，数百万人从乡村迁移到城市（涵括整个土耳其和欧洲），这提高了他们的识字水平（几乎属于普及化），促进高级文化和低级文化之间的交流，口语与书面语之间的界限变得模糊，

---

① 吉尔吉斯斯坦人口约 500 万（吉尔吉斯人占 65%），中国新疆的柯尔克孜族人为 20 多万。

② Vámbéry, H., ed. and trans. *Jusuf und Ahmed: Ein özbekisches Volksepos im Chiwaer Dialekte.* Budapest: n. p. 1911. pp. 3—4.

最后，来自大众传播的巨大的技术革命也极大地加快了书写时代中传统史诗演述传统的消亡①。"（Başgöz 2008：214）

巴契阔孜对土耳其长篇叙事诗的研究图像在颜色和形状以及框架上与其他突厥语口头传统史诗相似。对于苏联时期的突厥语民族来说，记录口头史诗最有效记录时段所采用的方法是口述记录而不是录音，从第二次世界大战结束到 20 世纪 70 年代均如此。而在一些地区，口头史诗的记录早在 20 世纪 20 年代就已经开始。在某些情况下，我们甚至还能寻找到更早期的录音资料，例如吉尔吉斯史诗歌手坎杰·卡拉在 1903—1904 年演唱的吉尔吉斯史诗《玛纳斯》系列的第二部《赛麦台》，以及 1928 年乌兹别克歌手法祖里·尧勒达西演唱的录音记录的乌兹别克族史诗《阿勒帕米西》②。还有一些伟大的史诗歌手在战争发生时便过世了（如吉尔吉斯斯坦的玛纳斯奇萨恩拜·奥诺兹巴科夫于 1930 年过世，乌兹别克斯坦的巴合西埃尔盖什·朱曼布勒布勒过世于 1937 年）。还有部分史诗歌手死于 20 世纪 50 年代和 20 世纪 60 年代，其中包括哈萨克斯坦史诗歌手穆伦·斯格尔巴耶夫吉绕（1954 年），乌兹别克斯坦史诗歌手法祖里·尧勒达西巴合西（1955 年）和雅库特史诗歌手伊诺坎迪·提莫菲耶夫·第普罗考夫（1962 年）。吉尔吉斯斯坦的史诗歌手萨雅克拜·卡拉拉耶夫的《玛纳斯》唱本是史诗最长的记录文本，该歌手于 1971 年去世。21 世纪初，仅存的少数几个，即以传统的口口相传的方式学会和掌握他们的演唱篇目，并以传统风格进行演唱（不是在舞台上）的传统的史诗歌手也相继离世。在 2005 年，喀拉喀勒帕克最后一个传统史诗歌手朱玛拜·巴扎诺夫过世后，绍尔的最后一位史诗的演唱者弗拉基米尔·亚古洛维奇·塔纳噶谢夫也相继于 2007 年在阿尔泰过世。当今仍在世的柯尔克孜玛纳斯奇居素普·玛玛依在 95 岁（2013 年，本文写作时）③，整合了如今赫赫有名的，包含大

---

① 伊力哈木·巴契阔自：《表演艺术中的土耳其民间爱情长诗》，伯明顿，印第安纳大学出版社，2008 年，第 214 页。

② 见丹尼尔·普热尔（Daniel Prior）编辑：《坎杰·喀拉的〈赛麦台〉：一部留声机记录的吉尔吉斯史诗》，《突厥学》，第 59 辑。威斯巴登，2006 年。

③ 居素普·玛玛依于 2014 年，96 岁高龄时驾鹤仙逝——译者。

约 22 万诗行的《玛纳斯》唱本。

《玛纳斯》史诗的过去和现在

被认为结构松散的史诗《玛纳斯》实际上是一个史诗系列集群，内容当中贯穿了几代英雄的业绩。因此，实际上只有第一部的内容是描述玛纳斯的。这部史诗系列集群通常被称为"《玛纳斯》三部曲"，它由三个独立的史诗组成，分别称为《玛纳斯》、《赛麦台》（塑造玛纳斯的儿子的形象）和《赛依铁克》（以玛纳斯的孙子为内容）。这可以说是这部系列史诗的"规范"的结构形式。然而，还有其他一些唱本却包含更多后代的英雄人物。由居素普·玛玛依记录的最完整唱本中，从玛纳斯一代一直延续到了第八代，史诗唱本增加了凯耐尼木，赛依特，阿斯勒巴恰和别克巴恰，索木碧莱克和奇格台。由萨雅克拜·卡拉拉耶夫（1894—1971）演唱的史诗系列唱本（其篇幅超过 50 万行）包括上述主要的前三部以及赛依铁克的儿子的叙事内容。但萨恩拜·奥诺兹巴科夫（1867—1930）的唱本只有第一部玛纳斯被记录下来（其篇幅超过 18 万行）。玛纳斯最早的文本是哈萨克旅行家和民族志学者乔坎·瓦利哈诺夫于 1856 年记录下的"阔阔托依的祭典"。这个史诗文本在 1977 年由亚瑟·哈托编辑和翻译出版，包括大约 3200 诗行来描述玛纳斯的老朋友的儿子包克木龙为纪念他死去的父亲阔阔托依而举行的盛大祭典①。瓦利哈诺夫在他的《关于吉尔吉斯的笔记》中写道：

"毫无疑问，吉尔吉斯民间天才以韵文形式创作的主要的或者说唯一的作品就是玛纳斯的传奇长诗。《玛纳斯》实际上是一部百科全书，它将地理、宗教、知识和道德观念，通过故事、叙述、传说整合在一起，并将其投射到一个时间段，集中到一个主人公英雄玛纳斯的身上。《玛纳斯》史诗是全体人民的创作，是经过漫长时间精心培育而逐渐发展成熟的果实，它

① 亚瑟·哈托（Hatto）1977 年。

是一部民间史诗，一部诞生于草原的《伊利亚特》。（Valikhanov 1985：70）"①

　　瓦利哈诺夫将《玛纳斯》史诗定性为"草原的《伊利亚特》"是最合适的。《玛纳斯》具有广阔的视野以及荷马式史诗高度上的诗歌风格。《玛纳斯》表达了吉尔吉斯人民对历史根源的观感，并以传统诗歌的形式确认和加强了自己的文化和民族特征。它的长度限制了我们对其内容进行摘要，但已有的一些情节定会为后续讨论其背景提供很多助益。②

　　像许多突厥语民族的史诗和民间故事中的英雄一样，玛纳斯是一对长期没有子女的普通夫妇的儿子。晚年时加克普和他的妻子绮伊尔迪才终于得一儿子，并举办了赋名盛宴，为他取名"玛纳斯"。在拉德洛夫的文本里，四个先知当场就一致预言这位英雄会有一个光明的未来。玛纳斯着实印证了预言的正确性：他成功地击退了来自部落内部与外部的敌人。在他的伟业里，玛纳斯与其四十个勇士并肩作战，但他的许多艰难历险都是与他的来自卡勒玛克的结义朋友阿勒曼别特共同完成的。阿勒曼别特首先受到了哈萨克汗阔克确的周到招待。后来，阿勒曼别特与阔克确发生矛盾争吵，便离开他去投靠玛纳斯。绮伊尔迪一看到阿勒曼别特，她的乳房突然溢出乳汁，阿勒曼别特和玛纳斯同饮乳汁，结为同乳兄弟。在拉德洛夫文本的后续情节中，玛纳斯曾两次中毒，但每次都幸运地苏醒恢复。最后，即使是如此强大的英雄，玛纳斯也难逃一死：他最终死在了他的契丹宿敌空吾尔拜手中，但是留下了自己的后嗣，他勇敢的儿子赛麦台。这只是柯尔克孜族英雄玛纳斯生平经历的一个大致轮廓。还有一些章节内容例如他的新娘美丽的卡妮凯，铁米尔汗的女儿或者他远征至别依京对抗契丹汗王空吾尔拜，是关于他个人的冗长和复杂的史诗。比如在萨恩拜的唱本里，仅仅是关于玛纳斯迎娶新娘的章节

---

　　① 参见乔坎·瓦利哈诺夫《吉尔吉斯日志》，载《乔坎·瓦利哈诺夫五卷本文选》，阿拉木图，哈萨克百科全书编辑部，1985 年，第二卷，第 7—28 页。
　　② 很多文本彼此有很多差异；对于拉德洛夫记录的文本的英文翻译见哈图，1990. 以散文形式（英文）编写的《玛纳斯》和《赛麦台》的故事片段见萨帕尔别克·卡斯曼别托夫，参见霍华德和卡斯曼别托夫，2011 年。

就约有 4000 诗行，而"远征"一个章节约有 15000 行。总而言之，关于《玛纳斯》史诗系列集群，在吉尔吉斯斯坦已经有超过二百万行被记录下来。

口头史诗的蓬勃发展，必须要有一批才华横溢的口头史诗歌手和口头语言艺术受到高度重视的文化环境。在 19 世纪中期，拉德洛夫这位吉尔吉斯斯坦口头诗歌的搜集者发现吉尔吉斯人确实有流畅而非凡的修辞技巧：

> 吉尔吉斯人出色地掌握并使用母语不能不令人赞叹。他们说话总是那么流畅，没有停顿或踌躇支吾，总是清晰、精确而优雅表达地自己的思想。即使是日常话语，他们也尽量用有韵律的词汇巧妙构建诗句、调整句子与句子之间的衔接，使其显示节奏明显的诗歌特征。可以说，吉尔吉斯的演说家们都喜欢用优雅的措辞来表达和打动听众。人们随处可以看到观众如何陶醉于这种演述，如何对此倾注全部热情并且对演述质量加以审视和给予评价。观察歌手试图用明快、优雅、精心创编的演唱去吸引和打动听众是极为有趣的。听众从另一个角度积极参与到优秀史诗歌手的演唱当中，从中获得巨大的乐趣和享受。他们前倾着身体瞪大眼睛端坐着聆听歌手表演，对每一个适时出现、用语巧妙的词汇，对史诗创编中的妙趣横生的诗句，报以兴奋而热烈的呼喊声和掌声，表达他们对史诗歌手才能的赞赏①。

虽然吉尔吉斯带有旋律的优美语言表达方式自拉德洛夫记录到现在并没有显著改变，但享受这种语言艺术的场合却发生了大大的改变。吉尔吉斯语作为一种书面标准语言来使用始于 1924 年。它最初使用阿拉伯语字母书写，1928 年，官方用语以拉丁字母取代了阿拉伯语字母，1941 年又被西里尔字母取代。当今，独立后的吉尔吉斯斯坦继续使用

---

① 拉德洛夫，1885 年，第 3 页；汉译文参见阿地里·居玛吐尔地：《〈玛纳斯〉史诗歌手研究》，附录部分，北京，民族出版社，2007 年，第 243 页。

西里尔文字，然而在中国新疆，柯尔克孜语仍然使用阿拉伯语字母书写。吉尔吉斯斯坦的文盲率还不到全部人口的 1%，这个数字在新疆也不到 2%，在许多情况下，阅读者取代（或至少增加）了用聆听方式欣赏史诗的听众。《玛纳斯》史诗有着许多种阅读方式：它可以作为一个儿童故事被画成漫画让儿童去了解，可以作为成人的散文故事供吉尔吉斯读者阅读，可以改成故事给儿童讲述（俄罗斯和吉尔吉斯族），还可以韵文史诗形式供更广泛读者群阅读，而且它还有科学编辑的口头文本，例如萨雅克拜，萨恩拜和居素普·玛玛依的唱本。

除了这样的书面形式以外，史诗也被用于歌剧和电影脚本的创作。吉尔吉斯斯坦国家剧院于 1937 年在伏龙芝市（现在叫比什凯克）成立，于 1942 年分化为吉尔吉斯斯坦国家歌剧院和芭蕾舞剧院。1939 年，基于《玛纳斯》史诗第二部《赛麦台》创作出的歌剧《阿依曲莱克》，由 V. 乌拉索夫、A. 马勒德巴耶夫、V. 弗里创作并进行了首映。1946 年，歌剧《玛纳斯》相继诞生，同样由上述作曲家们进行创作，还有几部基于《玛纳斯》史诗内容和其演唱者而创作的电影。其中两部电影是为萨雅克拜·卡拉拉耶夫而创作的纪录片，其中一部是由波洛特·夏木西耶夫于 1965 年拍摄的电影《玛纳斯奇》，另外一部是由梅里斯·乌巴凯耶夫拍摄的《大玛纳斯奇》。第一部用俄语拍摄，第二部用吉尔吉斯语拍摄完成，吉尔吉斯斯坦著名作家钦吉斯·艾特玛托夫作评论员。最令人感兴趣的第三部电影《玛纳斯的诞生的预兆》（"Rozhdenie Manasa kak predchuvstvie"）是 2010 年由努尔别克·埃根拍摄完成的。它也是一部纪录片，它关注了八位现代吉尔吉斯人的职业与观点。其中包括了玛纳斯奇、库姆孜琴演奏者、边防警察、商人、移民在莫斯科酒吧工作的年轻女子以及日本的社会学教授等。这部电影反映了转型过渡时期的社会，人们如何应对随着 21 世纪到来的新变化与挑战及其对旧价值观念和传统道德所产生的强烈冲击。这部电影极富说服力地论证了传统的力量对当今社会仍然发挥着重要作用，甚至在某些情况下还能为创新提供值得参考的启发。这部电影并不是为了呈现《玛纳斯》史诗故事而创作，而是在强调史诗是吉尔吉斯人传统文化的宝库。导演对此这样说道："这部电影对于年轻人、历史学家以及那些关心着我们国家发展与未来命运的人民来说是非常有意义有吸引力的"①。

努尔别克·埃根制作这样的一部电影表明后苏联时代吉尔吉斯斯坦社会对于现代世界传统价值观的深切关注。影片里的每一个主人公都是通过引用《玛纳斯》里的内容来引入的,甚至在其中还提到了他或她的家族与氏族部落印记的关系,而这些类似于如尼文的氏族印记,在今天的吉尔吉斯人中仍然在区分牲畜归属的烙印上得到使用。《玛纳斯》史诗如同一个棱镜反射着吉尔吉斯的社会认同。《玛纳斯》史诗在吉尔吉斯人民自我认知方面的核心位置也得到吉尔吉斯斯坦政治体制的支持。1995 年的"玛纳斯1000"庆祝活动结束后,按照总统签署的法令负责筹备和组织该活动的政府班子也转变成"《玛纳斯》史诗国家宣传指导委员会"。该法令还包括 1996 年至 2000 年的五年计划内翻译出版《玛纳斯》史诗英文版等大范围活动举措。其中有两项教育举措值得一提。其中之一是,"以引导提高儿童与青少年的《玛纳斯》精神爱国教育为目的",在吉尔吉斯语学校中增加学习《玛纳斯》史诗的课时,另外一项是委托俄罗斯语言学校增加介绍《玛纳斯》知识。虽然这个国家委员会已经不复存在,但吉尔吉斯斯坦最高政治层面上对《玛纳斯》重视态势依然在延续,这一点可以从吉尔吉斯斯坦总统的名为"吉尔吉斯斯坦"的官方网站名下有一个名叫"玛纳斯"的特别版块就可以证明②。

吉尔吉斯斯坦做出了许多努力来宣传《玛纳斯》及相关知识是吉尔吉斯斯坦人民的核心文化遗产,并有很多项目扶持史诗歌手并支持对其演唱内容进行记录。在这里我想简单介绍两项举措。

第一个举措是由 UNESCO(联合国教科文组织)赞助的一个名为"吉尔吉斯斯坦的阿肯艺术及史诗演唱(The art of the *akyns* [*aqyns*], the Kyrgyz epic tellers)"的项目。该项目最初于 2003 年宣布,并于 2008 年被联合国教科文组织列入"人类非物质文化遗产代表作名录"③。阿

---

① 参见〈http://diesel.elcat.kg/index.php? showtopic = 2326823〉(最后一次浏览于 2013.10.09).

② 参见〈http://www.president.kg/kg/manas_eposu/〉(最后一次浏览于 2013.10.10)

③ 参见 http://www.unesco.org/culture/ich/index.php? lg = en&pg = 00011&RL = 00065(最后一次浏览于 2013.10.11)

肯这个词通常是表示吉尔吉斯斯坦诗人的词汇，有时也指民间在库姆孜琴的伴奏下演唱自己作品的吟唱家，或者演唱那些被称为"小史诗"，也就是流传于民间的那些《玛纳斯》八部系列集群内容之外的口头史诗作品。在最初向联合国教科文组织提交申请时，实际上提交了两份名单，一个是"阿肯歌手（玛纳斯奇），aqyns-singers（manaschïs）"，另外一个是"阿肯的小型史诗演唱和即兴创作，aqyns-singers of 'small' epics and aqyns-improvisers（tökmö-aqyns）"。这个项目的申报组织者别克苏勒坦·贾科耶夫先生是吉尔吉斯斯坦著名的作家和舞台导演，他列出了十六个玛纳斯奇和十三个阿肯的名单。根据别克苏勒坦·贾科耶夫的调查，名单中最年长的玛纳斯奇出生于 1917 年，最年轻的出生于 1979 年，有八名出生于 1917—1949 年的玛纳斯奇至今仍然在世。这个名单上最年轻的歌手艾散罕·朱马利耶夫出生于 1947 年，2013 年仍然在世。第二年轻的歌手吾尔卡西·曼别塔利耶夫出生于 1934 年，并于 2011 年去世。贾科耶夫的名单里比较年轻的八位歌手出生于 1951—1979 年，为此贾科耶夫特地为其列表加了这样的备注，"此外，有多于 40 名史诗演唱者是中学生或高等院校的学生"。在第二个名单里一共有 13 个人，他们出生于 1927—1966 年，贾科耶夫补充道："还有几十名学生和小型史诗演述者，他们还不能称为即兴演唱者，他们仍然需要更多的经验"。在玛纳斯奇的名单当中，还有两位女性史诗歌手的名字，分别是：赛迭乃·毛勒朵开（Seydene Moldoke-qyzy，1922—2006）和阿依扎达·苏巴阔交耶娃（Ayzada Subaqojoyeva，1979—）。在阿肯的名单当中，也有一个女性，名叫玛利亚·凯热穆（Mayra Kerim－qyzy，1962—2009）。这几位当中，赛迭乃·毛勒朵开是最重要的一位。她是一个"赛麦台奇（semeteychi）"，即一位专门演唱《玛纳斯》史诗第二部《赛麦台》的歌手。在吉尔吉斯斯坦国家教科文组织的支持下，贾科耶夫于 2007 年 10 月在比什凯克组织召开了一次关于"史诗遗产及其保护"的国际学术研讨会。会议大约收到了 20 篇论文，贾科耶夫先生将自己收集到的各个版本的玛纳斯进行了修改整合，最终提交了一份整合版玛纳斯。（Jakiev，2007 年）

第二个举措是"艾依格乃（Aigine）"项目。这是一个由艾依格乃文化研究中心实施的项目。它本身是一个由古丽娜拉·阿依特巴耶夫

（Gulnara Aitpaeva）提出并于 2004 年 5 月设立的非营利的非政府机构。作为中心该机构的举措和任务，它一共提出了以下三项任务目标①：

● 研究并保护吉尔吉斯斯坦境内的自然及文化遗产及其多样性；

● 保护、发展传统知识并将其与现代生活融合，旨在将传统文化的积极潜力渗入各级公共和政治生活的决策当中；

● 从神秘知识和科学，自然与文化，传统和创新，西方与东方及其他各种经常，有时被视为对立的经验之间寻求融合统一与内在关联性。

这个项目的《玛纳斯》部分的第一阶段内容包含从不同的史诗歌手口中以视频形式录制《玛纳斯》史诗第一部的 50 个片段。这个录制项目在艾依格乃网站上的说明包含以下内容：

> 这个项目的目标是编制出《玛纳斯》史诗完整的视频录像，形成其由现代玛纳斯奇演述的完整的传统文本……视频录制记录工作在全国各地进行，包括在史诗中拥有重要历史意义的遗迹，包括与玛纳斯奇获得灵感和精神提升相关联的特殊地点。所有这些地方都在大自然中那些顶着皑皑白雪的山峰，湍急的河流，清澈的湖泊和各式各样美丽的繁花丛，这些其实反过来也体现了《玛纳斯》史诗的本质、力量与自由精神。录音工作旨在获得和保存为了进一步发展和保护史诗而来用于科学研究、提升和加强精神动力以及用于相关教学。因此，录制完成的《玛纳斯》史诗视频文本将免费赠送给全国所有的教育机构。

这个视频可以从 YouTube② 平台上观看和下载。到目前为止，《赛麦台》的共计 38 个片段也已经上传到 YouTube 平台上③。2013 年 5 月的新闻发布会上曾宣布史诗的第三部《赛依铁克》也已经制作完成，

---

① 〈http：//www. aigine. kg/？page_ id=2572&lang=en〉（最后一次浏览于 2013. 10. 11）。

② 参见〈http：//www. youtube. com/watch？v=aV4UtHrox-g〉。

③ 参见〈http：//www. youtube. com/watch？v=aLPJGyGzaB4&list=PLWCbXo1dCNvIb7d0 thOrfloyo_ s8uQGGT&index=1〉。

视频时间长度总计约有 51 个小时①。共计有 14 名玛纳斯奇参与了项目的前两部分的录制，其中有一部分玛纳斯奇只唱了一个片段，但也有一些人唱了 16 个片段，如下列表格所示：

Singer 歌手	Episodes from *Manas*《玛纳斯》片段	Episodes from *Semetey*《赛麦台》片段
Qubanyshbek Almabekov 库巴尼西别克·阿勒曼别克夫	4, 5, 6, 9, 19, 34, 48, 50	8, 19, 27, 32
Tilek Asanov 提列克·阿散诺夫	8, 26	26, 31, 35
Talantaaly Baqchiev 塔兰塔勒·巴科奇耶夫	21, 22, 27, 35	17, 21
Zamir Bayaliev 扎米尔·巴亚利耶夫	1, 14, 17, 33, 42, 43, 44, 45	1, 2, 3, 7, 15, 28, 29, 30
Anarbek Jumaliev 阿那尔别克·朱马利耶夫	—	16
M. Jumaliev 穆·朱马利耶夫	23	—
Rysbay Isaqov 热斯拜·伊萨科夫	7, 12, 13, 16, 18, 25, 46, 47	9, 10, 11, 12, 13, 14, 22
U. Ismailov 乌·斯马伊洛夫	20	—
S. Qasmambetov 萨·卡斯曼别托夫	38	—
Samat Köchörbaev 撒马特·阔其阔尔巴耶夫	32, 37	5, 6
Qamil Mamadaliev 卡密勒·曼别塔利耶夫	28, 39, 40, 49	4, 20, 38, 39

---

① 参见〈http：//mirtv. md/libview. php? l = ru&idc = 36&id = 4590&t =/v – codrujectv e/v – biskeke – prezentovali – apoci – manac – cemetei – ceitek〉（最后一次浏览于 2013. 10. 11）。

Singer 歌手	Episodes from *Manas* 《玛纳斯》片段	Episodes from *Semetey* 《赛麦台》片段
N. Seydrakhmanov N. 萨伊德热合曼诺夫	—	18，37
Doolotbek Sydyqov 多略特别克·萨德阔夫	2，10，11，24，29，36，41	23，24，25
Salymbay Tursunbaev 萨利穆拜·吐尔逊巴耶夫	3，15，30，31	33，34，36

其中的一些歌手在吉尔吉斯斯坦已经享誉全国，早已获得过许多知名奖项及荣誉称号，塔拉斯出身的撒马特·阔其阔尔巴耶夫在 2004 年的史诗演唱比赛中获奖，三年后我才有机会从他口中录制了《赛麦台》的一个选段。撒马特·阔其阔尔巴耶夫于 2004 年获得被通讯社称为"大奖赛"的比赛一等奖，二等奖由多略特别克·萨德阔夫获得，三等奖由热斯拜·伊萨科夫获得，而这几位都是艾依格乃项目的参与者①。2007 年，我还从热斯拜·伊萨科夫口中录下了《赛麦台》的一个选段。

歌手和他们的职业召唤

这些玛纳斯奇是如何学习他们所表演的诗歌的？他们是否在艾依格乃这样的项目名目下的史诗演唱比赛上，向那些对吉尔吉斯史诗遗产感兴趣的学者，或者在特定的时间向听众演唱这些诗歌？

2013 年 11 月，在比什凯克召开的一个名为"第一个吉尔吉斯汗国②"的学术研讨会上，我向会议提交了一篇以"史诗《玛纳斯》社会主义意识形态"为题的论文，问塔兰塔勒·巴科奇耶夫他是不是从史诗正式出版的文本学会的《玛纳斯》。他的回答是"不"，然后他补充说：

① 参见〈http：//www.centrasia.ru/news.php？st＝1096315200〉（最后一次浏览 2013.10.10）.
② "吉尔吉斯（黠戛斯）汗国"指吉尔吉斯（黠戛斯）于公元 840 年在欧亚大陆取得统治地位的时期；参见博达纳耶夫与库迪亚考夫，2000 年。

"如果我通过记忆文本来学习史诗的话，我最多只能学会 15 或 20 分钟的演唱片段。"那么，他是如何学习史诗的呢？

像其他玛纳斯奇一样，塔兰塔勒·巴科奇耶夫做了一个梦，并从梦中得到鼓励吟诵史诗。事实上，他做过好几个梦。在他的第一个梦中，当时他还是个小男孩，玛纳斯的妻子卡妮凯出现在他梦中。这些梦想和愿景是关于吉尔吉斯史诗歌手回答"为什么""如何"变成玛纳斯奇等问题的一个标准解释。热依萨·柯德尔巴耶娃曾根据手稿用俄文刊发过其中几个梦的来源。作为一个例子，我们在这里列举一个由著名的史诗歌手萨恩拜·奥诺孜巴科夫的梦：

> 当萨恩拜与他哥哥阿利舍尔从伊塞克湖向阔其阔尔搬迁的路上，他一家人都患了天花。当时萨恩拜因发烧不仅精神有些错乱而且还做了这样一个梦：他似乎行走在阔其阔尔平原上看到很多支起来如同山峰一样巨大的毡房。在毡房旁边拴着很多体格硕大的马匹。它们耳朵竖立，蹄子如同巨大的碗。在毡房门口处甲胄武器被堆放在一起。萨恩拜不知道缘由，十分好奇并进入其中一个毡房。毡房里坐满了人，而且这些人个个都身体超大。他们让萨恩拜坐到一个尊贵的位置上，其中一人正在讲述一些有趣的故事，其他人则听着故事放声大笑。原来这是玛纳斯的四十勇士之一阿吉巴依。其中一人开口说道："这个小伙子要给我们讲述史诗。"然后就要求萨恩拜开始演唱。萨恩拜说自己不会演唱史诗。此时，一个身穿驼绒大衣，头戴一顶大帽子，手持战斧的年轻人走进毡房。他威胁萨恩拜说："不立刻进行演唱，就要被砍成碎片。"然后，刚才那个讲述故事的人转过头对萨恩拜说："我的孩子！你很年轻。不要拒绝，你就告诉他你会演唱史诗，要不然你就会在这里丧命。"萨恩拜被迫说自己能够演唱史诗。他环顾四周，看到史诗歌手们坐在毡房的不同角落开始演唱史诗。其中一个演唱玛纳斯的

诞生，另一个在演唱阔兹卡曼①的故事，第三个则演唱玛纳斯的远征。当萨恩拜反复三次回答他能够演唱史诗后，那些坐着的人都拿起武器离开了毡房。突然间，毡房内变得亮堂起来，黎明正好到来，在黎明中萨恩拜清楚地看到他们离开。此时他才从昏迷中醒来并对家人大声呼喊起来："你们看到离开毡房的那些人了吗？"。萨恩拜所有患病的家人此时都突然感到自己好多了。那位拿着斧头威胁萨恩拜的是赛麦台。他就是这样讲述自己的梦②。

在这里列举的这类证据证明史诗歌手职业召唤的梦从其他突厥语族民族口头传统歌手身上也可以看到。这种做梦的母题也广泛流传于土耳其民间爱情长诗或史诗中。伊力哈木·巴兹阔克（İlhan Başgoz）解释这个母题是来自前伊斯兰教的萨满文化时期，并提出这个解释还辐射其他突厥语民族的传统③。这些梦和幻觉当然不是突厥语族民族史诗歌手和口头诗人所独有的现象。早在公元前8世纪，古希腊诗人赫西俄德在他的神谱中描述了，有一天当他牧放他的羊羔时，缪斯"给他呼入一个神奇的声音来庆祝即将发生的事情以及已经发生的事情"（Evelyn-White 1914：81）。中世纪的例子也可以被拿来引用，例如盎格鲁-撒克逊的文盲农户塞德蒙（Cædmon）获得神圣的诗歌灵感和天赋这一神奇礼物的梦。还有挪威诗人哈利毕勇（Hallbjorn）试图在诗人索立夫（Thorleif）的坟墓前创作一篇赞美他的诗歌时进入了梦乡，索立夫却走出自己的坟墓在哈利毕勇熟睡的时候教他如何创作赞美的诗④。这些启蒙梦想和职业召唤强调了成为一名专业诗人（或传统歌手）需要得到一个

---

① 根据拉德洛夫的记录本阔兹卡曼是玛纳斯的叔叔，他有五个儿子，其中一个背叛并毒害玛纳斯，参见哈托，1990年，第227—303页。

② 参见柯德尔巴耶娃，1996年，第388—389页；以手稿形式保存于吉尔吉斯斯坦科学院档案部。

③ 参见 Başgöz 1967；Reichl 1992：57—62.

④ 这些例子，其中关于突厥语民族传统的部分来自日尔蒙斯基，2004年；关于塞德蒙的故事以及传统史诗歌手的职业召唤见玛冈尼（Magoun），1955年；关于哈利毕勇的文本及翻译参见克里奇奈尔（Kelchner），1935年，第129页；关于这一故事及其他萨满语境中的古代挪威故事参见托雷，2009年，第一卷，第423—427页。

礼物，这的确是一个礼物，只有那些具有超凡的天才并全心全意沉湎其中的人才会蓬勃发展。

歌手的训练

虽然这些论述给人的印象是当作梦者醒后，他会呈现出完美的史诗歌手或诗人的技能，毫无疑问，吉尔吉斯玛纳斯奇必须要在他们自由地演唱史诗之前经过一段时间的训练。康艾西·科尔巴谢夫论及萨恩拜是从 14 岁或 16 岁开始演唱《玛纳斯》史诗的，然后他又对萨恩拜的导师做了如下详细的描述：

与所有的玛纳斯奇一样，萨恩拜演唱《玛纳斯》也与他的做过的梦有关。当然，其他一些玛纳斯奇对萨恩拜的演唱风格产生了重大影响，这些玛纳斯奇包括巴勒克、纳伊曼拜、特尼别克、阿克勒别克以及德伊罕拜等。萨恩拜最初是从特尼别克口中听到《玛纳斯》的。他还曾见到过当代著名玛纳斯奇巴勒克，并曾在年轻时代听过他演唱。萨恩拜的哥哥阿利舍尔也是一位颇有名气的玛纳斯奇。卡·热赫马杜林曾这样论述："根据玛纳斯奇夏巴克的说法，当萨恩拜第一次听到老一代玛纳斯奇特尼别克的老师琼巴什（纳尔曼泰）的史诗演唱之后，非常兴奋，并立刻决定跟随琼巴什学习《玛纳斯》史诗。[①]"

学徒玛纳斯奇学习史诗是什么意思？拉德洛夫在介绍他自己编辑和翻译的《玛纳斯》文本以及其他吉尔吉斯口语诗歌时说，吉尔吉斯史诗歌手在每一次的演唱中一方面"即兴创作"，但另一方面也有很多为自己的演唱而储藏在记忆中的像拉德洛夫所说的现成的叙事母题：

每一个有天赋的歌手都往往要依当时的情形即兴创作自己的歌，所以他从来不会语句语词对应、丝毫不差地将同一首歌演唱两遍。然而，他们并不认为这种即兴创编代表着一次新的创作……因为他丰富的表演经验，如果我可以这么说话，他将现成的众多叙事单元以恰当的方式按

---

① 阿布德勒达耶夫主编，1995 年，第 2 卷，第 165—172 页。

照史诗情节发展的需要加以组合①。

拉德洛夫在这里所描述的情景十分符合后来米尔曼·帕里和阿尔伯特·洛德在研究南斯拉夫史诗歌手时在"口头程式理论"中提出的"在表演中创作"的概念②。

只要仔细观察吉尔吉斯史诗及其各种记录变体和版本,无论如何,与南斯拉夫模式存在着很多明显的差异。尽管程式化的诗句也在其中可以找到,但是它们的出现频率要比帕里和洛德所搜集分析的资料中的少得多。这部分原因是诗歌的韵律,而另一部分原因是吉尔吉斯族史诗的风格。吉尔吉斯族史诗的韵律(通常是指民间诗歌)是由音节构成,构成《玛纳斯》(以及其他吉尔吉斯史诗)韵律的是七音节诗行③。诗行通过垂直的(诗行第一个字母开头的)头韵以及押韵形式与不规则的组合相链接(类似于古代法国《萨逊的大卫》中的 laisses)。诗行之间的这两种连接方式都各自独立使用,也不完全是有规律的。有很多诗行即没有头韵和押韵。一个例子会使这个相对自由的创作方式得以明确:

Ulamadan ulasaq,	为了把古老的传说继续咏唱,
Uluulardan surasaq,	向老人们寻根问底,
135 Murunqu ötkön chaqtarda,	在那遥远的年代,
Batysh, tündük jaqtarda,	在我们的东北方,
Enesay degen jer bolghon,	有一个叫叶尼塞的地方。
Jeri sonun keng bolghon,	那里土地肥沃地域辽阔,
Özönü toqoy cher bolghon,	河谷里树木葱茏绿树成荫,
140 Törlörü tulang kür bolghon,	山坡上丰美的牧草随风飘荡。
Egin ekse mol bolghon,	人们播种耕耘丰收在望,
Az aydasa köp bolghon,	种的少收获多,

———————————

① 拉德洛夫:1885 年,第 16 页。

② 参见洛德,1960 年,(尤其是在第三章和第四章中的经典论述);以及弗里,1988 年;最近的论述参见弗里和雷米,2012 年。

③ 这并不是说诗行的构成总是七个音节,八音节诗行也很普遍,当然更长的或短小的诗行也可以遇到。更多论述参见普热伊尔,2006 年,第 96—100 页。

> Oroonun baary jyq tolghon, 地窖仓库里储满米粮。
> Azyp – tozup barghandar, 浪迹四方的游子，
> 145 Bayyr alyp toqtolghon, 迷恋这里不愿返乡。
> Bay – jardysy bilgisiz, 富人和穷人无法分清，
> Baarynyn qardy toq bolghon, 人人丰衣足食人丁兴旺。
> Enesay elin bashqarghan, 统治叶尼塞百姓的
> Qal Mamay degen qan bolghon.① 是一位叫卡勒玛玛依的汗王。

通过审视上一个史诗片段我们可以看到，只有某些诗行呈现垂直头韵（133－34行，145－47行），但除了极个别例外（如144、146和148诗行）所有诗行押尾韵。押韵在大多数情况下由"bolghon"形式构成，意为"…过"。押韵形式"tolghon"两个实例，两个都是自由形式的（意为"tolghon，满"）和作为一个后缀（"toqtolghon"，从"toqtol-停留"加上后缀"-ghon"）。"Bolghon（tolghon）"有一个单音节词作前缀（或由一个单音节词黏着语素如"toqtolghon"）。这意味着实际的"韵"式如下：

jer bolghon：keng bolghon：cher bolghon：kür bolghon：mol bolghon：köp bolghon：jyr tolghon：toqtolghon：toq bolghon：qan bolghon.②

这样的押韵格式在《玛纳斯》史诗中很常见。它们可以延伸到很大的长度，从而展示史诗歌手的演唱技能。

另一种类型的押韵格式是基于动词形式派生和屈折语素韵（或半谐音），有时候这类动词是拟声词。我在这里将给出一个简短的例子，再次从居素普·玛玛依的《玛纳斯》唱本中摘录，并使用斜体字标出押

---

① 参见居素普·玛玛依唱本，第一卷，柯尔克孜文，2004年，第3页，英文参见卡尔·赖希尔翻译，五洲传媒出版社，2014年，第9页。汉译文参见阿地里·居玛吐尔地翻译，第一卷，乌鲁木齐，新疆人民出版社，2009年。第11页。

② 字面意思是"曾是一个地方""曾很广阔""曾是一片茂密森林""曾是丰美的牧场""曾经很充足""曾很多""曾很丰富""填充满""曾停留""丰衣足食""曾为汗王"。

韵元素：

	Qïtïghïyï *qïtïldap*，	克特葛依结结巴巴，
4920	Tili kekech boluuchu，	舌头粗大是个结巴，
	Kep aytalbay *qïqïldap*.	说不清话呜呜哇哇，
	Astalay basïp Chongjindi，	冲金迪（玛纳斯）缓步上前，
	Kelip qaldï *chuquldap*.	慢慢走到他跟前。
	"Erligin munun körsöm"-dep，	"我要看一看他勇气！"
4925	Jamghïrchï turat *multuldap*，	加木格尔奇在暗喜中期待。
	Tonuna batïp toqtoboy，	激动的身体撑开了皮大衣，
	Alp Jamghïrchï *qutuldap*. ①	无法控制内心的激动。

　　与押韵和半谐音相关联的动词都是以相同的模式构建的：以"-p"动名词结局，派生后缀"-da-"（将词标记为一个动词），语素"-ul-"（富有表现力的声音或运动，即基本拟声的）和动词的词根。因为吉尔吉斯语有元音和谐律，词根元音渲染了元音接续的语素，因此也强调了声音模式的相似性。

　　当我们将这些短小的段落同居素普·玛玛依演唱的《玛纳斯》史诗系列第一部共计54440行的内容进行比较之后会惊奇地发现，只有第一段第一行可以认为是程式化的。它在史诗中共重复出现了7次。第一段第三行在史诗中只重复出现三次（以变异的形式）。其他诗行也无法被认为是属于口头程式理论的程式化。有趣的是，我在上面特别标出的"*jer bolghon*"等押韵形式也不以同样的形式和顺序出现。其他序列的这类组合元素会出现，而且，在下面的例子中，"x"代表非押韵格式的诗行：

　　　　chöp bolsun：*suu bolsun*：**cher** *bolsun*：x：**keng** *ele*：**kür** ele

---

　　① 参见居素普·玛玛依唱本，第一卷，柯尔克孜文，2004年，第47页，英文参见卡尔·赖希尔翻译，五洲传媒出版社，2014年，第144页。汉译文参见阿地里·居玛吐尔地翻译，第一卷，乌鲁木齐，新疆人民出版社，2009年，第171页。

（第 15 行，第 778 –783 行）；

keng eken：x：*suu eken*：x：*cher* eken（第 15 行，第793 –

797 行）；

keng eken：x：*jol eken*：x：*cher* eken：*mol* eken：x：*tör* eken（第 38 行，第 336 –343 行）；

keng eken：*cher* eken（第 47 行，第 551 –552 行）。[①]

至于我以上所列举的第二个段落，押韵的词汇在吉尔吉斯少有例外。在居素普·玛玛依《玛纳斯》唱本第一部中，我们发现以下现象[②]：

> *qytylda-*：–
> *qyqylda-*：+1x（在紧接着的诗行中，第一卷，第4928 行）
> *chuqulda-*：+14x
> *multulda-*：+1x
> *qultulda-*：+1x

在互联网搜索（吉尔吉斯语言和民间故事，以西里尔字母拼写的资料有很多）只找到动词"*chuqulda-*"。在上述九行诗中，只有一行可以被认为是程式化的，即第 4922 行，"*Astalay basyp Chongjindi*"（冲金迪缓步上前）。可以与史诗其他部分的内容做一个比较：

> 7562 +26，349 *Astalay basyp barghany*，"他缓步走过去"
> 10，133 *Astalay basyp Altyke*，"阿勒特开缓步走去"
> 53，166 *Astalay basyp alyptyr*，"他缓缓地迈着步"

虽然《玛纳斯》的有些文本比其他史诗更加程式化，吉尔吉斯史

---

① 译文："*bolsun*（让其就这样）"；"*ele*（曾是）"；"*eken*（曾是）"；"*chöp*（草）"；"*suu*（水）"；"*jol*（路径）"；"*tör*（上席位置）"。

② 在这里出现的"x"表示出现的数量："14 x"表示增加了 14 倍，以此类推。

诗一般不会显示出帕里和洛德所分析的那种程式频密度。然而,《玛纳斯》史诗却有一个稳定传播的元素,那就是典型场景或母题。在这里拉德洛夫所观察到的"现成的典型段落"或者可以说是或多或少现成的叙事单元也是完全合理的。我第一次采录到这样的片段是在自己 1985年的一段田野调查时从一位居住在中国帕米尔高原上的一个吉尔吉斯村子里名叫阿布德热合曼·杜乃的歌手所演唱的《赛麦台》史诗的一个片段中。通过对这个史诗片段的仔细分析,可以看到它与《赛麦台》的其他文本有极大的相似性,那就是当妻子阻止他外出时,赛麦台气愤地鞭挞自己的妻子这一场景。我将自己在 1985 年记录的文本同其他三个文本,即居素普·玛玛依的文本,萨雅克拜·卡拉拉耶夫的文本以及波·尤奴萨利耶夫主编的综合整理本进行比较之后显示,在描述鞭子以及母题的顺序方面存在高度相似性(如,挥动鞭子,抽烂女人的上衣,血从她身体上滴下等)。某些特定的词汇在不同文本中是完全相同的,包括一些描述鞭子的押韵词组。如上面所列的第二个片段中,这些词包括复合型后缀的动词形式。描述鞭子的相似概念在这个场景之外也能找到,比如在"阔阔托依的祭典"中。[①]

简而言之,可以说要成为一名成功的玛纳斯奇的先决条件在于其拥有超强的记忆力以及在于充分吸收史诗的韵律和诗性成语。他(或她)必须熟悉史诗的情节和它的诗歌构建现成部件,即各种场景,其中许多是由那些"难忘的词汇"所组成的典型的场景(如上面所讨论的位置)。不管传统性风格、表达、创编如何,杰出的史诗歌手们都会努力将本人的创作融入自己的文本之中。比如在上面引用的居素普·玛玛依的典型段落中,将吉尔吉斯原始故乡定格在叶尼塞河上游的地区。这个细节在萨恩拜·奥诺兹巴科夫或者是在萨雅克拜·卡拉拉耶夫的唱本中都没有找到。

---

① 与此类似的分析参见赖希尔,1992 年,第 223—235 页。相关文本资料参见赖希尔,1995 年。

结论：发展的传统

毫无疑问，玛纳斯奇的史诗演唱艺术是基于其天赋和自己的努力。他们讲给我们的那些神灵梦授的故事并不是要告诉我们他们的艺术才能来自超自然的手段，也不是他们从梦中醒来了成了语言艺术大师，但是，他们却强烈地感受到了促使他们成为史诗歌手的力量，而且被选中和召唤，有时候甚至是要违背自己的意愿。像所有的召唤一样，无论是宗教的或者是世俗性质的，这种要他成为玛纳斯奇的召唤从根本上决定了一个人的命运，并提出了能量、时间、耐力、热情和奉献方面的严格要求。演唱《玛纳斯》要求有一个精神维度，那就是要让众多吉尔吉斯人感知到这一点。正像艾依格乃项目中所明确论述的，他们所追求的目标之一是寻求"从神秘知识和科学，自然与文化，传统和创新，西方与东方及其他各种经常被视为对立的经验之间寻求融合统一与内在关联性。"

近年来，在一个特定的情况下，强调神授的灵感在吉尔吉斯斯坦已经导致了一场激烈的辩论。一个名为《阿依阔勒玛纳斯》（*Ayköl Ma-nas*）于 2009 年出版的十卷本作品是 1995 年由《玛纳斯》史诗的所谓的"第一位作者"加依桑·玉麦特（Jaysang Ümöt-uluu）在这书的作者布比玛利亚·穆萨（Bübü Mariyam Musa-qyzy）在自家附近察耶克地方的朱木尕勒阿塔圣墓麻扎上冥思之时作为启示赐予她。这本书引起了公众的强烈抗议，对这部书表达强烈反对的包括历史学家、民俗学家、《玛纳斯》学者、各界文人和记者。这部书是一个混合的诗歌（以非传统的 11 或 12 音节的押韵双行诗组成），个人的主观臆断（冥想中获得的），还包含了一些令人惊奇的希腊神话中的元素。2013 年，一本以《伟大的〈玛纳斯〉及其篡改者》为题的编选了 52 篇反对布比玛利亚·穆萨的文章集合出版①。无论何人对这个问题有何种研究，都不可

---

① 参见阿拉坎及阿巴克饶富，2013 年。作者包括热·柯德尔巴耶娃，阿·阿克玛塔利耶夫，特·乔绕铁艮，别·贾科耶夫等名流。

能完全说服和改变人们对于《阿依阔勒玛纳斯》一书的看法。事实上，由十卷构成的书不仅已经写出来了，而且也被读者阅读了（然后强烈反对），证明了史诗《玛纳斯》在今天的吉尔吉斯斯坦依然具有强大的生命力。

后苏联时代的吉尔吉斯斯坦是一个现代国家，尽管在其社会和文化生活中存在着强大的传统链。这是我们的全球化世界的一部分，几乎没有一个社会能够保持住自己拥有的完整的传统。全国的人口，特别是年轻成员，与工业化程度相对更高，传统的保持并不那么完善的国家的人们所渴望的东西是相同的。努尔别克·埃根拍的电影《玛纳斯的诞生的预兆》（*Rozhdenie Manasa kak predchuvstvie*）中显示了在对有些普通人的采访中他们很羞愧地承认自己对《玛纳斯》史诗并不真正了解。但在上传给 YouTube 的网络视频中，有一位 5 岁的儿童 2011 年在吉尔吉斯广播设立 80 周年庆祝活动上当众演唱《玛纳斯》史诗。很明显，传统在继续，而且得到观众的欣赏。当有人向伟大的玛纳斯奇萨雅克拜·卡拉拉耶夫和老学者了解他们的看法时，他们会说口头已经走向衰亡，当今的年轻玛纳斯奇只是即将消亡的传统所剩下了一抹余晖。事实可能就是这样，但即便这仅仅是一抹余晖，但它却明亮且令人印象深刻。

（叶尔扎提·阿地里，葩丽扎提·阿地里　译

阿地里·居玛吐尔地　审校）

参考文献：

Abdyldaev, È, et al, eds. 1995. *Manas èntsiklopediya*（"Manas Encyclopedia"）. 2 vols. Bishkek：Qyrghyz èntsiklopediasynyn Bashqy redaktsiyasy.

Aqmataliev［Akmataliev］, A., et al., eds. 2004. *Qyrghyz adabiyatynyn tarykhy*："*Manas*" *jana manaschylar*（"The History of Kyrgyz Literature：*Manas and Manaschïs*"）, vol. II, 2nd printing. Bishkek：Sham.

Alagushev, Balbay. 1995. "*Manas*" *muzykada*（"*Manas in Music*"）. Bishkek：Kyrgyzstan.

Alakhan, Sadyq, and Qurmanbek Abakirov, eds. 2013. *Uluu* "*Manas*" *jana anyn fal'sifikatorloru*: *Ilmiy-publitsistikalyq maqakalar*（"The Great Manas and Its Falsifiers：Scholarly-Journalistic Articles"）. Bishkek：Turar.

Aliev, S, R. Sarypbekov, and Q. Matiev, eds. 1995. *Èntsiklopedicheski ĭ fenomen èposa "Manas"*; *Sbornik statey* ("The Encyclopedic Phenomenon of the Epic *Manas*; A Collection of Articles") . Bishkek; Glavnaya redaktsiya Kyrgyzskoy Èntsiklopedii.

Asanqanov [Asankanov], Abylabek, and Bolotbek Qojoev [Kojoev] . 1997. *State Board on Publicity of Epos "Manas"* . Bishkek; Muras.

Asanqanov [Asankanov], Abylabek, and Nelya Bekmukhamedova. 1999. *Aqyndar jana manaschylar — qyrghyz elinin rukhaniy madaniyatyn tüzüüchülör jana saqtoochular*. English title; *Akyns and Manaschïs — Creators and Keepers of the Kyrgyz People ['s]
Spiritual Culture*. Russian title; *Akyny i manaschi — sozdateli i khraniteli dukhovnoy kul'tury kyrgyzskogo naroda*. Bishkek; Sham. (Published in Kyrgyz, English, and Russian.)

Auezov, M. 1961. Kirgizskaya narodnaya geroicheskaya poèma "Manas" ("The Kyrgyz heroic folk poem Manas") . In Bogdanova, Zhirmunskiĭ, and Petrosyan 1961, pp. 15—84.

Baṣgöz, İlhan. 1969. Dream Motif in Turkish Folk Stories and Shamanistic Initiation. *Asian Folklore Studies* 26; 1 – 18.

Baṣgöz, İlhan. 2008. *Hikâye*; *Turkish Folk Romance as Performance Art*. Bloomington; Indiana University Press.

Bogdanova, M. I. , V. M. Zhirmunskiĭ, and A. A. Petrosyan, eds. 1961. *Kirgizskiĭ geroicheskiĭ èpos Manas* ("The Kyrgyz Heroic Epic Manas") . Moscow; Izd. Akademii Nauk SSSR.

Butanaev, V. Ya. , and Yu. S. Khudyakov. 2000. *Istoriya eniseyskikh kyrgyzov* ("The History of the Yenisei Kyrgyz") . Abakan; Izd. Khakasskogo gosudarstvennogo universiteta im. N. F. Katanova.

Dyushaliev, Kamchybek. 1993. *Pesennaya kul'tura kyrgyzskogo naroda* ("The Song Culture of the Kyrgyz People") . Bishkek; Institut literaturovedeniya i iskusstvovedeniya AN Respubliki Kyrgyzstan.

Evelyn-White, Hugh G, ed. and trans. 1914. *Hesiod, The Homeric Hymns and Homerica*. Loeb Classical Library. London; Heinemann.

Foley, John Miles. 1988. *The Theory of Oral Composition*; *History and Methodology*. Bloomington; Indiana University Press.

Foley, John Miles, and Peter Ramey. 2012. Oral Theory and Medieval Literature. In *Medieval Oral Literature*, ed. Karl Reichl, pp. 71—102. Berlin; de Gruyter.

Jakiev, Beksultan. 2007. Manas; *Qyrghyzdardyn baatyrdyq èposy* ("*Manas*; A Heroic Epic of the Kyrgyz") . Bishkek: Biyiktik.

Hatto, Arthur T, ed. and trans. 1977. *The Memorial Feast for Kökötöy-Khan* (*Kökötöydün ašy*): *A Kirghiz Epic Poem.* London Oriental Series, 33. Oxford: Oxford University Press.

Hatto, Arthur T. , ed. and trans. 1990. *The Manas of Wilhelm Radloff.* Asiatische Forschungen, 110. Wiesbaden: Harrassowitz.

Howard, Keith, and Saparbek Kasmambetov. 2011. *Singing the Kyrgyz ' Manas '*: *Saparbek Kasmambetov's Recitations of Epic Poetry.* Folkestone: Global Oriental.

Kelchner, Georgia Dunham. 1935. *Dreams in Old Norse Literature and their Affinities in Folklore.* Cambridge: Cambridge University Press.

Lang Ying. 2001. The Bard Jusup Mamay. *Oral Tradition* 16: 222 – 39.

Lipkin, Semën. I. 1947. Manas *velikodushnyĭ*: Povest' o drevnikh kirgizskikh bogatyryakh ("Manas the Magnanimous: A Tale about the Ancient Kyrgyz Heroes") . Leningrad: Sovietskiĭ pisatel' .

Lord, Albert B. 1960. *The Singer of Tales.* Cambridge: Harvard University Press. (2nd ed. , 2000, prepared by Stephen Mitchell and Gregory Nagy, with CD.)

Magoun, Francis P, Jr. 1955. Bede's Story of Cædman: The Case History of an Anglo – Saxon Oral Singer. *Speculum* 30: 49 – 63.

Mamay, Jüsüp. 2004. *Manas.* 2 vols, ed. Noruz Üsönaly and Abdyray Osmon. Ürümchi: Shinjang el basmasy.

May, Walter, trans. 1999. *Manas: The Great Campaign: Kirghiz Heroic Epos.* Moscow and Bishkek: Kyrgyz Branch of the International Centre "Traditional Cultures and Environments. "

Mirbadaleva, A. S. et al, ed. and trans. 1984—95. *Manas: Kirgizskiĭ geroicheskiĭ èpos* ("*Manas*: A Kirghiz Heroic Epic") . 4 vols. Moscow: Nauka/ Nasledie.

Moldobaev, I. B. 1995. "*Manas*" —*istoriko – kul'turnyĭ pamyatnik kyrgyzov* ("*Manas*—A Historical and Cultural Monument of the Kyrgyz") . Bishkek: Kyrgyzstan.

Prior, Daniel, ed. 2006. *The ' Semetey' of Kenje Kara: A Kirghiz Epic Performance on Phonograph.* Trucologica 59. Wiesbaden: Harrassowitz.

Qydyrbaeva [Kydyrbaeva], R. Z. 1996. *Èpos "Manas": Genezis, poètika, skazitel'stvo* ("The Epic of Manas: Genesis, Poetics, Art of the Narrators") . 2nd ed. Bishkek: Sham.

Radloff, Wilhelm [V. V. Radlov], ed. and trans. 1885. *Proben der Volkslitteratur der nördlichen türkischen Stämme, V: Der Dialect der Kara-Kirgisen.* 2 vols. (text and translation) . St. Petersburg: Kaiserliche Akademie der Wissenschaften.

Reichl, Karl. 1992. *Turkic Oral Epic Poetry*: *Traditions*, *Forms*, *Narrative Structure*. New York: Garland.

Reichl, Karl. 1995. Variation and Stability in the Transmission of *Manas* (On Formulaic Style in *Manas*) . In *Bozkırdan Bağımsızlığa Manas* ("Manas, from the Steppe to Independence) , ed. Emine Gürsoy-Naskali, pp. 32—47. Ankara: Türk Dil Kurumu.

Reichl, Karl. 2013. "Aqın. " *The Encyclopaedia of Islam*, *Three* (= 3rd edition) , ed. Gudrun Krämer et. al. Brill Online: 〈http: //referenceworks. brillonline. com/entries/ encyclopaedia – of – islam – 3/aqin – COM_ 23960〉 .

Tagidzhanov, A. T, ed. 1960. "*Sobranie istoriĭ*": *Madzhmū^c at-tawārīkh* ("Collection of History: Madzhmū^c at-tawārīkh") . Leningrad: Izd. Leningradskogo Universiteta.

Tolley, Clive. 2009. *Shamanism in Norse Myth and Magic.* 2 vols. FF Communications 296, 297. Helsinki: Academia Scientiarum Fennica.

Valikhanov, Ch. Ch. 1985. Zapiski o kirgizakh ("Notes on the Kyrgyz") . In Ch. Ch. Valikhanov, *Sobranie sochineniĭ v pyati tomakh* ("Collected Works in Five Volumes") , ed. Zh. M. Abdildin et al, vol. II, pp. 7—82. Alma-Ata: Glavnaya redaktsiya Kazkhskoy Sovetskoy Ėntsiklopedii.

Vámbéry, H, ed. and trans. 1911. *Jusuf und Ahmed*: *Ein özbekisches Volksepos im Chiwaer Dialekte.* Budapest: n. p.

van der Heide, Nienke. 2008. *Spirited Performance*: *The Manas Epic and Society in Kyrgyzstan.* Amsterdam: Rozenberg. (Ph. D. thesis, University of Tilburg.)

Yunusaliev, B. M. , ed. 1958—60. *Manas—Semetey—Seytek.* 4 vols. Frunze: Qyrghyzmambas.

Zhirmunskiĭ, V. M. 1961. Vvedenie v izuchenie ėposa "Manas" ("Introduction to the Study of the Epic *Manas*) . In Bogdanova, Zhirmunskiĭ, and Petrosyan 1961: 85—196.

Zhirmunuskiĭ, V. M. 2004. Legenda o prizvanii pevtsa ("The Legend of the Singer's Calling") . In *Fol'klor zapada i vostoka*: *Sravitel'no-istoricheskie ocherki* ("The Folklore of the West and the East: Comparative-Historical Essay") . 358 – 70. (Originally published in 1960.)

吉尔吉斯史诗传统的火花和余烬

——谨以此文纪念亚瑟·T. 哈图 (1910—2010)

［美］丹尼尔·G. 普热依尔

【编者按】丹尼尔·普热依尔教授的主要研究成果为《坎杰·卡拉的〈赛麦台〉：留声机录下的一部吉尔吉斯（柯尔克孜）史诗》（威斯巴登，2006 年版）；《包克木龙的马上之旅：穿越吉尔吉斯（柯尔克孜）史诗地理的旅行报告》（《中亚杂志》，第 42 卷，第 2 期，第 238—282 页）；《保护人、党派、遗产：吉尔吉斯（柯尔克孜）史诗传统文化史笔记》（印第安纳大学内陆亚洲学院论文，第 33 号，2000 年）等。这位美国学者用锐利的批评眼光审视了苏联学者以及政府在不同历史时期对《玛纳斯》史诗的评价和态度，探讨了政府行为如何对一部口头史诗的文本产生影响的问题，试图回答史诗歌手与学者是如何在彼此互动中提升民众的史诗情感，各种不同的社会权力阶层对史诗的命运施加了怎样的影响，不同社会阶层在对史诗施加影响的同时达到了什么目的等问题。

慈母欠了恶子什么？尽管这个问题在英雄叙事诗中并不常见，但却出现在了吉尔吉斯口头史诗《赛麦台》的早期唱本情节当中。19 世纪中叶一位吉尔吉斯歌手以叙事方式对这个问题做出了解答，给某种史诗情节结构提供了重要例证。虽然这种情节结构曾闪烁出耀眼的艺术光芒，却最终湮灭在吉尔吉斯口头传统中。本文将描述这部史诗精心编织的情节，说明它具有怎样典型的一种叙事结构。虽然这种叙事结构适宜用来激发英雄主义精神（heroic ethos），在历史上却昙花一现。最后，在论文主要部分将说明这种艺术成就的"火花和余烬"是如何启迪英雄史诗比较研究中长期存在的一些问题。伦敦大学教授亚瑟·T. 哈图（Arther T. Hatto）一生中花了25年时间对本文所涉及学术问题的诸多方面进行了精心研究并颇有见地。论文通过重提他先前研究过的一个问题，希望他曾经的研究成果能够散发出足够的热量，哪怕只是一点点光芒。

赛麦台是吉尔吉斯史诗中最杰出的英雄玛纳斯的独子，由他的妻子卡妮凯所生，卡妮凯是吉尔吉斯史诗中最优秀的女性。史诗《赛麦台》是三部史诗中的第二部，这三部史诗连续讲述一个家族三代英雄的故事，分别命名为：《玛纳斯》——英雄家族至高无上的创立者；陷英雄家族于毁灭边缘的《赛麦台》；以及收复家园的家族继承者《赛依铁克》——赛麦台的独子。三部史诗中，卡妮凯行事得当，令她成为维持并保护英雄家族的可信赖之人；但这些评价不能用于赛麦台身上。在19世纪中叶的史诗作品中，赛麦台是个恶子。他的恶集中体现在故事的第一部分，这部分已经暗含着"慈母欠了恶子什么？"这个问题。在故事第二部分中，赛麦台的"恶"所带来的后果异常明显。然而19世纪中叶以后，歌手和听众却以种种方式去抹去他们英雄身上的恶。

这里我们探讨史诗传统中英雄主义精神的具体变化，这些变化全都围绕着《赛麦台》的情节展开。早期歌手将该史诗中两条截然不同但并行存在的情节脉络编织在一起。一条情节脉络清晰地反映出广泛存在于北亚地区的一种常见复仇叙事，即英雄遗孤首先从杀害父亲的仇人或篡位者手中夺回父亲的武器和装备，然后用它们来实施复仇。这样一来，英雄遗孤便给他的家族（或者说血脉）带来了威胁，用程式化的词语表达就是"熄灭了他的火焰"——据说当敌人要灭绝一个英雄家族时，就意味着要熄灭英雄灶台里的火焰；在这种叙事中，年少的英雄常常会得到一位年长女性亲属的帮助。在19世纪中叶的《赛麦台》唱本中，这个情节是隐含的。而另一条情节脉络则在痛失丈夫的卡妮凯发誓时清晰地表达出来，故事以她而不是赛麦台杀死篡位者而告终。卡妮凯的复仇誓言加剧了慈母和恶子之间的紧张关系。卡妮凯的复仇行为最终暗淡了赛麦台的复仇行为。

我分析的这个事件，作为该情节的关键部分，将在下面第三部分中用隔开的字母表示：

第六部分1－246行：高龄的玛纳斯去世了，人们哀悼并埋葬了他。这是一个危急时刻，因为玛纳斯只有一个儿子，是卡妮凯给他留下的遗腹子。玛纳斯的父亲加克普还有另外一个妻子，为他生下儿子阿维开（Abeke）和阔别什（Köböš），加克普和这两个儿子前来破坏玛纳斯的毡房和牧场，企图杀害玛纳斯的儿子。

247－591行：失去丈夫的卡妮凯和玛纳斯的母亲一道，带着婴儿开始逃亡。本来可以保护她们的一位勇士却拒绝收留她们，因此她们求助于以前的家族盟友、玛纳斯的朋友巴卡依。巴卡依听到卡妮凯发誓要复仇，杀死那些篡位者，便建议她回到她父亲卡拉汗（Kara Khan）身边。但巴卡依首先从卡妮凯手中接过婴儿，将他悬挂在马鞍上，带他骑着马狂飙一阵，致使婴儿不停地颠簸、摔打在地上。终于，卡妮凯到达了卡拉汗的领地，受到了热情欢迎，卡拉汗将孩子当作自己的亲生儿子一样抚养。在为孩子取名的盛宴上，来了一位白胡子的陌生人，他为孩子取名赛麦台，并留下让他"杀死祖父"的任务后，便消失了。

592－927行：赛麦台长大了，慢慢了解了自己的身世，他宣布将返回自己的故乡。卡妮凯试图劝阻他，但没能说服他。于是卡妮凯便恳求父亲喀拉汗给赛麦台准备一匹骏马和一套盔甲。离别时，卡妮凯交给赛麦台一个镶金口袋，让他将这个礼物转交给巴卡依，并告诉他按照巴卡依的话去做。赛麦台一到就将口袋交给了巴卡依，巴卡依高兴地迎接赛麦台的到来。在赛麦台与满怀嫉恨的祖父和两个叔叔见面时，巴卡依教给他如何躲避危险，因为他们已谋划好要杀害赛麦台从而彻底斩草除根。赛麦台迅速取回玛纳斯的遗物，骑上骏马离开。

928－1078行：回来见到卡妮凯，赛麦台对母亲撒了谎，他说叔叔们自愿将所有的父亲遗物交给他，还宣布他将返回父亲的故乡。一切准备就绪后，带着卡拉汗赠送的骆驼和丰厚的礼物，赛麦台、卡妮凯以及玛纳斯的母亲朝着玛纳斯的故乡出发了。当他们到达那里时，赛麦台的叔叔们却带着一队人马来抓他，正在这时赛麦台的战马踩到了玛纳斯毡房通风孔支架上的一个钉子，这个支架是在毡房遭到破坏时掉到地上的。对抗中，赛麦台占了上风，逮住了他的叔叔以及设计谋害他的祖父加克普。这时，卡妮凯冲进屋子，杀了赛麦台的两个叔叔，实现了自己的誓言；玛纳斯的母亲则杀了自己的丈夫加克普。赛麦台故事第一部分到此结束。

在最后一部分中，"愚蠢的"赛麦台疏远并杀掉了父亲的四十勇士。当赛麦台和阿依曲莱克私奔时，情况似乎出现了转机，阿依曲莱克拥有超人视力和令"死火复燃"的能力。但是，赛麦台很快便浪费掉了父亲灵魂（arbak）带给他的庇佑，被外部攻击者与内部背叛者杀害。这部史诗接下来的漫长情节是：失去丈夫的阿依曲莱克被迫嫁给俘虏她的人，当时她的肚子里已怀有赛麦台的孩子；阿依曲莱克勇敢地救出婴儿赛依铁克，玛纳斯家族最终得以延续。老祖母卡妮凯进行最后的复仇。然而，早在这些复杂情节之前，歌手就在一件微妙而又重要的情节中透露出卡妮凯、阿依曲莱克以及玛纳斯家族的所有朋友都必须接受的一个根本问题，即赛麦台的一切完全是命中注定的。

火花：一个重要意象

给我们提供 19 世纪中叶《赛麦台》唱本的史诗歌手将卡妮凯复仇和赛麦台复仇这两个情节与该史诗现存记录的一个独特意象联系起来。卡妮凯借赛麦台之手转交给巴卡依小小礼物的这个细节，将"慈母欠了恶子什么？"这个问题的答案与了解《赛麦台》情节的关键线索联系在了一起。

为了领会该意象的内在含义，需要记住两点。第一，我们感兴趣的是，卡妮凯作为一位慈母，不是因为她具有哺育下一代的出色能力，而是她注定成为赛麦台母亲之后所展示出来的卓越个人素质和道德品质。第二，当儿子骑马返回故乡时，卡妮凯应该为儿子的行为祈福。在 19世纪中叶的其他史诗中，凡需要祈福的场合，卡妮凯都会细心周到地奉上自己的祝福。卡妮凯没有为赛麦台祈福，这要么是歌手的疏忽，要么是一种有意行为；下面将分析讨论卡妮凯保留祈福的缘由。

赛麦台准备动身前往父亲的家园，卡妮凯没有祝福他，而是给他找来了一匹骏马和一套盔甲。出发时，卡妮凯交给他一个小口袋，让他转交给巴卡依（玛纳斯家族以前的盟友，他曾听到卡妮凯发誓要向篡位者复仇）。口袋这个意象是引人注目的，正如"口袋"这个词语是模糊的

一样，因此难免会出现语言学上的词不达意现象。这里要讨论的诗行，
拉德洛夫是这样刊印和翻译的：

> "altindan ōs ketäčin,
> Ketäčin beläk Bakaiya！"

> "Ein mit Gold gesticktes Tuch
> Sende zum Geschenk Bakai ich［…］"

> "Kanykäi degän doluŋus
> Altindan ōs ketäčin,
> Ketäčin berläkkä
> Manastin ülu Semätäi
> Bakaiya alip kelgämin"

> "Kanykäi，von der du sprichst，
> Hat ein goldgesticktes Tuch
> für dich zum Geschenk gegeben，
> Semätäi，den Sohn des Manas，
> hab' ich zu Bakai gebracht"

我们从短语"altindan ōs ketäčin"的第三个词开始往回分析：哈图
根据康斯坦丁·K. 尤达辛（Konstantin K. Iudakhin）编的吉尔吉斯语—
俄语词典，将'ketäčin'（一个仅出现在本文中的单词）修订为"ketäč
ik"。"ketäčik"是指一种小小的绣花袋（使人想起欧洲女士用的针线
盒），女人将它挂在脖子上做装饰品。"ketäčik"这样的修订可能没有必
要，其变体形式"ketečin"在一部吉尔吉斯语言学著作中已得到认可
（尽管并未说明其引用的"ketečin"是否就来源于拉德洛夫）。哈图将
"altindan ōs ketäčin"（"ōs"的标准吉尔吉斯语是"ooz"，相当于"口，
开口"）翻译为"一种镶金边的挂在脖子上的女用绣花钱袋"。"Altin-
dan ōs"的字面意思是"金子做的开口"，如果将它理解为"镶金边的"

以搭配"ketäčin"，那么这种句法是不太常见的；拉德洛夫在翻译时忽略了"ōs"。大家都知道那种细颈小装饰袋（无专用名称），这表明从句法上来说，"ōs ketäčin"一般应被理解为"细颈口袋"，尽管在其他语言中没有这个短语（比较：乌兹别克同源词语"āyiz"，既指"口"，也指"瓶颈"）。对于这样一件似乎"用金子做的（altindan）"物品而言，"口袋"一词的词源有助于说明整个物品的含义，不一定仅针对它的刺绣或者镶边。在尤达辛编的吉尔吉斯语—俄语词典中，收录了该词的三个变体——"ketečie""keteči"和"ketečik"，显然它们均从名词"kete"（在史诗中该词表示一种昂贵的丝织物）派生（或本应该派生）而来。我本人研究过中亚地区的口袋，在柏林我发现一种口袋特别符合史诗中的描述：细长颈的锦缎（镶着金线的浅红色面料）口袋，用蓝色细绳扎口。诗行"Altindan ōs ketäčin"应解读成"用镶金布料制作的细颈口袋"。

长期以来，在内亚地区，小巧的口袋已经成为衣着考究男士腰带上的固定装饰物，有时用来搭配装饰精美的匕首鞘。尤达辛将我们所讨论的口袋限制为女性的佩戴物，这一点并没有得到文本资料的证实；吉尔吉斯谱系和历史传说（散吉拉）中有一篇故事，不仅说明男人们如何使用该物品，而且还指出《赛麦台》中卡妮凯赠送这份礼物的含义。有关吉尔吉斯右部谱系讲述的是塔盖依·拜依（Tagay Biy）（他离开怀有身孕的妻子，作为人质逗留在一个遥远的汗王宫帐里，后来返回家中）如何交给妻子信物、如何教导她，以便他的孩子（希望是个男孩）将来能够找到父亲。在有些唱本中，该信物是"'kezdik"或者"kestik"（小刀）；但是在诗人托果洛克·莫勒多（Togolok Moldo）的唱本中，"kestik"一词却和"keteci"或者"ketece"（意为口袋，两词均是上文讨论过的变体形式）配对使用。这个故事的后半部分讲述这个孩子如何成为男孩，以及最终怎样通过信物找到了父亲。

卡妮凯将口袋（尽管不是匕首）作为礼物送给巴卡依，这个口袋就是赛麦台身份的象征。虽然它没有完全效仿塔盖依·拜依父亲身份的象征，但也足以让人想起该传说中使用的象征物品：卡妮凯在向玛纳斯最亲密的朋友证明转交礼物的人就是玛纳斯的儿子和真正的继承者。但是在《赛麦台》中，没有人按照传统的身份验证那样，指定一个象征性物品以确保赛麦台安全获得继承权，而不是被冒名顶替。那么，卡妮凯为什么在没有为赛麦台冒险行为祈福的情况下，却无言地向巴卡依保证他的身世？要解开这个谜团，需要列出史诗中每个主要人物的基本身份和主要作用：

第一，三部史诗中，卡妮凯是最具道德影响力的人物。在英雄们肩负使命启程时，听众期望听到卡妮凯赐福给他们。

第二，卡妮凯在巴卡依面前立下誓言要杀掉篡位者。

第三，故事第二部分中，赛麦台失去了父亲玛纳斯灵魂的庇护以及眷顾，最终被人杀害。与玛纳斯去世时相比，家族血脉陷入更加危险的境地。

第四，巴卡依是玛纳斯家族值得信赖的盟友，他就生活在篡位者周围。

基于所有这些情况，对于赛麦台决定返回故乡，卡妮凯会做出怎样的反应呢？她的选择只有两种。她要么：

A. 告诉赛麦台他要返回的故乡已经被想杀害他的敌人所篡夺：

—— 从而自然授予这位年轻英雄一个使命，去夺回属于他的遗产，让一切回归原位。

—— 这样，卡妮凯就会祈福给赛麦台；要么

B. 尽量少说少做，只做她迫不得已的事情：

—— 私底下酝酿她自己的复仇计划

—— 同时，出于母爱，不让赛麦台知道自己没有将给予英雄的祝福赐予他。

因为赛麦台是个恶子，卡妮凯真的不能赐福给他（参看第三；口头史诗听众当然会自己判断出所有与他们知道的和预测的结果相关的叙事情节），卡妮凯选择了 B 情况，出于以下三个制约因素：

1. 卡妮凯不能告诉赛麦台篡位者试图在故乡杀害他（这样做将会激起他的义愤，做出英雄壮举，回归自我——参见 A 情况，卡妮凯不能祝福他——参见第一和第三）。

2. 卡妮凯希望赛麦台去见巴卡依，那个曾亲耳听到她发誓要杀掉篡位者的人，那样她便不得不向巴卡依传达赛麦台——玛纳斯合法继承人——返回故乡的充分理由。

3. 赛麦台本人便是自己身份的信使。

这些制约因素导致了一个结果，即她交给赛麦台的那个细颈镶金口袋就是给巴卡依的信号，通过父亲信物这种象征语言告诉巴卡依赛麦台已经离开卡拉汗的宫帐去寻找属于自己的遗产。卡妮凯送别赛麦台时这样说道："噢，赛麦台，我亲爱的儿子，千万要听从巴卡依的建议，保证按照他说的去做啊！"

因此，卡妮凯没有赐福于赛麦台是有缘由的，表明这里慈母欠下恶子的是"没有赐福"，尽管她可以为儿子提供一封"介绍信"。卡妮凯给巴卡依的无声礼物是一种英雄姿态。我这样说是有根据的，现在让我来解释原因。

火花：史诗时刻与英雄主义精神

没有哪一个民族能像吉尔吉斯民族一样，其史诗传统对口头诗歌理论发展产生了如此巨大的影响，尽管这种影响很少得到承认。然而，吉尔吉斯口头史诗传统与西方史诗典范如《伊利亚特》和《奥德赛》之间的共性之处已远非口头程式理论所能解释。亚瑟·哈图（Arthur Hatto）通过广泛比较研究之后，引入"史诗时刻"（the "epic moment"）这一概念来探索歌手们是如何利用特殊的戏剧性场景来组织自己的表演。

"史诗善于将长时间营造的紧张气氛浓缩成几个简短场景，通过恢宏的视觉场面来增强其戏剧表现力，这就是所谓的'史诗时刻'。……史诗时刻是令神经中枢高度兴奋的叙事，作为比较研究的成果之一，我认为，成熟歌手脑海里的这些史诗时刻会赋予他们创编史诗一个情节或一系列情节的能力。换句话说，我认为，史诗时刻，除了本身就是了不起的诗篇之外，还是帮助歌手有序组合史诗片段的助记要素，它们要胜于"主题"或"程式"的助记作用。现在需要仔细探讨的是：这些史诗时刻将如何标示或有助于标示史诗各个结构的。"

在各种比较实例中，哈图给出了《赛麦台》中的两个情节：其一，赛麦台的战马被已成废墟的玛纳斯毡房支架上的钉子勾住，变成了跛脚马；其二，为了保护尚未出生的赛依铁克，怀有身孕的阿依曲莱克严正警告俘虏她的现任丈夫。19 世纪中叶的吉尔吉斯口头传统还提供了其他例证以说明史诗时刻如何融入口头史诗歌手的创作技巧中。如上文所述，卡妮凯没有为即将启程的赛麦台祈福，这一重要情节的遗漏预示着卡妮凯将承担起消解赛麦台厄运的任务。的确，卡妮凯和玛纳斯的灵魂都没有为赛麦台祈福，这是十九世纪中叶史诗作品后半部分中出现的两个最重要的关乎道德的事实。卡妮凯交给赛麦台一个镶金口袋，这个史诗时刻将可视化的生动细节与其内在含义结合起来，集中体现了叙事的核心张力。约翰·D. 史密斯（John D. Smith）分析了拉贾斯坦（Rajasthani）史诗《帕布基（Pabuji）》的情节，说明歌手特地将史诗时刻安排在这样一些地方，即英雄履行或完成命运强加于英雄本质的"契约"："史诗时刻不单是特殊的戏剧性场景；它是这样一种场景——命运之神对英雄施加种种要求，并以某种紧迫性来步步紧逼他，从而将叙事的核心内容赤裸裸地呈现出来。"我在其他地方也描绘过出现在 19 世纪中叶大多吉尔吉斯史诗作品中基于史诗时刻的类似契约结构。

史诗时刻与叙事契约只是这些史诗叙事内容的一个方面。当然，19 世纪中叶的吉尔吉斯史诗拥有丰富的典型场景、主题和程式用语，歌手借此可以创编史诗情节，例如对于英雄以及他们坐骑的描述，对勇士的召唤、出征路线、特性形容词和其他一些隐喻、英雄的遗嘱以及挽歌等。当然，所有这些传统叙事要素都是通过程式化语句表达出来的。这就如同史诗时刻，以其独特的感觉和情感要求，成为引导歌手通往史诗叙事这片风景的山间小道，它们缩小了繁冗的史诗用词范围、简化了繁复的史诗内在功能，带领歌手在创作道路上达到一个个势不可挡、令人惊叹的高度。

然而，不论我们多么清晰地想象，19 世纪中叶史诗唱本中的某个特定史诗时刻是如何用以组织听众的期待与歌手的表演，不论我们多么自然地赋予这些场景以重大意义，但很难在时间长河中追寻这些史诗时刻是如何运用的。它们出现在 19 世纪中叶的史诗唱本中，成为英雄主义精神的灿烂火花。

余烬：湮灭的意象

值得注意的是，一个半世纪以来，吉尔吉斯史诗传统留下了大量歌手表演文献资料。在苏联的资助下，20 世纪 20 年代初开始对吉尔吉斯史诗进行系统记录和研究，与此同时，对作为吉尔吉斯民族史诗的《玛纳斯》进行精雕细琢。据估计，民俗学者从各个歌手那里搜集到的仅第一部《玛纳斯》唱本就达到 75 万余行，这还不包括搜集到的同样鸿篇巨制的《赛麦台》和《赛依铁克》。一部活态口头传统有如此多的记录文本可供筛选研究，对于寻找 19 世纪中叶以后歌手演唱技巧中的史诗时刻，我们一开始可能会觉得比较乐观。但这种追寻却渐渐冷却下来。

从 19 世纪六十年代拉德洛夫搜集工作结束到 20 世纪 20 年代苏联发起搜集工作开始前的这段时期（具体不可考），有一个唱本保留了下来，讲述赛麦台如何离开母亲以及如何夺回父亲汗位的故事。这份未发表的手抄本是由吉尔吉斯诗人玛勒迪巴依（Malldibay Borzu uulu）在 1899 年左右记录下来的。这份记录中没有提到卡妮凯通过赛麦台转交礼物给卡巴依老人的情节。1899 年唱本中赛麦台是一个恶子，在后来苏联时期的史诗唱本中，无一例外地，赛麦台仍然被描述成一个脾气暴躁的人，但歌手对他进行了一些粉饰，使他看上去显得没那么恶了。父亲玛纳斯的四十勇士是"离开"的；赛麦台没有杀害他们。卡妮凯为赛麦台祈福，为她生来即成孤儿的独子悲哀，为他的离去哭泣；同时，死去的玛纳斯的灵魂从坟墓里大声呼喊要帮助和保护赛麦台。自 19 世纪中叶史诗唱本中出现的悲剧性征兆之后，这些迹象都是令人愉悦的。可是之后的歌手并没有完成对赛麦台形象重新塑造的任务。赛麦台被杀害了，他的家族又陷入与以往几乎相同的灾难。我们可以想象一个老听众面对新事实的困惑——如果史诗中最重要的男女主人公玛纳斯和卡妮凯对赛麦台的灵魂保护最终没有给赛麦台带来好处的话，那么他们的灵魂保护又有什么价值呢？

为生存而进行的激烈冲突和抗争，这些令《赛麦台》史诗旧唱本生动精彩的内容似乎已经不复存在，特别是 1899 年史诗唱本中丢失的意象实际上已经结束了以往的史诗时刻。当赛麦台重获父亲遗留下来的武器，击败邪恶的叔父并夺回家园，准备第二次征程时，他的母亲和祖母再次为他祈福以及：

> "祝愿他平安返回故乡，
> 她们熄灭了他燃烧的火焰，
> 送他上路。"

第二行"jakkan otun öčurdü"（她们熄灭他的火焰）并不陌生。19世纪中叶的史诗唱本中，加克普同阿维开和阔别什密谋杀害赛麦台，加克普指示他们去"熄灭他那燃烧的火焰"。与北亚的口头文学一样，19世纪中叶的吉尔吉斯人把断绝英雄的血脉比喻成熄灭英雄灶膛里的火焰。在女性亲属的帮助下，家族得以护佑而度过危险，这种情节在史诗中是十分常见的：据说赛麦台的新娘阿依曲莱克可以"öčkön ottu tamisat"（重燃已经熄灭的火焰）。但吉尔吉斯人也知道习语"jakkan otun öčür"的另外一种含义。"jakkan otun öčürüp, tus-tusuna köčürdü"这句话的字面意思是说"他熄灭了他们燃烧的火焰，让他们流离失所。"简而言之就是有人被迫离开或逃离。显然，1899年手抄本中出现了与此相近的情节。该唱本歌手讲述了赛麦台的复仇情节，其中两个最重要的女人"为他送行"，简单说来似乎就是熄灭他草原上营帐里的火焰。对于20世纪之交的诗人来说，为了掩饰这个经典程式用语的最初含义，这些词内含的"存在"力量——熄灭赛麦台的火焰意味着断绝他的血脉——肯定被歌手以及他面对的听众所遗忘。如果歌手直接使用记忆中的这些程式用语，他们担心听众会根据这句话的实际含义去理解。传统在继续，在熄灭了英雄灶膛之火后，英雄血脉消失的险恶情景并没有出现。"命运对英雄提出要求"，而不会"以一种特别的紧迫性施加于英雄身上，将叙事的核心内容直截了当地呈现出来"，这样一种史诗传统几乎没有为"史诗时刻"留下任何空间，只是将英雄框定在逐渐走向强大的模式中。

从对程式用语"他们熄灭了他的火焰"的处理上，人们不禁产生疑惑，在19世纪中期，史诗时刻以及它们所支撑的情节结构似乎对歌手的创作艺术是那么的不可或缺，而后是如何消失的呢？不仅从现存的文本记录中消失了，而且无疑从史诗听众的脑海中也消失了。对这一问题的回答，我们碰巧可以从北方吉尔吉斯人的历史中找到一些间接线索。

余烬：衰落的英雄史诗传统

口头歌手是与他们的资助人和听众共同创造史诗的，资助人与听众的喜好与要求在遗留下来的文本记录中清晰可辨。19世纪晚期的史诗叙事结构发生了变化，这期间，吉尔吉斯人正经历深刻的社会和政治变革。本文考察的早期史诗唱本中，将"英雄主义"（"heroic"）视为一种结构特点，这种后来消失的观念是本节探讨的主题。

19世纪中期，北方吉尔吉斯由若干个政治上分裂的群体组成（通常称为"部落"）。其上层贵族们相互之间、与浩罕汗国（the Khanate of Khoqand）、强大的哈萨克部落以及俄罗斯之间始终处于一种备战、协商、对抗的状态。这些部落首领所扮演的政治角色，再加上天山这一便利的庇护之地，使吉尔吉斯人在很多方面比较保守落后，尤其表现在作战技术方面。与当时邻近部落民族的对抗让这些北方吉尔吉斯部族首领处境艰难，他们资助歌手演唱的《玛纳斯》史诗着重强调了吉尔吉斯人早期的悲惨遭遇，即16和17世纪吉尔吉斯人和哈萨克人以及其他草原民族和准噶尔汗国的卫拉特人（the Oirat Mongols of the Dzungar Empire）之间激烈冲突时所共同遭遇的不幸与苦难。拉德洛夫通过研究自己在19世纪60年代搜集的史诗，发现现实生活与艺术之间存在着一种深刻的联系。然而，这些歌手所表现的"现实生活"是将当下的困苦忧虑与艰苦反抗卡勒玛克人的久远记忆糅合起来，并艺术地表达出来。正是在史诗传统中体现出来的这种内部与外部的交互作用，哈图称之为"存在性"。

为了寻求庇护，当北方吉尔吉斯部落首领于1855—1867年归顺俄国沙皇时，却发现沙皇军队中的这些新主人对于自己一直以来习以为常的突袭抢掠毫不姑息。尽管在归顺之后，吉尔吉斯人仍然保持着对口头史诗的爱好，但是沙皇俄国统治下的中亚殖民地在政治、社会和经济上的变革却在平稳推进——这些在口头史诗中清晰反映出来。这种对现实的间接反映意义重大：19 世纪 60 年代，北方吉尔吉斯接受了沙皇俄国的殖民统治，这一事件与最近发现的吉尔吉斯史诗唱本（也是最早唱本）中记载的一样，该唱本的情节矛盾围绕史诗时刻和叙事契约而构建。这就是卡妮凯和赛麦台竞相宣布对篡夺玛纳斯汗位的阴谋者进行复仇——该主题，即"我们"的英雄几近覆灭，反映了笼罩在最后一批未归顺的北方吉尔吉斯人营帐上空的严重困境。随着这种困境的消除，歌手们比如玛勒迪巴依以及后来的所有歌手可通过搜寻有关赛麦台的故事来证实归顺后的吉尔吉斯人是否获得平安，这种平安被殖民后的吉尔吉斯人视为他们归顺后理应获得的回报。

一个紧张、危险的"英雄主义时代"消失了，其痕迹遗留在了史诗传统中，这点再自然不过了，以往就有发现。然而，在吉尔吉斯史诗中我们却看到，"同一"首史诗的不同唱本会随着时间流逝而发生结构上的变化，这在其他史诗中却未曾有过。笔者将这些变化理解为从英雄主义精神向某种后英雄主义精神的转变，即向"衰退时代"的转变。艺术与现实生活之间是有联系的，如果史料无法向我们证实这种假设的确切本质和程度，那么吉尔吉斯史诗叙事结构的变化与其历史背景的碰撞，会引导我们走上比较研究的道路，去探寻英雄史诗的本质，这在其他学科领域中已是屡见不鲜。

结　语

在北方吉尔吉斯人中，英雄主义史诗向后英雄主义史诗转变，并没有改变史诗中的人和物；史诗仍然在讲述相同的人物做着相同的事情，新的政治和社会现实几乎没有在叙事层面体现出来。改变的是歌手展示叙事内容的技巧选择。可以说，牺牲掉"史诗时刻"——口袋这个意象，并代之以祝福这个相反意义，只是史诗传统大面积结构变化的冰山一角。为了能充分理解这些变化，需要各国具有批判眼光的学者对继拉德洛夫之后在吉尔吉斯斯坦搜集到的大量记录文本进行编辑、整理和翻译——毫无疑问，对现有为数极少的研究者而言，这项工作会耗费几十年的时间。

19世纪中叶《赛麦台》史诗中的双重复仇情节，说明了几代歌手是如何煞费苦心地改变情节以适应不同地区的听众要求，这些听众把自己想象成分别与卡妮凯或赛麦台生活在同一时代，甚至可能会发现卡妮凯或赛麦台的复仇目的相互干扰。整个19世纪中期，吉尔吉斯人可能都陷于生存危险的窘迫中，这是由赛麦台的恶造成的。除了隐晦地蕴含在史诗背景中的事实，即卡妮凯的复仇呐喊远胜于赛麦台的复仇呐喊，似乎没有其他什么坚实的理由来说明他的恶了。卡妮凯以荣誉和正义之名，以前所未有的坚定决心为蒙冤死去的丈夫报仇，这使她成为史诗中少有的几位女主角之一。卡妮凯不像奥德修斯的妻子佩内洛普（Penelope）那样女性化，后者对期盼归来的丈夫保留着一颗细腻敏感的心（更别说对她自己抚养的孩子）。而卡妮凯心中孕育的复仇不亚于克里姆西尔特（Kriemhid）（译者按：《尼伯龙根之歌》中主人公齐格弗里德之妻），尽管要略逊于后者，因为后者的丈夫没有像玛纳斯那样在平静中死去。克里姆西尔特离开勃艮第（Burgundy）前往艾特泽尔（Etzel）宫廷时，抛弃了她与齐格弗里德（Siegfried）所生的儿子。这个儿子在史诗中无足轻重的地位在这里很有启发性：和赛麦台一样，母亲的深仇大恨剥夺了传统上应该由儿子承担的为父亲报仇雪恨的机会。这种母子复仇的错位在19世纪中叶的《赛麦台》故事情节中屡见不鲜，循环往复：英雄少年丧父，为蒙冤而死的父亲报仇，夺回父亲的汗位，这就是至高无上的英雄玛纳斯之子赛麦台，结果是在寡母与儿子之间为关于谁进行复仇而做出或多或少的妥协，直至满意。如果赛麦台被家族所"接纳"，那么，赛麦台这个人物，作为幸运的家族子孙，将得到那些曾经反对他的各方势力的护佑，在后英雄主义的政治平稳期，他自然有一个安全之地来度过磨难危险。正是这些势力给19世纪中期的歌手带来灵感，令他们将紧张的故事情节融入"史诗时刻"中。没有什么"原始"英雄时代：《玛纳斯》中看到的英雄主义情节与今天歌手演唱活态口头传统的工作十分类似，即歌手的生计问题在很大程度上依赖于他演唱史诗的能力，其中能有多少引人入胜的情节。

纵然英雄主义精神的火花已经燃尽，但它遗留的灰烬也许能点燃其他东西，例如民族的自我意识。今天的吉尔吉斯斯坦人民把玛纳斯和赛麦台视为民族榜样，他们不是通过诵读史诗，而是直接汲取他们至高无上的英雄玛纳斯的力量：就像赛麦台一样，跪在玛纳斯的祭坛脚下祈祷。

（梁真惠　译　阿地里·居玛吐尔地　审校）

《〈玛纳斯〉百科全书》词条选译

【编者按】为了配合联合国教科文组织命名的"《玛纳斯》1000 周年"纪念活动（1995 年），由吉尔吉斯斯坦的 170 多位《玛纳斯》专家、历史学家、文学家、民族学家、民俗学家、语言学家合力编撰出版的，专门以《玛纳斯》史诗及相关学术为内容的吉尔吉斯文大型百科全书。是迄今世界《玛纳斯》学最权威的专用工具书。全书分为上下两卷，以玛纳斯奇、搜集者、研究者、翻译者、与史诗有直接或间接关系的各类艺术作品和其作者、作曲家、画家、演员、各类图书、各种文本等形式共收入 3000 多个词条，基本上囊括了 19 世纪末以来吉尔吉斯斯坦以及苏联各加盟共和国学者在史诗《玛纳斯》的搜集、出版、研究、翻译方面的成绩，其中也包括介绍我国著名玛纳斯奇居素普·玛玛依生平、书籍等的十几条词条。这本大型百科词典是 20 世纪末世界《玛纳斯》学的重要标志性成果，也是 20 世纪末《玛纳斯》史诗研究的集大成之作，在世界"玛纳斯学"领域具有很高的学术参考价值。但该辞书最大的遗憾是，由于直到 20 世纪末我国与吉尔吉斯斯坦学者之间的学术信息交流不畅，吉尔吉斯斯坦学界对我国学者的研究成果当时还不够了解，使这部"百科全书"基本上以吉尔吉斯斯坦学者及苏联学者的研究成果为主，而没能充分吸收我国《玛纳斯》史诗的文本以及史诗的搜集、出版、翻译、研究等各方面成就。

1. 玛纳斯史诗《МАНАС》ЭПОСУ

　　《玛纳斯》是一部声名显赫、气势恢宏的柯尔克孜（吉尔吉斯）英雄史诗。作为吉尔吉斯族数千年以来智慧的结晶，它记载着吉尔吉斯族在历史长河中一步步走来的光辉历程，是收藏所有重大历史事件的记录宝库。《玛纳斯》史诗不断臻于完善，是吉尔吉斯族人民视如珍宝代代相传的伟大遗产，在吉尔吉斯族人生活中具有特殊意义和地位，是一部值得全民族自豪的作品。

　　吉尔吉斯族人将《玛纳斯》史诗列为"交毛克"系列。"交毛克"并非专有术语。就其意义与标志而言，在世界学术界中，它与口头艺术形式上的"史诗"这个术语相恰。以前，吉尔吉斯族并没有按照意义和形式，来划分"交毛克"这类作品。因此，将"交毛克"作为专有术语来使用，并据此来划分将纳入其中的作品则更为困难。这样，我们根据世界学术界中通行的惯例，同时根据其自身的特点，将这一术语与史诗学科的"史诗"（Epos）相对应，应该是非常合适的。

　　从体裁特点看，《玛纳斯》是一部英雄史诗（参见英雄史诗条）。《玛纳斯》记录了数个世纪以来吉尔吉斯人民为了民族生存和发展，为了民族繁衍生息，团结一致，不断进行艰苦卓绝的斗争。其主题是为了人民的自由和独立而斗争，赞美抵御外辱的英勇气概，呼唤人民的和谐、团结。因此，史诗对各种大大小小的事件进行了广泛的描述。战争事件在史诗内容中占据重要地位。在史诗中，人民生活的大部分时间在战争中度过。这些战争种类繁多：反侵略战争（即反抗外来的敌人，契丹汗王阿牢开 Алооке 以及毛勒托 Молто 等其他外来敌人的战争）；为了牧场和土地与相邻部落之间的争执与冲突（阿尔泰卡勒玛克人之间的战争）；反抗压迫和掠夺者的战争（反抗涅斯卡拉，Нескара 巨人的战争）；反抗暴力镇压与压迫（与怒凯尔 Нууке р 勇士的战争，惩罚 11 位都督的战斗）；从敌人手中收复祖先生活的地方——解放故乡的战争（为了解放被卡勒玛克－契丹人占领的阿拉套地区与特克斯汗，奥尔高汗以及阿昆别斯姆沙等的战斗）；防御危险，抗击入侵之敌（与肖如克

Шоорук кан 和阿牢开 Алооке 的斗争）；向凶残的敌人复仇—抵御并反击强敌（与回鹘汗王之间的战争—远征）；在同部落或附属汗国的同胞遭到敌人的掠夺、受到欺辱或者被残害时给予帮助的战斗（奋起抗击入侵掠夺阔绍依人民的阿富汗人）；为获得战利品和别人的马群进行的军事行动等类似的战争。诸如"阔兹卡曼事件""阿勒曼别特的离开"等同胞之间的冲突和内讧并没有演变成大规模的流血冲突，但是这些小规模战争也如同杀头流血的事件一样得到了描述。在作品对英雄人物形象以及性格特征的刻画中，英勇被视为其最主要的品质。在关键时刻无畏地奔赴战场，不是个别或某些英雄的责任，而是作为男性应该承担的职责。不仅如此，很多妇女也像英雄一样有着英勇无畏的性格。虽然史诗中妇女的主要任务就是操持家务，教育孩子，服务一家之主的男人，成为其助手和后盾；但是在需要她们的关键时刻，她们也会把粗长的头发扎到头顶，披挂战袍上阵杀敌。虽然，《玛纳斯》涵盖的故事内容为战争以及与此相关的战争行动为主，史诗讲述对象依然以民族的英雄气概为主；但是，远不止于此，作品中也有很多反映人民日常生活场景的内容。

　　日常生活的相关内容不仅通过战争的描述反映出来，而且涉及人民的命运，生活条件，习俗，观念等相关内容也出现在一些重要章节中，这些描述还多出现在推动史诗情节发展的至关重要内容中。作品涉及此类描述的每一个重要章节都从某个重要的方面或某个特定角度反映人民生活，并进行全面而细致入微的展示。例如：无子的老年人内心痛苦，经过祈祷得到一个孩子，与此相关的民间传统信仰和仪式，以及教导年轻人了解和认识生活等相关的内容基本上都在"玛纳斯的出生与童年时代"这一章里得到展示。领导人民、组织和团结民众，最终成为一个统一的整体的思想和行动在"玛纳斯当选汗王"中进行了阐述。订婚、成亲的相关习俗在"玛纳斯迎娶卡妮凯"中呈现，与人的去世、下葬的相关习俗的描写主要集中在"阔阔托依的祭典"和"玛纳斯的逝世与墓葬的建造"。由于情节发展的需要，上述部分中没有包括的人民生活的其他方面的众多的特征、传统习俗仪式和观念在史诗的其他很多情节以及片段中都有所体现，甚至是在很多以战争为主的章节中，日常生活的场景也有所描述。例如：在反抗 11 个都督的战争中，描写了玛纳

斯与卡拉波茹克（Карабөрк）的婚礼；在解放阿拉套地区的战争时期
打败了特克斯汗后铁依西（Тейиш）汗宴会的描写；在与土勒坷
（Түлкү）的战争之后与土勒坷的女儿卡尼夏依（Канышай）订婚等。
《玛纳斯》史诗包罗万象，涵盖了吉尔吉斯族日常生活中各个领域的非
常珍贵、极有价值的信息。既有吉尔吉斯族的习俗传统，也有民族命运
中具有重大意义的历史事件；既有民族各个时期有关人民生活生产现
象、自然、社会、善与恶、利与弊的阐释、信仰、行为准则，医学、地
理及其他学科，也有与外民族间的贸易关系等。因此，全面而艺术化地
反映吉尔吉斯人民千年来的历史进程的《玛纳斯》史诗，是人民探寻
和学习民族历史、哲学、民族学、语言、艺术、心理、地理、医学以及
精神和社会生活的方方面面知识的源泉。史诗的这一特点得到了乔坎·
瓦利汗诺夫、维·拉德洛夫及其他研究专家的高度评价，认为《玛纳
斯》是吉尔吉斯人民生活和艺术的百科全书。

　　《玛纳斯》的分析不仅仅只涉及史诗的深层内容和事件的各个方面
以及生活现象的表述特点和方式方法。史诗并非个人的作品，也不是单
纯的独立完整的口头文学。吉尔吉斯族民间文学的大部分体裁都在史诗
中彼此融合，形成了史诗的内容。从哀歌、遗嘱歌、祈愿歌到训导劝谕
歌，从谚语、格言、俗语到民间故事、传说、神话都可以在史诗中找
到。但是，《玛纳斯》史诗不是各种体裁作品的合集，也不是海量信息
简单的组合堆积。尽管包罗万象，《玛纳斯》史诗仍然是一部具有超高
美学及艺术造诣的作品，其情节结构的发展与布局完全遵循一条统一主
线和脉络。这条使所有的事件都彼此互有联系、完整统一的主线就是玛
纳斯的生平和英雄事迹。

　　从古至今，《玛纳斯》史诗在吉尔吉斯人中都享有很高的评价和地
位。它在宗教信仰和祭祀仪式中占有的独特地位已经得到了科学的证
明。治疗伤病、孕妇生产时为了美好的希望和祝愿演唱《玛纳斯》史
诗这种仪式活动，在人们生活中已经成为了拥有大量实例的传统行为。
在吉尔吉斯族，随处可见与玛纳斯的名字以及其事迹相关的独特景观和
标志，这已经逐渐成为人人都接受的习俗。各个地区、不同的山谷中不
仅都有与玛纳斯相关的水土、山石等称谓，而且自然或人造的标志以及
遗迹（从玛纳斯的陵墓到阔绍依的城堡，从玛纳斯的骏马阿克库拉的马

槽到位于卡尔克拉草原上的阔阔托依祭奠的地灶台遗迹，从玛纳斯与同伴们玩攻占皇宫游戏的地址到石制锅支架，从四十个勇士的坟墓到交牢依的摇篮等）的名字与《玛纳斯》史诗有关，这种现象也很常见。几乎没有一个吉尔吉斯人使用"玛纳斯"这个名字，《玛纳斯》与吉尔吉斯民族的关系以及这部作品在吉尔吉斯族人中的受尊敬的程度，由此也可见一斑。

在人们的观念中，孩子担不起玛纳斯这样一个沉重而又伟大的名字。如果孩子承担不起这个名字的话，婴儿便会在童年时代便夭折。由于绝大多数人们对《玛纳斯》史诗的主要内容、故事情节都很熟知，吉尔吉斯人中很难找到连若干行《玛纳斯》诗句都不会的人，这也印证了史诗在吉尔吉斯族人之间广泛流传和熟知程度。吉尔吉斯族人民并不认为《玛纳斯》史诗中所记录的信息、事件是数世纪以来的艺术作品，而是真实的历史史料。捍卫民族的利益，保护人民的英雄勇士们总是呼喊着玛纳斯的名字御敌作战。年轻人从作品中的英雄勇士身上获得教育。在人与人之间的关系，评判好坏的现象，解决冲突矛盾纠纷亦或者是在解决日常生活中遇到的问题等方面，史诗都被视为一个典范。正是因为人们对《玛纳斯》史诗持有这种神圣的敬仰，这部与民族如此紧密联系的美妙无比的巨型艺术作品才得以产生。在世界范围内，就规模而言，没有任何一部类似的史诗能与《玛纳斯》史诗相比。玛纳斯奇萨雅克拜·卡拉拉耶夫（Саякбай Карала）大师记录的《玛纳斯》史诗三部共计 500553 行。这个规模是希腊人《伊利亚特》（15693 行）和《奥德赛》（12110 行）的总和（27803 行）将近 20 倍。《玛纳斯》史诗这一版本的行数是当时很长一段时间被科学界认为世上最长史诗的印度史诗《摩诃婆罗多》（200000 行）的 2.5 倍。当前被学术界发现的各种规模的《玛纳斯》史诗文本大约有 70 个，而还未被学术界发掘的史诗文本的搜集记录工作还在持续。

《玛纳斯》宏大的篇幅与其形式天然混成，相得益彰。由于人们对作品高度重视以及它在人民生活中占据重要位置，它得以反复演唱。故事情节不断得到筛选，诗歌词句不断得到精雕细琢。在无数个天才的民间艺术家口中不断得到提炼和加工，从而，走向史诗艺术的高峰，成为语言艺术高不可攀的典范。

创造、保存、发展《玛纳斯》史诗的玛纳斯奇们构成民间天才的特殊群体。谁是史诗的最初创作者无人知晓。根据传说，英雄玛纳斯离开人世后，其英雄行为和业绩是由额尔奇吾勒以挽歌的形式传唱开来。额尔奇吾勒是四十勇士之一，曾伴随玛纳斯东征西战，经历和目睹了大小战争。广泛传布于民间并被不断传唱的这些挽歌，后来被一位名叫托合托古勒的民间歌手加以整合。他将英雄玛纳斯的业绩按照顺序衔接起来，创编出了一部歌颂玛纳斯的完整作品。根据传说，史诗中发生的事件和史诗产生、发展和形成时间之间有一定的差异。不仅是吉尔吉斯的《玛纳斯》，其他民族的史诗也大都具有以下现象：最初创作者的名字无人知晓，具有高度艺术性和重大价值，广为人知的作品的第一位演唱者成为民间传说中的人物（比如说希腊人的荷马和俄罗斯人的巴扬等）。他们的突出特点是：演唱和创编史诗最初内容的歌手往往是作品主人公身边的勇士，与英雄并肩战斗，是史诗内容的见证者。这种传统影响了《玛纳斯》史诗的产生过程，并在史诗中得以留存，额尔奇吾勒就是明证。

《玛纳斯》史诗究竟是何时，在何种历史条件下，在哪一个历史事件基础上产生，依然是未解的科学之谜。在《玛纳斯》史诗的文本中也找不到令人信服的关于史诗产生年代的资料证据。只是在萨恩拜·奥诺孜巴科夫的唱本中出现"从那时起到如今，已经过去了一千零四十年"的诗句①。但是，这是根据什么提出来的却没有交代。玛纳斯奇也没有对为何引用这些诗行进行解释。根据大多数研究者的观点，《玛纳斯》史诗是一部传唱一千多年的作品。有些历史学家、民俗学家将史诗的产生年代同吉尔吉斯族重大的历史转折点结合起来进行探讨。M. 阿乌埃佐夫和 A. N. 伯恩什达姆将史诗的核心内容同 7—9 世纪吉尔吉斯族同回鹘之间的关系结合起来。反对回鹘的压迫以及奋起反抗的内容在史诗的个别异文，比如萨恩拜·奥诺孜巴科夫的唱本中得到广泛描述。由若干个情节合成的叙述玛纳斯反抗 11 个都督的内容是一个比较大的篇章。阔绍依从监牢里救出比列热克的独立情节也与回鹘有关联。B. 尤奴萨利耶夫将史诗核心内容的产生年代与吉尔吉斯族在 9—11 世纪与

---

① 吉尔吉斯斯坦科学院语言文学研究所资料库档案，第 578 号，第 2—6 页。

黑契丹的战争联系起来。B. 日尔蒙斯基则首先将史诗中出现的人们的原始信仰遗迹联系起来，并指出史诗中存在的与史诗的产生相关的最古老的资料，然后指出史诗的真正产生年代应当在 15—18 世纪。其他很多学者虽然也都各自提出自己的看法和观点，但最终都会与上述三种观点趋同。

在目前的研究成果面前，我们还不能坚定地支持上述三种观点中的某一个观点，而将其他两种完全否定和排斥。甚至还应该考虑到我们不能完全否定会产生与上述观点完全不同的新观点。将《玛纳斯》史诗的根基确立在历史进程中的具有转折意义的重大历史事件，将民族历史过程中具有重大意义的时代和历史条件结合起来观察，最具说服力也最为准确。史诗已知的基本文本资料显现，构成史诗最初核心内容和最初层面的是，在古代部落组织中为了家族和氏族的利益而奋斗，这些情节构成了史诗的核心主题。加克普无子的痛苦，得到子嗣，年轻勇士为了家族的而与人争夺草场，击退入侵者，把家族亲属联合起来组成一个强大的联合体并统领这一联合体，最终被推举为汗王，这些情节便是最好的证明。后来，不同历史时期的各种重要事件、各种观点、信息逐步对史诗的这一主干脉络和内容产生影响，在史诗中留下自己的痕迹，丰富了史诗的内容和结构，并逐步发展成堪称经典的《玛纳斯》史诗。

《玛纳斯》史诗中存在反映部落组织不同发展时期的丰富资料。民族部落的分类以及与之相适应的生活状况，各个部落组成战争联盟，并最终倾向于形成一个民族，阶级以及各阶级之间的矛盾、斗争开始出现，上层建筑依附于民众的团结，部落长老在部落安宁方面的作用，战争时期军队统帅的领导作用，部落成员分担部落的领导权，亲属之间相互关照和帮助的义务，国家级管理机关的缺失，没有固定的军队，冲上战场的英雄遭到家族成员一致反对，没有专门制定的法规典章，对民众的统治，人与人、部落与部落之间的关系按照习惯法维系，部落成员共同利用土地资源，民众对固定的捐贡纳税的无知，铁器成为主要的武器，物物交换充当主要经济流通方式等，这些特点都证明了这部史诗内容呈现出军事民主时期的显著特征，属于部落联盟组织时期的最高阶段。当然，《玛纳斯》史诗中也不乏其他历史时期的痕迹。特别是在史诗的第二部《赛麦台》和第三部《赛依铁克》中，反映封建社会形态特征的内容也十分丰富。史诗最初的核心内容产生于部落联盟最初发展阶段，并在发展形成过程中不断地吸收来自不同层面的各种信息和资料。为了适应其时的历史条件，不同时代的史诗歌手们不断地对史诗的内容进行补充，扩大其思想内涵，并将新的事物、事件、新的观点以及独立流传于民间的民间故事、神话、传说以及其他作品，甚至将一些独立的史诗都作为《玛纳斯》史诗的补充材料加以利用。我们可以清楚地看到，史诗中融入的7世纪以来的重大历史事件的遗迹，不同时期不同条件下出现的各类资料和信息，众多民间故事的变异形态都或多或少地被纳入史诗的情节脉络之中。不仅这些，甚至比《玛纳斯》史诗产生更早，在民众中以散文、韵文形式广为流传的《艾尔托什图克》这样的独立史诗，也被后来的玛纳斯奇们编入自己的演唱文本当中进行演唱。《玛纳斯》成为世界上独一无二的宏大史诗的奥秘就在于此。最初短小的史诗不断地被后世进行加工和补充，最终成为演唱6个月都不会结束的鸿篇巨制。只要深入了解史诗的宏大内容，分析其中的各种繁杂的资料信息，我们就会看到史诗结构的复杂性、多层性及其漫长的形成过程。因此，在谈论史诗的起源问题时，就不仅需要关注其中的属于古老历史层面的资料；而且还要看到吉尔吉斯族人民所走过的漫长历史中，不同重要历史层面上，具有转折意义的历史事件的遗留，将各种繁杂的信息资料加以细致的准确的区分。如果，将史诗的核心情节或者依附于它的内容，仅限定在一个具体的历史事件上；那么，我们绝不会得出让人满意的结论。

人们的生活构成了《玛纳斯》的内容。这种生活可以分成两种：战争及战争相关场面、日常生活的各种场景。对于史诗所塑造的那些深受时代和历史条件影响的人物而言，无论战争还是日常生活都是那个时代的标志，也是生活在他们身上烙下的痕迹。虽然史诗中重点展示了战争给人们带来的悲痛和苦难，但是争强好胜的战斗和搏击依然构成了人们生活的主要方面，是人们生存的职业法则之一。因此，战争场面描述的比重较之日常生活场景更丰富更全面。

史诗中将各种信息、各种事物贯穿在一起，构成整个史诗情节的完整结构的唯一因素和核心便是英雄玛纳斯的生平和业绩。史诗中大小事件，甚至玛纳斯本人没有直接参与的一些事件也同英雄的行为发生联系，为史诗的主题服务。

史诗中的各种事件与整体核心内容关联，以大的章节的形式呈现。每一个大的章节都是按照独立故事的形式创编而成（比如，"玛纳斯的出生与童年时代""从敌人手中解放阿拉套山""阿勒曼别特的故事""玛纳斯迎娶卡妮凯""阔阔托依的祭典""远征"等）。在听众面前演唱时，史诗的情节通常并不是按照从头至尾的顺序完整而有序地排列（固定的长时段和稳定的听众群体：即能够抽出足够长的时间，来专门聆听《玛纳斯》史诗的固定听众群体，在日常生活中并不常见），而是按独立章节的形式进行演唱。因此，每一个大的章节都以独立作品的形态得到创编（属于史诗总体框架内并纳入其中）。可以说，将这种规模宏大的作品分成片段，是为了便于演唱所采取的手段和需求。通过后期歌手的演唱，而进入史诗内容的某些大块的情节，也可能是按照类似于上述大的章节的形式融入史诗之中的。毫无疑问，尤其是那些进入史诗的独立作品都采取了这种方式。萨雅克拜·卡拉耶夫将《艾尔托什图克》史诗纳入到《玛纳斯》史诗中演唱便是一个典型案例。

玛纳斯奇们演唱那些史诗完整本中的固定的传统诗章也基本上是由这些大的章节所构成。固定的传统诗章是《玛纳斯》史诗的所有异文（变体）的统摄性内容，是史诗目前所承载的结构的核心和基础。

《玛纳斯》拥有多种异文。由于它是以口头演述的"活形态"形式生存，所以《玛纳斯》没有固定不变的文本。不仅其诗句不断变化，它的情节也有变化。事实上，职业玛纳斯奇在听众面前反复演述的个别诗章在不断重复的情况下可能会在一定程度上趋于稳定。但是，在这种情况下我们也不能说它拥有一个法定的，亘古不变的，每一个诗行都丝毫没有变化的，不断重复的文本存在。每一个玛纳斯奇平时即便是对某一个诗章的细枝末节进行重复演唱，尽量保持其原文，但是他也不能一字一句一行地，原封不动地重复自己先前的文本。对此，萨雅克拜·卡拉拉耶夫对史诗的某一个诗章的若干次演唱的记录稿可以作证。通过对一个玛纳斯奇的若干次重复演唱的记录本和不同的歌手（同一个片段）资料的对比分析可以看出，史诗的诗句不同的稳定风格的范本也有很多种。尤以那些大玛纳斯奇基本稳定的，多次被演述，对细枝末节精细加工的章节，呈现出口头演述的特点。在记录萨恩拜·奥诺孜巴科夫的演述文本过程中，即便歌手病痛缠身，记忆力明显减退，但是他依然将"阔阔托依的祭典"、"远征"等他自己曾经反复演唱过的章节唱出了先前的水平，其艺术性丝毫没有减退。按照当时的记录着额布拉音·阿布德热合曼的介绍，对于这种情况，玛纳斯奇本人的解释如下：自己曾在听众面前不止一次地反复演唱过这些章节，已经烂熟于心。不仅如此，每一位玛纳斯奇通常都会在自己的文本中，将先辈的优秀成果作为可吸收的共享财富从容地加以吸收和利用。我们在史诗可以看到很多几乎没有改变的生动的诗句诗行。上个世纪（19 世纪）乔坎·瓦里汗诺夫，维·拉德洛夫记录文本中的某些诗断毫无改变地，逐词逐行地重复出现在史诗的后期记录文本中。这一案例便是明证。

在史诗从一个玛纳斯奇传到另一个玛纳斯奇，从师父传给徒弟，从前辈传给后辈的过程中，为了明确其语义，扩展其内涵或者是为了提高其艺术性，有一些诗行在细微改动之后被歌手反复使用（对于英雄面貌的描述，战场的情形，一对一的较量，妇女及少女的美貌，自然景观及其他；对特殊事物的描摹，描述以及大量的特性形容词等）。这些诗行被每一位玛纳斯奇频繁使用，具有特殊功能。作为一种技术手段，它们通常发挥着关联史诗各个情节的特殊作用，而且这种技巧只是《玛纳斯》史诗所特有。类似于"让我们放下这一段，开始讲述另一段"，它们通常由两行或三至四行构成。用以描述某一事件或某一人物，可以针对性地调换诗行中的个别词句或传统的固定诗行，扩展史诗内容，增加新材料，连贯各个情节。毋庸置疑，这一方式堪称史诗既简单又实用、既古老而朴实的技巧。

《玛纳斯》史诗是一部纯韵文诗作品。但是有时候在诗行中也会间杂有少量有韵的散文式语句。玛纳斯奇们一般在史诗开头或某一篇章开始的时候，运用这类散文式韵文的描写。或者是正好需要演唱有关某一事件的一个片段时，为了交代以前的事情，说明被讲述的事件在作品整体结构中的位置、作用与地位，使史诗内容结构完整，以及为了扩大演唱片段对观众的影响时使用。在演唱内容如此巨大的作品过程中，为了保证故事、事件间的联系与连贯性，就必须要简短地回顾之前的事件并向听众提供信息，以此不断地提醒听众是口头艺术创作中普遍应用的手法。在开始演唱史诗时，玛纳斯奇们会首先给出前情回顾，这并非为

《玛纳斯》史诗独有。

《玛纳斯》史诗是按家族谱系创作而成的作品。几代英雄的事迹构成了史诗的核心内容，其中包括玛纳斯、玛纳斯的儿子赛麦台、孙子赛依铁克的英雄事迹。一些玛纳斯奇把史诗基本的三部分之后又加以枝繁叶茂地发展，对英雄赛依铁克之后的几代英雄进行讲述。但是，人们所熟知的范本是《玛纳斯》《赛麦台》以及《赛依铁克》，其中最主要、最有价值和意义，艺术水准最高，在民间广为流传和受到广泛关注的是第一部《玛纳斯》。

作为英雄史诗的经典作品，《玛纳斯》的某些特征与各民族同类型史诗从内容上，主题、观点、形象体系上都有类似，这是非常自然的。这些特征不是因为这些作品中从根源上是同一部作品或者是这些民族相互融合吸收的结果，而是基于每个民族他们的生活条件，历史发展道路上所经历过的社会发展的这一基本阶段，观点，概念，对世界的认识以及对环境的态度等多方面都比较相似的结果。在民俗学中，类型学的"相似性"可以解释这一现象。

《玛纳斯》史诗的人物体系在呈现作品的思想以及实现其教育示范作用方面具有重大的意义。按照所有史诗都具有的独特的传统，《玛纳斯》史诗中的人物大体上也分为正面人物与反面人物两大类。正面人物一般是为了人民的自由和独立而奋斗的英雄们。他们是以聪明的才智，精湛的技艺，渊博的学识而闻名，担负起人民疾苦的英雄群体。他们大多是作品创作的民族典范，是史诗的一种本质特征。反面人物一般情况下是叙事作品中敌人的代表。但是，《玛纳斯》史诗中对人物的塑造不仅有正反两种品质。作品中有很多的人物系列都是既有正面的好的品质也有反面坏的品质（如：玛纳斯父亲加克普，加克普的妾，科尔格勒恰勒等）。史诗人物这样设定和塑造可以说更加贴近生活，进一步体现史诗的现实主义特征。事实上，史诗中的每个主要人物形象都是接近现实的基础上塑造的。因此，史诗中的很多人物不是理想化的人物形象，也不是只拥有好或不好的品质。史诗的主要人物，作为正面形象的典范的玛纳斯以其自身的形象印证了这一点。与他个人很多优秀的品质一样，他也有粗犷，天真的一面，不够明智，不成熟等一些"缺点"有时也会让他犯大错。与此同时，作为史诗中敌人的主要代表空吾尔拜在有很多坏的品质的同时也具有勇敢、强壮、荣辱感，为自己民族有奉献精神等好的品格。

作为人类社会发展初期创作的艺术形式，由口头创作，以口头方式生存发展的史诗，人们更多地关注其外部表现特征。因此，虽然《玛纳斯》中也存在人物的内心世界的揭示；但是相较而言，更加侧重于对其直观的外在形象和行为特征的表现。史诗中每个男人都是英雄，大力士，每个妇女都漂亮、聪慧，他们的穿着都令人惊艳，座驾都是宝马良驹，这是大家都普遍认同的传统。但是，人物从形象到性格都不同，都有自己的特点。不仅每个主要人物，甚至一些次要的众多人物都有其独特的面庞，特点及性格特征。他们是活生生的、真实的人。尤其是以玛纳斯为代表的著名人物，从外部特征（衣着、武器、坐骑等）到他们的脾气、性格、才智都有其独特之处。

在吉尔吉斯人民的艺术作品中，《玛纳斯》史诗最早被记录下来，也最早被译成其他语言。同时，"玛纳斯学"也作为吉尔吉斯族民间学中的重要分支被创建。史诗的搜集与整理，用柯尔克孜语（吉尔吉斯语）以及其他语种形式出版，向世界人民宣传推广《玛纳斯》史诗，研究《玛纳斯》的各种学术问题的学科领域正在蓬勃发展。

长久以来，《玛纳斯》史诗不仅是吉尔吉斯族人民生活中的艺术美学，也履行着思想政治、教育的作用，在人们认识社会、观察世界，探讨自然及环境的过程中也扮演着重要角色。《玛纳斯》史诗在当今时代依然具有重大的意义。

吉尔吉斯人民艺术文学中，《玛纳斯》史诗的地位超然，意义重大。作为重要的源泉，《玛纳斯》史诗对吉尔吉斯人民的作家文学、绘画艺术、音乐及戏剧的发展和复兴产生了深远的影响，并且一直发挥着重要的作用。

（撰稿人：萨马尔·穆萨耶夫，《玛纳斯百科全书》第 2 卷，第78—83 页）

2. 英雄式婚姻（БААТЫРДЫК ҮЙЛӨНҮҮ）

  史诗中的主要人物寻找适合自己的爱人，完成各种任务，并通过考验后，跟她结婚。民俗文学家指出最初的氏族社会分裂时期史诗作品的主题是"英雄的婚姻"和"同妖魔的斗争"。"英雄的结婚"作为初期史诗的基本主题之一是由人类社会特定的历史时期所决定。有关史诗的主要人物婚姻的传统情节或者母题，既与各个事件发展的所有层面和阶段有关，也依据不同时期的家庭和婚姻关系的特点进行描述并不断发展和变异。人类社会各个时代都存在自己的最主要矛盾。民间的英雄史诗就是在这些时代的主要矛盾中应运而生，经历了各个时期的发展，并转变为一种传统现象。

  古代部落社会的生产资料逐渐转化为个别家庭的财产，私有化开始扮演主要角色。生产资料的重新分配促使新的生产关系出现，从根本上动摇了旧的社会组成结构。因此，重新建立起的结构与旧的结构之间产生了巨大的冲突，奠定了一夫一妻制家庭的结构（一夫一妻的婚姻，妇女应该位于丈夫的家族团体中）的基础。一夫一妻制家庭打破了最初的集体构成的道德规范和社会秩序，作为一种先进的思潮登上舞台。为了一夫一妻制家庭而斗争，使之理想化成为最主要的社会思潮之一。这一历史时期为史诗中最初出现有关英雄婚姻的内容创造了重要前提条件。在部落父权制社会条件下，结婚具有族外婚的特点（原始社会时期及其后的一段时期也是，有近亲或者在一起聚集生活的集体成员之间禁止通婚的传统。吉尔吉斯族中有血缘关系的亲属之间禁止通婚。男子只可以和父系七代以外的女子结婚。哈萨克人也有这样的规定。因为同一区域生活的氏族部落团体之间都存在联系，因此新娘经常从很远的地方娶来。可以说，这已经演变为大部分突厥语民族与蒙古部落的一个传统习俗）。为了从其他民族或部落娶到媳妇，英雄需要冲破重重阻碍与困难。这就需要英雄掌握各种技能，需要有更大的力气和勇气。这个时代因为母权制还没有完全丧失，造成婚姻双方之间的矛盾非常严重，达到婚姻目的的条件也变得异常严峻。部落父权制社会延续了很长一段历史时期，它的发展分为几个阶段。因此，有关婚姻这一史诗主题也在随时间而变化，产生了各种文本当中的传统内容和史诗人物体系。

突厥语民族与蒙古民族的英雄史诗中主要人物为了婚姻而努力奋斗的这一主题由各种传统内容组成。《玛纳斯》专家 E. 阿布德勒达耶夫认为，在这样的传统内容中，与人民古代的家庭关系、生活习俗等直接相关的英雄的婚姻有以下若干种不同的类型：

1）带有神话传说色彩的婚姻。史诗的英雄人物与各种神话人物之女结婚（腾格里汗，月亮汗，太阳汗，蛇王等）。

2）反映古代人民生活的婚姻习俗。这方面史诗英雄与未婚妻经过一番殊死较量后将她战胜，又通过各种考验之后，最后才走向婚姻（英雄完成未婚妻或者未来的岳父所设定的各种任务，冲破各种障碍经过重重考验，通常有很多竞争者也参与其中，而英雄最终从中脱颖而出），或者是未婚妻自愿选择英雄做自己的夫君，并与其结婚成家。

3）晚近社会生活中的婚姻习俗的反映。在史诗中，这方面的内容主要体现为英雄按照提亲订婚的方式赠送彩礼或者通过强制的方式迎娶新娘。

史诗中"英雄的婚姻"主题的类型的一个传统内容是史诗的英雄主人公与超凡的少女进行一对一的单独较量，并且，只有在获得胜利之后才能与之结婚。这一传统内容以各种不同的变异形式在突厥语民族与蒙古的史诗中经常出现。比如在很多关于巨人的哈卡斯和雅库特的英雄史诗中，在阿尔泰人的《阿依－玛纳斯（Ay-manas）》中，在绍尔人的《奥格拉克（Oglak）》中，在布利亚特的《阿勒木吉蔑儿干（Alamji Mergan）》中，在哈萨克人的《塔拉斯拜蔑儿干（Talasbay mergen）》中，在乌古斯人的《先祖阔尔库特书》中，在巴什基尔人的《阿勒帕米夏与巴尔森赫露（Alpamsha jana Barsen-hilu）》等民间史诗中都有遗存。

英雄式婚姻这一习俗包含的原始时代的阶段性的发展形式，在阿尔泰诸史诗中明确显现出来。与英雄式婚姻习俗最初阶段相关的史诗性描述能够在《汗·布岱依（Кан-Бүдθй）》史诗中找到。汗布岱依为了迎娶腾格里可汗（тθчери-каан）之女帖蔑涅阔（Темене-Коо），升到了天上。蛇王（Жылан-бий），吾尊卡拉普（Узун Калап），柯思卡卡拉普

（Кыска Калап）三个恶贯满盈的妖魔先前向用淫威吓唬腾格里可汗并
与其女儿定了亲。腾格里可汗说只要能够让这三个魔鬼消失，我女儿就
是你的了。汗布岱依经过若干年的奋斗，最终杀死这些神话人物，然后
去找腾格里可汗。腾格里可汗又向汗布岱依提出了一系列困难的条件，
要求他去抓来三头熊，三头青公牛还有灰色的大鱼及其他一些动物。汗
布岱依经历千辛万苦最终抓来这些神话动物并娶到了帖蔑涅阔①。英雄
式婚姻的这一类史诗性母题基本上是在神话故事背景下展现。史诗内容
的构建基本上是在神话幻想、想象的基础上展示出来。英雄及其未婚妻
来自哪一个部族或者来自哪一个部落等信息在史诗中没有任何提示。我
们只能看到有关他们组建家庭的内容。阿尔泰人这种类史诗中的人物也
被认为是神话人物。例如：太阳汗、月亮汗、腾格里汗、埃尔利克比
（Эрлик бий）以及为史诗英雄人物结婚设置阻碍的那些神话生物：蛇
王、青公牛、灰色大鱼等。

　　英雄式婚姻习俗的阶段性发展还有一个古老的特点就是，丈夫要和
妻子进行一对一的较量。这一情节在很多民族史诗中与英雄少女的形象
相关联。英雄史诗中的家庭组建必须遵循异族通婚的习俗，在这一过程
中为了娶妻会有很多追求者同时竞争。从众多追求者中只能有一位与姑
娘结婚，女方会专门组织各种比赛，谁赢得比赛谁就会与姑娘结婚。为
检验追求者的技能，大多数情况下会有三项比赛：骑马，射箭以及一对
一摔跤。中古时代生活在中亚和亚洲中部民族的这一习俗已经得到了民
族学材料的证实。根据 2 世纪末 3 世纪初的希腊作家克劳迪·艾利安
（Клавдий Элиан）的著作记载："如果有一位塞人想要娶妻结婚的话，
他必须要与女方进行摔跤比赛的较量。如果女方赢的话，战败的人就会
被女方俘虏并成为她的奴仆。只有在比试中战胜女子才可以将她带
走。②"。19 世纪末民族学家弗·伊·维尔比茨基搜集出版的名叫《阿尔
泰的异族人》一书中的民间口头文学资料中也有一系列散文题材的史
诗。一部名为《阿依－玛纳斯》的阿尔泰英雄史诗被收入其中。这一

---

　　①　参见《阿尔泰英雄》（Горно－Алтайск）系列丛书，第一卷，1958 年，第 24—31 页。
　　②　参见克劳迪·艾利安（Клавдий Элиан）：《杂谈》，《中亚的古代作家》，塔什干，
1940 年，23—24 页。

史诗的内容为确定《玛纳斯》古老层面中的英雄式婚姻属于最初传统形式，提供了真实可信的有力证明。作品中，杰克（Жээк）和阿依玛纳斯英雄前去追求汗克孜姑娘。汗克孜姑娘提出条件说："在摔跤比赛中，如果我打败了谁，那么我就杀了他；如果谁能赢了我，我就嫁给他。"他们反反复复与姑娘斗杀七年，最后双双成为她的手下败将。阿依玛纳斯再次与汗克孜姑娘比试，最终获得了胜利。按照约定，汗克孜嫁给了他。①。弗·米·日尔蒙斯基指出这样的传统在突厥语各民族以及蒙古民族中从古至今一直保存着。他认为，在13世纪也可以见到这种传统，并用一系列事实证实了这一点②。这类古老的史诗内容在《玛纳斯》史诗中得到明确展现。例如在萨恩拜·奥诺孜巴科夫的唱本中（其他唱本中也有提到）玛纳斯与萨伊卡丽的一对一的较量。一对一较量中战败的萨伊卡丽不得不答应成为玛纳斯阴间的爱人。玛纳斯还与卡勒玛克一个叫作卡伊普党（Кайыпда к）汗的女儿卡拉波茹克（КарабӨрӨк）进行了比斗，获胜后娶她为妻。最初由于人类认识世界的局限性，他们对社会或自然界的各种现象认识不准确，同时对世界的态度也具有原始社会神话的特点。因此，在早期的集体组成观念中，在部落及父权制社会形成的时代，为了成家而进行的斗争构成最初史诗中英雄式婚姻的基本思想，对于这一历史时期的诗性反映也具有神话的特点。

在演变的后期，英雄式婚姻传统逐渐呈现出故事色彩。尽管有一些神话人物参与其中，但是大致而言，真实的历史时代按照诗歌的形式得到了真实的描绘。这一类型的英雄婚姻传统中，其主人公不是神话人物而是民族的某一位代表性人物以及一些汗王。实际上，寻找一个心爱的人，跨过艰难险阻找到她，通过重重阻碍和考验抱得美人归，这是史诗传统中最古老的故事母题。大多数神奇事件及令人惊奇的神幻的情节都源自于寻找未婚妻和娶妻这一事件。英雄有时候要打败长着六个头的恶龙，有时则穿越熊熊燃烧的火焰，翻越魔幻般的山岭去寻找理想的爱

---

① 参见弗·伊·维尔比茨基（B. I. Berbunckii）：《阿尔泰的异族人》，莫斯科，1983年，第146—165页。

② 弗·米·日尔蒙斯基：《阿勒帕米斯的故事和阿尔泰英雄故事》，莫斯科，1960年，第221—226页。

人，或者是进入地府，为了完成迎娶未来的妻子使命，用各种方式证明自己的本领。在吉尔吉斯众多英雄史诗中，仅《艾尔托什图克（Эр төштүк）》史诗中英雄托什图克入地去迎娶阔可朵（көк-дөө）巨人的女儿库拉依姆（Күлайым）的情节属于这类英雄式婚姻的传统形式。

待嫁的女子们按照特定的规则根据自己的选择和意愿嫁给史诗英雄人物。根据民族学及历史文献记载，女子"自由"选择自己的终身伴侣这一情况属于母系社会时期。托什图克到达地府之后化装成一个秃子，去牧放阔可朵巨人的牛群。这个时候汗王的三个已经长大成人的女儿开始按照自己的意愿为自己挑选未来的丈夫。小女儿库拉依姆选择了托什图克为自己未来的夫君。结婚之后，英雄托什图克陆续完成了岳父布置的艰难任务，通过了重重考验。战胜了一大批具有神性的神话中的敌人。在描写婚姻的各种类型的史诗中，无论遇到任何形式的竞争和考验，在结婚之前英雄们基本上都可以完成。在《艾尔托什图克》史诗这一段中，这一母题却以独特的方式呈现。不是在结婚前，而是在结婚后才开始完成岳父设置的各种考验。英雄的婚姻在这里也融入了古老的母题。托什图克化装成秃子来到汗王面前。化装成秃子（突厥语各民族与蒙古民间口头文学中常常遇到的一种形象。大部分的史诗人物到其他民族或敌人的营地时都会化装成秃子）这是原始时代的人们与幻化信仰相关的古老母题之一。在吉尔吉斯族史诗中，类似的母题比较少见。只有在最古老的史诗中可能遇到。这样幻化现象在哈卡斯，阿尔泰，雅库特，蒙古族的民间故事与英雄史诗中都会经常遇到。

阿尔泰英雄阔曾·艾尔开什（Козын-Эркеш）为了迎娶卡拉特汗（Караты）的女儿巴依姆·苏尔（Байым-Сур），穿上战袍带着武器出发。汗王给他女儿递了一碗马奶，一只三岁羊的羊尾，然后让人们从她面前走过。巴依姆·苏尔谁也没有看中，最终却用羊尾巴打在了走在队伍后面的秃子的脑袋。愤怒的汗王让人们重新过一遍，而汗王女儿仍然打了那个秃子。之后，阔曾·艾尔开什又完成了汗王提出的一系列考验任务，娶到了汗王的女儿[①]。在《艾尔托什图克》史诗中，阔可朵汗想为其成年的女儿们寻求一个好的男子，让女儿们自由地选择自己的丈

---

① 参见《阿尔泰英雄》，第二卷，高山 - 阿尔泰，1959 年，第 113—150 页。

夫。他交给女儿们一些苹果，如果喜欢谁就向他扔出苹果，将其选为夫君（这种扔苹果选婿应该是史诗当中后来附加的）。因为这一母题在民间口头作品中一般情况下是马奶或者是肉。而扔苹果这一情节一般多出现于伊朗和阿拉伯的故事中。例如，在《列王传》中就出现类似的母题。阔可朵将手下人都集合起来，列队从女儿们面前经过。大女儿选择了贵族的儿子别克巴恰（Бекбача），二女儿选择了汗王的儿子卡尼巴恰（Канбача）。于是，阔可朵将自己的两个女儿许配给了他们。小女儿库拉依姆谁也没有选，一遍一遍地巡视着，没有送给任何一个人苹果。后来被遗忘的秃子牧牛人托什图克被带了过来。于是，三女儿用苹果打了他，选择了他。类似的，按照女孩儿的意愿将人们召集起来从面前经过，扔苹果选丈夫母题在乌兹别克人的英雄叙事诗《鲁斯坦汗》（рустем кан）中可以见到。[①]

根据这种规则，古老的史诗中的女孩们按照自己的选择和意愿嫁给英雄们。阿尔泰英雄史诗中这样的母题极具意义。姑娘们在出嫁时会说"我们的脐带长在一起，我们的睫毛一起睁"，"我的生命之火与他同生，被褥与他一起铺开"。毫无疑问，不管是哪一个民族的口头文学作品中自由选择丈夫都是母系社会时代流传下来的母题，这是不争的事实。这一最古老的母题在《艾尔托什图克》史诗中得到了保留。

《阔交加什（Кожожаш）》史诗中也有女子自由选择爱人这样的思想。但是在这部作品里，这个母题的展示却有其独特性。喀拉阔交汗王的女儿祖莱卡喜欢上了猎人阔交加什并与他结婚。祖莱卡并不在意阔交加什的破烂穿着，只在意他的人品。祖莱卡的行为引起了一些无知者的讥讽："嫁给脚穿破烂鞋子的孤魂，爱上了衣衫褴褛的穷光蛋"。这一点明确显示出阶级开始分化，社会矛盾逐渐加深的社会现状。通过汗王之女祖莱卡看中众人中普通的猎人，真心诚意为他付出并成为他的爱人等行为很好地展示了仁爱和朴素的女性形象。从史诗中诸如库拉依姆和祖莱卡这样自由选择自己爱人的典型事例中，我们也可以总结出人和人都一样，女人和男人平等等民主主义观点。

---

① В. М. 日尔蒙斯基，Х. Т. 扎里波夫：《乌兹别克族英雄史诗》，莫斯科，1948 年，第 158 页。

在《玛纳斯》《库尔曼别克》以及《加尼西和巴依西》等英雄史诗中，结婚成家作为古老情节的重要元素都得以保存。在萨恩拜·奥诺孜巴科夫的唱本中，肖茹克之女阿克莱自愿嫁给玛纳斯。其他女子们也都热衷于选择他的勇士作为伴侣。例如：

> 玛纳斯要成为我的男人，
> 她走出了女孩子们的队列
> 像野鸡一样展示脖颈；
> 优美的身姿缓缓移动
> 犹如新鲜的柳枝般摇动；
> 她走到玛纳斯身边，
> 女孩儿之身阿克莱
> 福运却降到了她头顶。
> "她找到了门当户对之人，
> 这一切如此般配和谐，
> 阿克莱做出了表率，
> 我们哪一点比她优秀。"
> 站在一旁的三十个姑娘
> 一个个都选择了郎君
> ……

就这样，以阿克莱为首的女孩们纷纷为自己选择郎君。萨雅克拜·卡拉拉耶夫的说唱本中卡拉奇的女儿阔尔帕扬按照自己的意愿，选择了巴卡依并嫁给他。

在吉尔吉斯族中小型英雄史诗中，从其他部落中娶妻的英雄除了要与未来的妻子进行一对一较量并获胜，或者要完成岳父为结婚设置的重重障碍之外，还要与未来岳父进行一对一搏斗，战胜他，然后迎娶其女儿做新娘。诸如此类的母题在史诗中保留至今。在《库尔曼别克》史诗中，这一古老的母题以与社会需求相关的方式得以展示。"谁人能将我从马背上戳落，就将公主嫁给谁，这是我长久的愿望"，威武的大英雄巴克布尔坎说，"谁能渡过玉尔开尼其河，战胜我，展示出自己的英雄气概，无敌的勇气，保护人民的能力，我将把我的女儿许给这个人。"他的目的是培养、寻找一个英雄人物在自己年老时候担当责任保卫他的人民。早已正确理解父王心愿的卡尼夏依并不反对父亲的决定，主动嫁给了早已经通过所有考验的英雄库尔曼别克。从这一点我们可以看出"命中姻缘早注定"这类母题的踪迹。

只有英雄赛麦台和其勇士古里巧绕在库尔曼别克之前，踊跃渡过了奔涌流淌的玉尔开尼其河。吉尔吉斯族英雄为了迎娶阿富汗汗王阿昆汗的女儿阿依曲莱克，勇敢地游到了对岸。无论赛麦台还是库尔曼别克都想迎娶阿富汗汗王的女儿，我们认为这可能是小型史诗受到了大型史诗的影响。但是，两者对这一母题的诠释不尽相同。《赛麦台》史诗中透射出了大量母权制社会的元素。这一点在妇女们选择丈夫的事例中得以体现。阿依曲莱克考验英雄们的时候也保存了母系社会的因素。尽管如此，青阔交、托勒托依为了强娶阿依曲莱克带着重兵前来，包围城堡这一母题按照传统形式在很多的唱本中都得以保留。阿依曲莱克与他们约定40天之后嫁给他们，自己却穿上白天鹅羽衣，飞到塔拉斯，用计把（赛麦台的）白隼鹰骗走之后，前去寻找白隼鹰的赛麦台经过与青阔交、托勒托依的殊死搏斗，用武力征服了他们，然后才赢得自己一生的伴侣阿依曲莱克，这一故事人人皆知。在《库尔曼别克》史诗中，英雄库尔曼别克则是听到不曾谋面的女孩的消息，而后完成了岳父交给他的任务，从而迎娶到了新娘。

作为《玛纳斯》三部的基本主题之一的英雄式婚姻主题，在史诗的每一部以及每一个唱本中都会被不同程度地改编，以各种不同的风格得到演唱。在乔坎·瓦利哈诺夫所记录的版本中，英雄式婚姻的最古老形式得以保留，玛纳斯进行经过一番搏杀才赢得自己的妻子。"肤白如雪，脸上的红光像鲜血滴在白雪上；头发一直垂到脚跟上，身上散发着诱人的芬芳，牙齿洁白如同珍珠"的卡拉汗的女儿卡妮凯。这一婚姻主题的展开是以玛纳斯恳求父亲加克普前去替他提亲开始。加克普开始为儿子寻找合适的女孩，走过了好多地方，最后来到了布哈拉。但是，汗王却不愿把女儿许给加克普的儿子，并说："我女儿只有汗王的儿子才能配得上，你儿子只适合一个寒门富翁家的女儿。"于是，玛纳斯发动战争抢夺了这名女子。从玛纳斯抢夺卡拉汗之女卡妮凯的情形，可见民间口头文学中常见的以武力抢夺未婚妻的英雄式婚姻传统。乔坎·瓦利哈诺夫文本中的关于"玛纳斯的童年时光以及与卡妮凯的婚姻"的简短的片段就在这里结束。[1]

在《玛纳斯》史诗中，英雄婚姻主题以及习俗占有最显著地位的篇章是"玛纳斯与卡妮凯的婚姻"。这一章节全面地描绘了人民家庭生活，婚礼等传统习俗。虽然其中蕴含了史诗母题的古老形态，但基本上受吉尔吉斯族后世家庭传统习俗的限定。"古代吉尔吉斯族人根据社会生活条件，交付不同数量的牲畜作为彩礼，迎娶新娘。这一情况由古代文献得以证实。"[2] 用四种家畜（马、骆驼、牛、绵羊）作为订婚彩礼是吉尔吉斯族中自古延续至今的一种传统习俗。由此可见，玛纳斯与卡拉汗的女儿卡妮凯的婚姻受到了后来的传统的影响。《赛依台克》（史诗第三部）中的英雄式婚姻有所变化，相关情形的描述明显地受到了后世生活影响，基本按照后世生活习俗呈现。

（撰稿人：Б. 克德尔巴耶娃 A. 穆拉托夫，见《玛纳斯百科全书》第 1 卷，第 116—120 页）

3. 英雄史诗（БААТЫРДЫК ЭПОС）

英雄史诗是一种为了反映人民（种族、部落，部族）生活、民族的独立、与敌对势力的斗争以及主要因历史、社会政治引发的矛盾和战争而产生的纯诗歌或者韵散结合的口头艺术表现形式。这些史诗的核心是部族最优秀的特质以及典型化的英雄形象。这类史诗作品的有些类别描述了在"军事民主"时期的特定条件下，这个或那个种族、部落为了扩大自己的部族领地，获得战利品而进行的征战。对于这类很多民族共有的民间口头创作进行具体历史的、科学的研究，将其作为经典遗产财富不可分割的一部分，进行正确的分析和用批判的眼光进行审视及应

---

[1] 参见《哈萨克苏维埃共和国科学院学报》，1965 年，第 8 期，第 421 页。

[2] 参见 Н. Я. 比丘林：《资料集》，莫斯科 - 列宁格勒，第一卷，1950 年，第 353 页。

用是完全可以的。与此同时，英雄史诗尤其是封建时代的史诗的内容主要由为了人民的自由和独立而与侵略者进行斗争的内容构成。因此，每一个民族的英雄史诗都被视为历史道路上的一座伟大纪念碑，也是对后代进行爱国主义精神教育的源泉。从特定的形式和结构方面讲，英雄史诗并不仅仅只有单一的形式。不同民族的史诗特点互有差异。但是，所有民族的英雄史诗都有类型学方面的相似性。

正面英雄人物对自己部族或人民无限忠心，对敌人绝不妥协、不屈不挠的精神，果敢、英勇顽强、气盖山河的品质，永生不死的形象等是所有的英雄史诗共同特质。与此同时，绝大部分史诗的共同之处还有：神奇的夸张的手法，各种事件连续向前发展的结构，缓慢平稳的叙事风格，各种情节事物的细致表述；各种传统习俗、母题、程式、典型场景（尤其是对英雄征战的描绘，人物上马离家以及返回时的场景的刻画，追击敌人，一对一的搏杀，武器装备的描写等）、固定的特性形容词的不断重复等。英雄史诗是遵循历史发展轨迹的一种体裁。相较而言，它的发展阶段在神话类史诗之后。但是，它也是在人类进入阶级社会之前，具体说就是在母权制社会走向解体，父系社会开始前的转折时代初期初步形成，在"军事民主"时代和氏族部落的时期逐步完善，在奴隶制和封建社会时期继续发展。涅涅茨人的史诗，埃文基人的史诗，卡累利人及芬兰人的古代民歌，布里亚特人的史诗，阿尔泰、哈卡斯人、图瓦人的英雄歌以及高加索民族的史诗等都属于史诗最初发展阶段出现的作品。国家出现之后出现的史诗也并非同一，它们一方面是奴隶制社会时代的史诗经典，另一方面是欧洲早期封建主义英雄歌和叙事长诗。此外，还有国家形成滞后的游牧民族的史诗（《阿勒帕梅什》《江格尔》《格萨尔》）。属于发达封建主义社会的史诗作品有俄罗斯人的勇士赞歌，南斯拉夫尤纳克人诗歌，《萨逊的大卫》，《罗兰之歌》，《熙德之歌》等等作品。英雄史诗不同阶段的各个种类并没有统一的形式和标准。如果说，晚近才被记录下来的古老形式的史诗，在经历漫长历史演变的同时，还将晚近历史条件、意识形态等因素融入其中而呈现出一种"翻新的、完善的"状态的话；那么，在"古典的"的封建制度条件下形成的真实的历史史诗则大都最大限度地保存了古老元素。不论是从形成还是发展而言，《玛纳斯》史诗都是一部非常复杂的作品，包含了各种复杂多变的事件，并尽可能地通过纳入史诗中的事件的周而复始的循环（传记、家族系谱以及围绕史诗核心的周边内容的循环），形成了一个彼此紧密关联的完整体。史诗的宏大规模并不是在晚近以人为的方式将故事情节机械地组合而得，而是作为民间口文学创作的一种文类形式，经历了历史发展的所有阶段，在自然状态下形成。在这一方面，《玛纳斯》史诗独一无二。因为，在当今被科学界所认识的世界各民族著名的史诗中，没有一部像《玛纳斯》史诗这样经历了史诗经典的所有发展过程，从其古老的形式历经蓬勃发展直至达到高度艺术化（如果从今往后史诗停止其作为一种特殊体裁的发展历程，而让位于神奇冒险或爱情母题，就会朝向历史歌、寓言歌等新的体裁方向转变）。《玛纳斯》史诗与南西伯利亚、中亚的突厥语各民族以及蒙古民族的英雄故事（古老的史诗）在起源和类型学上具有相似性，早就被维·拉德洛夫在十月革命之前通过将其与哈卡斯人的史诗加以平行比较而确定。B. M. 日尔蒙斯基不仅认为《玛纳斯》史诗中故事的神话幻想占据主导地位的史前层次属于英雄史诗古老风格特征，还指出了史诗的人物、情节与西伯利亚突厥语民族的英雄故事的相似性。按照他的观点，这一层面的形成与吉尔吉斯族人古代的故乡叶尼塞河地区从 6 世纪以来的历史过程密切相关。就这样，《玛纳斯》史诗最初的起源从古老的史诗（B. M. 日尔蒙斯基认为是英雄故事）开始，与此同时它与雅库特人、哈卡斯人、布里亚特人以及阿尔泰人的史诗同源。但是，在《玛纳斯》故事中，神话幻想占据核心和主导因素。其中的情节事件也与人们所经历的历史脉络紧密联系，并与内容古老的英雄故事有所差别。B. M. 梅列金斯基经过对世界上著名史诗进行比较之后认为，《玛纳斯》史诗是同类型作品中属于历史发展晚期阶段的作品，将其归入古典形态的历史英雄史诗之列。在分析了史诗从古代形式向经典的历史英雄形式过渡后，他指出："在突厥语各民族史诗范畴中，古老的原始阶段在雅库特、阿尔泰－萨洋史诗中突现出来，而其他突厥语各民族的民间文学中仅仅以遗留形式保存了这一时期的一些特征。故事的生平简介母题作为古典史诗的一个特有现象，在吉尔吉斯史诗像《格萨尔》和《江格尔》中，无所不能的英雄或统治者的形象局限于玛纳斯的童年和青年时期。但是，玛纳斯的第一次战功并不是杀死魔鬼，而是针对侵略者的胜利。相较而言，玛纳斯主要的敌人与格萨尔王在征战中战胜的具有神秘力量的汗王们不同，他们更具历史真实性。也不像《江格尔》史诗中的敌人那样戴着民间故事特有的面纱。"① 总而言之，《玛纳斯》史诗经过数个世纪的发展，经历了史诗体裁演变发展的所有阶段，融入叙事反复循环可能出现的所有类型，从古代英雄故事（古老史诗）发展到古典形式的大型历史英雄史诗，从而成了英雄史诗的典范，达到了史诗体裁繁荣发展的最高峰。

（撰稿人：P. 萨雷普别科夫，见《玛纳斯百科全书》第 1 卷，第120—121 页）

4. 农业守护神：巴巴德坎（Баба-дыйкан）

巴巴德坎是神话人物，中亚民族神话中农业的守护神（乌兹别克人称其为"波波德罕（Bobo-Dihkon）"，土库曼人称其为"巴巴德汗（Baba-diyhan）"，哈萨克人称其为"迪坎巴巴（Dikan-Baba）或迪汗阿塔（Dikan-Ata）"，卡拉卡勒帕克人称其为"迪依汗巴巴（Diyhan-baba）"，塔吉克人称其为"波波依德赫孔（Bobo-i-Dihkon）"）。在吉尔吉斯族口头文学作品中，巴巴德坎是一个白胡子老人，有时候也被描述为一只鸟。在《玛纳斯》史诗的很多篇章中，他作为（英雄的）一个佑护者发挥着积极性的作用。在巴额什·萨扎诺夫（Bagish Sazanov）的唱本中，加克普受到契丹人的压迫，逃到阿尔泰地区，失去父亲成为孤儿，靠哥哥巴依的接济勉强生活。他偶然遇到一个骑着红色光背公牛的老者，建议他去一个叫作阿依阔勒（月亮湖）的地方播种庄稼。按照老人的建议，加克普从大哥巴依那里借了一褡裢的小麦，去了老人所说的那个地方。在巴巴德坎的神助下，加克普播的种子获得了丰收。这一年发生蝗灾，很多人家的庄稼受灾歉收。加克普把粮食卖给了他们，渐渐变得富裕起来。在萨雅克拜·卡拉拉耶夫的唱本中有这样的描述：玛纳斯因为父亲加克

---

① 参见 E. M. 梅列金斯基：《史诗及小说的历史诗学导论》，莫斯科，1986 年，第 103 页。

普指责他"你把我的牲畜都分给别人，正要把我的财产都耗尽"而愤怒地离家出走。玛纳斯遇到了一个满脸胡子的乞丐，并建议玛纳斯与他一起种庄稼。玛纳斯同意，于是那老头用法术变出一对耕牛让玛纳斯把持铁犁犁地，而自己却牵着耕牛耕地，然后播种。庄稼成熟的时候，玛纳斯睡了一天的觉。庄稼却自动收割完，脱完粒，堆起来像一座山岗一样。这所有的事情都由老圣人用神力完成，老人还建议玛纳斯用这些麦子购买一匹出征的战马，然后就消失了。玛纳斯用堆得像山岗一样的麦子从卡拉恰汗那里买下了库拉太马驹，即后来他的战马阿克库拉。在萨雅克拜·奥诺孜巴科夫的唱本中，这个人物的名字叫巴阿别丁。在民间传说和口头文学中，巴阿别丁还有其他重要的职责。很显然，史诗歌手们经常混淆巴巴德坎和巴阿别丁的名字。

（撰稿人：P. 萨雷普别科夫，见《玛纳斯》百科全书第 1 卷，第 121 页）

5. 英雄主义（Каармандык）

作为《玛纳斯》史诗的美学特征之一，"英雄主义"在史诗中不仅具有非凡的意义，而且占据显著位置。英雄主义精神品质与吉尔吉斯民族被称为"军事时代"的历史阶段的关键事件、全体民众在各个历史阶段为生存而奋勇斗争的行为密切关联。英雄主义作为一种美学范畴为人民群众（社会群体、各阶级、各部族）诠释为充满激情的精神，非凡的力量，无畏的勇气，不畏牺牲的具有社会意义的一系列意义重大的历史进程。作为一种生活场景，它们在《玛纳斯》史诗中得到了具体描述。在《玛纳斯》史诗内容中，英雄们为了实现民族的理想、愿望，为了追求高尚的人道主义思想而奋不顾身、坚韧不拔、英勇无畏、坚强不屈、敢于牺牲的精神品质融合在一起，得到集中而广泛的体现。纯粹的英雄主义，大无畏的勇气，顽强不屈、不顾一切的英勇的品行是玛纳斯以及其身边的勇士的突出个性。这些英雄主义气概从玛纳斯出生开始就在他身上显露出来。卡勒玛克人欺凌加克普，抢夺其马匹。玛纳斯忍无可忍，奋起反抗，杀死以阔尔图克为首的卡勒玛克压迫者。这是他第一次显示英雄主义气概。玛纳斯身上的英雄主义精神也首先从这一次英勇行为开始形成。在这一非凡的勇敢行为之后，他从父辈口中听说吉尔吉斯各个部落遭外敌入侵而崩溃，不仅被敌人劫掠，而且被驱赶到偏远的蛮荒之地，流离失所。玛纳斯听闻人民离开故土被迫迁徙他乡的消息，备感屈辱。为了人民重获自由解放，他将让民族获得尊严作为自己的奋斗目标。

英雄玛纳斯纯粹的英雄主义气概，大无畏的勇气，坚韧不拔的毅力在他与艾散汗派出的卡勒玛克—契丹的军队进行的一系列战斗中得到体现。史诗中对他的英雄气概这样描述：

……

Тегерегин карабай,

Теги жанын аябай,

Кыдырата карабай,

Кылча жанын аябай,

Күрдөөлдүү башым барында

Күлүгүм кантип берейин,

Күчөгөн экен бул калмак,

Мен бир күлжүктөшүп көрөйүн

……（Саякбай Каралаев, 1. 72），

……

不看四周的一切

不顾自己的生命

不放眼环顾周围

不考虑自己的安危

"我既然面对这重大危难

怎能放过这机会

这个卡勒玛克人如此猖狂

我一定要与他一决雌雄

……"（见萨雅克拜·卡拉拉耶夫，第1卷，第72页）

　　为了整个民族的利益，为了人民的自由解放，抛弃个人安危，随时准备献出自己的生命。他的这种言行，体现了其真正的爱国主义精神。

　　艾散汗深知自己定会在玛纳斯手中遭到惨败。为了消灭玛纳斯，他不断派人刺探和攻击玛纳斯。正是这种危难当头的战斗中，玛纳斯充分证明了自己个人的英勇和统帅军队的本领。玛纳斯的这种英雄主义精神大多在"伟大的远征""小远征"及其他事件中得到充分体现。在与契丹兵力悬殊的惊心动魄的战争中，玛纳斯毫不畏惧，奋不顾身地投入战斗。在最后的决战中，他不顾自己身负重伤，还与勇士们并肩战斗以身作则鼓励他们，并悲痛地将他们中箭身亡的英雄事迹告知故乡的人们。无论在战时还是在和平时期，玛纳斯那心胸宽阔，为人公平的崇高品格与其彰显的英雄主义精神都得到充分展现。

　　在《玛纳斯》史诗中具有这种英雄主义精神品质的人物还有阔绍依、阿勒曼别特、色尔哈克、楚瓦克、巴卡依、卡妮凯、赛麦台、阿依曲莱克、赛依铁克等。比如卡妮凯不仅是一个聪明贤惠、具有未卜先知能力、手艺灵巧的人物，而且还是一个极具英雄主义气概、英勇无畏、坚韧不拔的人。实际上，正是卡妮凯造就了玛纳斯。他的箭矢无法射穿的阿克奥乐波克战袍等很多服装都出自卡妮凯之手。卡妮凯的很多宝贵建议帮助玛纳斯多次摆脱困境获得重生。在很多危难时刻，她所做出的功绩不亚于玛纳斯。她多次救玛纳斯于危难（比如：在阔兹卡曼毒害玛纳斯等章节），在极端困难时期保护赛麦台，教育赛麦台并传授其技艺等方面的事迹都充分地表现了其英勇无畏的精神品质。在赛麦台前往塔拉斯去完成他父亲未竟的事业时，赢得了一系列艰难困苦的斗争，卡妮凯在其中发挥了巨大的作用。卡妮凯不仅是赛麦台的谋士、导师，同时也是一名手持武器与敌人战斗的勇敢战士。趁着玛纳斯不幸离世，阿维凯和阔别什沆瀣一气发动政变夺取了政权之后，为了阻止赛麦台和平继承王权，他们蛊惑四十勇士组织军队进攻白色宫殿。这一章节在史诗中这样描述道：

　　……

　　Берен энең Каныкей

　　Алмамбеттин Сырбараң

Ала коюп колуна

Оҥго ооп бир атып,

Он эчесин сулатып.

Солго ооп бир атып,

Солтондорун кулатып,

Катындыгын билгизбей

Абыке, Көбөш иттерди

Ал ордого киргизбей

Эпсиз эрдик кылды эми

……（Саякбай Каралаев，"Семетей"，1. 321）．

……

能干的母亲卡妮凯

将阿勒曼别特的巴让火枪

端起在自己手上

向右侧身打了一枪

射杀了十几个敌人

向左侧身开一枪

打翻了几个战将

没有显露女性身份

将阿维凯和阔别什两条恶狗

阻止在宫殿门外

显示出勇敢无畏

……（见萨雅克拜·卡拉拉耶夫，《赛麦台》第1卷，第321页）

　　卡妮凯浑身上下、所作所为无一不透露着英雄主义气概。玛纳斯史诗中除了卡妮凯外，也或多或少描述了其他睿智英勇的女性英雄形象（比如萨伊卡丽、库娅勒等）。在英雄主义方面，史诗中的巴卡依也是一个不可忽略的重要人物。他在史诗《玛纳斯》、《赛麦台》及《赛依铁克》中是一位几乎参与了所有重要事件的主要人物。巴卡依不仅是玛纳斯的勇士之一，而且还作为一个睿智的长者和领袖，为英雄指明了前进方向，并积极出谋划策，无论在遇到艰难困苦，还是一帆风顺的时刻都是一位初心不改的领袖，以精明睿智、足智多谋而备受尊重。在玛纳斯成功的道路上，巴卡依像卡妮凯一样也做了巨大的贡献。无论是在个人生活方面还是在同内外敌人斗争过程中，他都及时指出玛纳斯的失误和缺点，将其重新引领到正确的道路上。他说"迎娶卡妮凯你会好运连连，终将成为人民的统帅"（萨雅克拜·卡拉拉耶夫，第1卷，第235页），而成为玛纳斯迎娶卡妮凯的一个主要原因。六位汗王叫嚣着前来征讨玛纳斯时，通过循循善诱避免玛纳斯及其四十勇士与他们之间流血冲突的也是巴卡依。巴卡依的睿智以及仁慈同样突出表现在他总是极力反对对邻近部族的财产以及缴获的被打败的敌人的财物强行分配，而是积极提倡与他们和睦相处、安居乐业等方面。在战斗中，巴卡依同样表现出英雄主义气概。但是，在更多的情况下，他能够更加准确地判断复杂的敌情和战争走向在多数情况下毫不亚于在战场上表现出的勇敢。比如在伟大的远征途中，楚瓦克和阿勒曼别特之间产生了纠纷，巴卡依发挥自己的聪明才智化解了双方的矛盾。同时，他及时发现英雄们战略方针中的错误之处，并以理服人做出调整也是他英雄主义的表现。他还提前注意到即将面临的"艰难困苦的六个月"并尽量避免这种情况的发生，解决所有问题，团结所有力量，纠正所有错误等非凡能力同样也是英雄主义的具体表现。不仅如此，他还常常穿上战袍，拿起武器，冲上激烈的战场作为一名战士英勇地参加战斗，既是一名勇敢的战士又是一名在危急关头用智慧转变军队命运的谋士，在处理内外敌人的事务时，努力和平解决矛盾纠纷，使矛盾双方公平和解。他还是一名具有未卜先知能力的预言家和优秀的统帅。巴卡依在加强民族的团结维护民族的独立方面表现出的英雄主义精神甚至比玛纳斯、赛麦台及赛依铁克所发挥的作用还要大。巴卡依用自己的一生忠诚地为英雄们服务。他为吉尔吉斯人民舍生忘死做出的贡献都将使他得到应有的评价。

史诗中无论对事件的描述，还是对人物的塑造，英雄主义总是占据显要位置。这都是吉尔吉斯族人民自古以来所经历的战争和英雄生活所决定的。为了生存而进行的斗争以及连续不断的战争生活迫使男女老少随时准备迎接各种艰难困苦的挑战，不畏强敌，勇敢面对不仅已经成为一种生活常态，而且他们将这种精神传承给子孙后代。勇敢、坚韧、随时为保卫家乡奉献生命、永不屈服于任何艰难险阻、具有必胜的信念等精神品质深深地植根于人民的内心中，并化为前行的强大精神动力和依靠。

在生活中永远保持英雄本色，随时准备投入战斗等英雄主义精神品质在史诗中不仅表现在艰苦的战斗中，而且也鲜明地表现在为日常生活奔忙的和平生活时期。比如在玛纳斯迎娶卡妮凯及阔阔托依的祭典这样的故事章节中，也高度歌颂了人民的优良品质。阔阔托依祭典上得到详细描述的射元宝，马背对搏，摔跤，赛马等民间竞赛活动得以激烈地进行便突出表明了史诗对于人类勇敢敏捷、沉稳顽强、坚韧不拔等优良品质的赞扬。这些竞争并不比战争中的对抗和搏斗逊色。为了尊严、荣誉和赢得胜利甚至完全可以献出生命的代价。在玛纳斯与空吾尔拜马背搏杀时，在阔绍依和交牢依的摔跤时，他们不仅仅是凭借各自的敏捷、技巧、力气，而是凭借他们为了荣誉不惜自己生命的精神才取得了最后的胜利。甚至玛纳斯的四十勇士分成两组玩攻皇宫游戏时两组之间引发的争吵也是这种精神的具体体现。

吉尔吉斯人民时刻不忘教育子孙后代铭记战争的历史，随时为保卫家乡而战斗。在每一个战士的家中都时刻悬挂着刀剑等武器，门口时刻准备着跨上战场的战马已经成为古代吉尔吉斯民族的生活常态。正是在这样的生活条件下，英雄主义精神已经深入到了吉尔吉斯人民的内心中，成为民族信仰。总而言之，对于人类高尚无比的品质——自尊、坚强、果敢、英勇无畏等精神品质成为一种信仰，在玛纳斯史诗中得到了充分的体现。英雄主义精神以其深刻的内容规范着各种社会现象和人们的社会交往。

（撰稿人：O. 伊斯马利洛夫，见《玛纳斯百科全书》第 1 卷，第251—253 页）

6. 有翅膀的马（КАНАТТУУ АТ）

　　天马源自吉尔吉斯民族神话概念中最古老的层面，是有关动物神话最发达的具有创造性思维的古老神话的形象。对于这类古老概念与精神财富对当今文艺发展的作用，艾特玛托夫有这样明确的评价："神奇的艺术形象中，换句话说，在古老的神话传说以及经典中保存下来的精神历程和历史，任何时候都是精彩绝伦的。对之无法理解的人也根本没有能力理解当今复杂变幻的生活。①"不论从民族伦理学还是美学而言，这些古代集体影像和记忆堪称典范，是传统的精神道德价值的宝库。对于生活在适宜放牧地区的游牧民族——吉尔吉斯人民来说，更是如此。这样的生活状况和思维习惯将众多古老的神话深深地嵌入他们的思维方式中（有关宇宙起源的、月亮的、太阳的、星际的、神人同形学说的、上帝、先知、神、天使、魔鬼、另一个世界、地狱、天堂、病魔神话、图腾即动物神话），主要有犬神库玛依克，鸟神布达依克，骆驼神奥苏勒阿塔，羊神巧丽潘阿塔，牛神赞戈巴巴，马神康巴尔阿塔等。每一个古老概念都有自己独特的内涵。马神作为一个神话概念自古以来就非常有名。

　　在古老的游牧部落生产及战争生活中，马的角色非常重要。因此，马受到特殊的敬仰和关照。人们评价马对人做出的无私奉献，对奔驰的快马无不赞赏有加。因为这样宝贵的品质以及像插了翅膀一样飞奔的特性，人们把马与天空联系在了一起。在古代突厥语各民族以及蒙古部落的神话观念里，天空是与无助的凡人们生活的大地相对应的灵魂与天神腾格里居住的神奇之地。也就是说，人们把马与天空相连就相当于把马与天神联系在了一起。突厥语族民族将天神想象为类似于太阳的形象，将太阳的外表视为天神的面孔加以崇拜。这一点与世界上最古老的宗教之一的琐罗亚斯德教（祆教）相对应，崇拜和信奉太阳与火方面有很

---

　　① 参见钦·艾特玛托夫：《来自土地和水的共同创作……》，伏龙芝（今比什凯克），1978年，第381页。

多类似的母题。因此，马在他们的意识中也就变为太阳的神圣象征。千里马的形象成为"骑着飞马的太阳"的象征，在他们的艺术创作中得到了最广泛的应用。神圣天马的岩画图像远在公元前 1000 年前就出现在中亚地区，而且这种岩画从公元前 8—公元前 5 世纪的萨洋－阿尔泰山区与蒙古草原一直到斯基泰－塞族西边地区那广阔无边的大地上都能找到。生活在战争年代的古老游牧民族认为马是聪明的动物，可以信任的伙伴，倍加尊重和爱护它们。良马是勇士们战斗和胜利所不可或缺的保证，尤以拥有神奇功能的有翅膀的飞马形象在人民作品中占有重要的地位。以"带翅膀的"为例，基于世界各民族神话中共同的传统母题的千里马形象都具有超自然性，但又各不相同。例如，希腊神话中的飞马和《呙尔奥格利》中的赫拉特，《阿勒帕米西》的拜丘巴尔等都有其独特之处。在作为史诗最初阶段的英雄故事中，有翅膀的天马甚至有着比其主人还要高的地位，可以完成主人无法完成的使命。能够用各种神奇的方式救活因为未听从它的建议而被敌人杀死的主人。天马展示了非凡的能力，如能够通过"有去无回"地方的沸腾的湖和燃烧的火湖，克服重重神奇的阻碍，帮助英雄迎娶新娘，而且还表现出其他更多的特征。所有这些都证明了有翅膀的天马形象自古以来在民族史诗中都占据着重要的地位，而且被广泛地传唱。

像其他突厥语各民族以及蒙古语族民族的史诗一样，骏马形象在《玛纳斯》三部曲中留存的神话元素体现在英雄坐骑的背上有一对翅膀。有翅膀的天马的神话形象不仅出现在《玛纳斯》三部曲中的主要理想英雄人物的身边，而且也出现在敌对的反面势力人物的身边。在《玛纳斯》三部曲中，艺术形象体系中反面人物如，阔交加什和青阔交都是骑着天马在战场上打仗。他们的坐骑有其专属的品质和特点，还有专门的名称。在萨雅克拜·卡拉拉耶夫唱本的"小远征"章节中，契丹人的神射手阔交加什（在其他一些唱本中，比如居素普·玛玛依、夏巴克·额热斯敏迪耶夫唱本中是西普夏依达尔）射杀吉尔吉斯族众多敏捷强壮的英雄时，他的坐骑库拜塔勒那匹能够在天空中飞行的马起到了关键作用。《赛麦台》中内部敌人中著名代表之一的青阔交也骑着一匹有翅膀的天马，在天上飞行，攻击赛麦台。史诗是这样描绘青阔交的带翅膀的黑骏马的：

……

Эр Семетей киргенде,

Семетейдин айбатын

Кан Чынкожо билгенде,

Кара ат менен чаргытып,

Аңгемесин арбытып,

Чыдай албай шашканда,

Чынкожо чыкты асманга.

Көк жорудай айланып,

Учуп жүрөт асманда.

Чынкожонун Кара аты:

Капталында бар эле

Калдайган эки канаты

……（综合整理本《赛麦台》，第222页）

……

英雄赛麦台冲来的时候

赛麦台的威武雄壮

汗王青阔交才开始知晓

他坐在黑马上不停地奔走

不停地说着没用的废话

无法忍受惊慌不已

青阔交催马飞向了空中

犹如旋转的秃鹫

在天空中翱翔

青阔交的黑骏马

在身体的两侧

长着一对硕大的翅膀

……（综合整理本《赛麦台》，第222页）

　　骑着有翅膀的黑骏马翱翔于天空的青阔交明显地比赛麦台等占据优势。直到古里巧绕射断黑骏马的翅膀，让它掉落在地后，青阔交才被打败。史诗第三部《赛依铁克》中最主要的敌人克亚孜的战马托托茹也能在天空中飞翔，还能够像人一样说话。拥有与这匹骏马一样的神奇魔法的阿依曲莱克用法术"把马舌头绑起来"，让它的速度变得"不如羊，不如牛"，随后将其制服。

《玛纳斯》研究学者（P. 萨雷普别科夫）认为神话作品中的骏马起初都是好的形象（换句话说就是神奇的支持者），后来才逐渐演变为两个不同的趋势："正面的形象随着不断的发展逐渐退去了其神性，转变为普通的马，只保留下了主要英雄人物可信赖的帮手的特征。而另一种趋势是，骏马保留下了其神话特质（有翅膀），随着社会意识的不断的向前发展，逐渐产生了受到人们怀疑和斥责的特征，作为恶势力的代表而为敌人效力，成了向善的正面人物达成目的的一种阻碍，成了反面人物的拥有神奇能力与值得信任的朋友"。除了神话英雄史诗的主要人物艾尔托什图克的战马恰勒库依茹克之外，史诗中的这种敌人与自己的战马都拥有非凡品质的特征很少见。在《玛纳斯》史诗目前发现的众多文本中，任何一位正面人物的坐骑都没有这种特征。事实上，一个世纪前乔坎·瓦利哈诺夫记录的版本中阿克库拉被记述为一匹"身体的一个侧面有21个翅膀，另一个侧面有20个翅膀，从背部审视有龙的神态"的神奇骏马。从南部学派的个别史诗说唱艺人口中记录的唱本中，也有此类描述，即有翅膀的阿克库拉骏马驮着与敌人斗争中身负重伤的玛纳斯安全逃离战场，并通过抢救将他治愈。这正好表明了骏马最初的形象还是源自神话中的马。只是随着社会的发展、意识和观点的变化，这一形象经历了慢慢地变为当地普通马的过程。在史诗的主要唱本（萨恩拜·奥诺兹巴科夫、萨雅克拜·卡拉拉耶夫）中描述道，玛纳斯的坐骑阿克库拉在情绪激昂正在势头上时，就会从肺部长出翅膀。在史诗中，敌方英雄的代表性人物空吾尔拜有一匹神奇的骏马。"空吾尔拜的黑骏马，这匹黑骏马身体两侧，长着一对翅膀"并经常在艰难的情况下"像鸟儿一样快速飞行"，从死亡中解救主人。但是，玛纳斯的坐骑阿克库拉和空吾尔拜的坐骑阿勒卡拉都不能像阔交加什的库巴依塔勒和青阔交的黑骏马一样在空中飞翔。玛纳斯奇们在描述它们的时候不管怎么夸大，都无法超越其本地马的自然界限。所有三部史诗中呈现的正面及反面人物的战马都有其独特的特点，但都展示了它们速度飞快，不知疲倦，勇往直前的品质。

（撰稿人：C. 阿利耶夫，见《玛纳斯百科全书》第 1 卷，第 263—264 页）

7. 飞翔的信使（Kanattuu kabarchi）

在民间口头创作的作品中，传递主要人物的事件、消息、情况等书写的信件或消息的鸟叫作飞翔的信使。被赋予自然界神奇能力的各种带翅膀的信使传送信息的故事母题在突厥语各民族与蒙古语族民族的史诗作品中经常出现。古人不太懂得大自然的神奇奥秘，在观察自然中形成了万物有灵的观念。故事及神话体裁中"飞翔的信使"这类母题的产生，就是这种观念的反映。在古代社会中，人们对事物的认识能力还比较低下，他们相信动物也像人一样可以思考，可以说话交流甚至可以凭借自己的智慧做很多的事情。尤其以有翅膀的鸟类和史诗人物之间的联系更为常见。在民族英雄在被关押地牢或者受伤被困的危难时刻，都是野鹅、云雀或者鸽子把消息送到远方的亲人那里，这类情节出现在很多史诗中。B. M. 日尔蒙斯基院士认为，与飞翔信使有关的母题是突厥语族各民族英雄故事（史诗）中最常见与最古老的情节。而阿尔泰史诗的研究者学者 A. 阔普贴罗夫认为，在阿尔泰史诗中也有飞翔的信使，并认为这是"鸽子信使"的认识的一种诗化的形式。

"飞翔的信使"不仅存在于突厥语各民族与蒙古语族民族的史诗作品中，描写主要人物与飞禽之间的联系，在其同源或者相近的民族史诗中，也可以发现这类母题的留存。如，阿尔泰《阿尔泰—布乌柴（Altay-Buuchay）》史诗中的两只鸭子，哈卡斯《苏岱—梅尔根（Sudey-Mergen）》故事中的燕子，《阿依—梅尔根和阿勒屯姑娘（Ay-Mergen jana Altin kiz）》中的两只雕鸮，布里亚特蒙古史诗《格萨尔》中的乌鸦和鹦鹉，哈萨克《阔兹阔尔波什与巴彦苏鲁》中的家养的小黑鸟，乌兹别克《阿勒帕米西》中的野鹅，《饶仙》中的黑鸟都起到送信和传递消息的作用。在吉尔吉斯史诗中，鸟类信使在人民的信仰体系中占据显著位置。例如

《加尼西与巴依西》中用鸽子传递信息,《塔布勒德勇士》中的杜鹃,《奥勒交拜与凯希姆》中的百灵,在《玛纳斯》史诗中则是通过鸽子来传递信息的,这与史诗的古老的神话故事特征有一定的联系。在《玛纳斯》史诗中与此类似的还有:空吾尔拜将信绑在乌鸦的翅膀上给也先汗发送信息,以及契丹边境侦查放哨的白色神鸭等。这两种形象也印证了史诗中的信使与古老的神话之间有着联系。送信的不是鸽子,而是用乌鸦代替。这样,就体现出史诗中神话信使为史诗反面人物服务的负面形象。也就是说,鸟类信使与史诗人物之间的联系是通过古老的"鸽子信使"这一观念在吉尔吉斯族大小史诗中呈现的。

（撰稿人：C. 阿利耶夫，见《玛纳斯百科全书》第 1 卷，第 264—265 页）

8. 康达哈依（кандагай）

康达哈依是一种由山羊或麋鹿的皮缝制而成,供英雄们、战士上战场,摔跤,马上角力对搏时穿着的皮裤。此外,用厚厚的毛皮革缝制而成,打仗时连刀和弓箭都无法穿透的马披也叫康达哈依。康达嘎依非常宽松,长度一直到脚跟,两个裤脚折成一拃宽的双层缝在一起,缝口处用其他颜色的布料夹缝,并用结实耐用的细皮线缝边。裤子腰部穿皮绳作腰带。在《玛纳斯》史诗中,康达哈依作为出战时的服装备受关注。例如在"阔阔托依的祭典"上阔绍依上场摔跤而穿用的康达哈依就大有来历。卡妮凯听说远至安集延以外的阿依姆－慕尼斯克,近至丹冬巴什的山羊皮极为厚实。为了缝制这件康达哈依,她便特意委派阿维凯带领六十名猎人去猎杀山羊,并要求不能破坏山羊皮,只能射山羊的眼睛。取下山羊皮后,先将其放在阴凉处风干,再将其放入铜制大桶,接着放入苹果皮发酵制作的鞣皮子酱料泡六个月,最后以神仙卡伊普的女儿阿茹凯为首的九十个女工进行缝制。里层用布鲁姆锦缎缝上,为了使其更加坚固,外层缝入钢屑。除了这个康达哈依,要上场摔跤的阔绍依穿哪位吉尔吉斯汗王的裤子都不合身。他穿上之后非常满意,为了表达对卡妮凯的感谢，立刻率众为缝制神奇皮裤的卡妮凯向天神祈祷，祈求天神赐子卡妮凯。这个祈福仪式之后不久，卡妮凯便怀上了赛麦台。史诗对康达哈依如此关注，根本原因在于它与图腾动物相关。自远古时代起，它就被认为是一条有魔力的裤子。"康达哈依"这一名称也证实了这一点。在阿尔泰语系的不同语种中，"麋鹿"一词分别为：康达哈（kandaga，埃文基语），康达汗（kandahan，满语），汗达盖（handagai，蒙古语）。在雅库特人的神话信仰中，阿勒普汗达盖（Alip handagai）是森林的主人，猎人的保护者。在古老的西伯利亚人中汗达盖（麋鹿）是神一般的动物，即图腾。因此，吉尔吉斯人很多时候也直接使用这些图腾的名字（黄麋鹿、黑麋鹿、大麋鹿，以及麋鹿等）。人们相信穿着图腾动物毛皮，会受到图腾动物的保护，获得战无不胜的力量。因此，像穿着狮子皮衣的如斯塔姆和格拉克尔一样，穿着麋鹿皮裤子的阔绍依也拥有了无尽的力量，摔倒了谁都不曾摔倒过的交牢依。

（撰稿人：Ы. 卡德罗夫，M. 托卢巴耶夫，见《玛纳斯百科全书》第 1 卷，第 265 页）

9. 悲剧性（трагедиялуулук）

悲剧性属于哲学的审美范畴，可理解为与敌对势力的冲突和斗争的不可调和性，并基于此诠释其思想内涵。这种斗争随着人类的创造活动和进程不断发展，并与人类的痛苦和死亡融合在一起。在世界文学艺术史上，悲剧性的解读在各个时代不尽相同。例如：在古印度哲学中，人死后会再次重生，再次变为生命来到人间，悲剧性通过将死亡视为生命的循环反映出来。亚里士多德将悲剧性对观众产生的影响叫作净化，认为悲剧可以净化人的内心世界。古希腊戏剧就是从这一角度看待悲剧的。数千年来，人们将人物的死亡与各种悲剧与上帝的旨意联系在一起，认为一切都是命中注定。自文艺复兴时期以来，悲剧人物的积极性和独立自主性走向了台前。在世界文学史上，作品的悲剧特征大多表现在人物行为的能动性与自主性上，悲剧性就源于这种积极的、英雄主义的坚定豪放直率之中。

《玛纳斯》史诗中的悲剧性也离不开世界文学艺术的源头。史诗中的悲剧性与人民生活以及战争时期的特点密切相关。同时，作为"吉尔吉斯人民灵魂的巅峰"（钦吉斯·艾特玛托夫）的《玛纳斯》史诗同时也是吉尔吉斯人民悲剧的巅峰之作。史诗人物的个人悲剧与民族的悲剧相统一，相互交融，彼此影响。悲剧性与作品的血肉交融不可分割，几乎每一个人物，每一部都有自己的悲剧。

从英雄史诗的特点而言，《玛纳斯》史诗中的悲剧性也来自历史的必然性与社会的现实之间的矛盾与冲突，史诗并没有超越真实的生活，也无法避免真实生活中的矛盾。① 也就是说，英雄勇士们在保护自己的人民和家园，与外族侵略者斗争的过程中，经历的死亡与灾难困苦构成了史诗悲剧的主要核心。主要包括英雄的死亡，人民遭到抢劫、掠夺，敌人（内部或外部敌人）夺得王位，欺压与不公大行其道，具有良好品格的英雄人物被流放后流离失所，妇女离开了心爱的人被迫改嫁（通常情况下是敌人）等诸如此类的全民族或个人所面临的苦难。此外，哀悼勇士主人的战马悲剧，其他的动物悲剧以及深重的大自然悲剧也得到了描述。按照日尔蒙斯基的说法："在英雄史诗中，真实的历史通过英雄勇士的死亡这一典型形式，成为共有的史诗整体情节不可分割的一部分。在父系氏族制度下，英雄成为这种氏族传统的牺牲品（《尼伯龙根之歌》中扎格夫里德遇害，贡达尔的牺牲）。或者，在后来民族自觉发展到一定程度的封建—部落组建过程中，勇士们作为民族和家园的保护者在战斗中牺牲②（如，哈萨克—诺盖史诗中的乌拉克勇士被其哥哥伊斯迈伊尔杀死，法兰西人的古代史诗中的罗兰，南斯拉夫诗歌中的米洛什·科比利奇等"）。与此不同的是，神话、故事以及古老英雄史诗中的乐观主义精神与永生的观念却极为突出，并保存了下来。吉尔吉斯族口头文学中，如果说达斯坦（《奥勒交拜和凯希姆江》《卡拉古勒博托姆》《穆尔扎和阿特萨特肯》等）中英雄人物的死亡都是典型的悲剧形式，与后一个时期的历史呼应；那么，在《玛纳斯》史诗中这一母题

---

① 参见 K. 马克思，Ф. 恩格斯：《关于艺术》第一卷，莫斯科，1976 年，第 26 页。

② В. М. 日尔蒙斯基：《比较文学》，列宁格勒，1979 年，第 216 页。

的处理方式却截然不同。古老民间史诗的创作者和演唱者并不想按照悲剧的最高形式让自己的主人公死亡。为此，他们创编出或神奇或虚幻地从人间隐身消失等情节，将英雄或者自己所钟爱的人物保留在悲剧中。他们的悲剧只在于退出战场变得消极等。但是，这是乐天派的民间神话故事中的悲剧，英雄不会死去，而仅仅是消失。每一部依家族循环原则形成的史诗都有一个极具悲剧性的结尾。

失去了阿勒曼别特、楚瓦克以及色尔哈克为首的著名勇士，回到塔拉斯的玛纳斯陷入了沉重的悲痛中。这不仅仅是一个英雄的悲剧，更是全吉尔吉斯人的悲剧。

> ……
> 镀金面的月牙斧
> 从顶部抓在手上，
> 紧紧地顶在腰肾部。
> 英雄放开声音嚎啕大哭
> 向着阿勒曼别特和楚瓦克的宫殿
> 嚎啕大哭着走来：
> "阿克库拉被射杀，阿雅西！①
> 它是金鬃，火红色腰带，阿雅西！
> 艾则孜汗的独生子，阿雅西！
> 我失去了阿勒曼别特烈士，阿雅西！
> 我的翅膀已经折断，阿雅西！
> 让我披黑戴孝，
> 我失去汗王楚瓦克，阿雅西！
> 我前去远征别依京，打败无数敌人，阿雅西！
> 这种世间难寻的人，
> 是我吞噬了色尔哈克，阿雅西！
> 我的翅膀被射断，阿雅西！
> 失去了豹子

---

① 阿雅西：柯尔克孜语中朋友的妻子昵称。

我走完了痛苦的人生历程，阿雅西！

我的翅膀被火烧着了，阿雅西！

所有的英雄豹子们

我却让喀坎秦消灭，阿雅西！

像一对双胞胎羔羊，阿雅西！

我把两人都吞噬了

我为何还要活在世上，阿雅西！

凶猛的老虎和狮子

它们冲来时我没有死亡，阿雅西！

阿勒曼别特、楚瓦克、色尔哈克雄狮

我却没有跟他们一起死去，阿雅西！

……”（萨雅克拜·卡拉拉耶夫唱本，《玛纳斯》第二卷，第223页）

　　“白桦树在哭泣，柳树也在哭，全体民众都在哭泣”。诚如玛纳斯对内心悲痛的表述，这不仅仅是玛纳斯自己的悲剧，也是全民族的悲剧。史诗英雄的死亡已经从个人的悲剧上升为全民族的悲剧。在此刻，悲剧性不仅是一种命运，而且通过英雄对命运的态度和抗争表现出来。也就是说，在玛纳斯奇的演唱中，英雄的死亡被视为降落在全民族头上的深重的无尽的黑暗。

……

九十五岁的阔绍依

泪水纵横交错；

九十高龄的阔绍依老者没有死

如高山般的英雄玛纳斯却死去，

人民失去了自己的依靠

上天为何如此无情

著名的雄狮玛纳斯死去；

他是否曾沿着河滩居住？

我的玛纳斯啊，你是否就像熄灭的火焰一样？

　　我的玛纳斯啊，那柄闪亮的月牙斧，

　　有谁来将它举起！

　　我这手掌般大小的故乡，

　　不让他伤心，有谁来率领？

　　忍冬木柄的月牙斧，

　　有谁来将其高举？

　　契丹人给我们带来了灾难

　　我的福泽满园的故乡

　　不让它尘土飞扬，有谁来带领？

　　……（萨雅克拜·卡拉拉耶夫唱本，《玛纳斯》第二卷，
第246页）

　　同样，与玛纳斯去世相关的阔绍依的悲剧不仅仅是他个人的悲剧，也是全体吉尔吉斯人民的悲剧。失去与分离的痛苦通过多种诗歌叙事手段（与死亡相对的，悲惨的，雄辩的提问等）来体现。史诗悲剧的结局往往标示着一个重大的痛苦的历史事件或"汗国的倾覆"。

　　悲剧时期是非常困难、沉重与复杂的。它不仅源于与可怕的外部敌对势力的一次次流血冲突，也源自每个个体内心的矛盾以及他们对生活的不同追求①。从这个角度说，阿勒曼别特的悲剧是每一位热爱故乡的人远离故乡时典型化的悲剧，他的痛苦与其对人民和家乡的思念有关。因此，阿勒曼别特的形象是在深切悲剧的心理中展示出来的。

　　史诗的悲剧性涵盖了人民生活的各个方面。钦吉斯·艾特玛托夫说，"在每个历史条件下，即使是社会风俗步入最高阶段的时候，艺术也不应该脱离悲剧时代和各种矛盾。如果艺术思维没有发展到悲剧，那将是非常遗憾的②"。《玛纳斯》史诗中最主要的艺术成就就是它达到了真正的悲剧的高度，有一生充满悲剧的人物，以及让听众闻之就不禁落泪的悲伤篇章。

---

　　①　参见 Г. Н. 波斯佩洛夫：《文学理论》，莫斯科，1978年，第201页。

　　②　参见钦吉斯·艾特玛托夫：《我们改变着世界，世界也改变着我们》，伏龙芝（今比什凯克），1988年，第204—205页。

史诗的悲剧性不会使听众灰心，失去信心而绝望，也不会让听众悲观。相反地，史诗的悲剧性会激发人们的信念，提升人们的精神品质，净化人的灵魂，促使人们随时准备为创造美好的生活而奋斗。

（撰稿人：A. 慕拉托夫，见《玛纳斯百科全书》第 2 卷，第 295—296 页）

10. 史诗（ЭПОС）

史诗（希腊语 epos——话，讲述，叙述）是歌颂一个民族的英雄事迹的诗歌形式的叙事作品。史诗艺术化地描述与人民、民族以及国家命运相关的重大事件。史诗产生于特殊的历史条件。在这样的历史条件下，个人无法从社会中分离出来，个人的利益也无法离开整体社会利益。史诗的内容由民族历史上的英雄人物的事迹构成。初期的英雄史诗中蕴含着很多民间的神话观念。吉尔吉斯族也有很多古老的神话英雄史诗。最经典的代表是《艾尔托什图克》和《阔交加什》。这两部史诗保留了很多属于神话英雄史诗的因素。卡尔·马克思强调古代希腊神话不仅是古希腊英雄史诗的宝库，也奠定了古希腊史诗的基础。类似《伊利亚特》和《奥德赛》这样的史诗可能只有在"人类的童年时代"才能创作出来。那个时代诗歌和散文还没有分开，社会矛盾也不是那么的明显。因此，故事小说的说唱者不仅仅以自己的名义，更是以全体人民的名义进行讲述。"人民性是叙事长诗唯一主要的条件"。（В. Г. 别林斯基语）。英雄史诗中故事说唱者作为一个传达全人民，全民族思维观点的人存在。史诗具有广泛而全方面地艺术地描绘社会生活的特点。古希腊人的全部生活（风俗、习惯、信仰、精神观念等）如何在荷马史诗中都得到了艺术的呈现，吉尔吉斯人的生活在《玛纳斯》史诗中也以同样的艺术水准得到呈现。古希腊人以及吉尔吉斯人从自己的英雄史诗中找到了所有感兴趣的问题的答案。像《玛纳斯》和《伊利亚特》这样的史诗中民族意识的所有重要方面都得到了高度艺术化的呈现。也就是说，《玛纳斯》和《伊利亚特》这样的史诗通过艺术的形式，高度评价和赞扬了真正的英勇气质，不怕牺牲的英雄精神，以及不畏艰险的顽强意志。因此，战争成为《玛纳斯》《伊利亚特》以及《奥德赛》等史诗的主要内容也就不足为奇了。战争冲突和矛盾更加全面地展示了生活在英雄时代的人民的风貌，为更广泛地艺术化地展现他们的生活创造了条件。毋庸置疑，社会风貌和民族所有的重要特征在史诗中都占据了重要地位。

英雄史诗情节的安排，结构的构建，人物形象的体系，艺术特色也同样具有自己的特点。世界知名的《玛纳斯》史诗，《列王纪》等作品具有丰富的内容，繁杂的情节，众多的人物，各种艺术手段也很丰富。例如，《玛纳斯》史诗是根据家族系谱循环延续的原则而发展的作品。史诗以玛纳斯英雄的英勇无畏开始，以他的儿子赛麦台和孙子赛依铁克的英勇而结束。按照伟大的玛纳斯奇萨雅克拜·卡拉拉耶夫的唱本，史诗讲述了玛纳斯五代子孙的英雄事迹。而中国的居素普·玛玛依将《玛纳斯》史诗唱到了第八代。《玛纳斯》史诗的每一部都有其独特性，都是一部完整的作品。每一部作品都遵循人生时序的传记，并按照延续循环的原则发展。史诗的情节围绕着英雄玛纳斯一生主要核心事件发展。其他的一些附加事件也要服从于这些核心的主要事件，并起到补充作用。《玛纳斯》史诗的叙事中心是玛纳斯的英雄形象，其他的形象塑造也是围绕着他的形象运转。

随着社会生活的变化发展，史诗的特点以及内容也会相应地改变。在一个特定时期里，《玛纳斯》和《伊利亚特》这样的史诗被纳入民间文学。人们在这一范畴内评价史诗，史诗不仅受到尊崇而且被一代代传承。在英雄史诗中，民族性格的突出特征是，人民对生活和世界的观点和态度；为了民族的独立而抗争。这些都按照独具史诗特色的方式得以呈现，因此具有独特的不可重复的特点。因为产生这些作品的古风、古时以及古人的生活都无法重来。

随着社会生活的改变，史诗的内容也会发生变化，并会产生不同的主题。在没有发达的书面文学的游牧民族中，歌颂英雄的英雄史诗一直不断地得到发展。吉尔吉斯族中除了《玛纳斯》史诗外，还有被称作"小型英雄史诗"的《库尔曼别克》《加尼西与巴依西》以及《埃尔索勒托诺伊》等史诗。这些史诗艺术化地展现了吉尔吉斯民族后期时代的生活。这些作品的主题基本上也都是反抗外来敌人的侵略。《玛纳斯》史诗中常会出现神话幻想情节以及人物形象，而在这些"小型"英雄史诗中基本上是对真实历史事件的艺术展示。

史诗在各民族社会生活中占据重要艺术地位和作用，是在民间广为流传的叙事文类。社会生活的发展与阶级矛盾逐渐激化，为《玛纳斯》和《伊利亚特》这类史诗的诞生创造了条件。

总之，史诗最突出的特征是，描述与一个民族的命运休戚相关的事件，展现主人公的全部人生经历，主人公终其一生来实现爱国主义理想，主人公与故乡人民利益与共。因此，人物形象各具特色同时又反映了人们心中所有的美好性格，从而成为典型形象。

史诗不仅是反映一个时代的艺术世界，而且也包含了多个时代的特征。史诗具有重大的美学、历史以及哲学意义。

（撰稿人：C. 别噶里耶夫，见《玛纳斯百科全书》第 2 卷，第 371—372 页）

11. 特性修饰词（Эпитет）

特性修饰词（源于希腊语 epitheton）是一种通过缀接突出、明确所修饰的事物的性质、特征并加强其艺术形象，赋予其诗性的美感的诗歌语言工具。一些学者认为它仅仅是一种修辞形式（仅仅是把华美的定语、宾语以及强调情感表现属性纳入特性形容词的范畴），另一部分学者则扩大其内涵。例如：Л. И. 季莫费耶夫认为特性修饰词是通过各种补充对一个词的意义加以扩展，从而辨别和确定这些词的各种特点、性质以及状态。按照这样的观点，所有的特性形容词都可以列为形容词。《玛纳斯》史诗中的特性修饰词种类多且数量大，从规模较大的扩展类型到最小的精细类型，无所不有。在应用方面，它类似对比、夸张的手法，是史诗中最常用的语言艺术描写方式。从构成而言，史诗中的特性修饰词分为以下几类：固定（独立的）的特性修饰词，特征性特性修饰词，多重复合型特性修饰词。固定特性修饰词是指明史诗中人物、骏

马或者某个物品、自然现象的专属属性，以固定不变的形式得到运用的
那些特性修饰词。例如：松散刘海儿的阿依达尔，跛脚铁匠波略克拜，
卡塔干之子汗阔绍依，阿依阔勒（慷慨的）玛纳斯，猎豹玛纳斯，散
发着血腥的英雄交牢依，散发麦子味的英雄交牢依等。固定特性修饰词
在双重结构中和多重复合结构的以及大型特性修饰词中也常遇到。
例如：

> Эки Кемин жайлаган,
>
> Эгиз кара ат байлаган,
>
> Кара токой мал эткен,
>
> Кара үңкүрдү үй эткен,
>
> Кара тилин кайраган
>
> Кан алдында сайраган
>
> Эйбит таздын эр Үрбү
>
> Жетимиш эки тил билген
>
> Жеткилең чечен эр эле.

> 两个凯敏作为故乡，
>
> 门前拴绑两匹黑马，
>
> 在黑森林中放牧，
>
> 在黑山洞里安家，
>
> 巧舌从不会间断，
>
> 在汗王面前话语不断，
>
> 秃子艾比特之子英雄玉尔比，
>
> 能通晓七十二种语言，
>
> 是一位十足机智的好汉。

玉尔必的这一人物形象在 1862 年 B. B. 拉德洛夫记录的唱本，乔
坎·瓦利哈诺夫记录的片段中，萨恩拜·奥诺孜巴科夫的唱本以及其他
的文本资料中都是按照上述特征出现或者稍加改动。这一特性修饰词可
以被认定为是多结构形态的、固定的、复合型方式，专门用于描述玉尔

必个性的特征性修饰词。《玛纳斯》史诗中这样的特性修饰词数以百计。

从结构构成而言，特性修饰词分为双重或配对结构的特性修饰词（被修饰名词和修饰性形容词）、三重结构特性修饰词、四重及多重结构的特性修饰词等。在这类特性修饰词中，双重结构的特性修饰词在史诗中最为常见。例如：英雄玛纳斯、雄狮玛纳斯、猎豹阔绍依、汗王阔绍依等。《玛纳斯》史诗中很多人物的特定的名字以及战马的各种称谓都属于这种双重结构的特性修饰词。例如，阿依阔交 Айгожо（Ай + Кожо）；年轻的阿依达尔（Жаш Айдар）；科尔格勒恰勒，Кыргылчал（Кыргыл + чал）；阿依曲莱克，Айчүрөк（ай + чүрөк）；空吾尔拜，Конурбай（хонгр + бай）；阿吉拜，Ажыбай（ажы + бай）；波孜吾勒，Бозуул（боз + уул）等等。除此之外，还有汗王阔交（Кан Кожо）、阿克萨依卡丽（Ак Сайкал）、克孜萨伊卡丽（Кыз Сайкал）、喀拉托略克（Кара Төлөк）等等分开的形式。三重结构的特性修饰词的组成如下：卡塔干之子汗科绍依（Катагандын кан Кошой）、占卜者黑托洛克（төлгөчү кара Төлөк）、末世的女英雄萨依卡丽（кыяматтык кыз Сайкал）、四十首领科尔格勒恰勒（кырктын башы Кыргылчал）等。上述关于玉尔必的特征修饰词则属于多重复合型特性修饰词或者多重结构特性修饰词体系。

从内容方面而言，史诗中的特性修饰词也可以分为：表现人物性格的特性修饰词（如上举例）；描述史诗中战马及其他用来做交通工具的牲畜特点的特性修饰词：阿克库拉（ак + кула），萨热拉（сары + ала），阿克萨热戈勒（ак + саргыл），阿勒哈拉（ала + кара），阔克布卡（көк + бука）等；关于战马级其他交通工具的特性修饰词。这些特性修饰词既包括双重结构也有多重结构。

关于武器装备、家具的特性修饰词有：武器装备（色尔长矛，月牙斧，白钢利剑等），战争服饰（头盔，战袍、白皮袄，蓝皮袄，铠甲，盾等等），战马装备（金马鞍，锦缎马鞍盖，昂贵的细织地毯，布勒杜尔孙马鞭等等）以及各种生活用品和家具的特性修饰词。

史诗中关于自然现象、时间、季节、各种度量衡等的特性修饰词可以划分出不同的种类（寒风刺骨的冬天，酷热的夏天，晚秋，乌云，昏暗的夜晚等等）。《玛纳斯》史诗中也有大量反映专用地名的特性修饰词。如，地的中心灰山岗（бжер ортосу Боз-Дөбө），伊塞克湖（热湖，Ысык-Көл），卡拉套山（黑山，Кара-Тоо），阿拉套山（花色的山，Ала-Тоо），艾克凯敏（两个凯敏，Эки-Кемин），阔兹巴什（羊羔头，Козу-Башы），乌伊热勒毛湿地（Үйрүлмөнүн Кара-Саз）等和民族部落名称，如黄色诺盖人（Сары Ногой），密密麻麻的满州人（Калы к кара көп манжуу），卡勒德吉尔吉斯人（калың кыргыз），厄鲁特人（ойрот），阿尔泰卡拉汗的臣民（алтайлык кара кан эли）等。这些特性修饰词大部分都呈现出彼此交融、相互影响的特点。

特性修饰词也可以按修饰性质和功能方面加以划分。与数字相关的特性修饰词：40 个勇士、9 层天、大地的 7 个角、40 个奇勒坦圣徒、1000 个士兵组成的军队。传统的神秘数字有：3、7、9、12、30、40 等。与颜色相关的特性修饰词：由白色、黑色、黄色、红色、蓝色、绿色等形容词组成。内含"白色"的特性修饰词在乔坎·瓦里汗诺夫记录的仅由 3319 行诗组成的"阔阔托依的祭奠"中含有"白色"的各种特性修饰词就大约有 30 个，重复出现的频率则超过了 100 次。例如：白色大锅（ак казан）、白色宫殿（ак сарай）、白色大袍（ак көбө тон）、白色荆棘（ак тикен）、白猎隼（ак шумкар）、白纸张（信件，ак кагаз）、白色帐篷（ак чатыр）、白马鞍（ак ээр）、白钢（ак болот）、真诚祈福（ак бата）、阿克凯勒铁神枪（ак келте）、白匕首（ак тинте）、阿克奥乐波克战袍（ак олпок）、灰白色骏马（ак боз ат）、白兔马（ак коён）等等。在维·拉德洛夫记录本中"包克木龙（Бокмурун）"一章中，这类特性修饰词也都得到保留。仅在"阔阔托依的祭典"中，关于史诗主要英雄玛纳斯的特性修饰词就以多种形式展现。比如，玛纳斯勇士（эр）、玛纳斯英雄（баатыр）、国王（падыша）玛纳斯、敦实适中的玛纳斯（эң чегер бойлуу эр Манас）、加克普汗之子玛纳斯汗、加克普汗之子年轻的玛纳斯、戴王冠的玛纳斯、撒马尔罕的萨尔特玛纳斯、黄耳朵狗玛纳斯（受情景限定的特性修饰词，仅出现一次）、英雄同胞、英雄玛纳斯等 20 多种。史诗中的特性修饰词的功能和结构十分复杂多变。特性修饰词作为诗歌艺术语言的一个特殊类型而形成，在总体结构和基本特征方面与其他大部分民族具有共性。但是其蕴含的深刻内涵，在具体的每一部作品中或同一类题材体系中所发挥的功能均各有不同。关于《玛纳斯》史诗的特性修饰词，部分学者曾有过总体的论述（Б. 凯利姆江诺娃、С. 别戈利耶夫、Р. 克德尔巴耶娃、С. 扎克罗夫等）。史诗的特性修饰词还有待专门和多方面的研究。

（撰稿人：К. 波托雅诺夫，见《玛纳斯百科全书》第 2 卷，第 369—370 页）

12. 《阔阔托侬的祭典》（Көкөтөйдүн ашы）

1856 年在伊塞克湖北部地区，乔坎·瓦利哈诺夫监督一位懂阿拉伯字母的人记录了《玛纳斯》史诗的片段，是《玛纳斯》最早记录的文本资料之一。阿拉伯字母的吉尔吉斯语文手写本共计 47 页，3319 行诗文。由乔坎·瓦利哈诺夫请人记录下来的"阔阔托侬的祭典"这个章节存在于所有的《玛纳斯》唱本中。这一文本与其他唱本的不同点在于，这个文本中阔阔托侬的祭典是在阿尔泰汗王图普科的属地举行，而在其他一些唱本中在克尔克拉草原上举行。这个资料的原始文本至今保存于苏联科学院东方学院档案库中。乔坎·瓦利哈诺夫译为俄文的原始稿保存在苏联中心文学档案库中。这个译文通过 N. I. 维谢洛夫斯基院士的编辑被编入乔坎·瓦利哈诺夫一卷本选集中刊布。后来又被选入其五卷本文集中出版。哈萨克斯坦科学院院士 А. 马尔古兰还曾刊布这一资料的影印版[①]。之后，他还将这个文本翻译成哈萨克文出版[②]。1977 年，英国伦敦大学教授亚瑟·哈图对本文进行拉丁文转写并以散文形式翻译成了英文，加以大量注释在牛津大学出版。这一文本的吉尔吉斯文转写翻译工作由 К. 波托热尧夫和 Х. 伊布拉耶夫完成。

在乔坎·瓦利哈诺夫记录的这一文本中，阔阔托侬是一位德高望重、受人尊敬的汗王。作为诸盖部落汗王的阔阔托侬在弥留之际召集部

---

① A. 马尔古兰编：《乔坎与〈玛纳斯〉》，阿拉木图，1971 年。

② A. 马尔古兰编：《"阔阔托侬汗王的传说"：由乔坎记录的〈玛纳斯〉片段》，阿拉木图，作家出版社，1973 年。

落众人讲述自己的遗嘱，并叫来萨热诺盖之子，有松散刘海儿的年轻阿依达尔，让他骑上神骏玛尼凯尔向诺盖出发，向巴依之子巴依木尔扎通报阔阔托依已经垂危的消息，要求他们前来聆听遗嘱。听到这个消息，诺盖尊贵纷纷前来。阔阔托依在自己的灰色宫帐中向他们诉说自己的遗嘱。他说，"乡亲们：我死去之后，要用战刀刮干净，要用马奶子清洗干净，然后要让我穿上铠甲，并用皮革包裹，把白钢锅作枕头，让我的头朝西埋葬。要将红色的丝绸驮到红色的公驼背上，要将黑色锦缎驮到黑色公驼背上，要让六十个诺盖部落，牵着四十个驼队给我送葬。要让驼队首领卡拉萨尔特用八十只公山羊的油脂炼出的油拌成的泥土烧制出来的砖头，在下游的道路上面，在上游的道路下面的地方建造白色陵墓，把我安葬在白色陵墓里。在我的陵墓跟前用马驹、骆驼，用四岁母马作为奖品进行赛马。这就是我要说的。"然后，他为人们祈福，祝愿人们幸福安康。之后，他转向巴依之子巴依木尔扎，说道，"我曾经驯养迷途的雄鹰，并召集起流离失所的人们，我曾经驯服了桀骜不驯的鹞鹰，我曾团结各部落民众。我死去之后，你一定不要让团结的民众散伙，要给徒步者赠送马匹，披上大氅，继续团结民众，万众一心。千万不要冷落我从野地里捡来的独生儿子包克木龙，不要把他看成是野种和孤儿，只要你们精心护养他三年时间，他定会成长为一名男子汉。到那时你们将他放在毯子上面抬起来，让他继承我的王位成为汗王。我的四十天祭日到来时，你们邀请契丹高鼻梁的空吾尔拜前来，他的本名是翁吾尔拜。在举办我周年祭奠时，加克普之子年轻的玛纳斯，个头不高的英雄玛纳斯，刚刚誉满人间，他前额宽阔，黄色脸庞。你们一定要前去与他商谈，邀请周边各种宗教人士，把欠我的这个愿望实现。"说完这些，阔阔托依慢慢闭上眼睛离开人世。众人用挽歌悼念阔阔托依，并按照他的遗愿，用战刀刮干净，用马奶子洗干净，将其安葬在白色陵墓中。

在多雨的春季，盖诺人举办了赛马活动。赛马中，阿依达尔汗之子阔克确的坐骑青花马（阔克阿拉）夺得比赛第一名。他获得的奖品是九个牲畜为一打的六打共五十四个大小牲畜，带着驼羔的一对公驼和母驼，带着孩子的诺盖女仆，用绸缎搭建的帐篷一座。巴依木尔扎也遵照阔阔托依的遗嘱，带着自己的部落臣民来到其布拉特奇草原定居，照顾和守卫民众，认真驯养着玛尼凯尔神骏。岁月流逝，诸盖民众都搬迁到高鼻子契丹人空吾尔拜的领地定居。给他赠送花头走马，栗色骏马，完成了阔阔托依的四十天祭典活动。

诸盖人集中在大地之中心波孜多别召开会议。大腹便便的尊贵们在那里自行商量。在商议会上，巴依之子巴依木尔扎与他们的意见相左。

一天，包克木龙骑着玛尼凯尔骏马来到巴依木尔扎勇士家里对他说，"你天天商讨事情，对我到底有什么建议？我不会听你的话，我也不会让你做主，我要自己主持举办父亲的周年祭典。我不会搬迁到安集延。你自己搬到撒马尔罕的萨尔特玛纳斯身边吧。我不会去。要不然，我要带着众多诸盖民众，沿着大河，顺着波塔湿地，去头上戴着大黑锅大小的黑帽子的卡勒玛克汗王英雄交牢依身边，如同亲人一般相邻而居。给他赠送花头走马，栗色骏马，戴上他的红宝石做汗王。给我的雪青马钉上马掌，日夜兼程搬迁。然后，让我的坐骑修整六天，背上九十匹马的大米，带着九十匹走马去见图普科汗王。到那时我再支起华丽的毡房，邀请所有的人参加阔阔托依的周年祭典。"就这样，诸盖人铺上厚厚的地毯推举包克木龙为汗王。

包克木龙四处寻找和打听能够派出去邀请四方客人的合适人选，最终找到蓬松刘海儿的年轻阿依达尔。他说："我要宰杀阔阔托依大量的牲畜为他举办祭典，想让你前去邀请民众和巨人，赶来马匹。"此时，蓬松刘海儿的年轻阿依达尔回答说："我不会替你前去邀请客人。我也不会被巨人吓到。你以为我和你相邻而居就想指使我吗？每月分成六个时间段，我分别要绕六趟，等我绕完回来，家里六十岁的老爹肯定会身体衰竭而失望。大地的角落有七片，等我把这些全部绕完，我那七十岁的老娘可定会死亡。我不能去。"包克木龙生气地说："蓬松刘海儿的年轻阿依达尔，你既然不想去邀请客人，不想去赶来马匹，那我自己去。我回来之前，你就先做好祭奠以及赛马的奖品的准备吧！等我回来之后，我要设定你作为赛马的头名奖品，而要把你的父亲和母亲作为末位奖品。"年轻的阿依达尔听到这话吓了一跳，立刻嬉皮笑脸地说："在开玩笑，惹您生气了。我的包克木龙汗王。请您送我坐骑和大袍。我要骑上你的骏马，穿上您赠送的大袍立刻上路。"包克木龙回答说："我的六十匹马是骏马，九十匹马是劣马。你可以随便挑选合适的乘骑。"年轻的阿依达尔提出："与其骑上你的花马驹死在英雄手里，还不如死在你手里。你要给就把你自己坐下的玛尼凯尔骏马给我乘骑，然后再穿上你身上的白战袍出发去邀请英雄。"包克木龙无奈之下，只好答应他的条件，把玛尼凯尔骏马和自己身上的白战袍给年轻的阿依达尔。担心出事，就将玛尼凯尔神骏的秘密告诉了他。然后，将邀请客人的名单告知了他。最后说："我们在牛毛一样密集的敌人中间生存，他们离得近还比较容易邀请来。你首先去寻找居住在高山峻岭之中，曾经开启通往别依京的大门，打通去往吐鲁番的道路，让冷落的集市恢复繁荣，营救过江格尔和卓的儿子比列热克，人民的长老英雄阔绍依将他邀请。你要让他亲自前来参加祭典，还要让他带着骏马祭典赛马。然后，你去前往巴克旗陶山作为夏季草场，驯养着黑色骏马，不畏强权固守家乡，阿克塔尔塔兹之子，孟阔部落的首领，英雄玉尔比邀请，要威胁他一定要来临。再往远去邀请康巴尔之子阿依达尔汗，阿依达尔汗之子英雄阔克确，一定要让他带着自己的青花骏马阔克阿拉来参加祭典的赛马。然后去邀请阿额什和阔交什，阿勒凯和博别克，别克什和且克什，阿勒屯库乐科和凯尔库乐科，萨伊卡丽和波略特，铅耳朵的巧云阿勒普巨人，木墩耳朵的杜牧尔巨人，拥有镰刀耳朵有一匹浅白的母马的名叫奥荣岛的女人，你要将他们全部邀请。他们必须全部前来，见识一下祭奠的隆重场面。如果有谁不来，那就要在自己的宫殿前看到我征讨的红色大纛。然后你要前去邀请艾启凯之子艾迪盖，让他一定要带上塔尔兰波孜灰花骏马前来参加祭典赛马。驻守杰特苏地方的节迪盖尔之子英雄巴格什要带来自己著名的速尔库南（三岁灰公马）骏马参加祭典赛马会，争夺赛马大奖。再往更远，你要邀请那骑着套卡拉（山黑色）骏马的英雄卡拉奇要来到我身边，要让骏马参加比赛。你还要通知那位铁石心肠的加纳勒英雄。让他带着自己的栗色骏马参加比赛，争夺奖品，观摩隆重祭典。再往远，就是在众圣人的祈福之中诞生，属于九个兄弟中最小的艾尔托什图克也一定要带着自己的骏马恰勒库依茹克前来，让骏马参加比赛，自己要给我主持祭典，品尝鲜肉中的尊贵部位。再往前去，居住在两座大山之间的是奥鲁斯汗之子阿克拜、曼别特带着他们的阔克阔永（青兔）和阿科阔永（白兔）骏马参加比赛。走过这些地方之后到达波彦汗，波彦汗之子恰彦汗，恰彦汗之子喀拉汗，喀拉汗之子是加克普汗，加克普汗之子是玛纳斯汗，你一定要找到他，把祭典的消息传送，要让他带着阿克库拉神骏前来参加比赛。要让他自己前来主持我的隆重祭典。然后，你再往前去，就去把身边佩戴绣花的箭袋，驻守在撒马尔罕山岗，手持拐杖，住在大路边上的阿依阔交邀请。让他带着自己的阿依万波孜（灰野兽）骏马前来参加比赛，还要亲自为祭典给予祈祷祝福。你要让他在手掌般的白纸上写上所有消息带回来。你要将大地转三遍，给所有的英雄把邀请传达，最后从节勒坡尼西山返回来。"说完这些，他还交代了赛马会的奖品设置情况。头奖是九件锦缎里子的裘皮大衣，九十名奴仆，九十名女佣，无数只黄骆驼，无数匹黄色白额斑的牝马。最后一名也会得到一匹百花头的走马，六十个骑着马的随从，带着驼羔的单峰驼，带着孩子的女仆，锦绣披盖的毡房。

　　年轻的阿依达尔首先来到驻守高山峻岭的英雄阔绍依身旁。寒暄问候之后，阔绍依向年轻的阿依达尔询问长途跋涉前来的原因。年轻的阿依达尔向阔绍依讲述了自己受命前来邀请他参加阔阔托依的祭典，并详细讲明为了祭典的准备情况丰富奖品的情况，并说如果不带着四十只骆驼驮着的礼品，驱赶着四十匹牝马前去实现自己的誓言，那就会看到阔阔托依的红色战旗插在他的城门上。说完这些，年轻的阿依达尔继续上路。来到阔克确的宫殿，气势汹汹地把同样的话又对阔克确说了一遍策马离去。然后他来到加克普之子玛纳斯时，玛纳斯正好躺在一边，让手下的四十勇士展开"攻打皇宫"游戏。年轻的阿依达尔骑着马直接进入宫中向玛纳斯施礼问候到："青色的四岁骏马有头脑，阔阔托依的祭典即将举行，祭奠的赛马要举行，早已经准备了丰厚的奖品，给每一位尊贵的客人都有特定的熟肉的部位，请你前去主持祭典。年轻的阿依达尔把对阔绍依说过的话向玛纳斯也重复了一遍。玛纳斯气愤地转过头命令科尔格勒恰勒为首的四十勇士将这个鲁莽的家伙的头砍下并将其骏马也斩杀。"正当四十勇士把年轻的阿依达尔拉下马来准备斩杀时，阿依达尔哭泣着向玛纳斯祈求道："尊贵的帝王啊！我是一个独生子，请您千万要饶恕我。"玛纳斯抬起头，用朦胧的眼光看着他，捋了捋粗大的胡子。回想起自己的身世，便决定饶恕他并让人放了他。年轻的阿依达尔又开始向玛纳斯祈求："我尊敬的汗王，我一步都不想离开您。我愿意报犬马之劳，为您赴汤蹈火，为您輔马，一心一意扶持您。"玛纳斯听到这句话，又开始对他们没有提前和自己商量祭典事宜而怒火中烧。于是命令四十勇士前去将卡勒卡曼的黑骏马和艾拉曼的另外两匹马抓来，收起白色宫帐拆下来驮到黄骆驼上，把青色毡房拆下来驮到青花驼背上。坐骑之外再加一匹备用骏马，向着包克木龙驻地进发。如果我不惩罚包克木龙，那就让我玛纳斯的威名消失。这时，年轻的阿依达尔又立刻祈求："我尊贵的汗王啊！您绕着山湾然后再返回来可能足足需要花费若干年时间。请您放开我吧，我会将竞赛规则和准备的奖品给您细说一遍。参加赛马会的头奖奖品是九件锦缎里子的裘皮大衣，九十名奴仆，九十名女佣，无数只黄骆驼，无数匹黄色白额斑的牝马。不说中间的奖品，我只讲末奖也会得到一匹百花头的走马，六十个骑着马的随从，带着驼羔的单峰驼，带着孩子的女仆，锦绣披盖的毡房。"玛纳斯听完这话，让人放了年轻的阿依达尔。年轻的阿依达尔又重新骑上玛尼凯尔骏马前去向阿依阔交送信。

年轻的阿依达尔走了之后，玛纳斯对四十勇士说："你们都骑上清一色的黑灰色骏马，穿上整齐划一的青黑色外衣，带上足够的箭矢弹药和武器装备，准备上路。给坐骑阿克库拉骏马换上丝线编成的缰绳，披上锦缎的马披，牵着它一起出发。"就这样，玛纳斯率领勇士们出发。一路奔驰的年轻阿依达尔来到了将马拴在一旁这在做祷告的阿依阔交身旁。年轻的阿依达尔向阿依阔交施礼问候："青色的四岁骏马有头脑，阔阔托依的祭典即将举行，祭典的赛马要举行，早已经准备了丰厚的奖品，给每一位尊贵的客人都有特定的熟肉的部位，包克木龙对您有邀请。他请您前去主持祭典并为参加祭典的人们给予祝福语。还让您下上巴掌大的信函交给我带去。"听完此话，阿依阔交给与了真心的祝福。在初春的季节里收到邀请的各路英雄好汉们从四面八方纷纷汇聚而来。多如牛毛。包克木龙看到玛纳斯迟迟不来，心里很不快地说："难道他不是来参加祭典，而是来制造事端。"他最后还是决定带着礼物前去迎接玛纳斯。于是，他让人在九匹走马背上驮上黄金元宝，并牵着喇叭头的苏尔交尔呙骏马和石鸡脑袋的青灰走马前去迎接玛纳斯。突然在前方看到饿鹰般的英雄玛纳斯正率领四十名骑着黑灰骏马穿着清一色青黑色外衣的威武地走来。玛纳斯见到包克木龙气愤地对他说："我要让你见识一下，我要让你鲜血流淌。这难道是你或者是巴依之子巴依木尔扎能够做主的事情吗?"包克木龙回答道:"我的汗王!如果您想取我的性命,让我流淌鲜血,要砍下我的脑袋的话就请便,我就在这里。"玛纳斯说:"我要揪下你的耳朵,杀尽你所有的人,让你从此灭绝。"包克木龙回答:"我的尊贵的玛纳斯英雄!您深谋远虑,您胸怀宽广,今天就请原谅我吧!"说着,他把九匹走马亲自一一牵到给玛纳斯跟前。尤其是看到驮在马背上的金元宝,玛纳斯认为自己在各地前来的各种宗教的客人面前首先得到丰厚而怒气消散。此时,玛纳斯突然看到卡勒玛克人叽里哇啦地叫嚷着毫无忌惮地抢走一排排大锅里正在煮熟的肉,故意制造事端,立刻怒火中烧,催马跑过去,用紧握在手中的那根外面用四岁壮马的皮带编织而成,用壮年的公牛皮做鞭芯,用壮牛犊的皮做套绳的布勒杜尔孙鞭子狠狠地将带头争抢肉食的有些卡勒玛克人的脸部抽的皮开肉绽,有些脑袋抽的鲜血直流,然后又将他们倒挂在拴马桩上。人们平息下来,给玛纳斯祈祷祝福。

卡勒玛克的首领涅斯卡拉为了弄清来参加祭典的英雄好汉,假装借向阔绍依问安而向他打探吉尔吉斯一方到底有哪些英雄和巨人前来。当他问:"尊敬的长者英雄阔绍依!那位月牙似的耳朵如同盾牌,瞪大的眼睛向启明星,鼻子如同山岗,胡子如同戈壁的芦苇一样的家伙到底是谁?"阔绍依蔑视着涅斯卡拉说:"你这该死的疯狗!你为何连他都不知晓?他就是十二岁时拉弓射箭的加克普之子玛纳斯。你怎么还不知道?"就这样,涅斯卡拉将吉尔吉斯族的英雄艾尔托什图克,叶迪盖,玉尔比,埃尔卡拉奇以及其他英雄都一一审视评判了一番。然后他又将前来参赛的骏马一一加以审视,最后将注意力放在阿克库拉身上说:"参赛的骏马中阿克库拉是一匹无敌的骏骑,它会获得比赛冠军。但是,奖品会被交牢依抢走。"然后,涅斯卡拉要求阔绍依做主将玛尼凯尔作为礼物赠送给卡勒玛克首领艾散汗。阔绍依回答说:"我做不了主!我得先去和玛纳斯商量商量。如果他要求给你,我会亲自将玛尼凯尔牵过来送到你手上。如果玛纳斯不同意你就再也不要让我看到你。"阔绍依来到玛纳斯身边对他说:"涅斯卡拉是一个不好惹的东西,他说玛尼凯尔骏马是让艾散汗的骏骑。你不如把玛尼凯尔转送给交牢依,并与他商量如何顺利完成祭奠的事宜。"玛纳斯听到阔绍依的话回答道:"你为何如此低三下四,胆小怕事?那混蛋最好去吃屎吧!"说完,玛纳斯命人鞴好浅黄马骑上，挥鞭策马就冲入多如牛毛的敌人群中。那些索取玛尼凯尔骏马的混蛋们看到玛纳斯威武的身影立刻缩头缩脑，并排跪在地上，不断磕头，毕恭毕敬地不敢说："这个祭典完全由您做主，您来安排赛马的事宜，所有的事情都交由您做主办理。各种娱乐活动也有您来负责开头。"怒火中烧的玛纳斯说："是谁让你有说话的权力，是谁让你先开口的？"说着，他就挥动手中的布勒杜尔孙鞭子抽去。就这样，所有人心服口服地将祭典的主持权交到玛纳斯手中。

玛纳斯来到阔绍依身边与他商量之后说："马匹到达起点需要六个月，回来六个月，总共需要十二个月。所以，骑在参赛马背上的孩子们不能饿着，一定要在马鞍后鞴的帮带上绑上足够的干粮和水。在等待过程中举办各种游戏。"就这样人们开始准备赛马的事宜。双方的赛马裁判走出来清点参赛马匹，参赛的马总共有两千零八十匹。包克木龙对骑着玛尼凯尔准备参赛的年轻的阿依达尔这样嘱咐和交代："玛尼凯尔跑六个月才完成热身，跑七个月的路程才会达到巅峰。不久前在撒马尔罕举办的萨热汗的祭典上甩掉众多骏骑赢得了第一名。当到达起点准备返回时，你一定要紧紧扯住马嚼带，不要放松玛尼凯尔的缰绳。要不然玛尼凯尔会提前三天到达终点，别人会指责和笑话我们说把客人从远方请来却独吞自己设立的奖品。"然后才送他启程去往起点。

第二天，包克木龙派人去往草原把阔阔托依的九十群的马匹连种马和牝马统统驱赶来，然向大家宣布说请两个勇士上场摔跤，获胜者赢得这些马群作为奖品。看到这么多马群作为奖品，卡勒玛克汗王交牢依晃动着大山般的身躯走上场地叫嚷说他要赢得所有的马匹，谁胆敢上场就将谁摔死。看到交牢依身躯，阔绍依胆战心惊，有些不知所措起来。他走到各位英雄面前询问谁可以上场对博。他来到玛纳斯面前询问他能否上场为我们赢得荣誉时，玛纳斯回答说："哦！民众的长老英雄阔绍依！我骑在阿克库拉马背上时，阿克朵巨人上来我可以将其掀翻，阔克朵巨人前来我会将他斩杀。我是一只不能徒步搏杀的猎犬，我不能和交牢依上场较量。你所需要的奖品我可以给你。"听到这话，阔绍依无奈地要求托什图克、阔克确、加恩拜、巴额什上场也都遭到婉言回绝。巴卡依、曼别特等也故意躲避。正当无奈地最后找到阔克阔永时，阔克阔永同意上场与交牢依交手并说"大哥啊！我死了也没有遗憾，如果不死我就为民众赢得荣誉。"阔绍依非常高兴，为了出奇制胜，他故意让阔克阔先躲起来，到时候突然出现在摔跤场上。玛纳斯观察到这个情况之后，来到阔绍依面前很不快地直言不讳地说："这个孩子如果上场对决一定会丧命，到那时我们就会在敌人面前丢尽颜面。这个机会可是你自己的。你与交牢依交手死了也就死了，如果不死那就会赢得荣耀。"这时，已经九十五岁高龄的阔绍依无可奈何发出深深的感叹："我现在为何不是二十五，不是三十五，不是四十五，不是五十五，不是六十五，不是七十五，不是八十五啊！"当阔绍依正准备上场时，阿依达尔汗之子阔克确走上前来对他说："英雄啊！你的裤子是一条旧的落了虫子的薄鹿皮。敌人的汗王英雄交牢依一定会把一只手伸进你的裤裆，另一只手拽住裤脚把你的裤子撕烂。如果遭到这样的羞辱，那你的荣誉还能存在吗？你最好把卡妮凯用揉熟的野山羊皮精心缝制的卡尼达哈依皮裤从玛纳斯手上借来穿上。"这时，玛纳斯也立刻把妻子在离别时特意赠送的皮裤拿出来交到阔绍依手上。阔绍依穿上这条神奇而十分合身的裤子之后，高兴得如同幼驼一般冲到交牢依面前。交牢依如同单峰驼一样站起身来，为了吓唬阔绍依恶狠狠地对他说："喂！你的胆子倒不小，心脏如同马头一样大吗？你怎么胆敢和我对决？你的心脏如同羊头般大吗？你难道不害怕吗？我要抓住你的大腿，把你往撒马尔罕方向摔倒；我要抓住你的小腿，把你往布哈拉方向摔倒。如果我不把你摔死，那我交牢依的赫赫大名还有何用。"这时阔绍依接上了话茬："你这该死的疯狗，你凭借你的力气，我却要凭借神灵的帮助。"说着说着两位英雄便交上了手。两个人如同公驼一般，抓住对方的肌肉拉扯撕跩。又像公牛一样相互顶。不分昼夜连续较量四十五天不分胜负。玛纳斯站在一边当他们靠近时悄悄对阔绍依说："大哥阔绍依啊！你这是昏了头呢，还是在故意玩耍？"阔绍依看到玛纳斯暗暗用手示意对他说："你站远一点玛纳斯！这个家伙力气很足，但我已经知道了这该死的家伙肚子里的货。他一天吃了九头种牛，九只种羊，九峰公驼，九匹种马的肉；一天喝下了九十皮囊的发酵酸马奶。我不让他好好消化，正和他周旋呢？明天中午时分，我就会将他摔死在地。"第二天，交牢依试图弯腰要摔倒阔绍依时自己却被仰面摔倒在地，阔绍依骑到他胸口上，然后又从他头上跨了过去。众英雄看到这个情形，高兴地赞叹古稀之年的老英雄居然为民众赢得了巨大荣誉，于是都纷纷下马，让老英雄坐到一张毯子上抬起来推出场。卡勒玛克人也因为自己的汗王摔倒后被从头上跨过去而倍感羞辱，于是纷纷上马将吉尔吉斯人驱赶到撒马尔罕方向的青石头边。看到冲杀而来的卡勒玛克人，英雄玛纳斯立刻跳上阿克卜乐琼骏马，挥舞长矛将卡勒玛克人击溃。"我举办祭典成了罪人，您最好不要给平民百姓带来灾难。"包克木龙这样说着拉住玛纳斯的马缰绳。包克木龙还向躺在地上一直没有起来的交牢依特意赠送九匹走马来安慰。交牢依虽然被摔倒在地但却得到了厚礼而感到很欣慰，索伦人连搀带扶地将其扶上马背带走之后，包克木龙又挑选出九匹走马开始马上搏杀的竞技。敌人阵营中的加木额尔奇汗王浑身上下穿着甲胄铠甲，铁青着脸庞，手握松木长矛，催马冲上中间的灰色土岗波孜多别上。看到此情此景，阔绍依请玛纳斯上场搏杀。玛纳斯先后骑上阿勒曼别特的黄花骏马和阔克确的青花骏马试了一遍之后，选中青花骏马，穿上白色战袍，手持松木长矛也冲到波孜多别灰色土岗上。玛纳斯和加木额尔奇两人彼此交手，经过几个回合的较量，玛纳斯把加木额尔奇刺翻落马，并牵住了对方的马缰绳。"马背搏杀刺翻对方很正常，但是夺取骏马是哪般？"卡勒玛克人又开始叽叽喳喳闹哄哄地骚动起来，并且从四面八方又一次把吉尔吉斯人往撒马尔罕方向驱赶。怒火升腾的玛纳斯又开始冲杀卡勒玛克人时，包克木龙又一次前来劝说平息了玛纳斯的怒火。然后，包克木龙又向躺在地上的加木额尔奇赠送九匹走马赢得了他的欢欣。

第三天，包克木龙又让人牵来吃奶的驼羔，给它换上串着珠宝的牵绳，并将色彩斑斓的地毯披在其背上，将驼羔的牵绳拴绑到桩子上，邀请大胆的女人光着身子披开长发，用牙齿解开驼羔的牵绳赢得奖品的比赛。卡勒玛克首领奥荣呙如同刚出生的婴儿一样浑身裸体走上前来，举起双手用牙齿解开驼羔将其牵走。人们看到这一情景都哈哈大笑起来。游戏就这样越来越热闹。玛纳斯笑话奥荣呙是否一贫如洗，居然当众裸体来参加这个竞赛，但奥荣呙好不羞耻地说包括玛纳斯在内在座的哪一位英雄不是女人所生，既然这样那还有什么值得嘲笑和不好意思呢。说的玛纳斯无言以对。

又过了一天，包克木龙又让人赶来自己的九十匹栗色种马分别带领的九十群马继续举行摔跤比赛。此时，热血沸腾的空吾尔拜目空一切地高声喊道："还能有谁上来和我比呢？我不用比赛就要获得奖品了。"说完他从马背上跳下来走进了摔跤场地。阔绍依走到玛纳斯跟前问他要让谁上场时，玛纳斯立刻命人前去将克里奇之子阿格什勇士找来，并说他是一个风流成性的家伙，也可能到哪里找姑娘鬼混去了。阔绍依真的从阿依汗的女儿阿勒吐纳依的毡房里找到勇士阿格什，无论他如何推辞说绝对不想和空吾尔拜较量还硬是将他拉来，将他送到了摔跤场上。阿格什与空吾尔拜连续摔打三十五天，最后还是勇士阿格什略胜一筹，将空吾尔拜摔翻在地。

第二天，玛纳斯对阔绍依说："赛马的期限已经过了这么多天，花头走马和青灰色骏马也已经准备好了。阔绍依长老啊。你在看一看奖品等还有什么需要准备。我要去往赛马途中观察一下赛马的状况。"说完，他便启程上路。四十名勇士来到一棵参天大树下停下，将阿克卜乐琼骏马吊起来保持其奔跑的惯性，披上阿克奥乐波克战袍，躺下来真正睡了九个昼夜。得到赛马本来的消息之后，他把四十个勇士召集起来，让占卜师占卜算卦，让有先见之明的千里眼判断实情，让顺风耳把耳朵贴到地面上侧耳细听准确判断参赛马群的状况。顺风耳阿克塔尔将耳朵贴在地面上仔细听完之后说道："哦！我的帝王玛纳斯啊！只能听到阿尔泰！阿尔泰！抗爱！阔绍依！阔库穆！的呼喊声。"他还没有说完，马群的第一梯队的影子已经在远方出现。排在最前面的是交牢依的坐骑阿克布丹骏马，紧随其后的是玉尔比的克塔卡拉铅黑马，然后是加木格尔奇的浅黄花马，然后是托什图克的恰勒库依茹克骏马，紧随恰勒库依茹克骏马的是年轻的阿依达尔难以驾驭的玛尼凯尔骏马。玛尼凯尔后面跟来的是加纳勒的坐骑乌尔托尔骏马，然后是奥荣闵的乌尔库拉骏马，英雄巴格什的苏尔阔永骏马，然后是新近投奔玛纳斯的阿勒曼别特催赶的阿克库拉骏马。看到落在后面的阿克库拉骏马，玛纳斯气愤地暗自说"看我不把你宰了吃掉。"说着他就往挥鞭催马引导阿克库拉骏马的阿勒曼别特跟前走去。阿勒曼别特看到他，心有不快地对玛纳斯开口道："尊敬你称你为汗王，你为何如此嚣张！尊称你为玛纳斯你为何如此张狂？如同膨胀的气囊！你没有让我亲自把骏马调训，为何又没有让它与我的恰勒库依茹克骏马一起发发汗呢？"玛纳斯依然不依不饶，高喊着父亲加克普的名字挥鞭朝阿克库拉连抽数鞭。遭到鞭挞的阿克库拉好像如梦方醒，肌肉立刻放松，鬃毛变得整齐飘逸，好像进入了最佳状态，穿云破雾，踏着草尖如同旋风一般风驰电掣起来。不一会儿就超过前面的马匹，将它们远远地甩在后面。玛纳斯见此情景，立刻拉住缰绳。四十个勇士则高喊着玛纳斯的口号跟随阿克库拉骏马而去。落在后面的玛纳斯催马来到一个名叫阿克克亚的山隘时，坐下的阿克卜乐琼骏马精疲力竭停了下来。玛纳斯只好下马，牵着它翻越山隘之后才又重新骑上，回到了祭奠举办之地。回来后他看到阿克库拉拴在木桩上，四十勇士各个头破血流。玛纳斯感到很茫然，也不知道哪一个骏马获得了奖品。他心想如果阿克库拉骏马没有获得第一，那就要将它宰杀，将肉煮了吃掉，把它的骨头搜集起来用丝绸包裹之后埋到深山里，绝不让野狗和秃鹰叼去。他把四十勇士一个个叫过来询问情况。阿吉巴依告诉玛纳斯是卡勒玛克首领交牢依抢走了阿克库拉的奖品，打伤了四十勇士。玛纳斯听到此话怒火升腾，立刻站起来拿起月牙斧，跳上阿克库拉还没有鞴好鞍鞯的马背，催马冲进了围着交牢依的卡勒玛克人群中，用月牙斧砍伤了交牢依的脸部。此时，包克木龙慌慌张张地跑过来苦苦祈求，说最好等祭奠活动过去了再说其他的事情，举办祭奠是我的罪过，你的奖品我负责从交牢依手中讨回来。他说着劝着好不容易平息玛纳斯的愤怒拉住缰绳把马牵走。交牢依好不容易止住脸上的血，然后气势汹汹地说"玛纳斯只是一个蚊子或者是一个苍蝇，他居然胆敢砍我的脸。"玛纳斯也毫不示弱地说道："你这个吞噬了六十个英雄发出血腥的恶狗，你这个徒步走了六十年臭气熏天的混蛋。我昨天在翁库尔确的山谷，在吾其卡普卡的岸边抢走你驼队的就是我，难道现在害怕你吗？曾在阿尕易汗的路途上，在阔嘎依汗的路途上抢走你马群把你杀过一次的就是我玛纳斯，难道如今我还怕你吗？你立刻将奖品还给我！"交牢依无暇顾及玛纳斯的话，心中暗自决定今后一定要带着重兵前来与玛纳斯决一高低，报仇雪恨，然后带着手下的卡勒玛克人调转马头起拔返回。玛纳斯为了向敌人出击向阔绍依、托什图克及其他汗王借兵马，但是他们却以各种借口推辞。最后，玛纳斯向自己最要好的结义兄弟阔克确借用其阔克阿拉青花骏马和阔克库别骏马，他也委婉地推辞说自己和卡勒玛克人为邻，如果他们认出自己的骏马肯定以为他也参与了攻击而进行报复，使百姓遭殃，并说与其向我借骏马，还不如把我的妻妾阿克艾尔凯奇和乌姆苏娜义或者把我的儿子玉麦太拿去吧！玛纳斯听到这话非常失望，生气地躺倒在波孜多别山岗上谁也不理不睬。第二天，他召集四十勇士，让其中的二十人赶回塔拉斯找卡妮凯，让她准备远征的干粮，派二十名前去寻找瘸腿匠人达尔罕请求他为自己打造白钢战剑。卡妮凯通过梦兆知晓了情况，便很快就准备好了足够远征的食物和干粮。瘸腿匠人达尔罕则带领自己的三十个孩子进入森林深处，用六天时间为玛纳斯打造完成了一把白钢战剑。为了向玛纳斯亲口介绍这件神奇战剑的功能，他随同勇士们一同前来并向玛纳斯说明战剑与日月同光，锋利无比，决不能轻易掉在地上。说完，瘸腿匠人达尔罕给玛纳斯祈祷祝福，然后离去。

玛纳斯准备停当，命人收起白色宫帐，带上驼队，日夜兼程，来到塔勒乔库山岗，放眼四方仔细观察，向上天祈祷，并派出阿吉巴依前去侦察敌情。第二天，交牢依就率领大军出现在眼前。从浩浩荡荡的大军中，玛纳斯看到了飘扬的红色战旗下，骑着黑花骏马的克塔依首领，高鼻梁的空吾尔拜。玛纳斯把阿勒曼别特叫到自己跟前，指着空吾尔拜说："你从侧面顺着山谷绕过山岗埋伏起来，当他靠近时挥枪出击，最好把他连人带马刺杀，如果实在不行就将他的坐骑夺下。"阿勒曼别特遵照玛纳斯的指示，埋伏起来挺枪跃马杀向空吾尔拜时，他从马背上滑落在地。阿勒曼别特牵住黑花骏马喀热拉的缰绳准备返回时，交牢依看到，挥鞭催马，驱赶着坐下的阿齐布丹骏马杀向阿勒曼别特。阿勒曼别特的坐骑黄花骏马萨热阿拉走不动几乎要被阿齐布丹赶上时只好换骑到黑花骏马背上，黑花骏马看出骑在背上的是陌生人，便紧紧咬住马嚼不肯前行一步。阿勒曼别特只好放弃，再一次换回到自己的骏马黄花马背上。在紧急关头，玛纳斯催马而上，从侧面将交牢依刺翻落马。玛纳斯正准备牵住阿齐布丹的缰绳时，神奇的阿齐布丹骏马立刻变成飞鸟飞上天去。玛纳斯说要试验一下手中的白钢宝剑，要求阿勒曼别特把交牢依带过来跪在他面前。玛纳斯举起宝剑砍下交牢依的脑袋。但是由于用力过猛，宝剑插入地上断裂，只有手柄留在手里。然后，玛纳斯让阿勒曼别特堆起木柴烧毁了交牢依的尸体。阿齐布丹在空中看到自己的主人被玛纳斯活活烧掉，痛苦不堪，为了不让玛纳斯抓住自己，也跳进火中自焚，随主人一起去了另一个世界。

玛纳斯的四十勇士纷纷上马与卡勒玛克人反复较量，来回冲杀。玛纳斯在密集的卡勒玛克人中间突然看到了骑在阿勒卡拉骏马背上的空吾尔拜。玛纳斯策马前去追杀空吾尔拜，当空吾尔拜打算渡过大河时，玛纳斯伸手紧紧拉住阿勒卡拉骏马的尾巴，但是马尾巴被拉断，空吾尔拜依然催马渡河逃脱。失去尾巴的阿勒卡拉此时突然开口对空吾尔拜说："我的主人空吾尔拜汗王啊！我现在已经为你失去了尾巴。我的尾巴鬃毛我可以不管，但是我的交牢依英雄在哪里？就算交牢依英雄也可以不管，经常给我挠痒痒的我的伙伴阿齐布丹骏马在哪里？即使阿齐布丹骏马也可以不管，那我的辉煌的城堡在哪里？我们回去向亲人们和故乡的人们如何交代？玛纳斯的坐骑已经疲惫不堪了，我们或是死去或是前去报仇。"空吾尔拜听从阿勒卡拉骏马的怂恿，反转马头重新渡过河来到玛纳斯跟前说："玛纳斯你等一等！我也有一个人的力气。让我们到山背后的荒滩上进行赛马，在马背上进行角力，用长矛彼此对博，用战刀拼杀，用战斧砍杀来进行一番比拼。"

玛纳斯毫不犹豫地同意这一提议并首先摆好姿势把机会让给空吾尔拜先动手。空吾尔拜满怀信心地举起手中的战斧砍向玛纳斯的头部。但是战斧就像砍到石头上一样只是‘哐！’地响了一下，玛纳斯却分毫无伤。轮到玛纳斯时，玛纳斯一斧打中空吾尔拜的头部立刻使他滚落下马躺在地上。正当玛纳斯要调转马头反身时，四十勇士随后赶来。四十勇士每一个人都得到了丰厚的奖品。就这样，玛纳斯闯入敌人的宫殿，征服了克塔依和卡勒玛克人，还让喀什噶尔和浩罕成为其庶民每年给他纳贡。手下的每一位勇士都成为统治一方的首领，过上了富裕的生活。……

（撰稿人：K. 科尔巴谢夫，K. 波托雅诺夫，见《玛纳斯百科全书》第 1 卷，第 337—343 页）

13. 民族学（Этнография）

民族学是研究民族发展、起源、传统习俗、社会生活以及历史文化关系的社会科学。民族学的主要研究对象是各民族独特的日常生活中的风俗文化。民族学研究的对象主要是每一个民族所特有的，存在于其日常生活中的传统习俗文化所构成。民族学研究直接观察各民族人民的社会生活，通过稳定不变的事物以及田野调查获取信息。民族学在与历史学和考古学的联系中研究民族的历史，以及民族早期的集体社会状况（依据遗存在现在民族当中的遗留物）的研究；与经济学和社会学交叉中的研究人们的生产生活、社会结构；而与语言学结合起来研究语言联系、语言的相似性和差异性以及语言接触等等。民族学研究的另一个有价值的根源毫无疑问是那些反映古代人民生活、文化起源的丰富资料的民间口头创作。

按照民族学的观点，吉尔吉斯人民创作的伟大史诗《玛纳斯》对于民族学研究具有无法估量的资料价值。史诗作为民族学资料的意义首先在于，其蕴含了关于各个时期吉尔吉斯族文化发展的资料记载。当然，民族历史学家、民俗学家或者文学家应该考虑到，这部史诗中所有的事件或民族学信息都是经过了艺术形式的重新建构，融入诗歌艺术之中，有时也可能演变成其他形式。但是，在考虑上述情况的同时，史诗中的信息不仅仅可以开启吉尔吉斯人民文化史上新的一页，同时为民族学家们理解全人类文化中的古老元素提供了意义非凡的资料。

吉尔吉斯民族与其他民族进行的接触交流以及与其他民族间的联系在史诗中也有很多史料表现。其中，吉尔吉斯人与古代中亚，伏尔加－乌拉尔地区以及南西伯利亚地区的民族间的交往都有很多资料。例如，史诗中有以下诗篇：

> Кыргыздын байы Бактыгул
>
> Жакын тууган мына бул
>
> Казакта Үйшүн карыя
>
> Алчын менен абагы,
>
> Кыргыздын байы Бактыгул
>
> Жакын тууган мына бул
>
> Казактан Үйшүн карыя
>
> Алчын менен абагы,
>
> Ата уулдан калганы.

Кыргыздардан Байжигит,

Кыпчактардан Таз чечен,

Нойгуттардан Акбалта,

Ногойлордон Эр Эштек,

Түрктүн уулу Дамбылда,

Түмөнбайдан Абдылда⋯（Сагымбай Орозбаков，1.44）

柯尔克孜的富翁巴赫特古勒，

在这里有很多近亲

哈萨克的乌孙老翁

阿勒钦和阿巴格，

就是一个先祖的后人。

柯尔克孜人巴侬吉格特，

克普恰克的塔兹切奇尼，

诺伊古特的阿克巴勒塔，

诺盖的埃尔艾什铁克，

突厥子孙达姆布勒达，

涂满巴侬的阿布德勒达

……（萨恩拜·奥诺孜巴科夫，第一卷，第44页）

　　这里主要描述的是吉尔吉斯族与突厥语各民族部落的（哈萨克族、克普恰克族、诺盖族等）之间的联系，同时提及他们在族源上的相近："哈萨克人、吉尔吉斯族人、卡塔干人、节迪盖尔人、诺伊古特人、杜马拉人，我们所有人都是一个祖先。"（萨恩拜·奥诺孜巴科夫，第三卷，第14页）

　　史诗中具有民族学意义的信息之一是关于古代吉尔吉斯人民的世界观，对于世界的认识，动物世界、人类社会、宇宙等思维的神话解释有丰富资料。

　　史诗中也有与吉尔吉斯人古代宗教信仰相关的信息。以游牧为生的民族社会发展比较缓慢，属于原始集体社会的宗教信仰被世代保留了下来。游牧民族中的基本信仰是自然崇拜与动物崇拜。在研究古代突厥语民族游牧部落原始的宗教信仰时《玛纳斯》史诗发挥了重大作用，但是吉尔吉斯民族自数百年前开始信奉了伊斯兰教，因此后来玛纳斯奇们的演唱中也有一些伊斯兰教痕迹。史诗中描绘的场景中也有很多反映前伊斯兰教的宗教信仰的信息：

> Кайып эрен-кырк чилтен
>
> Канкор эрдин жолдошу,
>
> Кырк чилтендин бирөөбү
>
> Ажыдаар болуп сойлошу,
>
> Кабылан бири, бири шер,
>
> Кашында бар сексен төрт,
>
> Бири миңге тийген эр（Сагымбай Орозбаков，2.186—

187）.

> 野生动物和四十圣人，
>
> 是嗜血者的佑护者，
>
> 这是四十圣人之一
>
> 变成苍龙往前蠕动
>
> 一个是豹子，一个是雄狮
>
> 身边还有八十四个，
>
> 每一个都是千夫不挡的勇士
>
> ……（萨恩拜·奥诺孜巴科夫，第二卷，第186—187页）

这些诗歌中展示了吉尔吉斯人与《四十奇勒坦（圣人）》相关的古代信仰观念。史诗中也有很多图腾信仰的遗迹。包括《玛纳斯》史诗中守护动物的奥苏勒阿塔（杰尔马扬），卡姆巴尔阿塔（卡姆巴尔·博兹）抑或是保卫英雄的豹子、狮子以及神鸟阿勒普喀拉库什等。史诗中类似的图腾信仰之一是野生动物的保护神卡伊别然：

> Аска бийик зоосу көп,
>
> Тар капчыгай коосу көп,

Курбусунда кулжа бар

Кайыптын баары мында бар（Сагымбай Орозбаков,
2. 169）.

崖壁高悬山崖林立
山谷狭窄高山密集
山腰上黄羊奔走
皮革就从它们身上产生
……（萨恩拜·奥诺孜巴科夫，第二卷，第169页）

　　吉尔吉斯人在信奉伊斯兰教之前非常信奉祖先灵魂（祖先崇拜）。这一点也在《玛纳斯》史诗中得到了有力的印证。信仰灵魂的习俗也在史诗中也随处可见。玛纳斯出生时，他父母做梦，梦里预示他们将会有一个儿子，他会受到神灵的时刻保佑，或者在卡妮凯让塔依托如参加赛马竞赛的章节中，玛纳斯的灵魂以及他的四十勇士的灵魂伴随并摧赶着骏马以及类似这样的例子有很多。

　　此外，属于原始集体生活的宗教信仰形式之一的信仰神秘巫术、神奇魔幻事物等在史诗中也有表述。例如史诗的战争篇章中有阿亚什、库伊奥什这样有魔力的人通过各种巫术手段幻化，或者阿依曲莱克以仙女的身份出现，或者史诗主要英雄人物之一阿勒曼别特用魔法引起天气变化等神奇的事件都可以为证。《玛纳斯》史诗中对阿勒曼别特用魔法改变天气是这样描述的：

Сандыргалуу Алмамбет
Жай ташын сууга байлады.
……

Алакең жайы мына бул:
Жаканын баары жамгырлап,
Бөксөнүн баары мөндүрлөп,
Туурадан туман дүркүрөп,
Кыбыладан караса

Кызыл мунар күркүрөп,

Аязына чыдабай,

Адамдын баары зиркиреп … （Сагымбай Орозбаков,

4. 158）.

英姿飒爽的阿勒曼别特，

将随身携带的渣嗒魔石放入水中，

……

他的神奇之处就在这里：

洼地开始大雨滂沱，

山坡上冰雹如泻，

乌云从一旁翻腾而来，

从北面细细观察，

红色的高塔发出轰鸣，

受不了这猛烈的天气，

人们都窸窸窣窣颤抖不已

……（萨恩拜·奥诺孜巴科夫，第四卷，第 158 页）

  《玛纳斯》史诗中反映吉尔吉斯族古代物质文化的艺术表述也很多。其中包括吉尔吉斯人生活中不可或缺的毡房，毡房的结构装饰，马具装备，各种服装，劳动工具，饮食以及战争所需的武器装备及其他物品。

  史诗在研究吉尔吉斯民族古代习俗传统中同样占有重要地位。玛纳斯的出生，玛纳斯与卡妮凯的婚姻，阔阔托依的祭典等篇章中具体明确的反映出了吉尔吉斯民族的传统习俗。《玛纳斯》史诗中还有吉尔吉斯人从古遗留下来的"报喜传统习俗"。与玛纳斯出生相关的"新生孩子喜宴"中描述了这一习俗。在迎娶卡妮凯时，订婚、赠送彩礼、嫁妆、婚宴的过程中也可以看到古老的习俗。《玛纳斯》史诗中也有葬礼、举办祭奠，或推举汗王的独特传统。吉尔吉斯族独特而古老的传统之一"同乳兄弟"在史诗中是这样表述的：

Кубанып Алмаң титиреп,

Байбиченин эмчеги

Чийдей болуп зиркиреп,

Тамырынын баарысы

Ташып кетти диркиреп.

Балам, Манас, келгин деп,

Бала күндө эмдиң деп,

Сен эмгенсиң мурун да,

Баштап ээмп бергин деп

Байбиче айтып салганы,

Маманды эне, бергин деп

Алмамбет чуркап барганы （ Сагымбай Орозбаков,
2. 336—337）.

阿勒曼别特高兴地全身发颤，
老太太的乳房
喷出芨芨草粗细的乳汁，
她浑身的全部血管，
已经被乳汁充满。
"孩子啊，我的玛纳斯你过来，
你幼年时每天吮吸我的乳房，
你曾经吮吸过我的乳汁，
你就先来吃奶吧！"
老太太这样发话时：
"母亲啊！也给我吃你的乳汁！"
阿勒曼别特冲上前来
……（萨恩拜·奥诺孜巴科夫，第二卷，第336—337页）

　　史诗中关于民间游戏的内容也包含了对于民族学而言极为重要的众
多材料。其中有很多民间游戏，大部分保留至今。例如：从《阔阔托依
的祭典》这部分章节所记录的内容中可以看出在很古老的年代起吉尔吉
斯人民就有赛马、马背搏击、摔跤、射元宝等民族游戏和竞赛活动。此

外，史诗中还有另一种极为常见的民间游戏——"攻占皇宫"：

> Калабалуу Кыргылчал
> Ордодон оюн салганы,
> Оёндордун баарысын
> Чакырып жыйып алганы.
> ……
> Тозулган болсо ойнуңар,
> Томпойду жерге коюңар.
> Апылдап жүрүп баарыңар,
> Аңдабай таштап салдыңар
> Атылбай калды каныңар（Сагымбай Орозбаков，4.180—

181），

> 招惹是非的科尔格勒恰勒，
> 开始组织"攻占皇宫"的游戏，
> 将所有的能者巧匠
> 都召集而来参加游戏
> ……
> 你们如果技术犯规，
> 就将牛角方板放在地上。
> 你们叽叽喳喳乱作一团，
> 却粗心地违反了规矩，
> 你们失去了攻打"皇帝"的机会
> ……（萨恩拜·奥诺孜巴科夫，第四卷，第180—181页）

通过这样的描述，"攻占皇宫"游戏的游戏规则，甚至游戏中的一些最细小的规则都得以详细描述。同时，史诗中也见其他的民间游戏，如"弹石子"（чакмак таш）、"扔石子"（топ таш）、"九槽（九丸）棋"（тогуз коргоол》《тогуз кумалак）以及其他没有能流传下来的"恰特拉什"（чатыраш 古老的象棋游戏）等等：

Кыркыңкызык ойнотуп,

Чатыраш ойнун салыңар,

Тогуз，онуңбиригип

Тогуз коргоол алыңар.

Жыйылып алып жыйырмаң,

Топ таш—чакмак алыңар（Сагымбай Орозбаков，2.30 4）.

四十个人为了开心，

请展开恰特拉什游戏，

九个人，十个人分成一组，

九槽（九九）棋开赛。

二十个人分成一组，

开始玩扔石子、弹石子游戏

……（萨恩拜·奥诺孜巴科夫，第二卷，第 304 页）

　　《玛纳斯》史诗中还有"马背角力"（Эр э киш）、"叼羊"（көк бөрү，улак тартыш）等在古老的游牧部落中一直存在的马上游戏。

　　《玛纳斯》史诗中的另一个具有民族学意义的主题是民间的知识观念体系。《玛纳斯》史诗见证了吉尔吉斯人从古代起对自然界以及其中的各种变化现象的独特理解、认识、思考和认知。在研究吉尔吉斯民族历史方面，《玛纳斯》史诗蕴含的丰富的民族学资料具有举足轻重的意义。

　　（撰稿人：P. 交勒多谢夫，见《玛纳斯百科全书》第 2 卷，第 375—377 页）

（阿地里·居玛吐尔地　云建飞　译）

附录一：关于日本研究《玛纳斯》的情况

[日] 西胁隆夫

一、英雄史诗和日本

公元 7 世纪日本编写了神话传说集《古事记》，公元 8 世纪编写歌谣集《万叶集》。但是，从古代到近代，日本没有生出英雄史诗。很多人创作十七字的俳句和三十一字的短歌，却没有创作几百字或几千字的长诗。到了 19 世纪末，日本文学家才开始关注英雄史诗，开始介绍和翻译荷马的《奥德修斯》、德国的《尼伯龙根之歌》、英国的《贝奥伍尔夫》等西洋的作品．并且如汤浅半月的《十二个石冢》、北村透谷的《蓬莱曲》等，由一些诗人创作的长诗诞生了。

这时候，有学者对日本北方民族阿伊努也开始了研究。语言学家金田一京助（Kindachi Kyosuke）访问北海道，采集阿伊努人的口头文学，并出版了阿伊努语和日语对照本《阿伊努史诗 Yukar 的研究 第 1 卷·第 2 卷》（1931 年）。后来，久保寺逸彦（Kubodera Itsuhiko）等很多学家开始采集和记录他们的史诗《Yukar》。其中，阿伊努人的本土学者知里真志保（Chiri Mashiho）出版《欣赏 Yukar》等著作。

关于史诗的专著，如竹友藻风的《诗的起源》（1929 年），工藤好美的《叙事诗和抒情诗》（1955 年），中村定治的《叙事诗考》（1981年），立石久雄的《英雄史诗的研究 上·下》（1998 年）等先后得以出版。1940 年以前日本很少介绍中亚各民族的史诗．只有杂志上发表过卫拉特史诗《江格尔》片段的日译文。

近几年，千叶大学荻原真子（Ogihara Shinko）教授组成研究小组进行有关史诗的研究并获得了一定的成就，出版了三本专著。如《欧亚各民族史诗研究 1·2·3》（2001—2003 年）。这三本著作是对奥斯加克、曼西、雅库特、鄂温克、尼夫赫、赫哲等西伯利亚各民族，卡拉卡尔帕克、哈萨克、绍尔、诺盖等突厥语各民族和蒙古族的史诗的研究，文后附民族语和日语文本。与此同时，千叶大学三浦佑之（Miura Suke-yuki）教授出版《叙事诗的跨学科的研究》（2001 年）。其中介绍了雅库特、哈萨克、俄罗斯、赫哲、阿伊努等民族的史诗。

二、日本研究《玛纳斯》的情况简述

新中国成立以后，一些人介绍和翻译中国少数民族的文学作品，如藏族的《格萨尔》、撒尼人《阿诗玛》和南方民族的创世史诗等等。关于玛纳斯，东京都立大学村松一弥（Muramatsu Kazuya）教授在《中国少数民族》上介绍说"很久被压迫的吉尔吉斯族人民爱护使人快活的诗歌，因此很多诗歌非常好听。尤其，玛纳斯奇演唱的史诗《玛纳斯》（公元十世纪诞生）是非常著名的。"国立民族学博物馆君岛久子（Kimijima Hisako）教授也在《中国少数民族概论》（1987 年）有更详细地介绍。原来这本书是马寅主编的《中国少数民族常识》（1984 年）的日译版。译者根据原书"你知道柯尔克孜族的民间史诗《玛纳斯》吗？"条目翻译出来的。这两本书出版以前，1951 年中国研究所把欧文·拉铁木尔（Owen Latimore）著《亚洲之焦点》（Pivot of Asia，1950）翻译出日文出版，里面有"维吾尔、哈萨克、柯尔克孜各民族的书面文学和口头文学"条目中介绍史诗《玛纳斯》的内容。

"柯尔克孜族的主要文化遗产是口头文学的传统和非常发达的音乐。他们的史诗更是得到丰富发展。柯尔克孜人把很多突厥语各民族的故事、传说和史诗并起来组成一大英雄史诗。最近，苏维埃民俗学家用文字记录这些作品。《玛纳斯》这部史诗描写了公元 17 世纪和 18 世纪柯尔克孜人民与卡勒玛克的斗争。详细地展示柯尔克孜民族的生活、风俗习惯、家庭、结婚、丧葬、宴会等。根据拉德洛夫和其他俄国学家的研究，这篇史诗今天还在吉尔吉斯人民中活着，大多数吉尔吉斯人能演唱史诗片段。"

1979 年，日本女留学生乾寻（Inui Hiro）在北京见到居素普·玛玛依。回国后，她把《玛纳斯》第二部《赛麦台》片段（铁木尔演唱）翻译出日文来在杂志《月刊丝绸之路（Silkroad）》（1981 年，第 2—3 期）上发表。同时，杂志封面登出了居素普·玛玛依和中央民族学院胡振华教授的合影。这是中国的《玛纳斯》和玛纳斯奇初次向国外介绍。乾寻还把居素普·玛玛依演唱的《玛纳斯》第四部《凯耐尼木》片段在《丝绸之路（Silkroad）》月刊（1981 年，第 4 期）上发表。她在译文后边写着《关于柯尔克孜族英雄史诗〈玛纳斯〉》中提到居素普·玛玛依的样子说：

"去年（1979 年）我导师（即乌丙安教授）领着我访问中央民族学院，因为我想跟吉尔吉斯族玛纳斯奇见面。那一天刮着强烈的风。居素普·玛玛依先生戴着很厚的毛皮帽子跟语言学家胡振华先生一起来了。这位居素普·玛玛依先生是一位红黑发亮的脸色、温和平静的眼光、留着胡须的老人。丙安先生说：'史诗《玛纳斯》规模很大。有二十万行'。胡先生说：'柯尔克孜族历史很长，公元以前，他们在叶尼塞河流域过游牧生活'。过一会儿，老人忍不住开口唱起《玛纳斯》片断来了。忽然，明快的调子传到屋里。柔和而有力的拍子好像引人去遥远的另一个世界。闭着眼睛听起来就出现了高山顶峰的万年雪、草原上的羊群和马群、帐篷前边的柯族人们。"

这篇文章描写着四十年前的居素普·玛玛依的风采和演唱就值得参考。1982 年，她发表一篇《〈玛纳斯〉史诗—介绍柯尔克孜族民间文学》的论文（《口承文艺研究》第 5 号）。这本杂志是日本口承文艺学会的期刊。

1991 年，岛根大学西胁隆夫（Nishiwaki Takao）教授和中央民族学院胡振华教授一起发表了《英雄史诗〈玛纳斯〉的研究（1）》（《岛根大学法文学部纪要》第15号）其中有柯尔克孜语原文、汉语、日语的逐词对译和汉语、日语的意译以及注释等。柯尔克孜语原文是1981年居素普·玛玛依在北京演唱的唱本。后来，1992年，西胁隆夫在同一个刊物的17号发表了《英雄史诗〈玛纳斯〉的研究（2）》，1994年发表了《英雄史诗〈玛纳斯〉的研究（3）》。2000年，西胁隆夫把这三篇合成一本《吉尔吉斯族英雄史诗〈玛纳斯〉第一部》（吉尔吉斯语·汉语·日语对译本）出版。

2011年，西胁隆夫把居素普·玛玛依演唱的《玛纳斯》（2004年版）翻译出日文出版。这本是第一部的第一分册。内容包括序诗、四十个部落的传说、高山牧人的传奇、阿牢开进犯吉尔吉斯、英雄玛纳斯的诞生、雄狮的玛纳斯神骥阿克库拉的章节。这本是第一次把居素普·玛玛依的唱本翻译成日文出版。

从1984年到2012年，西胁隆夫翻译有关《玛纳斯》的论文，如胡振华教授著《柯族英雄史诗〈玛纳斯〉及其研究》、阿地里·居玛吐尔地，托汗·依萨克著《Залкал манасчы Жусуп Мамай（〈玛纳斯〉演唱大师居素普·玛玛依)》、阿地里·居玛吐尔地的《〈玛纳斯〉史诗口头特征》和《居素普·玛玛依史诗观》等等。

1993年，西胁隆夫发表了《中国研究柯尔克孜族英雄史诗〈玛纳斯〉》（《中国—社会和文化》第八号）介绍《玛纳斯》的采集、翻译、研究和研讨会的情况。这也是从前没有发表的。

2001年、2003年、2004年，京都学院大学若松宽（Wakamatsu Hiroshi）教授出版三本《玛纳斯》的日译本。这三本是把吉尔吉斯斯坦萨恩拜·奥诺孜巴克夫的唱本译成日文的。第一本题名叫做《玛纳斯少年篇》，是1984年在莫斯科出版的萨恩拜唱本。从"第一章：奇妙的梦（玛纳斯的诞生）"到"第十章：拥戴玛纳斯汗位"。第二本题名叫作《玛纳斯青年篇》，是1988年在莫斯科出版的萨恩拜唱本。从"第一章：击灭特克斯汗的魔人部队"到"第十一章：玛纳斯、阿勒曼别特和四十个勇士的婚礼"。第三本题名叫作《玛纳斯壮年篇》，是1995年出版的萨恩拜唱本。从"第一章：六个汗的叛变"到"第十章凯旋"。

对于若松宽教授的译本，我们可以提出几个问题。第一：通过这次翻译，日本读者知道《玛纳斯》的详细内容。有个读者看完后，访问了吉尔吉斯斯坦.可以了解这些译本给读者作了不小的作用。第二：译者本来是蒙古学专家。他用原书的俄语注释和《吉尔吉斯语—俄语辞典》（尤达辛）翻译出日文来。因此译文比较忠实于原文，注释也相当详细，读者可以了解吉尔吉斯民族文化和风俗习惯。第三：若松宽教授用散文体翻译出来的。像他自己在后言说，吉尔吉斯语和日本语虽然有很多不同的地方，但是语法有点儿相似。翻译时用韵文体也可以。如果用散文体翻译的话，就消失原文的节奏感。第四：每一本附着译者的解说。若松宽教授根据郎樱教授著《〈玛纳斯〉论析》和《玛纳斯》（1990 年）写出概述。不知什么缘故，他没有参考俄国或吉尔吉斯斯坦学家的专著。

1995 年，立命馆大学奥村克三（Okumura Katsuzo）教授在他的论文《吉尔吉斯坦史诗〈玛纳斯〉和边疆的知识人》（《立命馆经济学》第 44 卷第 4—5 号）中提到吉尔吉斯斯坦的玛纳斯奇，还介绍乔坎·瓦利哈诺夫采集史诗《玛纳斯》的事情。根据 K. A. 热赫玛杜林（K. A. Rakhmatullin）著《〈玛纳斯〉的结构特色》（*Plot Peculiarities of Manas*，1995），他提到萨恩拜说："1922 年，苏联开始采录吉尔吉斯民间英雄史诗。这时，萨恩拜演唱了 18 万行的《玛纳斯》，1926 年才完成采录。1867 年萨恩拜生在伊塞克峡谷，十六七岁开始演唱。他的唱本富于充满幻想的轶事和突出的叙情性。"

关于唱本的比较，奥村教授把热赫玛杜林（Rakhmatullin）的文章作了介绍说："他把萨恩拜的唱本跟萨雅克拜和拉德洛夫的文本进行比较，按异文的故事排列：拉德洛夫的唱本最简单，组成七个故事，即①玛纳斯的诞生 ②阿勒曼别特的远征③与阔阔确的战斗④玛纳斯和卡妮凯的结婚⑤阔克托依的祭典⑥阔兹卡曼的阴谋⑦玛纳斯之死和赛麦台的出生。萨恩拜的唱本组成十八个故事。先开始玛纳斯的出生和童年的故事，然后讲到在喀什噶尔、中亚、阿富汗的战斗。第六个故事是玛纳斯的结婚，第十五个故事是大远征，第十八个故事是玛纳斯之死.萨雅克拜的唱本组成第十七个故事。第十四个故事是玛纳斯的结婚，第十六个故事是远征和玛纳斯之死，第十七个故事是玛纳斯的妻子向布哈拉逃走"。奥村教授说："通过这些比较，可以了解每个玛纳斯奇都有异文。

过了长期的传承，各个玛纳斯奇都加上了新的母题。玛纳斯是像生物一样的很珍重的史诗。"他还指出："《玛纳斯》的高潮是远征。

奥村教授言及乔坎·瓦利哈诺夫说："他是十九世纪中叶杰出的哈萨克学家。1856 年，乔坎·瓦利哈诺夫在卡拉吉尔吉斯地区调查吉尔吉斯族的语言和传说两个月时间。他还将自己采集的《玛纳斯》片断翻译出俄文发表。他认为《玛纳斯》是把所有吉尔吉斯族的神话、民间故事和传说集聚的百科全书。这套巨大的史诗反映吉尔吉斯人的生活方式、风俗习惯、道德、地理、宗教观念、医学知识和国际关系。瓦利哈诺夫把另外史诗《赛麦台》看作《玛纳斯》的续编，说这是吉尔吉斯人的《奥德赛》。他可能知道《玛纳斯》的全体内容。他了解《玛纳斯》中最高杰作是〈阔阔托依的祭典〉故事"。

2001 年，阪南大学高桥庸一郎（Takahashi Yoichiro）教授在《中国北方少数民族传承文学概论（六）·（七）》（《阪南论集》第 36 卷第四号—第 37 卷第 1—2 号）中介绍《玛纳斯》说："《玛纳斯》是一千年来柯尔克孜族中流传的英雄史诗。中国三大史诗中，《玛纳斯》最显著地反映着民族的历史和价值观。不用说史诗不是一个人写作的东西，悠久的传承中很多人对其加上和增补一些内容。这部史诗在柯尔克孜地区都流传下来。玛纳斯是柯尔克孜人民宝贵的英雄，又是理想和骄傲，今天也在柯尔克孜族中活着的"。

关于居素普·玛玛依的《玛纳斯》，高桥教授按照毛星主编《中国少数民族文学》概述第一部到第四部的内容说："我觉得第一部、第二部和第三部好像是写出历史上的英雄人物，可第四部有很多神话和魔幻故事。"

关于柯尔克孜族的历史和《玛纳斯》，高桥教授根据《柯尔克孜简史》（1986 年）概述柯尔克族历史说："柯尔克孜历来被压迫得厉害惊人。史诗《玛纳斯》可能在成吉思汗统治时代即公元十二世纪初十三世纪中叶发展成为原型"。高桥教授只能用汉语资料论及《玛纳斯》，因此一些词语的原音写错了。如赛麦台念"saimaitai"，赛依铁克念"saitaiku"，恰奇凯念"chiachikai"，坎巧绕念"kanchaochao"，凯耐尼木念"kainienimu"，阿牢开念"araokai"等等不少。

2002 年，和光大学坂井弘纪准教授出版了小册子《中亚英雄史诗》，叙述中亚口承文学、突厥语各民族史诗的特点、乌古斯的传说、诺盖的历史和诺盖大系、描写与卡勒玛克的战斗的作品、描写新时代的史诗。关于《玛纳斯》，他简单地说："《玛纳斯》跟其他中亚突厥语各民族史诗有共同性，如卡妮凯的智慧和盟友阿勒曼别特的帮助。史诗用单独的轶事描写登场人物，如萨雅克拜在《赛麦台》中演唱阔阔托依的祭典，因为他忘了在《玛纳斯》中演唱这个故事。《玛纳斯》中出现克塔依（契丹）。这是跟《阔布兰德》和《阿勒帕米什》不同的地方。关于克塔依，有一些说法。克塔依指出契丹。卡拉克塔依黑契丹。"

2003 年，坂井准教授发表了《英雄史诗和国家》谈到《阿勒帕米西》和《玛纳斯》的特点、内容和题目。他说："1995 年吉尔吉斯斯坦举办《玛纳斯》一千周年庆祝活动，1999 年乌兹别克斯坦举办《阿勒帕米什》一千周年庆祝活动，2000 年阿塞拜疆举办《先祖阔尔库特书》一千三百周年庆祝活动。为了达到统一国家意识的目的，国家领导人举办这些活动"。

2008 年，四国学院大学吉田世津子（Yoshida Setsuko）教授在《再论英雄史诗和国家形成》中说及吉尔吉斯斯坦的成立、独立国家的形成，民族性和民族主义的关系。她曾经在吉尔吉斯斯坦纳伦州的一个农村进行田野调查，跟村里人问什么时候听玛纳斯的名字或史诗。一个村里人（生于 1920 年代，女）回答说："从前有人讲过故事（jomok），不过没有玛纳斯奇。我听说很多人讲玛纳斯的名字"。另外村里人（生于 1940 年，男）回答说："村里有玛纳斯奇。我听过玛纳斯奇讲玛纳斯的名字。童年时候我听玛纳斯奇演唱"。

关于玛纳斯，村里人回答说："大家都说玛纳斯是我们的祖先（ata）。因为玛纳斯是立功的英雄，他成为父祖（ata-baba）"。通过调查，吉田教授认为这个村里人把玛纳斯看作吉尔吉斯民族的祖先，不看做氏族（uruk）的祖先。虽然吉田教授在她的文章中说及《玛纳斯》和一千周年庆祝活动，可是都根据坂井弘纪的资料写出，没有独特的看法和结论。

2009 年，中西健（Nkanishi Ken）博士也在《吉尔吉斯斯坦的国家认识》中论述史诗《玛纳斯》的相关问题。中西博士先提及吉尔吉斯人的历史，然后提到《玛纳斯》说："公元十六世纪记载《玛纳斯》的存在。但是，史诗的产生年代没有定说。口头文学的缘故，内容随着时代变化而有一定变异。2004年，阿斯卡尔·阿卡耶夫总统从史诗《玛纳斯》中抽出七条教训，即统一和团结、民族融合、友好、协力、民族的尊严和爱国心、劳动、教育是走向发展和福利之路、人道、宽恕、忍耐、调和环境、国家的保卫和巩固"。

2011年，中西健博士还出版一本《中亚·吉尔吉斯斯坦》。他在这本书中主要叙述吉尔吉斯斯坦的历史、地理、政治和国家情况。他只在"附录2 世界上最长的史诗《玛纳斯》"中提到史诗的产生年代、玛纳斯奇、英雄玛纳斯名字的由来、《玛纳斯》的主题、史诗的梗概和研究史。他跟着《玛纳斯百科全书》写出来这些条目，不知他有没有看过史诗《玛纳斯》。

吉田世津子专门研究人类学，中西健主要研究中亚政治学。他们对吉尔吉斯斯坦的国家、社会和民族有关注，虽然会柯语和俄语，好像对史诗《玛纳斯》没有加以关注。

2010年，日本著名的女作家津岛佑子（Tsushima Yuko）写出了长篇小说《黄金的梦之歌》提到史诗《玛纳斯》。

"我"（即小说的主人公）在梦里见到吉尔吉斯英雄玛纳斯。"我"被神秘的男孩子声音领着参观吉尔吉斯斯坦。"梦之歌"是澳大利亚原住民族的歌。阿伊努的Yukar和吉尔吉斯的《玛纳斯》也是"我"的"梦之歌"。"我"的梦里出现巴卡依、阔绍依、玉尔必等四十个勇士护卫英雄玛纳斯，骑着有翼的骏马飞跑。听说"四十"这个数字跟"四十个姑娘"。有关系，也表示吉尔吉斯的四十个部族和民族的名称。公元十世纪后半，一批吉尔吉斯人搬到叶尼塞。那里原来是通古斯民族住的地方。日本北方住的"我"家也许是通古斯民族的子孙，也许跟吉尔吉斯的先民有关系。这样想法让"我"吃惊了。2008年6月，"我"访问吉尔吉斯斯坦首都比什凯克。"我"在一个办公室里听一位长老说："有八十个玛纳斯奇，就有八十个变体。其中，最著名的是萨恩拜和萨雅克拜演唱的《玛纳斯》。萨恩拜演唱的是二十五万行，萨雅克拜演唱的是五十万行"。有一天"我"在塔拉斯听到一位玛纳斯奇演唱《玛纳斯》。这位玛纳斯奇讲："玛纳斯的父亲从天空飞到塔拉斯。他本来住在天山山脉的汗腾里峰。这座山是玛纳斯父亲蒙天神赐给的。有一天契丹把一个大使派给玛纳斯那里问你们挑选和平还是挑选战斗．如果吉尔吉斯人希望和平的话，他们一定上当受骗就被作为奴隶．……"。这跟萨恩拜唱本的日译本不一样。他还演唱玛纳斯出生和赛麦台被杀死的一段。后来"我"参拜玛纳斯的坟墓，参观伊赛克湖和阿克伯希木。津岛佑子对亚洲北方少数民族很关注，因此史诗《玛纳斯》使她入迷，虽然她的叙述还不够，此后很多日本读者也开始对这部英雄史诗注目起来。

三、日本翻译、研究和介绍《玛纳斯》的情况和主要成果

1. 中国研究所译《亚洲之焦点》，弘文堂，1951 年，原书《Owen Lattimore，Pivot of Asia》，1950，里面有"维吾尔、哈萨克、柯尔克孜各民族的书面文学和口头文学"条目中介绍史诗《玛纳斯》的内容。

2.《中国少数民族》，每日新闻社，1973 年，东京都立大学村松一弥（Muramatsu Kazuya）教授，"柯尔克孜族人民爱护使人快活的诗歌，因此很多诗歌非常好听。尤其，玛纳斯奇演唱的史诗《玛纳斯》（公元十世纪产生）是非常著名的。"

3. 1979 年，日本女留学生乾寻（Inui Hiro）在北京跟居素普·玛玛依见面。

4.《中国少数民族概论》，三省堂书店，1987 年，君岛久子（Kimijima Hisako）国立民族学博物馆教授著。原书：马寅主编的《中国少数民族常识》（1984 年）"你知道柯尔克孜族的民间史诗《玛纳斯》吗?"

5.《玛纳斯》第二部《赛麦台》片段（铁木尔演唱）杂志《月刊丝绸之路（Silkroad）》（1981 年第 2·3 期），乾寻译。同时，杂志封面登载居素普·玛玛依和中央民族学院胡振华教授的合影，这是中国的《玛纳斯》和玛纳斯奇初次向国外介绍。

6. 居素普·玛玛依演唱《玛纳斯》第四部《凯耐尼木》片段《丝

绸之路月刊（Silkroad）》（1981 年第 4 期），乾寻译。

7.《〈玛纳斯〉史诗—介绍柯尔克孜族民间文学》《口承文艺研究》，第 5 号，1982 年。

8.《英雄史诗〈玛纳斯〉的研究（1）》《岛根大学法文学部纪要》，第 15 号，1991 年，岛根大学西胁隆夫（Nishiwaki Takao）教授和中央民族学院胡振华教授一起发表了其中有柯尔克孜语原文、汉语、日语的逐词对译和汉语、日语的意译以及注释。

9.《英雄史诗〈玛纳斯〉的研究（2）》《岛根大学法文学部纪要》，第 17 号，1992 年，西胁隆夫著。

10.《英雄史诗〈玛纳斯〉的研究（3）》《岛根大学法文学部纪要》，第 19 号，1994 年，西胁隆夫著。

11.《中国研究柯尔克孜族英雄史诗〈玛纳斯〉》《中国——社会和文化》，第八号，1993 年，西胁隆夫著。

12.《柯尔克孜族英雄史诗〈玛纳斯〉第一部》（柯尔克孜语·汉语·日语对译本），西胁隆夫译，《中国少数民族文学》，刊行委员会，2011 年。内容包括：序诗、四十个部落的传说、高山牧人的传奇、阿牢开进犯柯尔克孜、英雄玛纳斯的诞生、雄狮的玛纳斯神骥阿克库拉等章节。这本是第一次把居素普·玛玛依的唱本翻译出日文。

13.《玛纳斯少年篇》，平凡社，2001 年，京都学院大学若松宽（Wakamatsu Hiroshi）教授译，1984 年在莫斯科出版的萨恩拜唱本．从"第一章：奇妙的梦（玛纳斯的诞生）"到"第十章：拥戴玛纳斯汗位"。

14.《玛纳斯青年篇》，平凡社，2003 年，若松宽译，1988 年在莫斯科出版的萨恩拜唱本。从"第一章：击灭特克斯汗的魔人部队"到"第十一章：玛纳斯、阿勒曼别特和四十个勇士的结婚"。

15.《玛纳斯壮年篇》，平凡社，2005 年，若松宽译，1995 年出版的萨恩拜唱本，从"第一章：六个汗的叛变"到"第十章凯旋"。

16.《吉尔吉斯斯坦史诗〈玛纳斯〉和边疆的知识人》，《立命馆经济学》，第 44 卷第 4·5 号，1995 年，立命馆大学奥村克三（Okumura Katsuzo）教授著，文中提到吉尔吉斯斯坦的玛纳斯奇，还介绍乔坎·瓦利哈诺夫采集史诗《玛纳斯》的事情。

17. 《中国北方少数民族传承文学概论（六）·（七）》《阪南论集》，第36卷第四号—第37卷第1·2号，2001年，阪南大学高桥庸一郎（Takahashi Yoichiro）教授，介绍《玛纳斯》第一部到第四部的内容。

18. 《中亚英雄史诗》，东洋书店，2002年，和光大学准教授坂井弘纪（Sakai Hiroki）著，叙述中亚口承文学、突厥语各民族史诗的特点、乌古斯的传说、诺盖的历史和诺盖大系、描写与卡勒玛克的战斗的作品、描写新时代的史诗。

19. 《中亚·吉尔吉斯斯坦》，明石书店，2011年，中西健著，他在"付录2世界上最长的史诗《玛纳斯》"中提到史诗的产生年代、玛纳斯奇、英雄玛纳斯名字的由来、《玛纳斯》的主题、史诗的梗概和史诗评价的变迁。

20. 《黄金的梦之歌》，讲谈社，2010年，日本著名的女作家津岛佑子（Tsushima Yuko）写出了长篇小说，提到史诗《玛纳斯》。

21. 《当代荷马—居素普·玛玛依评传》，阿地里·居玛吐尔地、托汗·依萨克合著，西胁隆夫译，V2solution出版社，2016年。

附录二：20 世纪哈萨克斯坦的
《玛纳斯》学

阿地里·居玛吐尔地

一

世界《玛纳斯》史诗的学术史，从产生到发展已经历 160 多年的历程。从 16 世纪毛拉·赛福丁·依本·大毛拉·沙合·阿帕孜·阿克色坎特（Saif ad – din Ibn Damylla Shah Abbas Aksikent）在其波斯文《史集》一书中首先记载《玛纳斯》史诗以来①，至今已有 300 多年历史。在这 300 多年里，是口头史诗《玛纳斯》依然以自己的自然状态在吉尔吉斯族民间口口相传，从来没有停息。但是，直到 19 世纪下半叶，这部世代以口头形式流传发展的史诗才开始是引起世界学术界的关注，并开始得到各国学者搜集、整理、翻译和研究，直至到目前已经形成了一个专门的世界性的研究学科《玛纳斯》学[1]。

真正的学术意义上对《玛纳斯》史诗进行较系统全面搜集和研究的，开始于 19 世纪 80 年代。1856 年，俄国哈萨克民族学家，沙俄军官

---

① 15 世纪末 16 世纪初生活在中亚的一位名叫塞夫丁·依本·大毛拉·夏赫·阿帕斯·阿克斯坎特（Saif ad-din Ibn Damylla Shah Abbas Aksikent）以及其子努尔穆哈买特（Nurmu-hammed）两位吉尔吉斯（柯尔克孜）学者在他们所撰写的《史集》（Majmu Atut-tabarih）一书中记载了《玛纳斯》史诗第一部的一部分情节，叙述了主人公玛纳斯等史诗中一些人物的事迹。从《史集》所记载的内容中人们能感受到《玛纳斯》史诗的大致轮廓—参见阿地里·居玛吐尔地：《16 世纪波斯文〈史集〉及其与〈玛纳斯〉史诗的关系》，《民族文学研究》，2002 年，第三期。

乔坎·瓦利哈诺夫（Chokan Chingisovich Valikhanov）[2]在其《准噶尔游记》一书里，对《玛纳斯》史诗进行了系统的介绍，并且发表了史诗片段《阔阔托依的祭典》。乔坎·瓦利哈诺夫是《玛纳斯》学术史上第一个正式采录和搜集《玛纳斯》史诗文本的人，也是第一个对史诗给予科学评价的学者。他所搜集的《玛纳斯》史诗传统章节"阔阔托依的祭典"早已引起世界史诗学界的关注，成为《玛纳斯》史诗研究史上极为重要的内容，开创了这部流传千年的口头史诗开始走向书面定型化之路的一个新纪元。随后，德裔俄罗斯学者维·拉德洛夫在其编著《北方诸突厥部落的口头文学典范》丛书第五卷前言《论喀拉－柯尔克孜（吉尔吉斯）的方言》中，也对《玛纳斯》史诗，尤其是对《玛纳斯》史诗歌手的演唱特色、口头创编方式以及传承形式等有广泛的论述。他在此卷前言中对于玛纳斯奇表演史诗现场的论述，对于玛纳斯奇用现成的"公用段落"创编史诗的讨论以及对吉尔吉斯族史诗歌手与荷马的比较研究启发了西方经典的"荷马问题"专家，并对后来影响世界民俗学界的"口头程式理论"（即帕里－洛德理论）的产生起到了很大的启迪作用。从20世纪初开始，随着《玛纳斯》史诗文本资料的不断发现、刊布和翻译，世界各国学者对这部史诗的研究也不断走向深入。世界《玛纳斯》学也逐渐成形，在世界范围内不断扩展。目前，史诗已有汉、吉尔吉斯、俄、英、日、德、土耳其、哈萨克、蒙古、乌兹别克、法等多种文字的译文章节或整部的内容。众多学者从不同的异文入手，从人文、历史、文学、哲学、民俗、口头诗学甚至军事、医学等不同的角度对史诗展开研究，并不断取得成绩，展示了《玛纳斯》史诗多方面的学术价值和研究价值[3]。其中，在前苏联时期，哈萨克斯坦是《玛纳斯》学发展的一个重镇，不仅有很多学者从事过《玛纳斯》史诗的研究，而且曾经出现过一大批《玛纳斯》研究者。其中，穆合塔尔·阿乌埃佐夫（1897—1961）、阿里凯·马尔古兰（1904—）两位学者的研究在国际《玛纳斯》学领域颇具影响，他们的研究成果在世界《玛纳斯》学中占据显要位置，至今得到人们的参考、引用和讨论。本文除了介绍哈萨克斯坦20世纪《玛纳斯》研究轮廓之外，将重点论述和介绍上述两位学者的学术研究成果和影响。

二

穆合塔尔·阿乌埃佐夫作为一名出生在中亚哈萨克斯坦的哈萨克族
作家曾以自己的四卷本长篇小说代表作《阿拜之路》于1949年，1959
年先后获得前苏联国家奖和列宁文学奖，成为当时前苏联少数民族作家
中为数不多的具有国际影响力著名作家，堪称是20世纪哈萨克文学巅
峰，被称为阿拜第二。他的这部长篇小说以19世纪哈萨克诗歌大师和
哲学家、音乐家阿拜的身世为题材，属于历史性、传记性长篇小说，被
翻译成世界上70多种语言，堪称世界传记小说的经典之作[4]。除了小
说之外，他还以自己的戏剧创作开创了哈萨克现代戏剧的先河。同时，
他又以自己影响卓著的学术研究成果，成为前苏联哈萨克、吉尔吉斯等
中亚各民族文学及民间文学研究的代表人物，并曾当选哈萨克斯坦科学
院院士。因此在当时，他是中亚地区民族文学界及学术界都是举足轻
重的。

穆合塔尔·阿乌埃佐夫是20世纪哈萨克斯坦《玛纳斯》学的开拓
者。他从29世纪30年代初便开始关注和研究《玛纳斯》史诗，并用哈
萨克文、吉尔吉斯文以及俄罗斯文发表各类论文。他在《玛纳斯》学
方面的功绩至少表现在两个方面。第一、全身心地投入到《玛纳斯》
史诗的研究之中，并写出了颇具学术含量的论著，用自己的学术思想引
领了前苏联《玛纳斯》学的学术方向。第二、在关键时刻站出来据理
力争，指明了《玛纳斯》是一部生长于深厚的民族文化土壤，具有高
度人民性的伟大作品。

20世纪50年代初，前苏联极左思想的影响下，以《玛纳斯》为代
表的苏联各民族优秀的民间文化成果遭到一些别有用心的人的全面否
定，甚至想将其莫须有地划为浸透着封建主义、泛突厥主义思想和伊斯
兰宗教思想的反动作品加以批判，妄图将这部在民间传唱了一千多年的
伟大史诗打入冷宫。1952年6月6日至10日苏联科学院，经过精心准
备在吉尔吉斯斯坦首都伏龙芝（即现在的比什凯克）组织召开了一次
全苏联范围内的《玛纳斯》史诗大型学术研讨会。穆合塔尔·阿乌埃

佐夫面对有些学者对《玛纳斯》史诗的各种误读，旗帜鲜明地提出了自己的观点，维护了史诗的本真性和深厚的人民性，在当时的学术界产生了重大影响。这次会议无论从筹备到学术讨论都堪称前苏联关于《玛纳斯》史诗的最重要的学术研讨会，推进和引领了了前苏联20世纪下半叶《玛纳斯》学的发展进程和发展方向。为了配合学术研讨会的成功召开以及对《玛纳斯》史诗相关的一些核心问题得出更加科学的结论，会议之前，吉尔吉斯斯坦各类报刊上就开始有大量文章发表，对于《玛纳斯》史诗的研究和讨论开始发酵，引发了一场展大讨论。当时集中发表的论文数量有数十篇，从不同的角度探讨和研究了《玛纳斯》史诗很多最核心最关键的问题，对即将召开的学术会议的许多论题的讨论起到了很好的启迪作用，在一定程度上提升了学术会议的学术含量。

这次研讨会的主要议题是《玛纳斯》史诗的人民性问题。作为大会发言的论文分为两组。第一组的大会主旨发言题目为《论〈玛纳斯〉史诗的人民性问题》（发言人为乌兹别克斯坦科学院通讯院士，A. K. 波诺夫考弗教授）。其他发言题目为1.《关于〈玛纳斯〉史诗的人民性》（发言人为吉尔吉斯斯坦科学院语言、文学、历史研究所所长，语文学副博士 A. D. 多来提凯迪耶夫）；2.《关于〈玛纳斯〉史诗的人民性问题》（发言人为民俗学家 M. I. 博格达诺娃）。第二组的大会主旨发言题目为《论〈玛纳斯〉史诗的多种异文》（发言人为 O. 贾科谢夫）。其他发言题目为：1.《论卡拉拉耶夫①的唱本》（发言人为著名诗人 K. 马利考夫）；2.《〈玛纳斯〉史诗最早的记录本文》（发言人为苏联科学院东方学家，语文学副博士 A. A. 瓦利托瓦）；3.《论〈玛纳斯〉史诗额·阿布德热赫曼诺夫的变体》（发言人为语文学副博士 B. 凯热木加诺娃）；3.《关于〈赛麦台〉的人民性问题》②（发言人为诗人 A. 托坤巴耶夫）；4.《论〈玛纳斯〉史诗第三部〈赛依铁克〉》（发言人为作家 T. 斯迪克别科夫）。除了上述预先确定的发言人之外，大会发言还包

---

① 萨雅克拜·卡拉拉耶夫（Sayakbay Karalayev 1894—1971）：吉尔吉斯斯坦著名玛纳斯奇，是20世纪玛纳斯奇中演唱内容最长的一位。他的唱本包括史诗第一部《玛纳斯》、第二部《塞麦台》、第三部《赛依铁克》以及第四部《凯南》、第五部《阿勒木萨热克和库兰萨热克》等，共计500553行。

② 《赛麦台》为《玛纳斯》史诗系列史诗谱系之第二部。

括苏联作家协会民族文学委员会主席 L. I. 克利莫维奇的《论〈玛纳斯〉史诗研究的现状及今后的任务》；著名哈萨克作家穆合塔尔·阿乌埃佐夫，苏联历史学家 A. 伯恩什塔姆博士，吉尔吉斯斯坦科学院院士 B. 尤奴萨利耶夫博士等[5]。

面对不同观点、不同思想的激烈碰撞和交锋，穆合塔尔·阿乌埃佐夫根据自己多年来对于《玛纳斯》史诗的研究实践经验，对那些认为《玛纳斯》史诗是完全是一部充斥着封建主义思想的产物等片面而极端的思想观点勇敢而大胆地提出了严厉的批评，并提出由人民集体创作的这部史诗是一部具有鲜明人民性的伟大作品。然后，他提出《玛纳斯》史诗对于吉尔吉斯（柯尔克孜）人到底有没有用？有没有可能在整合多个演唱异文的基础上编写出一个综合整理本？如果这个有可能，那么有谁来做这件事情？等三个问题，并对此一一提出了自己的具体意见。在自己的意见中，他对史诗的歌手、史诗的内容、史诗的结构以及史诗的产生年代等问题提出了自己的观点。而他的这些观点成为他后来发表的长篇论文的核心内容。

他的第一篇关于《玛纳斯》的论文早在 1937 年在阿拉木图以《〈玛纳斯〉：吉尔吉斯人民的英雄诗篇》题为用哈萨克文发表。之后，这篇论文经过大量补充和修改一更大的篇幅于 1959 年在阿拉木图编入论文集中出版。1961 年，这篇长文还分别在吉尔吉斯斯坦伏龙芝（今比什凯克）、哈萨克斯坦阿拉木图以及莫斯科出版。1969 年，又以《吉尔吉斯（柯尔克孜）人民的英雄史诗〈玛纳斯〉》[6]为题用俄罗斯文再次在莫斯科出版。他的这篇篇幅很长的论文堪称是他研究《玛纳斯》的代表作。在这篇宏赡翔实的论文中，他对史诗的演唱者，史诗的多种异文，史诗内容与结构的基本特征，史诗的主题及情节，史诗的产生年代，史诗的英雄人物形象，史诗语言的艺术性，史诗与东方民族史诗遗产的关系等关涉这部史诗的一些重大问题都进行了深入的研究，提出了自己独到的见解。论文主要分为"史诗的歌手"、"对于史诗内容的扼要分析"、"史诗《玛纳斯》产生的年代"、"史诗《玛纳斯》的特点和形象"、"《玛纳斯》的语言艺术手法"等五个部分。在关于《玛纳斯》史诗歌手玛纳斯奇的论述中他首先通过对萨恩拜·奥诺孜巴科夫、凯勒迪别克、巴勒克、特尼别克 10—20 世纪几位著名玛纳斯奇身世的分析，对玛纳斯奇的身份作了界定，并指出真正的史诗歌手"交毛克楚"从来不演唱短小的民歌，并以此将史诗歌手同一般的民歌手区分开来。在讨论玛纳斯奇通过神灵梦授学会史诗的观点时指出，"真正的《玛纳斯》歌手总是把自己的唱词看作是某种天意的启示，把它解释为一种超自然力的干预，而这种超自然力仿佛在招引他们去执行这项使命[7]"。在关于玛纳斯奇学习、演唱和创作问题上，他指出玛纳斯奇是在家族之内受先辈的影响而开始学习《玛纳斯》并在学习过程中不断地吸收同代歌手的演唱内容，但是家族传承占据显著地位。与此同时，他还通过将《玛纳斯》传统同芬兰的《卡列瓦拉》和荷马史诗、俄罗斯口头传统以及将不同玛纳斯奇的演唱内容进行比较之后指出，歌手演唱时总是会将自己背得滚瓜烂熟的内容与现实场景结合起来，把很多现成的"套语"融入自己的演唱之中，这一观点实际上是来自于19世纪突厥语学家拉德洛夫的观点[8]。他还对对于史诗歌手的记忆和背诵，史诗歌手的社会文化背景对于歌手的影响，史诗歌手个人才能的发挥以及听众对于歌手的影响，史诗歌手的流派，史诗歌手在演唱史诗时如何配着音乐、附加手势动作和面部表情进行演唱，对传统史诗内容在何种程度上进行加工和在创作等都提出了自己的观点，并指出史诗的形成有着悠久的历史，它反映了许多时代的种种事件，不同歌手的创作在它上面打上了烙印。因此，其情节和结构是非常复杂的。针对史诗的内容，通过对不同异文的详细比较之后，他指出史诗的内容可以分出"玛纳斯的诞生和童年"、"出征"、"阿勒曼别特－第一个助手和结义兄弟的到来"、"阔阔托依的祭典"、"玛纳斯与卡妮凯结婚"、"玛纳斯族亲阔兹卡曼人的阴谋"等一些重大的章节主题，这些主题交织出现在整部史诗里，构成一个有机的完整的情节结构[9]。与此同时，对个个章节都进行了很详细的论述和分析。在关于《玛纳斯》史诗产生年代的讨论中，他根据古代吉尔吉斯族历史资料、古代碑铭并借鉴前苏联历史学家B. B. 巴尔托德的观点指出《玛纳斯》史诗中保留和沉淀了古代吉尔吉斯族神话时代到17—18世纪吉尔吉斯族历史的脉络，在讨论史诗产生年代的问题是一定要考虑史诗本身所蕴含的历史资料，历史背景、历史人物、历史事件的还原和论证。在讨论史诗的特点和形象时指出"无论对于主要人物还是次要人物，歌手都做出了总体的描绘。他有一套现成的、好像从脸上摘下来的脸谱，这些脸谱或表现愤慨，或表现盛怒，或表现欢乐，它们作为一种不变的固定的肖像被歌手在各种必要的场合加以运用。[10]"中心的完整的人物形象常常以多方面的、各式各样的周围环境加以衬托。玛纳斯周围的人和动物，包括妻子、朋友、同伴、奴仆和一些称臣的汗王以及坐骑等的布局保持着固定的对称原则，多呈现出饱满生动的性格特征。在论文的最后，作者还对《玛纳斯》史诗的语言艺术手法进行了简短的讨论，从每一段章节的开始到结束，战斗场面的描述和渲染，描写、叙述、戏剧化特征、独白等故事叙述手法及各种民歌、神话等叙述素材的运用等都提出了自己的观点。

三

阿里凯·马尔古兰是苏联地理学会会员，语文学博士，哈萨克斯坦科学院院士。他堪称哈萨克斯坦的学术大家，著作等身，在历史学、考古学、民族学及文化人类学、文学等方面发表的论著超过 300 多种，是前苏联时期中亚地区著名的社会科学家。除了自己的课题研究之外，他在 1957—1967 年十年间带领一个学术团队精心汇编了 19 世纪哈萨克民族学家乔坎·瓦利哈诺夫的 6 卷本文集。其中就包括后者对于《玛纳斯》史诗的研究和搜集的资料。阿里凯·马尔古兰对于《玛纳斯》史诗的研究也体现在两个方面。第一是经过长时间坚持不懈的苦苦搜寻终于从尘封的档案中找到了乔坎·瓦利哈诺夫于 19 世纪 50 年代从玛纳斯奇口中记录的文本资料并将其加以堪布。第二就是在这个文本的基础上结合各种新发布的资料对史诗进行系统的研究。

他科学而系统地梳理了乔坎·瓦利哈诺夫对于《玛纳斯》史诗的搜集和研究，并根据自己的深入缜密的探讨于 1971 年在阿拉木图出版了用哈萨文撰写的专著《乔坎与〈玛纳斯〉》。这本专著的出版在当时的《玛纳斯》学界引起很大反响。1973 年，他又在阿拉木图翻译出版了乔坎·瓦利哈诺夫搜集的《玛纳斯》重要传统片段"阔阔托依的祭奠"的单行本《阔阔托依的祭典》。

阿里凯·马尔古兰于 1971 年出版的专著《乔坎与〈玛纳斯〉》的

内容分为两个部分。第一部分主要主要是作者对《玛纳斯》史诗的研究，第二部分则主要是乔坎·瓦利哈诺夫 1856 年在柯尔克孜（吉尔吉斯）族地区用阿拉伯字母记录的"阔阔托依的祭典"手抄本的影印本。在第一部分中，作者回顾和梳理了《玛纳斯》史诗最初的搜集记录过程，然后介绍彼得堡、喀山、厄姆茨克等地档案馆中收藏的史诗的某些片段，并通过历史比较视野对史诗的故事情节、结构加以细致的评述。当然，他的研究主要是把《玛纳斯》史诗中的一些章节同哈萨克社会历史联系起来，试图从史诗内容中寻找哈萨克族的历史发展轨迹以及哈萨克部落谱系之间的关联性。其中有些观点不乏偏颇和商榷之处。当然，这是因为作者对史诗后来堪布出版的比较完整的文本内容不熟悉，并且没有全面地将完整的史诗文本同史诗的早期纪录片段进行深入对比研究造成的结果。针对《玛纳斯》史诗的产生年代问题，他也遵从穆合塔尔·阿乌埃佐夫和 A. 伯恩什达姆关于史诗产生于 9 至 10 世纪吉尔吉斯人的祖先推翻回鹘汗国的历史时期，并对此进行了进一步论证。第二部分所收人的文本"阔阔托依的祭典"是《玛纳斯》史诗最重要的传统章节之一，描述的是历代《玛纳斯》史诗歌手们用的雄浑的史诗语言营造出的史诗传统的经典篇章之一，经过了历代史诗歌手的精雕细琢，不仅气势恢宏，语言华丽，而且史诗情节的发展起到承上启下的作用，是《玛纳斯》史诗第一部中不可或缺的内容，继乔坎·瓦利哈诺夫之后被记录的所有著名唱本中都无一遗漏地出现，深受听众喜爱[11]。其次，这一篇章集中反映了古代草原游牧民族丧葬习俗和赛马、摔跤、射箭、马上角力等真实的民俗生活场景、凸现了他们民族荣辱观以及部落联盟的性质、各部族之间的关系等丰厚的内容，对了解和研究游牧民族文化具有十分重要的意义。第三，也许乔坎·瓦利哈诺夫谙熟作为西方文学的源头《伊利亚特》、《奥德赛》等经典史诗，而"阔阔托依的祭典"与《伊利亚特》第 23 卷中，阿喀硫斯为献身疆场的希腊英雄帕特洛克罗斯举办的丧葬仪式中的描述有异曲同工之妙。希腊人在追悼亡灵时，也像吉尔吉斯人一样，要举办战车比赛、摔跤、射箭、角斗、赛跑等活动来取悦亡灵[12]。在这个大型祭典活动中，不仅各路英雄悉数登场，各种独特的民俗文化得以集中体现，而且在赛马、射箭、摔跤等古代英雄三项竞赛活动中各路英雄之间为了赢得竞赛的胜利和获得荣誉而凸现错综复杂的矛盾，为史诗后面情节的发展埋下了很多伏笔。值得一提的是，这个文本还通过英国伦敦大学资深教授亚瑟·哈图（A. T. Hatoo）的转写和翻译于 1985 年在剑桥大学出版[13]。亚瑟·哈图将这个文本首先转写成西方学者能够接受的拉丁字母文本，然后进行了英译，出版时还撰写了前言和后记并加上大量的注释，使得英译本的学术含量得到很大提升，不仅扩大了《玛纳斯》史诗在西方的影响，也为西方学者了解和研究《玛纳斯》提供了便利条件[14]。

此外，阿里凯·马尔古兰 1985 年在阿拉木图作家出版社出版的论文集《古代歌谣与传说》中收入了作者长篇系列论文《吉尔吉斯人民的英雄史诗〈玛纳斯〉·乔坎与〈玛纳斯〉》以及由乔坎·瓦利哈诺夫搜集，由阿里凯·马尔古兰翻译成哈萨克文的《玛纳斯》重要传统片段"阔阔托依的祭典"。其中，系列论文由《〈玛纳斯〉史诗的搜集记录史》、《〈玛纳斯〉史诗中阔阔托依汗王的传说》、《论史诗的内容与情节结构》、《史诗中的英雄传统、人名、氏族名及其历史根源》、《论〈玛纳斯〉史诗的产生年代》等五篇论文组成，作者根据自己多年的资料搜集，以广阔的视野，深厚扎实的理论功底对《玛纳斯》史诗从多个侧面进行了深入研究，并通过对史诗内容的细致分析，借鉴和融合前辈学者的观点，对史诗的产生年代等问题提出了自己的观点。他指出，《玛纳斯》史诗是一部经过长期积淀，吸收容纳不同历史事件和历史人物的事迹，在漫长的社会历史背景下逐步完善的英雄史诗，它折射出吉尔吉斯族原始神话、古代吉尔吉斯族丧葬等古老习俗中的送葬歌、哭丧歌等古代民歌以及鄂尔浑－叶尼塞古代碑铭，甚至与《乌古思汗传》、《突厥语大词典》中的一些内容具有相辅相成的关联性。[15]

四

在上述两位大师学者的引领下，20 世纪的哈萨克斯坦一直成为《玛纳斯》学的重镇。纵观 20 世纪哈萨克斯坦的《玛纳斯》学，从 20 世纪 30 年代开始就有学者发表《玛纳斯》史诗的研究论著，而且这种趋势一直延续至今。我们可以就哈萨克文发表和出版的有关《玛纳斯》

史诗的研究论著以及《玛纳斯》文本翻译情况按年代顺序做一个粗略的统计。1937 年，穆合塔尔·阿乌埃佐夫的论文《〈玛纳斯〉：吉尔吉斯人民的英雄史诗》在阿拉木图发表；1945 年，赫·阿依达尔奥瓦在阿拉木图出版专著《乔坎·瓦利哈诺夫》；1961 年，《玛纳斯》史诗四卷本第一部《玛纳斯》第一卷哈萨克文翻译本在阿拉木图出版，前言由穆合塔尔·阿乌埃佐夫撰写；同年，他的以《吉尔吉斯人民的英雄史诗〈玛纳斯〉》为题长篇论文分别在伏龙芝、阿拉木图和莫斯科用俄文出版；同年，阿里凯·马尔古兰在阿拉木图发表《乔坎·瓦利哈诺夫的学术研究活动》；1962 年，《玛纳斯》史诗四卷本第一部《玛纳斯》第二卷，第二部《赛麦台》一卷本，第三部《赛依铁克》一卷本哈萨克文翻译本在阿拉木图相继出版；1964 年，K. 朱马里耶夫的论文《〈玛纳斯〉与玛纳斯奇》在《哈萨克文学》发表；同年，阿里凯·马尔古兰在阿拉木图《哈萨克消息报》发表《乔坎记录的〈玛纳斯〉资料》；1966 年，，K. 朱马里耶夫在阿拉木图发表《论〈玛纳斯〉史诗的风格机艺术特征》；1967 年，K. 库达伊别尔干诺夫在伏龙芝发表《乔坎、穆合塔尔与〈玛纳斯〉》；1971 年，阿里凯·马尔古兰于阿拉木图出版专著《乔坎与〈玛纳斯〉》；1972 年，哈萨克斯坦出版纪念文集《同时代的人对穆合塔尔·阿乌埃佐夫的回忆》，其中收入有关于他对《玛纳斯》史诗的研究；1973 年，阿拉木图翻译出版了乔坎·瓦利哈诺夫搜集的《玛纳斯》重要传统片段"阔阔托依的祭典"的单行本《阔阔托依的祭典》；同年，阿拉木图出版了 A. 姆斯诺夫的《哈萨克－吉尔吉斯文学典范中民族主题的艺术展现》一书；1985 年，阿利凯·马尔古兰的论文集《古代歌谣与传说》，在阿拉木图，由作家出版社出版；1995 年，在阿拉木图出版了论文集《人类的〈玛纳斯〉》，其中收入了穆合塔尔·阿乌埃佐夫的《吉尔吉斯人民的英雄史诗〈玛纳斯〉》、阿里凯·马尔古兰的《乔坎与〈玛纳斯〉》、别迪拜·热合曼库勒的《〈玛纳斯〉与哈萨克史诗传统》、E. 迪尔必赛林的《乔坎论〈玛纳斯〉》、N. 木汗买提哈努力《穆合塔尔·阿乌埃佐夫论〈玛纳斯〉》等五篇论文；2005 年，在别迪拜·热合曼库勒的五卷本中收入了《〈玛纳斯〉史诗中对哈萨克的描述》、《乔坎与吉尔吉斯口头文学》两篇的论文。除了以上几位学者之外，J. 达达巴耶夫、A. C. 布里达巴耶夫等学者也曾对《玛纳斯》史诗进行过或多或少的研究，也都曾发表过相关论文。

从以上统计中我们可以看出，哈萨克斯坦的《玛纳斯》学研究论文相对比较集中在对于乔坎·瓦利哈诺夫及其《玛纳斯》的搜集研究；《玛纳斯》史诗与哈萨克史诗传统以及历史文化的比较研究；《玛纳斯》史诗与穆合塔尔·阿乌埃佐夫的研究以及《玛纳斯》史诗专题研究等几个方面，足见哈萨克学者对《玛纳斯》史诗的重视。同时也说明，《玛纳斯》史诗在研究哈萨克族等中亚各民族的历史文化、口头文学传统、语言及民俗方面具有不可替代的重要作用。毫无疑问，哈萨克斯坦的《玛纳斯》学一定会绽放出更加绚丽的色彩。我们相信，随着新生代学者的崛起，在世界《玛纳斯》学领域定会有更多哈萨克学者的优秀成果出现。

参考文献：

[1] 冯骥才总主编：《中国非物质文化遗产百科全书：史诗卷（格萨尔、江格尔、玛纳斯)》，中国文联出版社，2015，670。

[2] 阿地里·居玛吐尔地：《乔坎·瓦利哈诺夫及其记录的〈玛纳斯〉史诗文本》，《民族文学研究》，2007（4）.

[3] 阿地里·居玛吐尔地：《口头传统与英雄史诗》，北京，中央民族大学出版社，2009.37—71.

[4] 阿地里·居玛吐尔地：《中亚民间文学》，银川，宁夏人民出版社，2008.12—13.

[5]《玛纳斯》百科全书，第一卷，[Z].吉尔吉斯文，比什凯克，1995.307.

[6][哈萨克斯坦]《人类的〈玛纳斯〉》，阿拉木图，"Rayan"出版社，1995.6—100.

[7][9][10][哈萨克斯坦] M.阿乌埃佐夫：《吉尔吉斯民间英雄诗篇〈玛纳斯〉》，马倡议译，载《中国史诗研究》（1），乌鲁木齐，新疆人民出版社，1991.203—279，226，261.

[8][俄]维·维.拉德洛夫：《北方诸突厥语民族民间文学典范第五卷前言：论卡拉－柯尔克孜（吉尔吉斯）的方言》，阿地里·居玛吐尔地译，载《〈玛纳斯〉史诗歌手研究》，北京，民族出版社，2006.241—262.

[11] 托汗·依萨克：《〈玛纳斯〉史诗五个唱本中"阔阔托依的祭典"一章的比较研究》，阿地里·居玛吐尔地译，《民族文学研究》，2003（3）.

[12][希腊] 荷马：《伊利亚特》，第23卷，陈中梅译，花城出版社，1994.

［13］［英］A. T. Hatoo, ed. *The Memorial Feast For Kökötöy-Khan*; A Kirghiz Epic Poem edited for the first time a photocopy of the unique manuscript with translation and commentary. Printed in Great Britain at the University Press, Oxford, 1977, London Oriental Series Volume 33.

［14］李粉华：《亚瑟·哈图对于史诗学的学术成就评介—以亚瑟·哈图对〈玛纳斯〉史诗的相关研究成果为例》，北京，中国社会科学院研究生院硕士论文，2014.

［15］［哈萨克斯坦］阿利凯·马尔古兰：《古代歌谣与传说》，哈萨克文，阿拉木图，作家出版社，1985. 191—279.